Die

fantasy novel
German text.

Michael Rusch
Die Legende von Wasgo
Band 1

Luzifers Enkelsohn

Fantasy

FSC
www.fsc.org
MIX
Papier aus verantwortungsvollen Quellen
Paper from responsible sources
FSC® C105338

Bibliografische Information der Deutschen Nationalbibliothek: Die Deutsche Nationalbibliothek verzeichnet diese Publikation in der Deutschen Nationalbibliografie; detaillierte bibliografische Daten sind im Internet über dnb.dnb.de abrufbar.

Neuauflage 2020
Umschlaggestaltung: Michael Rusch
Coverbild: Michael Rusch
Printed in Germany
ISBN : 9783750400542

Der Autor

Michael Rusch, 1959 in Rostock geboren, ist von Beruf Rettungsassistent und lebte von 2013 bis 2017 in Hamburg, wo die ersten Bände der Fantasy-Reihe Die Legende von Wasgo entstanden sind. Jetzt lebt er in Lutterbek, in der Nähe der Stadt Kiel. Nachdem er zwischenzeitlich das Schreiben aufgegeben hatte, stellte er fest, dass es beim Verarbeiten von Schicksalsschlägen hilft. So entstand Ein falsches Leben, das zunächst im Selfmade-Verlag Lulu veröffentlicht wurde.

Danach wandte sich Rusch der Fantasy zu. Die ewige Nacht aus der Reihe Die Legende von Wasgo erschien im Januar 2014. Schon im September 2014 folgte der 2.Band mit dem Titel Luzifers Krieg. Es folgten am 1. Dezember 2015 und am 1. Januar 2017 die Bände 3 und 4 mit den Titeln Angriff aus dem Himmel und Bossus‘ Rache. Der letzte Band Wasgos Großvater erschien am 01.03.2018.

Nachdem Rusch Ein falsches Leben überarbeitet hatte, veröffentlichte er diesen Roman in zwei Bänden nochmals im Juli 2014 wie bis dahin alle seine bisherigen Romane mit dem AAVAA Verlag.

Am 28. Februar 2015 veröffentlichte Rusch seinen Roman Die drei Freunde in seinem Verlag Die Blindschleiche. Im Sommer 2019 entschloss er sich aus gesundheitlichen Gründen den Verlag aufzulösen und diesen Roman zu überarbeiten und ihn als Selfmade-Autor im Jahr 2020 neu zu veröffentlichen.

Im Sommer 2019 beendete Rusch die Zusammenarbeit mit Thomas Striebig und dem AAVAA Verlag und überarbeitete Die Legende von Wasgo und Ein falsches Leben. Die Legende von Wasgo erscheint in 2 Bänden. Der vorliegende Band 1 enthält die ersten drei und Band 2, der demnächst erscheint, die beiden letzten der ehemaligen 5 Bände. Ein falsches Leben wird in einem Band unter einem neuen Titel im nächsten Jahr erscheinen. Zurzeit arbeitet Rusch an seinem ersten Horror-Roman.

Inhaltsverzeichnis

Teil 1
Die ewige Nacht

Für Jessica und
Mike-Leon,
meinen lieben Enkelkindern
und
in Sehnsucht nach meinen geliebten Alpen

Prolog

Diese Geschichte ereignete sich vor vielen Hundert Jahren. Damals gab es auf der Erde noch zahllose Zauberer, Hexen und andere Fabelwesen. Und Menschen gab es zu dieser Zeit auch schon. Sie alle lebten manchmal friedlich und manchmal weniger friedlich nebeneinanderher.

Doch dann geschah es, dass böse Mächte von der Erde Besitz ergriffen. Die Zauberer, Hexen, Geister, Fabelwesen und Menschen sahen sich einer bösen und mächtigen Bedrohung gegenüber. Dunkle Wolken breiteten sich am Himmel aus. Fremde Wesen begannen Teile der Erde unter ihr Joch zu zwingen. Die Sonne wurde daran gehindert, auf die Erde zu scheinen.

Die Heere der Menschen, Zauberer, Hexen und anderen Wesen vereinigten sich, um das Böse zu bekämpfen. Es gab vier riesige Armeen, die sich gegen die bösen Mächte stellten. Der junge Jodaryon war kaum einhundert Jahre alt, aber trotzdem schon der Anführer der Zauberergilde, obwohl es wahrscheinlich einen anderen gegeben hätte, der aufgrund seines Alters und seiner Weisheit besser zum Anführer getaugt hätte. Aber Jodaryon war ein junger und weiser Mann, der die mächtigsten Zauber beherrschte. Wer sonst also hätte die Führung in diesem Krieg gegen die bösen Mächte übernehmen können? Nun stand er vor seiner Heeresgruppe und versuchte seine Zauberer auf den bevorstehenden Kampf einzuschwören. Markige Worte benutzte er, um den Mitgliedern seiner Armee Mut zu machen.

Trotz seiner Jugend war Jodaryon der berühmteste aller Zauberer. Vor allem war er der Wissensdurstigste unter ihnen. Er wollte immer alles genau wissen. Hierbei war es vollkommen egal, um welches Thema es sich handelte. Er war sogar in der Lage und fähig dazu, neue Zauber zu entwickeln und die dafür notwendigen Sprüche zu finden. Jodaryon kannte man als klugen, sanftmütigen und fröhlichen Mann. Nicht umsonst hieß er Jodaryon der Fröhliche und Gutmütige.

Ein Zauberer war ein dem Menschen sehr verwandtes Wesen, klug und sah auch wie ein Mensch aus. Doch Jodaryon war ein besonders kluger Mann, der die Achtung aller Mitglieder seiner Gilde genoss.

„Lasst uns den Kampf aufnehmen, wir werden siegen. Auf lange Sicht ist es dem Bösen nicht möglich, so viel Macht zu erringen, dass es unsere geliebte Erde für immer unterjochen kann. Selbst wenn wir heute in diesem Kampf unterliegen sollten, so wird es uns möglich sein, die schwarze Macht zu einem späteren Zeitpunkt zu besiegen. Wir müssen an unsere Kraft und an unsere Fähigkeiten glauben und uns selbst vertrauen, dann kann uns nichts Schlimmes widerfahren“, sprach Jodaryon zu seinem Heer. Einhunderttausend Zauberer hörten ihm zu. Sie waren mit Schwertern und Lanzen und Schilden ausgerüstet. Die wichtigste und wirksamste Waffe jedoch waren ihre vielen Zaubersprüche.

Jodaryon sprach weiter: „Habt Mut, meine lieben Gefährten! Seid euch eurer Waffen bewusst und führt sie zum Wohle der Menschen, der Hexen und Geister, der vielen sprechenden und zaubernden Tiere und anderer Wesen und nicht zuletzt zu unserem eigenen Wohle! Bisher waren wir unbesiegbar und so soll es auch bleiben. Vertraut euren magischen Kräften. Der Sieg wird unser sein.“

Aus hunderttausend Kehlen erklang ein lauter Schlachtruf. Die Zauberer waren ungebrochen und sich ihrer gerechten Sache sicher.

Ähnliche Szenen spielten sich bei den anderen drei Streitkräften ab. Das Heer der Menschen war sich ebenso sicher, dass der Sieg ihrer sein werde, ein Sieg der Gerechtigkeit. Sie glaubten, dass mit der Unterstützung Fabelwesen, Hexen und Zauberer ihnen nichts Böses etwas anhaben konnte.

Fabelwesen gab es damals noch keine. So wurden die sprechenden und zaubernden Tieren und anderen Wesen genannt, nachdem sie ausgestorben beziehungsweise ausgerottet waren.

Die Hexen und Geister, die ein Heer bildeten, sowie das der Fabelwesen waren zahlenmäßig sehr stark. Die Hexen beherrschten die Magie genauso gut wie die Zauberer. Die Fabelwesen bestanden aus seltsamen Tieren, die teilweise sogar sprechen konnten. Einige von ihnen waren dazu fähig, magische Kräfte einzusetzen. Es gab riesige Eidechsen, die als Reittiere gut für andere Fabelwesen geeignet waren. Feuerspeiende Drachen sowie Gift spritzende Greife, fliegende Pferde und Zentauren gehörten zum Heer der Fabelwesen. Riesenskorpione mit großen giftigen Stacheln warteten auf den Beginn der bevorstehenden Schlacht. Und viele andere sprechende, feuerspeiende oder zaubernde Tiere gab es in diesem Heer. Auch Zyklopen mit ihren riesigen Keulen standen zum Kampf bereit.

Sie alle wollten dem Feind ihre Welt nicht kampflos überlassen und glaubten an ihren Sieg. Sie mussten gemeinsam das Böse bezwingen, denn die bevorstehende entscheidende Schlacht zu verlieren, bedeutete den langsamen Untergang der friedliebenden Wesen, die die Erde zu diesem Zeitpunkt bevölkerten.

*****

Im Schrein des Bösen, der sich hoch oben auf einem Berg befand, saßen oder standen in schwarzen Gewändern mit ihren schwarzen Seelen die bösen Mächte. Es waren Geister und Zauberer, die die schwarze Magie in ihrer Anwendung beherrschten, wie niemand es besser konnte. Das Böse zu verbreiten, ihre Umwelt in Angst und Schrecken zu versetzen, darin waren sie Meister. Ihr Anführer war der schwarze Magier Bossus.

Auf die Erde ausgesandt waren Bossus und dessen Schergen von Luzifer, dem Höllenfürsten, dem seine Unterwelt zu klein geworden war. Nun wollte er auch die Macht auf der Erde an sich reißen. Bossus hatte unbemerkt von den Bewohnern der Erde den Schrein des Bösen erbaut. Darin wohnte er und von hier aus unternahm er seine Feldzüge gegen die Welt. Er errichtete das Reich der Toten. Dafür hatte er einen riesigen Wald mit hohen Bäumen und großen Sträuchern missbraucht. Dieser Wald befand sich in den Tälern zwischen mächtigen Bergen und teilweise auch an deren Hängen. Dort, wo sich die Heere des Bossus sammelten, starben alle Pflanzen und Tiere. Nur noch der blanke Fels war dort zu sehen. Mit starken Zaubern hatte Bossus diesen Wald belegt und so seine Heerscharen da hineingebracht. Zumeist waren es Armeen von Skeletten. Aber diese Skelette konnten kämpfen. Ausgerüstet waren sie mit Schwertern und Schilden. Das Besondere an ihnen war jedoch, dass sie kaum zu vernichten waren. Wurde ein Skelett besiegt, traten zwei neue an seine Stelle. Nur wem es gelang, ein Skelett zu pulverisieren, konnte verhindern, dass es mit zwei neuen ersetzt wurde. Pulverisiert konnte so ein Skelett nur werden, wenn ein guter Kämpfer ihm sein Schwert dahin stieß, wo bei einem Menschen das Herz saß.

Es gab auch eine andere Möglichkeit, ein Skelett außer Gefecht zu setzen. Es musste mit einem bestimmten Zauber belegt werden. Doch das vermochten nur sehr wenige Magier, die meisten kannten so einen Zauber nicht. Wenn der aber erfolgreich angewendet wurde, blieben die betreffenden Skelette einfach bewegungslos und starr stehen, so als wären sie zu Stein geworden. Aber wer sollte so viele Skelette mit diesem Zauber belegen können?

*****

Jodaryon wusste, dass ihnen ein schwerer Kampf bevorstehen werde. Er rechnete mit allen Möglichkeiten. Aber er war sich sicher, dass das Gute über das Böse siegen werde. Die Divisionen des Bossus ließen ihm keine Zeit für weitere Überlegungen. Er sah sie schon im Geiste auf sich und sein Heer zu stürmen. Die Menschen standen unerschütterlich an der rechten Flanke seines Heeres. Die linke wurde durch die Hexen und Geister geschützt. Die Fabelwesen bildeten die Reserve und waren aufgeteilt, um die anderen drei Armeen rechtzeitig im Kampf zu unterstützen.

Das Schlachtfeld befand sich in einem weiten Tal. Die Streitmacht Jodaryons stand an den Hängen der Berge und war zum großen Teil in den Wäldern versteckt. Seine Kämpfer konnten in das Tal nachrücken und so die Schergen des Bossus überraschen. Die Skelette waren bis weit in das Land hinein zu sehen. Sie standen hinter der Baumgrenze, dort, wo nichts mehr wachsen, wo keine Tiere und keine Pflanzen mehr existieren konnten, aber auch weiter unten an den Berghängen im Wald und teilweise auch in der Talebene.

Wo das Auge auch hinsah, überall befanden sich Skelette. Drohend türmten sich die Berge, die im Besitz des Bösen waren, vor den Menschen, Zauberern, Hexen, Geistern und Fabelwesen auf. Das kahle Gestein, das überall sichtbar war, schien heute mit den Skeletten des Bösen total übersät zu sein. Laut schlugen sie im Takt mit ihren Schwertern an ihre Schilde. Der Kampf stand unmittelbar bevor. Die Berge erzitterten vor dem Gebrüll der Schwarzen Zauberer und deren Monster. Kein Wunder, dass dort oben keine Pflanze und kein Tier mehr gedeihen konnte.

Ohrenbetäubender Lärm setzte ein. Bossus warf alles in den Kampf, was ihm zur Verfügung stand. Aus seinem Schrein des Bösen schossen schwarze Strahlen den vielen Kämpfern für das Gute entgegen. Die Schlacht hatte begonnen. Die Skelette stürmten mit einem lauten, klackenden Geräusch und einer enorm hohen Geschwindigkeit von den Bergen ins Tal hinunter. Dieses Geräusch entstand dadurch, weil sie mit ihren Schwertern auch beim Laufen gegen ihre Schilde schlugen, aber auch deshalb, weil die blanken Fußknochen der Skelette in schneller Folge auf den Fels auftrafen, während sie in das Tal hinunter liefen. Was es dort an Pflanzen gab, wurde durch die Tritte der Kämpfer vernichtet. Die jetzt nur noch steinigen Berge wurden schwarz, die Skelette beherrschten sie und stürmten ins Tal.

Die Hexen und Geister versuchten, von der linken Flanke aus, an den Schrein des Bösen heranzukommen. Doch ihnen stellten sich tausende Skelette entgegen. Bossus warf sie den Hexen und Geistern entgegen. Die Hexen wurden von den Skeletten abgedrängt und eingekesselt. Deshalb befahl Jodaryon einem Teil seiner Reserve aus dem Heer der Fabeltiere, den Hexen und Geistern zu Hilfe zu eilen. Die rechte Flanke seiner Divisionen ging ebenso in die Schlacht gegen das Böse. Es entstand ein mörderischer Kampf mit den Heeren der Skelette.

Die Menschen hatten gegen Bossus‘ militärisch gut ausgebildeten Kämpfern keine Chance, sie waren viel zu zahlreich. Die Menschen wurden von den Skeletten überrollt und vernichtend geschlagen. Es gab viele Tote und Verletzte. Viele Tausende Menschen gerieten in Gefangenschaft und wurden später als Sklaven verkauft. Die Hexen und Geister konnten sich ebenso wenig gegen die Übermacht des Bösen behaupten. Die Sonne verdunkelte sich, Schatten verbreitete sich überall auf der Erde. Die Drachen griffen in den Kampf ein. Ebenso die riesigen, menschenartigen Zyklopen. Bewaffnet waren sie mit überdimensionalen Keulen, die für sie so typisch waren. Reihenweise mähten sie mit ihren gigantischen Waffen die Skelette nieder. Vampire griffen endlich in den Kampf aufseiten der Menschen und Zauberer ein. Jodaryon war erstaunt darüber, dass der Herr der Vampire sich zu ihm begab und um genaue Anweisungen bat, wo er mit seinen Getreuen kämpfen sollte.

„Wie kommt es, dass ihr auf unserer Seite seid?“, fragte Jodaryon.

Der Herr der Vampire antwortete: „Wir brauchen Menschenblut, wenn wir existieren wollen und wenn es nur noch Skelette gibt, bekommen wir kein Blut mehr. Also was bleibt uns übrig? Wir müssen den Menschen helfen, um sie anschließend wieder in Angst und Schrecken versetzen zu können. Nun sage mir, was wir tun sollen!“

Jodaryon glaubte, die Vampire zusammen mit den Drachen als Luftwaffe einsetzen zu können. Die Drachen waren aber schon den Hexen und Geistern zu Hilfe geeilt. Trotzdem sagte er: „Ihr könnt versuchen, aus der Luft den Schrein des Bösen anzugreifen. Ich hoffe, dass es schafft.“

Der Herr der Vampire entgegnete: „Und wenn nicht, gehen wir wenigstens ehrenvoll unter!“ Mit diesen Worten verabschiedete er sich von Jodaryon und kehrte zu seinen Vampiren zurück.

Es dauerte nur wenige Minuten, bis der Himmel schwarz wurde. Die Vampire flogen zum Schrein des Bösen und griffen ihn an. Damit hatte Bossus nicht gerechnet, hatte er doch die Vampire auf seiner Seite geglaubt. Hier kämpften die Mächte der Finsternis gegen die Mächte des Bösen.

Der Himmel verdunkelte sich immer weiter. Als die Vampire den Schrein des Bösen überflogen und ihn angriffen, loderte mit ohrenbetäubendem Getöse ein dicker Feuerstrahl zum Himmel empor, der den Geschöpfen der Nacht großen Schaden zufügte. Sehr viele von ihnen verbrannten und fielen als Asche zu Boden. Der Himmel wurde wieder etwas heller.

Jodaryon beobachtete schweren Herzens das Geschehen, und bemerkte, dass sich die Erde allmählich verdunkelte. Er blickte nach links. Die Drachen waren genauso wie die Vampire von den schwarzen Strahlen, die direkt aus dem Schrein des Bösen auf sie abgeschossen worden waren, vernichtet worden. Die Zyklopen lagen scharenweise tot am Boden. Das Heer der Menschen war gleichfalls geschlagen. Die Zauberer, die sich frontal den Heerscharen Bossus' gegenübergestellt hatten, kämpften einen verzweifelten Kampf. Jodaryon selber murmelte Zauberspruch um Zauberspruch und schwang mutig sein Schwert. Er kämpfte mit allen ihm zur Verfügung stehenden Mitteln und streckte einen Feind nach dem anderen nieder. Das half aber trotzdem nichts, denn auch er war gegen diese riesige Übermacht des Bösen machtlos.

Als der Kampf schon entschieden war, verließ Bossus endlich seinen Schrein des Bösen und beteiligte sich an der Schlacht. Auch er wollte an dem Sieg seiner Heerscharen persönlich beteiligt sein und wendete sich dem Zauberer Deneb zu und attackierte den in einem Kampf auf Leben und Tod.

Der sonst so fröhliche und gutmütige Jodaryon musste zusehen, wie sein bester Freund Deneb gegen den bösen Magier kämpfte. Der belegte Deneb mit einem bösen Zauber. Jodaryon konnte ihm nicht schnell genug zur Hilfe eilen, das Schlachtfeld war von Toten und verletzten Kämpfern übersät. Bei dem Versuch, zu Deneb vorzudringen, konnte er nicht verhindern, dass sein Freund über einen langen Zeitraum qualvoll sterben musste. Das machte ihm sein Herz schwer, es wurde zu Eis. Sein sonst so fröhliches Gemüt wurde hart und zu Stein. Aus Jodaryon dem Fröhlichen und Gutmütigen wurde Jodaryon der Harte und Unbarmherzige.

Plötzlich sah er sich Bossus gegenüber. Der lachte böse.

„Gib auf, junger Jodaryon", rief Bossus voll falscher Freundlichkeit, „du hast verloren. Ich kann dich vernichten. Aber ich verschone dich, wenn du dich auf meine Seite stellst und mir deine Treue schwörst."

„Lieber will ich sterben, als in Schande weiter leben zu müssen", warf Jodaryon Bossus entgegen, und erhob sein Schwert. Mit einem Zauberspruch auf den Lippen stürmte er gegen Bossus an. Der hob in Vertrauen auf seine Macht seinen rechten Arm und nahm Jodaryon die Luft zum Atmen, den schon nach wenigen Augenblicken seine Kräfte verließen und vor Bossus niedersank. So kniete er auf dem Schlachtfeld vor dem bösen Magier.

Jetzt wurde der Himmel plötzlich ganz schwarz. Bossus lachte und schleuderte einen Blitz gegen Jodaryon. Der verlor das Bewusstsein, wurde von dem Blitz ergriffen und meilenweit an einen anderen Ort mitten in einen Wald hinein zur alten Zauberschule geschleudert, von der nur noch eine Ruine übrig geblieben war. Jodaryon wurde mitten im Dickicht fallen gelassen. Der Wald war an dieser Stelle sehr viel dichter, als Jodaryon ihn in Erinnerung hatte. Die Sträucher standen so dicht beieinander, dass er die Berge bis zu seiner Befreiung nicht mehr sehen sollte.

Diese Sträucher wurden auch das Gestrüpp des Bossus genannt. Es hatte sich um die Zauberschule gelegt und diese vollständig eingeschlossen. Das Gestrüpp wurde mit der Zeit immer dichter. Als Jodaryon das Bewusstsein wieder erlangte, konnte er nichts sehen. Es herrschte absolute Stille. Kein Vogel sang ein Lied. Die Bäume und Sträucher dieses Waldes hatten keine grünen Blätter an ihren Ästen und Zweigen. Sie waren kahl und sahen tot aus. Die Schwärze der Dunkelheit hatte die Macht über die Erde übernommen. Es herrschte die ewige Nacht.

Jodaryon hörte Bossus lachen und sagen: „Ich habe dir Deine Zauberkräfte genommen. Du bist nur noch dazu fähig, deine Größe zu verändern. Mehr kannst du nicht. Du bist mein Gefangener für alle Zeiten!" Und wieder hörte er Bossus' tiefes, böses Lachen.

Doch dann vernahm Jodaryon eine sanfte Frauenstimme, die einer weisen Hexe gehörte. Angestrengt hörte er sie sagen: „Junger Jodaryon, verzweifle nicht und höre meine Prophezeiung! Es werden fünfhundert Jahre vergehen. Du wirst ein alter Mann mit einem langen Bart sein. Ein junger, schöner Zauberer wird kommen. Auf dem Rücken hat er ein Muttermal, genau unter dem linken Schulterblatt. Dieser junge Zauberer, der seine Kräfte noch nicht voll entfalten kann und noch viel lernen muss, wird dich befreien.

Mit ihm zusammen kannst du das Böse von der Erde tilgen. Ihr müsst schnell handeln, dann wirst du deine Zauberkräfte zurückbekommen. Warte fünfhundert Jahre, fünfhundert Jahre musst du warten. Nur fünfhundert Jahre, und dein Leben wird erst zur Hälfte vorbei sein! Warte fünfhundert Jahre!“ Die Stimme wurde am Ende immer lauter, als wenn Jodaryon sich diese Prophezeiung einprägen sollte.

Der Erde drohte der Untergang. Nach und nach verschwand die Sonne vom Firmament. Es gab keine Sterne mehr, deren Licht die Erde erreichen konnten. Der Mond war schon lange verschwunden.

Um Energie zu sparen, beschloss Jodaryon, seine Größe auf ein Mindestmaß zu reduzieren. Er sprach den einzigen Zauberspruch, an den er sich erinnern konnte, und wurde kleiner. Jodaryon war nur noch sechzig Zentimeter groß, aber seine Stimme war kräftig geblieben. Er begann, ein trauriges Lied zu singen.

Erstes Kapitel – Der junge Zauberer

Die Flucht

Tiefschwarze Nacht herrschte. Schon seit beinahe fünfhundert Jahren war es dunkel und nach ihrem Verschwinden hatte die Sonne niemand mehr gesehen. Genaugenommen erreichte der letzte Sonnenstrahl vor 482 Jahren die Erde. Bossus war ein böser Herrscher, dem das Schicksal der Erdenbewohner egal war. Er wollte nur seinen eigenen Spaß haben. Den hatte er, wenn er fremde Völker und Wesen unterdrücken und demütigen konnte. Morden statt Leben stand auf der Tagesordnung, seitdem er die Macht an sich gerissen hatte. Unterwerfung und Unterdrückung waren für ihn wichtiger als Freiheit und Glück. Deshalb sah es überall auf der Welt traurig aus. Früher hatte es auf der Erde Hexen und Geister, Zauberer, Zyklopen, Vampire und viele andere Fabelwesen gegeben. Die Menschen waren glücklich gewesen. Doch wo waren alle diese Wesen geblieben? Vor beinahe fünfhundert Jahren hatte es immer wieder einmal einen Geist gegeben, der sich den Menschen gezeigt hatte. Vampire waren in der Nacht umhergeschlichen und hatten ihr Unwesen getrieben. Oder was war es, was die untoten Wesen der Finsternis damals getan hatten? Jetzt nämlich herrschte das totale Unwesen auf der Erde. Und Bossus war der Chef davon, der Herrscher der Welt.

Es gab auf der Erde nicht mehr viele Fabelwesen, Hexen und Geister, Zauberer, Vampire und Menschen. Es gab nur noch Angst und Schrecken. Es gab nur noch die ewige Nacht.

*****

Antares war gut gelaunt. Seine Frau Luziferine lag in den Wehen. Die beiden sollten ein Kind bekommen. Dieses Kind entstand aus einer seltsamen und verbotenen Verbindung.

Antares war ein nicht ausgebildeter und unerfahrener Zauberer. Als er bemerkte, dass er Zauberkräfte besaß, hatte Bossus bereits auf der Erde, die er unter seine Gewaltherrschaft gebracht hatte, das Zaubern verboten. Antares musste vorsichtig sein, wenn er überleben wollte. Es war unmöglich für ihn, die Zauberkünste zu erlernen. Und die Macht, die ein Jodaryon hatte, bevor auf der Erde überhaupt jemand den Namen Bossus auch nur erahnen konnte, würde er nie erreichen. Dafür war Antares zu dumm und unbedeutend. Wenn er einmal versuchte, an einen Baum grüne Blätter zu zaubern, erreichte er nur das Gegenteil. Der Baum starb und stürzte um. Er konnte nur noch als Feuerholz benutzt werden.

Es war auch unsinnig, an die Äste und Zweige eines Baumes grüne Blatter zu zaubern. Sie fielen doch wieder ab. Es gab keine Sonne und kein Licht, die dafür sorgen, dass Bäume überhaupt grüne Blätter bekommen. Deshalb waren sie mit samt den Sträuchern dazu verurteilt, laublos zu bleiben. Antares gab die Zauberei auf, er glaubte, dass er dafür nicht gut genug sei. Später lernte er Luziferine, die Tochter des Höllenfürsten Luzifer, kennen. Sie war ein Mädchen, das so schön wie ein Engel war. Aber als Tochter der Hölle musste sie nicht schön sein, sondern eher sollte sie ein hartes Herz haben. Doch das war bei ihr nicht der Fall. Mit ihrem weichen Herzen liebte sie die Menschen und hatte Verständnis für deren aussichtslose Situation. So stellte sie sich gegen Bossus auf die Seite der Menschen.

Damit riskierte sie, aus der Hölle verbannt zu werden und als Mensch auf der Erde leben zu müssen und somit auch ihre Unsterblichkeit. Aber um keinen Preis wollte sie auf ihren Vater, den Höllenfürsten Luzifer, hören und heimlich half sie den Menschen trotz all seiner Ermahnungen. Außerdem hatte sie Antares kennen und lieben gelernt. Eines Tages jedoch wurde sie von ihren Bediensteten an ihren Vater verraten, der sie in höchstem Zorn aus der Hölle verbannte. Seitdem lebte sie als Mensch und wurde Antares' Frau.

Sie liebten sich sehr. Luziferine mochte Antares' Ungeschicklichkeit und seine Verletzlichkeit. Er brauchte eine starke Frau, die ihm das Leben vereinfachen konnte. In Luziferine hatte er diese Frau fürs Leben gefunden. Als sie schwanger wurde, wusste sie, dass sie damit ihre Unsterblichkeit verloren hatte und nur noch als Geist in die Hölle zurückkehren konnte. Das wollte sie aber nicht. Auf gar keinen Fall wollte sie das. Sie wollte in den Himmel zu den Göttern kommen. Das ging aber ebenso wenig, denn die ewige Nacht gab den Himmel nicht frei. Es herrschte Chaos, Gewalt und Krieg.

Nun lag Luziferine im Kindbett. Die Wehen wurden immer stärker.

Hektisch wuselte die Hebamme um Luziferine herum und versuchte, sie zu beruhigen. Im richtigen Moment befahl sie der Gebärenden, zu pressen. Schon nach kurzer Zeit war ein Schrei zu hören, der Schrei eines Babys. Und Luziferine hörte noch etwas. Nämlich eine Stimme. Es war die Stimme einer alten Hexe, die ihr ihre Prophezeiung verkündete. Es waren die selben Worte, die auch der weise Zauberer Jodaryon nach seiner Gefangennahme vernommen hatte. Luziferine erschrak und hörte sie mit gemischten Gefühlen.

Von Jodaryon hatte sie schon einmal gehört. Er war der große Zauberer, der vor etwa fünfhundert Jahren die Schlacht gegen Bossus verloren hatte. Man erzählte sich hinter vorgehaltener Hand, dass dieser Jodaryon von einem jungen Zauberer befreit werde. Mit dem gemeinsam solle er Bossus Herrschaft und somit die der Ewigen Nacht beenden. Sollte etwa ihr Kind dieser junge Zauberer sein, der Jodaryon zurück in die Freiheit holte, um mit ihm gemeinsam die Welt zu retten? Sollte ihr Kind die Sonne zur Erde zurückholen?

Wenn es so war, dann konnte das doch nur bedeuten, dass ihr Sohn in allergrößter Gefahr war. Dass ihr Kind nur ein Sohn sein konnte, das war der jungen Mutter bewusst. Es galt, schnell zu handeln und den kleinen Jungen zu behüten. Er musste ausgebildet werden, damit er seine Aufgabe, die ihm bestimmt war, erfüllen konnte.

Luziferine ließ sich ihr Kind von der Hebamme in ihre Arme legen, die dabei sagte: „Es ist ein gesunder und wunderschöner Junge. Und er ist sehr kräftig."

Luziferine sah sich das Kind genau an. Sie entdeckte am Rücken unter dem linken Schulterblatt das Muttermal und erkannte, dass sich die Prophezeiung zu erfüllen begann. Sie gab ihrem Kind den Namen Wasgo. Er musste unbedingt beschützt werden. Aber wie sollte sie das können? Ob ihr Vater dabei helfen konnte? Freiwillig werde er es nie tun. Aber er musste doch nicht erfahren, wer Wasgo war, welche Aufgabe ihm bevorstand.

Als Luziferine ihren Sohn sah, begann sie sofort, ihn zu lieben. Sie wollte ihn zunächst mit ihrem Mann alleine aufziehen. Sollte Wasgo in Gefahr geraten, wollte sie versuchen, ihn vom Höllenfürsten, ihrem Vater, beherbergen zu lassen. Deshalb sollte der auch von der Geburt seines Enkelsohnes informiert werden.

Die junge Mutter übergab das Kind der Hebamme und bat diese, Antares zu ihr zu bringen und sich danach um das Baby zu kümmern.

Wenige Augenblicke später saß Antares am Bett seiner Frau. Er war glücklich darüber, Vater eines Jungen zu sein. Als er erfuhr, das Wasgo wahrscheinlich das Kind war, das die Prophezeiung erfüllen sollte, war er sehr stolz auf seinen Sohn. Luziferine sah ihrem Mann an, was der dachte und wie er sich fühlte. Sie lächelte ihn an und sagte: „Antares, mein lieber Mann, ich verstehe dich ja, aber du musst sehr vorsichtig sein. Wenn irgendjemand erfährt, wer Wasgo ist, dann ist unser aller Leben in Gefahr. Das darf nie passieren.

Die einzige Möglichkeit, die wir haben, ist mein Vater. Er könnte unser Kind wirksam beschützen. Aber das muss nicht unbedingt sein. Trotzdem habe ich ihn darüber informieren lassen, dass er einen Enkelsohn hat."

Antares überlegte kurz und antwortete: „Frau, du hast wie immer recht. Womit habe ich dich kluges Frauenzimmer nur verdient? Du denkst an alles. Ich werde aufpassen müssen, dass ich nichts erzähle, aber ich schaffe das schon. Ich werde ab sofort wieder mit dem Zaubern anfangen. Und die Zauber, die ich beherrsche, werde ich Wasgo beibringen."

„Pass aber auf, dass Bossus' Schergen davon nichts bemerken! Du musst sehr vorsichtig sein. Konzentriere dich auf Befreiungszauber! Du weißt, Jodaryon muss zuerst befreit werden, dann bekommt er auch seine Zauberkräfte zurück und kann Wasgo unterrichten", erwiderte Luziferine.

Antares überlegte wieder und sprach: „Du irrst, Frau, Jodaryon kann Wasgo nicht unterrichten. Nach seiner Befreiung muss er schnellstens den Kampf gegen Bossus aufnehmen. Sonst ist alles verloren. Ich muss unserem Sohn beibringen, was ich nur kann. Aber ich bin leider nur ein schlechter Zauberer. Du weißt doch von meinen Missgeschicken. Hoffentlich ist unser Junge darin besser als sein Vater."

Antares hatte nicht viel Zeit. Er musste seinem Sohn so früh wie möglich die wichtigsten Zaubersprüche beibringen. Dieser musste sicherlich schon als junger Mann aufbrechen, um Jodaryon zu finden und ihn zu befreien. Antares besorgte sich alles, was er zum Zaubern benötigte. Die Schale der Weisheit war das wichtigste Instrument, das ein Magier brauchte. Die mit Wasser gefüllte Schale, zeigte Bilder, mit denen man viele Erkenntnisse aus der Zukunft und der Vergangenheit gewinnen konnte. Deshalb wurde sie auch Schale der Erkenntnis genannt, weil mit ihrer Hilfe die Ereignisse in der Zukunft beeinflusst oder sogar verändert werden konnten. Antares wollte mithilfe dieser Schale Wasgo alles lehren, was notwendig war, damit der Junge die Prophezeiung erfüllen konnte.

Des Weiteren besorgte sich Antares drei Zauberbücher. Da das Zaubern mit einem Zauberstab oft hinderlich war, benötigte er das Buch der Handbewegungen eines Zauberers. Mithilfe dieses Buches wollte Antares, dass Wasgo ohne Stab gute und starke Zauber erlernte, die er wirkungsvoll gegen die Mächte des Bösen einsetzen konnte. Natürlich brauchte er auch das Buch der Zaubersprüche. Ziel der magischen Bewegungen war es doch, Zaubersprüche umzusetzen.

Und mit am wichtigsten war es, einen Tarnmantel oder eine Tarnkappe zu besitzen. Aber davon gab es nur ganz wenige auf der Welt.

Allein die Zauberbücher zu besorgen, kostete Antares viel Kraft. Zudem musste er bei ihrer Beschaffung äußerst vorsichtig sein. Niemanden konnte er vertrauen. Zauberutensilien zu besitzen, war ein Verbrechen und musste geheimgehalten werden. Wer so etwas besaß oder erwerben wollte, schwebte in Lebensgefahr. Aber Antares benötigte dringend diese Dinge, um Wasgo ausbilden zu können. Er riskierte dabei nicht nur sein eigenes Leben, sondern auch das seiner Frau und seines Kindes, außerdem gefährdete er alle anderen, die seine Familie kannten und irgendwie mit ihr in Verbindung gebracht werden konnten.

Aber Antares hatte Glück im Unglück. Als er glaubte, von einer vertrauenswürdigen Person die Bücher kaufen zu können, musste er erleben, dass er plötzlich von skelettartigen Wesen umzingelt wurde. In letzter Sekunde nahm er die drei Bücher schnell vom Tisch, als er angegriffen wurde. Der Händler lachte, denn der war davon überzeugt, einem Verbrecher das Handwerk zu legen. Eine Fluchtmöglichkeit gab es für Antares nicht. Verzweifelt sah dieser sich um. Der Händler zog ein Schwert. Er wollte sich an der Ergreifung des angeblichen Verbrechers beteiligen.

Schweißperlen bildeten sich auf Antares' Stirn. Er dachte an seinen Sohn und an seine geliebte Frau. ‚Luziferine, hilf mir', dachte der junge Vater. Er hörte ihre Stimme, die sagte: „Bleibe ruhig und handele schnell! Schlage das Buch der Tarnmantelsprüche auf!“

Zufällig war es das Buch, das oben auf dem Bücherstapel lag, den er in der Hand hielt. Er schlug das Buch wahllos auf. Eine weitere Stimme erschallte. Antares kannte diese Stimme nicht, die plötzlich aus dem Buch heraus sprach. Er konnte nicht verstehen, was sie sagte. Es ertönte eine tiefe Bassstimme, die aus einem großen Fass zu kommen schien und sprach: „Here Kreatare ware pere ware sone, sora pere sone Antares hui dom ista darre!“

Plötzlich wurde alles dunkel um Antares. Ein grauer Schleier legte sich um ihn herum. Die ewige Nacht wurde dadurch noch finsterer, als sie ohnedies schon war. Er hatte Angst in dieser Schwärze. Er erkannte die erstaunten Gesichter der skelettartigen Wesen und erst recht das total erstaunte Gesicht des Buchhändlers. Die Skelette fielen plötzlich über den Buchhändler her, hinter denen stand ein Scherge Bossus‘ und rief etwas von Verrat und an der Nase Herumführen. Antares war aber noch nicht in Sicherheit. Er musste von diesem Ort des Todes weg. Vor Angst wäre er beinahe gestorben.

An seiner Statt musste jetzt aber der Buchhändler, der ihn an die Schergen des Bossus verraten und Antares damit dem sicheren Tod überantwortet hatte, um sein Leben kämpfen. Ein Skelett hieb dem verführten Buchhändler mit einem Streich den Kopf von den Schultern, doch das konnte Antares nicht mehr sehen. Er hörte einen zweiten Zauberspruch, der von derselben tiefen Bassstimme gesprochen wurde: „Wechi Antares hui dom ista darre darre.“

Antares verlor den Boden unter den Füßen. Ein Windhauch fuhr über sein Gesicht. Er konnte sich nicht erklären, was geschah. Aber plötzlich spürte er doch wieder Boden unter seinen Füßen, der Wind war verschwunden, der graue Schleier lichtete sich und er stand in seinem Haus bei seiner Frau und seinem Sohn und erblickte den von Fackeln erleuchteten Wohnraum. Antares war froh, wieder zu Hause zu sein.

Luziferine empfing ihren Mann mit den Worten: „Dank Jodaryon bist du wieder zu Hause. Gut, dass es manchmal noch seine Bücher zu kaufen gibt.“ Sie lief zu ihm, nahm ihn in ihre Arme und war glücklich, ihren Antares wieder bei sich zu haben. Manchmal war er ein bisschen blauäugig, auch etwas naiv und dumm, aber so war er doch ein sehr liebevoller und fürsorglicher Mann. Einen besseren als Antares konnte sie sich nicht vorstellen. Und sie war sich sicher, dass er Wasgo ein guter Vater und Lehrer sein werde.

Sie sagte: „Wir sollten schnellstens hier verschwinden. Sie sind uns jetzt auf die Spur gekommen.“

Antares stimmte seiner Frau zu und sie bereiteten alles für ihren unverzüglichen Aufbruch vor. Dabei wollte er wissen, wie das mit dem Buch funktioniert hatte und wie sie auf den Namen Jodaryon gekommen war. Luziferine versprach ihrem Mann, ihm alles zu erzählen, wenn sie erst einmal in Sicherheit waren. Sie wollte mit ihm und Wasgo in den Wald, in eine einsame und tiefe Höhle gehen. Diese Höhle befand sich auf unwegsamen Gelände in den hohen Bergen. Außerdem war sie nicht ungefährlich, denn in ihr lebten Vampire, die letzten, die von der damaligen Schlacht gegen Bossus und seinem Schrein des Bösen übrig geblieben waren.

Gefahr lauert überall

Endlich, der rettende Wald nahte! Antares war verletzt. Er humpelte seiner Frau hinterher und konnte die Schmerzen, die ihm im rechten Bein plagten, nicht ertragen. Auf einen dicken Stock stützte er sich mit seinem Körper beim Gehen ab und zog das verletzte Bein nach. Zu dumm war es auch, was ihm wieder einmal passiert war. Antares war tatsächlich der ungeschickteste Zauberer der Welt. Er machte sich Vorwürfe, weil er beinahe durch seine eigene Schuld ums Leben gekommen war.

Sie hatten ihr Dorf unbemerkt verlassen können und wanderten durch ein Tal, das früher bestimmt einmal wunderschön gewesen war. Doch heute herrschte die ewige Nacht. Kein Grashalm war auf dem Boden zu sehen. Bevor Bossus die Erde unterjocht hatte, musste es hier eine sehr schöne und grüne Almwiese mit vielen bunten Blumen gegeben haben. Jetzt war es nur eine tote Gegend. Weil die Sonne nun schon nahezu fünfhundert Jahre nicht schien, war es auch bitterkalt.

Die Temperaturen lagen im Hochsommer um null Grad. Im Winter wurde es bis zu minus fünfzig Grad kalt. Auf dem Boden wuchsen keine Gräser, Farne und Mose mehr. Blumen gab es schon gar nicht. Kein Vergissmeinnicht, kein Löwenzahn, kein Enzian, keine Glockenblume. Alle Gräser und Blumen, die das Tal einmal schön und sehenswert gemacht hatten, waren ausgestorben. Der Boden war kahl. Sand und Steine waren das einzige, das sich den Wanderern unter den Füßen zum Gehen anbot. Der Boden war entweder sehr fest oder sehr staubig. Auf den Bergen, die sich rings herum mehrere hundert Meter in die Höhe erhoben, gab es kein bisschen Grün mehr.

Nur noch die Farbe grau herrschte hier vor. Die einstigen grünen Bäume hatten alle ihre Farben verloren, in der Dunkelheit konnte sich kein grünes Blatt an den Bäumen halten. Schon aus größerer Entfernung sahen sie dunkel und krank aus. Antares und Luziferine liefen keinem Wald im eigentlichen Sinne entgegen, der Wald, den sie zu erreichen erhofften, war nur noch ein auf Bergen angesiedelter laub- und nadelloser riesiger Baumbestand mit knorrigen Ästen und unschönen Kronen.

So unschön das Haupt der Medusa war, wenn ihr die Schlangen vom Kopf abstanden, so unschön sah jeder einzelne Baum aus. Dementsprechend sahen auch die Berge dieses früher einst so schönen Hochgebirges aus, das wir heute unter den Namen Alpen kennen. Die Wege bestanden aus nacktem Gestein, staubigen Sand und purem Geröll, sofern man überhaupt von einem Weg reden konnte.

Die Berge waren etwa zweitausendfünfhundert bis dreitausend Meter hoch, aber der größte Teil von ihnen war baumlos und bot dem menschlichen Auge nur das pure Gestein als Anblick dar. Die einstige Schönheit und die beeindruckende Majestät des Hochgebirges waren verkommen zu einer trostlosen und traurigen Landschaft. Hier weinten sogar die Berge.

Plötzlich hörten sie hinter sich ein Brummen, das schnell lauter wurde. Es war eine riesige Wespe, die von Bossus als Mordinstrument missbraucht wurde. Sie musste Antares bekämpfen, der von diesem riesigen Mordsvieh angegriffen wurde. Der Stachel des Tieres ragte wie ein überdimensionales Schwert aus dem Hinterleib heraus. Antares wollte Luziferine und Wasgo beschützen und nahm den Kampf mit diesem unglaublich blutrünstigen Insekt auf. Er versuchte es mit Zaubersprüchen, aber die hatten keinen Erfolg. Entweder sprach er sie falsch aus oder die Mordwespe war gegen seine Zaubersprüche immun.

Sie befand sich über Antares und versuchte, ihn mit ihrem großen Stachel zu stechen. Er hörte ihr ohrenbetäubendes Brummen. Alle Luft vertrieb sie mit ihren schnellen Flügelschlägen. Antares konnte nicht mehr atmen. Wenn die Wespe so über ihrem Opfer stehen geblieben wäre, hätte Antares unweigerlich ersticken müssen. Er konnte keinen Zauberspruch aufsagen. Also entschloss er sich, aus dem Buch der Bewegungen eine Geste anzuwenden. Damit wollte er das Tier zum Stillstand zwingen. Antares ließ seine linke Hand durch die Luft sausen und malte mit ihr einen geschlossenen Kreis in die Luft. Als er den Kreis vollendet hatte, zog er seine Hand von oben nach unten und teilte so den Kreis. Die Wespe befand sich gerade mit ihrem Leib in dem geteilten Kreis, ihr Unterleib in dem rechten Halbkreis und der Oberleib im linken.

Deshalb brachte Antares die Riesenwespe nicht zum Stillstand. Dann wäre sie gelandet und bewegungsunfähig auf dem Feld sitzen geblieben. Weil Antares den Kreis geteilt hatte, wurde auch das sich darin befindliche Tier geteilt. Der Oberkörper flog noch einige Meter weiter, bevor er auf dem Boden landete und der Unterkörper stürzte ab. Da Antares direkt unter der Wespe stand, fiel der Stachel auf seinen rechten Oberschenkel, der dabei brach. Bis zum Waldrand musste er es jetzt noch schaffen. ‚Dort werden wir Zeit haben, mir einen Verband anzulegen oder nach einem Heilungszauber in den Büchern zu suchen, um mit ihm mein verletztes Bein heilen zu können', dachte Antares.

Endlich hatte er sich unter die Bäume geschleppt. Luziferine hatte ihm am Waldrand im Gebüsch einen Platz hergerichtet, sodass er sich einigermaßen bequem hinsetzen konnte. Angestrengt dachte er an Heilungszauber, aber seine Schmerzen waren zu groß, als dass er einen klaren Gedanken fassen konnte. Wasgo lag neben ihm auf dem Boden. Antares nahm den schlafenden Wasgo in seine Arme und legte dem Kind liebevoll und fürsorglich die Decke, in die es eingewickelt war, erneut um den kleinen Körper. Sie hatte sich von den Schultern abwärts von dem Neugeborenen gelöst. Wohlig rekelte sich das kleine Geschöpf in den Armen seines Vaters, als wenn es sagen wollte: „Vater, ich fühle mich bei dir wohl und geborgen."

Voller Liebe und Stolz betrachtete Antares seinen Sohn. Wasgo war ein schönes Baby. Aber es war nicht nur die Schönheit dieses noch so hilflosen Kindes, das Antares' Herz weit machte. Eine wohlige Wärme breitete sich in ihm aus, als er das Kind betrachtete. Es ging von diesem Kind etwas ganz Besonderes aus. Was es war, konnte Antares nicht sagen. Aber dann erkannte er doch, was seinen Sohn zu etwas Besonderem machte. Wasgo strahlte Frieden aus.

Am liebsten hätte Antares in diesem Augenblick in die Schale der Erkenntnis gesehen, um zu erfahren, welches Schicksal seinen Sohn erwarten sollte. Aber irgendwie hatte er das Gefühl, dass er nicht mit Hilfe dieser Schale die Zukunft erforschen durfte, wenn es um das Leben seines Sohnes ging. Antares hatte die Schmerzen in seinem rechten Bein vergessen. Liebevoll nahm er eine Hand seines Sohnes und führte diese zu einer bestimmten Bewegung, die auf Antares' rechtes Bein zielte. Sein Schmerz verging nun vollends.

Das Bein war geheilt. Wasgo sah seinen Vater von unten aus seinen kleinen Äuglein an. Er lächelte ihm ins Gesicht, Antares konnte es genau sehen. Wasgo war glücklich und er, der Vater des Jungen, war es auch.

Luziferine drängte zum Weitermarsch. Weitere Gefahren und Abenteuer warteten auf die kleine Familie.

Antares gab dem Drängen seiner Frau nach. Zu gerne hätte er noch etwas ausgeruht. Aber da sein Bein jetzt wieder in Ordnung war, konnte er ohne Schmerzen und mit frischen Kräften weiterwandern. Luziferine führte ihre Familie in einen tiefen, dichten Wald hinein. Ständig gingen sie bergauf. In nur wenigen Stunden gewannen sie etwa neunhundert Höhenmeter. Der Weg führte durch gefährliches Geröll. Einmal nur auszurutschen, würde den sicheren Tod bedeuten. Sie mussten aufpassen, wo sie hintraten. Das Geröll gab schnell und oft nach. Wenn Antares und Luziferine nicht mit den lockeren Steinen nach unten rutschen wollten, mussten sie die Augen im Dunklen gut offen halten. Antares wollte wissen, wo sie ihn hinführen wollte.

„Ich habe dir doch von der Höhle erzählt", sagte Luziferine erstaunt.

„Von welcher Höhle redest du, meine Liebe?", fragte Antares ebenso erstaunt, „du hast mir noch nichts erzählt. Ich vertraue dir und glaube, dass du weißt, was du tust, aber wir hatten doch noch gar keine Zeit, uns genauer darüber zu unterhalten."

Luziferine überlegte kurz und antwortete: „Ja, mein Schatz, ich glaube, du hast recht. Der einzige Ort, an dem wir vorläufig sicher sein könnten, ist eine Höhle, weit vom Wald entfernt. Sie befindet sich schon oberhalb der Baumgrenze. In dieser Höhle leben Vampire. Entweder es gelingt uns, sie davon zu überzeugen, dass sie uns in der Höhle unbehelligt leben lassen oder wir müssen sie vernichten."

Antares brach der Schweiß aus. Obwohl es eine kühle Nacht war und er fror, lief ihm jetzt der Schweiß aus allen Poren und am gesamten Körper herunter. Sein Gesicht war blass geworden. Er stammelte: „Aber ..., ja, also..., nein ..., Luziferine, nein, du ..., du ..., ne, ne ..."

Luziferine sah ihren Mann an und musste lachen. Zu göttlich und zu lustig war sein Anblick in diesem Moment. Viel konnte sie von ihm in der Dunkelheit nicht sehen, aber was sie sah, reichte aus, um sie zum Lachen zu bringen. Es war ein gutmütiges und lustiges Lachen, ein Lachen, dass Antares nicht verletzen konnte. Liebevoll sah sie ihren Mann an und sagte: „Aber, aber, mein Lieber, du wirst doch wohl keine Angst bekommen?"

Entrüstet erwiderte er: „Ich und Angst? Ich bekomme keine Angst, warum denn auch! Ich kann gar keine Angst bekommen, denn ich habe sie schon." Lauter, als er es wollte, rief er: „Luziferine, ich bin kein Kämpfer, ich bin nur ein schlechter Zauberer, denn wäre ich ein guter, wäre ich nicht hier. Bossus hätte mich dann schon längst gefangen gehalten, so wie er es mit Jodaryon und vielen anderen Zauberern macht. Wie stellst du dir das vor?"

„Beruhige dich, mein lieber Mann", sagte Luziferine. Sie sah ihren Gatten sanft an. Mit leiser Stimme sagte sie: „Wir schaffen es schon. Der Herr der Vampire ist ein logisch denkendes Wesen. Wir werden mit ihm reden können. Und wenn nicht, werde ich meinen Vater anrufen und ihn um Hilfe bitten."

Antares war entsetzt. Er sah seine Frau böse an und kreischte: „Ich höre wohl nicht recht! Deinen Vater um Hilfe bitten? Das wäre ja noch schöner. Der Höllenfürst, der seine Tochter verbannt hat, soll helfen? Ist dir klar, was du da verlangst? Du würdest ihm unser Kind ausliefern! Unter keinen Umständen stimme ich dem zu. Mein Sohn hat andere Aufgaben zu bewältigen, als dass er sich als Gefangener in die Hölle wagen kann. Denn das wäre er, ein Gefangener deines

Vaters. Und du weißt, dass Wasgo erst wachsen und älter werden muss, damit wir ihn unterrichten können."

„Aber ich habe meinen Vater schon darüber informiert, dass er einen Enkel hat. Ich könnte mir denken, dass er uns schon beobachtet. Aber warum sollte er Wasgo mit sich nehmen wollen, solange wir gesund sind und uns um unseren Sohn selbst kümmern können?", fragte Luziferine ihren Mann.

Antares war von der Mitteilung seiner Frau entsetzt. Der Höllenfürst sollte sie beobachten? Dann wollte er also Wasgo zu sich holen, schlussfolgerte der junge Vater. Plötzlich verließen ihn alle seine Kräfte. Blass und vom vielen Schweiß völlig durchnässt, sank er da, wo er stand, nieder. Ihm wurde schlecht. Er drückte seinen Sohn an sich, den er immer noch in seinen Armen hielt. Liebevoll sah er das Kind an und sagte: „Nie werde ich das zulassen, mein Kleiner, dass du ein Gefangener deines Großvaters wirst. Ich werde dich beschützen, so gut ich es kann, und werde dich unterrichten und dir alles beibringen, was du wissen musst, damit du deine Aufgaben erfüllen kannst."

Luziferine beugte sich zu Antares und Wasgo hinunter. Mit gesenkter Stimme sagte sie: „Ich möchte es auch nicht, dass Wasgo von uns getrennt wird. Aber vielleicht kann uns Luzifer da helfen, wo unsere Kräfte nicht ausreichen, einen Kampf zu gewinnen. Wir wachsen doch mit unseren Taten. Habe Vertrauen zu uns! Wir werden es schaffen."

Antares blickte seine Frau von unten an, direkt in ihr Gesicht. Er sah ihr tief in die Augen. Ihre Worte beruhigten ihn etwas. „Meinst du das so, wie du es sagtest?", fragte er.

„Ja, mein Schatz, genauso meine ich das", antwortete sie. Sie half ihrem Mann wieder auf die Beine. Schweigend gingen sie weiter, immer tiefer in den dunklen Wald hinein und immer höher auf den Berg herauf.

Sie stiegen und stiegen. Antares fragte seine Frau, ob sie wisse, wohin sie gehen müssten. Er vertraute ihr. Aber er hatte Angst. Seine Angst war berechtigt, denn plötzlich hörten sie ein dämonisches Lachen. Dieses Lachen wurde immer lauter und lauter. Das Lachen veränderte sich allmählich. Es kam Wind auf. Aus dem Wind wurde ein Sturm. Aus dem Lachen wurde ein Geheul des Sturmes. Antares konnte seinen Sohn kaum noch festhalten. Luziferine klammerte sich mit all ihren Kräften an ihn, um nicht von ihm getrennt zu werden.

Sie schrie ihrem geliebten Mann ins Ohr: „Kennst du einen Zauber gegen diesen Sturm?“

„Nein, leider nicht. Aber ich bin mir sicher, dass Bossus uns schon wieder aufgespürt hat. Für das, was hier abgeht, kann nur er verantwortlich sein“, schrie er zurück.

Luziferine musste als Mensch auf dieser Welt leben. Ihr Vater hatte sie aus der Hölle verstoßen und sie somit fast aller magischen Kräfte beraubt. Sie durfte nur Zauber ausüben, die sie zum Schutz ihrer Familie einsetzen konnte. Aber ihr Mann war ein Zauberer. Sie schrie ihm erneut, gegen das wütende Sturmgeheule ankämpfend, ins Ohr: „Aber du bist ein Zauberer. Entweder ich rufe meinen Vater an oder du lässt dir etwas einfallen.“

Antares dachte angestrengt nach. Nein, den Höllenfürsten wollte er nicht um Hilfe bitten. Er, Antares, ein Mann, der die dunklen und bösen Mächte bekämpfte, wollte sich nicht ihrer bedienen. Er wollte keinen Höllenfürsten bitten müssen, ihm und seiner kleinen Familie zu helfen, wenn es gegen den Herrn des Bösen ging, wenn er Bossus bekämpfen musste. Nein, um keinen Preis der Welt wollte er das zulassen, solange er selbst helfen konnte.

Plötzlich tat er sich selbst etwas Leid und war von sich enttäuscht. ‚Warum nur kann ich nicht bessere Zauberkräfte besitzen? Warum nur kann ich nicht so ein großer Zauberer wie Jodaryon sein?‘, dachte er. Er kam nicht auf die Antwort, weil er nur ein einfacher und unbegabter Zauberer war. Und doch war es gerade das, was ihn sein Schicksal zu einem der größten Zauberer aller Zeiten werden ließ. Er, der Verfolgte, hatte den Sohn gezeugt, der den Kampf gegen Bossus aufnahm. Er, Antares, war es, der seinen Sohn ausbilden sollte, mit all seinen kleinen und geringen Zaubern, die Wasgo aber die

Fähigkeiten geben sollten, Jodaryon zu befreien, um mit dem großen Zauberer gemeinsam Bossus die Stirn zu bieten.

Wäre Antares in der Lage gewesen, kräftige und große Zauber anwenden zu können, wäre er wahrscheinlich von Bossus bekämpft und getötet worden. Doch als einfacher Zauberer mit seinen sehr beschränkten Möglichkeiten konnte Antares seine Rolle in dem großen Spiel und Wettkampf der Mächte nicht erkennen. Und doch hatte er gerade deshalb eine entscheidende und sehr mächtige Position im Universum.

‚Ach, Jodaryon', dachte Antares, ‚kannst du uns nicht helfen? Ich bin einfach zu schwach.'

Kaum hatte Antares diesen Gedanken zu Ende gedacht, als ein Käfig durch den Sturm auf sie zugeflogen kam. Dieser Käfig flog direkt zu ihnen und nahm Luziferine, Antares und Wasgo in sich auf. Sie konnten sich nicht dagegen wehren. Luziferine brach in Panik aus, als der Käfig begann, sich sehr schnell zu drehen. Ihr wurde schwindlig. Aber dann bemerkte sie, dass der Sturm immer mehr nachließ, bis er schließlich vollständig verschwand. Der Käfig drehte sich rasend schnell um seine eigene Achse, aber die kleine Familie drehte sich nicht mit. Luziferine sah ihren Mann ängstlich an und fragte: „Wie hast du das gemacht und was passiert jetzt?"

Antares gab zu: „Ich habe nichts getan. Gar nichts habe ich getan. Ich frage mich genauso wie du, was hier vorgeht. Aber es kann nicht böse sein, glaube ich wenigstens."

Kaum hatte Antares zu Ende gesprochen, als eine tiefe Bassstimme ertönte, als käme sie aus einem Fass. Antares kannte diese Stimme. Es war die gleiche Stimme, die er gehört hatte, als er die Zauberbücher von dem Händler kaufte, der ihn an Bossus Helfershelfer verraten hatte.

Es war Jodaryons Stimme, die heute nicht so kräftig wie damals war, als sie Antares schon einmal das Leben gerettet und ihn zu seiner Frau geführt hatte. Jodaryon erklärte: „Noch kann ich euch helfen. Bossus hat mich meiner Kräfte beraubt. Ich darf nicht zaubern. Doch konnte er mir nicht alle meine Kräfte nehmen. Einige kleine

Zauber beherrsche ich noch. Aber mit jedem Zauber, den ich anwende, verliere ich auch etwas von meinen Kräften. Trotzdem muss ich euch helfen. Ich werde es tun, wenn ich weiß, dass ihr ohne meine Hilfe euch nicht retten könnt. Aber nur dann. Ich bringe euch zur Höhle. Dort müsst ihr euch alleine weiterhelfen."

Luziferine sah Antares an, doch wendete sie sich an Jodaryon: „Ich danke dir, großer Jodaryon. Wir werden alles tun, damit auch dir geholfen werden kann."

Der Käfig hörte auf, sich zu drehen. Vom Sturm war nichts mehr zu spüren. Jodaryons Stimme sprach noch einmal zu ihnen. Sie hörte sich noch schwächer an, als vorhin: „Ich weiß es, Luziferine. Ich wünsche euch auf eurem weiteren Weg viel Glück."

„Auch ich danke dir im Namen meines Sohnes und meiner Gattin, großer Jodaryon", sagte Antares und verließ mit seiner Frau den Käfig. Dabei mussten sie sehr vorsichtig sein. Der Käfig hatte sie auf einen Berg gebracht, knapp unterhalb des Gipfels. Unter ihren Füßen befand sich lockeres Gestein, es war ein Geröllfeld. Ein falscher Schritt und sie wären in die Tiefe gerutscht. Antares wollte Jodaryon noch etwas sagen, aber der Käfig war schon wieder verschwunden. Er fasste seine Frau an die Hand, sie drehten sich um und sie sahen den Eingang zur Höhle der Vampire.

Die Höhle der Vampire

Antares und Luziferine blickten sich um. Der Wald unter ihnen sah alles andere als einladend und schön aus. Der Ort, an dem sie sich befanden, strahlte kein Leben und keine Geborgenheit aus. Im Gegenteil erschien es ihnen so, als wenn hier der Tod sein Unwesen trieb. Instinktiv drückte Antares sein Kind etwas fester an seine Brust. Er war fest entschlossen, wenn es notwendig war, den kleinen Wasgo zu beschützen, und zwar mit allen ihm zur Verfügung stehenden Mitteln. Dabei würden doch seine Kräfte nicht einmal ausreichen, sich selbst zu beschützen! Vorsichtshalber übergab er das Baby seiner Frau, damit er die Hände frei hatte, um mit ihnen eventuelle Gefahren abwehren zu können.

‚Man kann nie wissen, was alles passieren kann', dachte Antares. Wenigstens wollte er seine geringen Kräfte ungehindert einsetzen können, wenn es erforderlich sein sollte, Luziferine und sein Kind zu beschützen. Antares war zutiefst verunsichert. Er dachte daran, dass er ständig Gefahr lief, einen Zauber falsch anzuwenden. Viele magische Formeln kannte er schlichtweg gar nicht. Ihm war nur zu bewusst, dass seine magischen Fähigkeiten sehr begrenzt waren und seine Kräfte kaum ausreichten, sich selbst zu beschützen. Wie sollte er da seine Familie schützen! Er fürchtete, dass Wasgo seine Aufgabe später nicht erfüllen könne, weil er, Antares, jämmerlich versagen und seinen Sohn nicht gut ausbilden werde.

Sicherlich hatte er Zeit, sich einige Fähigkeiten anzueignen, um Wasgo, wenn die Zeit dafür gekommen war, besser unterrichten zu können. Aber was sollte er jetzt tun? Jetzt brauchte er das Wissen darüber, wie er die magischen Kräfte einsetzen konnte, damit er sich gegen die bösen Wesen und Geister verteidigen konnte. Er spürte, dass ihn eine allmählich größer werdende Angst befiel. Unwillkürlich dachte er an die Riesenwespe und an seinen verpfuschten Zauber. Und passierten ihm nicht ständig solche Missgeschicke?

Mit einem Mal spürte Antares Augen auf sich gerichtet. So sehr er sich auch bemühte, er konnte niemanden sehen, aber doch fühlte er sich beobachtet. Schon beschlich ihn wieder seine Angst. Tod und Verderbnis herrschten an diesem Ort. Es roch nach Verwesung und Unrat. Der Waldrand schien nur aus toten Bäumen und Sträuchern zu bestehen. Die Dunkelheit, die überall auf der Welt herrschte, seit Jodaryon durch Bossus gefangengesetzt war, schien hier noch undurchdringlicher zu sein. Nur mit Mühe vermochte Antares, seine eigene Hand wahrzunehmen.

Vor der kleinen Familie befand sich eine Höhle, die aussah, als sei sie ins Bergmassiv eingemeißelt. Das Gestein erhob sich über ihre Köpfe hinweg in beeindruckender Höhe. Dieser Fels, der völlig frei von Pflanzen war, hatte Ähnlichkeit mit einem überdimensionalen Kopf. Antares suchte das Felsmassiv, das aus Granit bestand, mit den Augen ab und fand den Eingang zur Höhle.

Plötzlich knackte es laut hinter ihm im verdorrten Gesträuch. Mit einem Ruck fuhr Antares herum. Mit unbeschreiblichem Schrecken erkannte er eine riesige schwarze Schlange, die sich ihm in Angriffsstellung näherte. Wo kam die auf einmal her? Wie in Zeitlupe nahm er wahr, dass sie mit ihren fürchterlichen Zähnen immer näher kam. Zehntelsekunden dehnten sich endlos, sie kamen Antares vor wie Stunden. Fieberhaft arbeitete sein Hirn, um einen wirksamen Zauber zu finden. Ohne den wären er und seine Familie und somit die gesamte Welt endgültig verloren. Schon sah er vor seinen Augen sein ganzes Leben wie in einem Film vorbeisausen.

Immer näher und näher kam die Schlange. Ihre Zunge schoss wie ein todbringendes Schwert aus ihrem Maul heraus und Antares entgegen. Der war vor Angst wie gelähmt. Nicht um sich hatte er Angst, das registrierte er erstaunt. Er fürchtete um seine Frau und um sein Kind. Er musste doch dafür sorgen, dass Wasgo seine Mission erfüllen konnte. Wenn dem Jungen etwas passieren sollte, konnte sich die Prophezeiung zur Rettung Jodaryons und der Welt nicht erfüllen. Außerdem gehörte nun einmal ein Kind zu seiner Mutter. Selbstvorwürfe kamen in ihm hoch: Du Versager, du lausiger Zauberer, nicht einmal mit dieser Schlange kannst du es aufnehmen! Jetzt war ihm das Reptil bis auf einen Meter nahe gekommen. Ihr Kopf schnellte vor. Deutlicher als je zuvor erkannte Antares in ihrem Maul die Zähne. ‚Gleich wird sie zubeißen, gleich wird sie mich erwischen!‘, fuhr es ihm durch den Kopf. Schon war es ihm, als spürte er die Zähne des Ungeheuers in sich eindringen.

In diesem Moment fiel ihm der ersehnte Zauber ein. ‚Hoffentlich ist es nicht zu spät‘, dachte er. Mit einem letzten Blick auf Luziferine und Wasgo, sie waren die liebsten Menschen, die er je in seinem Leben hatte, nahm er eine Abwehrstellung ein und murmelt eine Formel. Im selben Augenblick schnellte der Kopf der Schlange nach vorn. ‚Das war es dann, jetzt ist es gleich vorbei‘, wurde ihm bewusst. Aber was war das? Aus dem Nichts schien sich ein unsichtbarer Schutzschild zwischen ihm und der Schlange aufgebaut zu haben. Das Tier knallte mit seinem Kopf gegen etwas Unsichtbaren.

Er spürte noch etwas. Es konnte nicht die Schlange sein, die ihn beobachtet hatte. Da war noch etwas oder jemand anderes, von dem er beobachtet wurde. Erneut breitete sich in seinem Körper Angst aus.

Luziferine spürte ebenso wie ihr Mann, wie feindlich dieser Ort ihnen gesonnen war. Auch sie bekam es mit der Angst zu tun. Zweifel überkamen sie, ob es richtig war, an diesem gefährlichen Ort Zuflucht und Geborgenheit zu suchen, um Wasgo in Ruhe und mit viel Liebe aufziehen und ausbilden zu können. Plötzlich war sie sich nicht mehr sicher, ob es überhaupt einen Platz auf dieser Welt gab, an dem sie ihren Sohn zu einem tatkräftigen, verantwortungsvollen jungen Mann erziehen konnten. Immerhin musste der Junge mit einem Schwert umgehen können und auch das Zaubern erlernen. Lesen und schreiben sollte er ebenso können.

Aus den Augenwinkeln sah sie die schwarze Riesenschlange auf ihren Mann zuschießen. Gefährlich sahen ihre Zähne aus, die zum Biss bereit waren. Antares riss seine rechte Hand nach vorne, der Schlange entgegen. Seine Hand zeigte gerade in die Höhe, die Finger hatte er zusammengepresst. Die Beine hatte er etwas gespreizt, um mehr Standfestigkeit zu bekommen. Die Schlange prallte gegen einen unsichtbaren Schild. Antares blieb in der von ihm eingenommenen Position zum Kampf gegen die Riesenschlange stehen und konnte sehen, wie der Kopf des Ungeheuers gegen diesen aus dem Nichts entstandenen unsichtbaren Schutzschild knallte. Die Zunge der Schlange wurde dabei gefährlich gequetscht. Die Zähne des Ungetüms brachen und fielen zu Boden. Dort, wo sie den Erdboden berührten, entstand sofort ein dichter Nebel. Es sah aus, als wenn Wasser verdampfte. Nur waren es die Zähne der Riesenschlange, die auf diese Art vom Erdboden vertilgt wurden. Die Zähne der Schlange lösten sich einfach auf und verschwanden.

Antares, aber auch Luziferine konnten den Schmerzensschrei der Schlange hören. Auch Wasgo verzog schmerzverzerrt sein kleines schönes Gesichtchen und begann zu weinen. Luziferine wiegte das greinende Kind und beruhigte es mit leisen sanften Worten. Tatsächlich beruhigte sich der Säugling und lächelte seiner Mutter entgegen. Die herzte daraufhin das Kind und bemerkte nicht, was nun geschah.

Die Schlange ergriff mit Wehgeschrei die Flucht. Über Luziferine und Antares verdunkelte sich für einen kurzen Augenblick der nachtschwarze Himmel zu völliger Dunkelheit. Die kleine Familie konnte nichts erkennen. Antares war gerade dabei, seine Angriffshaltung, die er der Schlange wegen eingenommen hatte, aufzugeben. Doch drohte ihm und seiner Familie schon wieder Gefahr, dieses Mal aus der Luft. Antares verlangte von Luziferine, dass sie sich hinter ihm stellte und auf Wasgo aufpasste.

Ein riesiger schwarzer Vogel flog über sie hinweg und landete nahe dem Eingang zur Höhle. Aber dann erkannte Antares, dass es kein Vogel war. Dieses ihm unbekannte Wesen war ganz und gar kein Vogel. Es hatte Flügel, mit denen es völlig lautlos geflogen war. Das unheimliche Wesen war etwa zwei Meter hoch und hatte einen kräftigen, menschenähnlichen Körper. Es war dunkel wie die Nacht selbst, fast schwarz. Kräftige Beine standen fest auf dem Boden und muskulöse Arme kamen aus den Schultern heraus. Zwischen den Armen und dem Körper war eine kräftige Haut gewachsen, die von diesem Geschöpf zum Fliegen benutzt wurde. Diese Häute und Arme waren also die Flügel. Ein armdicker, schwarzer runder Schwanz, der zum Ende immer dünner wurde, ragte am Steiß hervor. Der Schwanz war so lang, dass er bis auf den Erdboden reichte. Der Kopf sah aus wie der einer Fledermaus. Furchterregend erschien ihm dieses Geschöpf. Was war das nur für ein komisches Wesen? Es war halb Mensch und halb Tier, es sah aus, als wäre es eine halbe Fledermaus.

Schlagartig wurde Antares bewusst, was das für ein Wesen war. Sein Herz rutschte ihm in die Hose. Luziferine hatte es ihm gesagt, wohin sie wollten. Dieses furchterregende Geschöpf lebte nicht. Aber es war auch nicht tot. Es gehörte zu den Geschöpfen der Finsternis. Es war kein Mensch. Es war auch keine Fledermaus. Es war ein Vampir!

Verzweifelt versuchte Antares, sich zu überlegen, wie er den Vampir, sollte der ihn angreifen wollen, bekämpfen konnte. Aber wie sollte er das nur können? Vampire waren doch viel mächtiger als er selbst. Er war doch nur ein kleiner, unsicherer Zauberer. Was konnte er schon gegen solch ein Wesen der Finsternis ausrichten, dass mit vielen magischen Fähigkeiten ausgerüstet war und diese sicher beherrschte! Sicherlich existierten sie deshalb auf der Erde, weil sie Luzifer aus der Unterwelt verbannt hatte. Aber anders als Luziferine hatten sie ihre magischen Kräfte behalten dürfen. Im Gegenteil konnten Vampire ihre Fähigkeiten sogar auf einen Menschen übertragen, wenn sie ihn mit einem Biss zu einem der Ihren machten.

Das bedeutete, dass der Vampir einem Menschen direkt in eine Halsvene biss, um von seinem Blut zu trinken. Saugte der Vampir alles Blut aus dem Menschen heraus, wurde er zu einem Vampir mit all dessen magischen Fähigkeiten. Aber es konnte auch geschehen, dass ein Vampir nur einen Schluck von dem köstlichen Lebenssaft trank. Dann wurde dieser Mensch zwar nicht zum Vampir, aber vorübergehend wurden ihm doch dessen magische Kräfte übertragen. Er wurde zu einem Halbvampir. Trank dieser Halbvampir jedoch selbst einmal Menschenblut, wurde er unweigerlich zu einem richtigen Vampir. Trank er hingegen kein Blut von Menschen, verlor er nach und nach seine vampirischen Fähigkeiten.

Antares blickte zu dem Wesen der Nacht, das genauso zu Luziferine und ihm herüberschaute. Ängstlich sagte Antares mit zittriger Stimme: „Wir sind gekommen, weil wir dringend mit dem Herrn der Vampire reden müssen.“

Der Vampir antwortete mit einer rauen, nicht menschlichen Stimme: „Es gibt keinen Herrn der Vampire mehr. Der Herr der Vampire starb bei dem Angriff auf den Schrein des Bösen vor fast fünfhundert Jahren. Nur wenige Vampire haben diese Schlacht damals überlebt. Einer davon bin ich.“

Langsam ging er auf Antares und Luziferine zu. Als er die ersten Schritte in ihre Richtung gemacht hatte, verwandelte er sich in einen Menschen. Antares erblickte einen jungen Mann. Er hatte schwarze Haare und einen blassen Teint. Die Haut sah beinahe wie bei einem Toten aus. Er hatte eine sportliche Figur, war muskulös und athletisch, sein Körper wies kein Gramm Fett zu viel auf. Seinem Aussehen nach musste man ihn auf maximal zwanzig Jahre schätzen. Er war groß und je näher er den Eheleuten kam, desto mehr verdeckte er mit seinen breiten Schultern den Eingang zur Höhle.

Luziferine hatte noch nie in ihrem Leben einen so schönen jungen Mann gesehen. Auch Antares erblickte einen durchaus attraktiven Jüngling. Er hatte etwas an sich, das dafür sorgte, dass sie sich zu ihm hingezogen fühlten. Antares innere Stimme sagte ihm, dass er vorsichtig sein solle. Er dürfe dem Fremden nicht trauen. Dieser sah ihn lächelnd an und fragte: „Bist du Antares, der größte aller Zauberer?“

Das war der reinste Spott, so empfand Antares die Frage des Vampirs, dessen Stimme tief und dunkel war und sich sehr angenehm warm und liebevoll anhörte. Antares antwortete: „Das hört sich an, als wenn du schon auf uns gewartet hättest.“

„Ja, das habe ich“, gab der junge Vampir zu. „Ich kenne die Prophezeiung und es ist an der Zeit, dass sie sich zu erfüllen beginnt. Zeigt mir das Kind, ich will sicher gehen, dass ihr die Richtigen seid, auf die wir warten“, verlangte der Fremde.

Luziferine sah Antares fragend an. Der nickte seiner Frau aufmunternd zu. Sie wickelte Wasgo aus der Decke und entblößte seinen Rücken. Dann hielt sie dem Fremden das Kind entgegen. Der wollte es berühren, aber Luziferine zischte ihn wütend an: „Wage es nicht! Du darfst es dir ansehen, aber nicht anfassen. Sieh dir sein Muttermal an! Es sieht so aus, wie es in der Prophezeiung beschrieben wurde. Unser Wasgo wird Jodaryon befreien und retten."

Der Fremde zog sofort seine Hand zurück, als Luziferine ihn anzischte. Böse war er ihr deshalb nicht. In einer Welt voll Dunkelheit und Falschheit, in einer Welt voller Verrat und Unterdrückung konnte man nie vorsichtig genug sein, dafür hatte der Vampir Verständnis. Als er sich das Kind angesehen hatte, begann er, zu lächeln, und sah in den schwarzen Nachthimmel hinein.

Er rief: „Bossus, deine Tage sind gezählt. Bald wird es wieder Tag und die Menschheit wird wieder wachsen und somit wird es auch wieder mehr Vampire geben." Dann drehte er sich zur Höhle um und sagte in etwas verändertem Tonfall, der etwas ruhiger klang als das, was er zuvor ausgesprochen hatte: „Ich danke dir, o mein Herr und Meister, der du dieses leider nicht mehr erleben darfst, du hast uns in all deiner Weisheit den richtigen Weg gezeigt, auch wenn niemand von uns daran glauben konnte. Dein Werk kann nun fortgesetzt werden."

Antares sah den jungen Mann überrascht an und wollte wissen: „Wer bist du?"

„Ich bin der Herr dieser Höhle. Mein Name ist Sinclair. Ich bin der Herr der Nacht und Beschützer aller Fledermäuse. Du bist hier in mein Reich gekommen. Dieser Wald gehört mir. Wenn du es so willst, stehst du vor dem Herrn der Vampire. Wir werden euch helfen, Bossus zu besiegen", sagte Sinclair freundlich.

Luziferine sah Antares tief in die Augen und sagte: „Siehst du, mein Schatz, wir haben doch alles richtig gemacht. Hier können wir bleiben und unseren Sohn groß ziehen und ihm alles das lehren, was er für sein Leben benötigt."

„Ja“, sagte Antares, „das können wir. Wir haben ein Zuhause gefunden.“

Er wandte sich Sinclair zu und wollte von ihm wissen, wie es mit ihnen weitergehen sollte. Was war mit all den anderen Vampiren? Antares wollte nicht, dass Wasgo einen Vampir sah, der so erschreckend aussah wie Sinclair noch vor wenigen Minuten. Außerdem wollte er, dass der Beschützer aller Fledermäuse die anderen Vampire anwies, ihn und seine Familie in Ruhe und Frieden leben zu lassen. Es wäre für Wasgo das Beste, solange er noch ein Kind war, keinen Vampir zu sehen. Erst wenn er das Alter eines Jugendlichen erreicht hatte und den Anblick eines Vampirs ertragen konnte, sollte der Junge diese kennenlernen.

Sinclair versprach, dass Wasgo nichts zu befürchten hätte. Die Vampire, die mit ihm gemeinsam in der Höhle lebten, nutzten eine größere Nebenhöhle. Neben deren Eingang befand sich noch eine weitere kleine Nebenhöhle, die für Luziferine und Antares und deren Söhnchen groß genug sei. Die sollten sie nutzen und kein Vampir durfte sie dort stören.

Sinclair forderte Luziferine und Antares auf, ihm in die Höhle zu folgen, damit er ihnen ihr neues Zuhause zeigen konnte.

Unsicher folgte das junge Paar dem Herrn der Fledermäuse. Luziferine hatte den kleinen Wasgo schon längst wieder in seine wärmende Decke eingewickelt und ihn in den Arm genommen. Der Anstieg zur Höhle war schwieriger, als das Paar erwartet hatte. Der Berg stieg steil an und bis zum Eingang der Höhle waren es noch gut einhundert Meter. Es gab bis dahin keinen Weg und das Geröll war ziemlich lose und gab unter den Füßen nach.

Plötzlich begannen die Steinchen, unter Luziferines Füßen wegzurollen. Sie strauchelte. Mit aller Gewalt versuchte sie, das Gleichgewicht zu halten, aber ihre Arme konnte sie dafür nicht benutzen, da sie Wasgo trug. Sie presste den kleinen Kerl an ihre Brust, war nur darauf bedacht, ihn zu beschützen. Ihr Baby durfte nicht verletzt werden, nur weil seine Mutter auf dem Geröll vor der Höhle nicht laufen konnte. Mit einem Aufschrei stürzte Luziferine und begann, den Berg herunterzurutschen.

Antares drehte sich zu seiner Frau um und schrie vor Schreck: „Luziferine …, Hilfe!“

Sinclair, der das Drama um Luziferine und Wasgo ebenfalls wahrnahm, reagierte blitzschnell. Er konnte zwar nicht ungeschehen machen, dass die junge Mutter mit ihrem Baby einige Meter durch das lose Geröll rutschte. Aber so schnell, wie es nur Vampire konnten, war er bei ihr, stampfte seine Füße in die losen Steine des Bodens hinein, und verhinderte ihren weiteren Absturz! Danach beugte er sich zu der ihm fremden Frau herunter, nahm sie in seine Arme und lief schnell und sicher den Berg herauf. Vor dem Eingang zur Höhle stellte er Luziferine vorsichtig auf ihre Füße und fragte sie: „Ist alles in Ordnung oder tut dir etwas weh? Geht es deinem kleinen Jungen gut?“

„Danke, mir geht es gut und dem Jungen ist nichts passiert, ich glaube, er hat gar nicht bemerkt, was geschehen ist“, antwortete Luziferine, sah sich aber sicherheitshalber Wasgo genauer an. Der schlief seelenruhig, als sei nichts Böses geschehen.

Antares beobachtete diese unschöne Szene einerseits mit Entsetzen, andererseits ungläubig. Entsetzt war er deshalb, weil er um seine kleine Familie fürchtete, um die Gesundheit seiner Frau und seines Kindes. Wenn vor allem dem Jungen nichts geschah, der musste doch die Prophezeiung erfüllen!

Unglaublich war für ihn die Schnelligkeit des Vampirs, mit der er bei Luziferine und Wasgo angekommen war. Seine Augen konnten das nicht verfolgen. Plötzlich war Sinclair, der vor Antares sicher auf dem losen Geröll ausschritt, als wenn der nie etwas anderes getan hätte, vor Antares Augen verschwunden und als er sich umdrehte, hatte sich der Vampir bereits zu seiner Frau und dem Kind heruntergebeugt, um sie in die Arme zu nehmen!

Als Sinclair auch Antares zur Hilfe eilen wollte, hatte der nur noch wenige Meter bis zum Eingang der Höhle vor sich und rief ihm aufgeregt, aber erleichtert entgegen: „Bin ich froh, dass du bei uns bist. Ohne dich wären meine Liebsten vielleicht gestorben!“

„Das kann man nie so genau wissen!“, sagte Sinclair.

„Nein, wissen kann man das tatsächlich nicht“, erwiderte der junge Vater, der immer noch unter Schock stand, „aber ahnen. Sie wären weiter den Berg heruntergerutscht, viele, viele Meter! Ob ich sie eingeholt hätte, bevor es zu spät gewesen wäre, ist sehr fraglich. Ich danke dir, mei ...“ Mein Freund wollte noch nicht über seine Lippen kommen, deshalb sagte er nach einer kleinen Pause: „..., Sinclair!“

Luziferine berappelte sich, danach betraten sie, immer noch aufgeregt, die Höhle. Kurz hinter dem Eingang schlängelten sie sich einen engen Spalt entlang. Diesem folgten sie und plötzlich befanden sie sich nach wenigen Metern in einer Nebenhöhle, die alles andere als klein war.

Sinclair sah die überraschten Gesichter der jungen Leute. Unwillkürlich musste er lächeln. Er sagte: „Das ist eure Höhle, sie ist die kleinste in diesem Höhlenverbund. Es gibt hier mehrere Höhlen, die irgendwie alle miteinander verbunden sind. Aber ihr müsst euch keine Sorgen machen. Niemand wird euch hier behelligen. Und der kleine Wasgo wird hier keine Vampire sehen. Und wenn ihr mit ihm die Höhle verlassen wollt, passt ihr eben auf, dass er keinen zu sehen bekommt, sollte doch einmal einer gerade im Anflug der Höhlen sein. Aber ich werde alle darauf hinweisen, dass sie als Fledermäuse durch die Höhlen fliegen und das selbstverständlich auch in der näheren Umgebung tun sollen. So sollte alles zu eurer Zufriedenheit sein.“

Luziferine und Antares dankten Sinclair und der ließ sie mit ihrem Söhnchen alleine. Das junge Paar konnte nun die Höhle in ihren Besitz nehmen. Ihre kleinen Habseligkeiten waren schnell ausgepackt. Antares schaute sich um. Ihr neues Zuhause gefiel ihm. Es war warm und gemütlich. Ein angenehmes Licht beherrschte diese Nebenhöhle, doch konnten weder Antares noch Luziferine sich erklären, wo das Leuchten herkam. In einer Höhle war es normalerweise dunkel. Diese Höhle aber war so hell, dass man sich gut darin orientieren konnte.

Rechts neben dem Eingang befand sich ein kleiner Raum, den die kleine Familie zum Schlafraum bestimmte. Ein See mit glasklarem Wasser erstreckte sich zur linken Seite, der in der Höhle irgendwo unterirdisch verschwand, sodass man nicht erkennen konnte, wo er endete. Das Wasser hatte eine angenehme Temperatur, stellte Luziferine fest, als sie sich bückte und ihre Hand eintauchte. Sie überzeugte sich davon, dass es Trinkwasser war.

Antares verließ die Höhle. Er wollte sich im nahe gelegenen Wald nach etwas Brauchbarem für eine Matratze umsehen.

Überhaupt richteten sich Antares und Luziferine in den nächsten Tagen ihre Höhle häuslich ein. Er besorgte Holz, aus dem er einen Tisch und vier Stühle zimmerte. Als Bett diente ihnen nach und nach das Fell von erlegten Kleintieren, von denen sich die Familie ernährte. Stroh gab es nicht, weil es keine Gräser zu der Zeit gab, als Bossus die Erde beherrschte und unterdrückte. Wo hätte zu den Zeiten der ewigen Nacht auch Gras wachsen sollen!

Die vielen kleinen Felle steckte Luziferine in einen Sack, den sie anschließend zu einer Matratze formte. Nahe am Höhlensee richteten sich Wasgos Eltern einen Platz für ein gemütliches Feuerchen und zum Kochen ein. Antares baute für Luziferine ein Gestell, an dem sie über dem Feuer in einem Gefäß ihre Mahlzeiten zubereiten konnte. Es dauerte ein paar Tage, bis sie sich ihre Höhle einigermaßen wohnlich eingerichtet hatten.

Somit wuchs Wasgo in Geborgenheit bei seinen Eltern auf. Liebevoll kümmerten sie sich um ihn. Die Jahre vergingen und Wasgo wuchs heran. Als er sechs Jahre alt wurde, bekam er von Antares und Luziferine ein besonderes Geschenk. Dabei erklärten sie ihm, dass die Zeit des Spielens nun beendet sei. Er sollte jeden Tag vom Vater in Lesen und Schreiben und Rechnen unterrichtet werden.

Wasgo freute sich darauf. Endlich durfte er rechnen, lesen und schreiben lernen. Er war ganz außer sich vor Freude und hopste laut jubelnd in der Höhle herum. Die Mutter sah dem Kind dabei lächelnd zu. Nach wenigen Augenblicken wurde sie ernst und dachte: ‚Jetzt, mein Sohn, wird dich dein Vater ausbilden, dafür, dass du viele Abenteuer bestehen sollst. Es wird dir nicht immer alles leicht fallen. Du hast ein schweres Leben vor dir.‘ Diese Gedanken machten sie etwas traurig.

Der Kampf um Wasgo

Zu Wasgos Geburtstagsfeier war auch Sinclair eingeladen, den der Junge als seinen Onkel kennengelernt hatte. Es war ein lustiger Nachmittag, mit Spiel und einigen Leckereien zum Naschen, die Luziferine eigens für diesen Anlass zubereitet hatte. Am nächsten Tag begann der Vater des Kindes mit dessen Ausbildung.

In den letzten sechs Jahren hatte sich Antares mit den Zauberbüchern beschäftigt und sein Wissen in der Zauberkunst vervollkommnet. Er war längst nicht mehr der schlechte Zauberer von einst. Aber trotzdem konnte er einem Mann wie Jodaryon bei weitem nicht das Wasser reichen. Immerhin hatte er es geschafft, in den letzten sechs Jahren keine fremde Hilfe mehr in Anspruch nehmen zu müssen.

Im Gegenteil konnte er sogar Spione, die der Höllenfürst Luzifer geschickt hatte, um etwas über seinen Enkel in Erfahrung zu bringen, enttarnen und sie in die Flucht schlagen. Damit hatte sich Antares einen unversöhnlichen Feind geschaffen. Luzifer wollte seinen Enkel Wasgo in die Hölle entführen.

Der saß mit seinem Vater vor der Höhle. Im Laufe der Jahre hatte Antares den Zugang zur Höhle verändert. Er hatte am Tage Sand aus dem Wald herbeigeschafft. Diesen schüttete er am Berghang so auf, dass die Steigung deutlich geringer wurde. Das war eine sehr mühselige Arbeit. Als die Vampire sahen, was Antares am Tage trieb, halfen sie ihm in der Nacht, den Sand vor die Höhle zu schaffen und ihn so zu verteilen, wie Antares es vorhatte. Somit entstand ein sanfter Anstieg zur Höhle, sodass Luziferine mit Wasgo ihr Zuhause unbeschwert bis zum Wald verlassen und ebenso wieder zurückkehren konnte.

Der Junge sollte einen Text lesen, den sein Vater ihm zuvor in den Sand auf den Fußboden geschrieben hatte. Wasgo war ein guter Schüler. Er hatte Spaß daran gefunden, mit seinem Vater schreiben und lesen zu lernen. Er konnte sogar schon bis Einhundert rechnen. Wasgo lernte spielend und sehr schnell. Und wie jeder Junge es tat, wenn er sechs Jahre alt war, vergaß er manchmal, welche Aufgabe er lösen sollte. Seine Konzentration ließ nach und er begann, zu spielen.

Dann interessierte ihn kein Unterricht, auch wenn sich Antares bemühte, diesen für Wasgo so interessant zu gestalten wie es ihm nur möglich war. Aber Antares hatte meistens ein Einsehen mit seinem Sohn und ließ ihn nicht nur spielen, sondern beteiligte sich an den Spielen seines Kindes. Wasgo konnte herzerweichend lachen. Wenn er so von Herzen lachte, war er so niedlich, dass seinem Vater das Herz aufging. Wasgo war für Antares zum Lebensinhalt geworden.

Die Konzentration Wasgos ließ nach. Er war müde. Plötzlich sagte der kleine Junge: „Vater, ich mag nicht mehr lernen. Schule ist doof. Ich will jetzt nicht lesen, ich will spielen. Bitte lass mich gehen."

„Wo willst du denn hingehen?", fragte Antares?

Er bekam keine Antwort. Darauf befahl Antares auf liebevolle Weise seinen Sohn zu sich. Wasgo gehorchte. Als der Junge bei seinem Vater angekommen war, setzte dieser ihn zu sich auf seinen Schoß. Antares streichelte Wasgo über das Haar und drückte den Jungen kurz an sich. Dann sprach er: „Junge, ich kenne dich genau. Was ist los? Du verheimlichst mir doch etwas."

Immer wenn Wasgo ein Geheimnis hatte, konnte er es vor seinen Eltern nicht verborgen halten. Er war ein grundehrliches Kind. Nun erzählte er seinem Vater, dass Onkel Sinclair ihn eingeladen hatte, mit ihm im Wald einen Hirsch zu jagen. Den wollte er Luziferine und Antares schenken. Es dauerte nicht lange, bis Sinclair aus der Höhle trat. Sie begrüßten sich. Wasgo fragte ihn, ob sie jetzt im Wald den Hirsch fangen wollten. Sinclair sah das Kind fassungslos an und fragte: „Was für einen Hirsch willst du denn jagen?"

Wasgo meinte: „Das weiß ich nicht, du musst das doch selbst wissen!"

Doch der Vampir hatte keine Ahnung, wovon der Junge sprach. So kam es, wie es kommen musste. Wasgo war von Sinclair maßlos enttäuscht. Der kleine Junge begann, zu weinen, weil er dachte, dass er nun als Lügner vor seinem Vater dastand. Antares drückte den

Kleinen an sich und beruhigte ihn. Danach schickte er das Kind zu Luziferine. Sie sollte sich um Wasgo kümmern, er selbst hatte mit Sinclair zu reden.

Antares traute dem Herrn der Fledermäuse nicht über den Weg. Er glaubte, dass Sinclair nicht ehrlich war, und sagte ihm das. Er hatte Angst um Wasgo. Warum sollte sein kleiner Junge mit Sinclair einen Hirsch jagen gehen? Warum sollte ausgerechnet der Vampir für Antares' und Luziferines Vorrat an Nahrungsmitteln sorgen? Zu diesem Zeitpunkt hatte der junge Vater vergessen, dass die Vampire ihm auch geholfen hatten, den Zugang zur Höhle für ihn und seine Familie umzubauen, sodass der für sie leichter zu erreichen war. Die Vampire brauchten keinen Eingang zu ihrer Behausung, der zu Fuß gut zu erreichen war. Sie flogen hinein und hinaus aus der Höhle, wie sie es wollten.

Sinclair beteuerte, dass er das erste Mal davon hörte, mit dem Jungen auf die Jagd gehen zu wollen. Er sagte: „Antares, überlege doch bitte einmal. Warum sollte ich mit Wasgo jagen gehen? Ihn dabei gefährden? Wir Vampire benötigen kein Fleisch, sondern Blut von Menschen. Das ist heute bereits das dritte Mal, dass Wasgo behauptet, ich wollte etwas mit ihm unternehmen. Ich glaube, da steckt mehr dahinter, als du wahrhaben willst."

Antares wollte wissen, was Sinclair damit zum Ausdruck bringen wollte. Dieser sagte: „Irgendwer will euch den Jungen wegnehmen."

Antares fiel es wie Schuppen von den Augen. Er entschuldigte sich bei dem Vampir und bat ihn um Hilfe. Antares fürchtete, dass hinter diesen Verwechselungen Luzifer steckte und der Wasgo entführen wollte. Sinclair war der gleichen Ansicht. Sie besprachen sich und entwickelten einen Plan, wie sie gemeinsam mit vereinten magischen Kräften den Höllenfürsten überlisten wollten.

*****

Luzifer war übelster Laune. Er schnauzte seine Spione regelrecht an und diese gerieten dermaßen in Furcht, dass sie es kaum aushielten. Luzifer schrie: „Ihr seid zu nichts zu gebrauchen. Nicht einmal einen kleinen Jungen könnt ihr einfangen und ihn zu mir bringen. Ich werde euch dafür bestrafen. Ihr habt wohl vergessen, dass ihr euch in der Unterwelt befindet. Ich bin euer Herr und auch der Herr des Fegefeuers! Wollt ihr etwa im Fegefeuer landen?“

Luzifers Spione waren finstere Gesellen. Sie sahen furchterregend aus. Auf den Schultern hatten sie keinen menschenähnlichen Kopf. Nein, es saß dort etwas, das aussah, als würde das Fleisch des Kopfes langsam verfaulen. Bekleidet waren diese Wesen der Finsternis mit einfachen Hosen und Umhängen, die schwarz waren. Damit konnten sie sich hervorragend tarnen, wenn sie der Erde einen Besuch abstatteten. Dort herrschte ja seit fast fünfhundert Jahren die ewige Nacht. Dunkle Kleidung machte damit den Besitzer fast unsichtbar. Überall kam es auf der Welt zu Terror und Mord. Finstere Gesellen hatten zu Zeiten der ewigen Nacht leichtes Spiel, ihren dunklen und bösen Machenschaften nachzugehen.

Luzifer ließ seine Monster eine Weile schmoren. Ihre Angst vor dem Fegefeuer war gewaltig und das nutzte er gnadenlos aus. Endlich erklärte er: „Gut, ihr Nichtsnutze, ihr habt zwar das Fegefeuer tausend Mal verdient, aber ich will euch doch noch eine allerletzte Chance geben. Aber wehe euch, wenn ihr wieder so jämmerlich versagt ...“

Insgeheim nahm er sich vor, dieses Mal mit ihnen auf die Erde zu gehen und genau zu beobachten, was sie taten. Sollten sie seine Erwartungen doch noch erfüllen? Aber wenn sie in Gefahr gerieten, konnte er seinen schrecklichen Monstern immer noch helfen. Und in was für Gefahren sollten sie eigentlich geraten? Gab es auf der Erde etwa Dinge, von denen er, der mächtige Höllenfürst, noch nichts wusste?

*****

Der kleine Wasgo lief alleine im Wald umher. Er suchte Sinclair. Mit lauter Stimme rief der Junge den Onkel. Doch Sinclair hatte sich im Wald versteckt. Als Fledermaus getarnt hielt er sich ganz in der Nähe des kleinen Wasgo auf. Bei ihm waren andere Vampire, die ebenfalls die Gestalt einer Fledermaus angenommen hatten. Dieser Wasgo, der im Wald umherlief und seinen Onkel Sinclair rief, war eine andere Person, aber nicht Wasgo. Diese Person sah nur aus wie Wasgo. Es lief nämlich nicht der Junge durch den dunklen, laublosen Wald, sondern sein Vater. Mit einem Zauber hatte der sich die Gestalt seines Sohnes gegeben. Sollte Luzifer es tatsächlich wagen, den kleinen Wasgo zu entführen oder ihn entführen zu lassen, würde er sein blaues Wunder erleben.

*****

Der wahre Wasgo war derzeit bei seiner Mutter in der Höhle. Sie passte auf ihren Sohn auf, damit ihm nichts Böses widerfahren konnte. Wasgo saß am See und spielte dort mit den Fischen. Plötzlich verwandelte sich ein Fisch in einen alten, vollbärtigen Mann. Dieser Mann blieb unter der Wasseroberfläche und begann mit Wasgo ein Gespräch. Luziferine beobachtete ihren Sohn. Sie sah, dass er mit jemand erzählte, und rief ihm zu:„Mit wem sprichst du da, Wasgo?"

Der Junge drehte sich zu seiner Mutter um und sagte: „Im Wasser ist ein alter Mann, er will, dass ich zu ihm komme."

Augenblicklich brach Luziferine in Panik aus. Sie schrie ihrem Sohn zu, dass er sofort zu ihr kommen solle. Im nächsten Augenblick lief sie zu ihm, sprang an den See heran und brüllte den alten Mann im Wasser an: „Halte dich ja von meinem Kind fern! Du bekommst ihn nicht, er ist mein Sohn. Solltest du auch nur in seine Nähe kommen, werde ich dich vernichten!"

So aufgeregt und kampfeslustig kannte Wasgo seine Mutter noch nicht. Er fragte sich, ob er etwas falsch gemacht hatte, und bekam Angst. Die Unruhe der Mutter übertrug sich auf ihn. Er begann, zu weinen. Zitternd schlang der kleine Kerl seine Ärmchen um die Mutter. Leise schluchzend flüsterte er ihr ins Ohr: „Bitte verzeihe mir, Mama."

Luziferine beruhigte sich. Sie setzte sich und nahm Wasgo auf ihren Schoß und antwortete „Bleibe ganz ruhig, mein Kleiner! Es ist alles gut. Du musst dich nicht entschuldigen. Du hast nichts Falsches getan.“

Sie sah Wasgo an und streichelte ihm über den Rücken, als sie sagte: „Ich glaube, es wird Zeit, dass du erfährst, wer du bist.“

*****

Antares wusste, worauf er sich einließ. Nachdem Wasgo ihm und Sinclair alles erzählt hatte, waren sie sich sicher, dass Luzifer den Jungen entführen wollte. Wenn ihm das gelänge, ließe sich die Prophezeiung kaum noch erfüllen. Also musste unter allen Umständen Wasgos Entführung durch den Höllenfürsten verhindert werden. Aber wie sollten sie das nur tun? Es war Sinclair, der den Vorschlag machte, den kleinen Wasgo im Wald nach dem vermeintlichen Sinclair suchen zu lassen. Sie waren sich sicher, dass dieser falsche Sinclair entweder der Höllenfürst persönlich oder einer seiner Monster war. Es würde sehr gefährlich werden, den zu vernichten oder Luzifer derart zu besiegen, dass der nie wieder daran denken würde, seinen Enkelsohn in die Hölle zu entführen. Antares musste also dem Höllenfürsten gegenüber so mächtig erscheinen, dass der auf einen weiteren Kampf mit ihm verzichten wollte. Dennoch war es dem Zauberer und dem Vampir bewusst, dass der bevorstehende Kampf gegen Luzifer Opfer verlangen werde. Antares konnte dabei sterben, aber auch Sinclair oder seine Vampire konnten vernichtet werden.

Antares wollte Wasgo nicht in Gefahr bringen. Deshalb beschloss er, ihn bei Luziferine in der Höhle zu lassen, die ihn dort beschützen sollte, während er zusammen mit Sinclair und dessen Vampiren den Kampf gegen Luzifer aufnahm. Sollte Antares dabei sein Leben lassen müssen, konnte Wasgo immer noch durch Luziferine und Sinclair in der Zauberkunst unterrichtet werden. Luziferine müsste sich in dem Falle mit den Zauberbüchern beschäftigen, um ihrem Sohn die wichtigsten Zauber beibringen zu können.

*****

Wasgo beruhigte sich. Er wischte sich die Tränen mit seinen kleinen Händchen vom Gesicht. Mit seinen großen braunen Augen sah er die Mutter an. Mit noch zitternder Stimme fragte er: „Was meinst du, Mutter? Wer soll ich denn sein?“

Luziferine erzählte ihrem Sohn die Geschichte der ewigen Nacht. Sie erzählte ihm, wie und warum sich die Erde verdunkelt hatte. Der Junge erfuhr von seiner Mutter von der Prophezeiung und von Jodaryon, auch von ihrer abenteuerlichen Flucht in diese Höhle und davon, dass sein Vater ein Zauberer war und somit auch er, Wasgo, einer werden würde.

Weiter sagte sie: „Und du, mein Junge, bist derjenige, der die Prophezeiung erfüllen wird. Du wirst Jodaryon befreien und mit ihm gemeinsam den Kampf gegen Bossus aufnehmen. Dabei wirst du weitere Zauber von Jodaryon erlernen. Du wirst einmal ein mächtiger Magier sein, der mit Jodaryon dafür sorgt, dass die Sonne wieder scheinen und das Leben auf der Erde wieder schön und lebenswert wird.“

Ängstlich sah Wasgo seine Mutter an und sagte: „Aber ich bin doch noch ein kleiner Junge.“

„Hab keine Angst, mein Sohn“, erwiderte Luziferine, „du hast noch genug Zeit, dich darauf vorzubereiten. Erst wenn du ein junger Mann bist, wird es soweit sein, dass du in den Kampf ziehen musst.“

„Wer war der alte Mann im Wasser, Mutter?“, wollte Wasgo wissen.

„Der alte Mann im Wasser war dein Großvater und mein Vater. Er ist der Höllenfürst Luzifer. Er hat mich aus der Hölle verbannt und mich meiner magischen Kräfte beraubt. Seitdem muss ich als Mensch auf der Erde leben. Ich finde das nicht schlimm, ganz im Gegenteil. So konnte ich deinen Vater kennenlernen, der ein sehr mutiger und liebevoller Mann ist.“

„Und was wollte mein Großvater von mir?“, wollte Wasgo wissen.

„Er will dich zu sich holen. Er will, dass du bei ihm in der Hölle lebst“, antwortete Wasgos Mutter.

Wasgo war beunruhigt. Eine schwere Hand drückte dem Kind auf die Brust, sodass er kaum noch Luft bekam. Er fürchtete sich. Er hatte noch so viele Fragen wie in diesem Augenblick, aber er war ein Kind. Und Kinder fragen nicht endlos weiter, wenn sie die Antworten der Erwachsenen respektieren. So wurde er still. Luziferine ahnte, was in dem Jungen vor sich ging. Sie wiegte ihn in ihren Armen und sagte liebevoll: „Du musst keine Angst haben, mein Lieber. Dein Vater und Onkel Sinclair werden dich so lange beschützen, bis du selbst auf dich aufpassen kannst. Und auch ich bin immer für dich da und werde auch auf dich aufpassen.“

*****

Wasgo alias Antares lief durch den Wald. Unablässig rief er nach Onkel Sinclair. Endlich kam eine Antwort. „Hier bin ich“, hörte Antares ihn rufen. Er ging weiter in den Wald hinein. Es wurde immer dunkler und kälter. Ein Schauer durchlief Antares' Körper. Er hörte ein leises Lachen und wieder die Stimme Sinclairs sagen: „Hier bin ich, komme nur zu mir, kleiner Wasgo!“ Antares sah eine Gestalt. Sie ging ihm entgegen. In der Dunkelheit der ewigen Nacht konnte er nicht sogleich erkennen, wer es war. Doch als sie sich gegenüber standen, erkannte Antares ihn doch. Es war Sinclair. Aber Sinclair konnte es doch nicht sein, denn der war als Fledermaus in seiner Nähe! Wer war dieser Sinclair also dann? War es Luzifer? War es einer von Luzifers schlimmen Geschöpfen?

Es war egal, wer es war, diese Gestalt war auf jeden Fall nicht der Vampir Sinclair. Von diesem Wesen drohte Antares Gefahr. Der falsche Sinclair nahm den falschen Wasgo an die Hand. „Komm, wir wollen einen Hirsch jagen und erlegen, damit ihr genug zu essen habt, wenn der Winter kommt“, sagte der falsche Sinclair.

Antares versuchte, ruhig zu bleiben. Sinclairs Hand fühlte sich anders an als diese Hand, die er jetzt hielt. Antares murmelte sicherheitshalber einen Schutzzauber, mit dem er sich selbst schützte. Es war nur ein schwacher Zauber, den er anwendete. Er wollte sich nicht selbst verraten, denn das Wesen, zu dem diese eiskalte Hand gehörte, war nicht Sinclair. Aber das Wesen ahnte nicht, dass es Antares war, den es an der Hand hielt. So gingen sie tiefer in den undurchdringlichen Wald hinein. Wann würde das Wesen aus der Hölle seine wahre Identität preisgeben?

*****

Wasgo saß immer noch auf dem Schoß seiner Mutter. Er ließ sich von ihr wiegen und trösten. Im Grunde verstand er nichts von dem, was ihm seine Mutter erzählt hatte. Das alles überstieg seine Vorstellungskraft. Er begriff zwar, dass er einmal ein großer Zauberer sein sollte, der in ferner Zukunft die Welt rettete. Aber wie sollte das gehen? Sein kindlicher Verstand war mit solch einer Vorstellung überfordert. Er war doch nur ein Junge, aber kein Zauberer! Und sein Großvater sollte der Herr der Hölle sein? Wasgo verstand nichts.

Er war mit den Informationen seiner Mutter überfordert. Aber er fragte Luziferine nicht danach, sondern stellte sich in seiner kindlichen Fantasie vor, dass er gegen böse Ritter mit einem großen, schweren Schwert in den Kampf zog. In seiner Fantasie saß er auf einem prächtigen Schlachtross und schützte sich mit einem riesigen magischen Schild. Sein Schwert glitt durch die Luft und vernichtete einen Gegner nach dem anderen.

Plötzlich hatte er eine Vision. Er wurde ganz still und sah vor seinem geistigen Auge seinen Vater.

*****

Antares hielt die Hand des falschen Sinclair. Kalt schloss sie sich um seine Eigene. Er bemerkte, dass ein schwarzer Umhang neben ihm durch die Luft wallte. Dieser Umhang hatte vor wenigen Augenblicken noch nicht neben ihm geschwebt. Er sah hoch zu dem Gesicht des vermeintlichen Sinclair. Wie hatte sich das verändert! Das schöne Gesicht des Sinclair hatte sich in eine grinsende, blasse, verwesende Fratze verwandelt. Hautlappen hingen von ihm herunter. Antares konnte im Gesicht des vermeintlichen Vampirs das faulige tote Fleisch erkennen. Die Zähne waren schief und brüchig, sie verfaulten im Mund dieses Geschöpfes und waren ganz schwarz und braun. Die Augen traten aus ihren Höhlen hervor und waren blutunterlaufen. Ein böses Grunzen erreichte Antares. Der Kampf auf Leben und Tod hatte begonnen. Einer nur konnte gewinnen. Wer, das sollte sich bald entscheiden.

*****

Wasgo wurde noch unruhiger. Luziferine konnte sich seine Unruhe nicht erklären. Hatte sie ihn mit ihren Informationen am Ende doch überfordert? Auch wenn sich in ihm langsam magische Fähigkeiten entwickelten, gegen die er sich nicht wehren konnte, war er doch immer noch ein Kind. Ob er es wollte oder nicht, er musste diese magischen Fähigkeiten annehmen. Ihm war nicht bewusst, was er erlebte und was mit ihm geschah. Wie hätte Wasgo, der ein erst sechsjähriges Kind war, das auch realisieren sollen? Vor seinem geistigen Auge sah er seinen Vater, der in Lebensgefahr schwebte.

*****

Antares begriff sofort, dass der Kampf begonnen hatte. Jetzt konnte er sich zu erkennen geben. Er versuchte, die eisige Hand des Höllengeschöpfes loszulassen, aber die hielt ihn fest. So murmelte er einen weiteren Zauber: „Arravates boriginiliales digti feriri!“

Sofort ließ die eisige Hand, die Feuer gefangen hatte, Antares los. Verwirrt sah das Geschöpf ihn an. Wie war es möglich, dass der kleine Wasgo solch einen starken Zauber beherrschte? Diese Frage konnte Antares förmlich auf dem hässlichen Gesicht des Höllenwesens erkennen. Aber im nächsten Augenblick teilte sich das Wesen zweimal. Drei Geschöpfe der Hölle drängten von drei Seiten auf Antares zu und nahmen ihn in ihre Mitte. Er hatte keine Chance zu entfliehen.

Da gab Sinclair seinen Vampiren das Zeichen zum Angriff. Sie verwandelten sich in etwa zwei Meter große finstere Gestalten, die mit Fell überzogen waren. Spitze, fledermausartige Gesichter flogen auf die drei Höllenwesen zu. Die Nacht wurde noch dunkler. Die drei

Ungeheuer wurden von den Vampiren angegriffen. Das konnten sie nicht verstehen. Vampire waren doch Wesen der Nacht, Wesen der Dunkelheit und sollten auf der Seite ihres Herrn stehen! Stattdessen griffen sie die Schergen Luzifers an!

*****

Wasgo sah mit großen Augen seinen Vater und Sinclair den Kampf aufnehmen. Nie zuvor hatte der Junge Vampire gesehen. Doch jetzt sah er sie und fürchtete um sie. Sie waren nicht schön, eher furchteinflößend. Aber sie halfen seinem Vater und deshalb konnten Vampire keine bösen Wesen sein. Sie waren die Herren der Nacht, aber Wasgo wusste nicht, was das bedeutete. Er stieß einen grellen Schrei aus. Er hatte Angst um seinen Vater und um seinen Onkel Sinclair, der stets so gut zu ihm war.

*****

Flammen schlugen den Vampiren entgegen. Das war kein normales Feuer, es kam aus der Hölle. Es war das Fegefeuer, das diese finsteren Höllenwesen den Vampiren entgegen schleuderten. Viele Vampire verbrannten mitten im Flug. Ihre Asche fiel zur Erde und verstreute sich sofort, sodass es nie wieder möglich war, sie in ihre Existenz zurückzuholen. Sinclair versuchte, von hinten an einen der Höllenschergen heranzukommen. Doch das war unmöglich, die schützten sich gegenseitig und versuchten auch ihn zu verbrennen. Gegen die drei Bösewichter kam er nicht an. So blieb ihm nur noch die Möglichkeit der Flucht, um seine Existenz zu retten. Antares war sich selbst überlassen. Es blieb ihm nichts anderes übrig, als alleine gegen die Unwesen aus der Hölle, zu kämpfen. Er murmelte mehrere Abwehrzauber und hatte Glück, dass diese wirkten. Einen Augenblick später sahen sich die Höllenwesen einem Feuer gegenüber, das ähnlich wie das Fegefeuer war. Nur sog es alles Böse in sich auf. Luzifers hässliche Wesen wurden durch die Flammen des Antares angesaugt. Mit aller Macht versuchten sie, sich dagegen zu wehren und es mit Wasser zu bekämpfen. Doch das Höllenwasser konnte nichts gegen das Feuer des Antares ausrichten. Zischend verdampfte es. Verzweifelt stemmten sich die Monster gegen das Feuer, vergeblich, am Ende wurden sie doch vernichtet. Antares blickte erleichtert auf und nahm seine eigene Gestalt wieder an. Die Flammen erloschen.

Später gesellte sich Sinclair zu ihm und sagte: „Du hast uns nicht gebraucht. Aber es ist in Ordnung. Niemand konnte wissen, dass es so einfach werden würde."

Antares konnte nicht mehr antworten. Ein alter, bärtiger Mann stand ihnen plötzlich gegenüber. Hasserfüllt sah er sie an. Es war Luzifer, der seine drei schlimmsten und furchteinflößendsten Monster vor wenigen Momenten durch Antares verloren hatte. Auch er war nun geschwächt. Er schleuderte Sinclair und Antares einen Blitz entgegen. Doch Antares war auf der Hut und nahm sofort eine Abwehrstellung ein. So schaffte er es, Luzifers Blitz zu ihm zurück zu schleudern.

Der Höllenfürst stürzte und gab den Kampf auf. Er verblasste und war wenige Augenblicke später nicht mehr zu sehen. In ohnmächtigem Grimm zog er sich in seine Hölle zurück und leckte seine Wunden. Er war von Antares Kräften überrascht. Der war ja mächtiger, als er angenommen hatte! Es war unglaublich, Antares hatte den Höllenfürsten besiegt.

*****

Wasgo konnte mit seinem geistigen Auge alles verfolgen. Als er begriff, dass sein Vater einen erfolgreichen Kampf führte, beruhigte er sich, und als der Kampf entschieden war, schlief das Kind erschöpft auf dem Schoss seiner Mutter ein. Vorerst war der Junge in Sicherheit. In Zukunft sollte niemand mehr seine Ausbildung stören oder gar verhindern können.

Wasgos Ausbildung

Wasgo war bereits zehn Jahre alt. Antares hatte den Jungen bisher in Rechnen, Schreiben und Lesen unterrichtet. Heute hatte er seinem Sohn angekündigt, ihn ab sofort auch in der Zauberkunst auszubilden. Das Kind freute sich schon lange darauf, endlich das Zaubern zu erlernen. Keine Woche verging, ohne dass der Junge seinen Vater förmlich bekniete, doch endlich, endlich mit den Zauberlektionen zu beginnen. Und nun war es soweit! Wasgo war völlig euphorisch, konnte kaum einen Augenblick lang still sitzen und hätte am liebsten gleich mit allerlei tollkühnen Zauberkunststückchen losgelegt.

Zunächst jedoch klärte Antares seinen Sohn über die Möglichkeiten und Konsequenzen des Zauberns auf, welche verschiedenen Zauber es gab und wie sie wirkten. Auch die Gefahren des Zauberns verschwieg Antares seinem Sohn nicht. Danach begann er, Wasgo einige kleine und leichte Zauber zu zeigen und zu lehren.

Der Junge stellte sich dabei nicht ungeschickt an. Sollte er doch die Zaubersprüche auswendig lernen und sie einsetzen können, wenn der Vater ihn dazu aufforderte. Später musste er die Zaubersprüche beherrschen können, ohne dass er darüber nachdenken musste, warum sie so wirkten, wie sie wirkten. Es kam darauf an, sie schnell und sicher anzuwenden, um eventuellen Gefahren zu widerstehen. Und dass Wasgo nicht nur einmal in seiner Zukunft Gefahren ausgesetzt sein mochte, war jedem Höhlenmitglied bewusst. Selbst Wasgo hatte schon mehrmals daran gedacht. Immer und immer wieder hatte er sich seine zukünftigen Abenteuer vorgestellt. In seiner Fantasie malte er sich aus, ein großer Magier zusein, der alle Zauber der Welt anwenden konnte. Er kämpfte in seinen Tagträumen gegen gefährliche Wesen, die er mit seinen Zaubern alle bezwang.

Doch Wasgo wurde von seinem Vater von seinen Fantasien weggeholt und in die Realität des Lebens geschubst. Antares erzählte dem Jungen, dass viele Zauber nur eine Ergänzung im Kampf sein konnten. Meist sei man gezwungen, mit einem Schwert zu kämpfen, könne aber vielleicht mit einem Zauber den Schwertkampf für sich erfolgreich gestalten. Nur sehr selten war es möglich, mächtige Zauber anzuwenden, um einem Schwertkampf auszuweichen. Wenn das möglich war, dann nur, weil der Gegner nicht so viele mächtige Zauber kannte wie man selbst.

Dann erklärte Antares dem Kind, dass es verschiedene Zauber gab. Nämlich die weißen Zauber, die von all den Zauberern angewandt wurden, die positiv auf die Welt einwirkten, und die schwarzen Zauber, die von bösen Leuten ausgeübt wurden. Antares erklärte, dass es hierbei um weißer und schwarzer Magie ging. Beide bedienten sich unterschiedlicher Zauber, die sich aber durchaus in ihrer Wirkung ähneln konnten.

„Ich habe dir eben erzählt, dass die Magie meist nur eine Ergänzung im Kampf Mann gegen Mann ist. Das darfst du nie vergessen, mein Sohn“, erklärte Antares seinem Jungen, den er über alles liebte.

Wasgo hing mit seinen Augen förmlich an den Lippen seines Vaters. Es war alles so spannend, was der ihm erzählte. Antares sprach weiter: „Und deshalb, mein Junge, werden wir ab morgen beginnen, dich im Schwertkampf auszubilden.“

„Und die Zaubersprüche, Vater, wann darf ich die erlernen?“, fragte der Junge rappelig vor Ungeduld.

Antares antwortete lächelnd: „Die Zaubersprüche wirst du schon ab heute lernen, denn du sollst doch ein guter und gefährlicher Schwertkämpfer werden.“

Wasgo lächelte zurück und freute sich auf den ersten Zauber, den er kennenlernen sollte. Antares erklärte ihm: „Pass auf, mein Großer. Ich werde dir selbstverständlich erst einmal kleine Zauber beibringen, mit denen du nichts anrichten kannst, wenn sie dir nicht gelingen. Du musst dich ganz fest auf den Zauberspruch konzentrieren, weil du ihn richtig aussprechen musst. Sagst du etwas Falsches, wird der Zauber in eine andere Richtung gelenkt. Dann kann es schon einmal passieren, dass du ein ganz anderes Ergebnis bekommst, als du haben willst.“

Wasgo, der seinem Vater aufmerksam zugehört hatte, fragte: „Und was kann passieren, wenn ich einen Zauber falsch ausspreche?“

„Nun, nehmen wir einmal an, dass du die Höhle sauber machen willst. Dazu wendest du einen Reinigungszauber an. Sprichst du den falsch aus, kann es passieren, dass du einen Befehl gegeben hast, den du nicht geben wolltest. Statt einer sauberen Höhle hast du dann vielleicht den Höhleneingang versperrt, weil der plötzlich von magischen Kräften verschlossen wird“, erklärte Antares. Dann sprach er weiter zu seinem Sohn: „Es gibt Zauberer, die mit einem Zauberstab zaubern.

Der große Jodaryon sagte einmal, dass Zauberstäbe nicht gut sind. Sie müssen aus einem bestimmten Material sein. Sind sie das nicht, erfüllen sie ihre Funktionen nicht. Ich glaube, dass Jodaryons Methode besser ist. Er hat eine Methode entwickelt, mit den Händen zu zaubern. Ein Zauberstab kann kaputt gehen. Dann ist der Zauberer, der nur mit so einem Zauberstab umgehen kann, am Ende seiner Kräfte, er kann dann nicht mehr zaubern. Eine Hand geht meist nicht kaputt. Wenn eine Hand nicht vollständig verstümmelt wurde, dann kann man mit ihr zu jeder Zeit zaubern. Man kann auch mit nur einem Blick und ohne Worte zaubern. Aber das zeige ich dir später, wie das geht. Für dich ist diese Methode noch viel zu schwer. Komm zu mir, mein Junge!“, verlangte Antares von Wasgo.

Gehorsam hüpfte Wasgo glücklich, aber auch etwas übermütig zu seinem Vater. Der sagte: „Du wirst jetzt mit mir gemeinsam zaubern. Siehst du die Wäsche, die deine Mutter dort in den Wind zum Trocknen aufgehängt hat? Die werden wir jetzt mit einem Zauber trocknen.“

Antares nahm seinen Sohn in seine Arme und stellte ihn so zurecht, dass Wasgo zu der zum Trocknen aufgehängten Wäsche sehen musste. Der Vater stellte sich hinter seinem Sohn, hielt dessen rechten Arm fest, den er auf die im Wind flatternde Wäsche richtete und zeigte ihm die für den Zauberspruch erforderliche Handbewegung.

Danach flüsterte er dem Jungen den Zauberspruch ins Ohr. Der Spruch ging so: „Storre warischte torro wendia.“

Antares fragte: „Hast du dir den Spruch gemerkt?“

Nachdem der Kleine die Frage seines Vaters bejaht hatte, forderte Antares ihn auf, den Spruch aufzusagen und die Handbewegung zu vollziehen, die er ihm vorhin gezeigt hatte.

Wasgo tat, was er sollte. Er vollführte die Handbewegung. Sie war richtig. Gleichzeitig sagte er den Spruch auf, den sein Vater ihm beigebracht hatte. Doch hatte Antares einen Fehler gemacht. Er hatte Wasgo nicht aufgefordert, den Spruch, ohne Handbewegung zu wiederholen. Ohne Handbewegung war der Spruch nämlich nicht wirksam.

Doch nun machte Wasgo die richtige Handbewegung und sprach: „Storre warischte stormo wendia.“

Plötzlich wütete ein gewaltiger Sturm. Antares wurde von einer Sturmbö erfasst und in die Luft gehoben. Wasgo hatte mehr Glück als sein Vater. Er konnte sich an einem alten Baum festhalten.

Mit den Armen rudernd flog Antares durch die Luft. Schnell sagte er sehr laut und mit angsterfüllter Stimme: „Sormo wendia torres storre weriche.“

Sofort war der Sturm vorbei. Antares fiel wie ein Stein zu Boden. Er hatte vergessen, dass er sich erst hätte schützen müssen, bevor er den Zauber zur Beendigung des Unwetters anwandte. Er hätte sich zuerst mit einem Zauber auf den Erdboden begeben müssen.

Wasgo musste lachen, als er sah, was passiert war. Antares sprang auf seine Beine und warnte seinen Sohn böse: „Lach nicht auch noch, du dummer Junge!“

Das Lachen des Kindes erstarb. Schuldbewusst sah Wasgo seinen Vater mit traurigem Blick an. „Tschuldigung, Vater, das wollte ich nicht“, sagte der Junge.

Antares ging zu seinem Sohn und nahm ihn in seine Arme. Liebevoll streichelte er Wasgo über den Rücken. Danach bekam er einen sanften Klaps vom Vater auf seinen Po. Antares tröstete den

Jungen: „Es ist alles gut, mein lieber Junge. Du kannst nichts dafür. Ich habe den Fehler gemacht und nicht du.“

An diesem Tag zauberte Antares nicht mehr mit seinem Sohn. Er ging mit ihm in die Höhle und sie ließen sich von Luziferine mit vielen Leckereien verwöhnen.

Ein paar Tage später wollte Antares seinem Jungen einen Zauber beibringen, mit dem er Pflanzen schneller wachsen lassen konnte. Dafür wollte er eines seiner Zauberspruchbücher benutzen. Wasgo saß neben ihm auf einem großen Stein vor der Höhle. Vor ihnen befanden sich einige Gemüsepflanzen, die Antares erst vor ein paar Tagen ausgesät hatte. Da Pflanzen Licht und Wärme benötigen, um wachsen und gedeihen zu können, hatte er für die Pflanzen einen Wärme- und Lichtspender gezaubert. Tatsächlich hatte er damit Erfolg.

Aber jetzt wollte er, weil ihm der natürliche Wachstumsprozess zu lange dauerte, mit einem Zauber das Wachstum der Pflanzen forcieren. Er schlug das Buch der Zaubersprüche auf und las Wasgo vor, was zu dem Wachstumszauber an Erklärungen in dem Buch stand. Wasgo hörte aufmerksam zu. Sein Vater fragte ihn, ob er alles verstanden habe.

Wasgo bejahte Antares Frage.

„Dann können wir den Zauber ja sprechen“, meinte Antares. Er sah seinen Jungen an. Mit leuchtenden Augen stimmte Wasgo seinem Vater aufgeregt zu. Er wollte sehen, wie der Zauber wirkte, den sein Vater bald sprechen würde.

Antares begann aus dem Buch, den Zauberspruch laut zu lesen. Dabei versprach er sich einmal und korrigierte seine Worte: „Torres wachiste bo…, ähm, borriggorende feriste fiste.“

Zunächst begannen die Gemüsepflanzen, schnell zu wachsen. Antares und Wasgo waren schon stolz auf ihren Erfolg. Luziferine würde sich über reifes und ausgewachsenes Gemüse freuen. An einer Pflanze wuchsen Bohnen, die rasend schnell riesengroß wurden. Plötzlich waren sie überreif. Im nächsten Augenblick platzten sie und eine stinkige Brühe flog den Zauberern entgegen, die sich überdies noch stark in der Luft vermehrte und letztendlich auf Antares herunter klatschte. Wasgo, der neben seinem Vater saß, amüsierte sich köstlich. Antares vernahm das helle, fröhliche Lachen seines Jungen und wurde böse. Er war total durchnässt und stank erbärmlich wie ein Wiedehopf. Antares schimpfte: „Das ist ja wieder einmal typisch für dich, ich stinke wer weiß wie und du lachst dich kaputt.“

Sofort wurde Wasgo leise und entschuldigte sich für seine Schadenfreude beim Vater. Der lenkte aber schnell ein. Er begriff, dass es für Wasgo sehr lustig ausgesehen haben musste, als die Bohnen platzten und ihren fauligen Saft über Antares ergossen hatten. Wasgo, der genau neben seinem Vater saß, hatte nichts von dieser grässlichen Flüssigkeit abbekommen. Er hatte den Spruch nicht laut vorgelesen. Antares ging in die Höhle, um sich im See zu säubern. Danach kam er frisch gebadet und wohl riechend zu seinem Sohn zurück. Der las in dem Zauberbuch. Als er seinen Vater bemerkte, sagte er: „Ich weiß, warum dein Zauber nicht geklappt hat.“

„Dann lasse mich das mal wissen, los, erzähl schon, forderte Antares lächelnd. Er freute sich über Wasgos Lerneifer und auch über dessen Wissensdurst.

Der Junge erzählte ihm, dass man sich beim Aufsagen des Zaubers nicht versprechen dürfe. Passierte es doch, sollte der Zauber abgebrochen werden. Da Antares sich aber verbessert hatte, blieben die ausgesprochenen Wörter in der Luft schweben und ergaben mit der Korrektur des Zauberspruches einen anderen Sinn, sodass der Zauber sich veränderte und eine andere Wirkung bekam, als er ursprünglich haben sollte.

Antares legte Wasgo einen Arm um die Schulter und sagte: „Das hast du gut gemacht, mein lieber Junge. Aber trotzdem muss ich noch einmal ernst werden. Du darfst gerne in den Zauberbüchern lesen. Aber du darfst die Zaubersprüche niemals laut lesen, solange du nicht weißt, was passieren wird. Hast du mich verstanden?“

Wasgo verstand seinen Vater sehr gut. Er hatte ja schon mehrmals gesehen, was dabei herauskommen konnte, wenn ein Zauber nicht korrekt ausgesprochen wurde.

*****

Die Jahre vergingen. Längst konnte Wasgo fehlerlos lesen, schreiben und rechnen. Im Schwertkampf wurde er ausgebildet und konnte die in den Zauberbüchern befindlichen Zauber schon gut anwenden. Mehrmals hatte er seinen Vater vor schlimmen Folgen bewahrt, als der einen Zauberspruch falsch aufsagte. Wasgo hatte sofort einen Gegenzauber angewendet und so eine Katastrophe verhindert.

Inzwischen war Wasgo 18 Jahre alt und zu einem schönen Jüngling gereift. Er war sportlich und geschickt im Umgang mit Werkzeugen und Waffen. Dank seiner Zauberkräfte war er zu einem guten Schwertkämpfer geworden. Antares wusste, dass der Junge bald gehen musste. Jodaryon musste unbedingt befreit und die Erde von der ewigen Finsternis erlöst werden. Schon viele Tierarten, die das Tageslicht zum Überleben brauchten, waren von der Erde verschwunden. Viele Pflanzenarten gab es nicht mehr. Das Leben auf der Erde war trostlos geworden. Die Menschen waren traurig, krank und antriebslos, sie hatten keine Lust auf schöne Dinge und schon gar keine Lust, ihre Pflichten zu erfüllen. Auch sie brauchten die Sonne, die von Bossus so ganz und gar vom Firmament verbannt worden war. Dicke Wolken hingen am Himmel und verhinderten, dass die Sonne scheinen konnte.

Antares war es bewusst, dass Wasgos magische Kräfte noch sehr mangelhaft und nicht voll entfaltet waren und er immer noch großen Nachholbedarf in der Zauberkunst hatte. Noch war er nicht dazu fähig, die Welt mit Jodaryon gemeinsam zu retten. Aber Antares selbst kannte keine weiteren Zauber, die er seinem Sohn noch zeigen und lehren konnte. Auch Wasgo wusste, dass seine magischen Kräfte nicht zu mehr reichen würden als zu einem guten Schwertkämpfer. Beide, Vater und Sohn, hofften auf Jodaryons weitere Ausbildung.

In der Höhle hatte sich Antares mit Luziferine an den Tisch gesetzt. Wasgo war für das Viehzeug, dass sie sich im Laufe der Jahre angeschafft hatten, Futter besorgen. So konnten seine Eltern ungestört über ihn reden.

Antares sagte: „Ich kann unserem Jungen nichts mehr beibringen. Alles, was ich kann, habe ich ihm gezeigt. Selbst Sinclair hat ihm noch einige Dinge lehren können, sodass Wasgo mir in seinen Fähigkeiten und seinem Können überlegen ist. Das ist auch gut so. Er soll jetzt nur noch einen Vampir kennenlernen. Und er soll erfahren, zu was Vampire fähig sind. Sinclair wird das erledigen. Danach müssen wir unseren Jungen gehen lassen." Traurig sah Antares an Luziferine vorbei.

Über den Tisch, an dem sie saßen, legte sie ihrem Mann ihre Rechte auf eine seiner Hände. Antares sah ihr ins Gesicht und lächelte sie dankbar an. Beide hingen an ihrem Sohn. Wasgo war immer ein lernwilliger und sehr wissbegieriger Junge, der seinen Eltern und Sinclair mit seinen Fragen regelrecht Löcher in den Bauch bohrte. Nicht alles konnten sie ihm beantworten. Wasgo selbst beantwortete sich einige Fragen selber, weil er eben ein aufmerksamer junger Mann war. Er beobachtete seine Umwelt genau und zog oft die richtigen Schlussfolgerungen aus seinen Beobachtungen.

Luziferine nickte mit dem Kopf und antwortete: „Ja, ich weiß. Aber wir müssen ihn auf seine lange Reise gut vorbereiten. Er wird vielleicht Jahre nicht mehr nach Hause kommen. Hoffentlich überlebt er alles und bleibt gesund. Wir werden morgen mit ihm feiern und danach kann er die Strapazen angehen."

„Dann werde ich noch jetzt mit Sinclair sprechen, dass er noch heute sich unserem Jungen so zeigen soll, wie er wirklich ist", überlegte Antares.

Am Abend saßen Luziferine, Antares und Wasgo vor der Höhle an einem Lagerfeuer. Später gesellte sich Sinclair zu ihnen. Sie tranken Wein und rösteten sich über dem Feuer Wildfleisch und Würstchen, die Luziferine angefertigt hatte. Auf einem Stock aufgespießt hielten sie ihre Wurst oder das Fleisch so über das Feuer, dass ein Garprozess einsetzen konnte. Fleisch und Würstchen waren somit relativ schnell zum Verzehr bereit. Wasgo nahm sich sein Stückchen

Fleisch von seinem Stock und verbrannte sich dabei beinahe die Hände. Luziferine lachte über die Ungeschicklichkeit ihres Sohnes.

Es sah aber auch lustig aus, wie er das heiße Fleisch mit einer Hand vom Stock abnahm, es fallen ließ und mit der anderen Hand noch in der Luft auffing, um es erneut in die Luft zu schleudern. Dabei versuchte er seine Hände zu kühlen, indem er die Finger, mit denen er das heiße Fleisch berührt hatte, mit seinem Mund anpustete. Doch nun fiel ihm alles andere, was er noch in der Hand hielt, auf den Erdboden, aber sein heißes Fleisch konnte er retten, nachdem es auf diese Art und Weise dreimal durch die Luft geflogen war. Wasgo verzog das Gesicht zu einer Grimasse, lachte und rief: „Oh, Scheiße, ist das heiß, Mutter, ich brauche einen Teller."

Luziferine sprang mit einem Teller zu ihrem Sohn und half ihm, sein Fleisch darauf zu bekommen. Sie lachte immer noch und sagte voller gutmütigem Spott: „Schuld bist du ganz alleine. Es sollte dir klar sein, dass das Fleisch heiß ist, wenn es im Feuer war."

Wasgo kühlte sich erst einmal seine Hände und sprach ohne Groll, eher belustigt: „Ja, Mutter, du kannst gut reden, reden was du willst! Ich weiß ja, dass du recht hast. Aber du hast dir nicht die Hände verbrannt. Das war ich!"

Darauf sagte der Vater: „Junge, ich mache mir Sorgen um dich. Wenn du dich in allem so ungeschickt anstellst, wirst du nicht lange leben und Jodaryon nie befreien."

Wasgo begriff sofort, was sein Vater mit diesen Worten meinte, und sah ihn ernst und traurig an. Er fragte: „Vater, ich muss gehen, ist es das?"

Antares wurde nun ebenso traurig und sagte: „Ja, mein Sohn, es ist so weit. Ich kann dir nichts mehr beibringen. Die letzte Lektion erhältst du von Sinclair heute Abend. Morgen werden wir alles für deine Reise vorbereiten und dann musst du uns verlassen. Ich wünschte, du könntest bei uns bleiben."

Wasgo sah zu seiner Mutter herüber. Luziferine hatte Tränen in den Augen. Aber ihre Stimme war gefasst, als sie sagte: „Denke daran, mein lieber Junge, dass du der Auserwählte bist, der die Prophezeiung zu erfüllen hat. Es wird für dich nicht leicht, sondern sehr, sehr schwer werden. Wenn du Jodaryon gefunden hast, dann bist du nicht mehr alleine. Er wird dich noch sehr viel lehren, aber auch auf dich aufpassen. Aber solange musst du alleine zurechtkommen. Ich weiß, dass du es schaffst."

„Wo finde ich den alten Zauberer", wollte Wasgo wissen.

Antares antwortete: „Es heißt, er soll in der alten Zauberschule in einem großen und undurchdringlichen Wald sein. Aber niemand weiß, wo sich diese Schule befinden soll. Du musst das herausfinden und Jodaryon befreien."

Sinclair, der mit der kleinen Familie am Feuer saß, entgegnete: „Macht euch keine Sorgen und habt Vertrauen in die Zukunft. Dann wird Wasgo alles erreichen. Und ihr könnt in euren Gedanken bei ihm sein, dann könnt ihr ihm vielleicht auch einmal helfen, wenn es notwendig sein sollte."

Wasgo drehte sich zu Sinclair um und fragte: „Was für eine Lektion ist das, die du mir heute beibringen willst?"

„Kennst du Vampire?", fragte Sinclair.

Wasgo überlegte kurz und sagte dann: „Mein Vater hat mir von Vampiren erzählt. Aber das waren Geschichten. Gibt es sie denn wirklich?"

„Oh, ja, die gibt es wirklich", antwortete Sinclair, „es gibt sie sogar hier bei uns in der Höhle."

Ungläubig sah der junge Mann seinen Onkel Sinclair an. „Das kann nicht sein!", brachte er überrascht hervor.

„Aber es ist so", antwortete Sinclair. Wasgo sah diesen an. Er wurde ganz ernst und man konnte ihm ansehen, dass sein Gehirn fieberhaft arbeitete. Nach etwa einer Minute sagte der Jüngling: „Warum bist du all die Jahre nicht älter geworden? Ich kann mich daran erinnern, dass meine Eltern früher etwas anders ausgesehen hatten. Sie waren jünger. Aber du siehst heute noch so aus, wie ich dich schon immer in Erinnerung habe. Eine Eigenschaft von Vampiren ist es, so sagt man, dass sie nicht älter werden. Stimmt das?"

Sinclair betrachtete den klugen jungen Mann, der vor ihm am Feuer saß und immer noch mit seinem Fleisch beschäftigt war, das jetzt Dank Luziferine auf einem Teller lag. Wasgo schnitt sich mit einem Messer vorsichtig ein großes Stück Fleisch ab und schob es sich in den Mund. Genüsslich kaute er darauf herum, bis er es endlich herunterschlucken konnte.

Sinclair sprach: „Du hast recht, mein lieber Junge. Deine Vermutung ist richtig. Ich bin ein Vampir.“

Wasgo war nicht überrascht und Sinclair erzählte ihm, warum seine Eltern mit ihm in der Höhle der Vampire leben durften. Er erzählte ihm die Geschichte von der ewigen Nacht. Wasgo hörte ihm aufmerksam zu. Einige Details der Geschichte kannte Wasgo schon, die hatten ihm seine Eltern bereits erzählt. Nachdem Sinclair geendet hatte, herrschte eine Weile Schweigen. Dann ergriff Antares wieder das Wort und meinte, dass Wasgo bereit sei, einen Vampir zu sehen.

Wasgo nickte mit dem Kopf. Daraufhin erzählte Sinclair dem Jungen, welche magischen Kräfte ein Vampir besaß. Er erzählte ihm alles, was Wasgo über Vampire erfahren musste. Nicht alle Vampire waren auf der Seite der Zauberer und Menschen. Nachdem Sinclair alles Wissenswerte berichtet hatte, fragte er Wasgo, ob er sich verwandeln sollte. Der stimmte zu und sah seinen Onkel Sinclair in die Augen.

Der Vampir in Menschengestalt stand auf und plötzlich stand er vor dem jungen Mann. Wasgo wich zurück und schon war Sinclair verschwunden. Plötzlich war er nicht mehr da. Wasgo sah seinen Vater fragend an und danach seine Mutter. Beide lächelten sie ihren Sohn gutmütig an. Wasgo spürte eine Hand auf seiner Schulter. Er drehte sich um und sah Sinclair tief in die Augen.

„Wie hast du das nur gemacht?“, fragte der junge Zauberer.

„Das musst du nicht wissen, du wirst das nie können. Dafür kannst du Dinge, die wir nicht können. Du solltest aber wissen, dass Vampire sehr schnell sind und unerwartet dort auftauchen können, wo du sie am wenigsten erwartest.“

Kaum hatte Sinclair das ausgesprochen, als er sich verwandelte. Nun nahm er seine wahre Gestalt an. Was der junge Mann sah, war für ihn fast unvorstellbar. Ein etwa zwei Meter großes Wesen stand vor ihm. Es hatte einen menschenähnlichen Körper, einen dicken, langen Schwanz und ein Gesicht, das einer Fledermaus ähnlich war. Der Körper war mit Fell überzogen. Dieses Wesen sah furchterregend aus. Plötzlich schlug der Vampir mit den Flügeln und erhob sich in die Lüfte. Er flog über den Berg hinweg auf den angrenzenden, wie tot wirkenden Wald zu. Dort beschrieb er eine Kurve, um zur Höhle zurückzukehren. Er landete vor Wasgo und verwandelte sich in seine Menschengestalt zurück. Nun war der Vampir wieder ein junger, schöner Mann, nicht viel älter als Wasgo selbst.

Plötzlich erinnerte sich Wasgo an seine erste Vision, die er hatte, als er als kleiner Junge auf dem Schoß seiner Mutter saß. In dieser Vision hatte der Vater gemeinsam mit Vampiren gegen Monster aus der Hölle kämpfte. Doch von dieser Vision hatte er niemanden etwas erzählt.

Wasgos Suche nach Jodaryon

Schon am frühen Morgen standen Luziferine und Antares auf. Wasgo wollten sie noch etwas schlafen lassen. In der Zwischenzeit bereiteten sie für die Reise des jungen Mannes alles vor. Was brauchte er? Wie viel Proviant benötigte er? Genug Kleidung musste er mitnehmen! Sie wussten nicht, was sie ihm überhaupt alles mitgeben sollten. Wohin sollte es ihren Sohn verschlagen? Konnte er Jodaryon in den Bergen finden oder musste er das Gebirge verlassen und ihn im Flachland suchen? Jodaryon sollte in der alten Zauberschule Bossus‘ Gefangener sein. Aber niemand wusste heute noch, wo diese alte Zauberschule war. Das wussten wohl nur noch Jodaryon und selbstverständlich Bossus.

Wohin führte ihn sein Weg? Fragen über Fragen stellten sich Antares und Luziferine.

Nun mussten sie ihren Sohn gehen lassen, er hatte eine Aufgabe zu erfüllen. Diese Aufgabe war sehr wichtig, entschied ihre Erfüllung doch über die Freiheit der Welt. Trotzdem ließen Luziferine und Antares Wasgo nicht gerne gehen. Sie fürchteten um sein Leben, ihr Junge war doch erst achtzehn Jahre alt. Überall lauerten Gefahren auf ihn. Konnte er ihnen trotzen? Luziferine packte in einen Sack, den Wasgo auf den Rücken tragen konnte, alles das ein, wovon sie überzeugt war, dass er es gebrauchen konnte. Dazu gehörten die Zauberbücher, die Antares nicht mehr benötigte. Die Schale der Erkenntnis wickelte Luziferine in weiche Tücher ein, damit sie nicht entzweibrach, wenn Wasgo mit dem Sack einmal gegen einen Stein stieß, während er eine Hürde überwinden musste.

Es gab viele solcher Hürden. Die Wege waren teilweise verschüttet. Vor allem aber waren viele Wege, die zum Ziel führen konnten, von den Schergen des Bösen besetzt. Luziferine mochte gar nicht an all die Gefahren denken, die ihrem Jungen begegnen konnten. Als sie mit dem Packen seiner Sachen fertig war, ging sie zu Wasgo, um ihn zu wecken. Sie setzte sich zu ihm und streichelte ihm über seine

Haare. Dabei dachte sie: ‚Wie schön er doch ist! Ob er sich seine Jugend bei der Erfüllung dieser anstrengenden und gefährlichen Aufgabe bewahren kann?'

Aber dann entschied sie, dass es das Wichtigste war, dass er überleben wird. Wasgo schlug seine Augen auf und lächelte seine Mutter an. „Guten Morgen, Mutter", sagte er.

Luziferine streichelte ihrem Sohn noch einmal über das Gesicht und antwortete dann: „Du musst aufstehen, mein Junge. Es nutzt alles nichts, wir müssen dich ziehen lassen. Große Aufgaben warten auf dich. Du musst Jodaryon suchen und finden."

Wasgo stand auf, als sein Vater hinzukam. „Aber wo soll ich ihn nur suchen? Mutter, Vater, habt ihr nicht einen Rat für mich? Und überhaupt, warum muss ich schon heute gehen?", fragte er seine Eltern. Nach einer kurzen Pause gab er leise zu: „Ich fürchte mich davor, zu versagen. Was soll dann nur aus der Welt werden?"

Antares konnte den Jungen verstehen. Er ging zu ihm und fasste ihn an den Schultern und sah ihm direkt in die Augen. Dann sprach er: „Junge, du bist der Sohn des Antares, des Zauberers. Du wirst nicht versagen. Du darfst nicht einmal daran denken. Gebrauche deinen Kopf, und wenn du einmal unsicher bist und nicht weiter weißt, dann hast du die Schale der Erkenntnis, die du befragen kannst. Fülle sie einfach mit Wasser und schon wird sie dir zeigen, was du wissen musst. Du hast die Zauberbücher in deinem Sack, benutze sie. Habe einfach Vertrauen zu dir und alles wird gut gehen."

Nachdem die kleine Familie das letzte Mal gemeinsam gefrühstückt hatte, verabschiedeten sich Antares und Luziferine von ihrem Sohn. Luziferine ermahnte ihren Jungen zur Vorsicht und Wachsamkeit, wenn er auf Wanderschaft war. Überall musste der junge Mann mit den Schergen des Bösen rechnen. Wasgo beruhigte seine Mutter. Nun, als er im Begriff stand, seine Mission anzunehmen und seinen Weg zu gehen, verlor er seine Furcht, die er noch am frühen Morgen hatte. Er war zuversichtlich und guter Dinge. Endlich wollte er daran gehen, seine große Aufgabe zu bewältigen.

Sie umarmten und verabschiedeten sich. Noch lange Zeit standen Antares und Luziferine an ihrer Höhle und sahen ihrem Kind nach. Beide hatten Tränen in ihren Augen. Sie waren traurig, weil sie den geliebten Sohn gehen lassen mussten. Aber sie waren sich sicher, dass er seinen Weg gehen, und vor allem, seine Eltern nicht vergessen werde.

*****

Wasgo war schon mehrere Tage unterwegs. Keine menschliche Seele war ihm bis jetzt begegnet. Er suchte sich seinen Weg und wanderte von Tal zu Tal. Bergauf und bergab führte ihn dieser Weg. Er wusste nicht genau, wohin er gehen sollte. Heute war er schon neun Stunden unterwegs und wollte eine kleine Rast machen. Er befand sich auf einem Bergkamm. Einige Hundert Meter weiter sah er vor sich einen Gipfel. Den wollte er noch übersteigen und danach, während er auf der anderen Seite wieder talwärts wanderte, nach einem geeigneten Rastplatz suchen. Das erwies sich in der Dunkelheit als gar nicht so einfach. Schließlich fand er ein geschütztes Plätzchen an einem großen Felsbrocken.

Zunächst aß er etwas und trank ein wenig Wasser, mit dem er sparsam umging. Er wusste nicht, wann ihn sein Weg wieder an eine Quelle führte, um sich frisches Wasser in sein Wasserschlauch abfüllen zu können. In den Bergen musste er sehr viel mehr an Flüssigkeit bei deren Durchquerung zu sich nehmen als im Flachland, weil er durch die Anstrengung beim Wandern viel mehr schwitzte. Schließlich schlief der junge Mann ein. Als er erwachte, fühlte er sich frisch und ausgeruht. Nach einem kleinen Frühstück setzte er seinen Abstieg fort und lief einen relativ einfachen Abhang hinunter. Doch später kam er an den schwierigsten Abschnitt seiner bisherigen Wanderung.

Er musste einen großen Berg bezwingen, der fast dreitausend Meter hoch war. Auf der anderen Seite des Berges vermutete Wasgo eine menschliche Siedlung. Deshalb hatte er den Berg zu überqueren. Vielleicht konnte er in der Siedlung einen Hinweis über Jodaryons

Aufenthalt bekommen. Auch das war sehr gefährlich. Wenn er an den Falschen geriet, dann konnte es passieren, dass er von Bossus' Schergen verhaftet wurde. Aktive Zauberer wurden in die Kerker geworfen und konnten von dort nicht mehr ausbrechen, weil sie ihrer Zauberkräfte beraubt wurden.

Doch nun befand sich der Jugendliche immer noch auf der anderen Bergseite und musste diese erst einmal erklimmen, um zu der erhofften Siedlung zu kommen. Wasgo stand in etwa zweitausend Meter Höhe vor einem Schrofenfeld, was bedeutet, dass er auf unwegsames und sehr steiniges Gelände gestoßen war. Es gab hier keinen Weg und das Gelände war sehr rutschig, da es zumeist aus lockerem Geröll bestand. Je feuchter der Untergrund der Schrofen war, desto größer war die Rutschgefahr. Dann konnte es passieren, dass er in die Tiefe bis zu seinem Ausgangspunkt zurückrutschen konnte und dabei viele schlimme Verletzungen hinnehmen musste.

Aber diese Schrofen hatten viele Felsvorsprünge, an denen er sich festhalten konnte und die ihm Halt gaben. Mit Händen und Füßen musste sich unser junger Held vorkämpfen. Er durfte keinesfalls die Rutschgefahr außer Acht lassen.

Schnell überlegte er, ob er es versuchen sollte, dieses Schrofenfeld mit einem Zauber zu überwinden. Aber das hätte bedeutet, dass Bossus auf ihn aufmerksam werden könne. Und das wiederum hätte unendliche Gefahren für Wasgo heraufbeschworen. Das konnte er auf keinen Fall riskieren. Es war seine Aufgabe, Jodaryon zu suchen und zu finden, um ihn anschließend zu befreien. Mit ihm zusammen sollte er Bossus vertreiben und die Freiheit der Welt zurückerkämpfen. Und die Zeit drängte.

Wasgo wollte kein unnötiges Risiko eingehen. Deshalb beschloss er, auf herkömmliche Art und Weise, also zu Fuß den Berg zu bezwingen. Auch wenn es bedeutete, dass er etwas mehr Zeit dafür benötigte.

Wasgo versuchte, sich zu orientieren. Plötzlich war er sich gar nicht mehr sicher, ob es auf der anderen Seite des Berges überhaupt eine menschliche Siedlung gab. Er sah sich um und erkundete das

Gelände. Dabei fühlte er sich nicht wohl und wurde unsicher, ob er sich auf den richtigen Weg befand. Wo war er nur? Was für ein Berg war das hier? Ob er überhaupt an dieser Stelle seinen Aufstieg weiter fortsetzen sollte? Vor sich sah er etwas, das er nicht erkennen konnte. Seine Unsicherheit wuchs weiter. Was war dieses Etwas denn nur? Es musste sich doch bestimmen lassen, aber Wasgo konnte nichts erkennen! Er wusste nicht, ob es ein Tier oder ein Mensch war, oder gar etwas anderes. Zu seiner Unsicherheit gesellte sich nun auch noch die Angst. Erneut fürchtete er sich davor, seiner Aufgabe nicht gewachsen zu sein. Aber er durfte nicht versagen.

„Vater, Mutter“, rief er in seiner Angst, „was soll ich nur tun? Ich fürchte, dass ich mich für den falschen Weg entscheide. Könnt ihr mir nicht einen Rat geben?“

Er horchte in sich hinein, aber nichts geschah. Niemand antwortete ihm. Er drehte sich zu dem Schrofenfeld um und ja, kein Zweifel war möglich: Luziferine, seine Mutter, stand mitten im Geröll. Sie sagte kein einziges Wort zu ihm, aber ihre Geste war eindeutig. Sie winkte ihm zu. Dieses Winken seiner Mutter konnte er nur so deuten, als wenn sie ihm sagen wollte, dass er zu ihr kommen sollte.

War das der von Wasgo ersehnte Fingerzeig? War es nur eine Halluzination? War es eine echte Kontaktaufnahme mit seiner Mutter? Plötzlich sehnte sich der junge Mann nach Hause. Er wollte die Stimmen seiner Eltern hören und Vater und Mutter in seine Arme nehmen können. Heimweh überkam ihn. Sein Vater fehlte ihm ebenso wie die Mutter. Er dachte an seine Eltern und plötzlich hörte er die Stimme seines Vaters: „Habe Mut, mein Junge! Habe Selbstvertrauen! Gehe deinen Weg! Egal, welchen Weg du wählst, er kann nicht der falsche sein!“

„Vater, wo bist du? Ich kann dich hören, aber nicht sehen? Bitte zeige dich mir!“, bat Wasgo.

Die Stimme seines Vaters ertönte wieder in seinem Inneren. Sie sprach: „Ich bin immer bei dir, mein Junge. Ich bin in deinem tiefsten Innern immer bei dir. Deshalb kannst du mich hören, aber sehen wirst du mich nicht. Vertraue dir, dann vertraust du auch mir. Gehe deiner Mutter nach! Sie weist dir den Weg, den du gehen musst.“

Das Herz des jungen Mannes machte einen kleinen Freudenhüpfer. Er begann den Aufstieg über das Schrofenfeld. Auf allen Vieren bewegte er sich vorwärts und hangelte sich von Felsvorsprung zu Felsvorsprung. Vielleicht war er einhundert Meter weit gekommen, als er seine Mutter nicht mehr sehen konnte. Wo war sie hin? War sie etwa eine optische Täuschung gewesen? Wasgo erschrak.

Die ewige Nacht war für ihn ein Fluch. Nachts war es dunkel und tagsüber war es genauso dunkel. Das Gelände, das er durchqueren musste, konnte er nicht richtig erkennen. Er sah einen Felsvorsprung, an dem er sich festhalten wollte, um sich weiter zum Bergkamm hochzuarbeiten. Doch er griff ins Leere und mit seinem Fuß hatte er sich auch schon vom sicheren Stand auf festem Gestein abgestoßen. Das war ein Fehler.

Mit einem Fluch auf den Lippen stürzte Wasgo. Er fand keinen Halt mehr und rutschte auf dem Schrofenfeld in die Tiefe. Verzweifelt versuchte er, sich festzuhalten, aber das schaffte er nicht. Er rutschte und rutschte immer tiefer, bis zum Beginn des Schrofengeländes. Dort ragte ein Felsvorsprung aus dem Erdboden hervor, gegen den Wasgo mit dem Rücken prallte. Der Aufprall nahm ihm die Luft und Wasgo verlor das Bewusstsein.

Als er wieder zu sich kam, hatte er große Schmerzen im Rücken. Trotzdem setzte er sich auf und sah sich um. Wo war er nur? Er konnte sich daran erinnern, was passiert war. Aber er wusste nicht, wann es passiert war. Wie viel Zeit mochte seit seinem Absturz vergangen sein? Weil es immer dunkel war, am Tage wie in der Nacht, konnte er nicht einmal ahnen, welche Tageszeit jetzt war. Er rappelte sich hoch und machte sich erneut auf den Weg. Als er genau an die Stelle kam, an der er aufgrund seiner fehlenden Aufmerksamkeit den Halt verloren hatte, wartete er und sah sich genau um. Wasgo wollte sich einen Weg suchen. Einen Weg, der ihn weiter zum Bergkamm führte. Wenn nur auf der anderen Seite kein Schrofengelände war!

Er ließ seinen Blick durch die Gegend schweifen und erschrak fürchterlich: Seine Beine und Hände zitterten. Angst befiel ihn. Nicht weit von ihm entfernt saß ein Vampir, der wie Sinclair und dessen Gefolge aussah. Ob dieser Vampir zu Sinclairs Gefolgsleuten gehörte? Dann konnte ihm nichts passieren. War es aber ein fremder Vampir, dann bestand die Möglichkeit, dass der ihn angriff.

Was sollte er nur tun? Wieder wurde er unsicher!

Der junge Zauberer entschloss sich, direkten Kontakt zu dem Wesen der Nacht aufzunehmen. Doch musste er vorsichtig sein. Vampire verfügten über magische Kräfte, Sinclair hatte sie ihm gezeigt, aber auch erklärt, dass er nicht wissen müsse, wie die Vampire diese Fähigkeiten einsetzen konnten. Um einen Vampir im Notfall überlisten zu können, musste Wasgo Zauber anwenden. Doch wenn er das tat, setzte er sich der Gefahr aus, von Bossus oder dessen Schergen aufgespürt zu werden. Aber was sollte er tun? Er sah keinen anderen Ausweg, als den Vampir anzugreifen, er musste das Wesen der Finsternis überraschen, sonst hätte er, der unerfahrene junge Zauberer gegen den erfahrenen Vampir sowieso keine Chance! Dabei wollte Wasgo ihn nicht verletzen, sondern nur kampfunfähig machen. Dann dachte er an seine Mission, an die Prophezeiung. Er musste sie unbedingt erfüllen! Konnte er überhaupt scheitern? In der Prophezeiung wurde doch gesagt, dass Jodaryon von ihm befreit werde. Wenn Wasgo also tatsächlich der junge Magier war, von dem die Prophezeiung sprach, konnte er jetzt an diesem Ort nicht versagen. Trotz dieser Erkenntnis blieb seine Angst!

Unbeweglich stand der Vampir etwa zwanzig bis dreißig Meter vor dem jungen Zauberer. Vorsichtig versuchte Wasgo, über das Schrofengelände vorwärtszukommen. Nur keinen Krach machen, dachte er. Einen wirkungsvollen Zauber hatte er sich schon ausgedacht. Als er näher kam, konnte er aufatmen. Der Vampir gab sich zu erkennen, er war nur ein Felsvorsprung, der in der Dunkelheit einem Vampir ähnlichsah. Erleichtert stolperte der junge Mann weiter und erreichte den Bergkamm. Nun musste er auf der anderen Seite wieder absteigen.

In der Ferne konnte Wasgo mehrere kleine Lichter erkennen. Es sah so aus, als wenn sich seine Vermutung, dass sich auf der Rückseite des Berges ein kleines Dorf befinde, bestätigen würde. Vorsichtig begann er den Abstieg, immer die Lichter des Dorfes im Auge behaltend. Später fand er einen Weg, der genau in die Ansiedlung führte. Was war der junge Mann doch erleichtert! Die Anspannung in seinem Körper wich einem Gefühl der Befreiung.

Seit Wasgo begonnen hatte, nach Jodaryon zu suchen, war diese die erste menschliche Siedlung, die er gefunden hatte. Erhielt er in diesem Dorf einen Hinweis, wo er die alte Zauberschule suchen und finden konnte? Die Zeit drängte, die Prophezeiung sollte bald erfüllt werden. Sollte er versagen, so würde die Welt in der ewigen Finsternis untergehen. Das konnte unser junger Held nicht zulassen. Er wollte kämpfen und niemals aufgeben.

Am Rand des Dorfes konnte er feststellen, dass seine Bewohner ihrer Arbeit nachgingen. Also musste es Tag sein. Wie spät es sein konnte, ahnte der junge Mann aber nicht. Zu lange schon war er unterwegs und schlief nur, wenn er müde war. Die übrige Zeit verbrachte er damit, seinem Ziel immer näher zu kommen. Dabei ergab es sich, dass Wasgo die Tageszeiten durcheinanderbrachte.

Als er auf das erste Haus am Dorfrand zuging, stellte sich ihm ein Mann im besten Alter in den Weg. Durch Gesten gab er Wasgo zu verstehen, dass er nicht weiter gehen sollte. Überrascht blieb der Jüngling stehen und fragte: „Was ist los, Herr? Warum hältst du mich auf?“

Der Mann bedeutete erneut durch ein wildes Gestikulieren, dass Wasgo sich in den Staub legen sollte. Der lachte den Mann aus und sprach: „Gib den Weg frei oder sprich mit mir! Ich verstehe nicht, was du von mir willst.“

Eine weitere Geste des Mannes ließ Wasgo ahnen, dass er nicht sprechen konnte. Einen kleinen Schritt nur wollte er auf den Mann zugehen, doch der hielt ihn mit Bärenkräften mit seiner rechten Hand an der Schulter fest und drückte Wasgo zu Boden. Eine dichte Menschenmenge hatte sich um sie herum gebildet. Wasgos Körper gab den Kräften des Mannes nach und sank in die Knie. Dabei verrutschte sein Hemd und gab seinen Rücken frei.

Plötzlich legten sich alle Menschen eilig auf den Erdboden zu Wasgos Füßen. Auch der bärenstarke Mann sank vor ihm auf die Knie und legte sich bäuchlings in den Sand. Regungslos blieben alle liegen, sie hatten das Muttermal der Prophezeiung auf Wasgos Rücken gesehen.

Verwundert blickte der Jüngling auf die vielen um ihn herum liegenden Menschen herab. „Was ist hier los, kann bitte einer von euch mit mir reden?“, fragte er. Er konnte die Menschen nicht verstehen. Was hatte das zu bedeuten, dass er zuerst so feindselig aufgehalten wurde, und danach die Menschen in Demut vor ihm in den Staub fielen? Niemand von ihnen konnte oder wollte mit ihm reden.

Fieberhaft überlegte er, wie er es erreichen konnte, dass wenigstens einer der Menschen mit ihm in Kontakt trat.

„Wenn ihr schon nicht mit mir reden wollt, kann dann jemand von euch schreiben?“, fragte Wasgo.

Ein junger Mann mitten in der Menschenmenge erhob seinen Arm. Wasgo befahl dem Jungen, zu ihm zu kommen. Mühsam erhob der sich und ging mit gesenktem Blick auf Wasgo zu. Etwa fünf Meter vor ihm blieb er stehen und wollte sich erneut auf den staubigen Boden legen. Mit einer Handbewegung verhinderte Wasgo dieses.

‚Er ist fast noch ein Kind‘, dachte der junge Zauberer und fragte: „Warum spricht hier niemand mit mir?“

Schnell bückte sich der Junge und schrieb mit einem Finger in den Sand: „Wir sind verflucht. Wer von uns auch nur ein Wort ausspricht, muss sterben.“

‚Welch ein böser Fluch, oder ist es ein böser Zauber, der über dem Dorf liegt?‘, überlegte Wasgo. Er fragte weiter: „Und wer hat euch verflucht?“

Der Junge wischte die eben erst geschriebene Antwort vom Erdboden und beeilte sich, die neue Antwort in den wieder geglätteten Sand zu schreiben: „Der Herr der Welt!“

Verwirrt fragte Wasgo weiter: „Und warum liegen jetzt alle vor mir im Sand?“

Der Junge verwischte wieder die letzten Wörter und schrieb: „Du bist der Herr der Welt!“

„Nein, das bin ich nicht. Ich habe Euch auf jeden Fall nicht verflucht!“, rief Wasgo erschrocken aus.

Der Junge bückte sich und ließ seinen Finger schnell durch den Sand gleiten, sodass Wasgo lesen konnte: „Nein, das war Bossus, der alte Herr der Welt. Du bist der neue Herr der Welt.“

„Nein, das bin ich nicht!“, rief Wasgo beinahe voller Panik.

Eine alte Frau kam zu Wasgo gekrochen. Sie tippte ihn mit ihren knöchernen Fingern der linken Hand an. Wasgo beugte sich zu ihr hinab und half ihr auf die Beine. Sie gestikulierte mit dem Jungen, der danach in den Sand schrieb: „Aber du wirst mit Jodaryon dafür sorgen, dass wir befreit werden!“

Das war für unseren jungen Helden das Stichwort. Aufgeregt rief er den Menschen zu: „So steht doch auf! Steht endlich alle auf und kümmert euch um euer Tagesgeschäft!“ Dann wendete er sich wieder der alten Frau und dem Jungen zu und fragte: „Könnt ihr mir denn sagen, wo ich Jodaryon finden kann?“ Voller Hoffnung auf einen Hinweis sah er insbesondere die Alte an.

Sie drehte sich um und zeigte mit erhobenem Zeigefinger in eine bestimmte Richtung. Dann sah sie Wasgo tief in die Augen. Nicht ein Wort kam der Alten über die Lippen und doch hatte Wasgo das Gefühl ihre Worte zu hören. In sein Bewusstsein drangen ihre Worte ein: „Du musst über diesen hohen Berg. Er ist fast nicht zu bezwingen. Auf der anderen Seite im Tal findest du einen großen und dichten Wald. In dem Wald wirst du Jodaryon finden, junger Herr.“

Mit einer Verbeugung wollte sich Wasgo verabschieden. Doch die alte Frau nahm ihn kurz entschlossen an die Hand und zog ihn energisch hinter sich her. Sie ging mit ihm in eine alte Kate und gab ihm zu essen und zu trinken. Danach zeigte sie ihm einen Schlafplatz. Er sollte erst am nächsten Morgen aufbrechen.

Am frühen Morgen weckte die alte Frau den jungen Mann. Wasgo rekelte sich genüsslich und stand auf. Nachdem er sich einer gründlichen Körperpflege gewidmet hatte, bedeutete ihm seine Gastgeberin, sich an den Tisch zu setzen. Sie setzte ihrem jungen Gast ein eher kärgliches, aber wohlschmeckendes Frühstück vor und forderte ihn auf, ausgiebig zuzugreifen. Sie kochte Tee, füllte in Wasgos Wasserbehältnis für die Wanderung frisches Wasser ein und gab es dem Jugendlichen, damit er alles in seinen Sack legen konnte. Erst nach dem Frühstück ließ die alte Frau ihren Gast gehen.

„Ich danke dir von Herzen für deine Gastfreundschaft und alles, was du für mich getan hast. Danke, Mütterchen", sagte Wasgo und verabschiedete sich von der alten Frau. Die nahm ihn plötzlich in die Arme und drückte ihn fest und liebevoll an sich. Als sie den Jüngling freigab, hatte sie Tränen in ihren Augen. Einige Wochen später sollte sie sterben. Das ahnte sie und war darüber traurig, weil sie wusste, dass sie Wasgo nicht noch einmal wiedersehen sollte.

Der Adler der Weisheit und des Lebens

Wasgo verließ das Dorf. Als er die letzten Häuser erreicht hatte, glaubte er, Glück gehabt zu haben, hier eine Spur von Jodaryon zu finden. Nun sollte er hoffentlich den großen Zauberer finden können. Sein Weg führte ihn direkt auf den großen, mächtigen Berg zu, den er schon vor zwei Tagen gesehen hatte. Dieser Berg, den er bezwingen musste, überragte bei weitem alle anderen Gipfel um einige hundert Meter. Dieses Bergmassiv unterschied sich schon alleine aufgrund seines Aussehens von den anderen. Er war mit schier endlosen Schneefeldern überzogen. Gewaltige Gletscher galt es für Wasgo, zu überwinden. Er wusste, dass Glätte und Kälte ihm ernst zu nehmende Gegner sein mussten. Ein Sturm konnte da oben schnell aufkommen. Temperaturen von bis zu minus fünfzig Grad hatte Wasgo zu erwarten. Nicht umsonst wurde dieser Berg der Eisberg genannt.

Das Tal hatte er rasch durchwandern können, es hielt keine Gefahren für unseren jungen Zauberer bereit. Doch dann kam der Aufstieg zum Eisberg. Aus dem Rucksack suchte sich Wasgo warme Bekleidung heraus. Seine Mutter hatte an alles gedacht. Er zog sich an, was er für notwendig erachtete. Danach ging es den Berg aufwärts. Die erste Etappe brachte er mühelos hinter sich und stieß bis zur Baumgrenze vor, um am Waldrand ein Lager für die Nacht aufzuschlagen. Im Schutz der Bäume wollte er schlafen. Danach sollte der Aufstieg über die Gletscher weitergehen.

Nachdem der Jüngling ausgeschlafen hatte, machte er sich auf, seinen Weg fortzusetzen. Den hatte er sich schon vom Tal aus mit den Augen gesucht und bis zum Gipfel ausfindig gemacht. Durch das weiße Eis und den vielen Schnee herrschte Dämmerlicht. Es war nicht ganz dunkel, aber auch nicht hell, wie es an einem Tag üblich war, an dem die Sonne unterging und dabei keine ewige Nacht herrschte.

Es war eine Zwischenstufe, aber Wasgo konnte relativ gut sehen. Trotzdem ärgerte es ihn, dass er sich über den Gletschergipfel quälen musste. Gerne hätte er den Berg umwandert, aber das ging leider nicht. Der einzige halbwegs gangbare Weg verlief über den Gipfel, weil es rechts und links vom Berg riesige Fels- und Eisabbrüche gab, die nicht zu überwinden waren.

Es war eisig kalt und ein stetiger Wind verschärfte die Temperaturen noch zusätzlich. Wasgo fror. Der Boden war glatt, er musste aufpassen, keinen Fehltritt zu begehen, hätte das doch seinen unweigerlichen Absturz zur Folge gehabt. Dieses wiederum bedeutete Verletzungen und Schmerz, höchstwahrscheinlich sogar den unvermeidlichen Tod des jungen Mannes.

Das wusste Wasgo und passte besonders gut auf. Rasch merkte er, dass die Warnungen seiner Eltern vor den Gefahren eines Gletschers keineswegs übertrieben waren. Das Schneefeld, über das er stapfte, sah so harmlos aus. Aber plötzlich sah er eine schmale Spalte vor sich. Über die konnte er leicht hinweg springen und über einige weitere ebenso. Wenig später blieb er unvermittelt stehen. Keinen Schritt zu früh, denn direkt vor ihm war der Schnee seltsam verfärbt. Offenbar verbarg er eine Spalte, die deshalb besonders gefährlich war. Wenn Wasgo dem Schnee blindlings vertraut hätte, wäre er unweigerlich in diese Spalte gestürzt und rettungslos verloren gewesen. Mit einem besonders kräftigen Sprung überwand der Jüngling auch dieses Hindernis.

Geschickt umging er einen Steilaufschwung des Gletschers, der mit riesigen Spalten und blanken Eisfeldern durchsetzt war. Aber je höher er kam, desto mehr geriet er ins Keuchen. Die dünne Luft machte ihm zunehmend zu schaffen. Immer tiefer wurde der Schnee, oft versank er bis zu den Knien. Die Strapazen dieses Anstieges waren ungleich höher, als er erwartet hatte.

Aber stets behielt er den Gipfel im Blick, auch wenn dieser nur langsam näher rückte. Weit konnte es jetzt nicht mehr sein. Plötzlich, als er schon glaubte, es geschafft zu haben, kam er ins Rutschen und verlor das Gleichgewicht. Noch im Sturz versuchte er, wieder auf die Beine zu kommen. Doch unweigerlich glitt er abwärts! Aber er rutschte nicht den Weg zurück, den er gekommen war. Im Gegenteil zog es ihn in die Richtung, in die er weiter wandern wollte. Er bemerkte nicht, dass es abwärts ging. Und plötzlich fiel der Berg steil ab. Mit dem Kopf voran schleuderte Wasgo das immer steiler werdende Gefälle herab. Dabei drehte er sich und plötzlich waren es die Füße, die voran glitten, mal lag er auf dem Bauch, und dann wieder auf dem Rücken. Wasgo wurde immer schneller. Das Eis wurde brüchig und uneben.

Der junge Mann merkte, dass er über eine Erderhebung hinweg rutschte. Dabei wurde er, wenn auch nur einige Meter, in die Luft geschleudert. Als er wieder auf den Boden prallte, glaubte er, sich ein paar Rippen gebrochen zu haben. Und wieder und wieder glitt er über so eine Erderhebung hinweg, von denen jede einzelne wie eine Schanze wirkte. Dabei erreichte er eine hohe Geschwindigkeit und wurde jedes Mal erneut, in die Luft geschleudert, um mehrer Meter über das Gelände zu fliegen. Und jedes Mal schlug er hart auf das Eis auf. Seine Knochen krachten, ein stechender Schmerz durchzuckte seinen Körper und noch eine weitere Rampe verrichtete ihr grausames Werk an dem jungen Mann. Noch einmal musste er in Kauf nehmen, in die Luft geschleudert zu werden und beim harten Aufprall auf das Gletschereis, hörte Wasgo nochmals alle seine Knochen krachend auf den Boden aufschlagen. Zu keinem Wort war der arme Wasgo fähig. Ein Schrei voller Angst und Schmerz entrang sich seiner Brust. Er glaubte, dass das Krachen und Knacken der Knochen gar nicht mehr aufhören wollte. Es gab nichts, woran er sich festhalten konnte. So verlor er die Orientierung.

Ein weiterer Stoß erschütterte seinen Körper. Reflexartig griff seine Hand nach etwas, woran er sich festhalten konnte. Schmerzhaft wurde an seinem Arm gezogen. Die Kräfte verließen ihn. Warmes Blut sickerte aus seiner Hand. Er sah hoch, der Berg türmte sich über ihn auf, eine drohende weiße Wand war über ihn und er wusste nicht, wo er sich befand. Das war aber nicht das Schlimmste.

Ein grausiger Angstschrei drang durch das Gebirge, hinab in ein weites Tal. Es war Wasgos Angstschrei, der in die Welt gellte. Der Junge hatte begriffen, dass das aussickernde Blut nicht sofort gefror, wie es hätte sein sollen. Im Gegenteil schmolzen der Schnee und das Eis von seinem Blut. Er hielt sich tapfer an einem eiskalten Etwas fest. Dieses Etwas war ein Eiszapfen, der auf dem Erdboden durch herabfallende Wassertropfen gewachsen war. Aber auch dieser Eiszapfen schmolz, trotzdem war er es in diesem Moment, der Wasgo vor den sicheren Tod bewahrte, denn der Jüngling hing über einen tiefen Abgrund. Eine Gletscherspalte hatte sich hier aufgetan und drohte den jungen Wasgo in sich aufzunehmen. Sollte der Eiszapfen schmelzen, bevor Wasgo den Abgrund verlassen konnte, würde er mehrere hundert Meter in die Tiefe in den sicheren Tod stürzen.

*****

Ein riesiger Adler schwebte einsam in großer Höhe durch die winterlichen, eiskalten Lüfte. Ein markerschütternder Angstschrei erreichte ihn. Mit seinen scharfen Augen, denen nichts verborgen blieb, erforschte er die Erde und sah einen großen Gletscher, den Eisberg vor sich. Der Adler stieß einen für ihn typischen Ruf aus und ändert seine Flugrichtung. Er schwebte über den Eisberg dahin auf die Todesspalte zu. Der Adler hatte längst gesehen, dass diese teuflische Spalte dabei war, einen unvorsichtigen Bergwanderer zu sich zu holen. ‚Warum nur muss sich dieser Mensch in so einer gefährlichen Gegend herumtreiben? Soll er doch lieber zu Hause bleiben‘,dachte er.

Trotz Dunkelheit und eisiger Kälte musste er fliegen und durch die Lüfte schweben. Nahrung braucht jedes Lebewesen, auch der Adler. Er hatte sich den Umweltbedingungen angepasst, die seit über fünfhundert Jahren, seitdem Bossus sich die Erde untertan gemacht hatte, herrschten. Doch was er am Abgrund zur Todesspalte sah, war für ihn keine Nahrung. Trotzdem flog der Adler dorthin.

Wasgo sah den riesigen Vogel auf sich zu kommen. Der war ja noch viel größer als er selbst. Panik überfiel den jungen Mann, als er begriff, dass der Vogel es auf ihn abgesehen hatte. Seine Gedanken überschlugen sich. Hier konnte dieser fleischfressende Riesenvogel ihn nicht zu seiner Nahrung machen.

Der Adler kam dem Jüngling näher. Jetzt war er über ihn. Der junge Mann glaubte, sterben zu müssen. Sein Herzschlag setzte für einen Augenblick aus. Rasende Gedanken fraßen sich durch Wasgos Kopf. Er hatte versagt! Das war das Schlimmste für ihn, mit der Gewissheit sterben zu müssen, versagt zu haben. Entweder war er tatsächlich der Falsche, dann erfüllte ein anderer die Prophezeiung und sein Tod war dann nur noch für ihn schlimm, denn er hatte ja noch gar nicht richtig gelebt. Aber für die Welt spielte in diesem Fall sein Tod keine Rolle, ein anderer junger Mann würde Jodaryon befreien. Aber wehe … Nein, daran wollte er nicht denken. Dass mit seinem Tod auch Bossus, der böse Tyrann vollständig gesiegt haben könnte! Der Eiszapfen! Er schmolz durch Wasgos warmes Blut dahin! Je dünner er wurde, desto größer wurde die Gefahr, dass er Wasgos Gewicht nicht mehr tragen konnte. Gleich musste er brechen. Gleich würde Wasgo in die Spalte stürzen und nie wieder aus ihr herauskommen! Welch eine entsetzliche Angst den jungen Zauberer beherrschte! Er hatte versagt! Er spürte es ganz deutlich, er hatte versagt! Nie mehr sollte die Sonne auf die Erde scheinen! Der Eiszapfen brach! Wasgo stürzte in die Gletscherspalte hinein!

Aber nur einen halben Meter. Der Adler schlug gerade noch rechtzeitig seine Krallen in Wasgos Kleidungsstücke hinein. Seine Last schien ihm etwas zu schwer zu sein. Er sackte mit dem jungen Mann weiter in die Spalte hinein. Für einen Augenblick hoffte Wasgo, dass der Adler den Kampf gegen sein, Wasgos Gewicht, gewinnen konnte und somit auch wieder Höhe gewann! Aber dann gab der Junge die Hoffnung doch wieder auf! Es war vollkommen egal, denn jetzt würde der Vogel ihn fressen!

Der Adler schlug kräftig mit seinen Flügeln und tatsächlich gelang es ihm, sich in die Luft zu erheben. Die Gletscherspalte ließ der Vogel, trotz des Gewichtes, dass er tragen musste, hinter sich zurück. Er stieg noch einige Meter hoch, seine Flügel schlugen nicht mehr so oft, schließlich breitete der Adler seine Flügel aus und segelte davon. Den Eisberg ließ er hinter sich.

Doch der junge Mann hing an den Füßen des riesigen Vogels in der Luft. Angst durchflutete seinen Körper und noch mehr seinen Geist. An einen Zauberspruch konnte er nicht denken. Alle Zauber waren aus seinem Bewusstsein verschwunden. Eine tiefe Bewusstlosigkeit nahm den Jüngling in sich auf und bewahrte ihn vor dem Wahnsinn.

Der Adler flog mit Wasgo an seinen Krallen zu dem Berg zurück. Er setzte zur Landung an. Vorsichtig legte er ihn in den Schnee. Der große Vogel setzte sich so vor den jungen Mann, dass er ihn mit einem Flügel wärmen konnte, indem er ihn einfach wie eine Decke über Wasgo ausbreitete. Irgendwann würde der junge Mann zu sich kommen, dann konnte er, der Adler, seinen Weg fortsetzen.

Nach etwa fünf Minuten erwachte Wasgo. Vor sich sah er den riesigen Adler, der ihn mit seinen großen Augen ansah. Mit einem Flügel wärmte ihn das Tier. Der Adler zog seinen Flügel ein, sodass Wasgo aufstehen konnte. Dass von dem Vogel keine Gefahr ausging, war unserem Helden nun bewusst. Hätte der Adler ihn töten wollen, hätte er dazu schon längst eine Gelegenheit gehabt. Nein, dieser Adler hatte ihm das Leben gerettet.

Wasgo verbeugte sich vor dem Tier und sprach: „Ich danke dir, du edler Vogel. Du hast mir mein Leben gerettet. Ich hoffe, dass ich das irgendwann einmal wieder gut machen kann."

Als der Adler antwortete, war unser junger Zauberer nicht mehr überrascht. Plötzlich wusste er, wen er vor sich hatte. Es war der Adler der Weisheit und des Lebens, der nun zu ihm sprach: „Du bist schon dabei, alles wieder gut zu machen. Du bist Wasgo, der Sohn des Antares und der Luziferine. Du bist auf dem Weg, Jodaryon zu suchen, um ihn zu befreien, um anschließend mit ihm die Welt von Bossus und seinen Schergen zu säubern. Damit machst du alles wieder gut."

Das war für Wasgo die Chance, schnell zu Jodaryon zu kommen. Er fragte: „Bitte, lieber Adler, du musst mir helfen. Du bist doch der Adler der Weisheit und des Lebens. Du solltest es wissen, wo sich unser großer Zauberer aufhält. Kannst du mich nicht zu ihm bringen?"

Der Adler warf seinen Kopf nach hinten, als hätte er unerträgliche Schmerzen zu erleiden, und stieß einen kläglichen Schrei aus. Dann sah er Wasgo an und sagte: „Zunächst solltest du dich um deine Hand kümmern, sie blutet immer noch. Danach werde ich dich von hier wegbringen, aber nur bis zum Rand des Waldes, in dem sich die alte Zauberschule befindet. In den Wald hineinfliegen darf ich nicht. Dieser Wald gehört zu Bossus' direktem Einflussbereich, er würde mich töten, wenn ich da eindringen sollte.

Aber du kannst, wenn du in den Wald kommst, alle Vorsicht fallen lassen. Sei nur immer auf der Hut vor Bösewichter und vor Bossus' Schergen. Und wende von da an deine Zauberkräfte an! Bossus wird dich schon jetzt beobachten, aber er hat noch keine Macht über dich. Sobald du den Wald der alten Zauberschule betrittst, wird Bossus versuchen, dich an der Befreiung Jodaryons zu hindern. Er wird versuchen, dich zu töten. Also kannst du ohne Weiteres zaubern, um dich zu verteidigen."

Wasgo hörte dem Adler aufmerksam zu und war ihm für die vielen Informationen dankbar. Als der majestätische Vogel schwieg, besah sich der junge Mann seine Hand und verband sie mit einem Leinentuch, das er in seinem Rucksack fand. Nun konnte die Flugreise beginnen. Mit dem Schnabel schnappte der große Vogel nach Wasgo. Ein bisschen unwohl war dem Jüngling dabei aber doch. Er fühlte sich vom Adler der Weisheit und des Lebens in die Lüfte gehoben. Die Landschaft raste an ihm vorbei, als der Adler seinen Kopf wendete und Wasgo in sein Gefieder fallen ließ.

„He, mein lieber fliegender Freund", lachte Wasgo, „du kannst ruhig etwas vorsichtiger mit mir umgehen!"

„Entschuldige bitte, ich muss niesen, und habe keine Zeit für Zärtlichkeit!", sprach der Adler und schon ertönte ein lautes, aber undefinierbares Geräusch. Es hörte sich an, als wenn der Greifvogel schnaubte und wie ein Löwe brüllte, es zischte und donnerte abwechselnd. Dann räusperte sich der Adler und hörte ein „Gesundheit“ von Wasgo, wofür sich der gefiederte Geselle bedankte.

Danach fragte der Adler: „Bist du bereit? Halte dich nur schön an meinen Federn fest und passe auf, damit du nicht herunterfällst.“

Wasgo befolgte die Worte des Adlers und schon erhob der sich mit einigen Flügelschlägen in die Luft. Augenblicklich spürte Wasgo einen sehr kalten Windhauch, der stärker wurde, je höher sie flogen. Ein überraschter junger Mann saß auf dem Rücken eines Adlers. Was Wasgo alles zu sehen bekam, hätte er sich in seinen kühnsten Fantasien nicht ausmalen können. Die riesigen Berge wurden klein und die Täler wirkten wie kleinere und größere Kessel, teilweise waren sie beinahe rund, aber die meisten erstreckten sich in die Länge. Die laublosen Bäume waren nur noch ganz winzig. Die Flüsse waren bei den lange anhaltenden Minustemperaturen nur noch unregelmäßige, vereiste Flächen, auf denen die Wasserbewegung immer noch erkennbar war.

Obwohl Wasgo fror, war er erstaunt, wie viel anders die Welt aus der Luft aussah. Alles, was er sehen konnte, sog er förmlich in sich hinein. In einer weiten Ebene entdeckte er sogar Tiere, die ihm ganz klein erschienen. Die ganze Erde wurde auf einmal so klein, dass der Jüngling glaubte, sie in seinen Rucksack stecken zu können. Wasgo sah einige winzige Bauernkaten, die aus der Luft wie Spielzeughütten aussahen. Je höher der Adler sich in die Lüfte erhob, desto kälter wurde es, aber auch die Erde wurde immer kleiner und mit ihr alles das, was sich auf ihr befand. Dann flogen sie auf einen Wald zu. Der Vogel setzte zur Landung an und Wasgo wusste, dass sie den Wald, in dem sich die alte Zauberschule befand, erreicht hatten. Seine Flugreise war beendet. Der Vogel kam auf der Erde zum Stehen und Wasgo kletterte aus seinem Gefieder heraus und auf den Erdboden herunter. Anschließend bedankte er sich bei dem Adler für alles, was der für ihn getan hatte. Viel Zeit hatte unser Held durch den Flug mit dem Federtier gespart.

Der Adler der Weisheit und des Lebens und der junge Zauberer verabschiedeten sich herzlich. Gegenseitig wünschten sie sich Gesundheit und viel Erfolg bei ihren weiteren Vorhaben. Der eine betrat den Wald und der andere flog zurück zum Eisberg.

War das ein finsterer Wald, in den Wasgo eindrang. Zusammengewachsene Sträucher versperrten ihm den Weg. Er versuchte mit dem Schwert, die Sträucher zu zerhacken, um sich einen Weg frei zu machen. Nur mühsam kam er voran.

Der Adler hatte vorhin zwar gesagt, dass Wasgo zaubern sollte, aber dieser traute sich nicht, das zu tun. Er war noch zu unsicher und fühlte sich nicht reif genug zum Zaubern. Was, wenn er einen Fehler machte und sich selbst in Gefahr brachte? Das wollte er nicht riskieren. Bei seinem Vater hatte er gesehen, was passieren konnte, wenn man einen Zauberspruch falsch aufsagte.

Was er aber unbedingt noch erledigen wollte, daran erinnerte er sich in diesem Augenblick: seine Hand mit dem Heilungszauber behandeln. Das tat er und er konnte zusehen, wie schnell die Wunde verschwand. Das blutverkrustete Tuch zauberte Wasgo ebenso sauber und steckte es in seinen Rucksack. Dann nahm er sein Schwert und bahnte sich weiter seinen Weg, der immer wieder von Bäumen und Sträuchern versperrt wurde, die Wasgo umgehen musste.

In diesem Wald gab es kaum Tiere. Wenn Wasgo überhaupt einmal ein Tier sah, dann waren es Spinnen, Mücken oder Schlangen, alle waren sie hässlich und sahen gefährlich aus. Bei den herrschenden Temperaturen hätte es sie hier eigentlich gar nicht geben dürfen. Es mussten also magische Tiere sein. Kein Vogel zwitscherte, nur das Gekreische von Raben und Krähen konnte Wasgo hören. Auch Kojoten und Geier wohnten in diesem Wald, der so dicht von Sträuchern bewachsen war, dass kaum ein Durchkommen war. Dornen waren an diesen Sträuchern im Überfluss vorhanden und verletzten unseren jungen Zauberer immer wieder.

Nein, dieser Wald war alles andere als schön. Er war düster, feindselig und gefährlich.

Zweites Kapitel – Der Kampf um die Welt

Der alte Zauberer

Es gab in dem verwunschenen, feindseeligen Wald einen Ort, der an bessere Zeiten erinnerte. Dieser Ort war eine alte Zauberschule, sie befand sich mitten im tiefsten, schwärzesten Dickicht. Dort standen die Bäume so dicht beieinander, dass sie keine grünen Blätter an den Ästen und Zweigen haben konnten. Diese Bäume waren von Bossus verzaubert, ähnlich wie die Sträucher und alles andere in diesem Wald. Aber auch die ewig herrschende Finsternis verhinderte, ein Wachstum von grünen Blättern. Blätter leben von Fotosynthese, das heißt, grüne Blätter kann es nur dann geben, wenn die Bäume genügend Licht durch die Sonne erhalten. Aber die Sonne schien seit 500 Jahren nicht mehr auf die Erde hinab. Deshalb konnten keine grünen Blätter an Pflanzen aller Arten wachsen.

Ein junger Bursche namens Wasgo ging mutig durch den Wald. Er suchte die Zauberschule, die sich an einem versteckten Ort befand. Wie sollte er die nur finden? Ein bisschen zaubern konnte er, aber er war noch so unsicher, dass er sich nicht traute, seine Zauber anzuwenden. Er wollte neue, gefährliche Zauber erlernen, mit denen er die Welt von der ewigen Dunkelheit befreien konnte. Es war ihm egal, wie lange er dieses Ziel verfolgen musste. Und wenn es Jahre sein sollten, Hauptsache war, dass die Sonne wieder ihre tägliche Bahn über den Himmel ziehen konnte.

Plötzlich hörte er ein Lied. Eine einsame und traurige Stimme sang eine Strophe und wiederholte den Refrain immer wieder.

Wasgo ging in die Richtung, aus der er die Stimme des Sängers hörte. Tatsächlich wurde die Stimme zunehmend lauter. Nun konnte unser junger Held schon ganz deutlich den Text verstehen. Es war ein trauriges Lied. Ein Anflug von Zuversicht für die Zukunft war aus dem Liedchen herauszuhören, aber am Ende war es doch nur noch traurig. Wasgo glaubte, die Stimme zu erkennen. Das konnte nur der große Zauberer Jodaryon sein.

Er überlegte, dass Jodaryon der größte Zauberer aller Zeiten gewesen sein musste, denn er hatte mit tollen Geschichten, die überall zu Liedern gemacht wurden, die Herzen der Menschen erfreut und so allen Kummer und alle Sorgen von ihnen ferngehalten. Nun stand Jodaryon irgendwo hier ganz in seiner Nähe und sang diese traurige Weise.

Wasgo blieb stehen, damit er die Worte besser hören konnte. Jodaryon sang von einem Gemüt aus Stein und einem gebrochenen Herzen aus Eis, davon, dass er Angst habe, es könne nochmals zerbrechen. Und dass ihm sein Freund nicht helfen könne. Wasgo hörte ihn singen: „Der Preis ist zu hoch. Ich war jung und stark. Doch jetzt bin ich alt und schwach. Meine Seele und mein Herz bluten. Ich fühle nur noch Schmerz. Doch ich muss diesen Preis bezahlen. Aber ich werde wieder jung und stark und gemeinsam werden wir siegen. Aber ich werde wieder jung und stark und gemeinsam werden wir siegen."

Wasgo ging weiter. Der Weg endete in einem dichten Gestrüpp von alten Büschen. Hier gab es kein Durchkommen. Aber er musste diesen Weg weiter verfolgen, denn hinter dem dichten Gestrüpp musste der Sänger und Zauberer sein, von dort hörte er seine Stimme.

Wasgo konnte sich gut vorstellen, dass es dem alten Zauberer Jodaryon früher gut gelungen war, mit seinen Zauberliedern die Menschen glücklich zu machen. Eine alte, wenn auch noch kräftige Stimme drang an sein Ohr.

Der junge Bursche entschloss sich, bevor Jodaryon wieder verschwand, einen Zauber anzuwenden, damit er das Dickicht besiegen und den alten Magier erreichen konnte. Er sagte einen Spruch auf. Das hörte sich komisch an, beinahe so: „Enzo minerle beritale avartiäle seitige shub gestastruppe wechige ewige."

Gespannt wartete er, was nun passieren sollte. Er dachte schon, dass er den Zauber nicht richtig ausgesprochen hatte. Doch unversehens bewegte sich das Gestrüpp. Wie von Geisterhand teilten sich die vor Wasgo zu einem Ganzen verschlungenen Sträucher und schoben sich zu beiden Seiten auseinander. Sie gaben den Weg frei und er konnte nun die Stimme des alten Zauberers noch deutlicher hören. Er ging den Weg weiter und hörte die immer lauter werdende Stimme und nach einer Wegbiegung sah er den Alten vor einer Ruine sitzen.

Der Zauberer war ein winzig kleiner Mann, vielleicht sechzig Zentimeter groß, mit einem langen weißen Bart, der ihm bis zu den Füßen reichte. Aber er sang sein trauriges Lied mit einer kräftigen Stimme, die einem Mann mit einer Größe von zwei Metern gehören musste. Wasgo ging langsam auf ihn zu. Er wollte den kleinen Zauberer nicht erschrecken.

Das kann doch unmöglich der große und berühmte Jodaryon sein, dachte Wasgo. Mit der zarten Stimme eines Jünglings sprach er den alten Zauberer an: „Sei gegrüßt, du großer Zauberer. Ich verneige mich vor dir. Ich möchte dich bitten, mir zu sagen, wie ich in das Land der verlorenen Sonne komme, du hast doch schon alles gesehen. Sage bitte, du großer Zauberer, bist du der große Jodaryon?“

Der alte Zauberer unterbrach seinen Gesang. Er sah den jungen Magier an. Ja, der war jung, aber er musste ein Zauberer sein, denn sonst wäre er nicht durch das Dickicht gekommen. Hier hatte sich einmal eine Zauberschule befunden. Doch war sie an dem Tag zerstört worden, als die Sonne verschwunden war. Am gleichen Tag war Jodaryon durch das Dickicht der Sträucher, die Wasgo gerade vor ein paar Minuten mit seinem Zauber gefügig gemacht hatte, gefangen gesetzt worden. Jodaryon hatte diesen Zauber nicht brechen können, weil Bossus ihm seine magischen Fähigkeiten genommen hatte.

Der musterte nun seinen jungen Besucher genauer. Der Junge hatte noch keinen Bart, aber die Vorboten dafür waren schon da. Zarter Flaum hatte sich auf seiner Oberlippe gebildet. Er hatte ein ovales Gesicht und dunkelbraune Haare, die gewellt waren und die er halblang trug. Locker und leicht fielen sie am Nacken auf die Schultern. Er hatte eine gerade gewachsene Nase, braune Augen und sanft geschwungene Augenbrauen. Sein Mund war eher schmal. Seine langen, geraden Wimpern waren beinahe mädchenhaft. Er stand auf kräftigen und muskulösen Beinen, hatte schmale Hüften und breite Schultern. Seine Jugend strahlte dem alten Mann entgegen.

Jodaryon, der auf Grund seiner langen Gefangenschaft hart und mürrisch war, konnte den Jungen, der sehr höflich und scheinbar gut erzogen worden war, gut leiden. Außerdem sah er auch noch gut aus und war so furchtbar jung. Das waren die ersten Eindrücke, die der alte Mann von Wasgo gewann.

Innerlich musste Jodaryon über den jungen Mann lachen. Aber schroff sagte er: „He, sage einmal, bist du blind? Du sprichst von mir als einem großen Zauberer? Ich bin sechzig cm groß, aber warte, ich werde mich für dich etwas vergrößern.“ Um Jodaryon wurde es neblig, die Luft um ihn herum begann, zu flirren, als wenn sie mit einem Feuer erwärmt würde und man über die Flammen hinweg sah. Es ging alles sehr schnell. Jodaryon wuchs und wuchs und war nach wenigen Augenblicken ein normal großer Mann, genauso groß wie der Jüngling.

Der staunte, sah den Älteren fassungslos an und fragte: „Wie hast du denn das gemacht? Eben noch warst du so klein und jetzt bist du so groß! Wie macht man das? Ist es auch möglich, dass man sich verkleinern kann?“

Jodaryon wirkte nun noch mürrischer und sehr ungehalten. „Denke nach, junger Mann“, rief er fast zornig.

Wasgo erwiderte: „So sollte es wohl sein. Wenn man sich vergrößern kann, sollte man sich auch verkleinern können.“

„Genau, mein Junge“, bemerkte Jodaryon zufrieden. Nach einer kleinen Pause forderte er den Jüngling auf: „Entledige dich deiner Kleider. Mach schnell!“

„Warum verlangst Du das von mir?“, wollte Wasgo wissen.

„Willst du nun die Sonne zurückholen oder nicht? Wenn du es willst, dann tue, was ich dir sage!“, befahl Jodaryon dem Jüngeren streng.

Der legte widerwillig sein Gewand ab. Als er seinen Oberkörper entblößt hatte, sagte der alte Zauberer: „Das reicht, drehe dich mit dem Rücken zu mir.“

Wasgo gehorchte und hörte Jodaryon leise sagen: „Du bist es, auf den ich so lange schon gewartet habe. Die Prophezeiung erfüllt sich.“ Die letzten Worte sprach Jodaryon fast ehrfürchtig aus. Doch dann verfiel er wieder in seinen alten groben und ungehobelten Ton und sagte: „Schnell, zieh dich wieder an und folge mir.“

Ohne abzuwarten, bis Wasgo sich angezogen hatte, ging Jodaryon schnell auf den Weg und eilte mit großen Schritten weiter in den Wald hinein. Wasgo klaubte schnell seine Sachen zusammen und während er sie anzog, lief er dem alten Zauberer hinterher. Er konnte kaum mit ihm mithalten. Etwas pikiert rief er: „Wo läufst du denn hin, warte doch auf mich.“ Wasgo beeilte sich, zu Jodaryon aufzuschließen. So ein Benehmen hatte er von Jodaryon nicht erwartet. Er stellte sich den alten Zauberer stets als gutmütigen Opa vor, der sich freuen werde, seinen Enkel zu sehen. Aber was er jetzt mit Jodaryon erleben musste, entsprach diesem Bild gar nicht.

Der erklärte ihm, während er weitereilte: „Du hast dich auf eine gefährliche Mission eingelassen. Du musst mir vertrauen und vor allen Dingen musst du schnell sein in allem, was du tust. Handeln wir nicht schnell und überlegt, werden wir sterben. Du hast immer nur eine Chance. Nimmst du sie nicht wahr, sind wir tot. Ich will aber nicht sterben, ich bin erst sechshundert Jahre alt, habe also noch mein halbes Leben vor mir. Du bist noch ein Baby und musst nur tun, was ich dir sage. Wir haben keine Zeit für eine lange Ausbildung. Außerdem will ich mein Leben, dass du mir eben erst zurückgegeben hast, noch viele Jahre genießen! Aber das Wichtigste ist, dass die Prophezeiung sich zu erfüllen beginnt!“

Wasgo verstand nur die Hälfte. Und wo wollte Jodaryon mit ihm so schnell hin? Kaum konnte er mit ihm Schritt halten. So hatte sich der junge Mann das nicht vorgestellt. Er rief: „Was erzählst du mir, alter Mann? Die Prophezeiung kenne ich! Meine Eltern haben mich mein ganzes Leben auf die Erfüllung meiner Aufgabe vorbereitet. Aber ich brauche noch mehr Wissen und Ausbildung, um mit dir erfolgreich zu sein. Du musst mich weiter ausbilden, vor allem kenne ich nicht alle Zauber, die ich gegen die bösen Mächte anwenden kann. Und überhaupt, wo gehen wir jetzt hin?“

Jodaryon blieb kurz stehen. ‚Der Junge hat recht‘, dachte er, ‚eine Erklärung sollte ich ihm schon geben.‘ Trotzdem passte ihm jetzt die Verzögerung nicht, die Wasgo soeben mit seiner Fragerei erzwungen hatte. Beinahe schon wütend erzählte Jodaryon: „Nachdem das Land hier so traurig geworden war und die Zauberer fast ihre gesamte Macht eingebüßt hatten, gab es eine Prophezeiung, dass nach fünfhundert Jahren ein junger Zauberer kommt, der es schafft, das undurchdringbare Dickicht, also das Gestrüpp, zu besiegen, und dass er ein Muttermal auf dem Rücken hat.

Und es steht in der Prophezeiung, dass ich durch ihn befreit werde und wir uns gemeinsam auf den Weg machen und das Glück dieser Welt zurückerobern werden. Es gelingt uns aber nur, wenn wir schnell handeln, und wir müssen durch das Reich der Toten hindurch.“ Plötzlich wurde Jodaryons Gesicht eisern wie das einer Maske. Nachdenklich sagte er, fast wie geistesabwesend: „Das Muttermal wurde in der Prophezeiung genau beschrieben. Du hast mich befreit und du hast das Muttermal. Wir haben schwere Prüfungen vor uns. Vielleicht verlieren wir unsere Kräfte, vielleicht sogar unser Leben, aber wir müssen die ewige Nacht bezwingen.“

Das sagte er und eilte weiter. Wasgo hatte keine Chance, auch nur eine weitere Frage zu stellen. Und doch hatte er so viele davon. Warum nur mussten sie sich so beeilen? Warum wurde der alte Zauberer plötzlich so ernst und abwesend? Was hatte er erlebt, um so ein bitteres Lied zu singen? Warum hatte er sein Herz mit Eis gefüllt und warum war sein Gemüt wie Stein? Und warum mussten sie durch das Reich der Toten? Was konnte und sollte sie dort erwarten? Warum sollten sie vielleicht ihre Kräfte verlieren? Und warum gab es überhaupt so wenig Zauberer auf dieser Welt, obwohl sie einmal diesen Planeten sehr zahlreich besiedelt hatten?

Wasgo lief Jodaryon hinterher, und als er ihn endlich eingeholt hatte, sagte er: „Bitte, ehrwürdiger Zauberer, ich habe so viele Fragen und ich brauche Antworten. Ich muss wissen, was auf uns zukommt. Vielleicht verlässt mich sonst der Mut."

Jodaryon nahm den Jüngling bei der Hand, sah ihn aber streng und mürrisch an und sagte: „Keine Zeit. Du wirst alles zur rechten Zeit erfahren. Und habe keine Furcht, du wirst zu jeder Zeit richtig handeln. Ich vertraue dir."

„Du vertraust mir und hast doch keine Ahnung von meinen Fähigkeiten. Ich bin kein guter Zauberer und völlig unsicher. Mein Vater hat versucht, sein Bestes zu geben, aber er ist eben nun einmal eher ein bescheidener Mann und gibt sich mit dem zufrieden, was er kann. Ich habe Angst, dass wir unsere Mission nicht erfüllen können, wenn du mich nicht wenigstens prüfst und mir hilfst, meine Mängel zu beseitigen."

Jodaryon sah den jungen Mann genervt an: „Warum bist du so ängstlich? Du hast den Weg zu mir gefunden, du hast den verwunschenen Wald bezwungen und hast mich befreit. Ich fühle es, meine Kräfte sind zurückgekehrt. Wenn ich sie einsetzen kann, sollten wir wohl etwas Zeit haben, dich zu prüfen. Aber mach dich darauf gefasst, dass es dir wehtun kann, wenn du einmal versagst. Ich will dir gerne noch etwas beibringen, aber umso schneller müssen wir später handeln. Sei dir im Klaren darüber, dass es ausschließlich gefährliche und harte Zauber sind, die ich dir beibringen werde. Diese Zauber werden deine ganze Energie und dein ganzes Bewusstsein in Anspruch nehmen. Obwohl sie dir helfen, werden sie dich schwächen und müde machen. Durch gutes Essen und viel Schlaf kannst du aber die verlorene Energie wieder zurückgewinnen."

„Dann lass es uns angehen, großer Zauberer", antwortete Wasgo.

Wasgos Entführung

Jodaryon und Wasgo befanden sich in einer kleinen, unbewohnten Höhle. Hier hatten sie sich etwas häuslich eingerichtet. Jodaryon nutzte diese Gelegenheit, um seine Zauberkünste zu testen. Hatte er all seine Zauber zurückerhalten können? Schnell war eine Kochstelle vor der Höhle entstanden und innen zwei Schlafstätten. Dann stellte sich Jodaryon vor die Höhle und versuchte einen Zauber des höchsten Schwierigkeitsgrades. Außer ihm gab es angeblich höchstens noch einen Zauberer, der diesen Zauber beherrschte, und der war kein anderer als der böse Bossus.

Die Augen geschlossen und stumm Formeln ausstoßend, sah Wasgo den großen Meister vor der Höhle stehen. Beschwörende Gesten schickte Jodaryon zum Himmel empor. Doch Wasgo kam es vor, als wenn nichts geschah.

Jodaryon hingegen war zufrieden, er freute sich, sprang von einem Bein auf das andere und klatschte in die Hände. Dabei rief er immer wieder: „Es hat geklappt, juchhu, es hat geklappt. Nun, Bossus, wird es dir bald an den Kragen gehen."

So fröhlich hatte Wasgo den alten Mann noch nie gesehen. Verständnislos starrte Wasgo ihn an und drehte sich zur Höhle um. Er traute seinen Augen nicht. Was er sah, war einfach nur unglaublich! Das konnte Wasgo nicht fassen! ‚Wie hat der alte Mann das nur fertig gebracht?', fragte er sich.

Die Kochstelle vor der Höhle war verschwunden. Schon als Wasgo fragen wollte, warum Jodaryon die Kochstelle wieder weggezaubert hatte, sah er ihn gemeinsam mit sich selbst um die Höhle herumkommen. Was die beiden vorhin taten, wurde jetzt von den sich vor Wasgo befindlichen Jodaryon und Wasgo erledigt. Wasgo konnte sich selbst beobachten. Er begriff, dass der alte Zauberer die Zeit beeinflusst hatte. Aber wie hatte er das nur getan? Das mussten die Gesten zum Himmel und die stummen Beschwörungsformeln gewesen sein, die der große Zauberer gemurmelt hatte.

Langsam verblassten Jodaryon und Wasgo vor den Augen des Jünglings wieder und alles war so, wie er es in Erinnerung hatte. Die Kochstelle stand wieder da, wo sie vorher gewesen war. „Wow, wie hast du das gemacht? Hast du die Zeit verschoben?“, fragte der jüngere den älteren Mann.

Jodaryon bestätigte das und meinte: „Jetzt haben wir Zeit für deine Ausbildung.“

„Wie hast du das gemacht?“, wollte Wasgo wissen.

Jodaryon grunzte: „Das ist einer der schwersten Zauber überhaupt. Den kann ich dir nicht so schnell beibringen. Es gibt nur noch einen Zauberer, der das eventuell hinbekommt, und das ist Bossus. Ich hoffe aber, dass er diesen Zauber nicht beherrscht. Du wirst andere Zauber von mir erlernen, und zwar solche, die wir für unseren Kampf gegen Bossus brauchen werden.“

„Ja, das reicht mir auch vollkommen aus. Wir wollen ja nur die Welt von der ewigen Nacht befreien“, überlegte Wasgo.

Am nächsten Tag sollte seine weitere Ausbildung beginnen. Schon bald stellte der junge Mann fest, dass die Ausbildung durch den großen Meister etwas ganz anderes war als das, was er mit seinem Vater erlebt hatte. Und doch begriff Wasgo, dass Antares ihm die wichtigsten Grundlagen der Zauberei beigebracht hatte. Viele der Zauber, die Jodaryon ihn lehrte, hatten ihren Ursprung in den Zaubern des Antares.

Fast noch in der Nacht weckte Jodaryon den jungen Wasgo. „Komm und zieh dich an, wir haben zu tun“, murmelte der alte Mann dem jüngeren zu.

Der streckte sich erst einmal, gähnte von Herzen und sagte dann: „Es ist aber doch noch dunkel!“

„Um zwölf Uhr mittags ist es auch dunkel. Also los, hoch mit dir, du Weltbefreier! Du glaubst doch nicht etwa, dass Bossus schläft? Der weiß genau, was wir beide im Schilde führen“, entgegnete der alte Zauberer in einem leicht ungehaltenen Ton.

Dabei war der noch gar nicht so alt, er stand mit seinen sechshundert Lebensjahren erst kurz über der Mitte seines Lebens. Ein Mann wie Jodaryon konnte mindestens eintausend Jahre alt werden. Jodaryon sah nachdenklich aus.

Nach einer Pause sprach er mit seiner tiefen Bassstimme weiter: „Ich wundere mich sowieso, dass es immer noch so ruhig ist. Was führt der alte Tyrann nur im Schilde?“

„Du hast recht, mein alter Freund“, sagte Wasgo und schwang seine Beine aus dem Bett. Er zog sich an und fragte: „Gibt es hier irgendwo Wasser? Ich möchte mich gerne etwas waschen.“

„Eben da will ich mit dir hin. Zum Wasser“, erwiderte Jodaryon. Sie liefen gemeinsam durch den finsteren Wald und kamen an einen Fluss.

Wasgo ging zum Ufer und beugte sich zum Wasser herunter und tauchte beide Hände in den Fluss. „Das Wasser ist angenehm kühl“, rief er Jodaryon zu, dessen Antwort nur ein Knurren war. Wasgo warf sich eine Handvoll Wasser ins Gesicht, danach wollte er seine Sachen ablegen und im Fluss baden gehen.

Plötzlich tauchte eine riesige Hand aus dem Wasser auf, fasste ihm ans Schlafittchen und zog ihn mit einem kräftigen Ruck in das Wasser des Flusses hinein. Wasgo versuchte, sich zu wehren, aber eher er sich versah, befand er sich schon unter der Wasseroberfläche.

Jodaryon beobachtete das Geschehen. Plötzlich begann der junge Mann, am Ufer herumzuhampeln. Das sah sehr lustig aus und Jodaryon musste lachen. Das war das Letzte, was Wasgo vom alten Zauberer vernahm.

Lange Zeit hörte und sah er nichts. Um ihn herum herrschte nicht nur Nacht, sondern eine rabenschwarze Finsternis. Er konnte nicht einmal die Hand, die er sich vor seinen Augen hielt, erkennen. Nicht das leiseste Geräusch vernahm der Jugendliche. Angst stieg in ihm auf. Er fühlte sich, als wäre er blind und taub. Plötzlich gab es einen ohrenbetäubenden Knall, beinahe so, als wenn eine Bombe explodieren würde. Aber damals gab es noch keine Bomben.

Wasgo zitterte vor Angst am ganzen Körper. Er konnte sich nicht bewegen und fand sich auf einen Stuhl aus Holz mit sehr hoher Lehne wieder. Mit Seilen war er daran gefesselt. Als er sich umsah, bemerkte er finstere Gestalten um sich herum, die schrecklich aussahen. Teilweise waren die Schädel der Gestalten skelettiert, teilweise waren sie auch mumifiziert. Niemand von denen schien zu leben und doch waren sie nicht tot, denn sie bewegten sich und sprachen miteinander. Verstehen konnte Wasgo sie nicht, sie sprachen in einer für ihn fremden Sprache.

Ein Mann kam in sein Blickfeld. Er trug einen schwarzen Hut, sein Umhang und seine Hosen waren schwarz. Seine Haare und auch seine Augen waren schwarz. Seine Zähne waren ebenfalls schwarz. Alles an diesem Mann war schwarz. Nur seine Haut schien weiß aus diesem ganzen Schwarz heraus. Der Mann sprach mit Wasgo, der ihn verstehen konnte. Er sprach die gleiche Sprache wie Wasgo auch.

„Endlich habe ich dich. Du sollst mir nicht mehr entkommen. Und deine Zauberkräfte nutzen dir hier gar nichts. Du bist mir schutzlos und auch wehrlos ausgeliefert. Ich habe dich deiner Zauberkräfte entledigt. Du brauchst sie nicht mehr. Du gehörst jetzt mir. Du sollst mir dienen“, hörte Wasgo den Mann sagen.

„Wer bist du“, fragte Wasgo, obwohl er sich schon denken konnte, wer der Mann vor ihm war. Der konnte nur der böse Bossus sein.

Der lachte über die Frage und antwortete: „Du weißt, wer ich bin. Ich bin der Herrscher über diese Welt und der Herr über die schwarze Nacht. Ich bin der größte aller Zauberer und der mächtigste Mann in diesem Universum. Was ich will, wird geschehen. Meine Macht kann niemand brechen. Du nicht und der dumme Jodaryon auch nicht. Es wird mir ein Leichtes sein, ihm seine Zauberkräfte wieder zu nehmen und ihn erneut gefangen zu setzen. Er ist ein Nichts!“

Bossus schwärmte von seiner Macht, die er zu besitzen glaubte. Als er auf Jodaryon zu sprechen kam, wurde er lauter und lauter. Den letzten Satz schrie er in den Raum hinein. Plötzlich war er aber wieder ruhig und grinste Wasgo frech ins Gesicht. Er machte eine Pause und wollte gerade weiter sprechen, als Wasgo ihm zuvorkam.

„Und wenn du so mächtig bist, wie du sagst, warum sitze ich hier, bin gefesselt, meiner magischen Kräfte beraubt und so dir hilflos ausgeliefert? Das sieht doch nun wirklich so aus, als wenn du Angst vor mir hättest. Was für eine große Angst hast du dann erst vor dem großen Jodaryon!", erwiderte Wasgo mutig. Unser junger Held hatte Angst, aber er war wild entschlossen, sie dem Bösewicht nicht zu zeigen. Längst hatte er sich wieder unter Kontrolle und zitterte nicht mehr.

Wer dieser schwarze Mann war, und an welch schrecklichen Ort sich Wasgo befand, hatte er schon längst begriffen. Nur wenn er mutig und selbstbewusst auftrat, hatte er eine Chance, aus eigener Kraft diesen Ort, den Schrein des Bösen, zu verlassen. Denn wo sollte er sonst sein, wenn nicht im Schrein des Bösen, eben in Bossus' Machtzentrale!

Doch ungestraft sollten Wasgos Worte nicht bleiben. Bossus eilte ganz nah zu ihm heran und schlug ihm mit der Faust ins Gesicht. „Schweig!", schrie ihn der Kerl an, „ich werde dir schon zeigen, wie du mich zu behandeln hast! Ich bin dein Herr und du hast mir mit Respekt zu begegnen!"

Bossus wendete sich wieder von dem jungen Mann ab und den Wachen zu: „Schafft diesen Kerl in den Kerker. Dort soll er in Ketten liegen und schmoren, bis er sich besonnen hat. Und jeden Tag soll er mittags eine Züchtigung mit der siebenschwänzigen Katze erhalten!"

Die siebenschwänzige Katze war eine Peitsche. Sie bestand aus sieben geflochtenen Lederriemen, in denen in gleichmäßigen Abständen Knoten eingeflochten waren. Zu der Zeit, als Wasgo lebte, herrschten rohe Zeiten und es war zur Mode geworden, Gefangene mit solch einem bösen Instrument zu verprügeln. Damit konnte die Haut des Opfers verletzt werden, sodass viel Blut floss, und selbstverständlich wurde einem Delinquenten auf diese Weise starke, unaushaltbare Schmerzen zugefügt. Wasgo gefror vor Angst das Blut in seinen Adern. Die Wachen ergriffen ihn und zerrten ihn mit sich. Sie verließen mit dem jungen Mann den Raum und schleiften ihn viele Treppen bis ins Verlies hinunter. Dort öffneten sie ein Tor aus massiven Stahlgittern und legten ihn in Ketten. Danach wandten sich die Wachen um und Wasgo blieb alleine zurück.

*****

Zu dem Zeitpunkt, als Bossus' Faust in Wasgos Gesicht prallte, verspürte Luziferine einen Stich in ihrem Herzen. Sie saß Antares gegenüber. Beide ließen sich gerade das Frühstück schmecken, als Luziferine plötzlich in ihrer Brust einen stechenden Schmerz verspürte und erbleichte. Alle Farbe war aus ihrem Gesicht gewichen. Antares erschrak und fragte sorgenvoll: „Was ist denn mit dir auf einem Male los?“

Leise sagte sie: „Unser Sohn ist in Gefahr. Wir müssen ihm helfen!“

Ungläubig fragte Antares: „Woher willst du das wissen?“

„Ich weiß es nicht, aber ich spüre es“, rief sie aus, „eine Mutter hat das im Gefühl, wenn mit ihrem Kind etwas nicht stimmt!“

Nun bekam auch Antares Angst um seinen Sohn. Was nur konnte er tun? Sollte er Sinclair um Hilfe bitten? Konnte der Vampir helfen? Konnten überhaupt Sinclairs Vampire helfen? Aber wie sollten die Vampire helfen können, wenn er und Luziferine nicht wussten, was mit ihrem Sohn geschehen war! Wasgo hatte alle Zauberbücher und die Schale der Erkenntnis mitgenommen, als er auf die Suche nach Jodaryon ging. Hatte der Junge überhaupt den großen Zauberer schon getroffen? Fragen über Fragen beschäftigten Wasgos Vater. Antares war ratlos.

„Was können wir nur tun“, fragte er seine Frau.

„Wir müssen versuchen zu erfahren, was passiert ist. Denke nach, Antares. Kannst du Jodaryon erreichen oder im Höhlensee erkennen, was geschehen ist? Wir müssen unbedingt erfahren, was Wasgo zugestoßen ist. Erst dann können wir uns überlegen, was wir tun wollen, um unserem Jungen zu helfen“, entgegnete Luziferine.

Antares gab seiner Frau recht und meinte, dass es am besten sei, wenn er beides versuchte. Er wollte versuchen, den Höhlensee zu befragen und Jodaryon mit seinen Gedanken zu erreichen. Luziferine sollte unterdessen versuchen, zu Wasgo eine telepathische Verbindung herzustellen.

*****

Jodaryon sah, dass Wasgo zum Ufer ging, um sich zu waschen. Der junge Mann beugte sich über den Fluss. Plötzlich verlor er das Gleichgewicht und fiel ins Wasser. Wasgo ruderte mit den Händen und seine Beine verloren den Halt zur Erde und schnellten in die Höhe. Ein Schrei Wasgos, der eher die plötzliche Überraschung des jungen Mannes über diesen Vorfall zum Ausdruck brachte als Furcht oder gar Angst, erreichte die Ohren des älteren Zauberers. Der sonst griesgrämige Jodaryon musste amüsiert lachen, als er die unkontrollierten und lustig wirkenden Bewegungen seines Befreiers sah.

‚Was ist der Junge manchmal doch nur ungeschickt', dachte er. Doch als Wasgo nicht wieder auftauchte, mischte sich die Heiterkeit des Mannes mit Sorgen. Er ging vorsichtig zum Fluss und sah, dass das Wasser des Flusses an der Stelle, an der Wasgo hineingefallen war, höchstens knietief war.

Jodaryon entfernte sich vom Fluss und plötzlich wusste er, dass er sich jetzt keinen Fehler leisten durfte. An diesem Ort ging es nicht mit rechten Dingen zu. Er erinnerte sich daran, wo er sich befand und nun war er davon überzeugt, einen wirkungsvollen Schutz zu benötigen. Schnell eilte Jodaryon zur Höhle zurück und baute mit wenigen Zaubersprüchen um sich herum einen Schutzschild auf. Jetzt hatte er zum Nachdenken Zeit. Was war zu tun? Wie konnte er Wasgo helfen? Es gab nur zwei Orte, an denen sich sein jüngerer Gefährte befinden konnte. An beiden Orten war es durchaus möglich, dass ihm seine Zauberkräfte nichts nutzten. Entweder befand sich Wasgo bei seinem Großvater, dem Höllenfürsten Luzifer, oder Jodaryon musste im Schrein des Bösen nach ihm suchen.

‚Ich muss den Jungen finden und ausbilden, bevor wir unsere Mission fortsetzen können', dachte Jodaryon grimmig. Es verging ihm einfach zu viel Zeit. Ihm musste schnell etwas einfallen.'

*****

Antares ging durch die Höhle direkt zum See. Dort kniete er nieder und murmelte Zauberformeln. Er hoffte, dass er diese Formeln richtig in Erinnerung hatte und sie fehlerfrei aussprach. Was geschehen konnte, wenn er auch nur ein Wort verwechselte, hatte er noch gut genug in Erinnerung. Er musste an die Bohnen denken. Wie stolz war er, als diese so schnell gewachsen waren! Schließlich waren sie geplatzt und hatten ihn mit einem stinkenden fauligen Brei übergossen. Antares konnte jetzt das helle, fröhliche Lachen seines Kindes hören, als das damals geschah. Wasgo war so ein lieber, artiger Junge, sehr wissbegierig und folgsam.

Alles, was die Eltern ihm beibrachten, saugte der Kleine förmlich in sich auf. Er hatte so ein großes und liebevolles Herz. Oft kam Wasgo zu seinem Vater, um liebevoll mit ihm zu kuscheln. Als Kind brauchte er viel Körperkontakt zu seinen Eltern. Als die Bohnen Antares damals beschmutzen, hatte er mit dem Jungen geschimpft. Jetzt tat es ihm leid. Wehmut ergriff sein Herz.

‚Nein, meinem Jungen darf nichts Schlimmes passiert sein. Er muss doch die Prophezeiung erfüllen', dachte Antares, ‚es gibt doch nur diese eine Chance!' Antares musste seinem Sohn helfen, egal, wie. Diese eine, einzige Chance, die Welt vom Bösen zu befreien, durfte nicht vergeben werden. Wasgo musste leben. Er musste mit Jodaryon gemeinsam die Welt vor der ewigen Nacht retten. Nur diese beiden Zauberer konnten das tun. Niemand sonst. Antares war bereit, aufzubrechen, um seinen Sohn zu finden. Er musste ihm helfen seine Freiheit zurückzubekommen. Und keine Frage, Antares war selbstverständlich bereit, für das Leben seines Kindes sein eigenes zu geben. Wenn es so sein musste, sollte es eben so kommen, dachte Antares mutig und entschlossen.

Das Wasser des Sees holte Antares in die Gegenwart zurück. Es begann, sich zu kräuseln. Sanfte Wellen entstanden, die größer wurden. Dann aber änderte sich die Wasseroberfläche, sie wurde wieder ruhig und glatt. Ein Bild entstand im Wasser. Antares sah einen alten Mann mit grauen Haaren und einem langen grauen Bart. Seine Stirn war von vielen Sorgenfalten durchfurcht. Neben dem Mann stand

Wasgo. Sie standen an einem Fluss. Wasgo ging an den Fluss heran und beugte sich über ihn. Plötzlich fiel er in das Wasser und kam nicht wieder heraus.

„Wer hat meinen Jungen geholt?“, flüsterte Antares dem See zu. Da entstand ein weiteres Bild. Dieses zeigte einen Mann, der ganz in Schwarz gekleidet war. Er hatte einen schwarzen Hut auf dem Kopf. Sein Gesicht hob sich durch seine sehr weiße Gesichtsfarbe deutlich vom Schwarz ab.

Das Bild des Sees verblasste. Antares hatte genug gesehen. Er wusste, was geschehen war. Wasgo war ein Gefangener des bösen Bossus. Was das bedeutete, wusste Antares nur zu gut. Er verlor für einen Augenblick alle seine Hoffnungen auf eine Welt, in der die Nacht von einem Tag verdrängt wird. Er hatte gehofft, eines Tages die Sonne scheinen zu sehen. Von grünen Wäldern und blühenden Wiesen hatte er durch andere Menschen gehört. So etwas sollte es tatsächlich einmal gegeben haben. Antares konnte sich das überhaupt nicht vorstellen. Wie mochte nur ein grüner Wald aussehen? Wie sah wohl eine blühende Wiese aus? Wie sah überhaupt eine blühende Blume aus? Antares wusste es nicht. Ob er jemals so etwas sehen durfte?

Seine Hoffnungslosigkeit wich und in ihm breitete sich Kampfeslust aus. Entschlossen stand er auf und eilte hinaus zu seiner Frau. Dabei dachte er: ‚Wenn auch ich keine grünen Wälder und keine Blumen und auch nicht die Sonne sehen darf, eines weiß ich genau: Wasgo wird all das kennenlernen. Er wird das alles sehen und genießen und sich darüber freuen. Das schwöre ich bei meinem Leben‘.

*****

Unterdessen versetzte sich Luziferine in Trance. Sie versuchte, mit Wasgo Verbindung aufzunehmen. Es gelang ihr, ihn aufzuspüren. Er war an einem dunklen, schrecklichen Ort. Sie rief ihn.

In den Ketten hängend konnte er ihre Stimme hören. Seine Hand- und Fußgelenke schmerzten ihm von den kalten Eisen, die sich in sein Fleisch drückten. Sein Gesicht war schmerzverzerrt.

‚Mutter, bist du es? ‘, fragte er in Gedanken.

‚Ja, mein Junge, ich bin es. Fürchte dich nicht. Wir, dein Vater und ich, werden dir helfen. Du hast eine Aufgabe zu erfüllen. Niemand wird dich daran hindern. Habe Mut und verzweifle nicht‘, vernahm Wasgo die Stimme seiner Mutter.

‚Aber Bossus hat mich gefangen! Wie soll ich ihm nur entkommen? ‘, fragte er.

‚Du wirst es erleben, gib die Hoffnung nicht auf, mein Junge! Dein Vater und ich sind bei dir. Wir lieben dich‘, antwortete Luziferine. Dann musste sie die Verbindung zu Ihrem Sohn lösen. Wasgo blieb alleine zurück. Tränen liefen über sein Gesicht.

*****

Antares kam zu Luziferine und nahm sie in seine Arme. Sie erwiderte die Umarmung ihres Mannes und fragte: „Und was hast du herausgefunden?“

Gegenseitig informierte sich das Ehepaar über die neugewonnenen Erkenntnisse. Danach berieten sie sich darüber, welche Möglichkeiten sie hatten, um Wasgo aus seiner misslichen Lage befreien zu können. Sie wurden sich darüber einig, dass sie die Höhle verlassen und zu ihrem Sohn eilen wollten. Wo genau sie hingehen mussten, wussten sie aber nicht. Das sollte ihnen Jodaryon sagen. Luziferine wollte mit dem in Verbindung treten. So versetze sie sich erneut in Trance.

Sie schloss ihre Augen und konzentrierte sich auf Jodaryon. Plötzlich drehte sich alles um sie herum im Kreis. Helles Licht ergoss sich vor ihrem inneren Auge. Es wirkte fast golden. Das, was Luziferine sah, war sauber und hell. Sie konnte den alten Zauberer sehen. Er saß vor einer Höhle und hatte um sich herum einen Schutzschild aufgebaut. Trotzdem konnte er sie hören.

‚Guten Tag, Jodaryon, was ist geschehen, was sollen wir tun, wie können wir helfen?‘, fragte Luziferine den Zauberer.

‚Das weiß ich noch nicht‘, antwortete Jodaryon, ‚Wasgo wurde entführt. Ich hoffe, es war Luzifer, aber ich fürchte, es war Bossus. ‘

‚Bossus war es‘, informierte Luziferine den Magier.

‚Dann müsst ihr mir helfen, meine Macht reicht nicht aus, um in den Schrein des Bösen einzudringen. Dafür brauche ich Wasgo. Ich kann ihn nur befreien, wenn ich einen starken Zauber anwenden kann. Ich habe Bossus unterschätzt. Er ist doch immer noch mächtiger als ich. Ihr müsst seine Aufmerksamkeit auf euch richten, damit ich freie Hand habe. Aber begebt euch nicht in unnötige Gefahren. Vielleicht kann uns Luzifer helfen, versucht es‘, antwortete der alte Zauberer.

Luziferine versprach es und löste sich aus Jodaryons Gedanken. Danach erzählte sie ihrem Mann, was zu tun war.

*****

Antares saß mit seiner Frau in der Höhle am See. Er beschwor das Gewässer erneut, um dieses Mal Luzifer erreichen zu können. Der Höllenfürst ließ nicht lange auf sich warten, witterte er doch Beute für sein Reich in der Unterwelt.

Luzifer steckte seinen Kopf aus dem Wasser und so barsch, wie er es nur konnte, schleuderte er Wasgos Eltern entgegen: „Was wollt ihr denn von mir?!“

Luziferine war es, die sich als erste von dieser unfreundlichen Begrüßung erholt hatte. Sie erwiderte ebenso unhöflich: „Dein Enkelsohn ist von Bossus entführt worden und er wird misshandelt und geschlagen. Du musst ihm helfen.“

„Er ist selbst schuld daran. Warum legt er sich mit Bossus an? Er will dessen Macht vernichten und damit ihn selbst. Soll er zusehen, wie er klar kommt. Als ich ihn mir damals holen wollte, habt ihr es verhindert! Wenn er jetzt also sterben muss, ist es eure Schuld! Ich bin der Höllenfürst und kein Menschenretter! Ich hole mir nur ihre schwarzen Seelen!“, geiferte Luzifer.

„Nein, so einfach ist es nicht, du Dummkopf“, schrie Antares, außer sich vor Zorn.

„Du nennst mich einen Dummkopf?“, schnaubte der Höllenfürst. Seine Augen funkelten Antares böse an.

Der antwortete beherzt: „Ja, ganz genau, ich nenne dich einen Dummkopf. Und weißt du, warum? Weil du nicht einmal ein klein wenig nachdenkst! Ständig bist du hinter den schwarzen Seelen der Menschen her, aber du denkst nicht daran, dass unser Planet unter Bossus und der ewigen Nacht immer unerträglicher wird. Es gibt heute nur noch halb so viele Menschen wie vor fünfhundert Jahren. Es wird immer kälter auf der Erde, viele Tier- und Pflanzenarten sind schon ausgestorben.

Es ist nur eine Frage der Zeit, bis es auch keine Menschen mehr gibt. Und dann ist auch deine Zeit hier zu Ende. Ohne schwarze Seelen wird es keine Hölle mehr geben und ohne Hölle gibt es auch keinen Höllenfürsten. Du bist der größte Dummkopf aller Zeiten, wenn du Bossus weiter unterstützt. Er tötet nicht nur unseren Sohn, auch deinen Enkel und die ganze Menschheit dazu. Und am Ende dich."

Luzifer wurde nach Antares' Worten ganz ruhig und friedlich. Über das, was er da gerade gehört hatte, musste er erst einmal nachdenken. Er brauchte fünf Minuten, um zu einem Ergebnis zu kommen. Das waren für Wasgos Eltern lange fünf Minuten, die längsten ihres Lebens. Immer wieder stöhnte Luzifer zwischendurch auf und kratzte sich mit einer Hand am Kopf. Er machte Bemerkungen wie: „Ach ja" oder „Na, so etwas" oder „Hm, da ist was Wahres dran".

Endlich sprach er: „Antares, du bist doch nicht so blöde, wie ich immer dachte, du dilettantischer Möchtegernzauberer. Immerhin warst du einmal der schlechteste Zauberer aller Zeiten. Aber du hast dazugelernt und hast es verhindern können, dass ich mir mein Enkelkind holen konnte. Damals habe ich geschworen, dich zu bekämpfen, solange ich die Macht dazu habe. Nun verlangst du von mir, dass ich dir helfen soll. Niemals, hätte ich gestern noch gesagt."

Da der Höllenfürst nicht weitersprach, fragte seine Tochter ihn: „Und was sagst du heute?"

„Was soll ich heute schon dazu sagen!", schimpfte Luzifer.„Ich muss ihm recht geben." Wieder machte Luzifer eine Pause, aber dieses Mal ließen Antares und Luziferine ihm die Zeit, die er benötigte, um seine Antwort formulieren zu können. Endlich sagte er: „Ja, also, gut, ich werde euch helfen. Aber meine Möglichkeiten sind begrenzt. Ich kann Gevatter Tod schicken, damit der unter Bossus Kerlen reiche Ernte hält. Damit vergrößern wir aber seine Skelettarmee, das muss euch bewusst sein. Sollte es einmal zu einem Kampf zwischen Wasgo und einem Skelett kommen und er erschlägt es, werden zwei Skelette an Stelle des ersten treten und ihn weiter bekämpfen."

Luziferine sagte: „Es ist wahrscheinlich, dass der Junge gegen solche Skelette kämpfen muss."

Antares beruhigte sie: „Es gibt Zauber des Stillstandes, die er dann anwenden kann. Dann werden die Skelette bewegungslos."

Zu Luzifer sagte Antares: „Wir müssen an jetzt denken und nicht an später. Jetzt ist Wasgo in Gefahr und er braucht sofort unsere Hilfe. Tu, was du kannst, Höllenfürst, später können wir immer noch auf die neue Situation eingehen! Auf das, was in der Zukunft passieren wird, müssen wir auch erst in der Zukunft reagieren. Wasgos Leben ist jetzt bedroht und wenn es noch einmal so sein sollte, dann wird uns schon wieder etwas einfallen."

Ob Antares das auch zu Luzifer gesagt hätte, wenn er in die Zukunft hätte sehen können? Wohl eher nicht. In dieser Minute konnte er nicht wissen und es schon gar nicht ahnen, was seinem Sohn noch alles bevorstand.

Der Aufstand wird geprobt

Luzifer hielt Wort. Er tat, was in seiner Macht stand. Zuallererst befahl er Gevatter Tod zu sich. „Du wirst dir jeden Kerl, ja, einfach jeden Menschen holen und ihn in die Unterwelt bringen, der Wasgo etwas Böses anhaben will!“, wies Luzifer Gevatter Tod an.

Außerdem trieb Gevatter Tod sein Wesen oder, wenn man so will, sein Unwesen überall dort, wo es üble Gesellen gab, die Bossus halfen, Zwietracht unter friedlichen Menschen zu säen, und an allen Orten, an denen friedliebende Menschen von Bossus' Schergen Unrecht zugefügt wurde.

Der Herr der Unterwelt hatte sich von Bossus losgesagt und arbeitete auf seine eigene Rechnung. Bossus konnte nichts dagegen tun, denn der Herr der Unterwelt ließ sich nicht von ihm unterjochen, deshalb war Bossus einst froh gewesen, ihn zum Verbündeten zu haben. Doch das war jetzt vorbei. Damit geriet Bossus' Macht ernsthaft ins Wanken. Sie war erschüttert, aber er war eben nur angeschlagen und noch lange nicht vernichtet. Nach wie vor konnte er seine Macht behaupten, denn der Gevatter Tod konnte nicht überall sein. Aber in dem Verlies, in dem sich Wasgo befand, passte Gevatter Tod auf den jungen Enkelsohn Luzifers auf, wie der Herr der Unterwelt ihm das befohlen hatte.

Ein sehr gefährlich aussehender Mann, der eine siebenschwänzige Katze in seiner rechten Hand hielt, betrat den Kerker, in dem unser junger Held gefangengehalten wurde. Ihm folgten zwei weitere Männer. Sie gehörten zu Bossus‘ Schergen und wollten zusehen, wie ihr Kumpan den Befehl ihres Meisters ausführte und den jungen Mann schlug. Schon jetzt stellten sie sich die Schreie Wasgos vor, die er unter den ihm zugefügten Schmerzen ausstoßen würde. Ein freches und böses Grinsen umspielte ihre Gesichter. Sie sahen Wasgo schon jetzt, wie er sich unter den Schlägen wand und um Gnade winselte.

„Was für ein tolles Schauspiel werden wir doch gleich erleben“, sagte der eine.

Der andere antwortete: „Die Haut muss dem Kerl abfallen!“

Beide lachten ein hässliches und böses Lachen. Sie ermunterten ihren Kumpan, endlich mit der Bestrafung des Kerls zu beginnen. Schließlich wollten sie etwas für ihr Geld sehen, das sie ihm geben mussten, um bei dieser schrecklichen und blutrünstigen Aktion zusehen zu können. Sie lästerten über Wasgo, und der junge Mann bekam Angst.

Wasgo wusste nichts von den Absprachen, die seine Eltern mit seinem Großvater getroffen hatten. Jeden Moment konnte die Folter beginnen. Der Kerl würde ihm mit der Peitsche Schmerzen zufügen, die er kaum aushalten werde. Wie sollte er nur seine Folterung ertragen können? Wasgo sah, wie die Kerle sich schon genüsslich die Lippen leckten, blutrünstig und gierig auf das kommende Ereignis.

Die Handlanger des Bösen sollten von Wasgo aber keinen einzigen Schrei hören. Im Stillen rief der junge Mann seine Mutter und Jodaryon an, sie sollten ihm helfen, damit er alles ertragen konnte, was diese schmutzigen Gesellen ihm antun wollten. Er wollte ihnen keine Gelegenheit geben, ihre Fantasien, die ebenso schmutzig waren wie sie selbst, weiterhin auf seine Kosten ausleben zu können.

Der Kerl mit der Peitsche trat an Wasgo heran. Der junge Mann schloss die Augen. Gleich würde der Kerl ihm die Peitsche über den Rücken ziehen! Er unterdrückte seine Angst. Jetzt hörte er ein Geräusch. War jemand gestürzt oder umgefallen? Genau so hatte sich das angehört.

Der eine der beiden Mistkerle, die zusehen wollte, wie Wasgo ausgepeitscht werden sollte, rief erstaunt: „Scheiße, was ist denn das? Was ist denn jetzt bloß passiert? Warum steht der nicht wieder auf?“

Der andere schlug panisch vor: „Lass uns bloß unser Geld nehmen und verschwinden. Das ist ein Zauberer, der hat wahrscheinlich unseren Kumpel hier totgezaubert.“

Wasgo öffnete die Augen und versuchte, hinter sich zu schauen. Dort sah er einen auf den Boden liegenden Mann, über den sich ein anderer gebeugt hatte. Der durchsuchte alle Taschen des zusammengebrochenen Mannes nach seinem Geld. Sein Gesicht wurde dabei immer strahlender und schließlich rief er: „Der Kerl hat Geld für uns, damit kommen wir zehn Jahre aus. Das ist doch toll, oder etwa nicht?"

Danach zog er seinen immer noch völlig verstörten Kumpan mit sich aus dem Verlies fort. Wasgo erkannte, dass der Mann, der hinter ihm auf dem Boden lag, tot war. Er tat ihm leid, auch wenn er ihn hatte schlagen wollen.

So wurden die Bösewichter, die Wasgo mit der siebenschwänzigen Katze schlagen wollten, vom Tod dahingerafft. Als Skelett mussten sie in Bossus berüchtigter Skelettarmee ihr Dasein fristen, bis sie zu Staub zerfallen waren.

*****

Dazu kamen die Aktivitäten von Antares und Luziferine, die auf Wanderschaft gegangen waren, um zu helfen, Bossus' Macht zu erschüttern. Antares wanderte mit seiner Frau an Orte, in denen die Besatzungsmacht besonders stark war. Mit ihren fraulichen Reizen lenkte Luziferine viele Bösewichter ab und Antares nutzte die Gelegenheit, sie mit einigen Zaubern zu belegen. So mussten einige der brutalsten Schergen ihr Leben als verwirrte Männer fristen, die dankbar dafür waren, dass sie ein Almosen oder ein Stückchen Brot bekamen, wenn sie Hunger litten.

Antares und Luziferine kamen in ein großes Dorf. Auf dem Hof eines Bauern gab es einen gewaltigen Menschenauflauf. Fünfzig militarisierte Schergen Bossus' hatten sich auf diesem Bauernhof eingenistet und den Bauern und seine Familie aus ihrem Katen vertrieben. Die Schergen verwüsteten den Bauernhof und schlachteten nach und nach das Vieh ab, um sich mit dem Fleisch ihre Wänste vollzuschlagen. Der Hauptmann dieser Bande war ein besonders widerwärtiger Mensch, der die Bauernfamilie zudem auch noch seelisch und körperlich quälte. Schlafen musste die Familie im Stall bei den Kühen und Schweinen. Hatte der Hauptmann einmal Lust auf eine Frau, dann ließ er sich die Tochter oder die Frau des Bauern holen. Natürlich gingen die Frauen nicht freiwillig zu ihm, sie wurden mit Schlägen wie ein Stück Vieh zum Hauptmann getrieben.

Zu dem Zeitpunkt, als Antares und Luziferine das Dorf erreichten, saß der Hauptmann vor dem kleinen Bauernhaus auf einem Stuhl und sah sich mit großem Vergnügen ein schreckliches Schauspiel an. Er ließ unter erbarmungslosen Schlägen mit einer Peitsche die Tochter des Bauern zu sich treiben.

Antares und Luziferine erreichten gerade zu dem Zeitpunkt das Dorf, als sie von dem Bauernhof das Geschrei des Bauern und seiner Frau und das Gejohle der Schergen hörten. Sie gingen hin, um zu sehen, was dort geschah. Schnell besprachen sie, wie sie der armen Familie helfen konnten. Antares zeigte auf eine unauffällige Stelle auf dem Bauernhof, wo er sich verstecken wollte. Dorthin sollte Luziferine den Hauptmann locken.

Luziferine öffnete am Hals ihres Obergewands zwei Knöpfe und schlug die Ecken davon etwas zur Seite. Außerdem zog sie sich ihr Gewand vorne etwas herunter und öffnete es so, dass die Ansätze ihre Brüste leicht zu sehen waren. Sie bewegte sich wie eine Frau, die sich Männern gegen Geld oder etwas zu essen anbot.

Der Hauptmann wurde auf die schöne Frau aufmerksam. Mit ihren weiblichen Reizen konnte Luziferine jeden Mann verrückt machen. So war der Hauptmann von ihr verzaubert und mit geiferndem Mund ging er ihr nach, als sie in seine Nähe kam und ihm ein verführerisches Lächeln schenkte, sich jedoch sofort wieder von ihm abwandte. Schwer schluckte der Hauptmann das sich sammelnde Wasser in seinem Mund herunter und rief ihr hinterher: „Hallo, meine Schöne, wo willst du denn hin?“ Beinahe lief ihm dabei der Sabber aus seinem hässlichen Mund.

Mit einem Lächeln im Gesicht flötete Luziferine dem Hauptmann, indem sie langsam weiterging lächelnd zu: „Na, wo sollte ich denn schon hingehen wollen, Hauptmann? Ich suche einen Mann, aber nicht so einen Trottel, der spindeldürr ist und nichts kann. Auch keinen fetten Kerl, der nur stinkt und auch nichts mehr kann. Aber du, Hauptmann, bist ja ein ganz Süßer. Willst du nicht mit mir kommen?“ Nur einen kleinen Moment blieb sie stehen, aber dann ging sie weiter.

Der Mann löste in Luziferine nur Ekel aus. Aber sie musste sich beherrschen, wenn sie ihr Ziel erreichen und diesen bösen Kerl mit Antares' Hilfe unschädlich machen wollte. Mit dem Einsatz aller ihrer weiblichen Reize sollte ihr das wohl gelingen.

Der Hauptmann war von der schönen Frau hin- und hergerissen. Er befahl seinen Leuten, die Tochter des Bauern fortzubringen, und ließ sich von Luziferine zum Versteck ihres Mannes locken. Als Antares des bösen Mannes habhaft werden konnte, sprach er einen Zauber: „Torres jerichieje bricheda cerejantes duffioses schädeelia torres.“

Kaum hatte Antares diese Formel ausgesprochen und seine rechte Hand auf den Hauptmann gerichtet, als der sich plötzlich veränderte. Aus seinem Gesicht verschwand augenblicklich die Lust, die er auf eine Frau verspürt hatte. Dieser Gesichtsausdruck wurde durch ein blödes Grinsen ersetzt. Der Mann tappte unbeholfen auf dem Hof umher und grinste seine Schergen dümmlich an. Die erkannten ihren Hauptmann kaum wieder und fragten ihn, was mit ihm geschehen sei. Aber eine Antwort bekamen sie von ihm nicht, er grinste sie einfach nur blöde an.

Die Bauernfamilie erkannte, was soeben geschehen sein musste. Sie setzte sich endlich zur Wehr. Mit Mistgabeln und Hacken bewaffnet, stellten sie sich mutig den bösen Schergen entgegen. Einige Dorfbewohner bemerkten, was auf dem Bauernhof vor sich ging, und unterstützten ihre Nachbarn.

Die Schergen aber warteten auf einen Befehl ihres Hauptmannes, der dann doch nicht kam. Niemand von ihnen wusste, was er nun machen sollte. Der Hauptmann schien plötzlich verrückt geworden zu sein. Er lallte unzusammenhängende Wörter aneinander, die niemand verstehen konnte. Unbehelligt vertrieben die Bauern die Schergen aus ihrem Dorf.

Unterdessen gingen Luziferine und Antares weiter, dem nächsten Dorf entgegen. In der Dunkelheit der Nacht sagte Antares zu seiner Frau: „Mir war eben beinahe so, als wenn sich die Wolken lichten würden. Aber ich habe mich geirrt.“

Mit ihrer rechten Hand hielt Luziferine Antares zurück. Sie blieben stehen und Luziferine umarmte ihren Mann, küsste ihn leidenschaftlich und sprach: „Du hast dich nicht geirrt. Noch sind die Wolken stärker als die Sonne. Aber es wird nicht mehr lange dauern und dann wird sich die Prophezeiung erfüllen. Ich spüre es.“

*****

Die Zusammenarbeit zwischen Luzifer, dem Höllenfürsten, auf der einen Seite und Wasgos Eltern auf der anderen Seite sorgte dafür, dass das Kräftegleichgewicht zwischen Jodaryon und Bossus wieder ausgeglichen wurde. Jodaryon konnte von den Absprachen zwischen Luzifer und Wasgos Eltern nichts wissen. Doch der Herr der Welt war nun abgelenkt und so konnte Jodaryon Bossus‘ Unaufmerksamkeit ausnutzen, um seinen jungen Kameraden vielleicht befreien zu können.

Jodaryon saß vor der Höhle, die er mit Wasgo zusammen eingerichtet hatte, damit sie hier ein paar Tage bleiben konnten. Er überlegte, wie er am besten seinen jungen Gefährten befreien sollte. Dazu konnte er unmöglich in den Schrein des Bösen eindringen. Dort hätte er sich einer Übermacht an Kämpfern gegenübergesehen, die er nicht bezwingen konnte. Seine Zauberkräfte konnte er dort nicht einsetzen, weil er sie innerhalb dieser Gemäuer schlicht und einfach nicht besaß. Bossus hatte den Schrein des Bösen mit einem Zauber versehen, der verhinderte, dass Zauberer ihre magischen Kräfte im Inneren von Bossus' Hauptquartier anwenden konnten. Nur Bossus selbst war es möglich, das dort zu tun.

Jodaryon hatte schon lange darüber nachgedacht, wie er Bossus' Zauber aufheben konnte, aber es war ihm nichts Passendes eingefallen. Er hatte versucht, Wasgo mit einem Zauber aus seinem Verlies herauszuholen, aber auch das war ihm nicht möglich. Jodaryon war verzweifelt. Es musste doch eine Möglichkeit geben, Wasgo zu befreien! Aber wie sollte das gehen? Ihm fiel nichts ein.

War denn jetzt alles verloren? Sollte sich die Prophezeiung etwa doch nicht erfüllen? Oder war am Ende Wasgo nicht der junge Mann, der der Auserwählte war, ihn, Jodaryon, aus der Gefangenschaft zu befreien und mit ihm gemeinsam Bossus zu besiegen? Das aber würde bedeuten, dass das Muttermal, das Wasgo auf dem Rücken hatte, nicht das richtige war und es irgendwo auf der Welt einen zweiten jungen Zauberer mit einem solchen Muttermal geben musste. Aber das musste dann auch bedeuten, dass Jodaryon noch einmal in Gefangenschaft geraten sollte.

Jodaryon dachte über diese Möglichkeit nach. Wenn er wieder in Gefangenschaft geriete, müsste erneut viel Zeit vergehen, bis er daraus errettet wurde. Noch einmal sollte er lange Zeit auf seine Freiheit verzichten müssen? Das konnte er nicht glauben. Er rief sich Wort für Wort die Prophezeiung ins Gedächtnis zurück. Nichts deutete auf eine zweite Gefangenschaft Jodaryons hin. Nichts deutete darauf hin, dass es zwei junge Zauberer mit dem gleichen Muttermal gab. Selbst wenn Jodaryon nur für kurze Zeit, nur für ein paar wenige Jahre, in Gefangenschaft geraten sollte, würde die Zeit überschritten werden, die die Prophezeiung für die Befreiung der Welt von der ewigen Nacht voraussagte.

Jodaryon stand auf und ging ein paar Schritte, um sich etwas aufzulockern. Es musste doch eine Möglichkeit geben, um den Jungen zu befreien! Tiefe Sorgenfalten standen auf seiner Stirn. Er dachte daran, dass Bossus diesen Kampf nicht auch noch gewinnen durfte. Das würde das Ende der Menschenwelt bedeuten. Und das durfte einfach nicht sein.

Jodaryon drehte sich um und sah zum Eingang der Höhle zurück. Er sah die Kochstelle, die seit Tagen unberührt war, nämlich seit dem Tag, als es Bossus gelungen war, den jungen Wasgo in seine schrecklichen Klauen zu bekommen. Traurig drehte sich Jodaryon nach rechts. Dort sah er in seinem Geiste den jungen Mann stehen, der ihn erstaunt ansah und fragte: „Wie hast du das gemacht?“

Wasgos Begeisterung galt damals einem Zauber Jodaryons, mit dem er die Zeit beeinflussen konnte. Wasgo hatte gesehen, dass die Kochstelle langsam verschwand, und danach hatte er sich selbst gemeinsam mit Jodaryon neben der Höhle gesehen und wie sie die Höhle in ihren Besitz nahmen.

Da fiel es ihm wie Schuppen von den Augen. „Das ist es“, rief er erfreut mit einem beinahe hässlichen Lachen aus. Dieses Lachen hätte von Bossus stammen können. Jodaryons Herz war immer noch hart und wie aus Stein. „Ja, du alter Halunke, ich habe doch noch einen Trumpf im Ärmel und den werde ich jetzt ausspielen. Wasgo ist mein Freund und nicht dein Gefangener“, rief der alte Mann voller Inbrunst, „niemand vergreift sich ungestraft an meinen Freunden!“

Angestrengt dachte der alte Magier nach. Nur den Zeitzauber alleine konnte er nicht einsetzen. Er konnte die Zeit nicht einfach zurückdrehen, er musste auch erreichen, dass er sein jetziges Wissen behalten konnte. Wenn er nur die Zeit zurückdrehen würde, hätte er großen Schaden angerichtet. Wasgo wäre dann zwar befreit und bei ihm, aber wenn Jodaryon ohne das notwendige Wissen über das, was geschehen war, den Zeitzauber anwandte, käme der junge Mann wieder in die gleiche Situation. Und schon wäre der Schaden angerichtet.

Irgendwann musste Jodaryon wieder auf die Idee mit dem Zeitzauber kommen und alles begänne von vorne. Es konnte nur noch eine Zeitschleife entstehen und die Welt wäre darin gefangen. Niemand konnte mehr geboren werden, niemand sollte noch sterben können. Niemand mehr hätte neue Ideen und Gedanken. Alle Lebewesen mussten zwangsläufig immer wieder das Gleiche tun und denken, immer wieder nur konnte sich die Zeit von Wasgos Gefangennahme bis hin zu seiner Befreiung wiederholen, immer wieder und immer wieder. Dieser Prozess wäre endlos und nicht wieder zu berichtigen, weil niemand mehr neue Ideen entwickeln konnte, weil dafür eben keine Zeit mehr vorhanden wäre.

Trotzdem wollte Jodaryon diesen Zauber anwenden, aber er musste dafür sorgen, dass ihm sein Wissen über Wasgos Gefangennahme blieb, damit er diese verhindern konnte, wenn die Zeit so weit fortgeschritten war, dass Wasgo entführt werden sollte. Dann musste sich die Welt weiter entwickeln und die Zeit weiter vergehen, so wie man es bisher kannte.

Jodaryon studierte in seinen Zauberbüchern, die er sich hergezaubert hatte, nachdem er die Idee hatte, Wasgo mit einem Zeitzauber aus Bossus Fängen zu befreien. Es musste eine Möglichkeit für den Zauber mit einem Zeitsprung geben, in dem er sein Wissen behalten konnte. Aber er fand in den Büchern dazu keine Erklärungen.

‚Dann muss es mit logischem Denken etwas werden', dachte er. Er grübelte und dachte nach. Drei Tage lang. Danach musste er erst einmal schlafen. Enttäuscht und erschöpft legte er sich auf seine Schlafstatt. Kaum lag er, war er auch schon eingeschlafen. Erst nach siebzehn Stunden erwachte Jodaryon wieder.

Er stand auf und hatte eine Idee.

Die Lösung war so einfach, dass man überhaupt erst einmal darauf kommen musste. Jodaryon musste über sich selbst lächeln. Es war ein bitteres Lächeln. Er hätte schon viel früher diese Möglichkeit in Betracht ziehen können, ja, sogar müssen. Aber Jodaryon war ein alter Zauberer, der nicht immer einfach dachte. Er war in seinem Denkschema gefangen. Vielen Menschen und Magiern erging es ebenso. Und darin lag jetzt Jodaryons Vorteil, den er gegenüber Bossus hatte. Auch der war mit seinem Denkschema verbunden. Es würde ihm nur sehr schwerfallen, auf das einfachste Denken zurückzugreifen.

Jodaryon konnte den Zeitzauber anwenden, aber vorher musste er sich selbst einem Zauber unterwerfen. Er sprach die dafür notwendige Formel aus, die sein Gedächtnis beeinflusste. Jodaryon sicherte sich auf diese Weise sein jetziges Wissen. Jetzt konnte er mit Wasgo zum Fluss gehen, aber ihn nicht an das Wasser heran lassen. Das wollte er verhindern. Er musste also aufpassen, dass sein junger Freund bei ihm blieb. Das sollte er doch wohl schaffen.

Es war so weit, Jodaryon konnte den Zeitzauber anwenden. Der erste Zauber, der ihm sein Gedächtnis sichern sollte, war getan. Nun stand der große Zauberer erneut vor der Höhle. Er murmelte Sprüche und vollführte Bewegungen, mit denen er in den Lauf der Zeit eingriff. Als er damit fertig war, erlebte er alles, was geschehen war, in umgedrehter Reihenfolge noch einmal.

Wasgos Ausbildung durch Jodaryon

Fast noch in der Nacht weckte Jodaryon den jungen Wasgo. „Komm und zieh dich an, wir haben zu tun“, murmelte der alte Mann dem jüngeren zu.

Der streckte sich erst einmal, gähnte von Herzen und sagte dann: „Es ist aber doch noch dunkel!“

„Um zwölf Uhr mittags ist es auch dunkel. Also los, hoch mit dir, du Weltbefreier! Du glaubst doch nicht etwa, dass Bossus schläft? Der weiß genau, was wir beide im Schilde führen“, entgegnete der alte Zauberer in einem leicht ungehaltenen Ton.

Dabei war der noch gar nicht so alt, er stand mit seinen sechshundert Lebensjahren erst kurz über der Mitte seines Lebens. Ein Mann wie Jodaryon konnte mindestens eintausend Jahre alt werden. Jodaryon sah nachdenklich aus.

Nach einer Pause sprach er mit seiner tiefen Bassstimme weiter: „Ich wundere mich sowieso, dass es immer noch so ruhig ist. Was führt der alte Tyrann nur im Schilde?“

„Du hast recht, mein alter Freund“, sagte Wasgo und schwang seine Beine aus dem Bett. Er zog sich an und fragte: „Gibt es hier irgendwo Wasser? Ich möchte mich gerne etwas waschen.“

„Eben da will ich mit dir hin. Zum Wasser“, erwiderte Jodaryon. Sie liefen gemeinsam durch den finsteren Wald und kamen an einen Fluss.

Wasgo ging zum Ufer und beugte sich zum Wasser herunter und tauchte beide Hände in den Fluss. „Das Wasser ist angenehm kühl“, rief er Jodaryon zu, dessen Antwort nur ein Knurren war. Wasgo warf sich eine Handvoll Wasser ins Gesicht, danach wollte er seine Sachen ablegen und im Fluss baden gehen.

Plötzlich tauchte eine riesige Hand aus dem Wasser auf, doch Jodaryon war schneller. Er packte Wasgo an der Hüfte und mit einem Satz sprang er mit ihm etwa fünf Meter vom Fluss weg. Er rief: „Das könnte dir so passen, du Unhold! Deine Tage sind gezählt!“

Wasgo verstand nicht, was soeben passiert war. Ungläubig und erstaunt sah er Jodaryon ins Gesicht. „Was war das eben?“, fragte er.

Jodaryon erklärte es ihm: „Bossus wollte dich entführen. Das hat er schon einmal getan, aber du wirst es nicht mehr wissen. Als ich endlich wusste, wie ich dich befreien konnte, habe ich es getan. Nur ich alleine habe gewusst, was passieren wird. Nicht einmal Bossus selbst hatte davon eine Ahnung. Auch du konntest es nicht wissen, weil du den Zeitsprung nicht miterlebt hast und somit in die Vergangenheit zurückversetzt wurdest. Damit konntest du nur das Wissen bis zu dem Zeitpunkt besitzen, an den ich dich in die Vergangenheit zurückversetzt habe.

Die ganze Welt habe ich zurückversetzt, sodass nicht einmal Bossus ahnen konnte, was ich vorhatte. Ich werde uns jetzt etwas Wasser aus dem Fluss zu uns kommen lassen und dann können wir uns waschen und auch wieder frisches Wasser zur Höhle mitnehmen. Wenn wir zurück sind, werde ich dir einige Zauber beibringen, die du bestimmt gut gebrauchen kannst.“

*****

Kaum waren sie an der Höhle angekommen, als Jodaryon mit Wasgos Ausbildung fortfuhr. Wasgo musste die verschiedensten Zauber erlernen. Dazu hatte er sich die Texte richtig und auswendig einzuprägen, um sie zum passenden Zeitpunkt anwenden zu können. Er lernte mehrere Tage viele Zaubersprüche, bis er endlich so weit war, dass er sie fehlerlos anwenden konnte. Danach übten sie einige davon, doch nicht alle. Einige Zauber davon konnte Wasgo nur im Kampf anwenden und so musste er sich darauf verlassen, dass er sie unter solchen erschwerten Bedingungen beherrschte.

Außerdem brachte Jodaryon seinem jungen Freund bei, wie er ohne Handbewegungen und ohne Worte zaubern konnte. Gerade wenn er mit einem Gegner im Schwertkampf war, war es wichtig, dass er zu so etwas fähig war. Auch dafür musste er mehrere Tage aufwenden.

Am Ende seiner Ausbildung erklärte Jodaryon unserem jungen Helden, wie er eigene Zauber entwickeln konnte. Das war ein schwieriges Unternehmen, denn es bedeutete, dass Wasgo bestehende Zauber weiterentwickeln musste. Ein Zauberer, der das konnte, hatte in seinem Leben viele Erfahrungen im Umgang mit Zaubersprüchen erwerben müssen und musste sehr vorsichtig bei der Entwicklung neuer Zauber sein. Das aber war bei Wasgo der Knackpunkt, er besaß so gut wie keine Erfahrungen darin.

Jedoch schätzte Jodaryon Wasgo als verantwortungsvollen jungen Magier ein, der keine unnötigen Risiken einging, auch dann nicht, wenn er neue Zauber entwickeln wollte.

Nach etwa drei Monaten war Wasgos Ausbildung soweit fortgeschritten, dass er es mit Bossus aufnehmen konnte.

Der Kampf um die Befreiung der Welt konnte weiter gehen.

Die Unterwelt und die Natur

Zwei Zauberer gingen durch einen Wald, der sehr traurig aussah. Die Bäume hatten keine Blätter und waren kahl, die Sträucher waren verkümmert und genauso kahl. Dunkelheit herrschte schon seit vielen Jahren, denn immer noch dauerte die ewige Nacht an. Riesige schwarze Wolken hingen am Himmel und verdeckten die Sonne. Diese bedrohliche Wolkendecke hatte der böse Zauberer Bossus über die Welt gebracht, als er sie vor etwa fünfhundert Jahren unterjochte und verdunkelte.

Seitdem herrschte nicht nur Dunkelheit, sondern auch Kälte über die Erde. Viele Pflanzen und Tiere, die die Sonne und Wärme zum Leben brauchten, gab es nicht mehr. Selbst die Menschen konnten der Dunkelheit und Kälte kaum noch trotzen. Sie waren schlecht gelaunt und wurden krank. Selten nur hörte man irgendwo ein fröhliches und unbeschwertes Kinderlachen. Es wurde kaum noch ein Kind geboren. Welcher Mensch sollte auch in dieser menschenunfreundlichen Welt überhaupt noch Kinder haben wollen!

Zwei Zauberer hatten sich auf den Weg gemacht, um diese unwirtlichen Zustände zu beseitigen, sie wollten endlich an den Ort des Übels vordringen. Jodaryon und Wasgo waren auf den Weg zum Schrein des Bösen.

Unterstützt wurden sie von Wasgos Eltern, die im Lande unterwegs waren, um Bossus' Schergen unschädlich zu machen. Sie versuchten, mit geeigneten Zaubern die militärischen Kräfte des Bossus führerlos zu machen. Ohne einen Anführer, der es gewohnt war, den Truppen zu befehlen, waren sich die Soldaten sich selbst überlassen. Sie streiften ziellos durch die Gegenden und waren froh, dass ihnen niemand zu nahe kam, um sie zum militärischen Dienst zu zwingen.

Gewiss bildeten sich dadurch auch einige Räuberbanden, die den Menschen das Leben noch schwerer machten, als es ohnehin schon war. Aber das war allemal noch nicht so schlimm, als wenn sie von Bossus' Schergen tyrannisiert wurden. Außerdem konnte man manchmal einen Räuber gefangen nehmen und ihn für seine Missetaten bestrafen. Einen Schergen des Bossus konnte man nicht bestrafen, jedenfalls nicht, um dafür selbst bestraft zu werden.

Auch Wasgos Großvater half im Kampf gegen das Böse. War er doch selbst ein Bösewicht, sogar der Oberste der Bösewichter und lange, lange Zeit mit Bossus verbündet gewesen. Aber das war nun vorbei. Antares, Wasgos Vater, hatte Luzifer, dem Höllenfürsten, erklärt, dass auch er aus dieser Welt verschwinden musste, wenn es irgendwann einmal aufgrund der schlechten Lebensbedingungen keine Menschen mehr auf der Erde gab. Seitdem versuchte der Höllenfürst, so viele schwarze Seelen der Besatzungsmächte zu sich in die Unterwelt zu holen, wie er nur konnte. Denn Jodaryons Zeitzauber, mit dem er Wasgo aus Bossus‘ Verließ gerettet hatte, wirkte zwar auf der Erde, aber nicht in der Unterwelt. So wusste Luzifer von den Absprachen mit Wasgos Eltern, doch diese hatten davon keine Ahnung mehr.

*****

Bossus war außer sich. Seine besten Söldner starben wie die Fliegen. Er hatte kaum noch einen guten Anführer und Befehlshaber. Dafür wuchs zwar sein Heer der Skelette stetig an, aber das konnte er meist nur im Reich der Toten oder zu einer großen Schlacht einsetzen. Nur hatte die letzte große Schlacht schon vor nahezu fünfhundert Jahren stattgefunden. Es war die Schlacht, in der er Jodaryon gefangen genommen und eine Vielzahl der Fabelwesen vernichtet hatte. Selbst von den Vampiren hatten damals nur wenige die Schlacht überstanden. Die letzten noch existierenden Vampire sollten, soweit er wusste, in irgendeiner Höhle leben und sich dort nicht herauswagen.

Bossus schimpfte und haderte mit seinen Schergen. Viele Truppen waren schon ohne Führung und lösten sich auf. Räuberbanden bildeten sich und raubten seine Truppen aus. Er befahl seinem engsten Berater, endlich dafür zu sorgen, dass seine Armeen wieder eine Führung bekamen und ihre Aufgaben erfüllten. Die Welt sollte verdunkelt bleiben. Bossus befürchtete, dass die ewige Nacht nicht mehr lange die Erde beherrschte. Und genau das hätte auch das Ende seiner Herrschaft bedeutet. Soweit durfte es nicht kommen.

*****

Während Bossus tobte, mit seinen Untergebenen schimpfte und ihnen mit den grässlichsten Strafen drohte, kamen Jodaryon und Wasgo dem Waldrand immer näher. Nach dem Wald mussten sie eine weite Ebene durchqueren, um so zu den Bergen zu kommen. Jodaryon freute sich auf sie, war er doch schon fünfhundert Jahre nicht in ihnen herumgeklettert. Gespannt wie ein Flitzbogen war er, denn er nahm an, dass sich auch die Berge unter dem kalten Klima verändert hatten. Er konnte sich vorstellen, dass es keine grünen Almwiesen mehr gab, sondern nur noch der blanke Fels zu sehen war.

Seine Gedanken kreisten um die Landschaft von früher. Von grünen Wäldern und Almwiesen erzählte er seinem Weggefährten, von Sonne und Regen, von Wärme und Kälte, blühenden Blumen und vielen Tierarten, von Sommer und Winter und von glücklichen Menschen, von Vampiren, Hexen und Geistern, von Drachen, die durch die Lüfte flogen, und von allen anderen Dingen, an die er sich erinnern konnte.

Zuhören konnte Wasgo und auch jetzt lauschte er dem Älteren aufmerksam und stellte sich alles bildlich vor, was Jodaryon ihm erzählte. Viele Dinge konnte er sich nicht vorstellen, weil er sie nie im Leben gesehen hatte. Aber eins wusste Wasgo genau und das sagte er: „Es muss damals schön auf der Welt gewesen sein. Ob es jemals wieder so schön wird?“

„Selbstverständlich wird es wieder schön werden, was denkst du denn? Wir riskieren doch nicht umsonst unser Leben. Aber viele Dinge wird es wohl nicht mehr geben, wenn wir Bossus besiegt haben. Zyklopen und Drachen wird es keine mehr geben. Ob es noch Hexen geben wird, weiß ich nicht, ich weiß aber, dass mir seit fünfhundert Jahren keine mehr begegnet ist. Und viele Zauberer wird es auch nicht mehr geben. Die Welt verändert sich, das ist normal. Und es ist auch gut so. Leben ist Veränderung. Nichts bleibt so, wie es einmal war. Alles vergeht und macht neuen Dingen Platz."

Plötzlich brach durch die laublosen Bäume ein riesiger Bär hervor. Es war ein ausgewachsener Braunbär, der mit lautem Gebrüll auf unsere Wanderer zustürmte. Kurz bevor er Wasgo und Jodaryon erreichte, richtete er sich zu seiner vollen Größe auf und brüllte sie laut an. Mit den Tatzen schlug er nach ihnen. Erschrocken blieb Wasgo stehen. Er hörte Jodaryon etwas murmeln. Augenblicklich wurde der Bär ruhig und ließ sich auf seine vier Tatzen fallen. Er brummte noch einmal kurz auf und war danach ein friedlicher Braunbär.

„Du hast Hunger, was, mein alter Freund?", sagte Jodaryon zu dem Bären. Und zu Wasgo sagte er streng: „Du musst schneller reagieren, mein Freund. Es ist egal, welchen Zauber du sprichst, wir werden meistens nicht den gleichen Zauber anwenden. Es sind immer verschiedene. Wenn es im Kampf ernst wird, muss ich mich auf dich verlassen können."

Wasgo nahm den Tadel hin: „Entschuldige, Meister, ich wollte nicht unhöflich sein und dir zuvorkommen."

„Ach, was, mein Junge, trau dir mal was zu! Ich wäre froh, wenn du das manchmal tätest, denn nur so weiß ich, dass du einen Zauber beherrschst. Also bitte keine falsche Zurückhaltung", erwiderte Jodaryon mit harter Stimme.

Ein großer Haufen Fleisch lag plötzlich neben dem Bären auf dem Boden, der davon sofort zu fressen begann. Jodaryon sah Wasgo erstaunt an. Der junge Mann sagte: „Ich soll mich doch nicht zurückhalten!"

Dafür bekam er von Jodaryon ein kleines spöttisches Lächeln geschenkt, als dieser sagte: „Das hast du gut gemacht, mein junger Freund."

Ihre Wanderung ging weiter, sie durchquerten die Ebene und mussten vielen Unebenheiten ausweichen. An einigen Stellen senkte sich der Fußboden etwas ab. Gedankenverloren stieß Wasgo einen

Stein von der Größe einer Faust von sich weg und dieser Stein landete auf so einer Vertiefung. Der Boden gab mit einem lauten Krachen nach und es staubte fürchterlich. Feiner Sand erfüllte die Luft. Erschrocken blieben die Freunde stehen und als sie wieder gut sehen konnten, befand sich an der Stelle, an der die Bodenvertiefung gewesen war, eine große, tiefe Grube. Jodaryon ermahnte den jungen Mann an seiner Seite, Augen und Ohren offen zu halten. Dass es hier so viele Erdvertiefungen gab, schien ihm nicht normal zu sein, erst recht nicht, dass sich unter diesen Erdvertiefungen große Löcher befanden.

Ihr Weg führte sie weiter auf die Berge zu. Immer näher kamen sie ihnen. Gletscher ragten vor Wasgo und Jodaryon hoch in den Himmel hinein. Allmählich stieg der Weg an. Das Gehen strengte sie immer mehr an, je weiter sie kamen.

„Woher weißt du, dass uns unser Weg zum Schrein des Bösen durch die Berge führt?“, wollte Wasgo von Jodaryon wissen.

Der alte Mann blieb stehen. Er drehte sich zu seinem jungen Gefährten um. Er überlegte, was er ihm sagen sollte. Schließlich antwortete er: „Ich kenne Bossus. Er überlässt nichts dem Zufall. Der Schrein muss ihm Sicherheit geben. Seine gesamte Macht ist mit dem Schrein verbunden. Ohne Schrein gäbe es keinen Bossus. Also musste er ihn dort errichten, wo er kaum zu finden sein wird.

Dort, wo er sich sicher wähnen kann. Bossus' Hauptquartier liegt hinter dem Totenreich. Und das wiederum befindet sich hinter den hohen Bergen, die vom Eis und Schnee bedeckt sind. Deshalb ist unser Weg hier der richtige. Außerdem habe ich vor fünfhundert Jahren in einer Schlacht gegen Bossus gekämpft. Lass uns noch etwas weiter gehen. Weiter vorne gibt es eine kleine Höhle. In der können wir unser Lager für die Nacht aufschlagen.“

Etwas weiter, war gut, denn Jodaryon glaubte, den Weg zu kennen. Aber tatsächlich mussten sie noch zwei Stunden laufen, bis sie diese Höhle erreichten. Es wurde immer steiler. Als sie die Höhle erreichten, waren sie von allen Seiten von hohen Bergen umgeben.

Nachdem sie sich ein Feuer gemacht und etwas gegen ihren Hunger getan hatten, legten sie sich schlafen.

Durch einen ohrenbetäubenden Lärm schreckten sie hoch. Sie hörten Steine aufeinander poltern. Das Feuer war erloschen. Staub hing in der Luft. Das Atmen fiel unseren beiden Helden schwer. Völlige Dunkelheit umschloss sie. Die nackte Angst bemächtigte sich des jungen Mannes.

„Was ist geschehen?“, fragte er voller Furcht.

„Das muss eine Steinlawine gewesen sein“, vermutete Jodaryon, „sie hat den Eingang zu unserer Höhle versperrt.“

„Und wie kommen wir jetzt hier heraus?“, wollte Wasgo, der in Panik verfallen war, wissen.

„Schschscht“, machte Jodaryon, „beruhige dich, mein junger Freund. Du vergisst immer noch zu oft, dass du ein Zauberer bist. Denke nach. Für jedes Problem gibt es eine Lösung.“

Mit den letzten Worten wollte Jodaryon seinem Gefährten sagen, dass es für einen guten Zauberer keinen Grund für eine Panik gab. Außerdem zeigte er Wasgo damit seine Enttäuschung darüber, dass der junge Mann immer noch in bestimmten Situationen nicht fähig zum Handeln war.

„Soll ich ein Feuer machen?“, fragte Wasgo.

„Das ist eine gute Idee, mein Junge“, lobte Jodaryon.

Der wartete gespannt darauf, was sein junger Freund nun wohl unternehmen würde. Den Feuerzauber wollte Wasgo anwenden. Dann hörte Jodaryon, dass Wasgo einen Fehler beim Aussprechen der Zauberformel machte. Doch bevor er einschreiten konnte, hatte Wasgo den Spruch schon abgeschickt.

Gleißende Helle blendete die beiden Männer. Das erloschene Feuer brannte lichterloh. Ein überraschter Schrei drang aus Wasgos Brust. Er sprang nach hinten. Jodaryon rief irgendetwas, das er nicht verstehen konnte. Jodaryon musste lachen und Wasgo schimpfte: „Du bist mir ein schöner Freund! Ich verbrenne mich, meine Haare sengen mir vom Kopf und du hast nichts Besseres zu tun, als zu lachen, ich fass das ja nicht!“

Immer noch musste Jodaryon lachen, das etwas boshaft klang. Er erwiderte: „Das sah aber auch sehr lustig aus, wie du da vom Feuer weggehampelt bist. Du hast eine falsche Formel gesprochen. Dadurch ist das Feuer viel zu heftig wieder angesprungen. Das hat dir wohl etwas Angst gemacht?“ Der reinste Spott schwang in Jodaryons nun fast fröhliche Stimme mit.

„Spotte du nur, aber mir tut trotzdem der Kopf weh“, Wasgo sah beleidigt zu Jodaryon herüber und nun musste auch er lachen. Er ging zu seinem älteren Gefährten und zeigte ihm die Brandwunden. Der sprach einen Heilungszauber und schon war fast alles wieder gut.

Der junge Mann bedankte sich und Jodaryon sprach: „Wir haben zwei Möglichkeiten. Wir machen den Eingang zur Höhle mit einem Zauber frei oder wir suchen uns einen anderen Weg, der uns aus diese Höhle führt.“

„Dann lass uns den Eingang frei zaubern“, meinte Wasgo.

„Das bedeutet aber, dass wir Bossus auf uns aufmerksam machen. Sollte er uns diese Lawine geschickt haben, dann wird er wissen, dass er sein Ziel nicht erreicht hat. Ich bin dafür, dass wir uns einen anderen Weg suchen“, entgegnete der Ältere.

„Also gut“, entschied der junge Mann, „warum sollte es auch einmal eine einfache Lösung für uns geben! Wollen wir gleich aufbrechen? Wie lange haben wir überhaupt geschlafen? Ich bin jetzt auf jeden Fall fit wie eine Gamasche.“

Viele Fragen hatte Wasgo, er war ja noch so jung und wissbegierig. Gerne wollte er sich nach seinem älteren Meister richten, der hatte viel mehr Lebenserfahrung als er selbst mit seinen gerade mal achtzehn Jahren. Jodaryon war schon sechshundert Jahre alt. Einhundert Jahre hatte er davon in Freiheit verbracht und fünfhundert in Gefangenschaft zubringen müssen. So etwas konnte sich Wasgo nicht vorstellen. Das musste für den alten Mann furchtbar gewesen sein. Welch ein schreckliches Schicksal musste das gewesen sein!

„Wir haben wohl fast vier Stunden geschlafen. Ich glaube auch, dass wir sofort aufbrechen sollten. Ich muss nur einmal sehen, wie wir weiter in das Innere dieses Berges kommen. Es sieht so aus, als wenn wir durch die Unterwelt müssten“, meinte Jodaryon.

„Durch die Unterwelt, auch dass noch!“, war Wasgo erschrocken. Was in dem jungen Burschen vorging, konnte Jodaryon ahnen. Luzifer war Wasgos Großvater.

Jodaryon beruhigte ihn: „Mache dir wegen deines Großvaters keine Sorgen. Der steht auf unserer Seite. Er wird dich in Ruhe lassen. Wenigstens solange, bis wir unsere Aufgabe gelöst haben. Was danach sein wird, wage ich nicht zu sagen. Aber jetzt wird sich Luzifer uns gegenüber vernünftig verhalten, er wird uns eher helfen, als behindern.“

„Das beruhigt mich ungemein“, erwiderte Wasgo erleichtert und mit etwas Ironie in der Stimme. Jodaryon suchte die Wände der Höhle ab.

„Aber irgendwo muss doch der Eingang sein?“, murmelte er vor sich hin. Immer wieder suchte er nach einem kleinen Spalt oder einem Riss im hinteren Teil der Höhle. Nur dort konnte der Eingang zur Unterwelt zu finden sein. Auch Wasgo suchte intensiv mit.

Nach etwa einer halben Stunde rief er: „Hier ist was. Ich glaube, ich habe den Eingang zur Unterwelt gefunden.“

Schnell lief Jodaryon zu Wasgo und sah sich den Spalt an. Ehrfürchtig sagte er: „Du hast recht, das ist der Eingang zur Unterwelt.“ Er schaute sich den Riss in der Höhlenwand genau an und sagte dann: „Komm, Junge, tritt zurück!“

Wasgo tat, was Jodaryon von ihm verlangte. Hinter Jodaryons Rücken sah er, wie der beide Arme langsam anhob. Die Höhle wurde unruhig, sie ruckelte schnell hin und her, so als ob sie zittern würde. Die Wand, in der sich der Riss befand, wackelte und begann sich mit einem kratzenden Geräusch zu öffnen. Es war ein dumpfes Poltern, das sich anhörte, als wenn ein Stein auf einem anderen rutschte.

Nachdem sich ein Spalt von etwa fünfzig Zentimetern in der Wand geöffnet hatte, kehrte wieder Stille in die Höhle ein. Die beiden Männer nahmen ihre Rucksäcke auf den Rücken und verschwanden hinter der Öffnung der Höhlenwand, die sich darauf sofort wieder verschloss.

Sie liefen einen langen steinernen Gang entlang, der stetig nach unten führte. Der Fels schien aus Granit zu bestehen, er war dunkel und uneben, aber an der Oberfläche glatt. Diesen Gang folgten sie etwa zweihundertfünfzig Meter, danach gingen sie eine Rechtskurve und legten weitere dreihundert Meter zurück. Jetzt wurde der Gang immer breiter und endete in einer riesigen Tropfsteinhöhle. Diese Höhle war wunderschön. Grüne Wände wechselten sich mit roten ab, von der Decke hingen in vielen verschiedenen Farben die Stalaktiten herunter. Stalaktiten sind Tropfsteine, die von den Decken einer Tropfsteinhöhle herunterhängen. Unter ihnen standen in den jeweils gleichen Farben die Stalagmiten, also die Tropfsteine, die vom Boden den Stalaktiten entgegenwachsen.

Ehrfurchtsvoll und staunend blieb Wasgo stehen und mit einer Stimme, die seine Überraschung ausdrückte, sagte er: „Oh, Mann, ist das schön hier! So etwas Schönes habe ich noch nie gesehen."

„Ja, mein Junge, da hast du wohl Recht, aber warte erst mal ab, wenn wir Bossus besiegt haben, dann wirst du sehen, wie schön sich die Erde entwickeln wird. Dann wird es wieder Tag und Nacht geben und Sommer und Winter. Und du wirst weiße Gletscher sehen und grüne Auenwiesen und einen blauen Himmel wirst du auch sehen. Und Blumen in den verschiedensten Farben. Und in den verschiedenen Jahreszeiten wirst du jeweils andere Blumen sehen. Und im Winter gibt es keine Blumen, sondern weißer Schnee bedeckt unsere Berge und dann glitzern die in der Sonne. Du wirst sehen, es wird noch viel schöner werden als hier unten", erklärte Jodaryon.

„Und der Himmel soll blau sein? Meine Eltern haben mir schon von Tag und Nacht erzählt und von grünen Wäldern und Wiesen, aber Jahreszeiten kenne ich nicht. Was ist eine Jahreszeit? Bitte erkläre mir das alles, mein Freund und Lehrer", bat Wasgo.

Nicht lange ließ sich Jodaryon bitten. Gerne erzählte er von der Welt, wie sie früher einmal war, bevor die vielen Wolken die Erde verdunkelten und ihr somit fast alle Energie zum Leben nahm. Als er von früheren glücklicheren Zeiten sprach, wurde er beinahe sogar selbst glücklich. Sein Murren und Knurren konnte Wasgo nur selten hören.

„Es gibt vier Jahreszeiten. Es gibt sie auch heute noch, aber sie sind nicht mehr so klar voneinander getrennt. Im Sommer schien die Sonne viel länger als im Winter. Der Sommer war warm und heiß, die Menschen brauchten nur wenig Kleidung anzuziehen. Sie schwitzten manchmal am Tage, ohne dass sie etwas tun mussten. Im Winter fiel dann der Schnee, der weiß war, den kennst du ja. Es wurde erst spät hell, aber schon früh wieder dunkel, und kalt war es am Tage, sodass die Menschen sich dick anziehen mussten, damit sie sich warmhalten konnten, ebenso wie es auch heute ist. Heute weißt du gar nicht, ist es Sommer oder ist es Winter? Die Sonne ist weg und es ist fast gleichbleibend kalt. Und wenn eine Jahreszeit vom Sommer in den Winter überging, dann nannte man das Herbst. Die Bäume verloren ihre Blätter, doch die verfärben sich vorher erst gelb, dann rot und schließlich braun. Und im Frühjahr bekam die Natur ihre Farben zurück. Der Schnee schmolz, die Wiesen wurden grün, Blumen begannen, zu blühen…“, so erklärte Jodaryon dem jüngeren den Lauf der Welt, wie er ihn von früher kannte.

Dabei liefen sie weiter durch die Höhle der Unterwelt. Allmählich veränderte sich die Umgebung, die sie durchschritten. Die freudigen Farben wurden blasser, die Stalaktiten und Stalagmiten wurden kleiner und unansehnlicher. Je weiter Jodaryon und Wasgo in die Unterwelt eindrangen, desto bedrohlicher erschien sie ihnen. Schließlich verschwanden die freundlichen Farben ganz und es blieb nur ein Grau in Grau übrig. Die Stalaktiten und Stalagmiten machten grauem und schwarzem Felsgestein Platz. Das Licht wurde spärlicher, es herrschte nur noch Dämmerlicht, sodass die Zauberer ihre Umgebung in schwarz-weiß wahrnahmen.

Wasgo glaubte, dass sie von jemandem oder irgendetwas beobachtet wurden. Er fühlte sich nicht wohl in seiner Haut und sah sich ständig nach allen Seiten um. Auch Jodaryon beobachtete genau das Gebiet, durch das sie gingen. Fast Rücken an Rücken tasteten sie sich langsam vorwärts, so konnte jeder der beiden Wanderer sich auf eine Hälfte der feindlichen Unterweltlandschaft konzentrieren. Wasgo erschien es beinahe so, als wenn er neugierige Augen hinter Felswänden gesehen hätte. Er wollte etwas sagen, wurde aber sofort von Jodaryon daran gehindert. „Scht", machte der alte Mann leise.

Sie hatten das Gefühl, durch eine weite Ebene zu laufen. Aber es war keine Ebene, nein, sie befanden sich am Eingang zur Unterwelt. Wasgo trat der Schweiß auf die Stirn. Es wurde unerträglich heiß. Der Jüngling fühlte Angst in sich aufkommen. Die Hand Jodaryons hielt ihn am Arm in der Ellenbeuge fest, sodass die beiden Männer stehen blieben. Der alte Mann trat betont forsch auf und verkündete laut: „Na, mein junger Freund, hast du irgendetwas gesehen? Ich konnte nichts Auffälliges erkennen."

Dann setzte er leise hinzu, sodass nur Wasgo ihn verstehen konnte: „Sei vorsichtig, wir werden beobachtet. Halte einen Bannzauber bereit. Auch einen Vernichtungszauber gegen gefährliche Geister. Mach dich auf einen Kampf mit dem Schwert bereit."

‚Nicht umsonst hatte ich Furcht gespürt', dachte Wasgo. Er wollte gerade etwas sagen, als er ein Kichern hörte. Beirren ließ sich der junge Mann dadurch aber nicht: „Ich habe auch nichts erkennen können. Wir sind hier wohl in Sicherheit", gab er vor.

Das Kichern wurde lauter und Wasgo glaubte, dass es aus vielen Kehlen käme. Es war beinahe schon ein vielstimmiges böses Lachen. Durch diese Geräuschkulisse drang Jodaryons Stimme an Wasgos Ohr: „Tu nichts, erst, wenn sie uns angreifen sollten, schlagen wir zurück."

Langsam gingen sie weiter. Die Hitze wurde noch größer, fast unerträglich. Plötzlich tanzten viele tausend Lichter vor ihnen umher. Sie kamen wie aus dem Nichts auf sie zu. Das Kichern wurde jetzt endgültig zu einem bösen Lachen, die Lichter wagten sich immer näher an die beiden Männer heran. Und nun erkannte Wasgo, was es war, das sie bedrohte. Die Lichter waren nämlich keine Lichter, sondern Augen. Leuchtende Augen. Diese komisch leuchtenden Augen steckten in einem Gesicht, in einem sehr blassen Gesicht. Das alles gehörte zu einer Seele, einer schwarzen Seele, die einmal einem bösen Menschen gehört hatte und nun in der Hölle schmoren musste.

Diese schwarzen Seelen waren ungefährlich. Sie waren eben wie Geister, die sich ihren Schabernack erlaubten. Erleichtert atmete Wasgo an der Seite seines Meisters auf, als ihm plötzlich ein riesiger Schreck in die Glieder fuhr.

*****

Antares und Luziferine waren völlig außer Atem. Ihr Weg war beschwerlich. Sie durchquerten eine Gebirgskette. Ständig ging es bergauf und irgendwann wieder einmal bergab. Einen richtigen Weg gab es nicht und Antares musste für sich und seine Frau einen Übergang über diesen schwer zu überwindenden Berg finden, der wohl der höchste dieser Gebirgskette war. Soeben hatten sie sich beinahe siebenhundert Höhenmeter erkämpft. Das Gelände war unwegsam. Große Felsbrocken versperrten ihnen immer wieder den Weg. Entweder sie kletterten darüber hinweg oder sie versuchten, diese zu umgehen. Oft war das aber nicht möglich, weil sie häufig ganz unvermittelt an Steilabbrüche und Schluchten gerieten, die für sie nicht zu überwinden waren, sodass sie umkehren mussten.

Antares war gerade so einen Felsbrocken hochgeklettert und legte sich auf den Bauch, um seiner Frau die rechte Hand entgegenzustrecken. Luziferine ergriff diese und zog sich mit Antares' Hilfe auf den Fels hinauf.

Auch sie war außer Atem und forderte eine Ruhepause. Die sollte sie bekommen. Luziferine stöberte in ihren mitgebrachten Vorräten umher, fand etwas zum Essen und Wasser in ihrem Rucksack. Sie ruhte sich mit Antares aus und ließ ihren Blick durch die Dunkelheit schweifen. Aufgrund der Finsternis konnte sie nicht bis ins Tal blicken, sie sah auch nicht die weite Landschaft hinter den Bergen. Sie nahm ebenso wenig die Dörfer am Fuße der Berge wahr, wie sie die Schluchten zwischen den Bergen nicht erkannte.

Die majestätische Berglandschaft sollte ein Mensch erst wieder an einem Tage bewundern können, wenn die Wolken in der Zukunft verschwunden waren und die Sonne am Himmel scheinen konnte. Aber wann nur konnten Wasgo und Jodaryon das schaffen, dass die Sonne ungehindert am Morgen aufgehen und am Abend untergehen konnte?

Sie aßen in Ruhe eine karge Mahlzeit. Es war nur noch etwas Brot vorhanden und der Wasservorrat neigte sich dem Ende entgegen.

„Ob wir je die Sonne einmal sehen, einen Tag erleben und den blauen Himmel betrachten können, wenn kleine Schäfchenwolken über ihn dahinwandern?“, fragte Luziferine ihren Mann.

„Aber sicher doch. Deshalb ist unser Sohn auf Reisen und wir nun auch“, meinte Antares. Luziferine lehnte sich an ihren Mann an und schloss die Augen. Sie spürte seine Wärme, als er einen Arm um ihre Schultern legte.

Plötzlich ruckelte es unter ihnen. Der Felsblock, auf dem sie saßen, begann, zu schwanken. Sie öffnete ihre Augen und sah Entsetzliches. Der Boden erzitterte noch einmal. Mit ohrenbetäubendem Getöse brach um sie herum die Welt auseinander. Der gesamte Berg stürzte ein. Mit weit aufgerissenen Augen starrte die junge Frau den Vater ihres Kindes angsterfüllt an. Der Felsbrocken, auf dem sie sich befanden, schwankte und zitterte gefährlich.

Antares hielt seine Frau fest. Sie stieß einen Angstschrei aus. Was konnten sie nur tun? Der sichere Tod war dem Paar gewiss. Mit vor Schreck verzerrtem Gesicht rief Antares etwas. Er wusste selbst nicht, wie diese Worte aus seinem Mund kamen und was sie bedeuteten.

Ein riesiger schwerer Felsbrocken fiel vom Gipfel des Berges herunter. Er prallte nur drei oder vier Meter neben dem Fels auf, auf dem sich Wasgos Eltern befanden, wurde sofort wieder in die Höhe geschleudert und kam auf Antares und Luziferine zugeflogen. Instinktiv duckten sie sich, als er über ihre Köpfe hinwegflog. Von überall her regnete es Sand und Steine auf sie herab. Antares sah an dem über seinen Kopf fliegenden Fels das Eis aufblitzen, das sich noch vor wenigen Sekunden als Teil des Gletschers oben auf dem nun einstürzenden Berg befunden hatte.

Der Felsbrocken, auf dem Antares und Luziferine saßen, neigte sich gefährlich zur Seite. Sie drohten von ihm herunter in die Tiefe zu fallen. Mit aller Kraft drückte Antares mit seinem linken Arm seine Frau an sich, mit dem rechten Arm versuchte er, sich an den Felsbrocken zu klammern. Doch der neigte sich weiter und weiter auf die Seite. Antares verlor mit seinen Füßen den Kontakt zum Boden. Viele kleinere Steine trafen das Paar am gesamten Körper. Der Schmerz breitete sich explosionsartig in ihnen aus. Antares hörte Luziferines Angstschreie, die sich immer wieder mit Schmerzensschreien abwechselten. Wie Regen prasselte das Gestein an ihnen vorbei. Die Luft war mit Staub erfüllt, der sich in die Lungen der Menschen hineinfraß.

Was war das, das hier geschah? Ein Erdbeben? Eine Lawine? Luziferine kam nicht mehr dazu, weiter zu denken. Ein faustgroßer Stein traf ihren Hinterkopf. Sie verlor das Bewusstsein.

*****

Die schwarzen Seelen der vielen Bösewichter der Vergangenheit waren plötzlich verschwunden. Ihr Gekicher und Gelächter war verebbt. Die Hitze war von einem zum anderen Augenblick auf unerträgliche Weise angestiegen. Wasgo bekam keine Luft mehr. Er hatte das Gefühl, dass seine Lungen verbrannten.

Ein riesiger, breiter, kräftiger Kerl stand vor ihm. Feuer loderte an seinem ganzen Körper. Selbst seine Haare schienen aus Flammen zu bestehen. Brandblasen bedeckten sein Gesicht. Von seiner Bekleidung stieg stinkender, in der Nase und den Augen beißender Rauch auf. Er sah nicht nur sehr bedrohlich, sondern auch äußerst widerwärtig aus. Mit seinem rechten weit von sich ausgestreckten Arm war er aus dem Nichts aufgetaucht. Seine tiefe Stimme brüllte den beiden Zauberern ein lautes „Halt“ entgegen.

Mit ebenso tiefer und eindrucksvoller Stimme schrie Jodaryon zu dem Ungetüm zurück: „Weiche, du Ausgeburt der Hölle, dein Herr ist vor dir erschienen, knie nieder!“

Der Feuer und Hitze ausstrahlende riesige Kerl blieb tatsächlich stehen, aber er kniete nicht nieder, sondern brüllte laut: „Niemand ist mein Herr. Ich bin der Hüter des Fegefeuers und nur Luzifer persönlich hat mir etwas zu befehlen, er ist der Einzige, den ich als meinen Herrn anerkenne. Ihr aber seid Eindringlinge. Ihr habt hier nichts verloren. Deshalb müsst ihr jetzt sterben und im ewigen Feuer schmoren!“

„Nein!“, rief ihm Wasgo entgegen. Er machte einen Schritt auf das Ungeheuer zu. Woher nahm er nur seinen Mut, sich mit diesem Höllenwesen anzulegen? War es wirklich Mut oder nur Leichtsinn? Oder war es sogar Intuition? Wasgo wusste, wer er war. Er schleuderte seinem Angreifer entgegen: „Ich bin dein Herr, ich bin Luzifers Enkel. Und nun gib den Weg frei!“

Der Herr des Fegefeuers lachte laut auf: „Du kleiner, zarter Junge willst meines Herrn Enkelkind sein? Pass nur auf, dass ich dich nicht zum Mittagessen verspeise!“

Wasgo blickte das feurige Wesen mutig an. Er streckte eine Hand nach ihm aus. Weg war seine Angst. Jodaryon betrachtete diese Szene mit gemischten Gefühlen. Einerseits war er stolz auf seinen gelehrigen Schüler. Andererseits machte er sich Sorgen um seinen jungen Freund, der tatsächlich Luzifers Enkelsohn war. Hatte er die Macht, den Herrn des Fegefeuers zu bezwingen?

Wenn Wasgo das konnte, war der Junge in Gefahr. Nur Luzifer selbst konnte Wasgo Macht über die Höllenwesen verleihen. Wenn er das tat und Wasgo diese Macht benutzen konnte und wollte, könnte er ein Wesen der Hölle werden, eben Satans Enkelsohn. Doch jetzt konnte Jodaryon die Entwicklung der Ereignisse nicht mehr aufhalten. Er musste tatenlos zusehen, was sein junger Freund erreichte.

Später, wenn er wieder mit Wasgo alleine sein würde, konnte er den Jüngling testen. Dann sollte es sich entscheiden, ob er ihn an die Hölle, an Luzifer, verloren hatte. Jodaryon hätte sich selbst ohrfeigen können, weil er diese Entwicklung nicht vorausgesehen hatte. Er selbst hatte seinen jungen Freund der Hölle ausgeliefert. Er wollte ihn vor Bossus schützen und hatte ihn nun Luzifer wie auf einem goldenen Tablett serviert.

Wasgo wuchs zu einer Größe heran, die die des Herrn des Fegefeuers übertraf. Dabei streckte er weiterhin seinen rechten Arm dem Unwesen entgegen und befahl ihm mit harter, tiefer Stimme: „Auf die Knie, sage ich dir! Du hast deinem Herrn gehorsam zu sein."

Tatsächlich knickten die Beine des feurigen Kerls ein, er sank nach vorne und sein massiger Körper prallte mit einem lauten Geräusch, dass sich anhörte, als wenn ein großer Stein auf einen anderen prallt, auf den Boden auf.

„Verzeih mir, Herr, aber wie hätte ich dich erkennen sollen?", fragte Luzifers Untergebener.

„Geh zurück, dahin, von wo du hergekommen bist! Verschwinde!", befahl ihm Wasgo streng.

Tatsächlich gehorchte das Wesen und erhob sich ächzend vom Boden und langsam ging es zurück, in die Richtung, aus der es gekommen war.

Als der Herr des Fegefeuers endlich verschwunden war, verwandelte sich Wasgo zurück und nahm seine ursprüngliche Größe wieder an. Jodaryon betrachtete den jungen Mann sorgenvoll. Doch der sprach: „Schon vergessen, großer Meister, wessen Lehrling ich bin? Du selbst hast mir das beigebracht." Ein schelmisches Grinsen überzog das schöne jugendliche Gesicht.

Jodaryon fasste dem jungen Mann erleichtert an seinen linken Unterarm und sagte: „Dann lass uns jetzt weiter gehen."

Ohne weitere Zwischenfälle erreichten unsere beiden Helden eine Höhle, von der aus sie ihre Wanderung durch die Berge fortsetzen konnten.

*****

Ein Schrei hallte über die Berge hinweg. Es war aber nicht der Schrei der Luziferine, auch nicht der Schrei des Antares. Immer noch stürzten die Erdmassen und Gesteine vom sich aufbäumenden Berg in die Tiefe. Der Felsblock, auf dem Antares seine bewusstlose Frau im Arm hielt, rutschte den Berg herunter. Er versuchte, Luziferine mit seinem Körper zu schützen. Doch seine Kräfte verließen ihn. Er hatte nur noch zwei Möglichkeiten. Entweder er ließ Luziferine los und hielt sich am Fels fest. In diesem Fall würde Antares mit dem Fels in die Tiefe stürzen und sterben müssen. Aber auch Luziferine würde mit Sicherheit den Tod finden. Oder er nahm den Körper seiner Frau in seine Arme und stürzte mit ihr gemeinsam in den sicheren Tod.

Für Antares gab es kein Überlegen. Er liebte Luziferine. Sie war ihm stets eine gute Frau und Wasgo eine gute Mutter. Er nahm sie in seine schützenden Arme. Vielleicht konnte sie wie durch ein Wunder doch noch überleben, wenn er sich eng an sie schmiegte. Sein Körper sollte den zu erwartenden Aufprall für Luziferine abdämpfen. Wenn er jetzt schon sterben musste, so wollte er doch alles versuchen, das Leben seiner lieben Frau zu retten. Immerhin hatte sie sich seinetwegen mit ihrem Vater überworfen und auf das ewige Leben in der Hölle verzichten müssen, weil ihr Vater sie verbannt hatte. Ihre Liebe zu ihm war stärker als die Aussicht auf das ewige Leben.

Nun beschützte Antares seine Frau mit seinem Körper. So gut er es konnte, drückte er sie an sich und umschlang mit seinen Armen ihren Leib. Es musste ihm gelingen, mit seinem Rücken auf die Erde zu prallen. Nur so hatte Luziferine eine Chance, zu überleben. Sein letzter Gedanke galt Wasgo, seinem lieben Sohn. Mit Wehmut dachte er an ihn. Zu gerne hätte er ihn noch einmal gesehen. Aber sein Wunsch sollte ihm wohl nicht erfüllt werden.

Ein zweiter Schrei drang an Antares' Ohr. Es war ein heller, lang gezogener Schrei, der Schrei eines Adlers. Der Adler der Weisheit und des Lebens saß mit seinem riesigen Körper auf dem Gipfel des Berges und genoss die Aussicht über das Land. Zwar konnte er das genauso gut im Flug tun. Doch auch ein Adler musste sich einmal ausruhen.

Plötzlich wurde der Berg erschüttert. Das Massiv brach teilweise in sich zusammen. Der Adler erhob sich in die Lüfte. Als er sich im Gleitflug befand, wurde er traurig, denn er musste mit ansehen, dass der Berg, der schon viele tausend Jahre hier stand, jetzt teilweise zerstört wurde. Was war das, das diesen stolzen Riesen so zu schaffen machte? Waren es Naturgewalten? Und was sah der Adler da weit von sich entfernt auf einem Felsblock? Zwei Menschen, die ums Überleben kämpften! Er erkannte sie. Das waren Antares und Luziferine.

Im Sturzflug bewegte sich der Adler zu den in Lebensgefahr schwebenden Personen. Er sah, dass Luziferine von einem Stein am Kopf getroffen wurde und das Bewusstsein verlor. Antares hielt sie, so gut er es konnte, fest in seinen Armen. Konnte der Mann seine Frau so lange halten, bis er, der Adler der Weisheit und des Lebens, bei ihnen sein konnte? Der gute Vogel flog im Sturzflug zu dem Ehepaar hin. Antares Kraft musste reichen, er musste Luziferine halten, unbedingt!

Der Adler der Weisheit und des Lebens stieß seinen unverwechselbaren Schrei aus. Hatte Antares ihn gehört? Nur für ihn hatte der Adler seinen Schrei ausgestoßen. Damit wollte das gute Tier dem Magier sagen: „Gib nicht auf, Hilfe naht! Ich bin gleich bei dir!“

Der große majestätische Vogel flog dem Paar entgegen. Er bemerkte, was Antares vorhatte.

„Nein, tue es noch nicht, halt dich am Fels fest!“, signalisierte er Antares mit einem weiteren Schrei. Antares musste ihn doch hören? Luziferine war immer noch bewusstlos, Antares war verzweifelt, der Adler der Weisheit und des Lebens ebenso!

Der Fels, auf dem sich das Paar befand, ruckelte kurz: Und schon rutschte er auf den Abgrund zu. Schließlich kippte der Fels seitlich weg und fiel in die Tiefe. Der Adler sah, dass Antares seine Frau mit seinen Armen eng umschlungen hielt. Er stürzte mit Luziferine vom Fels herunter. Um sie herum fielen viele kleinere und größere Steine und Erdmassen in das Tal hinab. Hoffentlich wurden Wasgos Eltern davon nicht getroffen. Der Adler nahm wahr, dass sich die beiden im freien Fall befanden. Antares hielt seine Frau immer noch fest in seinen Armen.

Der Adler raste nun mit angezogenen Flügeln steil in die Tiefe. Er musste das Paar retten, bevor es auf den Erdboden aufschlug. Das konnten weder Antares noch Luziferine überleben! Würde die Zeit noch reichen, die er hatte, um zu ihnen zu gelangen? Es waren nur noch zwei bis drei Sekunden. Es musste ihm gelingen, Antares und Luziferine mit den Krallen zu fassen. Einen zweiten Versuch hatte der stolze Adler nicht. Ging dieser Versuch fehl, bedeutete das den sicheren Tod für die Eheleute. Bevor der Adler einen zweiten Anflug schaffen konnte, wären sie unweigerlich auf den Erdboden aufgeschlagen. Einen Sturz aus so großer Höhe konnte niemand überleben!

Der große Vogel war der Beschützer des Lebens aller gutmütigen Wesen der Erde. Jetzt wollte er das Leben von Wasgos Eltern retten. Antares sah ihn auf sich zu kommen. Er erkannte den riesigen Vogel nicht! Der arme Mann erschrak und verstand die Welt nicht mehr. War es nicht genug, dass er durch ein Naturereignis sein Leben verlor? Nun wollte auch noch ein riesiger Adler seine Frau und ihn als Beute mit sich nehmen! Und Tatsächlich! Antares spürte die Krallen des Tieres in sein Hemd und seine Hose eindringen. Dabei drangen sie auch in seine Haut und sein Fleisch ein. Er spürte das warme Blut aus einigen Wunden austreten. Sollte er Luziferine vielleicht doch loslassen? Sie sollte nicht von einem Raubvogel gefressen werden. Aber durch einen Aufprall auf die Erde sollte sie auch nicht sterben müssen! Vielleicht konnte sie doch noch entkommen? Eisern hielt er sie fest in den Armen. Wenigstens sollte sie das alles hier überleben! Antares hatte Angst, beinahe wurde er ohnmächtig. Aber er musste doch seine Frau festhalten. Das tat er dann auch ganz tapfer!

Der Adler flog mit ihm und Luziferine davon. Wo wollte dieses Tier nur mit ihnen hin? Antares verfolgte die Flugstrecke des großen Vogels. Sie flogen von dem zusammengestürzten Felsmassiv davon und über ein kleines Tal und eine kleine Gebirgskette hinweg. Und weiter ging der Flug. In der Dunkelheit konnte Antares nicht alles erkennen. Aber er nahm wahr, dass der Adler mit Luziferine und ihm über drei Gebirgsketten hinweg flog. Auf einen Berg der vierten Gebirgskette landete er vorsichtig. Erst jetzt erkannte Antares, dass er und seine Frau kein Vogelfutter waren, sondern vom Adler der Weisheit und des Lebens gerettet worden waren!

Die Wanderung durch die Berge

Ganz vorsichtig legte Antares Luziferine auf den Boden. Er wollte dem Adler für seine und Luziferines Rettung danken, aber er wollte sich auch um seine bewusstlose Frau kümmern. Der Adler erkannte, in welchem Dilemma der Mann steckte, und sprach: „Kümmere dich nur zuerst um Luziferine, sie braucht dich jetzt mehr als ich!“

Antares dankte seinem Lebensretter und drehte seine Frau vorsichtig auf die Seite. Er sprach einen Heilungszauber und die Wunde an Luziferines Hinterkopf schloss sich auf wundervolle Weise. Kurz darauf schlug sie die Augen auf und richtete sich auf.

„Wo sind wir? Was ist geschehen? Wir waren doch eben noch auf einem Felsblock“, stellte Luziferine fest.

„Scht“, machte Antares leise und sagte, „bleibe ruhig, meine Liebe, es ist alles gut. Wir wurden gerettet. Der Adler der Weisheit und des Lebens hat es getan.“

Erst jetzt sah die Frau das riesige Tier. Sie erhob sich und ging ohne Furcht auf den großen Vogel zu. Tief verbeugte sie sich vor dem Adler: „Ich danke dir für unsere Rettung, lieber Adler. Aber bitte sage mir, warum hast du uns hierher gebracht? Wir waren doch in einer ganz anderen Gegend unterwegs? Jetzt sind wir wieder einige Tagesmärsche von unserem Ziel entfernt.“

„Ihr seid von dem Ziel entfernt, von dem ihr glaubt, dass es wichtig sei, dort einigen Menschen zu helfen. Aber es ist nicht immer wichtig, Menschen direkt zu helfen. Manchmal ist es besser, etwas zu tun, um ein anderes Ziel zu erreichen. Ist das andere Ziel erreicht, habt ihr aber den Menschen schon mehr geholfen, als ihr es sonst gekonnt hättet. Deshalb habe ich mir erlaubt, euch hierher zubringen. Wandert von hier aus nach Westen, dann werdet ihr erkennen, warum das so sein musste.“

Auch Antares dankte dem majestätischen Tier und danach flog der Adler davon.

Luziferine stellte fest, dass sie ihre Rucksäcke verloren hatten. Sie hatten weder etwas zu essen noch etwas zu trinken und nicht einmal mehr etwas zum Anziehen, ein Wäschewechsel war nicht mehr möglich. Also mussten sie sich auf die Suche nach einem Dorf machen, um sich dort alles Notwendige für eine Wanderung durch die Berge zu organisieren. Der Adler hatte ihnen gesagt, sie sollten sich Richtung Westen halten. So befolgten sie seinen Rat und brachen auf.

*****

Bossus wähnte sich am Ziel seiner Wünsche. Als Antares und Luziferine auf dem Felsblock ihre Rast machten, war er sich sicher, sie endlich vernichten zu können. Diese Aufrührer hatten in seinen Augen schon lange den Tod verdient. Waren sie doch die Eltern des Bengels, der Jodaryon befreit hatte. Gemeinsam waren sie jetzt auf dem Weg zu ihm und wollten seine Macht brechen. Das konnte und wollte Bossus auf keinen Fall zulassen. Alle Menschen, die diesem Wasgo und dem größenwahnsinnigen Nichtskönner Jodaryon halfen, mussten bestraft werden. Sie alle sollten sterben.

Mit den Eltern des Möchtegernzauberers wollte er nun endlich beginnen. Mit seinen magischen Kräften erschütterte er den Berg, auf dem sich das Paar gerade befand. Durch seine Seherkugel konnte er genau erkennen, was geschah. Als der Felsblock in die Tiefe stürzte und Antares und Luziferine mit sich riss, begann Bossus, zu jubeln.

Doch was er dann sehen musste, brachte ihn vor Wut zur Raserei. Der blöde Riesenvogel fing Antares, der seine Frau fest an sich drückte, in der Luft auf und flog mit dem Paar fort. Da sich der Adler der Weisheit und des Lebens Bossus' Macht widersetzen konnte, war es ihm nicht möglich, ihn zu verfolgen. Bossus verlor Wasgos Eltern aus den Augen. Er tobte wie noch nie und wollte für diese Tat um jeden Preis jemanden büßen lassen.

Selbst Jodaryon und Wasgo waren von der Bildfläche verschwunden. Wo mochten die nur stecken? Mithilfe seiner Seherkugel untersuchte er die Berge. Es war zum Verrücktwerden, nichts und niemanden konnte er entdecken. Es war so, als wenn nie jemand auf Wanderschaft gegangen wäre, um ihn zu bekämpfen. Bossus ahnte, dass es dieses Mal einen anderen Kampf geben werde als den, den er sich wünschte und den er kannte. Dieses Mal sollten keine Armeen über Gut und Böse in einer Schlacht entscheiden. Bossus ahnte schon in diesem Augenblick, dass er sich Jodaryon und diesem jungen Zauberer selbst stellen musste.

*****

Jodaryon wollte die Höhle verlassen, als ihn Wasgo zurückhielt. „Warte bitte", bat der junge Mann, „meine Eltern haben mir eine Schale mitgegeben, in die wir jetzt einmal sehen sollten. Es ist die Schale der Weisheit. Vielleicht kann sie uns helfen, zu erkennen, was wir als Nächstes tun sollten. Die Schale zeigt uns, wie die Zukunft sein kann. Deshalb wird sie auch die Schale der Erkenntnis genannt, weil wir mit dem Wissen, das wir durch die Schale bekommen, die Zukunft ändern können."

„Das ist gar keine schlechte Idee", meinte Jodaryon scheinbar mürrisch, innerlich aber stolz auf seinen Schüler und schlug vor, in der Höhle eine Rast zu machen.

Während Jodaryon ein kleines Feuer machte, über dem er Dauerwürste röstete, suchte Wasgo aus seinem Rucksack die Schale der Weisheit heraus. Er füllte sie mit Wasser und fragte seinen Gefährten, ob der zuerst in die Schale sehen mochte.

„Du traust dich wohl nicht?", scherzte Jodaryon, der aber missgelaunt war.

„Doch, das schon, aber ich weiß nicht, was ich zu sehen bekomme. Was ist, wenn ich damit nicht umgehen kann?", fragte der junge Mann. Er war daran gewöhnt, dass sein älterer Gefährte mürrisch und schlecht gelaunt war. Aber zu Wasgo war Jodaryon bisher stets korrekt gewesen. Er war nicht übermäßig höflich zu dem jungen Zauberer, aber doch bemüht, sein schweres Herz und sein hartes Gemüt nicht an Wasgo auszulassen. Im Gegenteil spürten beide, dass sich in Jodaryon langsam eine Veränderung vollzog. Er behandelte seinen jungen Freund nicht mehr so streng und mürrisch wie noch vor ein paar Tagen. Wasgo dachte, dass Jodaryon ihn zum Beginn ihrer Bekanntschaft nicht sehr gemocht hatte, aber dass sich das im Verlaufe der Zeit langsam änderte.

„Nun“, überlegte Jodaryon, „das kann mir ebenso ergehen. Aber einer von uns sollte es wagen.“

„Dann mach du es, alter Mann“, hänselte der Jüngere.

„Ich bin der Mann mit den größeren Erfahrungen, du brauchst mich noch“, gab Jodaryon daraufhin zurück.

Wasgo setzte sich ans Feuer. Die Schale der Weisheit stellte er so neben sich auf den Erdboden, dass er bequem in sie hineinsehen konnte. Was er sah, nahm ihm beinahe den Atem.

Wasgo sah sich mit seinen Eltern vereint. Es war Tag. Die Sonne schien. Grüne Wiesen mit vielen bunten Blumen konnte er sehen und einen blauen Himmel. Danach sah er die Nacht und dicke Wolken. Und danach wiederum den Schrein des Bösen, aus dem schwarze Strahlen hervorschossen. Er wollte noch mehr von der Schale der Weisheit erfahren. Aber sie verdunkelte sich und gab nichts mehr preis. Was konnte das bedeuten, das Wasgo gesehen hatte?

Der junge Mann wurde ganz still und dachte darüber nach, was die Schale der Weisheit und der Erkenntnis ihm mit den Bildern, die er soeben gesehen hatte, sagen wollte. Sollte der schwarze Strahl ein Todesstrahl sein? Würden Jodaryon und er diesem Todesstrahl begegnen, konnten sie ihn bezwingen? Wenn ja, warum zeigte die Schale ihm die Bilder der schönen Welt mit der Sonne und dem blauen Himmel zuerst? Und sollte er seine Eltern doch bald wieder sehen können?

Der alte Zauberer ahnte, was in dem jungen Mann vor ging. „Hast du deine Eltern gesehen?“, fragte er ungewohnt milde.

Mit dem Kopf nickend antwortete Wasgo und erzählte seinem Gefährten, was er alles gesehen hatte. Danach fragte er: „Was bedeutet das alles?“

Jodaryon dachte einige Augenblicke nach und sagte dann: „Das kann viel bedeuten, aber ich glaube, dass es bedeutet, dass wir siegreich sein werden. Denke an die Prophezeiung!“

Nachdem sie etwas gegessen und getrunken hatten, sammelten sie ihre sieben Sachen wieder zusammen und setzten ihre Wanderung fort. Jodaryon meinte: „Wir werden nicht mehr allzu lange unterwegs sein. Der Kampf gegen das Böse geht in seine entscheidende Phase. Wir sollten mehr aufpassen und nicht so sorglos durch die Berge wandern. Wir wissen ja, wohin wir wollen. Es wird für uns immer gefährlicher werden.“

*****

Antares und Luziferine machten sich auf den Weg. Sie fragten sich, was es zu bedeuten hatte, dass sie vom Adler des Lebens ganz woanders hingebracht worden waren und er ihnen so einfach ein neues Ziel vorgab. Wenn er ihnen wenigstens genau gesagt hätte, wo sie hingehen sollten! Aber nein, das hatte er nicht. Trotzdem wollten sie tun, was der Adler ihnen geraten hatte. Sie waren dankbar für ihre Rettung, ohne diesen schönen und riesigen Adler würden sie schon längst nicht mehr leben.

Antares hing seinen Gedanken nach. „Warum sollen wir nur nach Westen gehen?“, fragte er seine Frau.

„Ich weiß es nicht“, antwortet sie, „Ich glaube aber, dass das der Weg ist, der zum Schrein des Bösen führt.“

Antares war ratlos. „Und was sollen wir da? In der Prophezeiung wird doch ganz klar gesagt, dass ein junger Zauberer Jodaryon befreit und beide gemeinsam die Welt retten. Was soll ich untalentierter Zauberer denn noch dabei tun?“

Luziferine blieb stehen und ging zu ihrem Mann. Sie nahm ihn in ihre Arme und sah ihn liebevoll an. Dann sagte sie: „Weißt du, mein lieber Mann, das ist es, was ich an dir so liebe. Du bist irgendwie immer noch in deinem Herzen ein Kind. Unschuldig, sauber und naiv. Man muss nicht immer alles hinterfragen. Der Adler wird nicht umsonst Adler der Weisheit genannt. Er weiß schon, was er tut. Er hat uns das Leben gerettet und dafür bringen wir nun eine Gegenleistung. Was hätten wir im Osten gewollt? Was wir dort tun wollten, können wir auch im Westen erledigen. Es ist doch egal, an welchem Ort wir Gutes tun. Gehe doch einfach davon aus, dass uns jemand braucht."

„Ja, meine Liebe", entgegnete Antares, in dem er die liebevolle Umarmung Luziferines erwiderte. Er gab ihr einen leidenschaftlichen Kuss, danach einen Klaps auf ihren Po, lief dann schnell lachend von ihr davon und rief ihr gut gelaunt und voller Übermut zu: „Na, nun mach schon und bewege dich nicht wie eine alte Frau."

Sein Lachen war im ganzen Tal zu hören. Wenn sie beide geahnt hätten, warum sie diesen Weg gehen sollten und was sie erwartete, hätten sie nicht so sorglos ihre Fröhlichkeit ausleben können. Aus Angst um das Leben ihres Sohnes Wasgo wären sie um ihren Schlaf gekommen.

*****

Bossus stand am Tisch, auf dem seine Seherkugel ihren Platz gefunden hatte. Beschwörend redete er auf sie ein. Er wollte seine ärgsten Feinde zu sehen bekommen. Immer wieder murmelte er andere Sprüche und hob gestikulierend die Hände hoch und schnell stieß er sie zur Kugel vor und zog sie wieder zurück. Dann stieß er seine Hände erneut zur Kugel hin und ließ sie dort zitternd in der Luft stehen. Tatsächlich schaffte er es, Bilder von Wasgo und Jodaryon herauf zu beschwören. Sie hatten die Höhle verlassen und waren auf den Weg zum Totenreich.

‚Soweit sind sie schon?', dachte er erschrocken. Er musste etwas tun, um seine beiden schlimmsten Widersacher aufzuhalten. Er spürte, dass ihre Macht immer größer wurde. Er hatte Angst, dass er doch noch von den ungleichen Wanderern besiegt werden könnte.

Seine Hände zog Bossus wieder zu sich heran. Weitere Formeln sprudelten böse aus seinem Mund. Plötzlich stieß er seine rechte Hand mit ausgestrecktem Zeigefinger der Kugel entgegen, die auf seinem Tisch stand. Beinahe hätte er dabei dieses Instrument seiner

Macht mit dem Finger berührt. Der böse Herrscher über die Welt sah etwas in der Kugel, das ihn heiter stimmte. Er lachte hämisch und rieb sich dabei die Hände.

*****

Wasgo und Jodaryon folgten einem schmalen Pfad. Dieser Weg, der stetig an Höhe gewann, führte die beiden Männer einen großen Berg herauf. Der Weg war so schmal, dass sie hintereinandergehen mussten. Plötzlich wurde die ewige Nacht durch mehrere grelle Blitze zerrissen und für einen kurzen Augenblick wurde es beinahe taghell. Tosender Donner ertönte, der nicht abreißen wollte. Nur allmählich wurde das Donnergrollen wieder leiser. Starker Wind kam auf und entwickelte sich zu einem kaum zu durchdringenden Sturm.

Regen prasselte auf die beiden Gefährten und die Berge nieder. Es war ein wahrer Starkregen, der sandige Boden wurde sofort schlammig, den Wanderern gelang es kaum noch, vorwärtszukommen. Der Sturm trieb ihnen das Wasser schmerzhaft ins Gesicht. Rettung vor den Wassermassen war nicht möglich, diese stürzten viel zu plötzlich auf sie ein. Es gab nicht einmal eine Möglichkeit, sich an einem Felsvorsprung unterzustellen.

Sie liefen über eine ehemalige Almwiese. Auf Grund der seit über fünfhundert Jahren andauernden Nacht, gab es hier schon lange kein grünes Gras und keine Blumen mehr. Es gab keinen Klee, keinen Enzian, keine Hochgebirgsblumen. Nichts gab es, was an eine Almwiese erinnern könnte.

Jodaryon rief über den Lärm des Donners und das laute Rauschen des Regens seinem jungen Begleiter zu: „Der starke Regen ist gefährlich! Vom Berg könnte eine Mure abgehen! Wenn das passiert, lösen sich aufgrund der Bodenfeuchtigkeit große Massen an Sand und Gesteinsbrocken und stürzen in die Tiefe. Dabei kann ein Berghang total verschüttet werden und wir eventuell dazu! Also halte die Augen offen!“

Wasgo nickte mit dem Kopf, damit Jodaryon wusste, dass er ihn verstanden hatte. Wie sein älterer Gefährte auch beobachtete er den Berg und ihre Umgebung genau.

Der Weg, der Jodaryon und Wasgo den Berg hinaufführte, wurde immer steiler. Das Regenwasser floss an ihnen vorbei den Hang hinab und bildete kleine Rinnsale, die aber zu kleinen Bächlein wurden. Aus den Bächlein entstanden reißende Wildwasser, aus denen sich ein Fluss bildete. Der Berg war durch das viele Regenwasser schnell aufgeweicht. Sie befanden sich in einem relativ sandigen Abschnitt des Gebirgsmassivs, deshalb befürchtete Jodaryon zu Recht einen Murenabgang. Das konnte sehr gefährlich für die beiden Wanderer werden. Herabstürzende Sand- und Gesteinsmassen würden alles, was sich dort befand, unter sich begraben oder mit sich in die Tiefe reißen. Sollte das geschehen, konnte das den sicheren Tod für Jodaryon und Wasgo bedeuten.

Die beiden Freunde schauten sich nach einer Unterstellmöglichkeit um. Wasgo entdeckte einen kleinen Fels in etwas mehr als einhundert Metern Entfernung. Er machte Jodaryon darauf aufmerksam. Mit einem Nicken gab Jodaryon sein Einverständnis, dort Schutz zu suchen. Auf halbem Wege hörten sie etwas holpern. Die Erde wurde leicht erschüttert! Der Sand unter ihnen gab nach! Sie versuchten, zum Felsen zu kommen! Der Erdboden, auf dem sie standen, geriet ins Rutschen.

Jetzt geschah das, wovor Jodaryon seinen jungen Freund schon gewarnt hatte. Viele tausend Tonnen Schlamm und Geröll gaben nach und rutschten den Berg herunter. Diese Massen rissen die Zauberer mit sich fort. Doch Jodaryon hatte eine Lösung! Er hatte mit einem Murenabgang gerechnet und nahm Wasgo an die Hand, schon erhoben sie sich sanft vom Erdboden und schwebten dem Fels entgegen, der ihr Ziel war. Ohrenbetäubender Lärm entstand, es krachte und donnerte, während die Erdmassen nachgaben und herunterstürzten. Doch Jodaryon und Wasgo schwebten dahin, und konnten aus sicherer Entfernung alles das beobachten. Alles, was im Weg war, wurde vom Schlamm und den Gesteinsmassen begraben: Etwas größere Gesteinsbrocken und einige Nachtschattengewächse, die der Ewigen Nacht bis zu diesem Zeitpunkt trotzen konnten.

Am Bestimmungsort angekommen, landeten Wasgo und Jodaryon sanft auf den Boden. Hier fanden sie Schutz vor weiteren Murenabgängen und konnten sich erst einmal trocknen. Wieder einmal hatten sie Glück gehabt und der Natur trotzen können, überlegte Jodaryon. ‚Oder steckt Bossus dahinter?', dachte er. Wie dem auch sei, noch ging es unseren Helden gut.

*****

Einen Tag bevor Jodaryon und Wasgo sich vor der Mure retteten, kamen Luziferine und Antares in ein kleines friedliches Dorf, das am Fuße eines Berghanges lag. In der Nähe war ein Rinnsal, welches das Dorf mit Wasser versorgte. Dort konnten sie ihre Vorräte erneuern und ihren Weg fortsetzen. Doch bevor sie wieder aufbrachen, ruhten sie sich von den erlebten Strapazen etwas aus.

Sie blieben in der Kate bei einer alten Frau, die Antares und Luziferine zum Verweilen eingeladen hatte. Zum Abendbrot bot die Alte ihren Gästen etwas Hirsebrei, Brot und Wasser an: „Mehr habe ich leider nicht. Ich bin eine arme Frau, aber ich gebe es gerne. Was brauch' ich alte Frau auch mehr! Wenn ich doch nur einmal in meinem Leben die Sonne noch sehen könnte. Ich bin schon 94 Jahre alt, aber durfte bisher die Sonne nicht ein einziges Mal sehen. Aus alten Überlieferungen weiß ich, wie die Welt früher ausgesehen haben muss, aber zu gerne möchte ich sie, wenigstens einmal nur, so mit eigenen Augen sehen. Aber das wird mir wohl nicht vergönnt sein. Ach, ich bin aber auch eine schreckliche Person", lachte sie plötzlich, „ich schwatze und schwatze und lass euch gar nicht zu Wort kommen. Dabei könntet ihr mir bestimmt etwas Neues erzählen."

„Ach, Mütterchen, was sollen wir dir schon erzählen können! Das Land ist in Aufruhr. Überall wird es unruhig. Die Menschen wollen das Tageslicht sehen, und doch können sie es nicht. Die Leute vom Herrscher der Welt unterdrücken die Menschen gewaltsam. Es gibt viel Leid", antwortete Antares.

Die alte Frau setzte sich zu ihnen und sagte versonnen: „Ach, ja, so ist das.“ Dann wurde sie wieder etwas lebhafter und erzählte: „Der Adler der Weisheit und des Lebens ist in der letzten Zeit viel in unserer Gegend gesehen worden. Man sagt, dass die Tage der Herrschaft des Bossus‘ gezählt seien, wenn der Adler so oft zu sehen sei. Jeden Tag habe ich ihn in der letzten Woche gesehen. Ob da etwas Wahres dran ist? Dann kann ich vielleicht doch noch einmal in meinem Leben die Sonne sehen? Ach, wäre das schön.“

Luziferine nahm eine Hand der alten Frau in ihre und sagte: „Ich weiß, wie es dir geht. Ich glaube es auch, dass die Tage Bossus‘ gezählt sind. Es wird nicht mehr lange dauern, bis wir die Sonne zu Gesicht bekommen. Du wirst es erleben.“

„Ich habe gehört, dass zwei Zauberer unterwegs zum Herrscher sind, ein alter und ein junger. Die sollen gemeinsam mit ihren sich ergänzenden Kräften den Herrscher besiegen können, so sagt man. Sie wollen Bossus zum Kampf herausfordern. Der eine mit seiner Kraft der Weisheit und Erfahrung und der andere mit der Kraft seiner Jugend und Unschuld. Hoffentlich kommen sie ungeschoren davon, sie haben so viel Mut. Vor allem der Junge, er soll erst achtzehn Jahre alt sein und man sagt, dass ihm noch sehr schwere Prüfungen bevorstehen sollen. Der arme Junge, wenn der wüsste, auf was er sich eingelassen hat“, meinte die alte Frau mitfühlend.

Antares sah die Alte traurig an. Luziferine spürte die Liebe und Güte der alten Frau in ihrem Herzen. Tränen kullerten ihr die Wangen herunter. Mit einem Schluchzen sagte sie: „Er weiß es, gute Frau, er wurde sein ganzes Leben auf diesen einen Kampf vorbereitet.“

Die alte Frau stand spontan auf und nahm Luziferine in ihre Arme. „Ihr seid seine Eltern“, erkannte sie, „macht euch keine Sorgen um euren Sohn. Am Ende wird alles wieder gut werden.“

Luziferine und Antares blieben in dieser Nacht bei der alten Frau. So richtig schlafen konnten sie aber nicht. Immer wieder gingen ihnen die Worte der Alten im Kopf herum. Sie waren sehr beunruhigt und hatten Angst um ihren Sohn. Doch wussten sie auch, dass sie ihm nicht helfen konnten. Antares tröstete Luziferine mit den Worten, dass Jodaryon bei Wasgo sei und er schon auf ihren Sohn gut aufpassen werde.

Am nächsten Morgen musste das Ehepaar noch einmal mit der alten Frau gemeinsam essen, erst dann durften sich Wasgos Eltern von der gutmütigen alten Dame verabschieden. Sie gingen ihrem Sohn entgegen. Als sie ihn wieder sehen sollten, sollte er mit dem Tode ringen.

*****

Bossus war einmal mehr außer sich vor Wut. „Was ist denn nun schon wieder schief gegangen", brüllte er in seinem Raum umher, obwohl er alleine war. Er hatte so einen schönen Zauber gegen seine beiden schlimmsten Feinde geschickt. Die Mure hätte sie doch überraschen und unter sich begraben müssen. Da wären die doch nie wieder herausgekommen. Aber noch war ja nichts Schlimmes geschehen. Noch hatte er Zeit. Noch konnte er den beiden Widerlingen etwas entgegensetzen. Noch war er persönlich der Herrscher der Welt. Das wäre ja wohl gelacht, wenn er, Bossus, der mächtigste und größte Zauberer aller Zeiten, diese beiden albernen Möchtegerns nicht bezwingen sollte. ‘Wer zuletzt lacht, lacht am besten, so heißt es in einem Sprichwort‘, dachte sich Bossus.

Er stellte sich an seine Seherkugel und beschwor sie, dabei gestikulierte er wieder einmal wild mit seinen Armen. Sie zitterten, hoben und senkten sich, mal stieß er die Fäuste in die Luft, manchmal auch nur den ausgestreckten Zeigefinger seiner Hände. Er murmelte, dann wiederum schrie er, um später wieder ruhiger zu sprechen, mal gestikulierte er wild umher, mal hielt er die Arme still: „Torres kugulus mor mireles schientata unbrava zabere. Banderia brava faseria umum banderia umum banderia binnte lebere lebere torres torres."

Fasziniert blieb er vor seiner Seherkugel stehen und beobachtete, was nun geschah. Als er es endlich erblickte, kam ein lautes, böses und hässliches Lachen über seine Lippen.

*****

Antares und Luziferine gingen eiligen Schrittes ihren Weg. Sie wussten nicht, wohin er sie führen sollte. Sie hielten sich an die Worte des Adlers des Lebens und der Weisheit, der in seinem Wissen über die Dinge der Welt und seiner weisen Voraussicht ihnen diese Richtung gewiesen hatte. Nach dem Gespräch mit der alten Frau machten sie sich Sorgen um Wasgo. Sollte er am Ende unterliegen? Nein, das konnte nicht sein. Die alte Frau sagte ja auch, dass am Ende alles gut werden sollte. Trotzdem waren sie um Wasgos Leben sehr besorgt. Irgendetwas sollte geschehen, das das Leben ihres Sohnes bedrohte. Nur sie beide, Wasgos Eltern, konnten das Schlimmste abwenden. Das war ihnen bewusst, nur wussten sie nicht, was es war, das sie abwenden mussten, damit sich die Prophezeiung erfüllen konnte.

Luziferine ahnte jetzt, warum der Adler der Weisheit und des Lebens ihnen diesen Weg gewiesen hatte. Sie verspürte eine innere Unruhe, die nicht mehr vergehen wollte. Im Gegenteil entwickelte sich jetzt diese Unruhe zu einer ausgewachsenen Angst. Sie befürchtete, dass sie zu spät kommen könnten, wenn sie Wasgo das Leben retten mussten. Diese Angst übertrug sich auch auf Antares. Sie beeilten sich, um den ihnen bevorstehenden Weg schnell bewältigen zu können. Sie wollten schon bald bei ihrem Sohn sein.

*****

Der Platz unter ihren Füßen war trocken. Der Felsblock hatte einen Teil des vor ihm befindlichen Erdbodens geschützt, sodass Jodaryon und Wasgo hier etwas Schutz vor dem Sturm und dem Regen fanden. Allmählich beruhigte sich das Wetter und schließlich hörte es zu regnen auf. Der Sturm ebbte vollständig ab und nicht einmal ein Windhauch war noch zu vernehmen.

„Wir sollten unsere nassen Sachen ausziehen und am Fels hier zum Trocknen aufhängen“, meinte Wasgo.

Zustimmend nickte Jodaryon mit dem Kopf und brummte dazu ein „Hm“.

Zuerst stellten sie ihre Rucksäcke vor sich ab und entledigten sich ihrer Kleider. Diese legten sie zum Trocknen hinter sich auf den Fels. Danach bückten sie sich zu ihren Rucksäcken nieder, um nach trockenen Hosen und Jacken zu schauen. Nur mit einem Hemd bekleidet konnten sie nicht mehr weitergehen. Dafür hatte sich durch die immerwährende Nacht die Luft viel zu sehr abgekühlt. Über null Grad stiegen die Temperaturen kaum noch an.

Unbemerkt lösten sich aus den nass gewordenen Sachen unserer Helden kleine Fäden. Diese wurden länger und länger, dicker und dicker. Jeder Faden wurde zu einer kleinen Schlange, die schnell zu Riesenschlangen heranwuchsen. Im nächsten Augenblick lauerten je fünf solcher Schlangen hinter Wasgo und Jodaryon. Lautlos standen sie zum Angriff bereit. Blutrünstig schnellten ihre Zungen vor und zurück.

„Da haben wir aber noch einmal Glück gehabt. Gut, dass du einen Zauber bereit hattest, sonst wären wir jetzt wahrscheinlich tot unter der Mure begraben“, sprach Wasgo zu Jodaryon.

„Ich habe es geahnt, dass so etwas passieren könnte. Als es so stark zu regnen begann und dann auch dieser plötzliche Sturm dazu kam, dachte ich mir, dass dieses Unwetter nicht von der Natur kommen konnte“, erwiderte der ältere der Zauberer wütend und grimmig.

„Du meinst, da steckt Magie dahinter?“, fragte Wasgo.

„Ich glaube, dass Bossus dahinter steckt“, meinte Jodaryon und richtete sich auf. Er hatte gefunden, wonach er suchte.

In diesem Augenblick schossen die Schlangen hinter ihm hervor. Wasgo sah, was passierte. Er wollte helfen und sprang auf. Im selben Moment wurde auch er angegriffen. Die restlichen noch wartenden Schlangen sprangen ihn an. Rasend schnell legten sie sich um seinen Körper herum, Wasgos Brust wurde zusammengepresst. Er konnte nicht mehr atmen! Bewegen konnte er sich auch nicht. Seine Arme und Beine waren von den Schlangen eng umschlungen. Er glaubte, eine tonnenschwere Last drückte auf seinen Brustkorb. Schnell verlor er das Bewusstsein.

Jodaryon erging es ähnlich wie seinem Kameraden. Auch er wurde ein Opfer der Schlangen. Das alles ging so schnell, dass er nicht fähig dazu war, einen Abwehrzauber auszusprechen. Selbst ohne Sprache und Gestik konnte er nicht zaubern. Mit seinem letzten Atemzug vertraute er sich dem Tod an. Er bedauerte, dass die Prophezeiung sich nun nicht mehr erfüllen sollte.

*****

Böse lachte Bossus. Er hatte genug gesehen. Zufrieden wandte er sich von seiner Seherkugel ab. Diese beiden dummen Wesen konnten ihm nicht mehr gefährlich werden. Dessen war er sich sicher.

Der Kampf geht weiter

Wie Wasgo und Jodaryon wurden auch Antares und Luziferine von dem Unwetter überrascht. In der Ferne sahen sie eine Mure abgehen, das Getöse davon drang bis zu ihnen vor.

„Oh weh“, sagte Luziferine, „wenn da jetzt jemand drunter begraben wurde! Komm schnell, Antares, wir müssen dahin, vielleicht braucht dort jemand unsere Hilfe!“Ihre schlimmsten Befürchtungen wollte sie nicht aussprechen.

„Du hast recht, wir wollen keine Zeit verlieren! Hoffentlich kommen wir nicht zu spät!“, erwiderte der Angesprochene.

Auch Antares befürchtete das Schlimmste. Damit Luziferine nicht hinter ihm zurückblieb und sie somit keine Zeit verloren, nahm er sie an die Hand. So schnell sie konnten, liefen sie zu der Stelle des Murenabgangs. Doch war das bei diesem aufgeweichten Boden gar nicht so leicht. Immer wieder sackten sie bis zu den Knöcheln in den Schlamm ein. Nur mühsam kamen sie voran. Antares kannte keinen guten Bewegungszauber, sodass sie die Strecke zu Fuß laufen mussten. Als sie endlich ihr Ziel erreichten, konnten sie nichts Auffälliges sehen. Luziferine blickte hoch zum Felsvorsprung. In der Dunkelheit war nur schlecht zu erkennen, was sich dort oben befand. Deutlich machte sie den Fels aus, aber auch, dass dort etwas lag! Was das nur war? Sie mussten weiter zu dem Felsbrocken hinauf!

Luziferine wurde unruhig. Plötzlich wusste sie, dass da oben etwas nicht in Ordnung war. Es gab ihr einen Stich in die Brust. Ihr Mutterinstinkt meldete sich. Voller Angst um Wasgo rief sie: „Schnell, Antares, Wasgo …, er stirbt!“

Wie vom Donner gerührt blieb Antares stehen. Ehe er begriff, was seine Frau soeben gesagt hatte, schubste sie ihn vorwärts. Plötzlich war er wieder voller Unruhe und wollte zu seinen Sohn eilen, doch schnell laufen konnte er nicht. Der Schlamm behinderte ihn auch jetzt am Vorwärtskommen. Er hatte das Gefühl, dass er immer tiefer in den Schlamm einsackte, mit jedem Schritt, den er tat. Immer wieder blieb er mit den Beinen knietief im Schlamm stecken. Seine Gamaschen hatte er schon längst verloren. Die Zeit verging ihm viel zu schnell, er glaubte beinahe, dass sie raste. Ja, kamen sie denn etwa nur im Schneckentempo voran.

So schnell sie konnte, lief Luziferine hinter ihrem Mann her. Alles dauerte ihr viel zu lange! Mehrmals half sie Antares aus dem Schlamm heraus. Dabei verstrich wertvolle Zeit. Voller Verzweiflung fragte sie sich, was sie nur tun sollten, um schneller zu Wasgo und Jodaryon zu kommen? Immer wieder rappelten sie sich hoch und liefen weiter. Doch laufen konnte man das wahrlich nicht nennen. Quälend langsam kamen sie im Schlamm voran. Die Zeit verstrich im Eiltempo. Für die Majestät der Berge hatten sie zu diesem Zeitpunkt keinen Blick, sie fühlten unermessliche Angst um Wasgo und Jodaryon.

Alle ihre Kräfte boten sie auf, um zu ihrem geliebten Sohn und dessen Gefährten zu kommen. Sie waren vollkommen erschöpft. Der Schweiß rann ihnen aus allen Poren. Und die Angst, zu spät zu kommen, quälte sie. Endlich war der Unglücksort erreicht. Mit Entsetzen sahen sie zwei große Haufen schwarzer Riesenschlangen. Die hatten sich umeinander geschlungen. Doch dann erkannte Antares, dass diese monströsen Tiere sich um etwas herumgewickelt hatten. Sie waren dabei, etwas zu zerquetschen.

Luziferine schrie: „Schnell, Antares, die töten unseren Sohn und Jodaryon auch.“

Die Schlangen hatten ihren Mord noch nicht vollendet. Aber sie taten alles dafür! Antares stürmte, so schnell er konnte auf sie zu. Er wollte sie daran hindern! Eine Schlange aus dem linken Haufen löste sich von ihren Artgenossen, richtete sich auf und griff Antares an.

Aber Wasgos Vater war schneller. Mit seinen Gedanken hatte er einen Bannzauber mit ausgestreckten Armen auf die Schlangenhaufen gelenkt.

Doch der Zauber wirkte nicht. Die Schlange schoss auf Antares zu. Jetzt erst wurde ihm klar, warum sein Bannzauber nicht wirken konnte. Es waren magische Schlangen. Für richtige Schlangen war es viel zu kalt. Die gab es hier in der Gegend nicht mehr. Hier half nur ein starker Vernichtungszauber. Das aber würde bedeuten…

Antares konnte im letzten Moment ausweichen. Im Rückwärtsfallen zog er sein Schwert und durchschnitt damit die Luft. Als er sich wieder aufrappelte, bemerkte er, dass die Schlange tot am Boden lag. Er hatte ihr den Kopf abgetrennt. War das möglich? Magische Schlangen starben auch, wenn man ihnen den Kopf abschlug? Doch darüber konnte der Zauberer jetzt nicht nachdenken. Keine Zeit! Schnell musste er handeln, und zwar sehr schnell. Er brauchte Hilfe! Alleine konnte er nicht gegen alle Schlangen kämpfen. Bossus musste sie ausgesandt haben!

Es ging um Sekunden. Wer konnte schnell helfen? Er rief, was ihm einfiel: „Luzifer, erscheine sofort!“

Luziferine hätte nicht gedacht, dass sie ihren Vater noch einmal sehen sollte! Unvorstellbar, dass ihr Mann ihn rief. Doch eine andere Chance hatten sie nicht! Sollte Luzifer kommen? Immerhin war er Wasgos Großvater. Der würde doch seinen Enkel nicht sterben lassen. Das trauten Wasgos Eltern ihm nun doch nicht zu.

In einem Film oder einem Märchenbuch erschien der Teufel stets mit viel Feuer und lautem Donnergrollen. Doch das hier war das wahre Leben.

Ohne besonderes Getöse erschien der Höllenfürst und sah, was geschah. Zwei Schlangen griffen Antares an, eine dritte konzentrierte sich auf Luziferine. Luzifer schleuderte den angreifenden Schlangen Feuerblitze entgegen. Augenblicklich lösten sich die Bestien in Rauch auf. Nur etwas Asche blieb von ihnen zurück. Asche, die aussah, als sei sie einmal ein Faden eines Kleidungsstückes gewesen. Weitere Blitze schleuderte Luzifer auf die noch lebenden Schlangen. Auch sie lösten sich in Rauch auf. Die von Antares erschlagene Schlange bedachte er am Ende des Kampfes ebenso mit einem Blitz.

Kaum waren die Schlangen besiegt, liefen Antares und Luziferine zu Wasgo und Jodaryon. Sie lagen reglos auf dem Boden. Luzifer dagegen sah sich erst einmal um.

Antares stellte fest: „Wasgo lebt; so ein Glück aber auch! Hoffentlich können wir ihn erwecken.“

„Jodaryon lebt auch, dem Himmel sei Dank“, sagte Luziferine.

„Du solltest lieber mir danken“, beschwerte sich Luzifer.

„Du hast Recht, Vater, das ist das zweite Mal, solange ich da bin, dass du etwas Gutes getan hast“, lachte Luziferine, „aber du kannst gleich damit weiter machen. Die Menschen werden dir das eines Tages danken, wenn du auch noch dafür sorgst, dass die beiden aufwachen und ihre Mission fortsetzen können.“

„Und wann war das erste Mal, dass ich etwas Gutes tat?“, fragte der Höllenfürst.

„Das war, als du mich verbannt hast“, entgegnete Luziferine ernst, „sonst wäre Wasgo nie geboren worden.“

„Hm“, machte Luzifer unwillig, „mir scheint es, dass ich genau das Gegenteil machen sollte. Ich sollte euch alle einfach mit mir in die Unterwelt nehmen. Aber das geht ja nicht. Wenn Bossus die Menschen vernichtet, werde auch ich nicht mehr da sein!“

„Wie kommst du denn darauf?“, fragte Antares.

Luzifer ging zu Wasgo und Antares. Er sah seinem Schwiegersohn ins Gesicht und knurrte: „Ich muss sie retten, weil ich sonst verloren bin. Das ist schlimm, sehr schlimm. Aber ich schwöre dir, wenn die Welt wieder normal ist, dann werde ich euch nicht mehr gehen lassen, wenn ich euch in meine Finger kriege.“

Antares erwiderte mutig: „Nur keine Sorge, das wird nicht noch einmal passieren, wir werden in Zukunft noch besser aufpassen. Dich werden wir nicht mehr um deine Hilfe bitten.“

Luzifer wurde böse und stieß Antares brutal weg.

„Was soll das jetzt plötzlich?“, schimpfte des Teufels Tochter. Doch Luzifer drohte ihr mit dem Zeigefinger und sagte: „Treibt es nicht zu weit. Ich habe immer eine Möglichkeit, um euch in die Hölle zu holen, wenn ich das will.“

„Deshalb hast du mich verbannt, Vater!“, rief Luziferine, „und ich bin froh darüber!“

Als Antwort darauf stieß Luzifer voller Wut seinen linken Zeigefinger gegen Wasgos Brust, dorthin, wo das Herz war, das gleiche tat er mit Jodaryon. Dann verschwand er schnell, indem er unsichtbar wurde.

Wasgo und Jodaryon stöhnten und hielten sich die Hände an die Brust. Mit schmerzverzerrtem Gesicht grummelte der ältere Mann: „Mir ist so, als wenn ich eine Tonnen schwere Last auf meiner Brust gehabt hätte."

„Und ich habe keine Luft mehr bekommen, was ist passiert?", fragte Wasgo, dem unbewusst Tränen über das Gesicht liefen.

Erst jetzt sah er seine Eltern. Sofort sprang er auf, verzog vor Schmerzen das Gesicht, lief aber trotzdem weiter zu Luziferine und Antares. Voller Freude umarmte er sie gleichzeitig und rief überrascht: „Vater, Mutter, was macht ihr denn hier? Wie kommt ihr hier her?"

„Langsam, mein Junge", mahnte Antares gutmütig.

„Nicht so stürmisch, mein Sohn", lachte Luziferine. Für den Moment war ihre Angst um Wasgos Leben vergessen.

Jodaryon stand ebenfalls auf und drehte sich diskret von der kleinen Familie weg. Er wollte nicht stören. Als er ein paar Schritte weiter ging, hörte er Wasgo sagen: „Jodaryon, bitte, komm zu uns, sieh nur, wer hier ist, meine lieben Eltern haben uns gefunden."

Zögernd ging der alte Mann zurück. Mit einem Handschlag begrüßte er Antares, vor Luziferine verneigte er sich. „Was ist geschehen?", fragte er Wasgos Eltern nach der Begrüßung.

Antares erzählte es.

Jodaryon schüttelte seinen Kopf und sagte: „Das hätte ich nicht gedacht, dass einmal der Höllenfürst persönlich sich dazu verpflichtet fühlt, mir das Leben zu retten." Nach einem kurzen Lachen schlug er vor: „Doch lasst uns jetzt bitte diesen Ort des Schreckens verlassen."

Sie einigten sich darauf, weiterzugehen, bis sie eine Felsspalte oder eine Höhle fanden, die ihnen Schutz vor schlechtem Wetter bieten konnte. Jodaryon drehte sich zu seinen Sachen um, die er zum

Trocknen auf den Felsvorsprung gelegt hatte. Als er sie berührte, zerfielen sie zu Staub. Wasgo erging es mit seinen Kleidungsstücken nicht anders.

Sie zuckten mit den Schultern und gingen weiter nach Westen. „Das hat uns Bossus angetan. Aber vielleicht erwächst uns daraus ein kleiner Vorteil. In jedem Fall aber müssen wir noch vorsichtiger sein“, meine Jodaryon und fluchte auf den bösen Herrscher der Welt in einer ausgereiften Kunst, die wir hier nicht wiedergeben wollen.

Tadelnd sah Wasgo seinen Gefährten an und sagte: „Was soll meine Mutter von dir denken, Jodaryon? Warum bist du nur immer so schlecht gelaunt?“

Jodaryon verstummte und sah zu Wasgos Mutter, die so tat, als habe sie nichts gehört.

Aus der Ferne vernahmen sie den Schrei eines Adlers. Luziferine sah Antares an. Er verstand, was seine Frau dachte, und nickte ihr zu.

*****

Die Wanderung ging weiter. Es wurde ein anstrengender Fußmarsch über Geröllhalden und durch unwegsames Gelände. Ihr Weg führte sie ständig bergauf und bergab. Dann mussten sie ein um das andere Mal schmale Schluchten queren. Es kam auch ab und zu vor, dass ihr Weg von Felsblöcken versperrt wurde und sie diese überklettern mussten. Als sie das erste Mal einen solchen Felsen zu erklettern hatten, fragte Wasgo: „Jodaryon, warum wendest du deinen Zauber, mit dem wir über solche Felsblöcke schweben könnten, nicht an?“

Jodaryon antwortete: „Das könnte ich tun, aber es wäre nicht gut! Damit machen wir Bossus sofort auf uns aufmerksam. Die Zauber, die wir anwenden, kann der Kerl nämlich registrieren, weil magische Energie sich anders verhält als normale. Sie ist viel zu lange in der Atmosphäre zu spüren. Auch ich bemerke es, wenn irgendwo in unserer Umgebung ein Zauber ausgelöst wird.“

„Und warum hast du die magischen Schlangen nicht bemerkt?“, fragte der junge Mann weiter.

„Doch, ich habe sie bemerkt, aber da war es schon zu spät. Das war ein ganz gemeiner Zauber. Bossus wollte uns töten. Er hat seine Seherkugel eingesetzt. Durch sie hat er uns die magischen Schlangen auf den Hals gehetzt. Dadurch geht viel magische Energie verloren. Ich spürte, dass gezaubert wurde, nahm aber an, dass es viel weiter weg sei.

Ich spürte nicht viel Energie, die zu mir durchdrang, sodass ich sie nicht lokalisieren konnte. Und als die erste Schlange mich angriff, wusste sie genau, wie sie ihren Angriff ausführen musste, um mich auszuschalten. Ja, ich bin davon überzeugt, dass Bossus uns umbringen will. Weißt du, mein Junge, ich wollte Bossus nie töten, aber ich glaube jetzt, dass wir es tun müssen. Sonst werden wir nie unsere Ruhe finden. Auf jeden Fall werde ich in Zukunft viel vorsichtiger sein und auch alles, was sich hinter uns befindet, genau beobachten“, erwiderte der alte Magier.

Der junge Mann überlegte, danach fragte er erneut: „Warum kann ich es nicht merken, wenn irgendwo jemand zaubert?“

„Du könntest es auch, wenn dir jemand erklärte, wie du es bemerken kannst“, antwortete Jodaryon.

„Vater, kannst du es bemerken, wenn jemand zaubert?“, wandte sich Wasgo an Antares.

„Nein, mein Junge, leider nicht. Ich habe dir alles beigebracht, was ich konnte. Ich kann bis jetzt noch nicht viel mehr“, antwortete Antares.

„Kannst du mir das bitte beibringen, Jodaryon?“, fragte der junge Mann.

„Das kann ich, aber erst, wenn wir Bossus besiegt haben. Jetzt haben wir dafür keine Zeit mehr“, entschied Jodaryon mürrisch.

Nach zwei Stunden erreichten sie einen Felsvorsprung, der beinahe so gut wie eine Höhle war. Wasgo glaubte, dass er so aussehe, als habe jemand mit einem Hammer und einem Meißel Gestein aus einer Felswand herausgeschlagen. Drei Meter vertiefte sich der Fels an dieser Stelle, sodass er die vier Wanderer vor der Witterung schützen konnte. Sie suchten etwas Holz und Strauchwerk zusammen, womit sie ein Feuer machten.

*****

Bossus war allerbester Laune. Dass seine Widersacher endlich tot waren, dessen war er sich sicher. Die Schlangen hatten sie unter sich begraben. Doch nun wollte er seinen Erfolg noch einmal auskosten. Er wollte die Schlangen zurückholen und sich seine toten Feinde noch einmal ansehen, bevor sie von Tieren gefressen wurden oder einfach nur verfaulten. So stellte er sich vor die Seherkugel und beschwor sie. Sie begann, in verschiedenen Farben zu leuchten. Die allmählich wieder verblassten und wurden dunkler. Die Seherkugel des Bossus wurde so dunkel wie die Nacht. Angestrengt schaute der Herrscher der Welt in sie hinein. Nichts konnte er erkennen, außer einem Felsvorsprung, vor dem Schlamm und Geröll einer Mure lagen. Kein Wasgo und auch kein Jodaryon waren dort zu sehen. Unruhe breitete sich in Bossus aus.

‚Das kann doch nicht sein, irgendwo müssen sie doch sein!‘, dachte Bossus. Er suchte die Umgebung der Mure ab und konnte nichts finden. Dann suchte er nach magischer Energie und fand sie genau vor dem Felsvorsprung. ‚Wer mag dort nur sein Unwesen getrieben haben?‘, fragte sich Bossus. Er musste nur die magische Energie untersuchen, dann wusste er, wer da gezaubert hatte. Dafür brauchte er ein Fernrohr. Was er sich nun aus einer kleinen Anrichte holte, war aber kein gewöhnliches Fernrohr. Mit ihm konnte der böse Mann sehen, wer die magische Energie hinterlassen hatte.

Er stellte sich an die Seherkugel und nahm das Fernrohr vor sein rechtes Auge. Nun beschwor er die Kugel, die magische Energie auf sein Fernrohr zu lenken. Und tatsächlich funktionierte dieser Trick. Im Fernrohr konnte er einen Mann in einem schwarzen Umhang erkennen. Er hatte weiße Handschuhe an und ein rotes Gesicht. Lange graue Haare und ein grauer Vollbart verzierten das Gesicht.

Völlig verständnislos glotzte Bossus. Er konnte es nicht fassen. Selbstverständlich erkannte er den Mann sofort, wie hätte er ihn nicht erkennen sollen! Sie waren doch Verbündete gewesen! Bis sich der Kerl dann ohne eine Erklärung gegen ihn gewandt hatte. Bis heute konnte der Herrscher der Welt nicht verstehen, warum sich Luzifer von ihm abgewendet hatte. Hatte der sich etwa die Kadaver der beiden Zauberer geholt? Aber das konnte nicht sein. Was sollten Jodaryon und Wasgo in der Unterwelt, was sollten sie in der Hölle? Nur schwarze Seelen mussten in der Hölle schmoren. Aber Jodaryon und Wasgo hatten so eine schwarze Seele nicht. Also was hatte Luzifer mit ihnen zu schaffen? Unablässig zerbrach Bossus sich den Kopf. Vergeblich, alle seine Überlegungen blieben erfolglos. Immer und immer wieder zermarterte er sich das Gehirn, um herauszufinden, was um alles in drei Teufelsnamen Luzifer mit Jodaryon und Wasgo verband.

*****

Über dem Feuer bereitete Luziferine eine kleine Mahlzeit für ihre Familie und Jodaryon zu. Sie war glücklich, wenigstens für ein paar Stunden ihren Sohn wieder bei sich zu haben. Und wie Mütter so sind, Luziferine machte da keine Ausnahme, verwöhnte sie gerne ihren Jungen. Mit Stolz sah sie, dass er nun zu einem richtigen Mann gereift war. Er hatte viel von Jodaryon gelernt, war aufmerksam und verantwortungsbewusst und konnte seine Kenntnisse, die er erlangt hatte, anwenden. Außerdem kam er ihr noch schöner vor als damals, als er noch bei seinen Eltern gelebt hatte. Sie beobachtete ihn, wie er mit seinem Vater umging. Er trat Antares gegenüber selbstsicher auf, und doch erwies er ihm dabei seine Achtung und seinen Respekt, den dieser als Vater von seinem Sohn verdient hatte.

Locker und ungezwungen tauschten sie ihre Erlebnisse miteinander aus, auch Jodaryon beteiligte sich lebhaft an ihren Gesprächen. Der alte Zauberer hatte zwar ein hartes, aber gutes Herz. Er hatte in seinem Leben viel Schlimmes erleben müssen. Unter anderem auch wie sein bester Freund starb. Es wurden schon kurz nach der großen Schlacht, die Jodaryon damals gegen Bossus verloren hatte, heimlich viele Lieder über Jodaryon den Fröhlichen und Gutmütigen gesungen oder Geschichten hinter vorgehaltener Hand darüber erzählt, wie Jodaryon zu Jodaryon dem Harten und Unbarmherzigen geworden war.

Nachdem Luziferine eine gute Mahlzeit zubereitet hatte, war diese schnell verspeist worden. Danach legten sie sich schlafen. Mit der Nachtruhe wechselten sie sich ab, zuerst schliefen Luziferine und Wasgo, danach Antares und Jodaryon. Während zwei Wanderer schlafen durften, hatten die anderen über ihren Schlaf zu wachen und aufzupassen, dass nichts Böses passierte.

Am nächsten Morgen brachen sie gemeinsam auf. Nach etwa zwei gemeinsamen Wegstunden erreichten sie eine Wegkreuzung. Jodaryon blieb stehen und fragte, was das Ehepaar vorhatte. Bestimmt sagte Antares, dass es an der Zeit sei, sich wieder zu trennen. Er wollte mit Luziferine in den nächsten Ort gehen und das Totenreich umwandern. So konnten sie von Osten an den Schrein des Bösen vordringen. Auf diese Art hofften Wasgos Eltern, Bossus von Jodaryon und Wasgo ablenken.

Jodaryon erklärte, dass er mit Wasgo auf direktem Wege zum Schrein kommen wollte. Aber dafür mussten die beiden das Totenreich durchqueren. Es konnte sein, dass sie in einen Kampf verwickelt wurden. Das schien Jodaryon sogar sehr wahrscheinlich. Aber das mussten sie eben in Kauf nehmen.

Sie verabschiedeten sich voneinander. Niemand konnte es ahnen, dass Wasgo schon sehr bald noch einmal mit dem Tode kämpfen musste. Und noch weniger ahnten sie, wie sein Todeskampf ausgehen sollte. Doch nun gingen die vier Kämpfer für die Freiheit der Welt wieder getrennte Wege.

*****

Bossus war wie besessen von dem Gedanken, dass es zwischen Luzifer, dem Höllenfürsten, und den beiden Zauberern Wasgo und Jodaryon eine Verbindung geben musste. Es musste doch eine Möglichkeit geben, das herauszufinden! Er befahl einen seiner Ratgeber zu sich. Der Kerl sollte sich darum kümmern und ihn über das Ergebnis möglichst schnell informieren.

Der Befehl wurde an einen Soldaten weitergegeben. Dieser Soldat musste eine zivile Jacke und Hose anziehen und in das Dorf gehen, das sich unweit vom Schrein des Bösen befand. Dort sprach er mit den Bauern und einfachen Leuten, von denen er erfuhr, dass Luziferine die verbannte Tochter des Höllenfürsten war und sie und Antares Wasgos Eltern waren. Das war die Verbindung, die Bossus fehlte. Außerdem erfuhr er, dass Wasgo und Jodaryon zum Totenreich unterwegs waren und Luziferine und Antares dieses mieden. Sie gingen durch die Dörfer und durch das Tal um das Totenreich herum und wollten auf diesem Wege zum Schrein vordringen. Der Soldat ging frohen Mutes zu seinem Vorgesetzten zurück und erzählte dem, was er herausgefunden hatte. Der wiederum informierte seinen Herrn. Nun kannte Bossus die Zusammenhänge und beschloss, sich auf Jodaryon und Wasgo zu konzentrieren. Sie waren ungleich gefährlicher als Antares und Luziferine. Es war sehr wahrscheinlich, dass es zu einem Kampf zwischen Bossus und Wasgo und Jodaryon kommen musste. Das war Bossus jetzt endlich bewusst. Luziferine besaß keine oder eben nur unbedeutende magische Kräfte und Antares war nicht stark genug, um in diesen Kampf einzugreifen.

Deshalb nämlich wagten sie den Weg durch das Reich der Toten nicht. Ihr Weg durch das Tal würde sie viel zu lange aufhalten, sie spielten im Kampf um die Herrschaft der Welt keine Rolle mehr! Ab sofort konnte sich Bossus um Jodaryon und Wasgo kümmern.

Ob er damit vielleicht einen Fehler beging? Nein, er war sich sicher, dass er jetzt Jodaryon und Wasgo besiegen werde. Um Antares und Luziferine wollte er sich danach kümmern. Auch sie sollten sterben, das hatten sie sich redlich verdient!

Er beschwor seine Seherkugel, um die beiden Zauberer zu suchen. Tatsächlich fand er sie. Und sie machten ihm einen sehr konzentrierten Eindruck. ‚Willkommen in den Bergen‘, dachte Bossus hämisch. Er beschwor seine Seherkugel erneut und schickte seinen beiden Widersachern einen weiteren bösen Zauber entgegen.

*****

Der linke Arm des Jodaryon legte sich auf die Schulter seines jüngeren Reisegefährten. „Ich fühle etwas“, sagte Jodaryon, „lass uns stehen bleiben und die Gegend beobachten.“

„Hat jemand einen Zauber ausgelöst?“, fragte Wasgo.

„Ich fühle es. Und es war nicht irgendjemand, sondern Bossus“, meinte der Ältere.

„Was hat er vor?“, fragte Wasgo weiter.

Die Berge beobachtend und sich langsam umdrehend antwortete Jodaryon grimmig: „Wenn ich das nur wüsste! Dann wären wir einen Schritt weiter. Lass uns weiter gehen, aber langsam, und lass uns noch mehr als bisher die Augen offen halten! Uns darf nichts entgehen, unser Leben könnte davon abhängen.“

Wasgo hatte verstanden und hoch konzentriert ging er weiter. Mit seinen Augen durchdrang er die Dunkelheit. Wasgo war jung und gesund, seine Augen hatten sich an die ewige Dunkelheit gewöhnt. Er kannte nichts anderes und so war er in der Lage, besonders gut sehen zu können. „Da, die Steine, ein Steinschlag kommt auf uns nieder!“, schrie er plötzlich total aufgeregt. Er glaubte schon, seine letzte Stunde sei gekommen.

So gut wie sein junger Begleiter konnte Jodaryon nicht mehr sehen. Aber er konnte sich auf ihn verlassen. Als der seinen ersten angsterfüllten Schrei in Worte formulierte, hatte Jodaryon schon einen Gegenzauber auf die herabstürzenden Gesteinsmassen geschleudert.

„Torres snieseterix steene verstoberen torres torres“, rief er mit seiner lauten und tiefen Stimme dem Steinschlag entgegen.

Danach mussten beide husten, den Steinschlag konnte Jodaryon nicht aufhalten, aber er schaffte es, dass die vielen Steine wie ein Wunder als Staub zur Erde hinab fielen. Dieser Staub bedeckte nicht nur ihre Körper, sondern drang ihnen tief in die Lungen ein und verursachte so einen quälenden Hustenreiz.

Sie schüttelten den Staub von ihren Kleidern und Körpern und mussten immer wieder husten, weil sich der Staub der aufgelösten Steine abermals in der Luft ausbreitete.

Aus dem durch den Hustenreiz geschüttelten Körper des alten Mannes konnte Wasgo die Worte verstehen: „Los, lass uns weitergehen, bloß schnell fort von hier, aber pass auf! Es droht uns noch mehr Unheil."

Der junge Mann nahm seinen Lehrer und Meister an den Arm und stützte ihn. Gemeinsam gingen sie weiter. Der Staub legte sich langsam und die beiden Männer bekamen allmählich wieder klare, saubere Luft in ihre Lungen. Dankbar atmeten sie tief durch. Jodaryon erholte sich schnell von seinem Husten und sagte: „Danke, mein junger Freund. Ich war wie festgenagelt und konnte nicht mehr gehen. Gut, dass du mir geholfen hast, dort wegzukommen."

„Bitte danke mir nicht, mein lieber Jodaryon, du hast uns mit deinem Zauber das Leben gerettet, sonst hätte ich dich nicht von diesem bösen Ort wegführen können", antwortete der junge Mann verlegen mit sanfter Stimme.

*****

Wieder raste und tobte Bossus vor seiner Seherkugel. Er musste mit ansehen, dass Jodaryon es schaffte, auch seinen letzten Zauber wirkungslos zu machen. Seine Feinde kamen näher und näher. Ein Zweikampf zwischen ihm und den Zauberern schien nun immer unausweichlicher zu werden. Der Zeitpunkt dafür rückte immernäher. Bossus bemerkte das erste Mal so etwas wie Angst in sich aufsteigen. Alle seine Zauber, die er gegen Wasgo und Jodaryon eingesetzt hatte, wurden unwirksam gemacht, meist von Jodaryon oder Wasgo selbst und einmal durch Luzifer zu einem Augenblick, als Bossus sich schon wie der sichere Sieger gefühlt hatte. Aber er wollte nicht aufgeben, das kam überhaupt nicht in Betracht. Noch einmal beschwor er seine Seherkugel. Dieses Mal wollte er es auf jeden Fall schaffen, wenigstens einen seiner beiden ärgsten Feinde zu töten! Wen von beiden sich Gevatter Tod holen wollte, sollte ihm egal sein.

Ob es Wasgo oder Jodaryon war, der sterben musste, war einerlei, denn Wasgos magische Kräfte wuchsen von Tag zu Tag, von Stunde zu Stunde weiter an. Der junge Mann war schon bald so mächtig wie sein älterer Weggefährte.

*****

Während Luziferine und Antares unbehelligt durch das Tal wandern konnten und so dem Schrein des Bösen immer näher kamen, konzentrierte sich Bossus‘ Boshaftigkeit auf Jodaryon und Wasgo. Die zogen auf ihrem Weg weiter. Sie waren sich einig, dass sie ab sofort noch besser aufpassen mussten. Was der eine mit seinen Augen erreichen konnte, schaffte der andere durch sein Gefühl. Ständig beobachteten sie ihre Umgebung, die Berge. Viele Gefahren konnten hier auf sie warten. Sie befanden sich in einem für sie sehr gefährlichen Abschnitt der Bergwelt. Murenabgänge und Steinlawinen waren ständig möglich.

Steinböcke gab es hier in der Gegend ebenso. Ein Steinbock musste nicht unbedingt scheu sein. So ein Tier konnte schon einmal ein Gewicht von 130 Kilogramm erreichen. Wenn so ein Steinbock auf einen Menschen zueilte und ihn angriff, konnten seine Hörner für den Menschen sehr gefährlich werden. Deshalb war es besser, wenn man einem lauernden Steinbock aus dem Weg ging.

Unsere Helden waren den ganzen Tag über unterwegs und brauchten eine etwas längere Rast. Sie mussten etwas essen und trinken, aber auch Schlaf hatten sie nötig. So schlugen sie ihr Lager auf. Wasgo machte ein Feuer. Einen Schlafplatz richteten sie sich so dicht am Feuer wie nur irgendwie möglich ein. Dabei achteten sie darauf, dass nichts in ihrer Nähe war, was Bossus als Waffe gegen sie einsetzen konnte. Alles Gepäck, das sie mit sich führten, stellten sie weit entfernt von sich an eine Felswand. Der Platz ihres Lagers war so von beiden Männern ausgewählt, dass kein Steinschlag oder keine Mure sie überraschen konnte. Sollte sie ein Tier angreifen wollen, so hatte es nur über das Feuer die Möglichkeit dazu, das zu tun. Außerdem sollte immer nur einer von ihnen schlafen dürfen. Wenn

Jodaryon schlief, sollte Wasgo wachen und umgekehrt. Einer achtete auf den anderen, sodass ihm nichts passieren konnte oder sollte.

Hierzu benötigten sie grenzenloses Vertrauen zueinander. Aber für Wasgo war es überhaupt keinen Gedanken wert, Zweifel an Jodaryon in sich aufkommen zu lassen. Jodaryon hatte ihn aus den Fängen des Bossus befreit, hatte seine Ausbildung erweitert und abgeschlossen. Er hatte ihm nicht nur einmal das Leben gerettet. Für Wasgo war der alte Zaubermeister wie ein Vater geworden, mehr sogar noch. Er wurde für den jungen Mann Vater, Lehrer und Freund in einer Person. Wenn Jodaryon auch etwas mürrisch und mit Wasgo oft sehr streng war, würde der ihm immer sein Leben anvertrauen, denn lieber würde Jodaryon sterben, als Wasgos Leben zu gefährden. Daran glaubte der junge Mann ganz fest!

Dem alten Mann erging es ebenso. Auch Wasgo hatte ihm schon das Leben gerettet und ihn aus der fünfhundert Jahre lang andauernden Gefangenschaft befreit. Dadurch hatte Jodaryon seine magischen Fähigkeiten zurückbekommen, also auch das hatte er dem jungen Mann zu verdanken. Zu der Zeit, als Jodaryon und Wasgo lebten, war es für einen Zauberer üblich, erst Kinder in die Welt zu setzen, wenn sie älter als einhundert Jahre waren.

Jodaryon war, als er dieses Alter erreichte, schon in Gefangenschaft geraten, nachdem er mit seinen Heeren die Schlacht gegen Bossus verloren hatte. Es war ihm nicht vergönnt, ein Kind zu haben. Sein Weggefährte und Mitstreiter war ihm so lieb geworden, dass er für ihn tatsächlich nicht nur freundschaftliche, sondern auch väterliche Gefühle entwickelt hatte. Er hatte dem jungen Mann so viele Zaubertricks beigebracht, hatte ihm so viel vom Leben erklärt, hatte ihn auch schon so manches Mal nachts zugedeckt, als er sich im Schlaf seine Decke vom Körper gezogen hatte. So oft sah der Junge ihn für seine Freundschaftdienste dankbar an. Gerne hätte der alte Mann den jungen Burschen einmal in seine Arme genommen, aber das traute er sich dann doch nicht. Zu jeder Zeit würde er sein Leben diesem Jungen anvertrauen. Wasgo würde Jodaryon nicht enttäuschen. Das wusste der alte Zauberer mit absoluter Sicherheit.

Nachdem sie schweigsam gegessen hatten, befahl Jodaryon: „Verstaue alles wieder in deinem Gepäck, und zwar so, dass wir morgen früh sofort weitermarschieren können! Danach legst du dich schlafen. Ich wecke dich später, damit auch ich etwas schlafen kann, und dann wachst du über uns."

Schnell hatte Wasgo alles erledigt. Jodaryon sah ins Feuer und entspannte sich, als er plötzlich eine Hand auf seinem Arm spürte. „Willst du dich nicht zuerst etwas ausruhen und schlafen?", fragte der junge Mann.

„Nein, mein Junge, du brauchst mehr Schlaf als ich. Lege dich nur hin und schlafe. Ich pass gerne auf dich auf, dass dir nichts Böses geschieht", antwortete Jodaryon fast liebevoll und sah Wasgo dabei direkt ins Gesicht.

Aus seinen freundlichen Augen erwiderte der Junge den Blick des alten Mannes und sagte leise: „Danke, mein Freund."

Jodaryon stand auf und zog den Jugendlichen, der Wasgo mit seinem Alter von achtzehn Jahren noch war, zu sich. Der ließ es geschehen. Umständlich nahm Jodaryon seinen jungen Freund nun doch in seine Arme und drückte ihn sanft an sich. „Es ist alles gut, mein Junge, ich bin stolz darauf, dass wir so gute Freunde sind und uns gegenseitig unser Leben anvertrauen. Ich werde immer auf dich aufpassen, denn du bist mir wie ein Sohn in der Zeit unserer Abenteuer geworden. Was wir alles schon zusammen erlebt haben, das erleben viele Väter nicht mit ihren Söhnen", sagte der Alte und streichelte dem jungen Mann über die Haare und sein Gesicht.

Und dann sagte er in einem befehlenden Ton, der keine Widerrede duldete: „Und nun lege dich schlafen! Aber sofort!"

Wasgo kam gerne der Aufforderung seines väterlichen Freundes nach. Kaum lag er nah am Feuer und spürte dessen Wärme an seinem Körper, übermannte ihn eine tiefe Müdigkeit. Noch dachte Wasgo über die Zärtlichkeit des älteren Mannes nach, die er soeben das erste Mal von Jodaryon empfangen hatte. Der Jüngling spürte es immer deutlicher, dass Jodaryons Herz aus Eis langsam ein warmes und mitfühlendes Herz wurde. Die Nachtgespenster kamen und trieben ihren sanften Schabernack mit Wasgo und schickten ihn in das Land der Träume.

Jodaryon wachte über den jungen Mann. Mehrmals sah er sich den schlafenden Jüngling an, der ruhig und zufrieden wirkte, dessen jugendliche Schönheit ihn eher dazu verleiten ließ, Wasgo zu behüten und zu beschützen, aber nicht, mit ihm in einen Kampf auf Leben und Tod zu ziehen.

Weder der alte Zauberer noch die Nachtgespenster ahnten, dass der junge Mann schon am nächsten Tag nach dem Willen des Herrschers der Welt sterben sollte.

*****

Bossus tobte. Schon wieder waren seine Feinde entkommen. Schon wieder hatten sie seinem Zauber widerstehen können. Was für einen Schutzengel mussten sie nur haben, dass alle seine Bemühungen, die ungleichen Gefährten zu töten, misslungen waren? Voller Wut packte er die Seherkugel und schleuderte sie in irrer Raserei gegen die Wand. Wäre zu diesem Zeitpunkt einer seiner Diener bei ihm gewesen, hätte er ihn in Stücke gehauen. So war es die Seherkugel, die den Hass des Bossus ausbaden musste. Sie prallte gegen die Wand und zersprang mit einem lauten Knall in Tausende von kleinen Einzelteilen. Dicker, schwarzer Rauch quoll aus der zerstörten Seherkugel hervor. An der Stelle der Wand, an der die Kugel auftraf, züngelte für wenige Sekunden ein munteres Feuer in roten und blauen Farben.

Bossus verspürte einen plötzlichen Schmerz in seiner Brust, als die Seherkugel durch den Aufprall an der Wand zersprang. Sein Herz schmerzte ihm und automatisch griff er sich an die Brust. Seine Macht war erschüttert. Er hatte sich selbst eines seiner Machtinstrumente beraubt. Aber noch war nichts verloren. Wenigstens dachte das der böse Mann.

Mit seiner rechten Hand ergriff er das magische Fernrohr und lief auf das Dach seiner Machtzentrale, dem Schrein des Bösen. Von dort sah er mithilfe des Fernrohres zu den Bergen hinüber, in denen sich seine Feinde Jodaryon und Wasgo aufhielten. Mit der linken Hand hielt er das Fernrohr, die rechte Hand stieß er dem Hochgebirge entgegen. Ein grauer Strahl schoss aus Bossus‘ Zeigefinger hervor. Dieser Strahl nahm seinen Weg zum Gipfel eines Berges, auf dem ein einzelner, einsamer Steinbock stand. Dieses Tier war ein besonders beeindruckendes und furchteinflößendes Exemplar seiner Gattung.

Auf zwei sehr kräftigen Hinterläufen und stabilen Vorderbeinen befand sich ein starker, mächtiger Oberkörper. Lange Hörner, die nach hinten etwas geschwungen waren, kamen ihm oberhalb der Augen aus dem Kopf heraus. Dieses Tier sah gefährlich aus. Der graue Strahl traf den Steinbock, der in dem Moment, als er den Strahl in sich aufnahm, einen lauten, furchtbaren Schrei ausstieß und sofort vom Gipfel bergab stürmte.

Bossus lachte böse und blieb auf dem Dach seines schlimmen Schreins stehen. Er entspannte sich und wollte genießerisch verfolgen, was nun geschah.

*****

Nachdem Jodaryon seinen jungen Freund vier Stunden hatte schlafen lassen, weckte er ihn. Es dauerte einen kleinen Moment, bis Wasgo die Augen aufschlug. Als er Jodaryon sah, war er sofort hellwach und räumte das Schlaflager, damit sich der alte Mann zur Ruhe ausstrecken konnte. „In zwei Stunden weckst du mich“, befahl Jodaryon ihm.

Der junge Mann wollte protestieren, doch Jodaryon lächelte ihn kurz an und sagte: „Es ist gut, mein junger Freund. Ich brauche nicht so viel Schlaf, wir müssen rechtzeitig weitergehen.“

Wasgo blieb nichts anderes übrig, als den Wunsch Jodaryons zu befolgen. Er staunte darüber, dass der alte Mann ihm ein Lächeln schenkte. Es war zwar nur ein kurzes, aber überhaupt sein erstes Lächeln, welches er von Jodaryon bekam. Schnell schlief der Ältere ein und erholte sich in den zwei Stunden, die er sich zum Ausruhen und Schlafen gönnte.

Danach gingen sie weiter. Es war zur frühen Morgenstunde. In der Ferne konnte Wasgo einen Steinbock erkennen. Das erzählte er dem älteren Mann.

„Wohin bewegt sich das Tier?“, fragte Jodaryon.

„Ich weiß es nicht genau, ich glaube…“, Wasgo sah in die Richtung; in der er den Steinbock entdeckt hatte. Er beobachtete das Tier genau und sagte: „Ich glaube, der Bock hat ein Problem. Er macht mir einen sehr aggressiven Eindruck. Ich glaube, der kommt genau auf uns zu gerannt.“

„Dann sollten wir uns darauf vorbereiten, dass wir uns schnell aus den Staub machen müssen. Bleibe dicht bei mir, mein junger Freund“, mahnte der alte Mann ernst.

Nach weiteren fünf Minuten kam ihnen der Steinbock tatsächlich entgegengestürmt. Mehrmals blieb das Tier stehen und blickte wild um sich. Es schnaubte kräftig. Dann hielt es direkt vor Wasgo und Jodaryon an. Es war nicht gewillt, ihnen den Weg freizugeben. Im Gegenteil nahm es eine Angriffshaltung ein.

Jodaryon sprach mit leiser Stimme auf das Tier ein, um es zu beruhigen. Doch seine Versuche waren vergebens. Darauf bedeutete er Wasgo: „Stell dich ganz dicht an mich heran.“

Angst hatte Wasgo nicht, aber er wollte Jodaryon die Situation nicht erschweren, deshalb folgte er dessen Aufforderung sofort.

Der Steinbock schnaufte und sein Atem stieg ihm in Nebelschwaden sichtbar aus den Nasenlöchern. Den Kopf hatte er gesenkt und scharrte mit den Hufen am Boden. Angriffslustig bewegte er den Kopf abwechselnd Auf und Ab. Jeden Moment rechnete Jodaryon mit dem Angriff des Tieres. Unsere Helden waren darauf vorbereitet.

An diesem Steinbock kamen sie nicht vorbei, der gab den Weg niemals frei. Klüger war es, ihm aus dem Weg zu gehen.

Jodaryon sagte leise: „Wasgo, mein Junge, nun geht es unseren größten Gefahren entgegen. Gib mir deine Hand und vertraue mir. Und vertraue dir vor allem selbst. Du kannst ab jetzt nichts mehr falsch machen. Egal, was du tust, mein Freund, es wird uns helfen.

Wir werden nun dem Steinbock hier den Weg freimachen. Erschrecke nicht, es wird dir etwas seltsam vorkommen, was jetzt passiert.“

Die Armee der Skelette

Sie wollten also dem Steinbock den Weg frei machen. Kaum hatte Jodaryon seine letzten Worte an Wasgo ausgesprochen, als sie sich in einem Wirbel befanden. Alles um sie herum wurde schwarz und ein starker Luftzug erfasste sie. Wie von einer unsichtbaren Hand wurden sie vom Erdboden erhoben und flogen sanft über die Erde dahin. Der Jüngling konnte sich denken, dass es nur ein Zauber seines Freundes und Meisters sein konnte, der sie sehr schnell von einem Ort zum anderen trug. Aber wohin brachte der Zauber sie? Vielleicht an den Rand des Totenreiches? Was für Prüfungen erwartete sie dort? Welche Abenteuer hatten sie wohl bald zu bestehen? Plötzlich war der Luftzug verschwunden und unsanft prallte Wasgo gegen Jodaryon.

Sie standen am Rand einer steinernen und sandigen Ebene, die früher einmal eine Almwiese gewesen sein mochte. Vor ihnen erstreckte sich ein Wald. Als sie in diesen eintreten wollten, erlebten sie eine unangenehme Überraschung. Hinter den Bäumen tauchten Skelette auf. Wasgo hörte Jodaryon sagen: „Hier fängt das Reich der Toten an. Wir wurden die ganze Zeit von Bossus beobachtet. Er hatte uns die Mure und den Steinschlag, auch den Steinbock geschickt und die Schlangen sowieso. Das waren magische Schlangen und die konnte nur er uns schicken. Und diese netten Geschöpfe sind auch sein Werk. Wir müssen durch diesen Wald hindurch. Ich weiß nicht, was uns erwartet. Mach dich aber auf das Allerschlimmste gefasst."

Die Skelette waren bewaffnet. Große Schwerter und Schilde hielten sie in ihren Händen. Lange Dolche steckten in einem Gurt an ihrer Seite. Drohend schwangen sie die Schwerter über ihren Köpfen. Einige dieser Skelette hatten noch ein Gesicht, Jodaryon dachte einen Augenblick, dass er eines erkannt hatte. Es war das Gesicht seines besten Freundes Deneb. Der starb an dem Tag, als die Sonne verschwand und die Welt in ewige Nacht tauchte. Fürchterlich hatte er gelitten. Und Jodaryon hatte zusehen müssen, wie sein Freund starb, ohne ihm helfen zu können.

Das war eine der bittersten Stunden, die Jodaryon in seinem bisherigen Leben erlebt hatte. Er war froh, seinen Freund aus den alten Zeiten wieder erkannt zu haben, denn er wollte nicht gegen ihn kämpfen müssen. Jodaryon überlegte, welchen Zauber er anwenden konnte, um seinen Freund aus dem bevorstehenden Kampf heraushalten zu können. Es war nämlich sehr gut möglich, dass, wenn sie Bossus besiegten, auch dessen Zauber unwirksam wurden. In diesem Fall war es tatsächlich sogar sehr wahrscheinlich, dass die Männer, die jetzt in der Armee der Skelette kämpfen mussten, zurück in das Leben geholt werden konnten. Wer aber jetzt von den Skeletten im bevorstehenden Kampf vernichtet wurde, konnte nie mehr in das Leben zurückkehren.

Jodaryon rief Wasgo zu sich und befahl ihm, direkt an seiner Seite zu bleiben. Und er erklärte ihm: „Was du hier für Gestalten siehst, sind alles Tote aus den Tagen, als uns die Sonne gestohlen wurde. Sie wurden im Totenreich zu unseren Gegnern erzogen. Sobald wir den Wald vor uns betreten, werden sie uns angreifen. Also sei auf der Hut und kämpfe überlegt und sicher.

Ob unsere Zauberkräfte hier wirken werden, weiß ich nicht. Könnte sein, dass wir nur auf unsere Muskelkraft angewiesen sind und auf unsere Waffen. Trotzdem überlege dir einen Zauber, mit dem du möglichst viele Gegner in einen Ruhezustand versetzen kannst. Wenn wir die ewige Nacht besiegt haben und die Sonne wieder am Himmel scheint, gibt es vielleicht eine Möglichkeit, unseren Freunden das Leben zurückzugeben.“

„Können wir das nicht schon jetzt?“, wollte Wasgo wissen.

„Nein, zuerst müssen wir Bossus‘ Zauber brechen! Das können wir aber nur, wenn wir ihn in einem direkten Kampf besiegen und töten! Außerdem brauchen wir dazu das Licht und die Wärme der Sonne“, antwortete Jodaryon.

Sie sahen sich gegenseitig in ihre Gesichter. Jodaryon fragte seinen Gefährten, der so furchtbar jung war, ob er zum Kampf bereit sei. Gerne hätte er dem jungen Mann das Kommende erspart. Es sollte ein Kampf auf Leben und Tod werden. Es sollte ein Kampf werden, der beiden Kämpfern für das Gute alle ihre Kräfte abverlangen sollte. Die Skelette würden nicht eher aufhören zu kämpfen, bis sie den Wald wieder verlassen würden. Wasgo sagte mit ernster Miene und fester Stimme, seinem Freund dabei in die Augen sehend: „Ja, ich bin bereit!“

Der Ältere wünschte dem Jüngeren viel Glück und ermahnte ihn, vorsichtig zu sein. Und er sagte ihm, dass sie auf dem kürzesten Wege durch das Totenreich hindurch mussten, um Kräfte für den kommenden Kampf mit Bossus zu sparen.

Sie betraten den Wald. Sofort formierten sich die Skelette gegen die beiden Zauberer. Immer drohender schwangen sie ihre Schwerter. Sie kamen näher. Nun zogen Jodaryon und Wasgo ihre Schwerter ebenfalls. Sie stellten sich mutig gegen diese Übermacht von Hunderten ausgebildeter und auch nicht ausgebildeter Krieger. Jodaryon murmelte einen Zauber und schickte ihn zu seinem Freund. Auch Wasgo murmelte etwas und plötzlich schlugen die anderen zu. Doch zwei Skelette blieben reglos stehen. Jodaryons Freund und ein Skelett, welches von Wasgos Zauber getroffen worden war.

Die Skelette hatten den Auftrag, niemanden durch das Totenreich zu lassen. Also kämpften sie unverdrossen und unaufhörlich gegen jeden Eindringling. Unsere beiden Gefährten beeilten sich mit ihren Zaubersprüchen und immer mehr Angreifer kamen zum Stillstand. Doch trotzdem drängten ihnen ständig wieder andere Skelette mit ihren Waffen entgegen, bereit zum Kampf auf Leben und Tod.

Was Jodaryon nicht wissen konnte, war, dass der Gevatter Tod auf Befehl des Höllenfürsten Luzifer die Reihen von Bossus schlimmsten Schergen gelichtet hatte, als Wasgo von diesem entführt worden war. Diese wurden aber in die Armee der Skelette eingereiht. So kam es, dass Gevatter Tod unfreiwillig die Armee der Skelette noch einmal bedeutend vergrößert hatte. Und an Stelle eines jeden erfolgreich vernichteten Skelettes traten zwei neue!

Dadurch wurde der Kampf auf Leben und Tod für Wasgo und Jodaryon aussichtslos. Nur ein Zauber, der die ganze Armee der Skelette zum Stillstand zwingen konnte, hätte zu einem Erfolg für die beiden Zauberer in ihrem gerechten Kampf geführt. Doch weder Jodaryon, noch Wasgo kannten so einen Zauber.

Jetzt wehrte Wasgo einen gefährlichen Schwerthieb eines Angreifers ab. Einen weiteren Gegner bemerkte er nicht, der sich gefährlich nahe an ihn herangeschlichen hatte. Erst im letzten Augenblick sah er dessen Hieb kommen und ließ sich zur rechten Seite fallen. Dabei verletzte ihn sein Gegner am linken Oberarm. Sofort sprudelte aus einer klaffenden Wunde hellrotes Blut hervor. Doch der Schmerz kam erst später. Jetzt begriff Wasgo, dass der Kerl ihm beinahe den Kopf abgetrennt hätte.

Wasgos Arm blutete stark. Der vordringende Gegner stürmte dem jungen Kämpfer hinterher. Er hatte ihn bereits verletzt, nun wollte er ihm endgültig den Todesstoß versetzen. Wild stürzte er sich Wasgo entgegen, doch der riss sein Schwert plötzlich und für den Gegner unerwartet in die Höhe. An der Stelle, an der sich bei einem lebenden Menschen das Herz befand, durchbohrte Wasgo mit seinem Schwert dem Skelett die Brust. Sofort zerfiel es zu Staub.

Wasgo hatte sich gerade noch einmal aus der Gefahr befreit. Beinahe wäre er gestorben. Aber trotzdem war er verletzt und auch noch von Jodaryon getrennt. Jetzt mussten beide für sich alleine zurechtkommen. Mutig und tapfer kämpfte Wasgo auf verlorenem Posten! Er sah den alten Mann gegen mehrere Gegner kämpfen und wie die ihn bedrohlich bedrängten. Wasgo ahnte, das Jodaryon kaum eine Chance hatte, den Kampf zu überleben. Er wollte ihm zu Hilfe eilen, aber sofort wurde ihm der Weg zu Jodaryon von mehreren Skeletten versperrt. Wie sollte er es nur schaffen, sich zu Jodaryon durchzukämpfen, um an seiner Seite mit ihm gemeinsam den Kampf fortzusetzen? Er wurde doch selbst von zahllosen Gegnern angegriffen!

Plötzlich begriff er, dass auch er dem Tod sehr nahe war. Jodaryon und er konnten diesen Kampf nicht mehr gewinnen! Er musste den Tatsachen ins Auge sehen, an diesem unheimlichen Ort sollten sie sterben.

Dem Schwertschlag eines weiteren Gegners konnte Wasgo nicht mehr ausweichen. Die Skelette kämpften zu hart und ohne Rücksicht auf Verluste drängten sie ihn immer weiter von Jodaryon ab. Der Kreis, den die Gegner um ihn herum bildeten, wurde immer enger. So geschah, was geschehen musste. Wasgo wurde erneut von einem Schwert getroffen. Er spürte die Klinge des Gegners in seinen Unterleib eindringen. Er konnte die Klinge in seinen eigenen Körper verschwinden sehen.

Da fielen ihm Jodaryons Worte wieder ein, die dieser gesagt hatte, bevor sie gemeinsam zum Kampf gegen das Böse aufgebrochen waren. „Habe keine Furcht, du wirst zu jeder Zeit richtig handeln. Ich vertraue dir.“

Spontan rief er etwas. Es war kein Schmerzensschrei. Was er rief, wusste er selbst nicht. Es war ein Zauber. Es war der Zauber eines sterbenden Menschen, der die Angreifer der Skelettarmee zur Aufgabe und zum Stillstand zwang. Es war der Zauber des Todes, der selbst Wesen der Unterwelt und des Todes zwang, Ehrfurcht vor den Tod zu haben.

Die Skelette vor ihm wichen zurück und blieben stehen. Mit letzter Kraft schleppte er sich zu Jodaryon. Der sah, was mit seinem jungen Freund geschehen war. Auch seine Gegner setzten den Kampf nicht mehr fort. So konnte er dem jungen Mann entgegeneilen. Er fing ihn auf, als Wasgo zu Boden stürzte. Vorsichtig legte Jodaryon den jungen Kämpfer für das Gute auf den harten Waldboden. Er nahm das Schwert, das immer noch in dem Körper des schönen Jünglings steckte, in die Hand. Er sah ihm in sein schmerzverzerrtes Gesicht. Mit seiner rechten Hand umfasste Jodaryon den Griff des Schwertes, mit der linken strich er dem jungen Freund über die Haare. „Bleibe ruhig und habe keine Angst, mein Junge! Es ist gleich alles vorbei“, sagte er aufmunternd zu Wasgo.

Der junge Mann war davon überzeugt, dass er nun starb. Bald sollte alles vorbei sein, hatte Jodaryon gesagt. Er wollte aber noch nicht sterben! Leben wollte er! Die Sonne und grüne Wälder und blühende Almwiesen wollte er sehen. Er dachte voller Dankbarkeit an seine Eltern. Einmal noch wollte er sie in seine Arme nehmen dürfen. „Bitte sage meinen Eltern, dass ich sie liebe und an sie denke. Ich danke ihnen und auch dir für alles, was ihr für mich getan habt. Du warst mir ein zweiter Vater“, sagte er leise mit tränenerstickter Stimme zu Jodaryon. Er starrte seinen älteren väterlichen Freund aus weit geöffneten Augen an. Sein Blick war angstvoll, aber mutig. Sein Atem ging stoßweise. Der Schweiß rann ihm aus jeder einzelnen Pore.

Wasgo sah Jodaryons Mund, der sich bewegte. Jodaryon murmelte einen langen Zauberspruch. Vorsichtig zog er die Klinge aus dem jungen Körper heraus. Wasgo stöhnte auf. Jodaryon drückte irgendetwas auf die Wunde. Der verletzte junge Mann krümmte sich. Anschließend lag er in Embryonalstellung auf dem Boden. Sein Körper tat ihm höllisch weh!

Jodaryon nahm ihn in seine Arme und hob ihn vom Waldboden hoch. Er trug ihn tiefer in den Wald hinein, tiefer hinein in das Reich der Toten.

Schaurige Musik drang an ihre Ohren. Es war die Musik des Grauens und des Todes. Diese Musik ertönte hart und brutal, so als wenn jeder einzelne Ton den Tod eines Menschen auf grausame Weise erzählte.

„Höre nicht hin!“, rief der alte Mann dem Jungen zu. Er beeilte sich, an den Waldrand zu kommen. Die Musik wurde immer grässlicher und lauter. Wasgo lag in Jodaryons Armen und wand sich vor Schmerz und war dem Wahnsinn nahe. Jodaryon musste sich beeilen, sonst konnte er den Burschen nicht mehr retten. Er war verzweifelt. Diesen lieben Jungen wollte er nicht auch noch verlieren. Wasgo sollte leben. Anklagend rief Jodaryon dem Himmel entgegen: „Ihr seid grausam, einen so jungen Mann, der nur Gutes tut, in den Tod zu reißen. Er setzte sein Leben ein, damit die Welt wieder in Frieden existieren kann. Dafür darf er nicht sterben. Lasst mich an seiner Statt in den Tod gehen, aber Wasgo muss leben!“

In diesem Augenblick bemerkte er in sich eine ihm lange nicht mehr vertraute Regung. Jodaryons Herz hatte sich verändert, schon damals, als er Wasgo das erste Mal gesehen hatte. Die Gefühlskälte in ihm war durch die gemeinsamen Abenteuer, die er mit dem jungen Mann erlebt hatte, einem Gefühl der Zuneigung gewichen.

Und noch etwas geschah! Jodaryons Liebe und Güte, die ihn ausgezeichnet hatten, bevor die Welt von Bossus in das Joch gezwungen worden war, nahm von Jodaryon wieder Besitz. Das Eis in seinem Herzen war geschmolzen. Der Stein in seinem Gemüt verlor sich. Aus Jodaryon dem Harten und Unbarmherzigen wurde wieder Jodaryon der Fröhliche und Gutmütige.

Der alte Mann spürte die Liebe in sein Herz zurückkehren. Er sah den jungen Mann in seinen Armen leiden, und als er aus dem Wald hinaustrat und somit das Totenreich verließ, fiel eine Träne aus seinem linken Auge auf Wasgo herunter. Es war eine Träne der Liebe eines alten Mannes, die er für seinen Sohn empfand. Wenn auch Wasgo nicht Jodaryons Sohn war, fühlte der alte Zauberer in diesem Moment, als wenn es so sei.

Augenblicklich wurde der Jüngling ruhiger und schlief erschöpft ein. Jodaryon legte ihn vorsichtig auf den Boden einer Ebene, die früher einmal eine Wiese gewesen sein musste. Er öffnete dem schlafenden Wasgo sein Gewand und legte ihm die linke Hand auf die Wunde. Erst jetzt konnte der alte Mann tun, was er im Reich der Toten nicht erledigen konnte. Der Zauber hätte im Reich der Toten nicht gewirkt. Dort konnte nur gestorben, aber nicht gelebt werden. Er murmelte einen Zauber und Wasgos Wunde schloss sich schnell. Bald darauf schlug der Jüngling die Augen auf und sah seinen Retter an. Sie lächelten sich zu, freundlich der eine, dankbar der andere.

Der letzte Kampf

Sie setzten ihre Wanderung fort und kamen an einen alten Baum. Dort machten sie eine kleine Rast. Danach führte sie ihr Weg wieder durch unwegsameres Gelände einen Berg hoch. Mühsam kämpften sie sich vorwärts, immer auf der Hut, von Bossus entdeckt zu werden. Aber sie hatten Glück und blieben unbehelligt. Vielleicht hatte der Herrscher der Welt, der Bossus nun schon seit fünfhundert Jahren war, nicht damit gerechnet, dass Wasgo und Jodaryon auch diese Hürde im Totenreich nehmen würden. Beinahe hätte er recht damit behalten.

Der Schrein des Bösen wurde sichtbar. Er sah beinahe aus wie eine kleine Festung. Wasgo hätte am liebsten den Herrscher der Welt daraus vertrieben und seine Schergen dazu. Er wollte sogar schon zu diesem Schrein gehen, doch wurde er von seinem älteren Gefährten zurückgehalten.

Jodaryon sprach: „Du darfst diesen Schrein nicht betreten. Er ist der Schrein des Bösen. Ihn müssen wir vernichten. Wenn uns dieses gelingt, werden wir die Sonne wiedersehen und unsere Gefährten aus dem Totenreich vielleicht in unsere Zeit zurückholen können."

Wasgo sah seinen Lebensretter fragend an. Der alte Zauberer erwiderte den Blick des Jünglings und sagte: „Wir schaffen es schon. Habe Mut, mein Junge! Es gibt da einen Zauber, den wir einsetzen können. Wir müssen uns nur beide vereinen. Gib mir deine linke Hand. Und sprich mir den Zauber nach. Richte die rechte Hand auf den Schrein, und zwar nur auf den Schrein!"

Wasgo gab dem Meister aller Zauberer seine linke Hand. Der ergriff diese ebenso mit seiner Linken. Die rechten Hände der beiden Männer erhoben sich in die Höhe. Sie zielten genau in die Richtung des Schreins. Jodaryon formulierte den Zauber, der von Wasgo nachgesprochen wurde: „Everit sonse da fer immerite no boserige empore wegeriti."

Die Zauberer standen mit gespreizten Beinen fest auf dem Boden, es sah beinahe so aus, als seien sie mit dem Erdboden verwurzelt. Sie waren etwa dreihundert Meter von dem Schrein des Bösen entfernt. Ihre rechten Arme und Hände hatten sie erhoben und auf den Schrein gerichtet. Sie waren miteinander vereint, indem sie sich gegenseitig die linke Hand hielten. Goldgelbe Strahlen schossen aus ihren rechten Händen dem Schrein entgegen. Die Zauberer hatten Mühe, sich auf den Beinen zu halten und ihre rechten Hände auf ihr Ziel zu richten. Der Schrein veränderte zuerst seine Farbe. Nachdem ihn die ersten Strahlen getroffen hatten, sandte er schwarze Strahlen zu den Zauberern zurück.

*****

Ein Donnergrollen entstand. Antares und Luziferine hörten diesen Donner. Sie beeilten sich, zum Schrein zu kommen. Die Kämpfe im Reich der Toten hatten Jodaryon und Wasgo aufgehalten, sodass das Ehepaar fast zeitgleich mit den beiden den Schrein des Bösen erreichte. Sie konnten sehen, was geschah, und liefen noch schneller ihrem Ziel entgegen, bis zu einem Punkt, von dem aus sie ihren Sohn und seinen väterlichen Freund erkennen konnten. Goldene Strahlen schossen diese auf den Schrein ab.

*****

Bossus war geschockt. Er hatte tatsächlich nicht damit gerechnet, dass Jodaryon und Wasgo heil und gesund aus dem Reich der Toten herauskamen. Doch jetzt war keine Zeit, sich darüber zu ärgern. Er musste handeln, und zwar sehr schnell. Er lief an das Tor des Schreins und sah das Zaubererpaar gemeinsam etwa dreihundert Meter von sich entfernt stehen. Nach guter alter Zauberersitte hatten sie sich vereint und schossen die Strahlen der Liebe und des Lebens auf den Schrein des Bösen ab. Wenn Bossus diesen Angriff überleben wollte, musste er ihnen seine Strahlen des Todes entgegenschicken. Das tat er mit all seinem Hass, zu dem er fähig war. Auf die beiden

Männer, die das Gute wollten, eilte erneut der Tod in Form von Bossus‘ Todesstrahlen zu.

*****

Wasgo und Jodaryon hatten augenblicklich noch mehr Mühe, ihre Kraft auf den Schrein zu konzentrieren. Besonders Wasgo, der als Zauberer noch etwas unerfahren war, musste von Jodaryon immer wieder zum Durchhalten ermahnt werden. Die schwarzen Strahlen kamen ihnen bedrohlich nahe.

Luziferine und Antares sahen, dass Wasgo und Jodaryon in großer Gefahr waren. Die Strahlen des Todes hatten sie fast erreicht. Gefährlich begann es vor dem ungleichen Freundespaar zu rauchen und zu qualmen. Antares wollte helfen. Er stellte sich ähnlich hin, wie es Jodaryon und Wasgo getan hatten. Seinen rechten Arm richtete er auf den Schrein des Bösen. Dann schrie er Bossus ganz laut entgegen: „Du nimmst mir nicht meinen Sohn.“

Danach befahl Antares dem Wind: „Wind, bringe mir Jodaryons Formel, die er ständig spricht.“

Tatsächlich kam ein Wind auf und brachte Antares die Worte des Jodaryon an sein Ohr. Sofort sprach Antares sie aus: „Everit sonse da fer immerite no boserige empore wegeriti.“

Goldene Strahlen sandte nun auch Antares dem Schrein des Bösen entgegen. Das tat er zu einem denkbar günstigen Zeitpunkt, als die Strahlen des Todes seinem Sohn und Jodaryon gefährlich nahe kamen. Es fehlten nur noch wenige Zentimeter, bis die schwarzen Strahlen des Todes Jodaryon und Wasgo trafen. Das wäre der sichere Tod der beiden weißen Magier gewesen.

Jodaryon strengte sich noch einmal mit all seiner Energie an. Mit allerletzter Kraft konzentrierte er all seine Gedanken auf den Schrein und wiederholte den Zauber. Auch Wasgo sprach immer wieder die Worte des älteren Mannes nach. Sie bemerkten, dass sie von Antares Unterstützung bekamen. Goldgelbe Strahlen der Liebe und des Lebens drangen von zwei Seiten in den Schrein des Bösen ein. Bossus hatte dem nichts mehr entgegenzusetzen. Er war am Ende seiner Kräfte.

Antares und Luziferine konnten nun mit Jodaryon und Wasgo gemeinsam erleben, dass die schwarzen Strahlen sich zurückzogen und den Zauberern nichts mehr anhaben konnten. Schließlich verschwanden sie im Schrein. Die goldgelben Strahlen durchdrangen ihn und umfassten den gesamten Schrein. Ein gleißendes Licht erhellte den Berg, auf dem der Schrein des Bösen immer noch stand. Dieses Licht ergoss sich sogar bis in das Tal herunter, in dem Wasgo, Jodaryon, Luziferine und Antares standen. Die Kämpfer für die Freiheit der Welt waren kurzzeitig geblendet. Durch die ewige Nacht waren ihre Augen nicht an das helle Licht gewöhnt. Plötzlich gab es einen lauten Knall. Der Schrein des Bösen explodierte und fiel in sich zusammen. Staub und Gesteinsbrocken flogen durch die Luft. Der Berg und das Tal erstrahlten in noch hellerem Licht, so, als wenn am Tag die Sonne in das Tal scheine. Der Schrein verschwand daraufhin sehr schnell als löste er sich in Luft auf. Es gab nichts mehr, was an ihn erinnern konnte. Selbst das helle Licht verschwand wieder und die Dunkelheit breitete sich erneut im Tal und auf dem Berg aus.

Aber Dank Antares' Hilfe konnten Wasgo und Jodaryon Bossus besiegen und den Schrein des Bösen vernichten. Auf der Welt konnten nun wieder Frieden und Glück und das Leben Einzug halten. Jetzt mussten nur noch die Wolken verschwinden, die über fünfhundert Jahre lang das Licht der Sonne von der Erde ferngehalten hatten.

Das Leben

Ganz allmählich lösten sich die dicken Wolken am Himmel auf, die die Finsternis auf der Erde gefangen hielten. Langsam wurde es heller und heller. Schließlich waren die Wolken vollständig vom Himmel verschwunden. Wasgo sah das erste Mal in seinem Leben einen strahlend blauen Himmel und die Sonne dazu. Die Sonne blendete ihn und er musste niesen. Er wendete sich Jodaryon zu und nahm ihn glücklich in die Arme:

„Wie schön doch die Sonne und der blaue Himmel sind! Wir haben es geschafft!" Er jubelte glücklich und lief zu seinen Eltern. Stürmisch umarmte der junge Mann seine Mutter, die er beinahe vor lauter Übermut umriss: „Mutter, schau doch mal, die Sonne und der blaue Himmel, ist das nicht schön?" Er lachte und begann mit seiner Mutter zu tanzen.

Antares stand daneben und lachte über seinen Sohn, der in diesem Moment so überglücklich war. Endlich kam der Junge auch zu ihm, seinem Vater. Antares nahm ihn in seine Arme und drückte ihn herzlich an sich: „Ach, mein Junge, was freue ich mich doch! Ihr habt es tatsächlich geschafft, ich bin so stolz auf dich." Zärtlich streichelte der Vater Wasgo über die Haare, dann ließ er ihn los. Er sah eine Freudenträne im Augenwinkel seines Sohnes und wischte sie weg.

„Aber nur, weil du uns helfen konntest, Vater. Ohne dich hätten wir den Unhold nicht besiegen können. Gemeinsam haben wir es aber geschafft. Gut, dass du da warst", meinte Wasgo bescheiden. Danach drehte er sich zu Jodaryon um. Der alte Zauberer war an seinem Platz geblieben, er wollte das Familienglück nicht stören.

„Bitte lasst uns zu Jodaryon gehen. Er hat mir im Reich der Toten das Leben gerettet." In wenigen Worten erzählte er von den Ereignissen, seitdem sich die Vier getrennt hatten. Gemeinsam gingen sie zu Jodaryon und Luziferine umarmte den alten Mann. „Danke", flüsterte sie ihm ins Ohr, „Danke für das Leben meines Jungen. Das werde ich dir nie vergessen."

Auch Antares dankte Jodaryon, der bescheiden abwinkte und sagte: „Es ist alles gut. Er ist ein sehr mutiger junger Mann."

Jodaryon sah einen glücklichen Wasgo. Er lächelte ihn an und sagte: „Aber wir müssen zurück in das Totenreich. Wir müssen unsere Freunde retten." Sie brachen auf. Doch alle vier waren sie glücklich. Sie sahen immer wieder zum Himmel empor und freuten sich über das strahlende Blau und die gelbe, wärmende Sonne.

Als sie ein Stückchen den Weg gemeinsam gegangen waren, sagte Jodaryon: „Ihr werdet es sehen, es wird jetzt warm werden. Wir haben Sommer. Die Sonne ist zu dieser Jahreszeit am kraftvollsten. Wir werden spätestens morgen über zwanzig Grad Lufttemperatur bekommen. Ihr werdet schon merken, wie sich das anfühlt. Und ich bin mir sicher, dass die Wiesen und Wälder wieder grün werden."

Tatsächlich wurde es schnell warm. Wasgo, Antares und Luziferine kannten den Sommer nicht. Sie wurden geboren, als Bossus schon längst die Welt erobert und unterdrückt hatte. Sie kannten nur die Dunkelheit. Wasgo blieb plötzlich stehen. Voller Staunen rief er aus: „Seht einmal, seht einmal da vorne, da ist etwas, was ist das, Jodaryon?"

Der junge Mann war begeistert und freute sich über alles Neue, das er nun in der Natur zu sehen bekam. Endlich konnte er das sein, was er lange Zeit nicht sein konnte, weil ihn der Kampf gegen Bossus schon seit vielen Jahren beschäftigte und das verhindert hatte. Wasgo durfte endlich ein unbeschwerter Jugendlicher sein, der nun die Welt entdeckte. Er benahm sich manchmal albern und kindisch. Jodaryon wunderte sich über das seltsame Verhalten des Jünglings, aber am Ende lächelte er immer wieder und er gönnte seinem jungen Weggefährten seinen kindlichen Spaß. Sollte der Junge nur etwas übermütig und glücklich sein, sollte er das Leben genießen, er hatte das verdient. Wasgo hatte genug Entbehrungen hinnehmen müssen. Es waren so viele Entbehrungen, die manch ein erwachsener Mann nicht hätte ertragen können.

Der alte Mann sah in die von dem Jüngling angegebene Richtung und konnte erkennen, was dieser meinte. Er lächelte Wasgo gutmütig an und sagte: „Das, mein junger Freund, ist ein Grashalm. Das Gras bekommt jetzt genügend Wärme und Licht und kann wieder gedeihen. Morgen ist hier eine Wiese, eine schöne Almwiese mit vielem saftigen grünen Gras und vielen bunten Blumen."

„Dann ist das also die Farbe Grün?", fragte Antares.

Fröhlich lachte Jodaryon seinen drei Freunden ins Gesicht und meinte: „Mir scheint es, dass ich euch noch viel erklären muss. Ich werde gerne euer Lehrer sein und euch die Welt erklären, wie sie ohne Bossus ist."

Die ersten Blumen brachen durch den Erdboden. Die Erde wurde immer grüner und bunter. Überall entwickelten sich nun die Pflanzen auf den Almwiesen und auch im Wald. Vögel begannen, zu zwitschern. Wasgo hatte noch nie einen Vogel gesehen, außer den Adler der Weisheit und des Lebens. Jetzt konnte er die ersten Amseln fliegen sehen, die ihr lustiges Lied selbst im Flug zwitscherten. Dem jungen Mann wurde es warm, er begann, zu schwitzen. Jodaryon sah seine schwitzenden Gefährten an und lachte: „Na los, worauf wartet ihr, zieht euch eure Jacken aus, es wird noch wärmer."

Mit gutem Beispiel ging er voran. Er behielt nur sein Hemd und seine Hose und die Gamaschen an, alles andere hatte er abgelegt und in seinen Rucksack verstaut. Danach ging es weiter zum Reich der Toten.

Die Erde erwärmte sich schnell und die vier Gefährten gelangten schon bald an den Rand des Totenreichs.

Dieses konnten sie nun ungestört durchqueren. Das Böse war besiegt. Als sie zu ihrer Kampfstätte zurückkehrten, sahen sie ihre Gegner, die sie durch einen Zauber zum Stillstand gezwungen hatten. Die Kämpfer standen noch immer so da, wie Jodaryon und Wasgo sie beim letzten Mal gesehen hatten. Aber eine entscheidende Änderung hatten die Skelette erfahren müssen. Weil Wasgo und Jodaryon mit Antares' und Luziferines Hilfe den bösen Schrein vernichten konnten, waren sie wieder zu Menschen geworden. Das Böse hatte keine Macht mehr über sie.

Jodaryon entdeckte seinen alten Freund. Auch dieser sah wieder wie ein Mensch aus. Doch wirkten nun die Zauber von Jodaryon und Wasgo in ihm und seinen Gefährten. Wasgo sah Jodaryon fragend an. Der kratzte sich an seinem Kopf und sah ratlos aus.

Wasgo fragte: „Was ist los, großer Jodaryon? Was machen wir nun? Du hast doch gesagt, dass wir sie zum Leben erwecken können, wenn wir die Sonne zurückgeholt haben."

„Das ist richtig, mein junger Freund, aber das war noch vor dem Kampf. Jetzt haben wir sie aber mit einem Zauber belegt", antwortete Jodaryon.

Wasgo sah ihn ungläubig an und fragte: „Heißt das jetzt, dass wir sie nicht ins Leben zurückholen können?"

Jodaryon druckste herum: „Nun ja…, ähhhh, ja doch, aber…" Der alte Zauberer brach ab.

„Nun, sag es schon", forderte Wasgo.

Jodaryon sagte: „Es ist mir peinlich."

„Sie zurückzuholen in das Leben ist dir peinlich?", fragte Wasgo überrascht.

„Nein, nicht sie zu retten, ist mir peinlich, sondern dass ich keinen passenden Zauber dafür habe, ist mir peinlich", erwiderte Jodaryon mit trauriger und bedrückter Mine.

Wasgo wurde wütend: „Was soll denn das jetzt?! Nun sage es endlich! Es muss doch einen Zauber geben, um unseren aufheben zu können!"

Luziferine stand bei ihrem Sohn und legte ihm beruhigend die Hand auf den Arm. „Beruhige dich, mein Sohn", mahnte sie, „so darfst du mit Jodaryon nicht reden. Er ist dein Freund und denke bitte daran, was er dir alles Gutes tat. Er hat dir nicht nur einmal das Leben gerettet. Du solltest etwas mehr Achtung vor deinem Lehrer haben."

„Es tut mir Leid, bitte verzeihe mir, mein Lehrer und Freund", sagte Wasgo verlegen, den Blick auf den Boden gesenkt.

„Ist schon gut", meinte der alte Mann gutmütig und sprach weiter zu Luziferine: „Ich kann ihn ja verstehen. Er meinte das ja nicht böse."

Mit der rechten Hand wuschelte Jodaryon seinem jungen Freund durch die Haare. Verschmitzt lächelte er ihn an. „Also gut", sagte der alte Zauberer, „Wir holen sie jetzt alle aus dem Wald und legen sie auf die Wiese, direkt in die Sonne. Die Sonne wird sie erwärmen. Den Rest klären wir später."

Wasgo fragte nicht, was der Rest war. Er war zufrieden und so holten sie die außer Gefecht gesetzten Gegner aus dem Totenreich aus dem Wald heraus und legten sie in die Sonne mitten auf die Wiese. Damit hatten sie einige Zeit zu tun. Es waren fast eintausend Männer, die sie aus dem Wald schleppen mussten. Antares und Luziferine halfen ihnen dabei, so gut sie konnten.

Als alle Männer in der Sonne lagen, wollte Wasgo wissen, wie diese nun zum Leben erweckt werden sollten.

Jodaryon sagte leise und verschämt, ohne seinen jungen Freund anzusehen: „Ich kann das nicht. Es gibt nur eine einzige Möglichkeit, sie ins Leben zurückzuholen. Wir müssen den Adler der Weisheit und des Lebens rufen. Aber das kann ich tun." Er stellte sich in die Richtung, in der er den Adler der Weisheit und des Lebens vermutete. Dann breitete er seine Arme aus und hielt sie leicht in die Höhe. Er rief den Adler an: „Bitte, Adler, der edelste Adler aller Adler, der du bist, du weiser und gerechter und Leben spendender Vogel, der stets hilfsbereit ist, der stets den Menschen zu Diensten ist, bitte erscheine uns und hilf uns bei einer guten Tat."

In der Ferne hörten sie einen Schrei. Es war der Schrei eines Adlers. Ein riesiges Tier kam geflogen und verdunkelte die Sonne. Es flog einige Kreise über der Wiese mit den vielen Menschen, die auf ihr lagen und die von unseren vier Helden dort hingebracht worden waren. Der Vogel stieß einen weiteren Schrei aus und schickte sich an, neben Jodaryon, Wasgo und dessen Eltern zu landen.

Als der Adler endlich gelandet war, verbeugte sich der alte Zauberer vor dem Vogel, der weise war und Leben schenken konnte.

„Ich begrüße dich, mein weiser und gerechter Adler, ich bitte dich, uns zu helfen. Hier hinter mir auf der Wiese liegen gute Männer, die von Bossus durch einen Zauber zu seinen Werkzeugen gemacht wurden. Mein bester Freund ist auch unter ihnen. Er starb an meiner Seite in der großen Schlacht, die wir gegen den bösen Mann leider verloren hatten. Wir haben sie daran gehindert, weiterhin für Bossus Böses zu tun. Sie haben es verdient, wieder zum Leben erweckt zu werden. Du bist der Einzige, der das kann und darf. Bitte, mein Freund, Adler der Weisheit und des Lebens, bitte, hilf uns.“

„Ich habe alles beobachtet und ich habe gesehen, dass sich diese Männer, für die du dich einsetzt, keine Schuld auf sich geladen haben. Du bittest zu Recht um ihr Leben. Ich will dir und auch ihnen gerne diesen Wunsch erfüllen“, antwortete der Adler.

Kaum hatte er zu Ende gesprochen, als er sich den auf der jetzt grün gewordenen Wiese liegenden Männern zuwandte und seinen Schnabel öffnete. Er atmete kräftig aus. Aus seinem Schnabel entwich ihm sein Atem wie ein Nebel. Dieser Nebel senkte sich über die Wiese und hüllte die Männer ein. Danach sprach der Adler: „Ich habe getan, was ich tun konnte. Der Rest liegt nicht mehr in meiner Macht.“

Der edle Vogel verneigte sich vor Wasgo, seinen Eltern und Jodaryon, erhob sich in die Lüfte und flog davon. Der Nebel auf der Wiese aber senkte sich auf die dort liegenden Männer herab. Sie begannen, zu atmen, und sogen den Atem des Adlers des Lebens und der Weisheit ein. Sie atmeten mit ihm das erneute Leben ein. Nach und nach standen sie auf. Jodaryon konnte seinen Freund Deneb in seine Arme schließen. Glücklich sahen sie sich an.

Deneb fragte: „Was ist nur geschehen? Ich kann mich gar nicht mehr an alles erinnern.“ Dann sah er Jodaryon an und sagte: „He, mein Freund, bist du aber alt geworden.“

Der angesprochene Jodaryon lachte und klopfte seinem Freund auf die Schulter und antwortete: „Das, mein Freund, ist eine lange Geschichte. Ich werde sie dir erzählen, doch vorher muss ich dir diesen jungen Mann vorstellen.“

Jodaryon ging mit seinem langjährigen Freund Deneb, der ebenso ein Zauberer war wie er selbst, zu Wasgo und stellte ihn vor. Jodaryon sagte: „Dieser bemerkenswerte junge Mann ist Wasgo, der Sohn dieser Eheleute, Antares und Luziferine. Ohne Wasgo wäre die Welt nie gerettet worden.“

*****

Vor seiner Höhle stand Sinclair. Plötzlich blitzte und donnerte es. Die Wolken verzogen sich. Die Sonne schien auf die Erde hinab. Sinclair stellte sich in den Schatten, sodass keine direkten Sonnenstrahlen auf seinen Körper fallen konnten. Das hätte seinen sicheren Tod zur Folge gehabt. Er freute sich trotzdem. Dass die Sonne zu scheinen begann und die Wolken verschwanden, konnte nur bedeuten, dass Jodaryon und Wasgo Bossus besiegt hatten. Er lief zurück in die Höhle. Dort berichtete er seinen Vampiren, dass sich der gemeinsame Kampf um die Welt gelohnt hatte. Die Welt war gerettet. Nun konnten auch wieder die Vampire das tun, weshalb sie auf der Welt waren.

*****

Die alte Frau, die Luziferine und Antares auf ihre alten Tage noch bewirtet und ihnen ein Dach für eine Nacht über den Kopf gegeben hatte, saß auf einen Schemel vor ihrer Kate. Auch sie sah die Blitze und hörte den Donner. Auch sie sah, dass sich die Wolken auflösten. Auch sie sah die Sonne. Sie fiel auf die Knie und schaute der Sonne entgegen. Tränen rannen ihr über ihr Gesicht. Sie war nun so alt geworden, schon über neunzig Jahre, und endlich wurde ihr doch noch ihr sehnlichster Herzenswunsch erfüllt. Einmal nur in ihrem Leben wollte sie die Sonne sehen. Sie sah noch mehr als nur einmal die Sonne. Sie konnte sich auch eine grüne, blühende Almwiese ansehen und einen grünen, blühenden Wald. Und sie erlebte noch mehrmals die vier Jahreszeiten in ihren geliebten Bergen.

Teil 2
Luzifers Krieg

Für Paul Hahn

Prolog

Die Ewige Nacht war endlich vorbei. Die Zauberer Jodaryon und Wasgo hatten gemeinsam mit Wasgos Eltern Antares und Luziferine den bösen Herrscher der Welt im Kampf besiegt. Die Erde war vom Joch befreit, die dicken Wolken, die zuvor keinen Sonnenstrahl durchgelassen hatten, lösten sich auf. Endlich konnten die Wiesen und Wälder wieder grünen und blühen. Tagsüber schien die Sonne und die Temperaturen normalisierten sich. Der immerwährende Winter, der auf Dauer alles Leben auf der Erde vernichtet hätte, war vorüber.

Jedoch sind große, bleibende Schäden durch die Tyrannei des einstigen Herrschers der Welt, der sich Bossus nannte, geblieben. Viele Pflanzen konnten durch die fehlende Sonneneinstrahlung und den dadurch eisigen Temperaturen nicht überleben und das Antlitz der Erde hatte sich gewaltig verändert. Eingestürzte Berge und zerstörte Landschaften waren nur einige der Folgen der Ewigen Nacht, deren Ursache Bossus‘ böse Zauber waren. Die Natur konnte sich an solchen Orten nur sehr schwer erholen. Was einmal vernichtet war, konnte nicht wieder neu entstehen.

Viel schlimmer war aber, dass sehr viele Lebensformen nicht mehr existierten. Es gab nur noch wenige Zauberer auf dieser Welt, viele Tierarten waren vernichtet worden und man nannte sie fortan nur noch Fabelwesen oder Fabeltiere. Nach und nach entstand die Überzeugung, sie hätten nie existiert. Die Hexen und Geister hatten den Kampf gegen Bossus ausnahmslos nicht überlebt. Auch die Vampire waren nahezu ausgerottet; es gab nur noch die wenigen, die zu Sinclair, dem Herrn der Fledermäuse, gehörten, und vereinzelt auch noch einige andere, die sich vom Herrn der Fledermäuse abgewendet hatten.

Auch nach dem Ende der „Ewigen Nacht“ war Sinclair der Anführer der Vampire. Jedoch wendete er sich nun von den Menschen ab und zog mit seinen Getreuen nach Transsilvanien. Dort begannen die Vampire in der Nacht, Menschen zu jagen. Um weiterhin existieren zu können, benötigten sie dafür deren Blut. Und musste Sinclair nicht den Fortbestand der Vampire sichern? So geschah es, dass für Wasgo und Jodaryon aus einem ehemaligen Verbündeten ein erbitterter Gegner wurde.

Nachdem der schwarze Magier Bossus den alles entscheidenden Kampf gegen Jodaryon und Wasgo verloren hatte, hatte der Höllenfürst Luzifer nichts Eiligeres zu tun, als sich dessen Seele zu holen. Wo hätte es auch sonst eine Bleibe für die Seele Bossus‘ geben sollen? In der Hölle waren die schwarzen Seelen gut aufgehoben, wenigstens darauf sollte man vertrauen können. Doch Bossus' Seele nutzte die Gunst der Stunde gut, er wollte auf die Erde zurückkehren.

Bossus war ein böser Zauberer und Luzifer der Teufel. Der eine war schlau und gerissen, der andere verkörperte die Bosheit, war aber eben auch nicht gerade mit übermäßig viel Intelligenz gesegnet. So gewann Bossus immer mehr Einfluss auf Luzifer.

Nun schmorte also die schwarze Seele des einstigen Tyrannen im ewigen Feuer der Verdammnis, dem Höllenfeuer. Doch war sie immer noch gefährlich. Ständig zerbrach sie sich den Kopf, wie sie den besonders dummen Herrn des Fegefeuers für seine Zwecke missbrauchen konnte und auch Luzifer selbst stand dafür unter Bossus Einfluss.

Bossus' hatte einen Plan. Zunächst brauchte er wieder einen menschlichen Körper, um mit diesem unerkannt auf die Erde zurückkehren zu können. Dort konnte dann das Verhängnis erneut seinen Lauf nehmen. Um jeden Preis wollte er sich aus der Hölle lösen. Ob er den dummen Luzifer wohl übertölpeln konnte, oder sich gar zu einem Krieg gegen Wasgo und Jodaryon überreden ließ?

Denn das war es, was Bossus wollte. Er hoffte, so doch noch einmal den Einfluss auf das Weltgeschehen zu bekommen. Denn seiner Meinung nach stand ihm das zu. Nur brauchte er dafür einen neuen menschlichen Körper, nur einen einzigen lächerlichen menschlichen Körper! Wenn er den erst einmal hatte, ja dann sollte die Ewige Nacht wieder das Leben auf der Erde bestimmen! Der Himmel sollte für alle Zeiten wolkenverhangen sein, und zwar so, dass nicht der kleinste Sonnenstrahl durchkommen konnte. Ewige Finsternis sollte überall auf dem Planeten herrschen. Die Welt sollte Bossus ausgeliefert sein, niemand anderen als ihm stand die Macht auf der Erde zu! Er wollte wieder sein altes Regime aufbauen, das alle Bewohner der Erde unterdrückte und terrorisierte.

Die Welt gehörte den Starken und Mächtigen! Und Bossus war stark und mächtig! Nicht die Schwachen sollten regieren, dieses weinerliche und verlauste Pack, das sich, was die Dummheit und den Größenwahn betraf, nur noch mit Luzifer und dessen dämlichen Hofschranzen messen konnte! Dieses Pack gehörte versklavt oder ausgerottet, beides war Bossus schwarzer Seele recht. Nach Bossus‘ Überzeugung war nur einer vom Schicksal, von der Vorsehung auserkoren, die Weltherrschaft zu übernehmen, und das konnte nur er selbst, der große Bossus, sein, er Bossus, der größte Magier, den die Welt je gesehen hatte!

Vorbereitungen

Es war wieder ein strahlend sonniger Tag. Kein einziges Wölkchen befand sich am Himmel. Längst hatte sich die Natur von der ewigen Nacht erholt. Die Temperaturen waren angenehm, der Sommer hatte in der Bergwelt Einzug gehalten. Die Menschen gingen mit leichter Kleidung ihren Tagesgeschäften nach. Sie genossen die Natur und das schöne Wetter. Auf den Almwiesen blühten viele Blumen, die Gräser standen aufrecht der Sonne zugewandt und neigten sich leicht zur Seite, wenn der Wind mit ihnen spielte. Sie waren von einem leuchtenden und gesunden Grün gefüllt und von anderen, ebenso leuchtenden Farbklecksen geschmückt: hellblauen Vergissmeinnicht, gelben und blauen Enzian, roten Alpenrosen, gelben Löwenzahn und vielen weiteren Blumenarten, die auf den Bergwiesen gediehen. Ein friedliches, idyllisches Bild, das die Natur den Menschen in dieser Zeit bot.

Hummeln, Schmetterlinge, Bienen, Wespen, Libellen und andere Insekten summten um die Blumen herum und setzten sich manchmal auf sie nieder, um von ihrem Nektar zu trinken. Die Menschen beobachteten die Tiere und erfreuten sich an ihnen. Es waren nicht nur die Insekten, die die Herzen aller Menschen höherschlagen ließen, es waren auch Eidechsen, Eichhörnchen, Hasen, Füchse, Rehe oder Hirsche, die man nun täglich im Wald und auf den Wiesen sehen konnte. Auch Sperlinge, Meisen, Finken, Drosseln und Amseln oder Nachtigallen, die so schön ihre Lieder singen konnten, erfreuten immer wieder das Herz und die Seele der Menschen. Endlich konnten alle Lebewesen das Leben wieder genießen.

Seit Bossus gestürzt worden war, herrschte wieder ein reges und vor allem geordnetes Leben auf der Erde. Doch nun suchten die Menschen einen neuen Anführer. Wer sollte der künftige Herrscher der Welt werden? Bewerber für dieses Amt gab es genug. Der eine glaubte, er sei der richtige Kandidat, weil er zu den Reichen gehörte, der zweite, weil er viele Kinder mit seiner Ehefrau gezeugt hatte.

Das Land benötigte eben dringend Soldaten! Der dritte besaß mehr Körperkraft als jeder andere Mann und stets ging er aus jeder Prügelei als Sieger hervor!

Aber die Welt sollte doch nach Bossus' Gewaltherrschaft einen weisen und gerechten Herrscher bekommen!

Die Kandidaten, die sich für das Amt des Herrschers der Welt bewarben, brachen in einen heftigen Streit aus. Der Welt drohte ein neuer Krieg, weil jeder von ihnen das Oberhaupt der Welt werden wollte. Eine alte Frau schlug vor, dass Wasgo und Jodaryon gemeinsam regieren sollten. Sie glaubte, dass ihnen alleine das Amt zustand, weil schließlich sie es waren, die gemeinsam mit Antares und Luziferine die Welt von Terror, Willkür und Unterdrückung befreit hatten. Und ausgerechnet diese beiden Zauberer hatten sich nicht für das hohe Amt beworben. Man einigte sich darauf, eine Abordnung zu Jodaryon und Wasgo zu schicken, die sie überreden sollten, sich als Kandidaten aufstellen zu lassen.

Da die beiden Zauberer sich im benachbarten Tal niedergelassen, und sich dort jeder von ihnen ein kleines Häuschen gebaut hatte, war es nicht weiter schwierig für die Abordnung, sie zu treffen und mit ihnen zu sprechen. Jodaryon und Wasgo waren dafür bekannt, dass sie stets für ihre Mitmenschen ein offenes Ohr hatten, und wenn es ihnen möglich war, diesen nach besten Wissen und Kräften halfen.

So trafen die Delegierten Jodaryon und Wasgo bei einem gemeinsamen Mittagsmahl an.

„Wenn ihr es möchtet, können wir gerne gemeinsam essen", lud Jodaryon die unverhofften Gäste vergnügt ein. „Was können wir für euch tun? Und hört doch endlich mit euren unnötigen Verbeugungen auf!"

„Wir wollen euch untertänigst Bitten, dass ihr gemeinsam die neuen Herrscher der Welt werdet. Dieses Amt wird doch bald vergeben!", sagte der Anführer der Abordnung unter einer weiteren tiefen Verbeugung.

Jodaryon und Wasgo blickten sich gegenseitig ins Gesicht. Beide erkannten die Überraschung des anderen darin. Wasgo antwortete erschrocken: „Ich bin doch noch viel zu jung dafür!“

„Und ich will das nicht!“, rief Jodaryon.

Mit solch einer Reaktion hatten die Männer aus der Hauptstadt nicht gerechnet! Einer von ihnen fragte: „Aber warum denn nicht?“

„Aber warum braucht ihr einen neuen Herrscher der Welt?“, fragte Jodaryon zurück. „Überlegt doch mal: Was passiert wohl, wenn ihr den Falschen in dieses verantwortungsvolle Amt einführt? Jemanden, dem Recht und Gesetz egal ist? Einen wie Bossus zum Beispiel?“

„Damit das nicht geschieht, sind wir ja hier, Euer Hochwohlgeboren!“, meinte ein Gesandter.

„Ihr sollt nicht so vor uns Katzbuckeln“, sagte Jodaryon laut, unterwürfige Menschen regten ihn auf.

„Jawohl, hochwohlgeborener Jodaryon“, erwiderte der Gesandte.

„Hochwohlgeboren! Das bin ich doch nicht! Hochwohlgeboren, gibt es so etwas überhaupt?!“, knurrte der alte Magier.

„Wenn dieses Amt jemand zusteht, dann doch wohl euch!“, fuhr der Gesandte fort, „schließlich wart ihr es doch, die die Welt von Terror, Willkür und Unterdrückung befreit habt.“

„Aber nur, weil meine Eltern uns dabei geholfen haben“, erklärte Wasgo ernst.

„Also gut“, sagte Jodaryon. „Ihr wollt, dass wir die Weltherrschaft übernehmen? Ist das so richtig?“

„Na, ja“, stotterte einer aus der Delegation, „wir haben eben gedacht ..., dass ...“

„Ihr keinen anderen findet, der Herrscher der Welt werden will?“, ergänzte Jodaryon den Gesandten. Dieser schwieg.

Ohne es zu bemerken, blickte Jodaryon nachdenklich zu Wasgo herüber. Dieser wagte, sich nicht in das Gespräch einzumischen. Jodaryon würde es schon richten. Und so war es auch.

„Wasgo, du hast gehört, was diese Herren von uns wollen. Was sagst du eigentlich dazu?“

„Was soll ich schon dazu sagen? Vielleicht sollten wir beide alleine darüber reden? Ich glaube, das wäre nur fair!“

„Also gut“, antwortete Jodaryon und bat die Abordnung um etwas Bedenkzeit. „Bleibt nur hier sitzen und lasst es euch schmecken, wir sind in ein paar Minuten wieder bei Euch.“

Damit stand er auf und ging aus dem Haus auf den Hof hinaus. Wasgo folgte ihm. Im Hof setzten sie sich auf eine Bank. „Warum willst du nicht die Regierung übernehmen?“, wollte der alte vom jungen Zauberer wissen.

„Also, nein, ich kann das nicht, bin doch viel zu jung dafür! Lass du dich doch zum Herrscher der Welt ausrufen, du kannst doch die Bedingungen dafür festlegen“, meinte Wasgo.

„Und welche Bedingungen sollen das sein?“, fragte Jodaryon.

„Zum Beispiel, dass du im Auftrag der Menschen handelst und sie alle gleichgestellt sind. Und du die Regierung nur für eine bestimmte Zeit übernimmst und dir dann ein anderer folgen soll“.

Jodaryon lächelte und klopfte seinem jungen Freund anerkennend auf die Schulter: „Sehr gut, mein Junge. Fünf Jahre sind eine angemessene Zeit für eine Regierung. Und wenn ich es machen sollte, will ich mir meine eigenen Berater aussuchen. Aber nun erkläre mir mal, warum du nicht Herrscher der Welt werden willst!“

„Ach, Jodaryon, ich will nicht Herrscher der Welt werden, ich kann das doch nicht!“, rief Wasgo noch einmal. „Überlege doch: Wie soll ich das können? Warum müssen mich denn immer alle Menschen so sehr überschätzen und auch überfordern? Eigentlich will ich doch einfach nur so leben, wie alle anderen jungen Leute in meinem Alter das auch tun!

Weißt du, Jodaryon, es ist das eine, ein Abenteuer zu bestehen, dabei gegen Bossus zu kämpfen, wobei du mir mehrmals dabei das Leben gerettet hast, aber etwas vollkommen anderes, zu regieren. Das ist doch viel verantwortungsvoller und auch noch viel schwieriger. Bitte, Jodaryon, mache du das! Lass du dich zum Herrscher der Welt ausrufen! Ich habe doch überhaupt noch nie regiert und gar keine Erfahrung damit!“

Jodaryon dachte über Wasgos Worte nach. Er schaute in die Ferne, auf die Berge und doch nahm er nichts von dem wahr. Herrscher der Welt! Viele schwerwiegende Entscheidung musste er als solcher treffen, sollte er das Amt tatsächlich annehmen. Solche Entscheidungen waren nicht immer einfach, zu treffen, vielen Menschen würden sie nicht immer gelegen kommen, ihnen vielleicht sogar wehtun. Als Herrscher der Welt war er nicht nur der Wächter für den Frieden, auch musste er sich vielleicht einmal für einen Krieg entscheiden. Als Wasgo gar nicht mehr damit rechnete, dass Jodaryon ihr Gespräch weiterführen wollte, sagte dieser plötzlich: „Und ich, habe ich etwa Erfahrungen im Regieren? Ich habe fünfhundert Jahre in meiner Einöde festgesessen, konnte über viele Dinge nachdenken! Aber über das Regieren habe ich nicht nachgedacht." Jodaryon schwieg wieder und Wasgo wagte es nicht, Jodaryon weiter zu bedrängen. Der werde schon noch weiterreden, wenn er dafür bereit war. Der junge Mann wollte die Gedanken seines Freundes und Lehrers nicht unterbrechen! Eine Weile herrschte Schweigen auf dem Hof. Dann aber sprach der alte Mann doch noch weiter: „Gut, ich werde es machen, aber nur, wenn ich mir meine Berater selbst aussuchen darf. Hörst du? Und jetzt sage ich dir was, ich will, dass du mein engster Berater wirst!"

„Aber ..."

„Kein Aber, mein Junge! Wir haben schon ganz andere Dinge geschafft! Gemeinsam schaffen wir das Regieren auch! Und jetzt sagen wir der Gesandtschaft, was wir beschlossen haben! Und ich hoffe, dass die ihre blöden Verbeugungen endlich abgelegt haben!"

Sie gingen zurück ins Haus und Jodaryon sagte: „Ich nehme euer Angebot an. Vielen Dank für euer Vertrauen, dass ihr damit in mich setzt. Ich werde es bestimmt nicht enttäuschen. Im Gegenteil will ich nichts Unrechtes tun, euch vor Gefahren beschützen, und als euer Herrscher mich stets um euer Wohlergehen kümmern. Und Wasgo soll dabei an meiner Seite sein, er wird mein engster Berater!"

Ein Mann der Abordnung bedankte sich bei den beiden Magiern und freute sich, dass die Gesandten mit einem Erfolg in die Hauptstadt zurückkehren konnten. Mit Verbeugungen verabschiedeten diese sich von den Zauberern und verließen rückwärts und unter weiteren Verbeugungen demütig Jodaryons Haus.

*****

Immer näher rückte der Tag der Ausrufung Jodaryons zum Herrscher der Welt. Überall auf der Erde bereiteten sich die Menschen auf dieses Ereignis vor. Besonders intensiv verliefen die Vorbereitungen in der Hauptstadt, in der nun auch Jodaryon und Wasgo wohnten. Sie lag in einem einmalig schönen Gebirge, das wir heute unter dem Namen Alpen kennen. Und hier begann der weitere Verlauf der Geschichte, die die Legende von Wasgo erzählt.

*****

Antares und Luziferine wohnten in einem wunderschönen Tal und somit brauchten sie sich um die bevorstehenden Feierlichkeiten keine Gedanken zu machen. Sie lebten glücklich in den Tag hinein und erledigten nebenher ihre Aufgaben, eben so, als sei jeder Tag ein Feiertag. Wie schön es doch war, wenn die Strahlen der Morgensonne in ihre Hütte fielen! Wie prächtig die Natur geworden war, wie vielfältig die Grüntöne der Wälder und der Wiesen waren! Im Kontrast dazu leuchteten die Schneefelder auf den hohen Bergen im strahlendsten Weiß! Ein Leben ohne Sonne konnten sie sich gar nicht mehr vorstellen. Und so wurde jetzt im Sommer jeden Morgen ihr Frühstück, wenn das Wetter es zuließ, im Freien eingenommen. Schon am Abend vorher freuten sie sich auf den kommenden Tag und ihr Frühstück, dass sie stets zu einem neuen und schönen Ereignis machten.

An einem besonders schönen Morgen mit strahlendem Sonnenschein, der einen warmen Tag versprach, erschien eine vielleicht vierzigjährige Fremde an ihrem Frühstückstisch vor dem Häuschen und fragte, ob hier Antares, Wasgos Vater, wohne.

„Ja, das bin ich", antwortete Antares, „Und das ist meine Frau Luziferine. Was kann ich für dich tun?"

„Die Herren Jodaryon und Wasgo schicken mich. Ich soll dir ausrichten, dass die Feierlichkeiten zur Ausrufung des Weltenherrschers in genau einem Monat in der Hauptstadt stattfinden werden. Im Namen von Jodaryon und Wasgo soll ich euch zu dieser Feier einladen. Wasgo bittet dich, mir mitzuteilen, wann mit eurer Ankunft gerechnet werden kann. Er lässt fragen, ob ihr aus eigener Kraft in den Palast der Hauptstadt kommen wollt oder ob sie euch mithilfe eines Zaubers in euer Gästezimmer im Palast bringen sollen."

„Oh je, was für ein Aufwand wegen uns!", rief Luziferine aus.

„Jetzt setze dich doch erst einmal zu uns und frühstücke“, sagte Antares zu der Fremden. „Du hast einen weiten Weg hinter dir, du musst doch völlig erschöpft und ausgehungert sein!“

„Komm zu mir auf die Bank, sie ist zwar etwas schief, dafür aber stabil“, sagte Luziferine augenzwinkernd. Denn die Bank hatte Antares mit dem Einsatz seiner magischen Kräfte zusammengenagelt, weil er an dem Tag, als Luziferine ihn darauf aufmerksam gemacht hatte, dass sie noch eine Bank für draußen brauchten einfach zu faul war, sie auf herkömmliche Weise zu bauen. Das Ergebnis gab seit dem stets Anlass zu Spötteleien.

Zum Frühstück ließ sich die Fremde nicht zweimal auffordern. Schnell setzte sie sich zu Luziferine auf die Bank, und begann mit einem Appetit zu essen, den das Ehepaar so noch nicht erlebt beziehungsweise gesehen hatte. Sie aß große Mengen an Käse und Dauerwurst mit sichtlich riesigem Vergnügen und lobte mehrmals den vortrefflich guten Geschmack der edlen Speisen.

Luziferine wurde immer ungeduldiger. Sie brannte darauf, zu erfahren, was es in der Welt und vor allem in der Hauptstadt Neues gab. Doch sie beherrschte sich, wenn auch mühsam, und ließ die Frau in Ruhe essen und sich erholen. Erst dann stellte sie ihre Fragen. Schließlich erhoffte sie sich Aufschluss über das Gerücht, dass die Vampire ihre Höhle in den Bergen verlassen hätten. Wie es hieß, wollten sie dort oben nicht länger eine klägliche Existenz fristen. So seien sie nach Transsilvanien gezogen, wo sie, wie sie glaubten, ihren Fortbestand bequemer als in der Bergwelt sichern konnten. Auf dem Weg dahin hatten sie angeblich schon einige Menschen durch ihren Biss zu Vampiren gemacht. Fast jeden Tag seien neue hinzugekommen.

„Das scheint zu stimmen“, bestätigte die Botin. „In der Hauptstadt hat sich das wohl noch nicht herumgesprochen, aber auf meiner Reise habe ich einiges gehört. Und wisst ihr, was noch passiert ist? Einige der Menschen, die die Vampire gebissen haben, haben sich gleich darauf in die Sonne gestellt und sind dadurch zu Asche zerfallen. Besser sterben, als bis in alle Ewigkeit als Vampir leben zu müssen, haben sie sich wohl gedacht. So viel Mut! Und so viel Verzweiflung!“ Einen Augenblick schien die Fremde den Tränen nahe zu sein, hatte sich aber doch unter Kontrolle.

„Das ist ja schlimm, die armen Menschen“, seufzte Luziferine entsetzt. „Kann es nicht einfach nur überall auf der Welt Frieden geben? Wie kann Sinclair so etwas zulassen, ich kann es kaum glauben.“

„Doch, doch, das ist bestimmt so, das weiß ich mit Gewissheit, leider stimmt das. Und ja, Sinclair ist tatsächlich immer noch der Anführer der Vampire“, bestätigte die Botin.

„Da muss man doch etwas dagegen unternehmen“, fuhr Luziferine fort. „Ich meine, auch wenn Sinclair so viel für uns getan hat, darf man ihm das doch nicht so einfach durchgehen lassen ...“

„So leid es mir tut“, meinte Antares, „man kann die Menschen den Vampiren nicht schutzlos ausgeliefert lassen, sei es in Transsilvanien oder auf den Weg dorthin. Man muss ihnen Einhalt gebieten!“

„Aber wie? In dem du mit Sinclair redest? Wir kennen ihn doch von früher“, überlegte Luziferine.

„Wenn er mit sich reden lässt, ich fürchte, dass es am Ende auf einen Kampf hinausläuft“, antwortete Antares.

Für einen Augenblick herrschte betretenes Schweigen. Immerhin waren die Vampire gegen Bossus wichtige Verbündete der Menschen und Zauberer gewesen, ja, sogar Freunde. Und wer verliert schon gerne einen Freund?

Antares ergriff wieder das Wort: „So leid es mir um Sinclair tut, aber Notfalls müssen die Vampire vom Antlitz der Erde gefegt werden!"

„Aber, das ist ja schrecklich, denkst du auch einmal daran, was der arme Sinclair uns alles Gutes getan hat?"

„Aber Luziferine, denk doch mal nach, eine andere Möglichkeit gibt es doch nicht. Entweder die Menschen oder die Vampire!"

Luziferine wechselte schnell das Thema. So bat sie die Botin, von den bevorstehenden Feierlichkeiten anlässlich der Ausrufung Jodaryons zum Herrscher der Welt zu erzählen, was diese gerne tat. Sie erzählte, dass sich die Menschen immer noch über das Ende der Ewigen Nacht freuten und sie wieder das Sonnenlicht genießen konnten, gerade jetzt im Sommer. Überall hatte die Natur zum Leben zurückgefunden.

Nach dem Frühstück brach Luziferine sehr zur Freude der Botin mit dieser zu einem Spaziergang auf, um ihr das Dorf und dessen Umgebung zu zeigen. Währenddessen traf Antares ein paar Reisevorbereitungen.

Schon nach weniger als zwei Stunden kehrten die Frauen zurück. „Wie schön es ihr hier habt, das reinste Paradies!", schwärmte die Botin. „Die riesigen Berge, die viel höher sind, als die, an denen die Hauptstadt liegt. Und der Schnee auf den Bergen, wie er in der Sonne glänzt und glitzert! Und die Wiesen mit ihren vielen Blumen. Noch nie in meinem ganzen Leben habe ich so etwas Schönes gesehen. Aber die Namen der Blumen, die Luziferine mir alle genannt hat, habe ich schon wieder vergessen, die meisten davon jedenfalls!"

„Wart ihr auch auf der Alm?", fragte Antares. „Dort blüht es jetzt so richtig!"

„Nein, Antares", antwortete die Fremde, „ich muss zurück in die Hauptstadt. Jodaryon und Wasgo warten dort auf mich. Ich bitte euch: Gebt mir eine Nachricht an die beiden mit! Was soll ich ihnen ausrichten?"

Das Paar beauftragte sie, den beiden mitzuteilen, dass es alleine reisen und pünktlich einen Tag vor den Feierlichkeiten in der Hauptstadt eintreffen werde. Ihretwegen sollte kein großer Aufwand betrieben werden. Antares und Luziferine wollten in der Hauptstadt wohnen wie einfache Besucher. Aber an den Feierlichkeiten wollten sie auf jeden Fall teilnehmen.

Wasgos Eltern bestanden darauf, die Botin noch für eine weitere Nacht zu beherbergen. Sie wollten die Frau für den Heimweg reichlich mit Lebensmitteln versorgen, doch konnten sie diese erst am Abend in ihrem Dorf besorgen.

Am nächsten Morgen überreichte Luziferine der Botin ein großes Proviantpaket mit Brot, Wurst und Speck. Die fühlte sich gut erholt und ausgeruht und brach nach einem letzten gemeinsamen Frühstück mit ihren Gastgebern auf, um in die Hauptstadt zurückzukehren. Sie wollte, so schnell es ihr möglich war, Wasgo und Jodaryon von Luziferines und Antares' bevorstehenden Besuch zu den Staatsfeierlichkeiten informieren. Außerdem musste sie ihnen unbedingt über die Neuigkeiten berichten, von denen sie während ihrer Reise erfahren hatte. Vor allem über die Vampire.

*****

Die Zeit verging und der Tag, an dem Jodaryon zum Herrscher der Welt ausgerufen werden sollte, rückte immer näher. Schon am Vorabend des großen Feiertages wurden Wasgos Eltern in der Hauptstadt erwartet. Am Stadttor wollte Wasgo sie empfangen und in den Palast begleiten.

Während sich alle auf das Fest freuten, wollte bei Jodaryon und Wasgo keine rechte Stimmung zum Feiern aufkommen. Dazu sorgten sie sich zu sehr um die Menschen in Transsilvanien. Was tun zu deren Schutz? Klar, die Vampire brauchten Menschenblut, um existieren zu können. Das jedoch konnten sie nur bekommen, indem sie Menschen jagten, ihnen in den Hals bissen und von ihrem Blut tranken. Damit wurden die Menschen selbst zu Vampiren und mussten dem dienen, der sie gebissen hatte. Aber auch dem Herrn der Vampire waren sie unbedingten Gehorsam schuldig.

Also, was tun? Gemeinsam berieten sich Wasgo und Jodaryon. Zum Äußersten, also zu einem Krieg gegen die Wesen der Finsternis, wollten sie es nicht kommen lassen, immerhin waren sie einmal Verbündete im Kampf gegen Bossus gewesen. Und wie hätte Wasgo vergessen können, was Sinclair, der Herr der Vampire, für ihn und seine Eltern getan hatte! Hatte er als Kind Sinclair nicht sogar Onkel genannt? Das war es, das war die Chance, Wasgo sollte „Onkel" Sinclair einen Besuch abstatten. Er sollte die Vampire dazu bewegen, die Menschen in Frieden zu lassen. Aber ob das dem jungen Mann gelingen konnte?

Wenn die beiden Zauberer doch nur gewusst hätten, dass die Vampire noch ihre geringste Sorge waren! Es gab jemanden, der etwas dagegen hatte, dass Menschen und Zauberer in Frieden lebten. Ein Krieg warf seine dunklen Schatten voraus. Nur konnte das zu diesem Zeitpunkt noch kein Magier und erst recht kein gewöhnlicher Mensch ahnen.

Der neue Herrscher der Welt

Die Vorbereitungen zum Fest liefen auf Hochtouren. Das wirkte sich auch für Jodaryon und Wasgo aus. Überall war ihr Rat gefragt. Dem einen reichte ein Hinweis aus, um ein bestimmtes Problem zu lösen, dem anderen mussten sie helfen, etwas zu organisieren. Oft wollten die Menschen auch einen Rat von den beiden Zauberern haben. Und manchmal sollten sie auch mit einem Zauber aushelfen. Und dann gab es auch noch diese Beratungen, die so viel Zeit erforderten, Zeit, die Jodaryon und Wasgo nicht hatten. Trotzdem mussten sie an ihnen teilnehmen, weil viele organisatorische Dinge dabei geklärt wurden, wofür sie sonst noch mehr Zeit hätten aufwenden müssen. Und wenn die Arbeit noch so viel war, auf keinen Fall hätte Wasgo es sich nehmen lassen, am Stadttor seine Eltern zu empfangen. Kaum konnte er es abwarten, sie endlich wieder in seine Arme zu schließen.

Für Jodaryon plante er eine ganz besondere Überraschung. Dem zukünftigen Herrscher der Welt wollte er mit einem Zauber ein noch nie da gewesenes Spektakel präsentieren. Nur musste dafür bereits die Sonne untergegangen sein, damit das, was er vorhatte, den gewünschten Eindruck hinterlassen konnte. Denn alle, die davon Augenzeugen werden sollten, sollten etwas ganz Besonderes und noch nie Dagewesenes erleben und diesen Abend ihr Leben lang nicht mehr vergessen. Das war Wasgos Wunsch. Fast in jeder freien Minute ging er im Stillen noch einmal alle Zauber durch, die er ausführen wollte, um am Himmel Lichterkugeln entstehen zu lassen. Diese Lichterkugeln sollten dann mit lautem Knall zerplatzen und zu immer neuen Lichterkugeln in allen nur denkbaren Farben werden. Dazu sollte im Hintergrund Musik ertönen, Musik, wie sie noch kein menschliches Ohr bis dahin vernommen hatte. Wenn, ja, wenn ihm dieser sensationelle Zauber gelang, dann konnte er zu den bedeutendsten Magiern aller Zeiten aufsteigen. Dann wäre sein Name endgültig in aller Munde.

Zu diesem Zeitpunkt konnte er noch nicht ahnen, dass seine Zauberkräfte bald ungleich härteren Prüfungen unterworfen werden sollten!

Als ihn ein junger Soldat ansprach, bemerkte er es zunächst nicht, so sehr war er in seine Gedanken vertieft.

„Herr, deine Eltern sind soeben angekommen und erwarten dich", wiederholte der Soldat.

„Was sagst du?", fragte Wasgo zerstreut.

„Deine Eltern sind angekommen und warten auf dich, Herr."

Wasgo bedankte sich bei dem Soldaten, indem er ihm ein großes Geldstück in die Hand drückte, und verschwand. Ungläubig betrachtete der Soldat die große Münze, und ehe er sich für diese unvermutete Großzügigkeit bedanken konnte, war der junge Mann schon außer Sichtweite. Wasgo rannte, so schnell er konnte, zu seinen Eltern. Dabei dachte er überhaupt nicht an einen Zauber, mit dem er sehr viel schneller und bequemer an sein Ziel gelangt wäre.

Luziferine fiel ihrem Sohn vor lauter Wiedersehensfreude spontan um den Hals und drückte ihn an sich. Antares ließ seiner Frau den Vortritt und umarmte Wasgo nach ihr, kurz, aber sehr herzlich. Danach begleitete der junge Mann seine Eltern in den Palast und brachte sie in das für sie vorgesehene Zimmer.

Als sich Antares und Luziferine etwas häuslich eingerichtet hatten, fanden sie Zeit, sich mit ihrem Sohn zu unterhalten.

Wasgo erzählte von den Vampiren. Er habe sich mit Jodaryon darauf geeinigt, dass jemand die Vampire in Transsilvanien aufsuchen sollte, um mit Sinclair zu reden und ihn zur Einhaltung des Friedens zu zwingen.

„Da wird euer Unterhändler aber wenig Glück mit seiner Mission haben", antwortete Antares.

„Warum denkst du das, Vater?"

Die Antwort übernahm Luziferine: „Weil Vampire Menschenblut benötigen, um existieren zu können!"

„Mutter, da irrst du aber etwas. Wie hätten die Vampire denn die Ewige Nacht überleben können? Immerhin waren sie Verbündete der

Menschen und haben sie in der Zeit des gemeinsamen Kampfes gegen Bossus vollständig verschont. Sie hielten sich an Katzen."

Antares blieb skeptisch. „Wie dem auch sei, leicht wird diese Mission ganz sicher nicht sein. Wenn es dumm läuft, dann gibt's Krieg. Ich hoffe ja, dass es nicht so weit kommt, denn das bedeutet den sicheren Untergang der letzten Vampire. Sie können nicht gegen uns bestehen, dazu sind wir einfach zu viele."

Wasgo überlegte einige Sekunden und antwortete: „Ich will jetzt nicht darüber nachdenken. Morgen wird Jodaryon zum Herrscher der Welt ernannt und dem Volk vorgestellt. Danach wird es ein großes Fest geben. Ihr werdet selbstverständlich bei beiden Ereignissen einen Ehrenplatz haben!"

*****

Am nächsten Tag, gleich nach dem Frühstück, war es endlich so weit. Jodaryon sollte durch einen Minister zum Herrscher der Welt ausgerufen werden. Anschließend sollte eine Feier mit Freibier und anderen freien Getränken und Speisen für alle stattfinden. Jeder Gast sollte sich wenigstens einmal so richtig satt essen können. Überall in der ganzen Hauptstadt hatte man Stände errichtet, mit den verschiedensten Fleisch- und Wurstgerichten, mit allerlei Gemüse und nicht zuletzt süßen Leckereien zum Nachtisch. Das alles sollte für jeden Teilnehmer des Festes kostenlos ausgeteilt werden. Die ganze Stadt sollte feiern und die Nacht zum Tag machen.

An den Palast musste sich Jodaryon erst einmal gewöhnen. Am liebsten wäre er in einer der vielen Gastschenken geblieben. Aber als der zukünftige Herrscher der Welt musste er immer präsent sein und so war es erforderlich, dass er im Palast wohnte, ebenso wie sein gesamter Regierungs- und Beraterstab, einschließlich Wasgo. Auch wenn er die dortigen Gemächer eine Spur zu protzig empfand und sich zunächst nicht so recht zu Hause fühlte.

Und so stand er mitten in seinem Zimmer, umgeben von seinen Bediensteten, Kammerherren und politischen Ratgebern, Männern von unterschiedlichem Alter. Während er von zwei Kammerdienern feierlich angekleidet wurde, sprach ein anderer mit ihm zum tausendsten Mal über den Ablauf des heutigen Tages. Jodaryon war aufgrund des ganzen Trubels etwas missgestimmt. Viel lieber hätte er sich alleine angezogen und dabei seine Ruhe gehabt. Aber nein, das war unmöglich. So war es eben, wenn man ein bedeutender Staatsmann war. Da war es vorbei mit der Ruhe.

Einer seiner Kammerherren, der seinem Herrn beim Ankleiden behilflich war, bekam Jodaryons Unmut zu spüren. Der junge Mann wollte ihm einen Knopf an seinen Beinkleidern schließen und dabei klemmte er Jodaryons Bauch etwas ein. „Kannst du nicht aufpassen, du kleiner Tölpel?“, brauste Jodaryon auf. Im nächsten Augenblick schon bedauerte er seine Worte. Der Bursche hatte das doch nicht absichtlich getan. Sofort entschuldigte er sich bei dem jungen Mann: „Es tut mir leid, dass ich dich eben angeschnauzt habe. Das ist nicht meine Art. Aber das alles hier geht mir etwas auf die Nerven. Ich muss es erst lernen, mit so einem Rummel um meine Person zu leben, obwohl ich das überhaupt nicht mag und auch nicht will. Ich bin doch immer noch der gleiche Jodaryon, der ich früher auch war.“

Der junge Bedienstete sah Jodaryon lächelnd an und erwiderte: „Es ist schon gut, ich glaube es dir gerne, Herr, dass es für dich alles nicht einfach ist.“

„Das ist es in der Tat nicht“, rief Jodaryon erleichtert aus. Er war froh, dass der Kammerherr ihm seine Unbeherrschtheit nicht verübelte.

Doch jetzt mischte sich einer seiner Minister ein und sprach: „Trotzdem bist du jetzt der Herrscher der Welt und musst das auch nach außen hin repräsentieren. Also noch einmal. Nach deiner Einführung in das Amt musst du eine erste Gerichtsstunde halten, in der du deine Weisheit und deinen Gerechtigkeitssinn dem Volk offenbarst. Du vertrittst das Gesetz und sollst ein gerechtes Urteil fällen, dem sich die Kläger und die Angeklagten zu unterwerfen haben. Erst danach beginnen die Feierlichkeiten in der ganzen Stadt und auch im gesamten Land. Das Volk erwartet dich nach deiner Ausrufung zum Herrscher auf dem Festplatz vor dem Palast. Die Menschen wollen dich sehen und dir huldigen. Du musst ihnen für ihre Geschenke danken, die sie dir freiwillig übergeben wollen."

„Ach, ja?", knurrte Jodaryon halblaut. „Darauf wäre ich jetzt nicht gekommen."

„Du darfst keine Fehler machen", fuhr der Minister unbeirrt fort, „denn du bist ab heute der wichtigste Staatsmann der Welt! Denke daran: Nur ja keine Fehler! Schon der kleinste Fehler ..."

Hier platzte Jodaryon nun doch der Kragen. „Das weiß ich doch alles selbst! Nun störe hier nicht weiter. Du bleibst einfach in meiner Nähe und wirst mich beraten oder mich daran hindern, einen Fehler zu begehen, dann klappt schon alles. Aber jetzt gib endlich Ruhe! Ich will, dass endlich die Zeremonien beginnen können. Du hörst doch, wie das Volk nach mir ruft. Aber so, wie ich jetzt aussehe, noch halb nackt, kann ich ja wohl nicht gut jemanden gegenübertreten."

Halb nackt war er selbstverständlich nicht, denn die Beinkleider waren schon längst angelegt worden, es fehlte nur noch das feierliche Gewand des mächtigsten Mannes der Welt, das aus Samt und Seide bestand und in goldenen und blauen Farben leuchtete. Ein Umhang in denselben Farben sollte Jodaryons Amtskleidung vervollständigen.

Mit einem „Wie du wünschst, Herr" zog sich der Minister etwas beleidigt zurück. Wenn man ihn nicht zu brauchen glaubte, bitte, bitte! Aber er sorgte dafür, dass niemand mehr die Gemächer des Herrschers der Welt betrat. Der weise Zauberer sollte sich ungestört auf den anstrengenden Tag vorbereiten. Aber seine Laune könnte doch besser sein. Trotzdem hatte der erste Minister Verständnis für Jodaryon. Immerhin war es tatsächlich nicht einfach, solch einen Tag zu überstehen, wenn man mit den Staatsgeschäften nicht vertraut war. Das Gewusel um den zukünftigen Herrscher der Welt förderte selbstverständlich nicht sein Wohlbefinden, im Gegenteil machte es ihn nervös. Und sicherlich taten die Bedenken, ob Jodaryon dem Amt auch gerecht werden konnte, dabei ihr Übriges. Auch ein Zauberer durfte einmal an sich selbst zweifeln.

Eine halbe Stunde später erschien der festlich gekleidete Jodaryon mit seinem Regierungsstab auf dem Balkon des Palastes. Auch Wasgo war dabei. Antares und Luziferine standen in der ersten Reihe auf dem Festplatz und konnten das weitere Geschehen gut beobachten. Sie waren voller Stolz auf ihren Sohn und bestens gelaunt. Gegenseitig stießen sie sich sanft an und waren glücklich, diesen Tag erleben zu dürfen. Liebevoll legte Antares seiner Frau seinen Arm um die Schulter und sagte: „Das muss man sich mal vorstellen: Unser Sohn, unser kleiner Wasgo, ist nun bald der zweite Mann im Land der Berge. Ich freue mich ja so, dass alles gut ausgegangen ist."

„Er wird die Menschen immer gerecht behandeln, so wie Jodaryon es auch tun wird", meinte Luziferine glücklich und lächelte ihren Mann freundlich an.

Auf dem Balkon des Palastes trat jetzt der erste Minister in den Vordergrund. Mit einer theatralischen Geste brachte er die aufgeregte, wild durcheinanderschwatzende Menschenmenge zur Ruhe. Wichtigtuerisch sah er auf sie herab und begann mit lauter Stimme zu sprechen: „Wir sind hier heute an diesem schönen und sonnigen Tag zusammengekommen, um ein denkwürdiges Ereignis mitzuerleben. In wenigen Augenblicken werden wir einen neuen Herrscher der Welt in sein wichtiges und verantwortungsvolles Amt einführen, nämlich den mutigen Mitbefreier unseres geliebten Planeten, den ehrenwerten und weisen Herrn Jodaryon."

Der Minister holte einmal tief Luft, wischte sich zum wiederholten Mal den Schweiß von der Stirn und fuhr danach mit seiner Rede fort. In ihr würdigte er ebenso wortreich wie wortgewaltig Jodaryons und Wasgos Verdienste um die Befreiung der Welt von Bossus' Gewaltherrschaft. In seinem Redeschwall bemerkte er nicht, dass sich einige auf dem Balkon über ihn lustig machten.

„Eigentlich ist ja längst alles gesagt, nur noch nicht von ihm", sagte Wasgo halblaut zu seinem Nachbarn.

„Pst!", zischte Jodaryon, der Wasgos Bemerkung gehört hatte. „Alles zu seiner Zeit!"

Endlich beendete der Minister seine Lobeshymne und legte eine kleine, bedeutungsvolle Pause ein. Danach fragte er mit vor Erregung vibrierender Stimme: „Ehrenwerter Herr Jodaryon, bist du gewillt, das Amt des Herrschers der Welt zu übernehmen, es gerecht auszuüben, stets all deine Weisheit bei der Erfüllung der Aufgaben, die dieses Amt von dir abverlangt, einzusetzen und dem Wohle aller Bewohner unseres Planeten zu dienen?"

Mit seiner tiefen Bassstimme antwortete der Angesprochene feierlich: „Ja, das will ich!"

„Wir haben einen neuen Herrscher der Welt", rief nun der erste Minister laut und zufrieden der Menschenmenge entgegen.

Mit lautem Lachen und Jubeln reagierten die Festgäste auf diese Worte. Die schon jetzt fröhlich feiernde Menschenmenge skandierte Hoch-lebe-Jodaryon-Rufe. Der erste Minister ließ die Menschen einige Augenblicke gewähren, danach forderte er mit einer energischen Handbewegung die Leute auf dem Festplatz erneut auf, Ruhe zu halten, damit er die Zeremonie beenden konnte, und fuhr in seiner Erklärung fort.

„Der neue Herrscher der Welt ist der Herr Jodaryon, Leiter der Gilde der Zauberer. Möge er stets und für alle Zeiten gerecht unserem Volke dienen. Dass er dazu willens und fähig ist, wird er uns jetzt sofort bei einer ersten Gerichtssitzung beweisen."

Immer wieder wurde der Minister, sichtlich zu seinem Missfallen, von den jubelnden und die Feier herbeisehnenden Menschen unterbrochen. Dass sich aber auch keiner an die Regeln halten konnte! Doch auf einen kleinen Wink Jodaryons hin ließ er sie gewähren. Nach fünf Minuten brachte Jodaryon sie mit einer halbkreisförmigen Handbewegung schlagartig zum Schweigen. Nun konnte er sich mit ein paar Worten für das Vertrauen, das man ihm entgegenbrachte, bedanken und versprach nochmals, alle seine Kraft zum Wohle aller Erdenbewohner einzusetzen und für die Zeit seiner Regierung stets Gerechtigkeit walten zu lassen. Zum Abschluss seiner Rede gab er bekannt, dass er nun Gericht vor dem Volk auf dem Festplatz halten wollte. Wieder brauste lauter Beifall auf.

Jodaryon verließ mit seinem Gefolge den Balkon des Palastes und ging mit Wasgo an seiner Seite zum Festplatz hinunter. Begleitet wurden die beiden von Jodaryons Ministern und den politischen Beratern. Als er auf dem Festplatz ankam, verneigten sich die Menschen vor dem soeben ausgerufenen Herrscher der Welt.

„Danke liebe Leute! Genug der Ehren. Wir wollen doch jetzt Gericht halten. Bitte erhebt euch wieder!“, rief Jodaryon. Darauf setzte er sich auf einen einfachen Stuhl. Wasgo stellte sich rechts neben ihn und hinter den beiden nahm der gesamte Regierungsapparat Aufstellung.

Vor Jodaryon versammelten sich viele Menschen, die ihm Geschenke übergeben wollten. Eine alte Frau mit runzligem, grenzenlose Gutherzigkeit verratendem Gesicht verneigte sich vor Jodaryon, obwohl das ihrem gebeugten Rücken sichtlich Schmerzen bereitete. An einer Leine führte sie eine altersschwache Ziege mit sich. Sie begann, zu sprechen: „Herr, du bist nun unser Herrscher. Ich freue mich darüber sehr und möchte dir für alle deine guten Taten danken. Auch für die künftigen guten und gerechten Taten will ich dir schon jetzt danken. Ich bitte dich, lieber Jodaryon, nimm mein Geschenk an. Es ist nur eine alte Ziege, aber sie gibt viel Milch und ich will sie dir gerne überlassen. Sie soll dir immer ein zuverlässiger Freund sein.“

Jodaryon war gerührt. Er stand von seinem Stuhl auf und nahm die Alte in seine Arme. „Aber Mütterchen“, sagte er mit liebevoller Stimme, „sage mir, was bleibt denn für dich, wenn du mir deine wertvolle Ziege schenken möchtest?“

„Ich brauche nicht mehr viel, Herr, aber du musst Kraft zum Regieren haben. Es soll dir an nichts mangeln!“, erwiderte die Alte.

Jodaryon gab sie aus seinen Armen frei, aber er hielt sie an ihren Schultern fest und sah in ihr gutmütiges Gesicht. Freundlich lächelnd sagte er: „Du bist eine tapfere und liebevolle Frau. Sieh mich an, sehe ich so aus, als wenn mir etwas fehle? Ich habe alles, was ich zum Leben brauche. Wie mir scheint, kannst du das nicht von dir behaupten. Auch ich will, dass es dir gut geht. Deshalb will ich dein

Geschenk nicht annehmen, sondern im Gegenteil dich beschenken. Nie mehr sollst du hungern oder frieren müssen. Du sollst jeden Tag in den Palast kommen und dort zu essen und trinken bekommen, was dein Herz begehrt. Du sollst auch stets warme Kleider erhalten und eine Hütte soll dir gebaut werden, eine große Hütte, in der du mit anderen Menschen zusammenleben kannst, denen es so ergeht wie dir jetzt. Du sollst alles das bekommen, was du zum Leben benötigst, und so soll es für alle Menschen in unserem Reich sein."

Die alte Frau war völlig sprachlos. Spontan umarmte sie Jodaryon voller Dankbarkeit. Um sie herum herrschte tiefes Schweigen, vielleicht eine halbe Minute hörte man keinen Laut. Nur einige ferne Geräusche waren zu vernehmen, dazu das Weinen eines Säuglings. Erst dann lösten sich alle, die Jodaryons Entscheidung hören konnten, aus ihrer Erstarrung und applaudierten und jubelten, erst noch verhalten, dann immer lauter.

Der weise Zauberer löste sich vorsichtig aus der Umarmung der Alten und nahm wieder auf seinem Stuhl Platz. Er traf Anordnungen und gab Befehle, damit seine Versprechen, die er der alten Frau gegeben hatte, umgesetzt werden konnten. In drei Tagen, so kündigte er an, werde er kontrollieren, ob alles zu seiner Zufriedenheit ausgeführt werde.

Danach überreichten ihm einige reiche Leute Geschenke, die er gerne annahm. Anschließend eröffnete er den Gerichtstag.

Die Gerichtsverhandlung

Zwei Bauern betraten den Festplatz. Einer von ihnen führte an einem Seil eine Kuh mit sich. Willig trottete sie hinter ihm her, bis er vor Jodaryon und seinem Gefolge stehen blieb. Der zweite Bauer stellte sich einige Schritte neben den anderen. Daraufhin verneigten sich beide in Ehrfurcht vor Jodaryon.

Mit lauter Stimme verkündete der erste Minister: „Der Gerichtstag ist eröffnet!“

Viele Neugierige, die noch vor wenigen Augenblicken Jodaryon zugejubelt hatten, waren nun noch näher an ihn und seinem Gefolge herangerückt. Sie wollten kein Wort der heutigen Gerichtsverhandlungen verpassen. Mit Spannung erwarteten sie den Beginn der ersten von zwei Verhandlungen. Einigen Zuschauern sah man schon ihre Enttäuschung an, als die beiden Bauern mit einer Kuh vor Jodaryon hintraten. Hatten sie doch auf spektakuläre Prozesse gewartet und nicht auf so eine belanglose Alltagsgeschichte.

Jodaryon fragte den Bauern mit der Kuh nach seinem Namen. Der stellte sich als Gundolf vor.

„Und wie ist dein Name?“, fragte Jodaryon den anderen Mann.

„Ich bin der Bauer Siegfried, Herr“, sagte der Angesprochene.

Danach forderte Jodaryon die beiden auf, ihm mitzuteilen, warum sie vor Gericht erschienen waren.

Als Erster erhielt Gundolf das Wort. Erwartungsvoll blickte er den neuen Herrscher der Welt an. „Herr, ich bin ein einfacher Bauer und habe zwei kleine Kinder, die mir große Sorgen bereiten, immer haben sie Hunger, die armen Geschöpfe.

Als ich vor zwei Wochen im Wald war, fand ich diese Kuh. Ich nahm sie mit, denn es war niemand in der Nähe, dem das Tier gehören konnte. Ich rief in den Wald hinein, aber da war niemand.

Die Kuh hatte ein pralles, volles Euter. Sie musste unbedingt gemolken werden. Sie muhte laut vor Schmerzen und ich musste das arme Tier erst beruhigen, bevor ich es mit mir nehmen konnte. Zu

Hause melkte ich die Kuh und gab einen Teil der Milch meinen Kindern, die fürchterlichen Hunger und Durst hatten und die Milch fast in einem Zug austranken, und danach ging es ihnen zum ersten Mal seit längerer Zeit wieder richtig gut. Ich fragte im ganzen Dorf herum, denn natürlich wollte ich die Kuh ihrem rechtmäßigen Besitzer zurückgeben, Herr, aber niemand vermisste sie und niemand kannte das Tier. Vorgestern nun tauchte plötzlich dieser Mann bei mir auf und behauptete, dass diese Kuh seine sei. Wie kommt er auf so eine Behauptung? Und wo kommt er überhaupt her? Niemand in meinem Dorf kennt ihn und ich glaube ihm nicht."

Die Enttäuschung der Zuschauer war aus ihren Gesichtern verschwunden. Nun waren sie gespannt darauf, wie es weitergehen sollte. Leise begannen sie, miteinander zu reden: „Wie kann man nur seine Kuh im Wald vergessen? Die muss dort ja schon länger gestanden haben, sonst hätte sie ja nicht so ein pralles Euter gehabt, dass sie vor Schmerzen brüllen musste", vermutete einer.

„Und wer ist überhaupt dieser Siegfried?", fragte ein anderer.

„Ein Betrüger wahrscheinlich oder ein Herumtreiber oder Landstreicher"spekulierte der Dritte.

Worauf der erste meinte: „Vielleicht will der mit einem plumpen Trick an die Kuh kommen und sie dann verkaufen!"

„Nein",sagte jetzt jemand anderes, „für einen Landstreicher ist der Kerl viel zu gut gekleidet. Vielleicht ist er ja ein reicher Bauer, der den Hals nicht voll genug bekommen kann? Diese Typen kennt man doch, gönnen den Armen nichts und wollen ihnen auch noch das bisschen, was sie haben wegnehmen! Was kümmern den die armen Kinder des anderen?!"

Jodaryon hörte Gundolf aufmerksam zu und erteilte danach Siegfried das Wort.

„Herr, ich bin ein Bauer aus dem Dorf, das dem Gundolfs benachbart ist. Zwischen unseren Dörfern liegt ein dichter Wald, deshalb gibt es zwischen den Bewohnern nicht so viel Kontakt. Was eigentlich schade ist. Gut möglich, dass er mich deswegen nicht kennt. Er fand die Kuh in meinem Wald. Tatsächlich muss ich zugeben, dass ich diese Kuh nicht vermisst hatte, denn ich habe noch mehr Kühe als diese hier. Aber ich kann mit Recht behaupten, dass es meine Kuh ist. Nicht nur deshalb, weil sie in meinem Wald gefunden wurde. Als ich bemerkte, dass mir eine Kuh fehlte, habe ich mir meine Tiere genau angesehen und festgestellt, dass die Kuh fehlte, die oberhalb des Euters keinen schwarzen, sondern einen braunen Fleck hat. Dieser braune Fleck ist nur so groß wie meine halbe Hand, aber da alle meine Kühe schwarz gescheckt sind, fällt er natürlich sofort auf. Aber bitte überzeuge dich selbst, Herr, sieh dir die Kuh an, dann siehst du den braunen Fleck.

Jeder Bauer in meinem Dorf kennt dieses Tier, ein brauner Fleck auf einer schwarz gescheckten Kuh ist ja äußerst selten, wie du weißt. Herr, ich vertraue deinem Urteil. Egal, wie du entscheidest, ich werde deine Weisheit und dein Urteil nicht anzweifeln. Dein Urteil soll unseren Streit beenden, denn ich will niemanden betrügen oder benachteiligen."

Wieder sprachen die Zuschauer leise miteinander: „Der Kerl scheint ja doch, ehrlich zu sein. Hört sich vernünftig an."

„Der hat es faustdick hinter den Ohren, sage ich Dir!", meinte ein anderer.

Auch dem Bauern Siegfried hörte Jodaryon aufmerksam zu. Er überlegte kurz und ging danach zu der Kuh, um sie genau zu betrachten. Es stimmte, das Tier war schwarz gescheckt, hatte aber einen kleinen braunen Fleck über dem Euter. Und ja, das war äußerst selten.

Beide Bauern sahen ihn voller Hoffnung an. Sie erwarteten ein gerechtes Urteil. Aber wenn das so einfach gewesen wäre!

Jodaryon fragte: „Was wäre geschehen, wenn die Kuh nicht gefunden worden wäre und niemand sie gemolken hätte?"

Gundolf antwortete als Erster: „So ein pralles Euter voller Milch kann dazu führen, dass das Euter sich entzündet, und daran kann die Kuh sterben, Herr!"

„Bauer Gundolf hat recht, Herr!", gab Siegfried zu.

„Also du hättest deine Kuh, so sie denn deine ist, verlieren können, wenn Gundolf sie nicht gefunden hätte?“, fragte Jodaryon Siegfried.

„Ehrlich gesagt: Das hätte ohne Weiteres passieren können, Herr!“, gestand der ehrlichen Herzens.

Jodaryon sah nacheinander die Bauern an und erklärte: „So hört also mein Urteil. Was wäre, wenn? Das hilft uns letztendlich nicht weiter. Ich werde nicht spekulieren, sondern mich an die Fakten halten, die ich mit euren Aussagen bekommen habe. Die Kuh wurde von Gundolf in Siegfrieds Wald gefunden. Nun besagt das zwar noch nicht, dass es auch Siegfrieds Kuh sein muss. Aber auch wenn es tatsächlich Siegfrieds Kuh sein mag und er sie nicht vermisst hat, kannst du, Gundolf“, bei diesen Worten sah Jodaryon Gundolf eindringlich an, „davon ausgehen, dass du eine gefundene Kuh nicht einfach so behalten kannst. Das hast du auch nicht getan. Du hast in deinem Dorf alle anderen Bauern gefragt, ob sie eine Kuh vermissen, und danach mit Recht angenommen, diese Kuh behalten zu dürfen.“

Gundolf begann, zu lächeln, aber Jodaryon war noch nicht fertig. „Siegfried hat dir nun aber erklärt, wie die Kuh aussieht, hat dir ihren besonderen Fleck beschrieben. Das kann er nur dann tun, wenn es tatsächlich seine Kuh ist.“

Jetzt begann Siegfried, zu lächeln, und Gundolf machte ein enttäuschtes Gesicht. Doch Jodaryon erklärte den beiden seine weiteren Gedanken: „Wenn Gundolf die Kuh nun aber nicht gefunden hätte, wäre sie vielleicht gestorben. Dann hätte niemand etwas von ihr gehabt. Also hört mein Urteil! Die Kuh muss an ihren rechtmäßigen Besitzer zurückgegeben werden. Ich sehe es als erwiesen an, dass das Bauer Siegfried ist. Aber Bauer Gundolf steht ein ehrlicher Finderlohn zu. Deshalb ordne ich an, dass er täglich vom Bauern Siegfried so viel Milch bekommt, dass er damit seine Kinder versorgen kann.“

Kurz entstand bei den Zuschauern Geraune, dann aber beklatschten sie das Urteil, das ihnen gerecht erschien. Und die beiden Kontrahenten, das sah man ihnen an, waren auch damit sehr zufrieden, schließlich zogen sie beide ihren Nutzen daraus.

Beide Bauern verneigten sich vor Jodaryon. Gundolf lächelte glücklich und sagte: „Danke Herr, dein Urteil ist gerecht, ich werde Siegfried die Kuh übergeben.“

Siegfried lächelte ebenso zufrieden und versprach, dafür zu sorgen, dass Gundolf jeden Tag die ihm zustehende Milch bekommen sollte. Er nahm von Gundolf die Kuh entgegen und sie reichten sich gegenseitig ihre rechte Hand. Beide Bauern setzten Jodaryons Urteil in die Tat um und Gundolfs Kinder wuchsen gesund auf. Somit hatte Jodaryons weiser Richterspruch dafür gesorgt, dass die beiden Bauern Freunde wurden.

Nachdem Siegfried und Gundolf mit der Kuh den Festplatz verlassen hatten, rief der erste Minister aus: „Ein gerechtes Urteil hat der neue Herrscher der Welt gefällt. Kommen wir jetzt zu unserer zweiten Verhandlung.“ Danach forderte er den Gerichtsdiener auf, den Kläger und den Angeklagten des nächsten Falles vorzuführen.

Der Schneidermeister Bogdan schritt auf Jodaryon zu. Nur wenige Schritte vor ihm blieb er stehen. Seine wertvolle Kleidung und mehrere goldene Ringe an seinen Fingern verrieten seinen Wohlstand.

Gleich darauf führte der Gerichtsdiener einen ärmlich gekleideten, an Händen und Füßen gefesselten Mann herbei, der sich breitbeinig und mit stolzgeschwellter Brust vor Jodaryon und den Zuschauern hinstellte.

Der reiche Mann verneigte sich voller Ehrfurcht vor Jodaryon, der Gefesselte dachte nicht daran, sondern sah ihm trotzig und angriffslustig ins Gesicht. Der Gerichtsdiener wollte den Mann zu einer Verbeugung vor Jodaryon zwingen, doch der sagte mit lauter, das Grollen der Menschenmenge übertönenden Stimme: „Nein, lass ihn bitte, wir werden prüfen, ob er mit Recht so stolz ist. Und befreie ihn von den Fesseln!“

„Aber Herr, wenn er dann flieht ...“, wagte der Gerichtsdiener, einzuwenden.

Jodaryon hätte fast laut aufgelacht. „Du vergisst wohl, wer ich bin?“

Demütig gehorchte der Gerichtsdiener und trat danach einen Schritt vom Angeklagten zurück und entrollte ein Pergament mit der Anklageschrift, das er zuvor unter seinem Umhang verborgen hatte. Laut las er vor: „Vor Gericht sind erschienen der Schneidermeister Bogdan und der Bettler Ehrfried!"

Der Schneidermeister verbeugte sich geflissentlich noch einmal, der Bettler blieb unbeweglich stehen. Sein Blick schien aussagen zu wollen: „Ihr könnt mir gar nichts anhaben!"

Unterdessen las der Gerichtsdiener weiter: „Ehrfried wird beschuldigt, den Meister Bogdan vor etwa einem Jahr am späten Abend und in der Dunkelheit der Ewigen Nacht überfallen zu haben. Ehrfried soll den Meister Bogdan von hinten niedergeschlagen und ihm seinen gesamten Schmuck, den er bei sich hatte sowie einen Lederbeutel mit einer großen Geldsumme geraubt haben. Meister Bogdan bittet hiermit, seinen Fall zu verhandeln und ein gerechtes Urteil zu finden." Der Gerichtsdiener rollte das Pergament wieder zusammen und verbarg es erneut unter seinem Umhang.

Die Zuhörer fragten sich, ob das alles stimmte, was in der Anklageschrift stand. Dem Schneidermeister sah man seinen Reichtum mit dem blitzenden, klirrenden Goldschmuck doch schon von Weitem an. Bestimmt besaß der auch sehr viel Geld. Der andere war ein armer Bettler. Auch das war unübersehbar! Zugegeben, seine Manieren waren nicht die besten. Aber er war arm und musste sich Sorgen ums Überleben machen. Trotzdem war es doch klüger und vor allem auch angebracht, dem hohen Gericht und damit auch dem neuen Herrscher der Welt, seinen Respekt zu zollen. Die Menschenmenge wurde unruhig.

In das aufkommende Gemurmel rief Jodaryon hinein: „Ruhe, bitte! Solange die Verhandlung läuft, müssen die Zuschauer schweigen." Sofort war es wieder still. Und nun eröffnete Jodaryon die Verhandlung.

„Damit jeder der hier Anwesenden verstehen kann, was wann passierte, will ich dir, Meister Bogdan, und dir, Ehrfried, einige Fragen stellen, die ihr wahrheitsgemäß beantworten sollt. Wenn ich einen von euch bei einer Lüge ertappen sollte, werde ich ihn bestrafen."

Der Herrscher der Welt wandte sich dem Schneidermeister zu und fuhr fort: „Meister Bogdan, du bist der Kläger, ich will dich zuerst befragen! Erzähle uns bitte, was genau an dem Abend geschehen ist. Von wo bist du damals gekommen und wohin wolltest du gehen?"

„Sehr wohl, Meister Jodaryon, ich will alles erzählen, woran ich mich erinnern kann", erwiderte der Angesprochene. „Ich war in einem Haus, in dem man Frauen aufsuchen kann, du verstehst, was ich meine. Es war schon spät, als ich den Heimweg antrat, außerdem war es ja aufgrund der Ewigen Nacht ohnehin stockdunkel. Ich dachte an nichts, der Abend war richtig lustig gewesen und ich pfiff oder summte ein Liedchen vor mich hin. Auf einmal bekam ich einen Schlag auf meinen Hinterkopf. Ich verstand erst gar nicht, was passiert war, aber da traf mich ein zweiter Schlag und ich muss kurzzeitig die Besinnung verloren haben. Als ich wieder zu mir kam, waren mein ganzer Schmuck und alles Geld verschwunden. Das war genau vor einem Jahr und drei Tagen am Platz vor dem Stadtpark, ehrenwerter Jodaryon."

„Du hast also den hier anwesenden Ehrfried nicht gesehen?", fragte der Magier.

„Nein, Meister Jodaryon, das habe ich nicht. Der Räuber kam ja von hinten."

„Und woher willst du wissen, dass Ehrfried derjenige war, der dich ausgeraubt hatte?"

Weil er arm ist!, hätten einige Zuschauer am liebsten gerufen. Bogdan hat ihn ja nicht einmal erkannt! So etwas aber auch!

„Er hatte mir vor zwei Tagen einen Ring zum Kauf angeboten, der eindeutig meiner war, bevor der mir bei dem Überfall damals gestohlen wurde!"

Mit einem Mal schlug die Stimmung um: Der Dieb hatte dem Bestohlenen etwas von der Diebesbeute verkaufen wollen? Ja, wie dumm musste man denn sein, um auf eine so idiotische Idee zu kommen? Lächerlich, einfach lächerlich.

„Gut, Meister Bogdan, jetzt will ich Ehrfried hören!“ Der Herrscher der Welt blickte zu dem Bettler und fragte ihn: „Ehrfried, was kannst du zur Aufklärung dieser ganzen Angelegenheit beitragen?“

„Nichts, Meister Jodaryon, rein gar nichts. Ich weiß nicht, wovon dieser Mann hier redet. Alles Verleumdung. Die soll er mir büßen, das garantiere ich dir.“

„Dann erzähle mal, was du zur Tatzeit gemacht hast!“, antwortete Jodaryon.

„Wenn es denn der Wahrheitsfindung dient: Ich lag zu Hause auf meiner Schlafstatt. Mit einer Frau. Willst du es noch genauer wissen? Ich habe diesem Bogdan oder Meister Bogdan, wenn es ihm denn lieber ist, tatsächlich vor zwei Tagen einen Ring angeboten, ein Erbstück meines Vaters. Denn meine Familie war einmal reich, sehr reich sogar, aber leider ist das schon viele Jahre her. Nicht jeder hat so viel Glück oder so wenig Skrupel wie dieser Bogdan da. Es tat mir in der Seele weh, dass ich mich von dem guten Stück trennen musste, denn es ist für mich die letzte Erinnerung an bessere Tage und an meine lieben Eltern. Aber was bleibt einem manchmal übrig!?“

Das ist ja richtig interessant, dachten viele Zuhörer. Aussage gegen Aussage! Und ob dieser Ehrfried mit seinem rotzfrechen Auftreten durchkommt?

Nun sagte Jodaryon zu beiden Männern: „Ihr wisst, dass ich mit magischen Kräften herausfinden kann, was wirklich an dem besagten Abend geschehen ist. Ich möchte noch einmal von euch wissen, ob ihr mir die Wahrheit berichtet habt. Möchtet ihr noch etwas hinzufügen? Oder hat einer von euch geflunkert?“

Beide Männer beeilten sich zu beschwören, dass sie nur der Wahrheit entsprechend ausgesagt hätten. Darauf erklärte Jodaryon, er werde nunmehr mithilfe eines Zeitzaubers die Ereignisse des fraglichen Abends erkunden.

Mit hocherhobenen Armen und zum Himmel gewandtem Gesicht sprach Jodaryon einige für die Menschenmenge unverständliche magische Formeln. Was dann passierte, war für alle, Jodaryon und

Wasgo ausgenommen, unfassbar. Innerhalb von wenigen Sekunden verschwand die Sonne, sie war einfach weg. Es wurde so dunkel, dass man kaum mehr die Hand vor den Augen sah. Entsetzen machte sich breit: War denn die Ewige Nacht zurückgekehrt? Aber nein, Jodaryon hatte doch einen Zauber gesprochen! Ja, aber war es denn die Möglichkeit, dass er sozusagen im Handumdrehen dieses undurchdringliche Dunkel erzeugen konnte? Wer zweifelte nun noch daran, dass man keinen geeigneteren, keinen würdigeren Herrscher der Welt hätte finden können?

Und jetzt zuckten grelle Blitze durch das Dunkel. Dazu kam Wind auf, immer stärker, fast schon ein Sturm, ein regelrechter Wirbelwind. Was passierte denn noch alles?

Doch der Wirbelwind legte sich so schnell, wie er gekommen war. Und was war das jetzt? Ganz schwach und schemenhaft konnte man in der Finsternis eine ganz andere Landschaft erkennen, einen Weg, der unter großen, skelettartigen Bäumen entlang führte. War das der Schauplatz des Überfalls?

Bogdan fühlte sich nicht wohl in seiner Haut. Voller Unbehagen riss er die Augen auf. Denn jetzt sah er das Unglaubliche! Als Zuschauer musste er erleben, was damals geschehen war. Was er da erblickte, konnte er kaum glauben! Er sah sich selbst, genauso, wie er am Abend des Überfalls, fröhlich ein Liedchen auf den Lippen hatte und heimwärts geschlendert war. Er fürchtete sich, denn er wusste, das gleich der Überfall …

Und tatsächlich: Eine vermummte Gestalt schlich sich von hinten an ihn heran, die dann mit einem dicken Holzknüppel auf ihn einschlug. Wie brutal der Kerl war, er schlug einmal und auch noch ein zweites Mal zu. Bogdan sah, dass er niederstürzte und liegen blieb. Au Weia, mit welch einer Wucht prügelte dieser Bandit auf ihn ein! Der hätte ihn doch beinahe totgeschlagen! Aber wer der Täter war, konnte Bogdan auch jetzt nicht erkennen. Nur Ehrfrieds Körperbau war dem des Räubers ähnlich. Aber das war noch lange kein Beweis dafür, dass er der brutale Räuber war. Solange niemand sein Gesicht erkennen konnte, war Ehrfried nicht überführt!

Im nächsten Augenblick verblassten die Bilder wieder. Der bewusstlos daliegende Bogdan verschwand, schnell wurde es wieder taghell und bis sich alle an das Licht gewöhnt hatten, vergingen einige wenige Augenblicke. Die Menschen genossen die warmen Sonnenstrahlen. War es nicht toll, dass die Ewige Nacht der Vergangenheit angehörte? Und da vorne saß bescheiden der Mann, der gemeinsam mit seinem jungen Freund Wasgo für das Ende von Bossus‘ Gewaltherrschaft gesorgt hatte. Aber jetzt sprach Jodaryon Recht, würde er dieses Rätsel lösen können?

Bewiesen war, dass Bogdan überfallen, brutal niedergeschlagen und ausgeraubt worden war. Ehrfried jedenfalls grinste in sich hinein. Wollte er damit sagen, dass eben ja alle gesehen hatten, dass er der Täter nicht war?

Jodaryon fragte noch einmal, ob beide Männer bei ihrer Aussage bleiben wollten.

Unsicher sagte Meister Bogdan: „Ich glaube ja, ich habe ja nichts gesagt, was falsch war.“

Ehrfried sagte im Brustton der Überzeugung: „Du hast es doch selbst gesehen, dass ich nicht der Bandit war. Sein Gesicht war nicht einmal zu erkennen! Außerdem habe ich so eine Kapuze gar nicht!“

„Gut“, sagte Jodaryon, „dann wollen wir einmal sehen, was weiter an diesem Abend geschah!“

Die Zuschauer hielten den Atem an. Hatte Jodaryon doch noch einen Trumpf im Ärmel? Schon sprach er wieder seinen Zauber, schon wurde es nochmals dunkel, der Wirbelwind verwandelte den Festplatz erneut in den nächtlichen Stadtpark. Tatsächlich, da lag wieder der bewusstlose Bogdan. Und ein paar Schritte entfernt kniete der Räuber.

Was machte er da? Umständlich hantierte er mit dünnen, verdorrten Zweigen, mit etwas Reisig und einem Feuerstein, klar, er wollte Feuer machen, er konnte es nicht abwarten, seinen Raub zu begutachten. Der Schein der kleinen Flammen erhellte das Geld, sodass er es zählen konnte, dann die Ringe. Plötzlich stießen die Zuschauer einen halblauten Schrei aus. Einen kurzen Augenblick war das Gesicht des Mannes mit der Kapuze im Feuerschein zu sehen, jeder erkannte es. Es war Ehrfried.

Im nächsten Augenblick ertönte Jodaryons Stimme durch das Dunkel. Laut, befehlend.

Schnell wurde es wieder hell wie bei Jodaryons erstem Zeitzauber. Und wie beim ersten Zeitzauber gewöhnten sich die Menschen ebenso schnell wieder an das helle Tageslicht. Ehrfürchtig staunend standen die Menschen auf dem Festplatz.

Ehrfried hatte im Schutz der Dunkelheit fliehen wollen, aber Jodaryon hatte damit gerechnet und dessen Flucht mit einem Zauber vereitelt. Mitten in der Laufbewegung erstarrt, stand jetzt der überführte Verbrecher auf einem Bein, die Arme und das andere Bein waren so abgespreizt, dass sein Anblick die Zuschauer zum Lachen reizte. Sein furchtsamer und verwirrter Blick verrieten, dass Ehrfrieds Sinne das ganze Spektakel aufnahmen.

Jodaryons Urteil war jetzt nur noch Formsache. Ehrfried war überführt; er wurde ins Gefängnis geschickt, wo er für die Regierung arbeiten sollte. Und zwar so lange, bis er von seinem Arbeitslohn Meister Bogdan den Raub ersetzen konnte.

Die Zuschauer waren mit dem Ausgang der Verhandlung zufrieden, immerhin war ihnen etwas nicht Alltägliches geboten worden.

Jodaryon befahl dem Gerichtsdiener, dafür zu sorgen, dass Ehrfried seine gerechte Strafe im Gefängnis der Stadt antreten konnte.

Anschließend ergriff der erste Minister noch einmal das Wort: „Ein weises Urteil hat Meister Jodaryon gefällt. Damit ist der erste Gerichtstag unseres Herrschers beendet. Weitere Fälle werden in den nächsten Tagen verhandelt. Doch jetzt wollen wir alle feiern! Wir wollen so feiern, dass wir diesen Tag nie wieder vergessen werden!“

Jodaryon musste fröhlich lachen. Wasgo erkundigte sich nach dem Grund dafür. Jodaryon sagte: „Wir müssen dem ersten Minister einmal sagen, dass er seine unnötigen Formeln am Beginn und auch am Ende eines Gerichtstages besser für sich behalten soll. Ob ein Urteil zum Beispiel gerecht ist oder nicht, empfindet doch jeder Mensch anders!“

Feuerzauber

Der Minister hatte nicht übertrieben. Es sollte ein Fest werden, das niemand jemals vergaß. In der ganzen Stadt wurde gefeiert, gegessen und getrunken. Musikkapellen spielten auf, zum Tanz oder auch nur, um die Menschen mit leiser und ruhiger Hintergrundmusik zu erfreuen, während auf einem Festplatz das Fleisch von Rindern, Schweinen, Puten, Enten, Gänsen, Wildschweinen oder Steinböcken gegessen wurde.

Es war schon spät geworden. Die Sonne schickte sich an, unterzugehen. Es wurde schnell dunkel. Wasgo hielt nun seinen großen Augenblick für gekommen, jetzt endlich war es so weit, jetzt konnte er Jodaryon mit seinen Zauberkünsten überraschen. Natürlich wusste Jodaryon, dass Wasgo etwas vorhatte, aber dieser hatte ihm keine Einzelheiten verraten. Er entfernte sich von Jodaryons rechter Seite und wollte vor ihn hintreten.

Mitten in der Bewegung hielt er jedoch inne. Er traute seinen Augen nicht. Was da passierte, war für ihn ganz unglaublich, aber zugleich löste es in ihm große Freude und Glücksgefühle aus. Aus seinen Augenwinkeln bemerkte er, dass es auch Jodaryon so erging. Und als er sich umblickte, sah er überall überraschte und ungläubige Gesichter. Schnell kehrte er an Jodaryons rechte Seite zurück.

Alle Anwesenden waren deshalb so grenzenlos überrascht, weil plötzlich Wesen erschienen waren, von denen man angenommen hatte, dass sie längst von Bossus vernichtet worden seien. Seit mindestens einem Jahrhundert hatte sie niemand mehr gesehen. Wasgo war noch zu jung, als dass er diese Wesen hätte kennen können, aber instinktiv wusste er sofort, wer sich hier an dem Fest beteiligen wollte: Elfen!

Ein helles Licht ging von diesen Elfen aus. Sie hatten durchsichtige Flügel am Rücken und waren in hellblaue Gewänder gekleidet. Wie lange waren diese friedliebenden Wesen nicht mehr gesehen worden! Mutig hatten sie gegen Bossus‘ Gewaltherrschaft gekämpft und hatten dafür teuer bezahlen müssen. Seitdem galten sie als ausgestorben, aber pünktlich zum Fest waren hier auf dem Festplatz des Palastes etwa fünfzig von ihnen erschienen. Unhörbar schwebten sie zu Jodaryon hin und verneigten sich vor ihn.

„Herr Jodaryon", sprach der Anführer der Elfen, „bitte verzeihe uns, dass wir uns erst heute, am Tage deiner Ausrufung zum Herrscher der Welt, zeigen. Im Kampf gegen Bossus wurden die Elfen nahezu vernichtet, nur wir konnten mit einem Zauber dem sicheren Tod entkommen. Aber dieser Zauber war es auch, der es uns unmöglich machte, vor der Ausrufung eines neuen und gerechten Weltenherrschers ins Leben zurückzukommen. Nun wurdest du, großer Jodaryon, heute zum Weltenherrscher ernannt und hast mit deinen weisen Gerichtsurteilen bewiesen, dass du ein gerechter Herrscher bist. Wir, die Elfen, werden zu allen Zeiten fest an deiner Seite stehen und dich dabei unterstützen, Gerechtigkeit walten zu lassen. Bitte erlaube uns, dass wir aus diesem Anlass für dich und alle Anwesenden tanzen. Unser Tanz soll eure Augen erfreuen und dieses Fest noch schöner machen, als es ohnehin schon ist."

Jodaryon stand die Überraschung ins Gesicht geschrieben. „Ich freue mich sehr, dich zu sehen, mein lieber Regulus. Euer Erscheinen verschönert in der Tat nicht nur den heutigen Tag und dieses Fest, sondern auch die gesamte Welt. Eure Anwesenheit an diesem Ort alleine ist für mich schon eine große Ehre. Aber die Rückkehr der Elfen in unsere Welt stellt für mich überdies ein sehr großes Glück dar. Ich freue mich über eure Gefolgschaft und genauso sehr auf euren Tanz."

Die Elfen nahmen in drei Reihen Aufstellung. Lautlos schwebten sie in der Luft. Nach einer weiteren Verbeugung vor Jodaryon und dessen Gefolge begannen sie, ihren Tanz aufzuführen. Die Nacht brach langsam herein und dadurch kamen die Elfen in ihrem Lichterglanz noch besser zur Geltung.

Mit sanften Bewegungen, graziös und zugleich voller Leidenschaft zelebrierte das Ballett der fliegenden Elfen seinen Tanz. Es war ein Tanz, der den Menschen und Zauberern große Hoffnungen auf eine schöne Zukunft vermittelte und Glücksgefühle bei den Zuschauern auslöste.

Allmählich wurden die Bewegungen schneller, aber sie blieben elegant und graziös. Die männlichen Elfen hoben ihre Partnerinnen in die Höhe. Dabei reckten sie sich zu voller Größe. Arme und Beine waren ineinander verdreht und vom Körper weggestreckt. Plötzlich drehten sich die Elfenfrauen und spreizten die Beine zu einem Spagat, wobei sie weiterhin in der Luft schwebten. Die Arme lösten sich voneinander und waren schräg in die Höhe gestreckt. Die Elfenmänner setzten nun ihre Frauen vor sich ab in die Schwebe und tanzten, ihr Gesicht den Damen zugewandt, mit kleinen, eleganten Schritten um sie herum.

Danach halfen sie ihren Frauen scheinbar wieder auf die Beine, um selbst einen Salto auszuführen, der selbstverständlich von allen Elfenmännern synchron gesprungen wurde. Fürwahr: Hier traten die Meister aller Tänzer auf und ließen die Herzen der Zuschauer höherschlagen. Der Tanz ging allmählich seinem Ende entgegen. Mit gleichmäßigen Schritten bewegten sich die Elfen rhythmisch hin und her. Schließlich verlangsamte sich das Tempo des Tanzes, bis die Elfen zu völliger Bewegungslosigkeit zu erstarren schienen.

Regulus, der Anführer der Elfen, schwebte langsam mit seiner Tanzpartnerin auf den begeisterten Jodaryon zu und gemeinsam verneigten sie sich tief und in Demut vor dem Herrscher der Welt.

„Ich bin zutiefst gerührt und glücklich über euren wunderschönen Tanz“, sagte Jodaryon voller Dankbarkeit. „Ich glaube, niemand hier auf dem Festplatz hat jemals etwas so Schönes gesehen. Das ist doch so?“, fragte er in die Menschenmenge hinein und begeisterter Beifall brandete auf. Als es wieder ruhig war, fuhr Jodaryon fort: „Ich freue mich sehr, dass ihr nicht nur unsere Gäste sein wollt, sondern als unsere Freunde bei uns bleibt und mir eure Hilfe für eine gerechte Herrschaft anbietet. Seid herzlich in unserer Mitte willkommen, nehmt auch bitte unsere Freundschaft an und fühlt euch hier zu Hause. Lasst es euch gut gehen und feiert mit uns gemeinsam dieses schöne Fest!“

Daraufhin gab Regulus das Zeichen, die Elfenformation aufzulösen. Seine Getreuen mischten sich unter die Gäste, um mit ihnen gemeinsam zu feiern.

Luziferine und Antares waren begeistert und genauso von dem Erscheinen der Elfen überrascht wie alle anderen Teilnehmer an diesem Fest auch. Antares hing seinen Gedanken nach und so bemerkte er nicht, dass sein Sohn vor Jodaryon trat. Er dachte an den Kampf gegen Bossus und wie arm die Welt geworden war, nachdem die Elfen durch die bösen Mächte vom Antlitz der Erde getilgt worden waren. Er dachte auch an die vielen anderen Wesen, die unwiederbringlich verloren waren, weil Bossus es gefiel, alles zu morden und zu vernichten, was anders als er war und sich ihm nicht unterordnen wollte oder sich ihm gar widersetzte.

Antares spürte plötzlich Wut auf Bossus in sich aufsteigen. Doch im nächsten Augenblick erinnerte er sich daran, wo er sich befand, und beruhigte sich wieder. Sollte Bossus doch bis in alle Ewigkeit in der Hölle schmoren, da war er gut aufgehoben! Viel lieber, als sich von solchen Erinnerungen die Stimmung verderben zu lassen, dachte er an seinen Sohn und dessen Gefährten Jodaryon, an Luziferine und an die gemeinsam bestandenen Abenteuer, die die Welt zum Positiven verändert hatten. Er war stolz darauf, solche guten und unerschütterlichen Freunde zu haben und zu einer Macht zu gehören, die das Gute schaffte und das Böse bekämpfte.

Durch einen lauten Knall wurde er aus seinen Gedanken gerissen. Am Himmel nahm er ein seltsames helles Leuchten wahr. Im nächsten Augenblick sah er Wasgo auf einer Bühne stehen und Zaubersprüche aufsagen. Seine Arme und Hände stieß er teilweise rhythmisch und dann wieder hektisch dem Himmel entgegen. Musik ertönte, aber Antares konnte sich nicht erklären, woher sie kam; er sah nicht einen Menschen musizieren und doch schien die Musik über ihnen allen zu schweben. Die Töne erschienen ihm zuweilen laut und markant, fast schon aggressiv, geradezu drohend, dann wieder leise, versonnen, ja, zärtlich, und immer wieder dröhnten laute Paukenschläge.

Und nun realisierte Antares, was gerade geschah. Zum ersten Mal in seinem Leben konnte er verfolgen, wie sein Sohn Wasgo, dem er einst die allerersten einfachen Zauber beigebracht hatte, vor einem großen Publikum nicht nur einen, nein, eine nicht enden wollende Menge hoch komplizierter Zauber anwandte. Was war aus dem Kind geworden, das sich einst vor Lachen geradezu ausgeschüttet hatte, weil sein Vater bei einer seiner unbeholfenen Zauberlektionen mit platzenden Bohnen eine Riesenschweinerei angerichtet hatte!

Jetzt tauchten am dunklen Sternenhimmel Feuerblitze auf. Das sah beinahe so aus, als wenn ein kleiner Feuerball, ja, ein Komet eine Bahn hinter sich herzog. Voller Begeisterung stieß Antares seine Frau in die Seite und strahlte sie mit seinem schönsten Lächeln an. Sternchen entstanden am Himmel. Luziferine fragte sich, wie Wasgo das wohl anstellte, soviel Feuer auf den Himmel zu zaubern und dabei auch noch diese prachtvolle Musik, die zu dem Feuerspiel am Himmel genau passte, in der Luft ertönen zu lassen.

Gleich darauf platzten Wasgos Sternchen und aus ihnen entstanden große glitzernde Kugeln, die so aussahen, als würden sie auf die Menschenmenge auf dem Festplatz zufliegen. Die Begeisterung des glücklichen Vaters steigerte sich ins Unermessliche und er konnte nicht anders, als Luziferine liebevoll in seine Arme zu nehmen.

Dicht gedrängt standen die Zuschauer beieinander, als sich der Schein, der am Himmel aufsteigenden Feuer und Lichter, über sie ergoss. Jeder staunte über Wasgos Zauberkünste und alle Anwesenden fühlten, dass sie zusammengehörten, dass sie einer Kraft angehörten, die die Welt verändern konnte. Und alle Menschen wussten, dass die Welt in Zukunft und hoffentlich für alle Zeiten gerecht regiert werden sollte. Dank Jodaryon und Wasgo.

Leise Musik floss wie ein sanfter, durchsichtiger Schleier über die Menschenmenge dahin. Nur einige wenige Streichinstrumente erklangen, aber wo waren sie? Niemand konnte sie sehen, sie waren ganz einfach nicht da, nur ihr Klang schien die Luft auszufüllen. Dazu entfalteten die Lichter am Himmel lautlos ihre Formen und Figuren. Eine friedliche und anheimelnde Stille herrschte auf dem Festplatz.

Plötzlich war der ganze Himmel von einem unbeschreiblich prächtigen Goldregen hell erleuchtet. Von überall her hörten Luziferine und Antares überraschte „Ahs" und „Ohs" aus der Menschenmenge. Damit war gewissermaßen die Schlussoffensive der Zauberkunst Wasgos eröffnet. Mit zahllosen Sternchen, die ständig mit lautem Knallen zerplatzten und unverzüglich durch neue ersetzt wurden, zauberte er viele, immer größer werdende Kugeln in allen nur vorstellbaren Farben an den Himmel. Scheinbar rasten die Kugeln am Himmel mit einer unfassbaren Geschwindigkeit auf die fassungslosen Menschen zu, wurden dabei immer größer und es sah aus, als sollten sie ihnen auf den Kopf fallen, doch bevor es dazu kam, zerplatzten sie zu Tausenden kleiner Sternchen.

Ein begeisterter Jodaryon sah dem Treiben am Himmel zu. Genau wie Wasgos Eltern war auch er stolz auf seinen jungen Schützling und ehemaligen Gefährten. Was hatte dieser Jüngling in der kurzen Zeit, in der sie sich kannten, bereits von ihm gelernt! Keine Frage, dass er seinem Lehrmeister in der Zauberkunst in nichts nachstand. Und ebenso wenig stand für Jodaryon außer Frage, dass er Wasgo irgendwann zu seinem Nachfolger machen wollte. Wen denn sonst! Allerdings erst in ferner Zukunft, bis dahin wollten sie schon noch einige Abenteuer gemeinsam bestehen dürfen.

Laute Musik mit vielen Schlägen großer Kesselpauken erfüllte die Luft. Doch auch diese riesigen Pauken waren in Wirklichkeit nicht vorhanden. Wasgo zauberte die Musik direkt in die Ohren der Menschen. Wie aufeinander abgestimmt drangen zeitgleich donnernde Paukenschläge und das Knallen zerplatzender Sternchen an die Ohren der Menschen. Auch diese Sternchen sahen aus, als wenn sie zu großen, auf die Menschen zurasenden Feuerkugeln wurden. Im Hintergrund hörte Jodaryon, wie es Antares und Luziferine und die anderen vielen Festbesucher auch vernehmen konnten, das Gerassel von vielfach leiseren Knallgeräuschen, die einen Feuerregen in goldenen und silbernen Farben über die Menschen verschütteten, über

Menschen, die sich auf dem Festplatz versammelt hatten, die eigens wegen dieser Zauberei gekommen waren, denn natürlich hatte Wasgo schon lange vorher diese sensationelle, noch nie da gewesene Vorstellung angekündigt. Nur Jodaryon hatte nichts davon gewusst.

Der Klang der Musik mit den fortwährenden Paukenschlägen und die vielfältigen Geräusche von Wasgos Feuerzauber, die Lichtervielfalt und die sich ständig verändernden leuchtenden Bilder am Himmel verursachten in den Zuschauern auf dem Festplatz des Palastes ein seltsames freudiges Gefühl, eine wahre Euphorie und Glückseligkeit. Die Menschen hatten das Gefühl, als wenn sich die Organe in ihrem Inneren heben würden, sie fühlten sich ganz leicht und beschwingt und wussten gar nicht, was mit ihnen geschah.

Ihre Körper reagierten auf das Feuerspektakel am Himmel mit der dazu passenden Musik so, wie es bis dahin niemand kannte, auf eine Weise, die sie nicht mehr unter Kontrolle hatten. Es gab Menschen, die bekamen eine Gänsehaut, anderen stiegen Tränen der Rührung und des Glückes in die Augen und diese Menschen sahen dadurch das gigantische Schauspiel wie durch einen Schleier, was das Himmelsspektakel noch eindringlicher machte. Sie sollten lange Zeit nicht zur Ruhe kommen und das eben Erlebte ihr ganzes Leben bis ins hohe Alter hinein nicht vergessen. Vor allem Frauen gedachten noch Jahre später mit glänzenden Augen Wasgos Himmelszauberei.

Langsam verblassten die Sternchen. War das Spektakel zu Ende! Nein! Schon ertönte ein erneutes ratterndes Knallen am Abendhimmel und erneut rasten immer größer werdende Lichterkugeln auf die Menschen zu. Und immer wieder erklang und erdröhnte dazu die laute Musik mit ihren mächtigen Trommeln und Pauken. Die Menschen hatten das Gefühl, als öffneten sich in diesem zugleich wütenden und fröhlichen Geknalle die Himmelspforten und als stürze der Himmel auf sie ein. Dazu gesellte sich wieder der goldene und silberne Feuerregen und viele verschiedenfarbige Sternchen fielen vom Firmament hinab. Inzwischen hatte so mancher schon das Gefühl, die Pauken klopften gegen seine Mageninnenwand. Alle nahmen die Musik mit jeder Faser ihres Körpers und ihrer Nerven wahr.

Dann plötzlich wurde es auf dem Festplatz ganz still. Eine Minute, zwei Minuten vernahm man fast keinen Laut, alle standen völlig überwältigt und wie festgezaubert. Dann löste sich allmählich die Ergriffenheit, die Faszination und die Menge klatschte Beifall, zunächst verhalten, dann immer begeisterter. Wo war der sensationelle, der göttliche Zauberer, der ihnen dieses einmalige Erlebnis geschenkt hatte? Wasgo? Dieser Junge, der dort oben mit verlegenem Gesichtsausdruck, aber mit leuchtenden Augen neben Jodaryon stand? Und den der große Jodaryon jetzt in die Arme nahm und drückte? Das gab es nicht, das konnte nicht sein! Aber doch war es so, kein Zweifel.

Auch Antares und Luziferine standen noch unter dem Eindruck des soeben Erlebten. Unbewusst fasste Antares seine Frau an ihre Hand, drückte sie liebevoll und sagte mit leuchtenden Augen: „War das toll! Das wollte ja gar kein Ende nehmen. Ich habe noch nie so etwas Schönes gesehen. Was unser Sohn doch alles gelernt hat! Er ist schon jetzt einer der besten Zauberer, die mir je begegnet sind. Ich bin einfach nur riesig stolz auf unseren Wasgo!" Antares konnte nicht anders, er nahm seine Frau in seine Arme und küsste sie herzlich und leidenschaftlich vor allen anderen Gästen auf den Mund.

Dann fragte er sie: „Ob ich mir von Wasgo ein paar Zauber beibringen lasse?“ Seine Augen lachten.

Luziferine blickte ihn einen Augenblick scheinbar entsetzt, ja böse an und antwortete: „Antares! Unterstehe dich!“

Im nächsten Moment kicherte sie los und kuschelte sich an ihren Mann.

Böse Absichten

In der Hauptstadt vor dem Palast, der sich auf dem höchsten Berg der Stadt befand, genossen die Menschen auf der Festwiese Wasgos Feuerzauber. Die Bevölkerung war fröhlich und feierte den neuen Herrscher der Welt.

Zur gleichen Zeit waren zwei andere, weit entfernt vom Festplatz, in ein Gespräch vertieft. Der eine war Luzifer und der andere war kein Mensch mehr. Erst recht kein Zauberer, obwohl er, wenn er einen Körper gehabt hätte, ein bedeutender Zauberer hätte sein können. Es war kein anderer als Bossus. Und der Ort, an dem sie sich befanden, war die Hölle, ganz in der Nähe des Fegefeuers, in dem den schwarzen Seelen, die viel Böses in die Welt gebracht hatten, ein letzter Aufenthaltsort bestimmt war.

Bossus setzte alles daran, wieder einen Körper zu bekommen und auf die Erde zurückzukehren, um sich an Wasgo und Jodaryon, an Luziferine und Antares und an all den anderen zu rächen. Er wollte Unfrieden säen, Hass und Verderbnis über die Welt bringen, er wollte einen Krieg vom Zaun brechen, einen Krieg, wie ihn die Welt noch nicht gesehen hatte, um wieder die Macht ergreifen zu können. Schon einige Stunden redete er auf den Höllenfürsten ein. Und wenn Bossus es richtig verstand, hatte auch Luzifer mit Jodaryon und Wasgo und der ganzen Brut eine Rechnung offen. Da musste Bossus ansetzen.

Luzifer hörte aufmerksam zu und antwortete danach: „Ich kann dich nicht zurück auf die Erde gehen lassen, selbst wenn ich es wollte. Nur als schwarzen Engel könnte ich dich für ein paar Tage nach oben lassen. Aber warum sollte ich das tun? Du bist mein Gefangener und das wirst du bleiben!“

Bossus hielt es kaum noch aus vor Ungeduld. Warum musste der Alte auch so schrecklich begriffsstutzig sein!

Aber kriecherisch sagte er: „Edler Luzifer, überlege doch einmal, wie viele schwarze Seelen hast du denn geerntet, seit da oben dieser unsägliche Frieden herrscht?“

Der „edle Luzifer“ überlegte kurz und erwiderte mit einem schmerzlichen Gesicht: „Ja, du hast recht, du hast leider recht, es waren nicht sehr viele. Es dürften ruhig viel mehr sein. Miese Zeiten sind das, ganz miese Zeiten! Gevatter Tod beschwerte sich vor Kurzem bei mir, dass er kaum noch etwas zu tun hat. Und vor mir hat auch keiner mehr Angst. Die Menschen fangen schon an, über mich dumme Witze zu machen, und lachen sich bloß noch kaputt.“

„Dann gib mir doch einen Körper und lass mich nach oben gehen! Gevatter Tod hat dann auf jeden Fall wieder genug zu tun und deine Ernte an schwarzen Seelen wird sehr reich sein!“, beschwor Bossus den Teufel.

Luzifer sprang wutentbrannt auf. „Es gibt bestimmte Regeln, an die auch ich mich zu halten habe!“, brüllte er Bossus an. „Das weißt du so gut wie ich! Also versuche nicht, mich für dumm zu verkaufen!“ Etwas ruhiger fuhr er fort: „Mache mir einen Vorschlag, wie ich die Welt in Unordnung und vielleicht sogar mit einem Krieg überziehen kann! Dann will ich sehen, ob ich etwas für dich tun kann!“

Auf so eine Aussage hatte Bossus gewartet. Genau das war die Möglichkeit für ihn, seinem Ziel ein Stückchen näher zu kommen. Endlich hatte der alte Schreihals angebissen. Der hatte nicht bemerkt, dass Bossus ihn manipulierte, um seine eigenen Interessen durchzusetzen.

Bossus antwortete: „Schicke den Herrn des Fegefeuers auf die Erde! Lass ihn fürs Erste nur einige Felder, Wiesen und Wälder in Brand stecken. Warte danach ab, wie die Menschen reagieren. Egal, was sie tun, du kannst das immer für deine Interessen ausnutzen.“

Luzifer überlegte und befand diese Idee für gut. Er wollte handeln! Er! Nicht Bossus! Der sollte mal schön wieder dahinverschwinden, wo er hingehörte. Also ab ins Fegefeuer!

Der ehemalige Herrscher der Welt war einerseits auf Luzifer wütend, aber er sah auch seine Chance. Gut, dachte er, du bist dumm, fürchterlich cholerisch, und begreifst nichts, du, mein gehasster Chef. Das verstehe ich sowieso nicht, warum du der Höllenfürst bist. Es muss doch noch einen anderen gegeben haben, der in der Unterwelt das Sagen hätte haben können! Schrei du nur immer schön in dieser blöden Hölle nach Herzenslaune umher, bis deine Monster dich nicht mehr hören können. Aber eines weiß ich auch genau, ich werde meinen Willen schon bekommen. Und bis ich am Ziel meiner Wünsche angekommen bin, werde ich eben in deinem blöden Fegefeuer bleiben, es könnte etwas Schlimmeres geben. Glaube mir nur, irgendwann, früher oder später, werde ich meine Chance bekommen und dann gehe ich zurück auf die Erde und werde wieder der Herrscher der Welt.

Auch Luzifer war zufrieden. Trotzdem hegte er gegen Bossus einen Groll. Was bildete sich dieser Jammerlappen denn bloß ein? Er sollte mal hübsch damit zufrieden sein, dass seine schwarze Seele in seiner, Luzifers Unterwelt Eingang gefunden hatte. Bossus hätte auch als Untoter zwischen den Welten weiter existieren können. Der dumme Zauberer würde doch nicht ihn, Luzifer den Höllenfürsten überlisten und übertölpeln wollen! Was glaubte der denn, wer er war!

Hier, in der Unterwelt hatte nur einer das Sagen, und das war er, der große Luzifer, aber nicht dieser kleine Jammerlappen Bossus! Er konnte sich doch ruhig Hoffnung machen, die Hölle eines Tages zu erlassen! Das hatten schon ganz andere versucht, aber geschafft hatte es keiner! Auch nicht ein Bossus, der sich einmal Herrscher der Welt nannte, wird das erreichen. Herrscher der Welt, was war das denn schon? Hier herrschte der Höllenfürst, und zwar noch heute. Der war eben nicht Bossus, nein, Luzifer war der Höllenfürst! Kein anderer!

Trotzdem wollte er so tun, als ob er Bossus' Vorschläge in Betracht ziehe. Wenigstens solange, bis er Wasgo und Jodaryon endlich am Kanthacken hatte. Am besten auch noch seine feine saubere Tochter und deren missratenen kleinen Tölpel von Mann dazu. Trotz seines Unvermögens hatte der Kerl ihm einmal so übel mitgespielt.

So schnell es sein Pferdefuß zuließ, eilte er zu seinem Thron, der sich in einer großen Halle befand, seinem düsteren, Furcht einflößenden Audienzsaal. Totenköpfe zierten die Decke des riesigen

Raumes, an den Wänden befanden sich Bilder von in Not geratenen, jammernden, schreienden, fliehenden, um ihr Leben zappelnden und kämpfenden Menschen und Tieren. Skelette und verwesende Leichen waren auf dem Fußboden abgebildet. Der Raum lag in einem merkwürdigen Zwielicht, welches einfach da war. Es gab keine bestimmte Lichtquelle, das Licht schien von überall und nirgendwo herzukommen. Gegenstände, die beleuchtet wurden, warfen keine Schatten.

Mit Bedacht hatte der Höllenfürst seinen Audienzsaal so grässlich gestaltet. Luzifers Gäste und diejenigen, die er zu sich befahl, sollten sich vor ihn fürchten. Um deren Angst noch zu verstärken, mussten sie, bevor sie seinen Saal betraten, an Figuren und Statuen von Monstern aller Art vorübergehen. Überall standen die umher, vor dem Audienzsaal und auch darin, in jeder Ecke und an allen Wänden. Kurz: Es war ein Ort, an dem sich Luzifer rundum wohlfühlte.

Der Höllenfürst befahl den Hüter des Fegefeuers oder, wie er sonst noch genannt wurde, den Herrn des Fegefeuers, zu sich. Dieser war ein Monster von besonders grausigem Aussehen, ein riesiger Kerl, dessen Gesicht von Brandblasen bedeckt war. Von ihm ging ein stinkender und in den Augen beißender Rauch aus. Seine Beinkleider waren löchrig. Der Oberkörper war sehr kräftig und unbekleidet. An seinem gesamten Körper loderte ein ewig währendes Feuer, das ihm ein besonders bedrohliches Aussehen gab. Kurz, der Hüter des Fegefeuers war ein abstoßend hässliches Wesen, das überall Angst und Schrecken verbreitete, wo es sich sehen ließ.

Als er vor Luzifer trat, fiel er auf seine Knie und verbeugte sich bis fast auf den Boden. In dieser Haltung verharrte er, bis der Herr der Unterwelt ihm erlaubte, sich vom Fußboden zu erheben.

„Herr, welche Befehle hast du für mich?“, wagte er schließlich, zu fragen.

Luzifers Lippen umspielte ein höllisch böses Grinsen. Mit lauter Stimme und theatralischen Gesten verkündete er: „Seit Bossus nicht mehr auf der Erde regiert, bekommen wir so gut wie keine schwarze Seelen mehr! Hast du schon bemerkt, dass dein Feuer nicht mehr so hell brennt wie früher? Dagegen müssen wir uns wehren! Du bist der

Hüter des Fegefeuers und damit auch der Herr der Seelen, die dem Fegefeuer überantwortet wurden. Also sorge du dafür, dass Gevatter Tod endlich wieder etwas zu tun bekommt! Du gehst auf die Erde! Pass auf, dass dich kein Mensch und kein anderes Wesen da oben sieht! Aber brenne Dörfer, Felder, Wiesen und Wälder nieder! Sorge dafür, dass Menschen sterben müssen!"

„Wie du mir befiehlst, so will ich handeln, Herr!", rief der Hüter des Fegefeuers aus. Im nächsten Augenblick war er verschwunden.

Feuerzauber

Völlig lautlos und von jedem Erdenbewohner ungesehen schlich ein riesiger Kerl, ein wahres Monster, durch einen Wald. Wo er seinen Weg suchte, hinterließ er kleine, gierig züngelnde Flämmchen. Die wuchsen langsam, aber kontinuierlich zu immer größeren Flammen empor, als er schon längst diesen Wald verlassen hatte. Das Feuer wurde größer und größer, erfasste zuerst Gräser, danach die kleineren Sträucher und später fraß es an den Bäumen. Voller Panik flohen die Tiere vor dem sich immer weiter ausbreitenden Inferno. Alte und kranke, aber auch junge Tiere hatten keine Chance, den Flammen zu entkommen. Es entstand ein riesiger Waldbrand, der alles vernichtete, was sich ihm in den Weg stellte.

Eine Kuh stand auf einer Wiese und kaute in aller Ruhe auf ihrem Gras. Aber plötzlich stieg dem Tier Rauchgeruch in die Nase. Unruhig blickte es um sich und erblickte ein riesiges Feuer, das sich ihm schnell näherte. In plötzlicher Panik brüllte die Kuh auf, rannte, was sie konnte, vom Waldrand weg und brachte sich so fürs Erste in Sicherheit. Immer lauter brüllte sie, denn beim Laufen prallte ihr volles Euter gegen ihre Hinterbeine, was ihr fast unerträgliche Schmerzen bereitete. Mit letzter Kraft erreichte sie ihren Hof.

Der Bauer Siegfried ahnte nichts Böses. Gerade wollte er die Milch zu seinem einstigen Prozessgegner und jetzigen Freund Gundolf bringen lassen, die dessen Kindern nach Jodaryons Urteil zustand. Mit Vergnügen dachte er daran, wie prächtig sich die Kinder entwickelten, seit sie nicht mehr hungern mussten. Da hörte er die Kuh brüllen und sah sie im nächsten Augenblick heranstürmen. Zugleich jedoch sah er noch etwas anderes, nämlich den Rauch in der Ferne. Was der zu bedeuten hatte, war ihm sofort klar. Augenblicklich alarmierte er seine Nachbarn und alle anderen Dorfbewohner. Jeder wusste, was er in einer solchen Situation zu tun hatte: Vor sämtliche verfügbaren Karren wurden in größter Eile Ochsen und Kühe gespannt, um Holzfässer mit Löschwasser zum Brandherd zu bringen. Vielleicht konnte man ja das Allerschlimmste gerade noch verhindern.

Aber Siegfried tat noch etwas anderes. Er schickte einen jungen Mann namens Meinhard, den besten Läufer des Dorfes, zu Wasgo und Jodaryon, um diese zu informieren und um Hilfe zu bitten.

Augenblicklich rannte der junge Mann los, was seine Beine hergaben. Wenn jemand wirklich helfen konnte, dann die beiden großen Magier! Stunde um Stunde kämpfte er sich vorwärts, ohne die kleinste Pause, einen so mörderischen Lauf hatte er noch nie erlebt. Der Weg nahm kein Ende, die heiße Sonne trocknete seinen Körper aus, es war kaum noch auszuhalten. Ob er es schaffen konnte? Ob er vorher in der glühenden Hitze zusammenbrach, irgendwo hilflos liegen blieb, in der Einsamkeit, während zu Hause alles ein Raub der Flammen wurde? Es half ja nichts, er musste weiter, immer weiter!

*****

Kaum war Meinhard aufgebrochen, rief Siegfried den anderen Dorfbewohnern zu „Wir brauchen Decken! Holt alle Decken, die ihr finden könnt! Und Schaufeln! Ganz wichtig! Bringt Schaufeln mit, wir müssen Sand ausheben und transportieren!“

Das Prasseln des Feuers, das nur noch ein paar Hundertmeter entfernt war, war jetzt schon deutlich vernehmbar. Von Minute zu Minute wurde es lauter. Ein solches Inferno hatte noch niemand erlebt. „Was willst du mit Sand und Schaufeln, du dummer Bauer?“, brüllte einer von Siegfrieds Nachbarn.

„Wenn hier einer dumm ist, dann bist du es“, schrie der Angesprochene in höchstem Zorn zurück, „wirf den Sand auf das Feuer und es wird gelöscht! Tu einfach, was ich dir sage, dann kannst du nichts falsch machen! Und jetzt los, wir können nicht endlos diskutieren!“

Längst hatten sich alle Dorfbewohner um Siegfried versammelt und warteten wie selbstverständlich auf seine Anordnungen. In diesem Augenblick waren sie froh, dass er da war, er galt als guter, ehrlicher, vor allem aber auch als sehr kluger Bauer, der nicht umsonst so viele Kühe zu seinem Eigentum hatte machen können. Zudem war er ein hilfsbereiter Mensch, fast alle anderen Dorfbewohner waren ihm irgendwie zu Dank verpflichtet. So taten sie, was er ihnen sagte.

„Bringt alles mit, womit wir einen Graben ausheben können! Außerdem Wassereimer! Alle Gefäße, in denen man Löschwasser transportieren kann! Und Sicheln, Sicheln! Um das Gras kurz zu halten, damit es nicht so leicht brennt! Wir müssen den Brand löschen, sonst erreicht er unser Dorf!", brüllte Siegfried in den immer größer werdenden Lärm hinein.

In den nächsten Minuten rannten alle Dorfbewohner wild durcheinander, aber dank Siegfrieds klarer, verständlicher Anweisungen hatten sie schnell alles zusammengetragen, was sie zur Brandbekämpfung brauchten, und brachen auf. Zu allem Unglück kam jetzt auch noch Wind auf, der die Flammen zusätzlich anfachte. Wenn er sich nicht bald legte oder drehte, musste er das Feuer direkt zum Dorf treiben.

„Los jetzt! Wir haben keine Zeit mehr!", brüllte Siegfried.

Je näher die Bauernfeuerwehr dem brennenden Wald kam, desto stärker nahmen die Dorfbewohner den Brandgeruch wahr. Siegfried roch verkohltes Holz, aber auch verbranntes Fleisch. Längst waren viele Waldtiere der Untat des Hüters des Fegefeuers zum Opfer gefallen. Mäuse liefen der zum Löschen des Feuers ausrückenden Ochsenkarrenkolonne entgegen, irgendwo im Wald röhrte in panischer Angst ein Hirsch.

Eichhörnchen sprangen von Ast zu Ast, von Baum zu Baum, um den Flammen zu entfliehen. Eines konnte sich nicht rechtzeitig festhalten, als es einen Ast im Sprung erreichte. Mit einem leisen Angstschrei, der von den Menschen ungehört blieb, stürzte es in die Tiefe, direkt in die Flammen. Siegfried glaubte, den Todesschrei des armen Tieres zu hören, obwohl er wusste, dass das pure Einbildung war. Das Eichhörnchen war viel zu weit von ihm entfernt. Außerdem übertönte das Tosen und Prasseln des Feuers fast jedes Geräusch, sodass das kleine Lebewesen scheinbar lautlos zur Erde fiel. Dabei prallte das arme Tierchen im freien Fall mit dem Rücken auch noch gegen einen anderen Baum und musste dadurch zusätzliche Schmerzen erleiden.

Wie nur um alles in der Welt, um aller Götter willen sollten die Bauern diesen riesigen Flächenbrand unter Kontrolle bringen?

Das Röhren des Hirsches wurde immer lauter und panischer. Wo war er nur? Ob man dem schönen Tier noch helfen konnte? Siegfried vermutete, dass der Hirsch ihm und den anderen Bauern entgegeneilte. Und wirklich, da brach er auch schon aus dem Unterholz des Waldes hervor. Ein wahrhaft imposantes, geradezu majestätisches Tier. Aber sein Rücken brannte, er war vor Angst und Schmerz wie von Sinnen und rannte in einer Kurve wieder von den Bauern weg, die doch vielleicht seine Retter hätten sein können. Hatte Siegfried vorhin schon Mitleid mit dem kleinen Eichhörnchen gehabt, so war es ihm jetzt, als fühle er selbst den Schmerz des Hirsches.

Plötzlich verfing sich der Hirsch mit seinem Geweih im Geäst der teilweise schon brennenden Bäume. Die Bauern wollten dem prachtvollen Tier zu Hilfe eilen. Als sie es fast erreicht hatten, riss es sein Haupt in panischer Angst von einer Seite auf die andere. Vor lauter Furcht quollen ihm beinahe die Augen aus dem Kopf. Mit einem lauten Knall brach ein Ast seines mächtigen Geweihs ab. Das führte dazu, dass der Hirsch seine Freiheit zurückerlangte. Er rannte erneut vor den Bauern davon. Doch konnte er die wiedererlangte Bewegungsfreiheit nicht lange nutzen. Das beschädigte Geweih hätte dem Hirsch unter normalen Umständen keinen Schaden zugefügt. Aber der schlimme Waldbrand hatte ihn in Angst und Schrecken versetzt. Das führte dazu, dass das fehlende Geweihteil ein Ungleichgewicht verursachte, durch das er seinen Kopf nicht mehr unter Kontrolle hatte. Durch den hin und her geworfenen Kopf verlor das Tier die Orientierung und lief auf einen großen, dicken Baum zu. Siegfried und seine Leute konnten nur machtlos zusehen.

Und schon prallte der Hirsch mit dem Rest seines Geweihs gegen einen starken Ast. Seine Vorderläufe knickten ein und er fiel mit dem Kopf voran auf den brennenden Waldboden. Noch einmal versuchte der Hirsch, auf seine Beine zu kommen. Es gelang ihm, sich auf seinen rechten Vorderlauf aufzurichten. Doch der linke hing von seinem Körper abgespreizt herab, er war beim Sturz des Tieres gebrochen. Hilflos musste Bauer Siegfried mit seinen Männern das Drama mit ansehen. Es war ihm bewusst, was das für den armen Hirsch bedeutete. Das große, elegante Tier versuchte, verzweifelt davonzulaufen, und schrie vor Schmerzen auf. Noch einmal versuchten die Männer, den Hirsch zu erreichen. Doch mussten sie nur einen Augenblick später einsehen, dass jeder Versuch, ihn zu retten, zum Scheitern verurteilt war.

Denn im nächsten Augenblick krachte ein großer, dicker, brennender Ast von einem Baum herab, direkt auf den Rücken des armen Tieres. Der Ast war so schwer, dass er ihm das Rückgrat brach. Nun waren alle Kraft und Energie des Hirsches verbraucht. Er stürzte und der Ast begrub ihn unter sich. Qualvoll schrie er ein letztes Mal auf, danach erstarb seine Stimme langsam und endlich war das einstmals so majestätische Tier von seinen fürchterlichen Leiden erlöst.

Einen kurzen Augenblick verharrte Siegfried, auch die anderen Bauern standen wie erstarrt. Sie verspürten Trauer, aber noch mehr Wut, weil sie den Hirsch nicht retten konnten und gezwungen waren, machtlos zu zusehen, auf welch grausame Weise er durch diese unwiderstehliche Feuersbrunst sterben musste. Aber das war der Augenblick, in dem Siegfried sich sagte, dass er nie aufgeben werde. Unwiderstehliche Feuersbrunst? Das Feuer musste unter allen Umständen gelöscht werden. Wenn ihm und seinen Männern das nicht gelang, musste das nicht nur den Untergang des Dorfes, insbesondere ihrer schönen Bauernhöfe bedeuten, sondern auch den sicheren Tod für alle Tiere und Menschen seines Dorfes. Also los, jede Sekunde zählte!

So schrie er, so laut er konnte, seinen Männern schnell neue Anweisungen zu. Die Bauern vertrauten ihm und jeder tat, was er von ihnen verlangte.

Zunächst rannten sie zurück an den Waldrand und begannen dort in einem sicheren Abstand zum Feuer einen Graben auszuheben, damit sich der Brand nicht weiter ausbreiten konnte. Nur, hatte das

Sinn? Hatte überhaupt noch etwas Sinn? Obwohl sich die Bauern nicht schonten und sich abschufteten wie noch nie in ihrem Leben, erkannte Siegfried sehr bald, dass er mit allen Dorfbewohnern in dieser kurzen Zeit keinen Graben ausheben konnte, der ein ernsthaftes Hindernis für diesen schrecklichen Flächenbrand war. Ganz davon abgesehen, dass sie auch Wasser herbeischleppen und in die Flammen schütten mussten. Auch wenn sie zehnmal so viele Männer gewesen wären, das alles zu schaffen, wäre praktisch unmöglich gewesen.

Wenn nur Meinhard bald bei Jodaryon oder Wasgo eintraf! In der Zwischenzeit mussten sie durchhalten, so gut es eben ging. Siegfried schickte einige Männer los, um den Brand mit dem Sand zu bekämpfen, den sie beim Ausheben des Grabens gesammelt hatten; nur fehlten die nun wieder beim Ausheben des Grabens, mit dem es ohnehin nicht recht voranging. Die Frauen schickte er nach Hause zurück, sie sollten sich um die Kinder und das Vieh kümmern. Außerdem wollten einige der Bauern den Waldboden umgraben. Dadurch sollten die Bodenpflanzen vernichtet werden, die sonst eine Ausbreitung des Brandes auf weitere Wald- und Wiesenflächen begünstigt hätten. Siegfried bezweifelte, ob das sinnvoll war. Aber was war überhaupt noch sinnvoll? Mussten sie nicht alles aufgeben und fliehen, so schnell wie möglich? Vielleicht war es sogar schon zu spät, um ihr Vieh mitzunehmen, vielleicht war auch das bereits verloren. Und dann? Jetzt nicht nachdenken! Kämpfen, um jede Chance, und sei sie auch noch so klein!

Die Männer taten alles Menschenmögliche, um das Feuer unter Kontrolle zu bekommen. Mit Wasser, Erde und Decken versuchten sie, die Flammen zu ersticken. Sie mühten sich ab, aber vergeblich, der Brand ließ sich einfach nicht eindämmen. In diesem Augenblick jedoch bemerkte Siegfried, dass sich das Feuer nicht weiter ausbreitete. Der Wind schien sich gelegt zu haben. Ein Hoffnungsschimmer! So konnte der von den Bauern mit Hacken und Schaufeln mühsam geschaffene Graben fürs Erste das Schlimmste verhindern, das Feuer erst einmal aufhalten. Den Männern rann der Schweiß aus allen Poren, viele waren kurz davor, vor Müdigkeit einfach auf den Boden zu sinken. Doch unermüdlich arbeiteten sie weiter. Jederzeit konnte der Wind wieder auffrischen. Und wenn die Flammen erst einmal den Graben überwunden hätten, dann wäre ihnen das Dorf schutzlos ausgeliefert.

*****

Meinhard taumelte mehr, als er lief, dem äußeren Tor der Stadtmauer entgegen. Schon von Weitem rief er den Torwachen zu, sie sollten ihm schnell helfen, er müsse ganz dringend zu Jodaryon oder Wasgo. Aber als er das Tor erreichte, vermochte er sich nicht mehr, auf den Beinen zu halten, und die Soldaten, die auf ihn zu rannten, konnten ihn gerade noch auffangen, bevor er stürzte. „Schnell, er braucht zu trinken, holt Wasser!“, rief der Hauptmann, doch da hörte er, was ihm Meinhard mit letzter Kraft klarmachen wollte. Nur wenige Worte des völlig entkräfteten Boten waren nötig, da erkannte der Hauptmann voller Entsetzen die ganze Tragweite der Katastrophe. Unverzüglich schickte er einen seiner Soldaten, den besten Läufer, den er aufbieten konnte, zu Wasgo, der solle um Himmels willen keine Zeit verlieren und sofort zum Tor kommen, jede Sekunde sei kostbar, es gehe um Tod oder Leben. Dann hielt er selbst dem erschöpften Meinhard einen Krug Wasser an die Lippen, und nur wenige Augenblicke später stand Wasgo schon vor ihm und ließ sich berichten.

Gleich darauf vollführte der junge Magier einen gewaltigen Zauber.

*****

Siegfried und seine Männer mühten sich mit Schaufeln und Spitzhacken ab. Unablässig wurde Sand von einem Ort zum anderen geschleppt. Endlich konnte für einige Zeit am jenseitigen Rand des Grabens der Ausbruch weiterer Flammen verhindert werden. Aber für wie lange? Die Männer waren am Ende ihrer Kräfte. Wie lange waren diese extremen Strapazen in der unerträglichen Hitze noch durchzuhalten? Doch wenn sie auch nur einen Augenblick nachließen, dann mussten sie damit rechnen, dass das Feuer wieder stärker wurde und sein grausames Unwesen weitertrieb.

Ein junger Bauer Namens Theoderich war am Ende seiner Kräfte. Er hatte wie alle anderen Männer des Dorfes auch bis zum Letzten gegen das Feuer gekämpft. Aber jetzt zitterten ihm die Beine und Arme, er konnte sich nicht mehr aufrecht halten und setzte sich dort, wo er stand in den Sand. Siegfried bemerkte das. Der Junge sah aber auch mitleiderregend aus. Trotzdem rief Siegfried ihm zu: „Theo, was ist los, mein Junge? Keine Müdigkeit vorschützen, du musst aufstehen und weitermachen! Komm, mein Lieber, versuch es und gib nicht auf, du schaffst das noch!“

Theoderich sah zu Siegfried herüber. Er wollte ihm schon die passende Antwort zurückgeben! Aber als er den Bauern wahrnahm und bemerkte, dass der schwankte, sich kurz auf seiner Schaufel aufstützte, aber sich dann wieder den Flammen zuwandte, blieb ihm jedes Wort im Halse stecken. Außerdem waren Siegfrieds Worte nicht böse gemeint, im Gegenteil hörte Theoderich, dass sie aufmunternd und nicht tadelnd gemeint waren. Ruhig und gutmütig war der Ton des Bauern. Siegfrieds Gesicht war total verrußt, nur der Schweiß hatte einige dünne Streifen darauf hinterlassen, wo die Haut etwas hindurchschimmerte. Siegfried war, wie Theoderich auch am Ende seiner Kräfte angekommen, aber trotzdem arbeitete dieser unermüdlich weiter!

‚Wie macht der das bloß?‘, fragte sich der junge Mann. Beschämt stand er mühsam auf und arbeitete weiter. Und Theoderich staunte über sich selbst. Wie viel Kraft er auf einem Male doch wieder hatte. Er kämpfte gegen das Feuer, gab dabei alles in seinen Kräften stehende. Siegfried war jetzt neben ihm. Gemeinsam schaufelten sie Sand aus dem Graben.

Siegfried bemerkte, mit welch großer Hingabe Theoderich arbeitete. Aber wenn der Junge in diesem Tempo weiterarbeiten wollte, musste er bald zusammenbrechen. Deshalb sagte er zu dem jungen Mann: „Mach langsam, mein Junge, dieses Tempo stehst du nicht lange durch. Wir sind alle geschwächt, und arbeiten nicht mehr so schnell wie am Anfang. Aber noch müssen wir, also, bevor du zusammenbrichst, mache nur etwas langsamer!“

Theoderich sah ihn dankbar ins Gesicht und wollte Siegfried eine Antwort geben. Doch der hatte sich bereits wieder gebeugt, um die nächste Schaufel Sand aus dem Graben zu heben.

Plötzlich klatschte es ganz laut auf Siegfrieds gebeugten Rücken. Nicht nur einmal, noch einmal und wieder und wieder und immer wieder. Bis der Mann endlich registrierte, dass das Klatschen von dicken kühlen Regentropfen verursacht wurde. Billionen von dicken Regentropfen machten die Erde nass. Die Flammen züngelten, und es begann, zu zischen und zu qualmen. Zusehends setzte der Regen dem Feuer zu. Die Männer konnten erst nicht fassen, was gerade geschah, sie stierten zuerst nur, fast schon willenlos, auf das erlöschende Feuer, bis sie verstanden. Danach waren sie einfach nur zutiefst erleichtert und glücklich. Wären nur nicht die toten Tiere und die verwüsteten Wald- und Wiesenflächen zu beklagen gewesen!

So manch einer sank völlig erschöpft da, wo er gerade stand, zu Boden, vor Entkräftung und Übermüdung unfähig, noch einen klaren Gedanken zu fassen.

Auch Siegfried ging es nicht anders. Er dachte noch, dass Meinhard ein Teufelskerl sei; der müsse ja in einem wahren Wahnsinnstempo in die Hauptstadt gerast sein. Dann sah er neben sich Theoderich, wie der allmählich zu grinsen begann. Auch er musste nun lachen. Und lachend fiel er dem jungen Mann in die Arme und sagte voller Anerkennung: „Theo, mein lieber Junge, das hast du großartig gemacht! Du hast so wunderbar gegen das Feuer gekämpft, hast durchgehalten und nicht aufgegeben, du bist ein toller Kerl!“

„Aber das haben doch alle getan, nicht nur ich!“, gab Theoderich bescheiden zurück.

„Aber die anderen haben alle viel mehr Erfahrungen als du. Und sie sind nicht mehr so jung wie du und vielleicht auch kräftiger. Glaube mir, ich lobe dich nicht umsonst!“

Die Stadt am Fluss

Ein breiter Fluss strömte durch das weite Tal. Etwa in dessen Mitte hatten die Menschen vor Urzeiten an beiden Ufern dieses Gewässers eine Siedlung errichtet. Auf dem besiedelten Gelände gab es einige kleinere Hügel mit Holzhütten. In ihnen wohnten die eher ärmeren Einwohner der Stadt.

Mitten im Fluss begann das Wasser, allmählich zu brodeln und zu zischen. Dieses Phänomen, zunächst von nur wenigen Menschen beachtet, bewegte sich langsam zum rechtsseitigen Ufer hin, an dem besonders viele Holzhütten standen. Dort wohnten die Gerber und Töpfer der Stadt sowie viele Tagelöhner. Immer stärker wurde das Getöse, bald bildete sich zudem eine Dampfwolke über dem Wasser. Und aus dem dichten Dampf erhob sich jetzt die riesige, feurige Gestalt des Hüters des Fegefeuers.

Feuer und Wasser sind zwei Stoffe, die sich nicht vertragen. Und doch konnte der Hüter des Fegefeuers durch einen Fluss tauchen, ohne befürchten zu müssen, dass das auf seinem Körper befindliche Feuer erlöschen könnte. Der Hüter des Fegefeuers war ein Monster aus der Hölle und so besaß es in seinem Inneren eine vom Teufel geschaffene magische Glut, die alles Wasser der Welt niemals löschen konnte. Kam Wasser mit dieser Glut in Berührung, so verdampfte es zischend und knallend in die Atmosphäre.

„Feuer vernichtet Häuser! Feuer tötet Menschen!“ Das waren die Worte, die sich der Hüter des Fegefeuers ständig in sein winziges Gehirn einhämmerte. „Feuer vernichtet Häuser! Feuer tötet Menschen! Feuer vernichtet ...“ Er wollte den Auftrag, den er von seinem Herrn, dem Höllenfürsten Luzifer, bekommen hatte, mit allen ihm zur Verfügung stehenden Mitteln erfüllen. Er wollte der Liebling des Teufels werden oder bleiben. Es war nicht gut, es sich mit Luzifer zu verderben.

*****

Der Gerber Hagen traute seinen Augen nicht. So ein großes und am lebendigen Leibe brennendes Wesen hatte er noch nie gesehen. Vom Teufel hatte er schon einmal gehört, auch von Göttern, doch an dies alles glaubte er nicht. Weit in das Land hinein leuchtete die widerwärtige Gestalt des Herrn des Fegefeuers. Er war unvorsichtig geworden, weil er in den Wäldern so herrliche Erfolge für sich verbuchen konnte. Unbemerkt von jeder menschlichen Seele hatte er mehrere verheerende Brände legen können. Sollten ihn diese jämmerlichen Menschen doch ruhig sehen! War es denn der Mühe wert, sich vor denen zu verbergen? Zum Lachen! Seltsam, dass der alte Luzifer manchmal so übervorsichtig war ...

Wer war dieser Riese bloß? Hagen war sofort klar, dass es höchst gefährlich wurde. Für ihn, für die Stadt, für alle.

Nun konnte er beobachten, wie das Ungeheuer durch die engen Gassen der Stadt tappte und mit seinen feurigen Händen ganz leicht über die Dächer und Giebel der Hütten strich, in der die Handwerkerfamilien wohnten. Das sah beinahe so aus, als wenn das Höllenwesen mit seinen Händen sanft, ja, geradezu zärtlich über die Hütten streichelte. Doch sanft und zärtlich sein, das war das Letzte, das es wollte. Tod und Verderben wollte es über die Menschen dieser Stadt bringen. In der ganzen Stadt hinterließ Luzifers Gesandter eine Spur von Flammen, denn mit seinen Füßen verbrannte er die Erde ebenso wie mit den Händen die Hütten der Handwerker und Tagelöhner.

Hagen erkannte sofort, welche Gefahr ihm und seinen Nachbarn drohte. Aus den Dächern und Giebeln der Hütten, die das Höllenwesen mit seiner Hand berührte, züngelten zunächst kleine blaue Flämmchen empor, die aber in Minutenschnelle hoch aufloderten.

Das war immer das Schlimmste gewesen, dass sich der Gerber vorstellen konnte: Feuer! Feuer in diesem alten Stadtviertel mit seinen eng zusammenstehenden Hütten, deren Holz, wenn es längere Zeit nicht geregnet hatte, wie Zunder brennen musste! Und das von einer Hütte zur nächsten übergriff, brannte erst einmal eine, dann brannten alle! Da hätte es nicht dieses sonderbaren Wesens bedurft, um ihn in höchste Angst zu versetzen. Über das Monster nachzudenken, hatte er jetzt sowieso keine Zeit. Es galt, zu handeln, jede Minute war kostbar!

So rannte er zurück ins Handwerkerviertel, das schon an mehreren Stellen lichterloh brannte! Wild trommelte er mit seinen Fäusten an jede Tür und brüllte: „Feuer, Feuer!“ Längst hatten alle seine Nachbarn das Großfeuer bemerkt. Wirklich alle? Wer war noch in den Häusern? Immer wieder schrie er verzweifelt: „Feuer! Es brennt! Alle raus aus den Hütten! Aber schnell!“

Bald kämpfte jeder Mann und jede Frau aus dem Stadtviertel gegen die Flammen, selbst die Kinder packten mit an. Zunächst versuchten alle, ihre eigene Behausung zu retten. Aber keine Chance, unglaublich schnell griff das Feuer um sich! Und natürlich musste so etwas auch noch an einem Tag passieren, an dem nicht das kleinste Wölkchen am Himmel stand, aber ein kräftiger Wind wehte, der das Feuer zusätzlich ausbreitete!

Böse und dumm wie das Höllenwesen war, grinste es schadenfroh, als es den verzweifelten Kampf der Menschen gegen das Feuer verfolgte. Gegen ihn, den Herrn des Fegefeuers hatten die Menschen keine Chance. Sollten sie doch mit allen Kräften gegen das Feuer kämpfen, dass er gelegt hatte, um seinem Herrn einen Dienst zu erweisen. Sollten sie doch alle ihre Kräfte mobilisieren, sollte jeder doch so viel Wasser herbeischleppen, wie er wollte und konnte! Alle ihre Bemühungen, sein Feuer zu löschen, waren aussichtslos! Er war stärker als alle Menschen der Welt gemeinsam! Der Höllenfürst hatte ihm, den Hüter des Fegefeuers seine für Menschen unzerstörbare Kraft gegeben und ihn somit mit großer Macht ausgestattet. Die Hölle war sein Zuhause, sein Reich! Die Menschen waren gegen ihn machtlos und schwach, nur eine lächerliche und erbärmliche Brut. Die hielten sich für so schlau und klug, dabei waren sie doch nur so strohdumm und hilflos wie Ungeziefer! Dieses Kroppzeug gehörte ausgerottet, es lief ja doch nur sinn- und zwecklos umher. Nicht umsonst waren sie ihm rettungslos ausgeliefert!

Ja, der Höllenfürst würde jetzt sicherlich mit ihm zufrieden sein, schließlich hatte er seine Aufgabe bravourös erledigt. Zufrieden trat der Hüter des Fegefeuers seinen Rückweg in die Hölle an.

*****

Hagen versuchte, nach bestem Wissen und mit all seinen Kräften beim Löschen des Feuers, das sein Stadtviertel zu vernichten drohte, zu helfen. Es schien so, als sei er überall zur gleichen Zeit. Den einen forderte er auf, in einer scheinbar aussichtslosen Situation, durchzuhalten. Einem anderen versuchte er, Mut zu machen, noch einem anderen half er mit einem guten Rat oder mit Hinweisen, wie der Brand am besten unter Kontrolle zu bekommen war. Von einem zum anderen Augenblick glaubte Hagen, sein Herz setze aus. Der Grund dafür war, dass er mit ansehen musste, dass auch seine Hütte in Brand geriet. Seine Hütte! In der sich seine Frau und seine drei Söhne befanden! Er eilte seiner Familie zu Hilfe, die im Obergeschoss vom Feuer überrascht worden war. Durch die starke Rauchentwicklung war es unmöglich, zur Haustür der Hütte zu kommen. Dort eine Fensteröffnung. Da musste er hin, dann konnten seine Frau und die Kinder vom Obergeschoss zu ihm herunterspringen. Hagen stellte sich unter die Fensteröffnung und schrie: „Springt, aber nacheinander! Großer, du zuerst! Los komm schon!“

Hagens ältester Sohn wagte den Sprung, der Vater, der ihn auffangen wollte, wurde von ihm umgerissen. Beide stürzten, aber sie hatten Glück und verletzten sich nicht.

Schnell sprangen sie wieder auf die Beine. Die Zeit war knapp, er musste handeln. Hagens Geist arbeitete schnell und automatisch. Schon forderte er seinen mittleren Sohn zum Sprung auf. Der junge war ein Leichtgewicht, aber auch so mutig wie sein Bruder. Er sprang seinem Vater direkt in die Arme. Problemlos fing Hagen ihn auf.

„Und jetzt du!“, rief Hagen seiner Frau zu. Sie hielt den Jüngsten in ihren Armen und rief zurück: „Ich traue mich nicht. Ich habe Angst!“

„Bitte, meine Liebe, du musst springen! Eine andere Chance hast du nicht und der Kleine ebenso wenig! Los komm, ich helfe dir. Bitte, Liebling, spring, ich fange dich genauso auf wie unsere Jungen!“ Das Feuer prasselte, kam der Frau immer näher. Quälend langsam vergingen sie Sekunden, die sowohl Hagen, als auch seiner Frau wie eine Ewigkeit erschienen. Die schon gesprungenen Söhne machten ihrer Mutter Mut. „Mutti, bitte spring, es ist ganz leicht. Papa fängt dich doch auf. Er lässt dich bestimmt nicht fallen!“

Die Frau fühlte die mörderische Hitze und glaubte, bald verbrennen zu müssen, wenn sie nicht den rettenden Sprung wagte. Eine Alternative gab es nicht, sondern nur den Tod im Feuer! Mit einem lauten Aufschrei sprang sie endlich, obwohl ihr das große Überwindung kostete. In ihrer Angst sprang sie zu kurz. Mit einem schnellen Schritt auf das Haus zu, fing Hagen seine Frau, die das Kind instinktiv an ihre Brust drückte, auf. Somit verhinderte er ihren Aufprall auf die Erde. Aber aufgrund des zu kurzen Sprunges rissen ihn Mutter und Sohn erneut um. Heftig stürzte er erst gegen die Hauswand, danach auf den Boden. Aus mehreren Wunden blutete er. Jedoch nahm er das kaum wahr. Seine Schulter und sein rechtes Knie taten ihm etwas weh, aber er konnte alles problemlos bewegen. Für Hagen war nur wichtig, dass seine Familie gerettet war!

„Schnell, wir müssen das Feuer löschen! Wir brauchen Wasser!“, rief Hagen seiner Frau und seinen Söhnen zu, denn der Brand hatte sich weiter ausgebreitet, und wütete beinahe schon in der ganzen Hütte. Aber noch war es sinnvoll, den Brand zu bekämpfen. Noch konnte das Haus gerettet werden. Es galt, keine Zeit zu verlieren.

„Was ist bloß geschehen? Wie konnte das so plötzlich passieren?“, fragte ihn seine Frau. Sie musste brüllen, damit er sie in dem Lärm, den das Feuer und die Löscharbeiten im Stadtviertel verursachten, überhaupt verstand.

Ohne auch nur einen Augenblick die Brandbekämpfung zu unterbrechen, antwortete Hagen: „Ich habe da so ein riesiges, komisches Wesen gesehen. Das brannte am gesamten Körper. Ich habe noch nie gesehen, dass jemand brennen kann, ohne dass ihm das etwas ausmacht. Und dieses Monster ist durch unseren Stadtteil gegangen und hat unsere Hütten berührt und schon begannen sie, zu brennen. Lichterloh! Das war total unheimlich! Das ging nicht mit rechten Dingen zu, sage ich euch! Wir müssen Jodaryon informieren!“

Inzwischen war ihm ein Nachbar zu Hilfe gekommen. Aber konnten sie überhaupt noch etwas ausrichten?

Eben war er dabei, zwei weitere Eimer Wasser zu seinem Haus zu tragen. Seine Frau und seine zwei älteren Söhne unterstützten ihn so gut wie möglich. Ständig landete Wasser mit lautem Zischen im Feuer. Verrußt und verschwitzt und blutverschmiert, wie er war, stand er an der Giebelseite seiner Hütte und schüttete Wasser hinein.

Da sah er, dass ein Balken im Begriff war, sich vom Dach zu lösen. Wenn er herabfiel, verlor das ganze Dach seinen Halt und musste einstürzen.

Ohne zu zögern, kletterte Hagen zum Dach hinauf, befahl seinen zwei älteren Söhnen, ihm eine dicke Holzstange zu bringen, und versuchte, den Balken damit abzustützen. Er schob die Stange mit dem einen Ende unter den Balken und klemmte das andere Ende so hinter eine Wand seiner brennenden Behausung, dass der Balken an seinem Platz blieb. Wenigstens an dieser Stelle war das Dach notdürftig gesichert!

Mit einem Satz sprang er herunter und nahm weitere Eimer entgegen, um ihren Inhalt ins Feuer zu gießen. Allmählich bekamen sie den Brand unter Kontrolle, die Lage sah nicht mehr ganz so verzweifelt aus. Die Glut an den Wänden der Hütte war bereits so gut wie gelöscht. Jetzt mussten die Flammen auf dem Dach bekämpft werden, die immer noch heftig loderten.

„Bringt mir die Leiter!“, schrie er seinen Söhnen zu.

Hastig kletterte er in die Höhe. Instinktiv tat er das Richtige. Er befestigte ein Seil so an der Leiter, dass die Wasserträger die vollen Eimer schnell daran hängen konnten. Mit nur wenigen Seilzügen holte er sie dann herauf und goss ihren Inhalt auf das brennende Dach. Zeigte das Löschen nicht schon Wirkung? Waren die Flammen nicht schon bedeutend kleiner geworden?

Hagen spürte keine Spur von Erschöpfung, er arbeitete wie eine Maschine. Dass er immer wieder den beißenden Rauch einatmete und ständig hustete, ignorierte er.

Niemand bemerkte, dass die Stange, die Hagen vorhin unter den Dachbalken der Hütte geklemmt hatte, Feuer fing. Der Mann goss Eimer um Eimer auf das Dach, direkt in den Brandherd hinein und auf die Holzschindeln. Alle achteten nur auf das Feuer auf dem Dach, das offenbar jetzt auch unter Kontrolle war. Jetzt noch einmal die Anstrengungen verdoppeln! Er kletterte vollends hinauf. Auf dem Dach fühlte er sich sicher. Hier oben konnte er sogar die Eimer direkt zum Brandherd tragen und dort entleeren, das sollte noch wirksamer sein.

'Da haben wir doch noch einmal Glück gehabt, und sind so eben noch einmal davongekommen!', dachte er.

Jetzt nur nicht nachlassen, durchhalten, die letzten Reste des Feuers löschen! Es konnte nicht mehr lange dauern! Mit neu erwachender Energie rief er nach unten: „Wir haben es bald geschafft! Holt Wasser, wir haben es gleich geschafft! Danach sollten wir den anderen Nachbarn helfen gehen, die noch nicht ..."

Hagen verschlug es die Sprache! Was war das? Was war das plötzlich für ein widerliches Knirschen? Das hörte sich an, als wenn Holz auf Holz rieb! Dann sah er den Grund dieses Geräusches. Die Holzstange, mit der er das Dach hatte abstützen wollen, hatte Feuer gefangen! Nicht viel, dafür war sie zu dick, zu massiv, aber kleine Flämmchen und schwelende Glut hatten ihr allmählich die Stabilität genommen. Und jetzt brach sie entzwei. Der Balken, den Hagen mit dieser Stange gesichert hatte, löste sich und rutschte unter dem Dach heraus. Hagen wusste sofort, was das bedeutete. Er musste hinunter! Kurz entschlossen versuchte er, an den Rand des Daches zu gelangen. Dann ein beherzter Sprung in die Tiefe, unwichtig, ob er sich dabei ein Bein brach. Er sah, dass er einfach nur herunterspringen musste.

Angstvoll sahen Hagens Söhne zu ihrem Vater hinauf. „Schnell, Vater, beeil dich!", rief der älteste dem Vater zu.

Der andere schrie aus Leibeskräften: „Spring, Vater, spring schnell!“

Hagens Frau spürte ihren Herzschlag bis zum Hals. Sie konnte nicht mehr, die Wassereimer, die sie gerade zur Leiter tragen wollte, fielen zu Boden und sie selbst vermochte sich vor Entsetzen kaum noch auf den Beinen zu halten. Und es ging alles quälend langsam! Langsam, aber unerbittlich. Wie in Zeitlupe musste sie mitverfolgen, wie der Balken, den Hagen mühsam gesichert hatte, zu Boden krachte. Das Dach war nun vollends instabil geworden.

Plötzlich spürte Hagen unter seinen Füßen einen Schlag. Die Dachbretter, auf denen er stand, von denen er glaubte, dass sie fest und stabil seien, wurden in die Höhe gerissen. Alles Blut entwich in diesem Moment aus seinem Gesicht. Im nächsten Augenblick fiel alles in die Tiefe. Funken flogen durch die Luft. Das gesamte Dach stürzte in die Hütte hinein und riss Hagen mit sich. Überall loderten neue Flammen auf.

„Schnell zum Fenster!“, rief einer der Söhne und rannte schon dorthin. „Vater, spring aus dem Fenster! Schnell, spring! Vater, spring! Spring! Vater! Vater!!“ Dem Jungen schossen unwillkürlich die Tränen in die Augen, im Unterbewusstsein begriff er, was so eben geschehen war.

In diesem Augenblick loderte drinnen eine gewaltige Stichflamme empor. Gleich darauf stürzte die Hütte vollständig ein. Wo war Hagen, bei allen Göttern, wo war er nur? Er war weder zu sehen noch zu hören. Jeder Versuch, ihn aus dem Inferno zu retten, wäre aussichtslos und selbstmörderisch gewesen.

Erst viel später, als das Feuer endlich von selbst erloschen war, fand man in den Trümmern Hagens verkohlte Leiche, begraben von den Überresten des eingestürzten Daches. Man erkannte, dass er sich bei seinem Sturz in die Hütte mehrere schwere Brüche zugezogen hatte. Ein Balken hatte ihm das Genick gebrochen. Daran war er sofort gestorben. Wenigstens war ihm dadurch ein noch qualvollerer Tod durch Verbrennen erspart geblieben. Aber das war natürlich für niemanden ein Trost.

Ausgerechnet der Mann, der den Feueralarm ausgelöst und dadurch den Stadtteil der Handwerker zumindest teilweise gerettet hatte, war ein Opfer der Flammen geworden.

Die Sitzung des Ministerrats

Luzifer war hochzufrieden. Sein Domestik hatte diesmal gute Arbeit geleistet. Der Hüter des Fegefeuers hatte dafür gesorgt, dass Gevatter Tod auf der Erde wieder einmal eine reiche Ernte halten konnte. Bei den Bränden in den Wäldern und Dörfern, auch in kleineren Städten hatte der Unhold aus der Hölle sein Unwesen getrieben und so waren viele Tiere und Menschen qualvoll zu Tode gekommen. Einige von ihnen mussten ihre Seelen der Hölle überantworten und die bekam der Hüter des Fegefeuers als Belohnung für seine höllischen Taten. Der war glücklich wie schon lange nicht mehr und dem großen Luzifer unendlich dankbar. Ihm wollte er in Zukunft noch viel, viel ergebener dienen als bisher, das nahm er sich fest vor. Voller Energie und Tatendrang schürte er sein Fegefeuer.

*****

Es dauerte nicht lange, bis in der Hauptstadt Jodaryon von den Bränden Kenntnis bekam. Nachdem aus mehreren Dörfern und Städten Abordnungen zu ihm gesandt worden waren und ihn um Hilfe gebeten hatten, berief er eine Sitzung seines Ministerrates ein. Natürlich nahm auch Wasgo als Jodaryons erster Berater daran teil.

Zunächst informierte Jodaryon die Versammelten über die Ereignisse und bat sie danach um ihre Meinungen.

Ziemlich ratlos saßen die Minister da. Was mochte nur hinter den ganzen Bränden stecken, die auf einmal im gesamten Reich ausbrachen? Waren sie alle durch die Trockenheit des Sommers entstanden?

Jodaryon überlegte nur kurz, dann konnte er sich in etwa vorstellen, was geschehen war. Aber warum diese Brandanschläge? Eine logische Erklärung fiel auch ihm nicht ein.

Der erste Minister räusperte sich und fragte: „Können die Brände nicht doch auf natürlichem Wege entstanden sein? Vielleicht durch zu starke Sonneneinstrahlung?“

Wasgo widersprach: „Das glaube ich nicht. Es kann mal einen solchen Zufall geben, auch zwei. Aber so viele auf einmal? Nein, das war Brandstiftung, das steht für mich fest. Die Sonneneinstrahlung kann nicht an so vielen Orten gleichzeitig so stark sein, dass überall zur gleichen Zeit Brände ausbrechen."

„Und ein Handwerker hat einen riesigen feurigen Kerl gesehen?", fragte der Kriegsminister. „Angeblich einen ganz widerwärtigen Burschen mit einem total entstellten Gesicht voller Brandblasen, löchriger Hose, nacktem Oberkörper, auf dem die Flammen züngelten?"

„Das ist richtig", bestätigte Jodaryon nachdenklich, „das bereitet mir auch Kopfzerbrechen. Leider ist dieser Handwerker bei den Löscharbeiten an seiner Hütte ums Leben gekommen. Seine Frau erinnert sich zwar daran, dass er ihr von einem solchen Wesen erzählt hat, aber sicher war sie sich nicht. Von daher weiß ich nicht, ob uns der Hinweis weiterhilft."

„Unsinn", erklärte der erste Minister nach einem Räuspern. „Ein Monster? Mitten unter uns? Lieber Herr Kriegsminister, das glaubst du doch nicht im Ernst? Gut, in der Hölle gibt es Monster, das streitet auch niemand ab, aber die erscheinen doch nicht auf der Erde! Die mischen sich doch nicht in unsere Belange ein!"

Wasgo glaubte, den Brandstifter zu kennen. „Doch, der Hinweis hilft uns weiter, Jodaryon! Du bist ihm schon einmal begegnet."

„Wem bin ich begegnet?", fragte Jodaryon zurück, er war etwas verwirrt. Meinte Wasgo den beim Brand verunglückten und gestorbenen Handwerker oder das feurige Wesen?

Wasgo erwiderte: „Du hast den Brandstifter schon einmal gesehen. Als wir durch die Hölle gelaufen sind, hat er sich uns in den Weg gestellt."

„Ach, jetzt weiß ich, wen du meinst", antwortete Jodaryon, „der hatte erst einmal den wilden Mann markiert und du hast ihm befohlen, vor uns auf die Knie zu gehen, was er dann ja auch tat. Der Herr des Fegefeuers. Ein äußerst widerwärtiger Bursche. Zudem dumm wie Bohnenstroh. Und du glaubst wirklich, dass der auf der Erde war?“

„So, wie ihn der Handwerker beschrieben hat, kann es keinen Zweifel geben“, entgegnete Wasgo.

„Aber warum sollte Luzifer seine Monster auf die Erde schicken, damit sie hier ihr Unwesen treiben?“, fragte der Finanzminister etwas ängstlich.

„Das möchte ich auch wissen!“, antworteten Jodaryon und Wasgo wie aus einem Munde.

Doch Wasgo war es, der vorschlug: „Ich könnte zu meinem Großvater in die Hölle gehen und mit ihm reden. Oder ich erfahre zumindest etwas, das uns weiterhilft. Vielleicht schaffe ich es, ihn zum Einlenken zu bewegen. Diese Brandanschläge müssen unbedingt aufhören.“

Jodaryon überlegte kurz. Wasgos Vorschlag war an sich logisch, hatte aber einen Haken. So antwortete er: „Du hast recht! Es darf keine neuen Feuer geben! Aber du bleibst mir mal schön auf der Erde und reist nach Transsilvanien. Du redest mit Sinclair und bewegst ihn dazu, dass er die Menschen dort in Ruhe und Frieden lässt. Wir können jetzt nicht auch noch einen Angriff der Vampire gebrauchen. Wenn die nicht nachgeben wollen, machen wir kurzen Prozess. Dann werden sie spüren, was es bedeutet, sich mit mir anzulegen!“

Wasgo versuchte einen Einwand: „Aber …“ Weiter kam er nicht, denn Jodaryon unterbrach ihn freundlich lächelnd: „Du, mein lieber Wasgo, gehst nach Transsilvanien zu Sinclair!“

Der junge Mann wollte Jodaryon nicht vor den Ministern widersprechen und dessen Autorität untergraben, deshalb blieb er stumm. Aber er fühlte sich zurückgesetzt. Wenn es nach ihm ginge, sollte das letzte Wort darüber noch nicht gesprochen worden sein. Nach Transsilvanien konnte doch auch jemand anderes reisen!

Jodaryon befürchtete, dass Luzifer gegen die Bergwelt tatsächlich einen Krieg führen wollte. Aber warum nur wollte der Höllenfürst Krieg? So sehr Jodaryon auch hin und her überlegte, ihm fiel kein einziger plausibler Grund dafür ein. Der Frieden währte noch nicht lange, die Ewige Nacht war erst seit ein paar Wochen überwunden. Was hatte denn den Teufel so erzürnt, dass er jetzt schon seine Monster auf die Erde schickte? Jodaryon konnte selbstverständlich nicht ahnen, dass Bossus hinter der Sache steckte. Hätte er auch nur einmal an den gedacht, dann hätte er gewusst, was ihn und seine Freunde erwarten konnte. Aber so tappte er vollkommen im Dunklen.

Aber gleichwohl: Sollte der Höllenfürst einen Krieg führen wollen, dann wäre Wasgo, wenn er alleine zu ihm ginge, in großer Gefahr, das stand für Jodaryon außer Frage. Schließlich waren Luzifer und dessen Tochter Luziferine zerstritten und Luzifer hatte schon früher einmal versucht, seinen Enkel in die Hölle zu entführen. Sein damaliges Fiasko wurmte den Teufel sicher immer noch. Zudem war Wasgo ein Zauberer, der mit den Menschen zusammenlebte und sogar Mitglied in deren Regierung war. Also war es doch logisch, dass Luzifer und Wasgo im Kriegsfall Gegner sein mussten. Demnach wäre Wasgo für Luzifer eine willkommene Geisel. Oder gar Kriegsbeute. Nein, nein, überlegte Jodaryon, die Hölle war für den jungen Zauberer eine viel zu große Gefahr, denn den vielen magischen Kräften des Teufels und seiner Monster konnte Wasgo nur unterliegen.

Überhaupt war der junge Mann Jodaryon ein bisschen zu übermütig und zu selbstsicher geworden und schien ihm in letzter Zeit dazu zu neigen, Gefahren zu unterschätzen. Gut, das war bei jungen Zauberern nun einmal genauso wie bei jungen Menschen. Andererseits war Wasgo immer einsichtig und hatte in atemberaubendem Tempo gelernt. Er war drauf und dran, seinen alten Lehrmeister in vielem zu übertreffen, aber natürlich handelte er zuweilen auch noch etwas unbesonnen. Jodaryon nahm sich vor, bei nächster Gelegenheit einmal in Ruhe mit ihm zu sprechen.

Aber nicht jetzt. Jetzt drängte die Zeit. Luzifer und die Vampire durften nicht noch mehr Unheil anrichten.

So blieb Wasgo verärgert, weil er Jodaryons Entscheidung nicht verstand. Dabei war sie doch gar nicht so schwer zu verstehen. Wasgo kannte Sinclair, den Herrn der Vampire, persönlich, der hatte ja einst seine Eltern gegenüber Bossus und auch Luzifer unterstützt. So müsste es Wasgo doch möglich sein, Sinclair zur Vernunft zu bringen!

Und um den Höllenfürsten Luzifer wollte sich Jodaryon höchstpersönlich kümmern. Das teilte er der Versammlung seiner Minister und Berater mit.

Das überfallene Dorf

Gemeinsam mit den Ministern verließ Wasgo den Konferenzsaal der Regierung. Etwas kurz angebunden verabschiedete er sich von Jodaryon und reiste auf dem schnellsten Wege nach Transsilvanien. Die Menschen dort brauchten seinen Schutz, das konnte er verstehen, er durfte keine Zeit verlieren, er musste unbedingt Sinclair finden. Und jetzt freute er sich auch, den alten Freund aus vergangenen Tagen wieder treffen zu können. Vor allem jedoch hoffte er inständig, dass er seine Mission erfüllen und Sinclair dazu bewegen konnte, die Menschen Transsilvaniens in Frieden leben zu lassen.

Aber je näher er an sein Ziel kam, desto alarmierender wurden die Nachrichten, die ihn erreichten. So hieß es unter anderem, dass die Vampire in Fledermausgestalt scharenweise mitten in der Nacht ganze Dörfer überfielen, um deren Bewohner zu Ihresgleichen zu machen. Dabei sollten sie sogar Zauber angewandt haben.

Seit Sinclair mit seinen Getreuen nach Transsilvanien aufgebrochen war, hatte sich die Anzahl seiner Vampire gut und gerne verzehnfacht. Unbedingt musste etwas geschehen, um ihnen Einhalt zu bieten. Ihre Aggressivität ließ darauf schließen, dass auch sie einen Krieg gegen die Menschen führen wollten. Ob die Anschläge des Herrn des Fegefeuers und die der Vampire in einem Zusammenhang standen? Wenn es so war, dann hieß der Übeltäter eindeutig Luzifer! In diesem Punkt war sich Wasgo absolut sicher. Aber noch fehlte ihm dafür ein Beweis.

Wasgo wusste, dass er eine schwierige Mission übernommen hatte. Er überlegte und dachte seinen Gedanken zu Ende: Es war richtig, eine solche Aufgabe musste auf jeden Fall ein Zauberer übernehmen, ein Mensch wäre damit hoffnungslos überfordert gewesen. Andererseits hätte er viel lieber mit Jodaryon den Höllenfürsten aufgesucht und so alles Übel von Grund auf ausgerottet. Aber leider hatte Jodaryon etwas dagegen. Nicht einmal über seine Beweggründe hatte er Wasgo aufgeklärt. Seltsam, früher hatte sein väterlicher Freund immer darauf geachtet, dass es nie Missverständnisse zwischen ihnen gab. Warum war das heute nicht mehr so?

Als wäre es erst vor wenigen Tagen gewesen, erinnerte er sich an Sinclairs Worte, die der einmal zu ihm sagte, bevor Wasgo loszog, um Jodaryon zu finden und zu befreien.

Sinclair erzählte damals dem jungen Wasgo von der Existenz der Vampire und zeigte ihm, wozu die fähig waren. Zum ersten Mal in seinem Leben hatte er, der zu diesem Zeitpunkt noch ein Junge war, einen echten Vampir gesehen. Über dessen Aussehen war er sehr erschrocken. Als Sinclair dann auch noch dem jungen Mann vorführte, wie schnell ein Vampir seinen Standort wechseln konnte, war dieser völlig überrascht und ebenso verwirrt. An diesem Abend sagte Sinclair, dass Wasgo nie die Fähigkeiten eines Vampirs bekommen konnte, dafür aber über die magischen Kräfte eines Zauberers verfügte. Als der Herr der Fledermäuse diese Worte sprach, waren sie noch Verbündete im Kampf gegen Bossus.

Es stimmte, überlegte Wasgo, diese Mission konnte man nicht einem der Minister anvertrauen. Wo doch die magischen Kräfte dieser Wesen der Finsternis sogar seinen eigenen teilweise überlegen waren! Auch wenn er noch so große Fortschritte gemacht hatte.

Trotzdem, er hätte lieber Luzifer aufgesucht. Und heimgesucht ...

Nun, gut, es war nicht zu ändern, jetzt war er hier in Transsilvanien und musste sehen, wie er seine Aufgabe lösen konnte.

Was geschähe wohl, wenn Wasgo von Sinclair verlangte, keine weiteren Menschen mehr zu jagen? Ob sie sich einigen konnten? Oder war Sinclair fest entschlossen, noch mehr auf Konfrontation zu gehen und einen Zweikampf zwischen sich und Wasgo zu riskieren? Und konnte sich Wasgo gegen Sinclair überhaupt durchsetzen? Oder musste er dann den Tod finden oder gar ebenfalls zum Vampir werden? Zu einem Sklaven Sinclairs? Und diesen zudem auch noch als Freund verlieren, als den er ihn immer noch betrachtete? Und wie enttäuscht musste dann ein ihm noch viel wichtigerer Freund sein, nämlich Jodaryon! Auch wenn er den immer noch nicht völlig verstand.

Der Jüngling erreichte ein kleines Dorf, das auf ihn einen traurigen und unbelebten Eindruck machte. Nebelschwaden waberten zwischen den Hütten umher, die Luft war eisig. Obwohl Hochsommer war, konnte Wasgo seinen Atem sehen. Irgendwo knackte im Unterholz ein Ast, eine Eule schrie in der Nähe ihren Klageruf. Instinktiv fühlte Wasgo, dass er nicht alleine an diesem Ort war. Vorsichtig sah er sich um. Durch den Nebel konnte er aber nur sehr wenig erkennen. Er presste sich an die Wand einer Hütte, weil er unbemerkt bleiben wollte. Und doch wurde er beobachtet.

Vor der Eingangstür einer Hütte sah der junge Zauberer drei unterschiedlich große Häufchen Asche. Die Tür stand offen. Ganz vorsichtig trat Wasgo ein und blickte sich um. Seltsam, vor kürzester Zeit musste die Hütte noch bewohnt gewesen sein. Essenreste, die noch nicht verdorben waren, lagen auf Holztellern herum, die neben Wasserbechern auf einem klapprigen Tisch standen. Der Tisch befand sich mitten im kleinen Raum, der als Wohn- und Schlafraum, aber auch als Kochstelle diente. Waren hier Menschen bei der Einnahme ihrer Mahlzeit ganz plötzlich gestört worden? Ein zerbrochener Krug lag auf dem Fußboden, daneben sah Wasgo eine große Lache Milch.

'Wirklich merkwürdig, das alles', dachte Wasgo. 'Und weit und breit ist kein menschliches Wesen zu sehen!'

Ob es in den anderen Hütten des Dorfes ähnlich aussah? Was war hier nur geschehen? Und was hatte es mit den drei Aschehaufen auf sich?

Wasgo wandte einen Zeitzauber an, den er von Jodaryon erlernt hatte. Dadurch konnte er die Zeit in der Hütte nach Belieben zurückstellen. Und gleich darauf erfuhr er, was in und vor der Hütte geschehen war.

Ganz deutlich erblickte er alles vor sich. Eben gerade hatte die Hausfrau ihren Mann und ihr Kind an den Tisch gerufen. Friedlich aßen sie, unterhielten sich, lachten, bis sie plötzlich ein unbeschreibliches Entsetzen lähmte. Krachend flog die Tür auf, es wurde mit einem Mal stockfinster und ein etwa zwei Meter großes Wesen stand vor ihnen. Mit einem dicken Schwanz, der zum Ende hin immer dünner wurde, stützte es sich auf den Boden. Sein muskulöser Körper strahlte große Kraft aus. Das Gesicht sah dem einer Fledermaus ähnlich. Wasgo war sofort klar, dass dieses Wesen ein Vampir war.

Kein Laut ertönte. Die Familie war vor Schrecken erstarrt. Es war ja nicht nur so, dass das Wesen, das da so plötzlich erschienen war, überaus abstoßend war, es verbreitete zudem einen entsetzlichen Gestank. Einen Gestank nach Tod, Verwesung und Verderbnis. Blitzschnell war der Vampir bei dem Mann, der gar nicht zu bemerken schien, wie ihm geschah. In panischer Angst schrien die Frau und das Kind laut auf, aber sie waren wie gelähmt, zu keinem Fluchtversuch fähig. Als die Frau sah, dass der Vampir seine Zähne in den Hals ihres Mannes schlug und alles Blut aus ihm heraussaugte, wurde sie ohnmächtig. In aller Ruhe konnte so das untote Wesen seine üppige Mahlzeit halten. Drei Menschen an einem Tag! So gut müsste es ihm öfter gehen! Zufrieden rülpste es, dann verschwand es so schnell, wie es erschienen war.

Als die kleine Familie wieder zu sich kam, waren alle drei selbst schon zu Vampiren mutiert. Sie waren völlig verzweifelt. Vampire bis in alle Ewigkeit? Und schon erschien erneut der Vampir, der sie gebissen hatte, und erklärte ihnen, dass sie jetzt für immer seine Anweisungen zu befolgen hätten und wie sie sich auf der Erde verhalten sollten. Das war ja alles noch viel schrecklicher, als sie es sich vorgestellt hatten! Nur noch Blut sollten sie zu sich nehmen, das Blut hilfloser Menschen, die sie genauso überfallen sollten, wie sie selbst überfallen worden waren! Oder, wenn sich gerade keine Menschen fanden, das Blut von Katzen!

Und aus ihrer Hütte sollten sie ausziehen und in einer Höhle hausen! Niemals mehr die Sonne sehen! Neues Entsetzen packte sie. Als der Vampir wieder verschwunden war, saßen sie eine ganze Zeit reglos da. Immer mehr nahmen sie die Gestalt von Vampiren an, ihre Gesichter wurden fledermausartig, lange, dicke Schwänze wuchsen ihnen. Die Mutter stieß ab und zu einen Schluchzer aus, das Kind kuschelte sich an sie und weinte.

Die Nacht verging, der Morgen nahte. Die ersten Sonnenstrahlen fielen auf die Erde.

Und nun geschah etwas Unfassbares, Wasgo hielt den Atem an. Entschlossen erhob sich der Mann, legte seinen rechten Arm seiner Frau um die Schulter und nahm das Kind an die andere Hand. Vater und Mutter lächelten sich an, dann setzten sie sich in Bewegung, öffneten die Tür und traten, ohne auch nur eine Sekunde zu zögern, ins Freie, in die Sonne. Im nächsten Augenblick waren sie verschwunden. Alles, was von ihnen übrig blieb, waren die drei Häufchen Asche vor der Hüttentür.

Wasgo wusste, was er zu tun hatte. Wenig später befand sich hinter der Hütte ein Grab. Er musste so schnell, wie es ihm möglich war, Sinclair finden, das war ja alles noch viel schrecklicher, als er es sich vorgestellt hatte! Immer noch wurde er beobachtet. Doch er bemerkte das nicht.

Am Großen Bergsee

Jodaryon befand sich im Palast in seinem Gemach und versuchte mit magischen Kräften, mit dem Höllenfürsten Luzifer Kontakt aufzunehmen. Tief drang sein Geist in die Hölle ein.

Doch konnte er Luzifer nicht finden. War das nicht merkwürdig. Wo steckte denn der nur wieder? Heckte er etwa neue Untaten aus?

*****

Zu genau derselben Zeit hielten sich viele Menschen an einem schönen See auf, den sie den Großen Bergsee nannten. Es war ein sonniger, warmer Sonntag und die Menschen wollten sich erholen. Die Kinder und jungen Leute badeten im See und verursachten in der spiegelglatten Wasseroberfläche kleine Wellen, die älteren Männer und Frauen lagen in der Sonne und ließen sich braun brennen. Die Menschen waren vergnügt und hatten gute Laune, überall wurde gescherzt und gelacht. Auch hier hatte nach dem Ende der Ewigen Nacht das Leben wieder Einzug gehalten.

Karl war ein junger, kräftiger Mann, der sich bis über beide Ohren in ein Mädchen namens Kunigunde verliebt hatte. Auch sie liebte ihn sehr und so wollten die beiden selbstverständlich möglichst viel Zeit gemeinsam verbringen.

An einem so schönen Sonntag gab es für sie nur eines: Sie wollten zum Großen Bergsee wandern, dort in der Sonne liegen und baden. Schon am frühen Morgen waren sie aus ihrem Dorf aufgebrochen. Nach nicht einmal zwei Stunden erreichten sie ihr Ziel.

Als sie aus dem Wald heraustraten, bot sich ihren Augen eine traumhaft schöne, wirklich atemberaubende Landschaft dar. Der See lag in einem kleinen Talkessel, der vollkommen von hohen Bergen umgeben war. Wohin das Auge auch nur sah, erblickte es saftig grüne Almwiesen. Ein schmaler Wanderweg schlängelte sich an den Hängen entlang und verband die einzelnen Almen wie ein Band miteinander. Sträucher und Büsche verzierten die Berge noch zusätzlich und spendeten zudem kleinen Tieren etwas Schatten von der hoch am Himmel stehenden Sonne.

Auf der Rückseite des Sees lag eine große Alm mit besonders frischem, saftigen Gras. Viele Kühe, Ziegen und Schafe weideten dort. Auf den Almwiesen blühten Veilchen, Butterblumen und Alpenrosen und so war das leuchtende Grün mit zahllosen Punkten im schönsten Gelb, Rot und Violett durchsetzt. Man konnte auch aus der Entfernung förmlich erkennen, wie die Hummeln und Bienen fröhlich um die Blüten herum summten.

Überhaupt waren überall die Insekten unterwegs, auch diesseits des Sees. Eine besonders dicke Hummel näherte sich direkt vor Karls und Kunigundes Augen mit lautem Gebrumm einer kleinen Butterblume und wollte von deren Nektar naschen, aber als sie auf der Blüte landete, knickte die unter dem schweren Insekt einfach weg. Erschreckt und zornig brummend flog sie weiter und versuchte ihr Glück bei der nächsten Blume mit demselben Ergebnis. Das wiederholte sich mehrere Male und das Paar hatte viel Spaß an ihrem jedes Mal wachsenden Zorn, bis es der Hummel offenbar zu dumm wurde und sie weiterflog, zu blühenden Hecken, wo sie sich vermutlich mehr Glück versprach. Gleich darauf setzte sich ein prächtiger Schmetterling kurz auf Kunigundes Hand, er zeigte keinerlei Scheu vor den Menschen.

Am Seeufer hatten sich schon andere Badegäste auf mitgebrachte Decken im Gras niedergelassen. Sie lagen dort einfach nur still in der Sonne herum und genossen das schöne Wetter.

Nachdem Karl und Kunigunde dieses schöne und friedliche Landschaftsbild in sich aufgenommen hatten, setzten sie ihren Weg zum See hinunter fort. Dort angekommen taten sie es den anderen Ausflüglern gleich und legten sich etwas abseits von den anderen Leuten auf ihre Decke.

Nach einer Stärkung und nachdem sie sich ausgeruht hatten, wollte Karl mit seiner Freundin im See baden gehen. Hand in Hand ging das Pärchen zum Ufer hinunter. Mit den Füßen standen sie bereits im

Wasser, aber für einen Augenblick blieben sie stehen und lächelten sich verliebt an.

Mit ausgestrecktem rechten Arm machte Karl seine Liebste auf vier Jugendliche aufmerksam, die im See schwammen und herumtollten. Ein übermütiger Junge stupste einen anderen mit dem Kopf unter das Wasser. Als der prustend wieder an der Wasseroberfläche des Sees auftauchte und seinem Freund etwas zurief, das Karl nicht verstehen konnte, lachten die beiden anderen fröhlich-frech auf. Karl nahm Kunigunde an die Hand und wollte sie weiter in den See hineinziehen, als plötzlich aus den Büschen und Sträuchern viele Vögel, die sich darin versteckt hatten, mit wildem Gezwitscher und Geschrei emporflogen. Hatte sich sogar für einen kurzen Augenblick der Himmel verdunkelt? Aber nein, das konnte nicht sein, nicht heute, er war ja gänzlich wolkenlos.

Mit lautem Gekreische flogen die Vögel davon.

Karl fragte seine Freundin: „Hast du die Vögel gesehen? Ich wusste gar nicht, dass es hier so viele gibt. Ich frage mich, was die auf einmal haben.“

„Keine Ahnung“, antwortete die junge Frau, „Lass uns einfach weiter in den See gehen, ich will mich etwas abkühlen und baden.“

Gemeinsam wagten sie sich einen Schritt weiter in das kühle Wasser hinein. Doch entsetzt blieben sie erneut stehen. Panisch sah Kunigunde sich um. Karl verspürte in sich eine plötzlich aufkommende Angst, wie er sie noch nie in seinem Leben verspürt hatte.

Aus der Tiefe der Erde hörte das junge Paar ein lautes Grollen. Karl sah, wie die Berge hinter dem See erzitterten und sich der Boden der Almwiesen bewegte. In Wellenform wurde der Erdboden einige Zentimeter hochgehoben und senkte sich kurz darauf wieder ab. Von den Bergen lösten sich Steinlawinen und stürzten mit ohrenbetäubendem Lärm in die Tiefe. Das Wasser geriet in Bewegung, es schlug immer höhere Wellen, so hoch, wie es sie eigentlich in einem so kleinen Gewässer gar nicht geben konnte. Mit einem Ruck zog er Kunigunde mit sich aus dem See heraus. So schnell er konnte, lief er mit ihr an der Hand vom Ufer weg. Wenn er nur gewusst hätte, wohin sie laufen sollten!

Weiterhin bebte unter ihren Füßen die Erde. Während sie liefen, sahen sie immer wieder zum See zurück. Ihre Angst wuchs, sie drohte sie zu lähmen. Die junge Frau zitterte am ganzen Körper.

Unter den Menschen am Bergsee brach eine fürchterliche Panik aus. In heller Aufregung rannten sie scheinbar planlos, aber ohne ein Ziel umher. Wohin sollten sie fliehen? Wo konnten sie für sich ein sicheres Plätzchen finden? Nur nicht stürzen, wer beim Laufen auf dem sich bewegenden Boden das Gleichgewicht verlor und auf den Erdboden aufschlug, lief Gefahr, von den anderen totgetrampelt zu werden.

Und dann ereignete sich etwas gewaltiges, monströses, das für die Menschen in höchstem Maße angsteinflößend und todbringend war.

In der Mitte des Sees entstand ein Sog. Das Wasser begann, in kreisenden Bewegungen dorthin zu fließen, und schien dann in die Tiefe der Erde zu stürzen. Ein riesiger Strudel entstand. Sofort ergriff er die vier Jugendlichen, die Karl noch vor wenigen Augenblicken beim Herumtollen beobachtet hatte. Unaufhaltsam wurden die Jungen vom Strudel hin zu Mitte des Sees gezogen. Da konnten sie noch so verzweifelt versuchen, aus der Gefahrenzone herauszuschwimmen. Es half ihnen auch nicht mehr, dass sie gute Schwimmer waren. Immer wieder schwappte das Wasser über ihren Köpfen zusammen, dann tauchten sie von Neuem auf, husteten, spuckten Wasser, schlugen um sich und schrien in panischer Angst um Hilfe.

Mit allen ihnen zur Verfügung stehenden Kräften kämpften sie gegen den Strudel an. Mehrmals glaubte Karl, die jungen Leute erreichten doch noch das rettende Ufer. Aber nein, nur einen Augenblick später wurde entweder der Sog im See stärker oder den Jugendlichen versagten ihre Kräfte. Dann verloren sie wieder die wenigen Meter, die sie sich mit äußerster Kraftanstrengung erarbeitet hatten. Dabei schrien sie wieder und wieder um Hilfe, je nachdem wie ihre verbleibenden Kräfte es zuließen. Karl konnte ihre Verzweiflung und Todesangst spüren, obwohl er sich in relativer Sicherheit befand.

Aber auch er wusste nicht, was noch alles geschehen konnte. Die nächste Steinlawine konnte auch seinen Tod verursachen.

Die vier Jungen taten Karl leid. Wenn ihre Kräfte nachließen, holte sie unweigerlich der Sog. Wie lange konnten sie noch gegen ihn ankämpfen? Konnte überhaupt ein Mensch gegen diese plötzlich entfesselten Wassergewalten etwas ausrichten? Vom Ufer aus sah alles so quälend langsam aus. Und was hat hier die Natur so sehr entfesselt, dass kein Mensch mehr seines Lebens sicher war?

Sofort wollte sich Karl in den See stürzen, um ihnen zu Hilfe zu kommen. Aber in diesem Augenblick klammerte sich Kunigunde mit allen Kräften an ihm fest und schrie, was sie konnte, sie schrie so lange, bis er sie beachtete. Da sah er, dass jeder Schwimmer unweigerlich verloren war. Es konnte nur noch Sekunden dauern, dann mussten die Jugendlichen in die Tiefe gezogen werden, es gab keine Hilfe mehr. Und das Loch in der Mitte des Strudels wurde immer größer und größer. Schon versagten den Jungen die Kräfte.

Karl erschauerte an seinem ganzen Körper. Er begann, vor Wut und aus Scham zu zittern. Er hätte doch helfen müssen! Er hätte sein Leben riskieren und helfen müssen! Sonst hatte er doch auch nicht gezögert, Ertrinkende zu retten!

Und jetzt ertönte auch noch mit einem Mal ein ohrenbetäubendes Getöse, das aus der Tiefe der Erde zu kommen schien. Die Sonne verdunkelte sich, Sturm kam auf. Im nächsten Augenblick beruhigte sich alles wieder. Aber nur für Sekunden. Denn gleich darauf entstand ein fürchterliches Unwetter. Auf den See fuhren plötzlich gewaltige Blitze nieder, begleitet von dröhnendem, unaufhaltsamen Donnern, wie das bis dahin wahrscheinlich noch nie ein Mensch erlebt hatte.

Aber Moment mal, dachte Karl, das Unwetter befindet sich ja nur über dem See? Was war hier los? Das war doch kein Unwetter! Das war … In der Mitte des Sees, direkt über dem Wasser entstand in sekundenschnelle ein dichter Nebel. Er war in ständiger Bewegung und blieb doch immer genau über dem gewaltigen Loch, in dem das Wasser scheinbar ins Erdinnere stürzte. In immer kürzeren Abständen fuhren die Blitze, die immer noch von ohrenbetäubendem Donner begleitet wurden, auf den See herunter.

Dann plötzlich herrschte Stille! Diese Ruhe tat gut, das Gehör erholte sich von dem vorangegangenen Lärm. Aber die Angst der Menschen blieb. Was geschah hier? War diese Naturkatastrophe tatsächlich auf natürliche Ursachen zurückzuführen? Oder war viel mehr erneut ein böser Zauberer am Werk? Bossus vielleicht wieder?

War der Spuk nun vorbei? Nein, das Gegenteil war der Fall! Aus dem Nebel über der Öffnung des Sees, die magisch war, wuchs ein mächtiger Mann empor, scheinbar ohne sich zu bewegen, er stieg und stieg, wuchs ins Riesenhafte, bis er sich bis zum Himmel zu erheben schien. Schwebte er in der Luft? Oder stand er auf den Nebelschwaden? In seiner rechten Hand hielt er einen Stab. Er hatte einen wilden grauen Kinn- und Schnurrbart und die Haut in seinem Gesicht leuchtete rötlich, wie von Flammen angestrahlt. Bekleidet war er mit schwarzen Beinlingen und einem roten Umhang. Es war Luzifer, der Höllenfürst! Viele erkannten ihn, auch wenn sie ihn noch nie erblickt hatten. Aber umso mehr hatten sie von ihm gehört und das lähmte sie vollends vor Angst.

Nur die vier Jungen auf dem See nahmen ihn offenbar noch nicht wahr. Verzweifelt holten sie aus sich ihre letzten Kräfte heraus, mit einer letzten großen Willensanstrengung mobilisierten sie ihre letzten Reserven, mit erschöpfender Energie kämpften sie gegen die Fluten an. Konnten sie es doch noch schaffen, dem tödlichen Strudel zu entkommen.

Schweigend verfolgte der Höllenfürst diese Szene, die für ihn eine willkommene Ablenkung von seinem Alltag war, wie dieses Spektakel überhaupt, das aber für die Schwimmer ein verzweifelter Kampf ums Überleben war. Und tatsächlich zeigte Luzifer den Menschen sein wahres Gesicht! Allmählich verzog sich sein Mund zu einem hämischen Grinsen, gleich darauf ertönte sein Lachen, laut, ja sogar lärmend, höhnisch und auch böse! Es beherrschte scheinbar die Welt, in Wahrheit aber waren alle anderen Geräusche in diesem Moment vom Höllenfürsten durch Verbreitung von Angst unterdrückt. Es gab in diesen Augenblicken keine anderen Geräusche, alle Lebewesen hielten scheinbar den Atem an.

Das Entsetzen und die Todesangst der Schwimmer, die zu dem riesenhaften Luzifer aufsahen, der sich unmittelbar vor ihnen emporhob, fühlten nicht nur Karl und Kunigunde, nein, alle Menschen, die bisher diese Untat Luzifers überlebt hatten, empfanden die schrecklichen Gefühle der Jugendlichen. Hypnotisierte der Herr der Unterwelt sie sogar? Jetzt versagten ihnen die Kräfte, ihre Arme und Beine hingen wie leblos an ihren Körpern herunter. Unaufhaltsam näherten sie sich der Mitte des Sees, bald musste der Strudel sie verschlingen.

Luzifers Lachen erstarb. Neugierig, mit sadistischem Vergnügen verfolgte der Bösewicht den Todeskampf der tapferen jungen Menschen.

„Ihr armen Kinder“, höhnte der Teufel nach einer Weile, „was zappelt ihr denn da so rum? Warum quält ihr euch so sinnlos? Das kann man ja gar nicht mit ansehen! Das ist ja herzzerreißend! Ich glaube, ich gewähre euch meine Gnade und werde euch aus eurer Situation retten! Wollt ihr vielleicht euren Weg ins ewige Feuer der Verdammnis verkürzen!?“ Damit richtete er seinen Dreizack auf die jungen Leute und schleuderte mehrere Blitze auf sie. Nun trieben sie chancen- und hilflos in das durch Luzifers schwarze Magie entstandene Loch des Sees hinein. Mit einem grässlichen, markerschütternden, nicht mehr menschlichen Schrei wurden sie durch den Sog in der Tiefe gezogen. Luzifers höhnisches, brüllendes Lachen war das Letzte, was die Jungen in ihrem viel zu früh gewaltsam beendeten Leben hörten.

Dann beruhigte sich der Kerl wieder und sprach: „Wißt ihr, was ihr seid? Nein? Dann will ich es euch sagen. Unrat, ja Ungeziefer seid ihr. Und ich will aber trotzdem nett zu euch sein! Habt ihr es gesehen, wie ich den Bengels zu saufen gab? Ihr könnt saufen, soviel ihr wollt, ihr Maden!“ Und wieder lachte er grölend, bis er nach Luft schnappte.

Plötzlich verzerrte sich Luzifers Gesicht zu einer wütenden Maske und er schrie: „So wie es diesen Bengels ergangen war, wird es auch euch ergehen! Vielleicht nicht auf diese Art, aber auch ihr werdet ins Fegefeuer fahren und dort bis in alle Ewigkeiten bleiben! Wenn ich es will, entkommt mir niemand!" Er machte eine Pause, damit seine Worte besser auf die Menschen wirken konnten. Sie sollten begreifen, welche Botschaft er ihnen gebracht hatte.

Längst war es Karl bewusst, warum Kunigunde ihn daran gehindert hatte, den jungen Leuten zu helfen. Beinahe wäre auch er ein Opfer Luzifers geworden.

Nochmals ließ der Teufel Blitz und Donner auf die Erde niedersausen. Dann rief er: „Na, ihr Nichtsnutze! Habt ihr es endlich bemerkt? Ihr seid doch nur dummes Ungeziefer! Aber ich bin Luzifer, der Herr der Unterwelt! Jawohl, Luzifer höchstpersönlich! Ihr habt mich verärgert und provoziert. Dafür müsst ihr büßen! Ihr werdet alle sterben! Ich, Luzifer, erkläre euch hiermit den Krieg! Bald werdet ihr alle tot sein! Und euren Jodaryon mitsamt seinem Wasgo und seine Regierung hole ich mir zuerst!"

Im nächsten Moment herrschte Totenstille. Glatt wie ein Leichentuch lag die Wasseroberfläche des Großen Bergsees da. Keine Spur mehr von Luzifer, keine Spur vom magischen Loch im See, vom Nebel, von Blitz und Donner.

War das eben ein Traum? Eine Halluzination? Nein, das hatte Karl eben tatsächlich erlebt. Ein Blick in Kunigundes Gesicht bestätigte ihm das, auch die vielen abgegangenen Steinlawinen, die tiefen Wunden in den Bergwiesen, auch die Staubwolken und die Nebelschwaden auf dem See. Und erst recht die Toten Menschen, die noch auf den Wiesen lagen. Nein, das war eben die Wirklichkeit gewesen.

„Schnell!", sagte Karl zu seiner Freundin, „Wir müssen auf der Stelle in die Hauptstadt laufen und Jodaryon warnen!"

Die Höhle der Vampire

Wasgo war schockiert. Was er durch den Zeitzauber erfahren hatte, übertraf seine schlimmsten Befürchtungen. Immer wieder musste er an die armen Menschen denken, die von den Vampiren überfallen worden waren. Nun mussten sie ihr Dasein als untote Wesen fristen. Und nicht einmal vor Kindern machten diese Bestien Halt! Das Schicksal der Familie, die nach dem Überfall durch Sinclairs Bande freiwillig in den Tod gegangen war, machte ihn tieftraurig. Unendlichen Zorn verspürte er deshalb auf die Vampire und sein Mitleid mit den Bewohnern des nun ausgestorbenen Dorfes kannte keine Grenzen.

'Wenn ich das doch nur ungeschehen machen könnte‘, dachte er immer wieder.

Wasgo war gerade einmal neunzehn Jahre alt. Seitdem er sein Elternhaus verlassen musste, war erst etwas mehr als ein Jahr vergangen. Es kam ihm aber so vor, als liege seine Jugend schon viele Jahre zurück. Das war für ihn einfach zu erklären; in diesem einen Jahr hatte er mehr erlebt als die meisten Menschen und sogar Zauberer in einem ganzen Leben. Und was für Erlebnisse waren das gewesen! Mehr als einmal hatte ihm Jodaryon das Leben retten müssen. Und auch er hatte den weisen Magier mehrmals vor dem Tode bewahrt.

Bei diesen Erinnerungen wurde es Wasgo richtig warm ums Herz. Voller Achtung und Dankbarkeit dachte er an den alten, weisen, gütigen Jodaryon.

Doch nun sollte Wasgo eine neue Aufgabe lösen. Dieses Mal war er auf sich alleine gestellt, Jodaryon konnte ihn höchstens aus der Ferne, durch Telepathie, unterstützen und hatte zudem mit der gefährlichen Auseinandersetzung mit Luzifer mehr als genug eigene Probleme. Aber der junge Zauberer musste den Herrn der Fledermäuse dazu bringen, keine Menschen mehr zu überfallen. Etwas wie das, was der Familie widerfahren war, durfte sich nie, nie mehr wiederholen!

*****

Wasgo erreichte einen dichten, finsteren Wald. Dass er nach wie vor beobachtet wurde, bemerkte er immer noch nicht. Er war viel zu sehr mit sich und seiner Mission beschäftigt, um seinen Verfolger wahrnehmen zu können.

Der junge Zauberer versuchte jetzt, durch die Zeit zu dringen, und erfuhr auf diese Weise, wie er zur Höhle der verbrecherischen Vampire gelangen konnte, die das Dorf überfallen hatten. Viele unmissverständliche Anzeichen wiesen darauf hin, dass es bis dahin nicht mehr sehr weit sein konnte. Und tatsächlich: Mitten im Wald, an einer Stelle, an der kein Sonnenstrahl das Dickicht und die Kronen der hohen Bäume durchdringen konnte, entdeckte er eher zufällig eine unscheinbare, durch Büsche getarnte Felsöffnung. Es war beinahe so dunkel wie in der Nacht.

'Sieh mal einer an, was haben wir denn hier gefunden?‘, dachte der Jüngling.

Er untersuchte den Höhleneingang und stellte fest, dass er tatsächlich einen Wohnort von Vampiren gefunden hatte. Denen wollte er jetzt doch einen kleinen Besuch abstatten. Ob sich sogar Sinclair, der Herr der Fledermäuse, hier aufhielt?

Mit gemischten Gefühlen betrat Wasgo die Höhle. Es roch entsetzlich nach Exkrementen. Der widerwärtige Geruch biss in seiner Nase und trieb ihm beinahe die Tränen in die Augen. Entstanden war dieser Gestank durch herabfallende Ausscheidungen der Fledermäuse, die im Schlaf von der Höhlendecke herabhingen. Davon war der Fußboden feucht und schmierig geworden, sodass sich eine gefährliche Glätte entwickelt hatte. Wachsam und äußerst vorsichtig schlich Wasgo weiter in die Höhle hinein. Stürzen und in diesem ekelhaften Fledermauskot landen, war das Letzte, das er jetzt brauchen konnte. Wem das passierte, der musste kilometerweit gegen den Wind stinken.

In der Höhle sah man kaum die Hand vor den Augen. Doch dann entdeckte Wasgo sie. Schlafende Vampire! Auch diese hier besaßen eine Größe von fast zwei Metern, ein fledermausähnliches Gesicht und einen beinahe menschlichen Körper mit je zwei Armen und Beinen. Am Steiß wuchs ihnen ein langer, runder Schwanz heraus, der zum Ende hin immer dünner wurde. Erschrocken blieb er stehen, denn er wusste, dass Vampire mit ihren magischen Kräften immer eine große Gefahr darstellten.

Gut, diese hier schliefen, das erkannte er sofort, aber trotzdem musste er sehr vorsichtig sein. Wenn er sie aufweckte, konnte es zu einem Kampf auf Leben und Tod kommen. Er alleine gegen eine unbekannte Zahl von Vampiren! Das galt es zu verhindern.

Wasgo blickte sich um, weil er glaubte, ein leises Geräusch gehört zu haben. Was war denn das? Angestrengt spähte er in der Finsternis um sich. Wurde er etwa beobachtet? Aber wer sollte ihn hier schon beobachten? Nein, da war nichts. Nichts zu hören. Totale Stille. Wahrscheinlich hatte er sich nur etwas eingebildet. Vorsichtig drehte er sich wieder zu den schlafenden Vampiren um. Sonderbar, eine menschliche oder menschenähnliche Gestalt nahmen sie doch sonst nur dann an, wenn sie auf Menschenjagd waren! Warum hatten sie sich denn nicht in Fledermäuse zurückverwandelt?

Dafür konnte er nur zwei Erklärungen finden. Entweder waren diese untoten Wesen hier zu erschöpft gewesen, um die Umwandlung zu vollziehen, oder aber sie waren noch nicht lange Vampire, sondern erst vor kurzer Zeit gebissen worden. Im zweiten Fall waren sie sich vielleicht noch nicht ihrer magischen Kräfte bewusst oder nicht dazu fähig, sie anzuwenden.

Der junge Mann dachte an das ausgestorben wirkende Dorf, das er gesehen hatte. Er war sich sicher, dass er hier dessen ehemalige Bewohner vor sich hatte. Gestern waren sie noch Menschen. Und mit nur einem Biss eines Vampirs wurden sie selbst zu einem Wesen der Finsternis. Dem, der sie gebissen und ihr Blut aus ihren Körpern gesaugt hatte, mussten sie sogar außerdem noch dienen. Was für eine Demütigung, erst zerstörte ein Vampir einem Menschen sein Leben, dann wurde dieser Mensch dafür, dass er gebissen worden war, auch noch zusätzlich bestraft, indem er sich seinem Peiniger unterzuordnen hatte! Und wehe, er gehorchte diesem nicht!

Diese Vampire hier waren also wohl noch recht unerfahren, aber gefährlich waren sie allemal, weil auch sie bereits alle magischen Kräfte eines Vampirs besaßen. Sollte Wasgo sie einfach töten? Oder war es besser, sie mit einem Zauber zu belegen, der sie nicht mehr aus dem Schlaf aufwachen ließ? Noch hatten sie ja nicht viel Schuld auf sich geladen! Sie taten ihm einfach nur leid.

Ein Rascheln riss Wasgo aus diesen Gedanken. Sofort war er mit all seinen Sinnen aufmerksam.

Ein Vampir war erwacht. Es dauerte nur einen Augenblick, dann entdeckte er den jungen Zauberer. Schnell wollte dieser ihn mit einem Stillstandszauber belegen, aber dafür war es schon zu spät. Der Vampir griff ihn an. Wasgo musste ausweichen und wäre beinahe im Fledermauskot gelandet. Nur mit größter Mühe konnte er sich auf den Beinen halten. In einem Sekundenbruchteil war der Vampir an ihm vorbeigesaust und hatte ihm den Ausweg aus der Höhle versperrt. Nun lachte das hässliche Wesen; wie es schien, kam dieses böse Lachen direkt aus der Hölle. Es war laut und sehr tief und erklang mit einer unmenschlich klingenden, verzerrten Stimme.

Wasgo erschauerte, alle Haare an seinem Körper richteten sich auf und ein kaltes, unangenehmes Kribbeln lief ihm über den Rücken. Er musste sich völlig auf den angreifenden Vampir konzentrieren, sonst war er verloren. Ein Strahl von gelb und golden wirkendem Licht löste sich aus seiner Hand und schoss dem Vampir entgegen. Es war der Strahl des Lebens und der Liebe. Doch das untote Ding konnte ihm ausweichen. Das böse Lachen des Vampirs wurde noch lauter. Im nächsten Augenblick stand der Vampir genau vor Wasgo. Schon schlang er seine kalten, aber starken Arme um ihn. Er stank grässlich nach Kot und Urin. Wasgo wäre beinahe in Ohnmacht gefallen, so stark war der Druck auf seine Brust, den das untote Wesen auf ihn ausübte. Schnell stieß der Jüngling einen Stillstandszauber aus. Dadurch konnte er sich zwar noch nicht aus dem Griff seines übel riechenden Gegners befreien, aber zumindest konnte dieser nicht mehr kämpfen. Der Zauber hatte ihn bewegungsunfähig gemacht.

Wie war das Problem zu lösen? Wasgo fiel ein, dass Jodaryon seine Größe verändert hatte, als sie sich kennenlernten. Erst war sein Lehrer und Meister nur sechzig Zentimeter groß, doch dann wuchs er auf die stattliche Größe eines ausgewachsenen Mannes heran. Die dazugehörige magische Formel kannte Wasgo, Jodaryon hatte sie ihm einmal beigebracht. So wendete er sie jetzt an.

Gleich schrumpfte er auf ein Mindestmaß zusammen. So konnte er dem Griff des erstarrten Wesens entkommen. Sofort sprach er den Gegenzauber. Wieder zu seiner normalen Größe zurückgekehrt, beschloss er, unverzüglich zu handeln, bevor er noch mehr solch unliebsame Überraschungen erleben sollte.

Zunächst belegte er alle Vampire mit einem weiteren Stillstandszauber. Leise sprach er die dafür vorgesehene Formel aus: „Torres, torres, nichtus stillius ewiches wechus, torres, torres!“

Zu diesen Worten zog er mit seinem rechten Arm einen Halbkreis, der sämtliche Vampire umschloss. Sie waren nun alle dazu verurteilt, so lange unbeweglich zu bleiben, bis ein Zauberer sie fand und die Magie des jungen Mannes aufhob. Um ganz sicher zu gehen, belegte er die Wesen der Finsternis zusätzlich mit einem zweiten Zauber, der sie nicht mehr aus dem Schlaf erwachen ließ.

'Diese Dinger werden niemandem mehr gefährlich‘, dachte Wasgo. Er verließ die Höhle und verschloss aus Sicherheitsgründen deren Eingang mit einer unsichtbaren magischen Mauer.

Jetzt auf zu Sinclair, wo auch immer der steckte! Wasgo hatte seinerzeit, als er noch ganz unerfahren war, Jodaryon gefunden, da sollte er nun doch auch den Herrn der Vampire finden!

Der junge Mann ahnte zwar, dass er gegen einen unerfahrenen Vampir gekämpft hatte, aber er ahnte nicht, dass er soeben hätte sterben können, wenn der gegen ihn kämpfende Vampir Unterstützung von einem anderen bekommen hätte.

Aber nichts dergleichen geschah, das war sein Glück. Jedoch wurde er nach wie vor beobachtet. Und er bemerkte es immer noch nicht.

Telepathie

Ohne weitere Zwischenfälle erreichten Karl und Kunigunde die Hauptstadt. Dort sagten sie dem Hauptmann der Torwachen, dass sie unverzüglich den Herrn der Welt sprechen mussten, und zwar in einer äußerst wichtigen Angelegenheit. Sofort beauftragte der Hauptmann einen Soldaten, sie zu Jodaryon zu bringen, und der empfing sie ohne Verzögerung. So konnten ihn die beiden von ihren Erlebnissen am Großen Bergsee unterrichten.

Erschüttert saß der Magier vor seinen Gästen. „Schon wieder Tote! Schon wieder Krieg! Haben wir es denn nicht verdient, in Frieden zu leben?“, fragte Jodaryon mehr sich selbst als das Paar. Nach kurzem Schweigen murmelte er: „Jetzt darf ich keinen Fehler machen! Den hätten sonst viele Menschen zu büßen.“

Karl und Kunigunde sahen Jodaryon teilweise überrascht und teilweise fragend an. „Können wir dir helfen, Herr?“, fragte Kunigunde.

„Ich muss mich Luzifer selbst stellen“, antwortete der Herrscher der Welt, „dabei könnt ihr mir nicht helfen. Ich muss jetzt unbedingt in Erfahrung bringen, ob an anderen Orten ähnliche Dinge geschehen sind. Und ich muss mich mit meinen Ministern beraten. Vielleicht kann ich auch Wasgo erreichen, der ist in Transsilvanien unterwegs.“ Mit diesen Worten entließ er Karl und Kunigunde und dankte ihnen herzlich.

Als der weise Magier wieder alleine war, nahm er mithilfe von telepathischen Kräften Kontakt mit Wasgo auf. Dabei drang jeder von ihnen in die Gedanken des anderen ein. So konnten sie sich gegenseitig über alle auftretenden Probleme informieren.

Nachdem sie sich gegenseitig über die entsetzlichen Dinge, die in den letzten Stunden geschehen waren, in Kenntnis gesetzt hatten, sank Wasgo müde und erschöpft auf einen großen Stein am Wegesrand nieder. Sein noch junger Verstand weigerte sich, diese schrecklichen Informationen und das eben Erlebte zu verarbeiten. Eine tiefe Traurigkeit überfiel ihn. Er fühlte sich ausgelaugt und wie gelähmt und war am Ende seiner Kräfte. Doch aufgeben konnte und wollte er nicht. Er, Wasgo, war ein Kämpfer! Das, was Luzifer angestellt hatte, löste in ihm tiefe Betroffenheit aus. Im Geheimen hatte der junge Mann immer noch familiäre Gefühle für seinen Großvater gehegt, doch die waren jetzt endgültig erloschen.

Was hatte der Herr der Unterwelt nur getan? Dabei war der Teufel sein Großvater! Sogar ihr Verbündeter, als Wasgo mit Jodaryon gegen Bossus gekämpft hatte! Luzifer hatte ihm und seinem älteren Gefährten einmal das Leben gerettet! Und jetzt?

Jetzt wollte der Höllenfürst Jodaryon und ihn auf einmal umbringen! Er überzog die Welt mit Krieg, zerstörte die Landschaft, tötete Menschen und zerstörte Dörfer und Städte. War er auch dafür verantwortlich, dass die Vampire in Transsilvanien plötzlich so aktiv waren und ganze Dörfer überfielen und sie praktisch ausrotteten? Wasgo konnte sich nicht daran erinnern, je davon gehört zu haben, dass Vampire so grausam vorgingen. War es denn möglich, dass ausgerechnet Sinclair so viele Menschen in Angst und Schrecken versetzte und deren Leben vernichtete? Wasgos Weltbild war erschüttert, zumindest das Bild, welches er von den Vampiren und Luzifer hatte. Hatte er doch stets nur an das Gute in den Vampiren geglaubt! Und sein Großvater war zwar der Teufel, der die Unterwelt mit all ihren bösen Geistern und Monstern beherrschte, aber dass der nun auf der Erde viel Leid über die Menschen und Zauberer brachte, das konnte Wasgo kaum glauben.

Der junge Mann war eben manchmal noch etwas naiv in seinem Denken, aber das sollte er nun ablegen. Zuviel Böses hatte er schon in seinem Leben erfahren müssen. Das verkraftete sein Verstand nicht so einfach. Kein Wunder, dass sich der junge Magier elend und am Ende seiner Kräfte fühlte. Aber er hatte einen eisernen Willen, der ihm half, sich schnell wieder zu erholen.

War es denn tatsächlich möglich, dass für all dieses Elend wirklich sein Großvater verantwortlich war? Und doch gab es daran keinen Zweifel! Wasgo konnte sich überdies gut vorstellen, was Luzifer Sinclair, dem Herrn der Fledermäuse, versprochen hatte, damit dieser seinen Krieg gegen die Menschen unterstützte. Die Rückkehr in die Unterwelt! Das lag für den jungen Zauberer auf der Hand.

„Ich komme sofort zu dir zurück, gemeinsam werden wir Luzifer bezwingen!“, war Wasgos erster Gedanke, den er Jodaryon schickte. Jodaryon musste wieder an ihren gemeinsamen Aufenthalt in der Hölle denken. Er befürchtete, dass sein junger Freund dieses Mal dem Höllenfürsten nicht gewachsen war. Er, Jodaryon, hatte ja selbst Angst, sich diesem mächtigen Gegner zu stellen. Er war nur ein Magier, doch Luzifer war der Teufel höchstpersönlich. Diesmal ging es nicht nur gegen ein Monster des Teufels, sondern gegen den Teufel selbst.

Der junge Wasgo wäre in höchste Gefahr geraten, wenn Jodaryon es zuließe, dass sich sein junger Freund in die Hölle begab. Das wollte er nicht verantworten. Deshalb befahl er in einem harten, bestimmten Ton, wie ihn Wasgo nur ganz selten bei ihm erlebt hatte: „Nein, du bleibst in Transsilvanien und suchst Sinclair! Du bist dafür verantwortlich, dass die Vampire entweder vernichtet oder aber gezwungen werden, ihre Angriffe auf die Menschen einzustellen! Damit du dieses Ziel erreichen kannst, bekommst du von mir alle Vollmachten und Freiheiten zum Handeln! Töte sie oder mache sie auf eine andere Art und Weise unschädlich!“

„Aber ich will dir helfen, Jodaryon!“, rief Wasgo in Gedanken aus.

„Nein, du tust, was ich dir befehle! Mit Luzifer muss ich alleine fertig werden. Du bleibst in Transsilvanien und schaltest Sinclair aus!“ Der Herrscher der Welt wollte keine Widerrede dulden.

Sein Schüler bemerkte das und war zutiefst enttäuscht, ja, sogar wütend. Immerhin handelte es sich um seinen Großvater, der einen Krieg gegen die Menschen entfacht hatte! Wobei, was hieß hier schon „Großvater“? Luzifer war böse und brachte nichts als Krieg und Leid über die Menschen. Er musste vernichtet werden. Wenn es nur so einfach gewesen wäre, den Teufel zu vernichten!

Nun, gut, was sollte Wasgo machen! 'Dann soll der Alte doch zusehen, wie er fertig wird!‘, dachte Wasgo zornig, 'dann muss er eben auf meine Hilfe verzichten! Soll er sich doch alleine mit Luzifer herumschlagen! Ich werde es nicht mehr tun, er will mich ja nicht dabei haben!‘

„Wie du willst!“, beschied er den Herrscher der Welt und unterbrach die telepathische Verbindung mit großer Enttäuschung und Wut im Bauch.

Immer noch bemerkte der junge Zauberer nicht, dass er beobachtet wurde und sein Leben in immer größerer Gefahr schwebte.

Eine wichtige Entscheidung

Jodaryon war überrascht. Wasgo hatte die Verbindung zu ihm getrennt. Das hatte er noch nie getan. Aber was in seinem jungen Freund vorging, war nicht schwer zu erraten. Dass Wasgo enttäuscht, verletzt, gar wütend war, verstand er nur zu gut. Er hatte ihn, wenn auch auf einen wichtigen, so doch auf einen Nebenschauplatz des Weltgeschehens geschickt. Aber er wollte seinen Berater, Freund und ehemaligen Gefährten doch nur schützen! Na, eines Tages sollte Wasgo das schon verstehen, wenn sie erst einmal in Ruhe reden konnten …

Hätte Jodaryon nur die leiseste Ahnung gehabt, was ihm bevorstand, dann hätte er mit Sicherheit anders gehandelt. So aber war sein Tod gewiss. Jedenfalls, wenn es nach Luzifer ging.

Als Nächstes informierte er seine Minister über die aktuelle Lage. Danach forderte er sie auf, eine Stellungnahme abzugeben. Er wollte wissen, was seine Berater unternehmen wollten, um Luzifer zu besänftigen, oder gar den Krieg gegen ihn zu beenden.

Für den Finanzminister war die Sache klar und ganz einfach: „Das Problem kann und muss mit Geld gelöst werden, damit läßt sich doch alles regeln! Wenn wir dem Herrn der Unterwelt nur genug Geld und kostbaren Schmuck anbieten …“

In diesem Augenblick explodierte der Kriegsminister: „Wir müssen eben den Kampf aufnehmen und alle Reserven mobilisieren, deren wir habhaft werden können. Alle Männer von sechzehn bis sechzig sollten wir zu den Waffen rufen. Außerdem will ich alle Geräte und Werkzeuge oder Instrumente beschlagnahmen, die wir als Waffe einsetzen oder in einem Krieg gebrauchen können. Wir müssen Luzifer klar machen und es ihm auch zeigen, dass wir nicht mit uns spaßen lassen! Kurz, wir veranlassen die totale Mobilisierung der Welt.“

„Warum denn immer gleich mit Gewalt reagieren?“, fragte der Gesundheitsminister, „Ist es denn nicht ungleich wirksamer, den

Teufel einfach zu ignorieren und sich den Göttern zuzuwenden? Wenn das gelingen sollte, so glaube ich, müsste der Teufel und seine Hölle aus den Köpfen der Menschen verschwinden. Wenn niemand mehr an den Teufel und seine Unterwelt denkt oder glaubt, kann Luzifer nicht mehr existieren."

„Eine vorzügliche Idee!", rief der höchste Druidenpriester der Welt. „Sie verdient unbedingt Unterstützung. Eine neue Religion muss eingeführt werden, in der nur noch ein einziger Gott angebetet werden darf. Weil es zu viele Menschen gibt, die zu viele verschiedene Götter anbeten, hat der Höllenfürst leichtes Spiel. Der Glaube an eine Vielzahl verschiedener Götter schwächt deren Kraft und Einfluss, weil der Glaube an sie eben auch vielfach aufgeteilt wird. Dagegen besitzt der Herr der Unterwelt deshalb eine so große und unerschütterliche Macht, weil alle Menschen nur an den einen Teufel glauben."

Es kamen noch viele andere Vorschläge, die sich Jodaryon geduldig anhörte. Nachdem alle Versammelten ihre Meinung vertreten hatten, ergriff der Herrscher der Welt das Wort. Zuerst wandte er sich an den ersten Redner: „Der Höllenfürst, mein lieber Finanzminister, wird auf unsere irdischen Reichtümer nicht angewiesen sein. Er hat genug andere und schätzt sicherlich schwarze Seelen mehr als alles Geld und Gold der Welt. Und Edelsteine hat er in seiner Unterwelt bestimmt ebenso zur Genüge wie andere Reichtümer auch. So beenden wir den Krieg nicht!"

Jodaryon sah den Kriegsminister an und fuhr fort: „Die gesamte Welt zu mobilisieren und mit Schwertern gegen den Teufel zu ziehen, ist auch keine Lösung. Auf diese Art und Weise verbreiten wir nur den Krieg auf den ganzen Planeten. Der Krieg wird eskalieren. Aber das wollen wir bestimmt nicht, im Gegenteil wollen wir den Frieden wieder herstellen."

Nun wendete er sich dem Gesundheitsminister zu: „Sich an die Götter zu wenden und an sie zu glauben, scheint mir eine gute Idee zu sein. Aber wie lange soll es dauern, bis die Menschen den Teufel vergessen haben? Es werden viele, viele Jahre, was sage ich, es wird mindestens die Zeit mehrerer Menschenleben vergehen, bis es vielleicht, ich sage, vielleicht soweit kommen könnte. Wir brauchen eine sofortige Lösung!"

Danach antwortete Jodaryon dem Druidenpriester: „Was ich schon zum Gesundheitsminister sagte, trifft auch auf deinen Vorschlag zu. Außerdem glaube ich nicht, dass es nur noch eine einzige Religion auf der Welt mit nur einem einzigen Gott geben kann. Irgendwann wird es bestimmt mächtigere Religionen geben als die, die wir heute kennen, und es wird sicherlich auch eines Tages weniger Götter als heute geben. Aber diese neuen Gottheiten können wir nicht von oben, mit einem Regierungsbeschluss verordnen, sie werden sich territorial von alleine bilden. Religion kommt immer aus den Herzen der Menschen, nicht auf Befehl. Ich sehe nur eine Möglichkeit. Ich selbst gehe zu Luzifer und werde mich entweder mit ihm streiten oder verständigen. Nur so können wir den Frieden und unser Leben bewahren."

Jodaryon beendete die Beratung mit seinen Ministern und bereitete sich unverzüglich auf seinen Ausflug in die Hölle vor.

Luzifers Sorgen

Krieg! Luzifer war grimmig entschlossen. Wenn er Jodaryons Reich führungslos machte, so glaubte er, sollte es für ihn ein Leichtes sein, die Menschheit unterjochen zu können. Immerhin war er der Herr der Unterwelt, der Höllenfürst, der Teufel höchstpersönlich! Niemand konnte seinen magischen Kräften widerstehen, er, Luzifer, war unschlagbar. Kein Gott und erst recht kein Zauberer konnte ihm Paroli bieten.

Nur gab es ein kleines Problem, und das hatte den Namen Wasgo. Dieser junge Magier nämlich wurde nicht nur mit jedem Tag gefährlicher, sondern er war auch noch sein Enkelsohn.

Nun hatte der Höllenfürst wahrlich keine Skrupel, alles töten zu lassen oder selbst zu töten, was ihm in die Quere kam. Aber Wasgo war doch immerhin ein Familienmitglied, der Sohn seiner einzigen Tochter.

Tochter? Blöde Sentimentalität! Eines Luzifer ganz und gar unwürdig! Seine Tochter? Das war sie einmal, solange sie folgsam war und die Wünsche des Teufels erfüllte. Ach, was für ein niedliches Höllenkind sie doch einmal war! Wie schön sie mit den Spinnen und Krebsen und anderem Getier spielen konnte! Wie putzig sie denen die Beinchen ausreißen konnte! Jedes einzeln. Oder den Fliegen die Flügel heraus zupfte! Als dieses nutzlose Insektenzeug bewegungsunfähig war, warf sie die Viecher einfach in ein kleines Feuerchen und klatschte vor Freude in die Hände, wenn die kleinen Körperchen verbrannten oder zischend zersprangen. Frösche blies sie auf, bis sie platzten wie Luftballons.

Ach, was war die kleine Luziferine doch nur für ein hässliches und böses kleines Mädchen gewesen, als sie noch über den Bauch ihres Erzeugers krabbelte! Dabei hatte sie ihm sogar ganz frech ein Häufchen direkt über den Bauchnabel gesetzt und ihn angepullert. Und dabei lachte sie auch noch schelmisch und gemein. Ja, Luziferine war Luzifers ganzer Stolz. Er war der Vater des gemeinsten und fiesesten Mädchens im ganzen Universum. Alles andere wäre für ihn, den Teufel höchstpersönlich, eine handfeste Blamage gewesen.

Doch eines Tages veränderte sich seine Tochter auf höchst beängstigende Weise. Kaum hatte er sie einmal aus den Augen gelassen, hatte sie irgendwo so einen Menschen kennengelernt. Sie machte ihrem Vater eine Riesenszene, weil sie das Schicksal dieses Menschen ungerecht fand! Und sie wollte ihm helfen! Das ging natürlich überhaupt nicht. Luzifer versuchte alles Erdenkliche, um die junge Dame zur Vernunft zu bringen, um ihr zu erklären, dass sie böse zu sein hatte, immerhin war sie seine und damit des Teufels Tochter.

Aber alle seine erzieherischen Maßnahmen fruchteten nichts, da mochte er toben, wie er wollte. Unverbesserlich half sie diesem Menschen und danach noch vielen anderen. Immer heftiger wurden die Auseinandersetzungen zwischen Vater und Tochter. Luzifer drohte ihr mit der Verbannung aus der Hölle, also der schrecklichsten Strafe für jedes auch nur halbwegs vernünftige Höllenwesen. Nichts zu machen! Sie missachtete sämtliche wohlgemeinte Ratschläge und Hinweise ihres Vaters und trieb ihr Unwesen einfach weiter. Als ob der alte Poltergeist in seiner Unterwelt gar keine Rolle mehr spielte! Nicht zu glauben, wie weit es mit der Hölle gekommen war! So eine Frechheit musste Konsequenzen haben! Bitte, bitte, wenn sie es nicht anders wollte! Er hatte es ihr oft genug angedroht, nun musste er handeln. Sonst nahm ihn womöglich gar niemand mehr ernst.

Und dann kam noch etwas hinzu, das dem Fass nun wirklich den Boden ausschlug! Sie lernte diesen untalentierten und total verblödeten Zauberer Antares kennen und verliebte sich in den. Ausgerechnet in diesen vertrottelten Kerl, der nichts konnte, nichts taugte und einfach nur dumm wie ein Brot war.

Und wegen dem rannte seine Tochter, Dummheit war offenbar ansteckend, Knall auf Fall aus der Hölle davon und alle Welt lachte sich über den dämlichen Holterdiepolter da unten kringelig!

Und nun kam wirklich eines zum anderen. Nachwuchs kündigte sich an! „Zeig mir doch mein Enkelkind!“, hatte Luzifer sie kurz nach der Geburt gebeten, im allerfreundlichsten Ton und fast ohne Hintergedanken. Und was geschah! Sie keifte, sie fauchte, sie brüllte ihren eigenen Vater an und versteckte sein Enkelkind vor ihm! Als ob er ein gemeingefährliches Monster sei!

Gut, gut, wenn dieses Menschengeschmeiß es nicht anders wollte. Wenn er den Bengel Wasgo nicht einmal sehen durfte, dann konnte sein sogenannter Enkel ja ruhig sterben. Aber nichts war mehr wie früher, diesmal machte ihm der alte Jodaryon einen Strich durch die Rechnung. Jodaryon hatte den Grünschnabel einfach nach Transsilvanien geschickt.

Luzifer war rasend vor Wut. Glaubte denn die ganze Welt, dass sie ihm auf der Nase herumtanzen konnte! Wer war er denn? Er war doch kein kleiner dummer Junge, nein, er war der große Luzifer, die sollten schon noch sehen, was sie von ihrem Ungehorsam ihm gegenüber hatten!

Noch war das letzte Wort nicht gesprochen! Überall auf der Welt konnten auch Zauberer sterben, auch in Transsilvanien! Und dem verfluchten Wasgo konnte es ebenso ergehen. Das hatte der alte Jodaryon wohl vergessen!

Selbstverständlich reichte der Arm des großen Höllenfürsten auch bis nach Transsilvanien! Na, für seinen sauberen Enkelsohn wollte sich Luzifer etwas ganz Besonderes ausdenken. Er schickte ihm einen Vampir auf den Hals. Jawohl, einen Vampir, den stärksten, sadistischsten Vampir, den er in seiner Unterwelt hatte, jawohl, seinen stinkendsten und blutrünstigsten Vampir! Der sollte ihn verfolgen, unbemerkt natürlich und seinem Herrn und Gebieter, also ihm, den Herrn der Unterwelt, täglich berichten. Und wenn Luzifer es dann endlich wollte, sollte sein Monstervampir dem halbstarken Rotzlöffel das Lebenslicht ausblasen. Hach, musste das ein Fest werden, die Rückkehr des verlorenen Enkels zu seinem Großvater! Zum ersten Mal seit langer, langer Zeit war der Höllenfürst wieder rundum zufrieden. Wasgo stand unter Beobachtung und stellte keine Gefahr für ihn dar, Jodaryon glaubte, gegen den Teufel alleine antreten zu können. Alleine gegen die gesamte Hölle!

Und vorsichtshalber wollte Luzifer auch noch dafür sorgen, falls der alte Jodaryon tatsächlich die Frechheit besitzen und in sein, Luzifers Reich, eindringen sollte, dass ihm dann ein würdiger Empfang bereitet werde!

In seinem Audienzsaal richtete sich Luzifer einen See ein, der genau neben seinem Thron lag. Einen ganz besonderen See, einen See mit magischen Kräften. In ihm wollte er Jodaryon auf Schritt und Tritt beobachten.

Sorgen um Wasgo und Jodaryon

Gut gelaunt schlenderte Luziferine zum Markt ihres Dorfes und kaufte ein. Einkaufen machte ihr Spaß, da konnte sie leckere Sachen erwerben, um ihren Antares zu verwöhnen, und traf Nachbarn und Bekannte, und für jeden hatte sie ein freundliches Wort und ein Lächeln. Aber gleich, als sie den Marktplatz erreichte, merkte sie, dass heute alles anders als sonst war. Mit bedenklichen oder gar ängstlichen Gesichtern standen die Dorfbewohner in kleinen Gruppen zusammen und unterhielten sich halblaut, und was Luziferine von ihnen erfuhr, verdarb auch ihr die heitere Stimmung. Und zwar gründlich.

Als sie sich wenig später ihrem Haus näherte, bemerkte Antares sofort, dass ihr etwas über die Leber gelaufen sein musste. Mit finsterem Blick, verkniffenem Mund und schmalen Lippen eilte sie heimwärts, ohne nach rechts oder links zu schauen. In ihr kochte und brodelte es. Noch nie in ihrem Leben war sie so wütend gewesen wie in diesem Augenblick. Fast schon mehr laufend als gehend betrat sie die Hütte.

Natürlich bemerkte Antares sofort, dass seine Frau etwas auf dem Herzen hatte. Wie immer in solchen Situationen ging er zu ihr, und nachdem sie ihre Einkäufe abgestellt hatte, nahm er sie in seine Arme. Er streichelte ihr über ihren Rücken und über ihr langes Haar. Schwarz fiel es in leichten Wellen von ihrem Kopf herab und betonte so die Harmonie ihres Gesichtes.

Als sich Luziferine etwas beruhigt hatte, fragte Antares: „Was ist denn passiert, mein liebes Frauchen? Willst du mit mir darüber reden?“

Sie löste sich aus der Umarmung ihres Mannes und begann die Einkäufe in die Speisekammer ihrer Hütte einzuräumen. Währenddessen erzählte sie Antares von all den schrecklichen Ereignissen, die auf Luzifers Konto gingen. Dabei redete sie sich sofort wieder in Rage. Sie konnte nicht nur über die Brände und Luzifers Auftritt am großen Bergsee berichten, sondern auch von dem Angriff der Vampire auf das Dorf in Transsilvanien, und dass Wasgo, ihr Sohn, sich jetzt dort aufhielt, um den Vampiren Einhalt zu gebieten.

„Bestimmt gehen auch diese Aktionen der Vampire auf das Konto Luzifers. Und überhaupt, hat der denn etwa vergessen, wen er bedroht? Er will Jodaryon und Wasgo in die Hölle holen! Weißt du, was das heißt? Er will sie töten! Hat dieser blöde Teufel denn immer noch nicht begriffen, dass Wasgo sein Enkelsohn ist? Und den will er töten? Das ist ja wohl das Allerletzte! Mit dem bin ich fertig, der war einmal mein Vater! Mich hat er verbannt und nun will er auch noch mein Kind umbringen? Er will Krieg? Den kann er haben! Jetzt erkläre ich ihm den Krieg!

Der soll mich kennenlernen, mich, sein kleines, böses Höllenmädchen! Antares, du musst mir das Zaubern beibringen! Ich muss Wasgo beschützen, unser kleiner Junge kann gegen den Teufel nicht alleine bestehen!“

Antares versuchte, sie erneut zu beruhigen, indem er seine Frau noch einmal in seine Arme nahm. Er drückte sie sanft an sich und machte: „Scht, mein Schatz, selbstverständlich werden wir Wasgo beschützen, aber so einfach, wie du es dir vorstellst, ist das nicht. Wasgo ist kein kleiner Junge mehr, sondern ein erwachsener Mann. Er kann und muss auf sich alleine aufpassen. Außerdem weißt du genau, dass ich dir das Zaubern nicht beibringen kann. Du bist keine Zauberin, sondern die verstoßene Tochter des Höllenfürsten, der ihr fast alle magischen Kräfte genommen hat. Aber vergiss bitte nicht, dass du immerhin noch magische Kräfte zum Schutz deiner Familie einsetzen darfst. Also nutze das aus!“

Stumm sahen sie sich an. Das Paar führte eine vorbildliche Ehe. Ständig waren sie füreinander da. Sie liebten und verstanden sich. Gemeinsam hatten sie für ihren Sohn Wasgo gesorgt, alles für ihn getan, was in ihrer Macht und in ihren Kräften stand, damit der Junge alles bekommen konnte, was er brauchte. Selbstverständlich hatten Luziferine und Antares auch maßgeblichen Anteil daran, dass Wasgo die Prophezeiung hatte erfüllen können.

Immer noch stumm sahen sie sich gegenseitig in die Augen. Luziferine hatte sich endlich in Antares' Armen beruhigt. Sie machte ein nachdenkliches Gesicht. „Denkst du das Gleiche wie ich?“, fragte er.

Sie antwortete: „Wenn ich dich das fragen höre, weiß ich schon jetzt, was du willst.“

Er nickte gutmütig, aber mit einem besorgten Gesichtsausdruck. Natürlich machte auch Antares sich Gedanken um Wasgo und um das Schicksal der Welt. Wenn es schon wieder einen Krieg geben sollte, dann wollte er seinen Beitrag leisten, um diesen siegreich für die Menschen zu gestalten.

„Also gut“, sagte Luziferine, „ich packe unsere Siebensachen zusammen und dann brechen wir in die Hauptstadt auf, um Jodaryon unsere Hilfe anzubieten. Er wird sicherlich am besten wissen, was wir tun können.“

*****

Schon eine Stunde später befanden sich Wasgos Eltern erneut auf Wanderschaft.

Seit die Sonne wieder auf die Erde schien, wurde alles Leben durch die vier Jahreszeiten bestimmt. Jetzt, im Sommer, waren die Almwiesen eine Augenweide. Überall blühten die schönsten Blumen, es war eine Farbenpracht ohnegleichen.

Das Paar erfreute sich an den Bäumen, die stolz ihre saftigen grünen Blätter im Wind hin und her schwenkten. Ein Eichhörnchen sprang von einem Ast zum anderen. Die Vögel saßen in den Kronen der Bäume und in den Sträuchern, dort hielten sie sich vor den Augen der Menschen versteckt, zwitscherten aber um die Wette. Die Drosseln sangen ihre Lieder, genauso wie die Amseln, ab und zu krächzte eine Krähe dazwischen. Marienkäfer flatterten durch die Luft und setzten sich auf Antares‘ und Luziferines Kleidung nieder. Zahllose Schmetterlinge tanzten um die Blüten der Blumen herum. Eine große Libelle, die in den schönsten Farben schillerte, ließ sich auf einem Zweig nieder, der etwas zu schwach für sie war und hin und her schwankte. Nach ein paar Sekunden war sie das leid und flog weiter.

Für alles das hatten Antares und Luziferine, als sie durch den grünen, blühenden Wald gingen, offene Augen. Sie erfreuten sich an der Natur und konnten nicht glauben, dass diese friedliche und idyllische Welt von Luzifer mit einem Krieg überzogen werden sollte. Wie auch immer der aussehen mochte, ob er mit magischen Kräften oder mit militärischen Waffen geführt würde, die Landschaft war es, die immer unter einen Krieg zu leiden hatte. Und die Menschen. Die litten darunter erst recht!

Luzifer hatte den Menschen den Krieg erklärt. Dabei hatte er die Landschaft um den großen Bergsee teilweise zerstört. Noch schlimmer war aber, dass dabei junge Menschen ihr Leben lassen mussten. Aber er hatte auch sein Monster, welches das Fegefeuer bewachte, auf die Erde geschickt und war somit für die Zerstörung einiger Dörfer, Städte sowie mehrerer Wälder und Wiesen verantwortlich.

Und so etwas nannte, nein, schimpfte sich ihr Vater? Den sie obendrein auch noch ehren und respektieren sollte! Die Augen hätte sie ihm in diesem Augenblick auskratzen können! Der Alte sollte ihr nur nicht zu nahe kommen!

Als das Paar die Tore der Hauptstadt erreichte, verlangte es vom Hauptmann der Wache, zu Jodaryon gebracht zu werden. Aber der hatte bereits die Stadt verlassen. Auf ihre Frage, wohin er denn gegangen sei, antwortete der Hauptmann: „Der Herrscher der Welt ist auf dem Weg in die Hölle.“

Luzifers Machenschaften

Voller Tatendrang saß Luzifer auf seinem Thron und tüftelte seinen Schlachtplan aus.

Von seinem magischen See im Audienzsaal hatte er alles erfahren, was er wissen musste. Er kannte die Absichten seiner missratenen Tochter und ihres gar so dummen und einfältigen Ehemannes. Sollten sie nur Jodaryon folgen! Er wollte ihnen schon einen gebührenden Empfang bereiten. Auch von Wasgos Erfolgen in Transsilvanien hatte er gehört und gesehen. Luzifer ließ seinen Enkel durch einen Vampir beobachten. Bisher hatte der aber nur die Aufgabe, Wasgo nicht aus den Augen zu lassen. Doch so langsam wurde es Zeit, die Sache zu Ende zu bringen.

Luzifer erkannte schon für sich den Wert, den Bossus Seele für ihn haben konnte. Die Idee, Krieg gegen die Menschen zu führen, war gar nicht so übel. Damit konnte Luzifer seinen Herrschaftsanspruch auf der Erde durchsetzen. Und machte es ihm nicht großen Spaß, die für diesen Krieg notwendigen Maßnahmen einzuleiten? Hatte er nicht, seitdem er das tat, ständig gute Laune?

Obwohl Luzifer von Natur aus sehr jähzornig war, war er doch auch humorvoll und lachte sehr gerne, erst recht dann, wenn das auf Kosten seiner Opfer ging. Und wenn er mit seinen Opfern ausgiebig spielen konnte, ähnlich wie eine Katze, wurde er sogar aufgrund seiner Eitelkeit übermütig.

Luzifer hielt sich für unwiderstehlich! Er glaubte, großartig und allgewaltig zu sein! Ja, er glaubte sogar, unüberwindlich zu sein!

In solchen Situationen wie diesen bekam er große Lust darauf, sich mit Gleichgesinnten zu unterhalten. Aber mit wem sollte er jetzt reden? Warum eigentlich, sollte er sich nicht ein bisschen mit Bossus vergnügen? Der war zwar so herrlich böse und auch so herrlich dumm, aber besser war es alle Male, sich mit dem zu unterhalten, als alleine bleiben zu müssen!

Also befahl der Herr der Unterwelt dem Hüter des Fegefeuers, Bossus' Seele zu ihm zu schicken. Kurze Zeit später traf diese bei Luzifer im Audienzsaal ein. Mit allem notwendigen Respekt begrüßte die Seele des bösen Magiers den Höllenfürsten, der ihn gleich mit stolzgeschwellter Brust über alle Einzelheiten des Krieges gegen die Menschen informierte. Danach bat er um Bossus' Meinung. Oder genauer, fragte er Bossus triumphierend: „Na, was meinst du jetzt?"

„Ich kann nicht sehr viel darüber sagen. Was ich weiß, weiß ich doch von dir, edler Luzifer", wand sich Bossus geschickt. „Wie sollte ich mir ein genaues Bild von der Lage machen, ohne gesehen zu haben, wie es jetzt auf der Erde aussieht? Ich kann dir keinen weiteren Rat geben."

„Du willst nur auf die Erde zurückkehren, aber daraus wird nichts!", schnauzte ihn der Teufel an, dessen gute Laune fast schon wieder verflog, „du hattest deine Möglichkeit, die Welt zu verändern. Das ist dir sogar gelungen, aber nicht gut genug. Jodaryon und Wasgo haben dich vertrieben und getötet!"

„Ich weiß, edler Luzifer, aber du musst mir eine zweite Chance geben, die hat jeder verdient!", schleimte Bossus.

„Du meinst also, du hast eine zweite Chance verdient?", fragte Luzifer gefährlich leise.

„Aber ja, Herr, die werde ich dir zum Ruhme nutzen!", antwortete Bossus im Brustton der Überzeugung.

„Dann sage mir, wie es weitergehen soll!", befahl der Teufel.

Bossus meinte: „Das ist doch ganz einfach und liegt auf der Hand. Töte Jodaryon und Wasgo, so schnell es dir möglich ist. Sonst bekommst du keine Ruhe vor ihnen."

„Das ist dein Rat an mich?", fragte Luzifer.

„Ja, töte sie und lass mich zurück auf die Erde, ich will für dich die Ewige Nacht wiederherstellen!", versicherte Bossus.

„Das ist eine gute Idee, die könnte von mir sein!" Der Herr der Unterwelt wurde nachdenklich und Bossus glaubte, seine Chance sei gekommen.

Auch wenn er sonst kein Schleimer war, sprach er: „Es ist doch deine Idee, edler Luzifer!“ Und als er das sagte, dachte er, dass er über diesen dummen Teufel so viel Schleim ausgießen werde, wie der es nur wollte, Hauptsache, er selbst, der große Bossus komme ans Ziel.

„Und Wasgos Eltern? Was ist mit Antares und Luziferine? Sollen auch die sterben?“, fragte der Höllenfürst scheinheilig.

„Aber ja, selbstverständlich müssen auch die sterben, edler Luzifer! Töte sie, töte sie alle!“

Da donnerte Luzifer den bösen Zauberer an: „Du hattest deine Chance! Eine Zweite bekommst du nicht! Dein Körper ist hinüber, den gibt es nicht mehr. Also bleibst du hier im Fegefeuer! Du dienst mir hier in der Hölle und nicht da oben auf der Erde. Und nun verschwinde aus meinen Augen.“

Als Bossus' Seele zurück im Fegfeuer war, dachte Luzifer: Bossus hat recht, sie müssen alle sterben. Und ich werde sie alle töten, aber vorher will ich noch etwas Spaß mit ihnen haben. Vor allem mit Jodaryon und Wasgo. Ja, vorher werde ich noch ein bisschen mit ihnen spielen! Schnell kehrte seine gute Laune zurück.

Doch auch Bossus war nicht ganz unzufrieden. Natürlich brauchte er einen zweiten Körper, der seine Seele aufnehmen konnte, um auf die Erde zurückkehren zu können. Aber das sollte nicht das Problem sein! Er war sich sicher, dass er bald eine Gelegenheit dafür bekommen sollte. Es waren genug Menschen zur Hölle unterwegs, Luzifer hatte es ihm ja erzählt und sich in seiner Dummheit und Überheblichkeit nichts dabei gedacht! Aber genau das war Bossus' Chance! Und Bossus war fest entschlossen, sie zu nutzen, sobald sie sich ihm bot.

Luzifers Spiel mit Jodaryon

Als Jodaryon reisebereit war, brach er, ohne zu zögern, auf. In seinem Rucksack hatte er alles verstaut, was er vielleicht gebrauchen konnte.

Wieder einmal war er auf der Suche nach einem Bösewicht. Doch diese Wanderung musste er alleine auf sich nehmen, genauso wie Wasgo seine in Transsilvanien.

Die ganze Zeit wurde Jodaryon ein ungutes Gefühl nicht los. Hätte er nicht doch Wasgo mitnehmen sollen? Der hatte doch schon während der Suche nach Bossus bewiesen, dass er ein zuverlässiger Gefährte war! Aber nein, Luzifer war viel zu gefährlich. Dem musste er sich alleine stellen, Wasgo durfte nicht einer solchen Gefahr ausgesetzt werden. Noch nicht. Außerdem war Wasgos Aufgabe in Transsilvanien auch so schon heikel genug.

Allerdings bei Weitem nicht so heikel wie seine Eigene. War seine Mission nicht die allerschwierigste, die es überhaupt geben konnte? Als er damals mit Wasgo gemeinsam gegen Bossus gekämpft hatte, war ihr Gegner ein Zauberer. Gewiss ein äußerst bösartiger und gefährlicher schwarzer Magier, der in der Zauberkunst optimal ausgebildet war, aber eben doch nur ein Zauberer, nicht anders als er selbst auch.

Luzifer aber war kein Zauberer, er war der Höllenfürst, der die Schwarze Magie in Vollendung beherrschte, ja, der selber der Hüter der Schwarzen Magie war. Der Höllenfürst alleine entschied darüber, wer die Schwarze Magie anwenden durfte, und das waren ausschließlich sehr böse Männer und Frauen, die sehr viel Unheil über die Welt brachten. Vor allem gab er den von ihm selbst geschaffenen Monstern dieses Recht. Somit waren diese mit magischen Kräften ausgestattet, die denen Jodaryons fraglos haushoch überlegen waren.

Und er, der Zauberer, wollte alleine gegen den Höllenfürsten antreten! Ein solches Vorhaben grenzte doch schon an Wahnsinn, so einen Kampf konnte er nie gewinnen! Vielmehr rechnete er damit, sterben zu müssen.

Aber dann sollte wenigstens Wasgo weiterleben.

Nur noch einen Kilometer hatte Jodaryon bis zum Wald vor sich. Ein Spaziergang, so glaubte er. Doch plötzlich kam ein Wind auf, der sich schnell zu einem Orkan entwickelte. Jodaryon war sofort klar, dass ein Sturm von dieser enormen Stärke unnatürlich sein musste. Im Sommer gab es normalerweise keine solchen Orkane. Nein, dieses Unwetter hatte einen künstlichen Ursprung. Und nur einer war in der Lage, es zu entfachen: Luzifer!

Was bezweckte der Höllenfürst damit nur? Wollte er Jodaryon von der Unterwelt fernhalten? Aber Luzifer hatte doch angekündigt, dass er zuerst Wasgo und Jodaryon in die Hölle holen wollte! Warum sollte er also Jodaryons Besuch verhindern, wenn der schon freiwillig zu ihm kommen wollte? Nein, für Luzifers Verhalten gab es nur eine Erklärung. Wie immer spielte er mit seinem Opfer.

Eine dicke Eiche ächzte und knarrte gefährlich in ihren Wurzeln und ihrer Krone. Viele Blätter und kleinere Zweige riss der Wind von den knorrigen Ästen ab. Mit einem lauten Knall brach plötzlich ein dicker Ast aus der Krone der Eiche heraus. Der Sturm trieb ihn direkt auf Jodaryon zu. Der Ast wurde durch die Luft gewirbelt und drehte sich mehrmals um seine eigene Achse. Bald schon musste er Jodaryon treffen und ihn zu Boden reißen. Aufhalten konnte ihn der Magier nicht. Mit einem Bewegungszauber versuchte der alte Mann, den Ast in eine andere Richtung zu lenken. Doch der Zauber blieb wirkungslos, in atemberaubendem Tempo sauste das Geschoss weiter auf Jodaryon zu. In Sekundenbruchteilen musste er ihn erreicht haben.

Was tun? Jodaryon schickte dem Ast mit all seinen ihm zur Verfügung stehenden Kräften die Strahlen des Lebens und der Liebe entgegen. Wenn diese Strahlen auf den Ast der Eiche aufprallten, sollte er zu Boden gehen und Wurzeln bilden, die sich in das Erdreich bohrten. So sollte ein neuer Baum entstehen, der viele hundert Jahre leben konnte.

Tatsächlich schien Jodaryons Zauber zu wirken. Der Ast senkte sich zur Erde hin und berührte diese schon beinahe. Doch plötzlich, wie von einer unsichtbaren Hand wieder emporgeschleudert, flog er erneut auf Jodaryon zu. Diesem blieb nichts anderes übrig, als sich augenblicklich niederzuwerfen. Kaum prallte sein Körper hart auf einen Stein am Erdboden auf, hörte Jodaryon Luzifer lachen. Damit hatte der Zauberer den endgültigen Beweis für seine Annahme, dass Luzifer der Auslöser dieses Sturmes war. Der wollte ihm seine Macht demonstrieren, vielleicht auch tatsächlich nur mit ihm spielen. Wie eine Katze mit der Maus.

In allerletzter Sekunde flog der Ast über den alten Magier hinweg. Aber gleich darauf erschien Luzifer als verzerrtes Bild in der sich bewegenden Luft. Sein Bild waberte vor Jodaryon ständig hin und her, sodass sein Gesicht mal mehr und mal weniger sich dem Zauberer zeigte. Luzifer lachte und rief: „Du glaubst doch nicht etwa, dass du mich besiegen kannst? Du wirst sterben! Deine Seele gehört mir. Im ewigen Fegefeuer wird sie schmoren!“ Kaum hatte Luzifer seine Worte ausgesprochen, drang erneut sein hässliches, böses Lachen an Jodaryons Ohr. Allmählich verschwand zuerst das Zerrbild des Höllenfürsten aus der Luft, danach verebbte auch langsam sein Lachen.

Doch der Sturm dauerte an. Ob Farnkraut oder Gräser, ob Blumen oder kleines Strauchwerk, zahllose Pflanzen knickten kurz über den Erdboden ein. Teilweise wurden sie von ihrem Stängel oder Halm abgerissen und flogen ebenso wie vorher der Ast der Eiche durch die Luft. Gegen diesen Zauber Luzifers konnte Jodaryon nichts ausrichten. Tatenlos musste er zusehen, wie die Natur verwüstet wurde. Pflanzen starben, Bäume wurden entwurzelt und fielen ächzend und laut krachend zu Boden. Jodaryon musste sich beeilen, seinen Platz zu verlassen. Der neben ihm stehende Baum, eine große, schlanke Buche, bog sich in den wild gewordenen Luftmassen wie ein Strohhalm. Mit einem gewaltigen Krachen brach der Stamm in einer Höhe von etwa drei Metern über den Erdboden ab und fiel genau in die Richtung, in der Jodaryon sich Schutz suchend vor dem Ast der Eiche niedergeworfen hatte.

Erst langsam, aber dann immer schneller werdend, sah Jodaryon die Buche auf sich zu stürzen. Mit den Händen stieß er sich vom Boden ab. Seine Beine zog er an und stellte seine Füße auf die Erde. Die Buche war nur noch einen Meter von ihm entfernt. Jodaryon fühlte schon die Äste. Er sah seinem sicheren Tod ins Gesicht. Mit einer letzten gewaltigen Kraftanstrengung gelang es ihm, vom Wiesenboden wegzuspringen. Krachend prallte der Stamm genau dort auf die Erde, wo noch vor einer Sekunde Jodaryon gelegen hatte. Das blanke Entsetzen stand dem Herrscher der Welt im Gesicht. Er musste seinen ganzen starken Willen aufbieten, um der Todesangst, die er soeben verspürt hatte, Herr zu werden. Aus allen seinen Poren trat ihm der Schweiß heraus, wie ihm schien, literweise.

Verzweifelt stemmte sich Jodaryon gegen die pfeifenden und tosenden Luftmassen. Nur unter Aufbietung aller Kräfte gelang es ihm, sich Schritt für Schritt vorzukämpfen. Er wollte die alte dicke Eiche erreichen und bei ihr Schutz suchen. Sie war so kräftig mit der Erde verwurzelt, dass zwar ihre Äste brechen konnten, aber der Stamm des Baumes von keinem Sturm zu entwurzeln war. Mit größter Mühe arbeitete er sich Zentimeter um Zentimeter seinem Ziel näher. Dabei wurde er immer wieder von durch den Sturm aufgewirbelten Sträuchern und kleinen Gehölzen schmerzhaft getroffen.

Endlich konnte er hinter der Eiche notdürftig Schutz vor dem Sturm finden und sich etwas erholen. Er atmete ein paar Male tief durch. Seine Lungen füllten sich wieder mit Sauerstoff. Langsam kehrten seine Kräfte zurück.

Aber plötzlich drang ein panisches Kreischen und Zwitschern an seine Ohren. Zwei Amseln wurden von den entfesselten Luftmassen durch die Luft gewirbelt. Die armen Vögel hatten keine Chance, sich dagegen zu wehren. Unkontrolliert wurden sie hin und her geschleudert, mal aufrecht, mal mit dem Kopf nach unten. Der Sturm spielte mit den Vögeln, als wären sie Bälle.

Jodaryon wollte ihnen helfen. Noch einmal versuchte er es mit einem Zauber. Mit seinen magischen Kräften veränderte er die Windrichtung und so geschah es, dass die Amseln in seine Richtung geschleudert wurden. Schnell fing er die Vögel auf. Er spürte ihre Herzen schlagen. Wie rasend klopften sie in ihren kleinen Körpern gegen die Rippen. Die armen Tierchen zitterten wie Espenlaub. Ruhig sprach Jodaryon zu ihnen: „Na, meine gefiederten Freunde, beruhigt euch, ihr seid nun in Sicherheit! Habt keine Angst mehr, dieses Unwetter wird bald vorbei sein! Dann könnt ihr zu eurer Familie zurückfliegen, oder wo immer sonst ihr auch hin wollt."

Verängstigt saßen die Amseln in Jodaryons Hand. Mit schiefen Köpfchen sahen sie ihn an. Aber tatsächlich beruhigten sie sich schnell und einer der beiden schwarzen Vögel öffnete seinen gelben spitzen Schnabel und begann zu zwitschern. Darüber freute sich der alte Magier, erst recht, als die zweite Amsel in den Gesang ihres Artgenossen einfiel. Fröhlich zwitscherten die beiden Vögelchen in Jodaryons Hand, als ob sie einen Sängerwettstreit austragen wollten, ein wunderschönes Vogelliedchen.

Allmählich ließ der Sturm nach, während die Amseln weiterhin mit ihrem Gesang Jodaryons Herz erfreuten. Endlich flogen sie davon. Da registrierte Jodaryon erst, dass das Unwetter vorbei war. Überall ließen sich wieder die Vögel vernehmen. Die Wolken, die der Sturm herbeigeweht hatte, lösten sich in Minutenschnelle auf, die Sonne schien wieder und zog ihre Bahn über den Himmel, als wenn nichts geschehen wäre. Auch für Jodaryon war es an der Zeit, seinen Weg fortzusetzen.

Wo konnte er den Eingang zur Unterwelt finden? Musste er bis zu der Höhle gehen, in der er damals zusammen mit Wasgo einen Zugang gefunden hatte? Oder war es besser, sein Glück auf einem Gletscher zu suchen? Jodaryon entschied sich für den Gletscher. Er wollte den kürzesten Weg nehmen, um sich Luzifer zu stellen. Mit neuer Zuversicht wanderte er weiter, einem Kampf auf Leben und Tod entgegen.

Trübe Gedanken

Wasgo war tief enttäuscht. Er hatte gehofft, in die Hauptstadt zurückkehren zu dürfen, um Jodaryon zu helfen. Warum nur bestand dieser so entschieden darauf, dass er in Transsilvanien blieb?

Bisher hatte Wasgo geglaubt, Jodaryon sehr gut zu kennen, aber jetzt kamen ihm Zweifel. Hatte er sich in dem alten Zauberer doch geirrt? Warum nur durfte er nicht bei ihm sein, um ihm im Notfall helfen zu können? Dass Jodaryon gegen Luzifer etwas erreichen konnte, daran zweifelte der junge Mann sehr. Schon gegen Bossus hatten sie zu zweit antreten müssen und am Ende war auch noch die Hilfe von Wasgos Eltern erforderlich gewesen, um den bösen Herrscher der Welt zu besiegen. Nun ging es gegen den Teufel höchstpersönlich. Wie sollte ein einzelner Zauberer da etwas ausrichten können! Aber wenn Jodaryon glaubte, alleine in den Tod gehen zu müssen, dann sollte er das doch tun! Mit ihm, Wasgo, hätte Jodaryon vielleicht eine Chance gegen Luzifer gehabt, wenn auch nur eine ganz kleine.

Aber nun? Was, wenn seinem väterlichen Freund wirklich etwas widerfuhr? Wasgo wurde mit einem Mal tieftraurig und dieses Gefühl wog noch viel schwerer als seine Enttäuschung. Mit Jodaryon in Verbindung treten und sich noch einmal anbieten, aufdrängen? Dazu war er dann doch zu stolz. Sollte Jodaryon eben alleine klarkommen, er, Wasgo, sollte ja in Transsilvanien bleiben und Sinclair finden. Bitte, wenn es dem alten Herrn gefiel!

Nun, gut. Also zu Sinclair. Aber wo konnte er den einstigen Freund überhaupt finden? Und wenn er ihn finden sollte, was dann? Sollte er sich mit Sinclair auf einen Kampf einlassen? Konnte er überhaupt in einem Kampf gegen den Herrn der Vampire bestehen? Immerhin verfügten Vampire über enorme magische Fähigkeiten, denen er nicht gewachsen war. Allerdings konnte Wasgo auch Zauber einsetzen, gegen die vielleicht sogar ein so erfahrener Vampir wie Sinclair machtlos war.

Im Gegensatz zu Jodaryon, der seinen Kampf gegen Luzifer unweigerlich verlieren musste, hatte Wasgo somit wenigstens eine kleine reelle Chance, seine Aufgabe zu einem guten Ende zu bringen. Nur eine kleine Chance? Keine große? Hatte er nicht gerade eine Höhle voller schlafender Vampire verriegelt und diese zu ewiger Dunkelheit und Bewegungsunfähigkeit verdammt? Hatte er nicht gerade einen Vampir im Handgemenge bezwungen?

Sollte Jodaryon eben sein eigenes Ding durchziehen! Er, Wasgo, wollte seine Aufgabe erfüllen. Er wollte Sinclair finden und zunächst einmal mit ihm verhandeln. Gegen ihn kämpfen konnte er immer noch früh genug, wenn das unbedingt sein musste. Um Jodaryon wollte sich der junge Mann nicht weiter sorgen. Der selbst hatte ihm ja den Weg vorgegeben, den er nun beschreiten sollte und nun auch beschreiten musste, wenn er nicht ungehorsam sein wollte.

Während Wasgo seinen Gedanken nachhing, erreichte Luzifers Vampir der Befehl seines Herrn, auf den er schon lange gewartet hatte: „Es ist genug! Töte Wasgo!“

Jodaryons Weg

Vergeblich hatten Antares und Luziferine gehofft, Jodaryon in der Hauptstadt anzutreffen. Nun überlegten sie, was sie am besten tun konnten. Jodaryon folgen? Der Hauptmann der Torwache hatte keine Ahnung, welchen Weg der Herrscher der Welt eingeschlagen hatte, um sein Ziel, die Hölle, zu erreichen.

Luziferine kam auf die Idee, mit einem Vertreter des Ministerrates zu sprechen. Der Druidenpriester war der einzige, der für Wasgos Eltern ein wenig Zeit erübrigen konnte.

Antares und Luziferine wurden von einem Wachsoldaten in eine große Halle des Palasts geführt. Dort sollten sie Platz nehmen, in wenigen Augenblicken werde der Druidenpriester zu ihnen kommen. Ohne eine Antwort abzuwarten, entfernte sich der Wachmann wieder.

Das Ehepaar sah sich um. Sie befanden sich in einer mehr oder weniger weiten offenen Halle, die von hohen Säulen in zwei Räume unterteilt wurde. Hinter den Säulen befand sich ein großer Saal, in dem, das war allgemein bekannt, die hohen Feste der Druiden gefeiert wurden. Entsprechend war er ausgestattet. An den Wänden standen Bänke für die Gäste, in der Mitte waren in einem Kreis die Statuen von sieben verschiedenen Gottheiten aufgestellt. In einer Ecke befand sich eine riesige Feuerstätte, die den Saal im Winter heizte. Die Außenwände waren ebenso mit mehreren Säulen verziert. Zwischen diesen befanden sich große rechteckige Öffnungen, durch die der Rauch der Feuerstätte abgeleitet werden konnte. Jetzt, im Sommer, war es warm genug, sodass kein Feuer benötigt wurde.

Doch jetzt wartete das Ehepaar in dem kleineren Raum, der eine ebenso hohe Decke hatte wie der große Saal nebenan. Auch hier konnte die warme Sommerluft durch Öffnungen in den Außenwänden hereinströmen. Vor Wasgos Eltern stand ein großer Marmortisch, hinter dem der Druidenpriester Platz nahm, wenn er Gäste zu Gesprächen empfing. Hinter dem Sitzplatz des Druiden befand sich ein großer offener Kamin. Im Winter loderte darin ein fröhliches, großes Feuer, das den Raum heizte.

Nach einigen Minuten stürmte der Druidenpriester eilig in die Halle, begrüßte das Paar und wollte wissen, was er für sie tun könne.

„Vielen Dank dafür, dass du uns empfängst und uns deine kostbare Zeit opferst", sagte Antares, nachdem sie auf eine Geste des Priesters Platz auf einer Bank genommen hatten. „Kannst du uns bitte kurz über die Ereignisse der letzten Tage informieren? Wir wollen keine Staatsgeheimnisse hören, sondern nur auf dem Laufenden sein. Gerne wollen wir Jodaryon unterstützen, denn wir wissen, dass er unterwegs zu Luzifer ist. Wir machen uns große Sorgen um ihn. Meine Frau ist die Tochter des Höllenfürsten und vielleicht gelingt es uns, Luzifer zu besänftigen und ihn davon zu überzeugen, dass es auch für die Hölle das Beste ist, wenn Luzifer seinen Krieg gegen uns beendet."

Nachdenklich betrachtete der Priester Wasgos Eltern. Dann begann er, zu erzählen. Er sprach über die Angriffe der Vampire und auch über Wasgos ersten Erfolg, eine Höhle voller Vampire verschlossen zu haben. Des Weiteren berichtete er über Luzifers Angriffe und die seines Monsters, des Hüters des Fegefeuers. Er gab sogar die Ergebnisse der Beratung mit den Ministern preis. Und er wusste auch, welchen Weg Jodaryon zur Unterwelt einschlagen wollte.

Antares und Luziferine verabschiedeten sich von dem Druidenpriester und brachen unverzüglich auf. Sie hofften, dass sie den Herrscher der Welt noch einholen konnten, bevor er auf den Höllenfürsten traf.

Unerwartete Unterstützung

Der Weg führte Jodaryon immer weiter bergauf. Trotzdem war er gut zu gehen. Von weiteren unliebsamen Überraschungen blieb der alte Zauberer verschont. Es war beinahe so, als wenn der Teufel ihn vergessen hätte. Aber natürlich wusste Jodaryon, dass Luzifer ihn keine Sekunde aus den Augen ließ.

Den Wald hatte er schon längst hinter sich gelassen, der Pfad schlängelte sich über Bergwiesen, auf denen vereinzelte Schafe weideten, einem Gletscher entgegen. Ab und zu stieg etwas Rauch vom Gipfel auf. Ein atemberaubender Anblick bot sich dem Wanderer. Noch befand sich Jodaryon auf grünen Almwiesen, doch bald musste er eine Höhe erreicht haben, in der es nur noch nackten Fels gab. Noch weiter oben wurde das Gestein von ausgedehnten Schneeflächen abgelöst, die schließlich in Eis übergingen. Es war alles so schön, anzusehen, und normalerweise wäre ein Wanderer von der sich ihm darbietenden Landschaft schlichtweg überwältigt gewesen.

Selbstverständlich war auch Jodaryon von dieser bezaubernden Bergwelt begeistert und sein Herz sprang freudig in seiner Brust im Takt. Doch wusste der Magier, was ihn am Ende seines Aufstiegs erwartete. Auf dem Gipfel befand sich das Tor zur Hölle. Dieses Tor wollte er finden und sich Luzifer stellen. Er wollte seine Haut so teuer wie möglich verkaufen. Der Teufel sollte sich noch wundern. Aber Jodaryon wusste auch, dass dieses sein letzter Kampf sein werde. Eigenartig, schon mehrmals hatte er dem Tod ins Antlitz sehen müssen, aber eigentlich war es jetzt das erste Mal, dass er das Gefühl hatte, gleich sterben zu müssen. Etwas wehmütig setzte er seinen Aufstieg fort.

Immer wieder musste er an Wasgo denken. Der junge Mann fehlte ihm. Mehr, viel mehr, als er zugeben wollte. Es tat ihm leid, dass er ihn nach Transsilvanien hatte schicken müssen. Im Kampf gegen Bossus hatte er sich so sehr an den Jungen gewöhnt, dass er ihn wie einen Sohn zu lieben begann. Wasgo hatte ihm das Leben gerettet, und wenn er jemals einem Menschen sein Leben anvertrauen sollte, dann diesem jungen Magier. Aber er musste ihn schützen, deshalb schickte er ihn so weit wie möglich weg. Das war nun einmal Transsilvanien.

Wie fröhlich und unbekümmert konnte Wasgo sein! Wie neugierig und albern war er, als er begann, die Welt nach Bossus' Herrschaft neu zu entdecken! So ausgelassen und unbeschwert, beinahe wie ein Kind! Und der alte Mann hatte das dem Jungen nach dem mörderischen Kampf gegen Bossus auch von Herzen gegönnt. Sollte Wasgo doch seine Freude haben und seine Jugend genießen!

Wem er aber noch sein Leben anvertrauen konnte, das waren Luziferine und Antares. Sie hatten ihren Sohn zu dem erzogen, der er heute war. Antares war es, der Wasgo mit ersten magischen Formeln konfrontiert hatte. Bei ihm hatte Wasgo begonnen, das Zaubern zu erlernen.

Auf Luziferine ließ Jodaryon sowieso nichts kommen. Sie war ganz einfach eine kluge und liebevolle Frau und eine ideale Mutter. Sie war es, die Antares zu Höchstleistungen antrieb und Wasgo mit ihrer Liebe und Fürsorge zu einem zu aller Welt freundlichen und stets hilfsbereiten jungen Mann erzogen hatte. Und als es gegen Bossus darauf ankam, war beiden keine Gefahr zu groß gewesen und sie hatten ganz selbstverständlich ihren Mann gestanden.

Und dann musste der alte Magier an seinen Jugendfreund denken. 'Ach, Deneb, wenn wenigstens du bei mir sein könntest!‘, ging es dem Herrscher der Welt durch den Kopf. Er erinnerte sich an die vielen kleinen und großen Abenteuer, die er in seiner Jugend gemeinsam mit Deneb erlebt hatte. Auf welch grausame Weise hatte Bossus seinen Freund getötet! Und auf welche wahrhaft schon wundersame Weise war es gelungen, Deneb zurück ins Leben zu holen!

Mit zunehmender Höhe wurde der Pflanzenwuchs immer spärlicher und lückenhafter. Überall trat zwischen dem Grün der Vegetation das graue Gestein zutage. Jodaryon hatte das Gefühl, als ergreife der Fels langsam, aber sicher vom Berg Besitz. 'Wie hoch ich bereits gestiegen bin!‘, dachte er. Schon war es nicht mehr weit bis zu den ersten Schneefeldern. Die letzten winzigen Pflänzchen, oft mit noch winzigeren bunten Blüten daran, machten ihn wehmütig, so lange war ihm diese Pracht durch die Ewige Nacht vorenthalten worden und nun, nur wenige Wochen nach dem Ende des immerwährenden Dunkels, sah er all das womöglich zum letzten Mal! Und er dachte: ‚Aber was soll's, Trübsalblasen hilft mir auch nicht weiter!‘

Nun dauerte es nicht mehr lange, bis er den Schnee erreicht hatte. Das Steinmassiv des Berges wurde anfangs von einer noch unvollständigen dünnen Schneeschicht abgedeckt. Je höher Jodaryon kam, desto dicker wurde die Schneedecke und desto dichter wurde auch das Schneefeld. Und später ging der Schnee in Eis über. Die Luft wurde spürbar dünner.

Schwer atmend blieb der einsame alte Mann stehen, stützte sich auf seinen Wanderstock und blickte hinauf zum Gipfel. Dort oben stiegen kleine und größere Rauchsäulen in den Himmel auf. Jodaryons Gedanken überschlugen sich. 'Da oben also ist das Tor zur Hölle, und wenn ich es bezwungen habe, werde ich sterben.' Gleich darauf: 'Das sind die Vorboten des Teufels!' Gedanken wie diese rasten förmlich durch seinen Kopf, er konnte nichts dagegen tun.

Währenddessen ließ er seinen Blick über den Gipfel und über die weite Eisfläche schweifen. Plötzlich bemerkte er halb unbewusst, dass mit einem nahen Felsblock etwas nicht stimmte, und sah genauer hin. Das konnte doch nicht sein, das war ganz sicher eine Sinnestäuschung! Oder ein neues Spielchen, das Luzifer mit ihm trieb? Auf dem Stein saß ein Mann und lachte freundlich zu ihm herüber. Als Jodaryon nicht gleich reagierte, lachte der andere noch lauter und rief fröhlich: „Was ist mit dir los? Was stehst du da und gaffst mich blöde an? Hast du etwa schon vergessen, wer ich bin?“ Das Lachen verlor sich langsam und machte einem Lächeln im Gesicht des Mannes Platz. Dann sprach er weiter: „Du hast es wohl tatsächlich vergessen. Ich bin es, der Meister der Telepathie, der Meister der Gedanken. Ich bin es, dein Freund Deneb!“

„So, so. Bist du es also wirklich?“, fragte nun Jodaryon immer noch voller Misstrauen.

„Aber ja, du selbst hast mich doch gefragt, wo ich stecke. Nun, ich stecke hier und werde dir helfen. Und zwar nicht nur beim Aufstieg zum Gletscher. Sondern auch, wenn du gegen Luzifer antrittst“, antwortete der Mann auf dem Felsblock.

„Ja, ich habe an dich gedacht“, gab Jodaryon zu, „aber gib mir einen Beweis dafür, dass du der bist, als der du mir hier erscheinst!“

Der Mann drang in Jodaryons Gedanken ein. So entstand folgendes Gespräch: „Du bist Jodaryon, mein Freund. Du hast mir zweimal das Leben gerettet!“

Jodaryon fragte ebenso, ohne ein Wort auszusprechen: „Und wann war das zweite Mal?“

Darauf antwortete der Mann: „Das war, nachdem du gemeinsam mit Wasgo und seinen Eltern Bossus vernichtet hattest. Du hast mich aus dem Reich der Toten geholt und in die Sonne gelegt. Danach riefst du den Adler der Weisheit und des Lebens an, der mir und auch vielen anderen, die euch ihr Leben zu verdanken haben, seinen Atem schenkte, und uns damit ins Leben zurückholte.“

„Und wann habe ich dir das erste Mal dein Leben gerettet.“ „Wir waren damals noch Kinder. Einmal war ich im Winter auf dem Eis unseres Dorfsees und wollte den Weg zu Meister Dariusus Jolly abkürzen. Das Eis brach und ich versank im See. Du hast etwas gerufen und ich tauchte aus dem Wasser auf und schwebte danach in der Luft. Ein Windhauch brachte mich zu dir. Und anstatt dir zu danken, fragte ich dich, ob du ein Zauberer seist. Du sagtest darauf, dass ich selbst einer sei. Ich fragte dich, warum du das glaubst, und du sagtest zu mir, dass ich nicht mit dir spreche, sondern in deine Gedanken einbreche.“

„Das ist richtig“, sagte Jodaryon. Fast war er nun überzeugt, tatsächlich Deneb vor sich zu sehen.

Aber vorsichtshalber wollte er ganz sicher gehen. So fragte er: „Weißt du denn auch noch, was ich damals gerufen habe?“

„Farareudedes de sedes airimedes torres torres! Ladedendus torres, tredasch, lebetus!”

Jetzt löste sich in Jodaryon alle Anspannung. „Das kannst nur du wissen, nicht einmal der Teufel kann von den damaligen Ereignissen etwas geahnt haben!“, rief er aus und rannte wie ein junger Mann auf seinen Freund Deneb zu.

Auch Deneb erhob sich von seinem Felsblock und ging Jodaryon langsam entgegen. Als sie sich trafen, fielen sie sich in die Arme und beklopften sich gegenseitig voller Freude den Rücken.

„Dem Himmel sei Dank“, sagte Jodaryon mit seiner tiefen Bassstimme, die aus einem großen Fass zu kommen schien, „nun muss ich nicht ganz alleine gegen Luzifer antreten. Ich danke dir, Deneb, mein Freund, dass du mich gehört hast und zu mir geeilt bist!“

„Mache dir keine Sorgen, wir stehen das beide gemeinsam durch“, war Denebs Antwort.

Der Kampf mit dem Vampir

Wasgo saß immer noch auf einem Stein vor der Höhle, in der er vor kurzer Zeit einige Vampire eingesperrt hatte. Nie mehr konnten sie Menschen jagen und sie zu Ihresgleichen machen, es sei denn, sein Zauber wurde von einem anderen Magier aufgehoben. Eigentlich gab es hier für ihn nichts mehr zu tun. So beschloss er, der Höhle den Rücken zu kehren und weiter nach Sinclair zu suchen.

Der junge Mann machte sich auf den Weg. Immer noch war er enttäuscht darüber, dass er Jodaryon nicht begleiten durfte. Ständig kreisten seine Gedanken nur darum, warum Jodaryon ihn hierher nach Transsilvanien geschickt hatte und nicht etwa seine Eltern oder vielleicht auch Deneb. Gemeinsam hatte er mit Jodaryon Bossus besiegt, warum nur durfte er jetzt nicht bei seinem väterlichen Freund sein, um ihn auch beim Kampf gegen Luzifer zu unterstützen? Deneb wäre wahrscheinlich ein guter Begleiter für Jodaryon, aber war auch er in der Kunst der Magie so vielseitig wie Jodaryon selbst? Auf jeden Fall wäre Jodaryons guter, alter Jugendfreund ebenso mit den Vampiren fertig geworden, wie er, Wasgo, das konnte. Sogar sein Vater Antares sollte das hinbekommen, auch wenn er nur ein mäßiger Zauberer war, aber dafür kannte er Sinclair sehr gut. Den hätte er schon zur Vernunft gebracht.

Während Wasgo so seinen Gedanken nachhing, drang er immer tiefer in den Wald ein. Nicht einen Blick hatte er für die Natur übrig. Er sah keine Butterblume und keinen Löwenzahn, die so zahlreich am Wegesrand standen. Er beachtete nicht die saftigen grünen Grashalme, auch nahm er keine Notiz von den Bienen, die in großer Zahl um die Blütenblätter der Blumen herum summten. Nicht einmal den Stich einer Mücke in seinem rechten Unterarm registrierte er.

Es war stockdunkel. Das Sonnenlicht drang nicht durch die dichten Kronen der hohen Bäume bis auf die Erde herunter. Kurzzeitig wurde es über Wasgo noch finsterer, aber schon war diese Dunkelheit auch wieder einem diffusen Licht gewichen. Da hatte wohl ein großer Vogel einen Schatten geworfen.

Was kümmerte das unseren jungen Helden! Er trottete einfach weiter, mit gesenktem Kopf, und starrte missmutig auf seinen Trampelpfad. Seine Gedanken waren jetzt zunächst bei seinen Eltern und danach wieder bei Jodaryon. Doch endlich dachte er auch einmal darüber nach, warum er überhaupt von Jodaryon nach Transsilvanien geschickt worden war. Er sollte die Vampire stoppen, damit die Menschen dort wieder ihren Frieden fanden. So weit, so gut. Aber hier kam er ins Grübeln. Was, wenn seine Mission doch nicht ganz so einfach war? Was geschah eigentlich, wenn Menschen und auch Magier gegen einen Vampir kämpfen mussten?

Dass gerade ein Vampir über ihn hinweggeflogen war, hatte er dabei gar nicht bemerkt, er hatte ihn für einen großen Vogel gehalten. Und dazu war es nicht irgendein Vampir. Es war Luzifers Vampir, der gerade den Auftrag erhalten hatte, ihn zu töten.

Eigentlich seltsam, noch nie wurde ein Zauberer von einem Vampir gebissen, überlegte Wasgo weiter. Ein Zauberer war aber auch kein gewöhnlicher Mensch. Zwischen Zauberern und Menschen gab es schon einige kleine Unterschiede. So konnte ein Zauberer viel älter als ein Mensch werden. Ein Mensch hatte eine Lebenserwartung von etwa sechzig, siebzig, vielleicht sogar achtzig oder neunzig Jahren. Ein Zauberer dagegen konnte eine Lebensspanne von bis zu dreizehn Menschenaltern erreichen. Hinzu kam, dass ein Mensch über keine magischen Kräfte verfügte. Ein Magier aber hatte seine ersten Visionen schon in einem Alter von vier bis sechs Jahren. Die magischen Fähigkeiten waren ihm gegeben, nur musste er lernen, sie anzuwenden.

'Was könnte passieren, wenn ein Vampir mich beißen sollte?‘, fragte sich der junge Mann. 'Ich bin kein Mensch, sondern ein Zauberer. Vielleicht werde ich ja gar nicht zum Vampir, sondern bekomme auch noch seine magischen Kräfte zu meinen dazu. Dann kann ich jeden Vampir überwinden und bin so gut wie unbesiegbar. Dann wäre ich mächtiger als Bossus zu seinen Lebzeiten und auch mächtiger als Jodaryon. Nur die Götter im Himmel wären noch mächtiger als ich. Und Luzifer, der Höllenfürst, der natürlich auch. Obwohl, da bin ich mir gar nicht so ganz sicher. Aber egal, Jodaryon lässt mich ja nicht an Luzifer ran!'

Hatte nicht einmal Jodaryon erzählt, wie er einen Zeitzauber gebrauchte, um Wasgo aus den Klauen des Bossus zu entreißen? Und dass er sich selbst vorher mit einem anderen Zauber belegte, damit das Wissen, das er vor dem Zeitzauber hatte, nicht verloren ging? Es war beinahe so, als wenn Jodaryon damals einen kurzen Blick in die nähere Zukunft hätte werfen können.

Plötzlich prallte er gegen etwas. Er sah auf und erblickte einen Vampir! Der sah ihn aus seinem hässlichen fledermausähnlichen Gesicht an und grinste. Der Schock fuhr Wasgo in die Glieder. Plötzliche Angst überfiel ihn. ‚Oh, oh, wenn der mich jetzt sofort angegriffen hätte, wäre ich verloren gewesen', dachte der junge Mann. Seine Nackenhaare stellten sich auf, an den Armen bekam er eine Gänsehaut. Seine Nerven waren bis zum Zerreißen angespannt. Alle seine Sinne schärften sich. Seine ganze Konzentration galt nun dem Vampir. Er wusste, dass ihm ein unvermeidlicher Kampf mit diesem mordlüsternen Wesen bevorstand.

Zur gleichen Zeit dachte er aber auch an seinen Meister und Lehrer Jodaryon, der ihm immer wieder eingeschärft hatte: „Wasgo, du vergisst immer noch zu oft, dass du ein Zauberer bist! Denke immer daran: Für alle Probleme gibt es eine Lösung!"

Schnell wich Wasgo einige Schritte zurück. Damit brachte er eine kleine Distanz zwischen sich und den Vampir. Er wollte verhindern, dass das Wesen der Finsternis ihn mit seinen starken Armen umfassen konnte, um anschließend aus Wasgos Halsvene sein Blut zu trinken. Ein plötzlicher Gedanke schoß ihm durch seinen Kopf. ‚Wie kann ich mir so sicher sein, dass ich durch den Biss eines Vampirs, auch dessen magische Kräfte bekommen werde! Warum soll das so sein? Es kann doch auch geschehen, dass ich selbst zu einem Vampir werde, erst recht dann, wenn der mir alles Blut aus meinen Körper saugt. Und dass sich ausgerechnet das untote Wesen, das mich da aufgelauert hat, mit einem winzigen Schlückchen Blut zufrieden ist, damit kann ich nun wirklich nicht rechnen.‘

Nein, das laute Rülpsen des Vampirs war doch Anzeichen genug, dass er großen Hunger hatte. Dass er zudem auch noch einen Spezialauftrag von Luzifer ausführen wollte, konnte Wasgo nicht wissen, aber auch so war unübersehbar, dass er zum Kampf entschlossen war.

Wasgo jedoch kämpfte mit eisernem Willen gegen seine Angst an. Sollte er sich von diesem ekelhaften, stinkenden, rülpsenden, furzenden Wesen da wirklich beißen lassen? Wie groß war denn nun das Risiko? Schon wollte sich in Wasgo die Angst erneut ausbreiten. Feixend stand der Vampir vor ihm und leckte sich gierig mit seiner Zunge über die Lippen und das Kinn. Seine Eckzähne waren gewachsen, sie standen jetzt spitz und gefährlich einige Zentimeter aus seinem Maul heraus. Sein fauliger Atem war kaum auszuhalten. ‚Ich bin kein Mensch! Ich bin ein Zauberer! Für jedes Problem gibt es eine Lösung!‘, hämmerte sich der Jüngling immer wieder ein.

Wasgo verlor seine Aufregung und endlich stand er völlig entspannt vor dem Vampir. Seine Angst war wie weggeblasen. Das Ungetüm vor ihm verschwand und stand praktisch im selben Augenblick hinter ihm. Wasgo fühlte die nackten, starken Arme des Wesens der Finsternis um seinen Körper geschlungen und dessen Zähne an seinem Hals. Wie feine Nadeln empfand er sie. Als wenn eine Mücke ihn stach, so fühlte sich das an, als die vier Eckzähne in seinen Hals eindrangen. Langsam entwickelte sich ein Unterdruck in seiner Halsvene.

Wasgo fühlte nicht nur, dass ihm sein Blut am Hals ausgesaugt wurde. Gleichzeitig stellte er fest, dass sein Selbstbewusstsein wuchs. Ungekannte Kräfte stiegen in ihm auf. Sie wurden von Sekunde zu Sekunde mächtiger, seine körperlichen Kräfte vermehrten sich um ein Vielfaches. Seine Muskeln veränderten sich, sie wurden hart und doch blieben sie geschmeidig. Noch nie in seinem Leben hatte sich der junge Mann so rundum wohlgefühlt wie in diesem Augenblick. Ja, gewaltige magische Kräfte wuchsen in ihm heran! Er musste sie nur noch analysieren und ausprobieren beziehungsweise testen. Was konnte er mit seinen neuen Fähigkeiten alles bewirken!

Mit eisernem Griff hielt der Vampir Wasgo fest. Genüsslich schlürfte er vom Blut seines Opfers. Wann trat denn endlich dessen Metamorphose ein? So langsam musste sich dieser Mensch doch nun in einen Vampir umwandeln! Und einmal Vampir, immer Vampir, auch wenn er dann eine menschliche Gestalt annehmen konnte!

So ein williges Opfer hatte dieser Vampir noch nie gefunden. Es wehrte sich nicht, so als wollte es unbedingt zu einem Vampir werden. Das untote Wesen genoss diesen Augenblick. Gewaltige Zukunftsvisionen erschienen vor seinem Auge, die Visionen eines riesigen und mächtigen vampirischen Imperiums, das ihm gehören sollte. Wasgo war schon sein achtzehntes Opfer; wenn es so weiterging, dann konnte er bald den Herrn der Fledermäuse und Vampire bekämpfen und ihm alle Macht nehmen. Im Fledermausdreck sollte dieser Sinclair vor ihm kriechen! Wenn einem der Titel Herr der Vampire zustand, dann ihm! Und er wäre ein richtiger Herr der Vampire, nicht ein so verweichlichter, gutmütiger Spinner wie Sinclair!

Der wollte sich am liebsten von Katzenblut ernähren, igitt! Um die Menschen zu verschonen! Dass der sich nicht schämte, ein Glück, dass ihm Luzifer einen Tritt in den Allerwertesten verpasst und ihn daran erinnert hatte, was es hieß, ein Vampir zu sein!

Außerdem war Luzifer doch sicher auch daran interessiert, dass die Vampire wieder einen würdigen Herrn bekamen! Luzifer stand hinter ihm, der sollte ihm helfen, seinen Plan in die Tat umzusetzen.

Genüsslich grunzte der Vampir an Wasgos Ohr und war mit sich und der Welt zufrieden. Der nächste Schritt zur vollkommenen Macht war bald getan!

Doch was war das? Woher kam auf einmal dieser stechende Schmerz in seinen Armen und sofort darauf in seiner Brust? Das war das Letzte, das er wahrnahm. Innerhalb einer Hundertstelsekunde machte ihm Wasgo den Garaus.

Wie hatte unser junger Held das nur angestellt? Als die langen Zähne in Wasgos Hals eindrangen, hatte sich der junge Magier schon längst mit einem Zauber belegt, der bewirkte, dass der Vampir ihn zwar beißen und von seinem Blut trinken konnte, er selbst aber nicht zu einem Vampir mutierte. Des Weiteren sorgte der Zauber dafür, dass Wasgo die magischen Kräfte des Wesens aus der Unterwelt übertragen wurden. Jodaryon hatte ihm gelehrt, wie er nur mithilfe seiner Gedanken magische Formeln anwenden konnte; davon hatte er jetzt Gebrauch gemacht. Er hatte sich blitzschnell aus der Umklammerung des Vampirs mit seiner neu erworbenen Muskelkraft befreit, sich umgedreht und das Herz des Vampirs mit einem spitzen Stock, der eben noch ein Buchenzweig gewesen war, durchbohrt. Das ging so schnell, dass der Vampir das gar nicht bemerkte und sich aus diesem Grund nicht dagegen gewehrt hatte.

Kaum war der Vampir besiegt, probierte der junge Mann die vampirischen Kräfte aus, die er in sich verspürte. Tatsächlich: Er konnte jetzt mit verblüffender Schnelligkeit seinen Standort wechseln. Sinclair hatte sich damals geirrt, als er gesagt hatte, Wasgo werde sich diese Fähigkeiten niemals aneignen können. Und jetzt besaß er sogar sämtliche magische Kräfte eines Vampirs, zusätzlich zu denen, die er schon als Zauberer nutzen konnte!

Mit diesen Fähigkeiten sollte Wasgo es mit jedem Vampir aufnehmen können. Jetzt sollte es doch erst recht kein Problem sein, Jodaryons Aufgabe zu erfüllen! Trotzdem fühlte er sich immer noch verletzt. Sollte der alte Mann doch tun, was er wollte! Wasgo ging das nichts mehr an.

Der Gletscher

Denebs Fähigkeiten waren für Jodaryon eine große Hilfe, nicht zuletzt für den anstehenden Kampf mit Luzifer. Denn im Unterschied zu anderen Magiern war Deneb in der Lage, sich zu jeder Zeit mit jedem Wesen in seiner Umgebung telepathisch zu verbinden. Das konnten nicht einmal Wasgo und Jodaryon; diese waren nur in der Lage, mit Menschen und anderen Magiern telepathisch in Verbindung zu treten. So konnte Deneb Jodaryon auch auf Gefahren aufmerksam machen, die von Tieren und andere Wesen ausgingen.

Ihr Weg zum Gipfel war beschwerlich. Gefährliche Gletscherspalten mussten Jodaryon und Deneb bezwingen. Aber da beide Magier erfahrene Bergwanderer waren, kamen sie zwar langsam, aber ohne Probleme vorwärts.

Routiniert arbeiteten sie sich Meter um Meter bergauf, legten eine kurze Pause ein und setzten danach ihren Weg fort, inzwischen auf dickem Gletschereis.

Gletscher sind tückisch, auch wenn ihre Oberfläche zuweilen aussieht wie ein harmloser Hang. Das wussten die beiden Zauberer ebenso gut wie andere erfahrene Berggänger und so waren sie hier besonders auf der Hut. Und wirklich, Deneb entdeckte gerade noch rechtzeitig eine breite Gletscherspalte, die unter dem Schnee verborgen war. Zu erkennen war sie nur deshalb, weil der Schnee, der die Spalte bedeckte, etwas dunkler aussah; um das zu sehen, musste man allerdings schon ein sehr versierter Bergsteiger sein. Ihnen blieb nichts anderes übrig, als die Spalte zu überwinden; umgehen konnten sie sie nicht, das ließ das Gelände nicht zu. Mit großer Vorsicht näherten sie sich diesem Hindernis und sprangen schließlich über die Kluft hinweg. Es ging einfacher als erwartet, aber wehe dem, der sie nicht erkannt hätte! Der Schnee wäre unter seinen Füßen eingebrochen und ein argloser Wanderer wäre ins Bodenlose gestürzt und rettungslos verloren gewesen.

Weiter stiegen sie über das gewaltige Eisfeld empor, Stunde um Stunde. Bis sie auf einmal etwas entdeckten, womit sie in dieser Höhe nun wirklich nicht rechnen konnten. Wenige Meter vor ihnen sprudelte eine kleine Quelle aus dem ewigen Eis. Munter floss das Wasser den Gletscher herunter. Und was das Seltsame war: Das Wasser dampfte. Es musste deutlich wärmer als die Temperatur seiner Umwelt sein. Das Rinnsal schlängelte sich durch das Eis nach unten und wurde zusehends breiter.

„Den Göttern sei Dank“, meinte Deneb, „das Wasser kühlt sich beim Fließen schnell wieder ab. Sonst könnte es leicht möglich sein, dass es das Gletschereis schmelzen ließe und es eine ganz schlimme Überschwemmung im Tal gäbe.“

Jodaryon war nicht so zuversichtlich; er dachte daran, dass sie sich dem Reich Luzifers näherten. Besorgt richtete er seinen Blick nach oben, mit den Augen verfolgte er den Bach. Schließlich zeigte er mit dem Zeigefinger in eine bestimmte Richtung und antwortete: „Sieh mal dahin, wo das Wasser entspringt.“

Angestrengt spähte Deneb in die von Jodaryon angegebene Richtung. Er konnte nichts Genaues erkennen, das Gletschereis blendete ihn. Wenn man doch nur die Augen vor dem gleißenden Licht schützen könnte!

„Weiter oben, etwas seitlich nach rechts versetzt, etwa einhundert Meter weiter ist ein kleines Flüsschen. Es verschwindet dort oben im Berg“, sagte Jodaryon voller Sorgenfalten auf der Stirn.

„Ah, da! Jetzt sehe ich es“, erwiderte Deneb.

„Glaubst du auch, was ich glaube? Dass das Wasser unterirdisch weiterfließt und bei der Quelle wieder neu aus dem Berg austritt?“

„Genauso wird es sein. Wenn es schlecht läuft, wird der Gletscher schmelzen und alles überfluten, das Tal kann in so einem Fall zu einem See werden.“

„Ich habe so etwas schon einmal erlebt“, sagte Deneb, „das war allerdings nicht hier. Aber ich glaube, du hast recht. Wir sollten hier nicht allzu lange herumbummeln. Wer weiß, was Luzifer schon wieder vorhat, ob er uns beobachtet oder nicht.“

„Natürlich beobachtet er uns, darauf kannst du dich verlassen!“

„Da oben ist ein ziemlich großer Gletschersee, wenn ich mich richtig erinnere“, überlegte Deneb.

„Wenn Luzifer auf die Idee kommt, das Fegefeuer zusätzlich anzuheizen, also noch mehr als normalerweise schon, ist es gut möglich, dass das Wasser des Sees erhitzt wird.“

Jodaryon sah in die Richtung, die Deneb ihm mit ausgestrecktem Arm wies. Jetzt erkannte er es auch. Direkt unterhalb des Gipfels schien eine Verflachung zu sein, in der sich der von Deneb erwähnte See befinden musste. Über diesem bildete sich dichter Nebel. War das Wasser denn bereits erhitzt? Und jetzt konnte Jodaryon beim genaueren Hinsehen erkennen, dass vom Rand dieser Verflachung Schmelzwasser abfloss, das gleich unter dem Gletschereis verschwand und weiter unten wieder als Quelle aus dem Berg austrat.

„Wenn das passiert“, fuhr Deneb fort, „wenn das Wasser noch wärmer wird, dann schmilzt das Eis, der Fluss wird immer breiter und schließlich zu einem Strom, der alles mit sich reißt, was sich ihm in den Weg stellt. Dann setzt er das ganze Tal unter Wasser. Den Göttern sei Dank, dass dieses Tal nicht bewohnt ist!“

Die Schönheit des Berges

Antares und Luziferine wussten, dass sie sich beeilen mussten, wenn sie den Herrscher der Welt einholen wollten. Ihr Weg führte sie direkt in das Gebirge und auf die höchste Bergkette zu.

In Luziferine kamen böse Erinnerungen hoch. Schon einmal hatte sie sich mit Antares ins Hochgebirge wagen müssen und letztlich mussten beide vom Adler der Weisheit und des Lebens gerettet werden. So etwas wollte sie nie wieder erleben. Erst recht nicht das, was danach geschah. Damals hatten sie Luzifer herbeirufen müssen, um ihrem Sohn und Jodaryon das Leben zu retten. Ausgerechnet Luzifer!

Nun waren sie doch schon wieder auf Wanderschaft, um Jodaryon zu helfen, und wenn es notwendig sein sollte, wollten sie ihm auch wieder sein Leben retten.

Der Höllenfürst war einmal ihr Vater, hatte sie verhätschelt und verwöhnt! Sollte sie ihm dafür dankbar sein, dass sie sein Ein und Alles war, das er zu einem bitterbösen Höllenmädchen und Plagegeist hatte erziehen wollen? Er konnte zehnmal ihr Vater und Wasgos Großvater sein, aber diese familiären Bindungen hatte der Höllenfürst mit seinen Untaten, die er auf der Erde verübt hatte, verwirkt. Außerdem wollte er Wasgo umbringen, seinen eigenen Enkel! Aber dann, daran wird der Alte gar nicht gedacht haben, richteten sich ihre magischen Fähigkeiten, die er ihr gelassen hatte, damit sie ihre Familienmitglieder verteidigen konnte, gegen ihn selbst. Es sei denn, dass Luzifer bereit war, zuerst seine Tochter umzubringen, jawohl seine eigene Tochter!

Inzwischen hatte auch das Paar den Wald erreicht, den bereits Jodaryon durchquert hatte. Oder vielmehr: das, was Luzifers Sturm von diesem Wald übrig gelassen hatte. Ununterbrochen mussten sie über umgestürzte Bäume steigen oder sie umgehen. Aber abgesehen davon kamen sie unbehelligt voran.

Immer schmaler und steiler wurde ihr Weg, teilweise war er im dichten Gestrüpp kaum zu erkennen. Aber allmählich lichtete sich der Wald und die Vegetation wurde mit jeder Viertelstunde, die sie höher stiegen, spärlicher. Nun legten sie eine kleine Rast ein, um ein wenig zu verschnaufen, und Antares nutzte die Gelegenheit, um sich in der Gegend etwas umzusehen.

Hoch oben, über dem noch weit entfernten Gipfel, konnte er deutlich eine Rauchfahne erkennen. Fast wie bei einem Vulkan, überlegte er, aber das konnte nicht sein, in den Alpen gab es doch keine Vulkane! Ob es wirklich Rauch von einem Feuer oder nur Nebel war, vermochte er aus der großen Entfernung noch nicht, auszumachen. Sie hatten ja bis zum Gipfel noch gut und gerne 1500 Höhenmeter, eher mehr. Und Antares sah voraus, dass der Aufstieg immer beschwerlicher wurde und dass die Durchquerung des verwüsteten Waldes im Vergleich dazu fast noch ein Spaziergang war. An einem Tag war das kaum zu schaffen, zumal die Hänge, das sah er schon von hier unten, immer steiler wurden. Zudem mussten sie damit rechnen, dass sie mit zunehmender Höhe immer langsamer vorankamen; das Gelände musste immer schwieriger werden und die Überwindung von Hindernissen kostete sicherlich viel Zeit und Kraft. Und der Gletscher? War er überhaupt begehbar? Doch wurde es Zeit, dass sie wieder aufbrachen, sie konnten Jodaryon nicht dadurch einholen, dass sie nur herumsaßen und hin und her überlegten.

„Kennst du denn gar keinen Zauber, den du anwenden kannst, damit wir schneller zu Jodaryon kommen können?“, fragte Luziferine, der schon jetzt die Beine wehtaten.

Antares schaute seine Frau fassungslos an. Es war ihm peinlich, dass er solch einen einfachen Zauber immer noch nicht erlernt hatte. Leise und beschämt antwortete er: „Nein, meine Liebe, ich habe immer noch nicht solche Zauber drauf. Das ist aber auch ...“

„Egal, mein Schatz“, wurde er von seiner Frau unterbrochen, die ahnte, dass Antares einen unfreundlichen Kraftausdruck benutzen wollte. So etwas mochte sie nicht, seit sie mit ihrem Vater und der Hölle gebrochen hatte. „Dann kraxeln wir eben weiter. Andere Leute müssen auch gehen.“

„Das sagst du so einfach. Wir trödeln hier herum und derweil trifft Jodaryon vielleicht schon auf Luzifer. Du weißt doch, was der prophezeit hat!“

Luziferine hatte eine Idee: „Und was ist, wenn wir Jodaryon anrufen? Der könnte uns doch helfen wie damals mit seinem Käfig, als wir während unserer Flucht auf den Weg zu Sinclairs Höhle waren?“

„Ja, das ist natürlich eine Idee“, meinte Antares, der auch telepathische Kräfte besaß und sofort nahm er mit dem großen Magier Verbindung auf. Doch Jodaryon meldete sich nicht. Antares versuchte es noch einmal. Wieder ohne Erfolg.

Resigniert sagte er: „Dann müssen wir ihm eben doch zu Fuß folgen.“

Auch Luziferine war etwas enttäuscht, aber ihr Wille war ungebrochen. Sie begann sich lediglich, Sorgen um Jodaryon zu machen. Wenn der nur nicht schon jetzt in die Klauen ihres teuflischen Vaters geraten war!

So setzten sie ihren Weg fort in Richtung Gletscher, um das Tor zur Hölle zu suchen. Aber sie mochten noch so in Eile sein, ihre Sorge um Jodaryon konnten noch so groß sein, Luziferine war von der Schönheit des Berges völlig fasziniert und konnte sich gar nicht genug an der eindrucksvollen Umgebung sattsehen. Zwei oder drei Mal geriet sie ins Stolpern, glücklicherweise in harmlosem Gelände. Ab und zu blieb das Paar einige wenige Augenblicke stehen, um zu verschnaufen. So auch auf einer Almwiese voller bunter Bergblumen, wo sie ausrief: „Ist das schön hier! Antares, schau doch nur!“

„Ja, meine Liebe, man könnte wirklich hier bleiben und alles vergessen und nur noch diese herrliche Gegend genießen. Aber es nützt uns doch nichts, wir müssen weiter!“, er zeigte mit seinem rechten ausgestreckten Arm zum Gipfel. „Sieh nur, da oben ist das Tor zur Hölle. Man könnte meinen, der Teufel wolle durch diese schöne Landschaft die Menschen anlocken.“

In der Tat wanderte das Paar durch eine atemberaubende Landschaft voller Kontraste, wie man sie nur in einem Hochgebirge erleben kann. Die Waldgrenze lag schon deutlich unter ihnen. Wenn sie sich umdrehten und in die Richtung des Waldes blickten, konnten sie ihn unter sich bis zum Horizont sehen. Vor ihnen erstreckten sich die grünen Almwiesen, die mit bunten Blumen geschmückt waren. Rote, gelbe und blaue Blüten verzierten das saftige grüne Gras mit ihrer Schönheit. Der Enzian blühte, ein paar Meter entfernt der Almrausch, allerlei Glockenblumen, Orchideen und sogar Edelweiß rundeten das Bild ab.

Über den Almwiesen leuchteten riesige Schneeflächen. Kleine Rauchfahnen stiegen vom weißen Gipfel zum blauen Himmel empor. Einzelne kleine Wolkenfetzen schienen auf halber Höhe vom Fels oder von den Schnee- oder Eisflächen festgehalten zu werden. Über ihnen konnte man den weiteren Weg zum Gipfel erahnen. Später mussten sie von oben auf die Wolken hinabsehen können.

Und schon von ihrer jetzigen Position aus konnten sie den See unterhalb des Gipfels ausmachen und den Fluss, der aus ihm entsprang. Der Fluss teilte den Berg in zwei Hälften. Über dem See waberten Nebelschwaden.

Das Paar stand nebeneinander und automatisch legte Luziferine ihre linke in Antares' rechte Hand. Und so bewunderten sie ergriffen das eindrucksvolle Naturschauspiel. Wie hätten sie da auf die Idee kommen sollen, dass von dem See und dem Fluss für sie eine lebensbedrohliche Gefahr ausging!

„Komm, mein Schatz, wir müssen weiter. Auch wenn wir uns hier fast wie im Paradies fühlen, wir sind nicht im Paradies, sondern in der Nähe des Tores zur Hölle! Bitte lass uns weiter gehen, Jodaryon wird unsere Hilfe benötigen“, meinte Antares voller Sorge.

Luziferine stimmte zu und so setzten sie ihren Weg fort.

Panik am Schlafplatz

Sollte Sinclair doch kommen! Seit seinem Kampf mit dem Vampir fühlte sich Wasgo deutlich sicherer. Wohl hatte er immer noch etwas Angst vor einem Kampf mit dem Herrn der Vampire, denn er ahnte, dass der ehemalige Freund seiner Familie als Gegner ungleich gefährlicher war als der von ihm besiegte Vampir, aber seine Zuversicht war gewaltig gewachsen. Sollte es tatsächlich zu einer Auseinandersetzung mit Sinclair kommen, so sollte er auch gegen diesen keineswegs auf verlorenem Posten stehen.

Der Wald wurde immer dichter, dunkler und unheimlicher. Die Sonne drang nicht mehr durch das Dickicht. Fast schon fühlte sich Wasgo zurückversetzt in die Zeit der Ewigen Nacht. Zum Glück gewöhnten sich seine Augen schnell an die verschiedensten Lichtverhältnisse und so konnte er sich auch in diesem diffusen Licht des dichten Waldes gut orientieren.

Wo mochte Sinclairs derzeitige Behausung sein? Wasgo überlegte, dass er wohl eine Höhle suchen müsse, die einerseits im Wald versteckt war und andererseits sich in nicht allzu großer Entfernung zu einer menschlichen Siedlung befand. Nur an solch einem Ort konnte Wasgo seinen ehemaligen Freund finden.

Aber warum denn nur sollte Sinclair sein ehemaliger Freund sein? Vielleicht war der Vampir ja nur von Luzifer verführt oder gar unter Druck gesetzt worden. Natürlich, das wusste auch Wasgo, waren Vampire Wesen aus der Unterwelt und brauchten menschliches Blut oder notfalls auch Katzenblut zum Stillen ihres Hungers. Auch wusste er, dass sie aus der Unterwelt verbannt waren und nun ihr Dasein als Wesen der Finsternis fristen mussten.

Aber waren Vampire deshalb zwangsläufig von Grund auf böse Geschöpfe? Hatten nicht die meisten Vampire einträchtig mit den Zauberern, Menschen und Fabelwesen gegen Bossus gekämpft? Hatte nicht Sinclair Wasgos Eltern ein Zuhause gegeben, damit sie ihren Sohn in Sicherheit großziehen und auf seine bevorstehende Mission vorbereiten konnten?

Und Sinclair hatte sogar Antares geholfen, Wasgo zu beschützen, als er von Luzifers Monstern entführt werden sollte, und dabei sehr viel riskiert! Nein, Sinclair konnte nicht einfach nur ein böser Vampir sein. Das wollte und konnte unser junger Held nicht glauben.

Er hatte einen langen und aufregenden Tag hinter sich. Die Müdigkeit ließ ihn unaufmerksam werden. Er suchte nach einem Rastplatz, an dem er die Nacht verbringen konnte. Doch ausgerechnet jetzt fand er keinen geeigneten Ort. Am besten wäre wohl eine kleine Höhle, überlegte er. Aber wo nur sollte er sie finden? Er lief weiter und weiter. Die Nacht brach an. Ein Käuzchen schrie irgendwo in der Dunkelheit. Rascheln, das aus den Büschen an seine Ohren drang, flößte ihm nun doch wieder etwas Angst ein, denn die Nacht wurde schwarz und schwärzer. Das zerrte an seinen Nerven. Unwillkürlich musste er an seinen Freund Jodaryon denken. Was hätte der nur in seiner Situation getan? Jodaryon hatte einmal zu ihm gesagt, dass es für alles eine Lösung gebe und er, Wasgo, einfach zu oft vergesse, dass er ein Zauberer sei.

Erleichtert atmete er auf. Natürlich, Jodaryon hatte recht, und ja, Wasgo vergaß immer noch von Zeit zu Zeit, dass er ein Zauberer war. Dabei gab es tatsächlich für alles eine Lösung! Zum Beispiel jetzt gerade, in dieser pechschwarzen Nacht, in der er kaum noch die Hand vor den Augen sah und andauernd stolperte. Im Stillen sagte er eine magische Formel auf. Schon hatte er Licht. Und schon hatte er einen Platz zum Schlafen gefunden.

Er machte es sich bequem. Aus seinem Rucksack holte er sich etwas zum Essen und Trinken heraus. Kaum hatte er sich gestärkt, richtete er sich einen Schlafplatz ein. Bevor er sich hinlegte, zwang er sich trotz seiner tiefen Müdigkeit, sich noch einmal zu erheben und um sich zu schauen.

Und da erblickte er etwas, das ihn in allergrößte Panik versetzte. Er war wie erstarrt, völlig unfähig, sich zu bewegen. Sein Verstand setzte aus, sein Atem blieb stehen. Was er da Grässliches sah, konnte er nicht verstehen. Entsetzen breitete sich in ihm aus, seine Gedärme schienen sich umzudrehen. Er fühlte, dass alle seine Sinne ihn verließen. Im nächsten Augenblick knickten seine Knie weg, er schlug hart auf dem Boden auf und verlor das Bewusstsein.

Das Tor zur Hölle

Geschafft! Jodaryon und Deneb hatten den Gipfel erreicht. Nun standen sie nebeneinander und sogen förmlich das sich ihnen bietende Landschaftsbild in sich auf. Dass sie die letzten Personen waren, die die majestätische Schönheit dieses Berges und seiner Umgebung betrachten konnten, ahnten sie nicht. Direkt vor ihnen lag der Bergsee, darunter plätscherte das Flüsschen friedlich dem Tal entgegen. Die grünen Almwiesen und der Wald erstreckten sich weit entfernt viele Hundert Höhenmeter unter ihnen. Die Natur bot ein Bild tiefsten Friedens.

Doch bald schon sollte aus der friedlichen eine verwüstete, geradezu apokalyptische Landschaft werden. Vom einen zum anderen Augenblick brach ein unvorstellbares Inferno los.

Direkt neben Deneb und Jodaryon schoß beinahe kochendes Wasser aus der Erde viele Meter hoch in die Luft. Beiden saß der Schreck in den Gliedern. Überrascht rief Deneb: „Geysire!“

Jodaryon nickte mit dem Kopf und erwiderte, den Lärm der plötzlich entstandenen heißen und in die Luft schießenden Bodenquellen übertönend: „Wir müssen von hier verschwinden!“

Plötzlich spuckten überall Geysire immer wieder heiße Wasserfontänen oder auch Wasserdampf bis zu drei Meter Höhe in die Luft. Die beiden Magier befanden sich in höchste Lebensgefahr; sie mussten ständig auf der Hut sein, damit sie nicht von den kochenden Wassermassen getroffen wurden, welche aus immer wieder anderen undichten Stellen des Erdbodens in die Höhe schossen. Dazu spie der Berg mal hier, mal dort riesige Flammen aus. In wenigen Augenblicken stieg die Lufttemperatur gefährlich um mehrere Grade an. In Kürze musste das ganze Gletschereis schmelzen. Was dann? Jodaryon und Deneb mochten sich das nicht ausmalen.

Es gab nur einen Ausweg! Die beiden Zauberer mussten schnellstens das Tor zur Hölle finden! Nur so konnten sie sich in Sicherheit bringen! War das nicht lächerlich? Sie mussten sich in eine andere Gefahr begeben, um den Feuersäulen und Geysiren zu entkommen!

Irgendwo hier musste das Tor zur Hölle sein! Vorsichtig erkundeten sie den immer stärker schmelzenden Gletschergipfel. Bald schon rief Jodaryon seinem Freund zu: „Ich glaube, ich hab's!“

Deneb beeilte sich, Jodaryon zu erreichen. „Du glaubst, hier geht’s rein?“

„Hier muss es sein!“, antwortete Jodaryon im Brustton der Überzeugung und begann den langen Abstieg in die Unterwelt. Deneb hielt sich immer zwei, drei Schritte hinter ihm. Das Gefälle des Weges wurde immer größer. So kamen sie schnell in die Tiefe des Berges hinein. Je weiter sie vordrangen, desto stärker stieg die Lufttemperatur an. Bald strömte den beiden Männern der Schweiß aus allen Poren. Längst waren ihre Hemden und Beinkleider durchnässt, auch auf ihren Umhängen bildeten sich feuchte Flecke.

Ein immer stärkerer Geruch nach verbranntem Schwefel lag in der Luft, das Atmen fiel den Männern zunehmend schwerer. Jodaryon befürchtete, dass sie sich ihre Lungen in dieser unfreundlichen Umgebung verbrannten.

Deneb meinte: „Kein Zweifel: Wir sind in Luzifers Reich angekommen.

„Nein“, sagte Jodaryon“, wir sind noch nicht angekommen. Wir nähern uns nur Luzifers Reich. Dies hier ist nur ein Vorgeschmack.“

Intrigen

Gespannt beobachtete der Höllenfürst Jodaryon und Deneb in seinem magischen See im Audienzsaal. Wie in einem Film konnte er die beiden Freunde beobachten, ohne dass sie davon etwas bemerkten. Der Teufel war zwar nicht gerade das klügste Wesen in diesem Universum, aber doch ungleich mächtiger als Bossus zu Zeiten seiner Gewaltherrschaft. Ihm standen magische Fähigkeiten zur Verfügung, von denen selbst Bossus nie in seinem Leben zu träumen gewagt hatte. Luzifer war wieder einmal übelster Laune. Sein Vampir, der beste, den er aufbieten konnte, hatte versagt. Jämmerlich versagt! Wasgo, dieser missratene Weltverbesserer, lebte immer noch, der Vampir dagegen war vernichtet. Nicht dass es um den schade gewesen wäre … Aber, wie sollte es jetzt weitergehen? Soviel war dem Höllenfürsten bewusst, unbedingt musste Wasgo daran gehindert werden, Sinclair zu finden, damit der nicht noch mehr Unheil anrichten konnte, als er sowieso schon getan hatte. Die Frage war nur: Wie sollte er das tun?

Überhaupt diese verwünschten Zauberer! Einer nervtötender als der andere! Nicht, dass sie dem großen Luzifer das Wasser oder in diesem Fall besser das Feuer hätten reichen können, so weit gingen seine Selbstzweifel denn doch nicht. Aber sie waren einfach nicht umzubringen! Das gab es doch gar nicht und das hatte er auch noch nie erlebt! Wenn er seiner Wut die Zügel schießen ließ und wild dazwischenhaute, dass die Funken flogen, dann glitten sie ihm durch die Finger wie Aale!

Vielleicht sollte er sich doch noch einmal mit Bossus darüber unterhalten, wie er sich das Zaubererpack vom Halse schaffen konnte. Der Kerl hatte manchmal gar keine schlechten Ideen. Also befahl Luzifer den Hüter des Fegefeuers zu sich. Auch der brauchte unendlich lange, bis er sich endlich dazu bequemte, im Audienzsaal zu erscheinen und seine Befehle entgegenzunehmen. Glaubte denn selbst in der Hölle jeder, ihm auf der Nase herumtanzen zu können?

„Bring mir Bossus her! Aber diesmal schnell, du Nichtsnutz!“, brüllte Luzifer. „Sonst brate ich dich in deinem eigenen Fegefeuer!“

Der Hüter des Fegefeuers erschrak. Dafür zu sorgen, dass andere ein schönes und heißes Fegefeuer hatten, sie darin schwitzen sehen, und zwar vor Angst, Hitze und Schmerzen, das war das Eine. Aber selbst darin zu landen, war etwas ganz anderes. Nein, der Herr des Fegefeuers wollte nicht sein eigenes Opfer werden. Lieber tat dieser düstere Kerl anderen weh, dabei konnte er sich nämlich gut amüsieren, aber eigene Schmerzen waren unangenehm. Darauf konnte und wollte er gerne verzichten. Mit Luzifer wollte er es sich auf keinen Fall verderben. Und so schwebte schon nach wenigen Augenblicken Bossus‘ schwarze Seele vor dem Herrn der Unterwelt in der Luft. Sein Erscheinungsbild war verzerrt und hatte keine klaren Konturen.

„Du weißt bestimmt, warum du zu mir kommen solltest?“, grollte Luzifer.

„Sicher gibt es Probleme, die du mit mir besprechen willst, edler Luzifer“, antwortete Bossus.

„Wie du das nur so schnell herausgefunden hast!“ Böse knurrte Luzifer seine Antwort Bossus entgegen.

„Edler Luzifer, ich war schon immer ein helles Köpfchen“, erwiderte Bossus frech. Er dachte: 'Was will dieser Einfaltspinsel überhaupt von mir? Er hat mich zwar in seiner Gewalt, aber wirklich anhaben kann er mir nichts. Schlimmeres als das Fegefeuer gibt es auch in der Hölle nicht. Soll er mal mit der Sprache herausrücken.‘

„Frechheiten ziehen bei mir nicht!“, schrie der Teufel mit tiefer Bassstimme und seine Gestalt wurde dabei größer, um Bossus einzuschüchtern. Doch dann sagte er, plötzlich ganz freundlich: „Also gut. Du willst zurück auf die Erde. Das kann ich verstehen. Du sollst bestimmt auch einmal eine Chance darauf bekommen. Aber du musst dafür etwas tun, das verstehst du doch sicher auch. Nun, vorläufig musst du schon noch hier bleiben, so leid es mir tut, aber wenn du dich bewährst und mir treu und zuverlässig dienst, dann kann es gut sein, dass ich auch einmal etwas für dich tun kann. Jedes Höllenwesen wird dir bestätigen, dass Luzifer alles andere als undankbar ist. Du musst mir nur vertrauen!“

Bossus hütete sich, darauf zu entgegnen, was ihm auf der Zunge lag. Nun erklärte Luzifer, wie weit Jodaryon und Deneb sowie Antares und Luziferine auf ihrer Wanderung in die Unterwelt schon gekommen waren und dass Wasgo den von ihm geschickten Vampir getötet und dessen magische Kräfte übernommen hatte.

„Und jetzt willst du wissen, was ich an deiner Stelle täte?“, fragte Bossus.

„Ganz genau, du bist wirklich ein helles Köpfchen“, grummelte der Teufel.

„Na, ja, edler Luzifer“, setzte Bossus an, „erst einmal bin ich nicht an deiner Stelle ...“

„Hüte deine Zunge, du Giftzwerg!“, schrie Luzifer, „sonst lasse ich sie dir ...“ „Abschneiden“, wollte er sagen, aber da fiel ihm ein, dass schwarze Seelen gar keine Zunge hatten.

„... und deshalb kann ich dir nur raten: Konzentriere dich auf das Wichtige!“, fuhr Bossus unbeeindruckt fort. „Wasgo ist in Transsilvanien auf einem Nebenschauplatz, also erst einmal weit weg vom Schuss. Um den kannst du dich später kümmern, er wird zwar immer mächtiger, aber du bist und bleibst ihm überlegen. Zu Antares und Luziferine! Sie befinden sich immer noch auf einen sehr interessanten Berg. Was kann da nur alles geschehen? Das weißt du doch viel besser als ich. Und Deneb und Jodaryon sind mächtige Zauberer. Schicke ihnen einige Monster entgegen, die für dich die Drecksarbeit erledigen. Deine Monster müssten aber schon sehr gut und beeindruckend sein.“

„Bossus, dich will ich nicht zum Gegner haben, aber das ist ja sowieso unmöglich!“, antwortete Luzifer.

Bossus dachte: ‚Was bist du nur für ein Dummkopf! Aber gut, Du bist nicht nur dumm, sondern auch vollkommen arglos!‘

„Dein Rat ist gut, Ich werde ihn mir durch den Kopf gehen lassen! Aber ich glaube, ich weiß jetzt, was ich zu tun habe“, erwiderte Luzifer, „und jetzt geh zurück auf deinen Platz ins Fegefeuer. Leider wirst du dort noch ein bisschen bleiben müssen. Aber ich werde dir bald meine Dankbarkeit zeigen und du wirst sehen, wie großzügig ich bin!“ Luzifers Laune besserte sich.

Aber Bossus war nicht gewillt, sich auf den Teufel zu verlassen. Er musste sich schon selbst helfen. Bossus würde selbst sein Schicksal erfüllen und dafür sorgen, dass er bekam, was ihm zustand. Nämlich die Weltherrschaft!

Als Luzifer wieder alleine war, überlegte er sein weiteres Vorgehen. Endlich befahl er den Hüter des Fegefeuers erneut zu sich.

„Du schürst jetzt dein Feuerchen mit allen Kräften. Mit allen Kräften hörst du? Niemand mehr soll den Eingang in die Hölle auf dem Berg finden, niemand, so wahr ich Luzifer heiße! Bringe den Gletscher zum Abschmelzen, richte Verwüstungen an – du hast völlig freie Hand! Aber los jetzt!“

Außerdem trommelte er einige seiner grässlichen Monster zusammen und befahl ihnen, die Eindringlinge gebührend zu empfangen.

Wassermassen

Antares und Luziferine fühlten, dass die Temperatur beängstigend schnell anstieg. „Schnell, Luziferine“, sagte Antares besorgt, „wir müssen uns beeilen, der Gletscher beginnt, schon zu schmelzen!“

Luziferine hatte Angst. Sollte heute doch wieder etwas geschehen, wie damals, als sie Wasgo und Jodaryon vor Bossus‘ magischen Schlangen gerettet hatten? Davor war der Berg, auf dem sie sich befanden, zusammengestürzt. Und Heute? Der Gletscher schmolz gefährlich schnell! Das ewige Eis begann, sich zu einem alles mitreißenden Strom zu entwickeln. Keuchend hasteten Luziferine und Antares dem Gipfel entgegen. Als sie sich direkt unterhalb des Gletschersees befanden, brach die Hölle los.

Tatsächlich wurde von der einen zur anderen Sekunde aus dem natürlichen Abfluss des Sees ein reißender Strom. Die plötzliche Erwärmung der Luft und des Bodens sorgte für eine schnelle Schnee- und Eisschmelze, so rasend schnell, dass es dafür unmöglich natürliche Ursachen geben konnte. Brannte denn plötzlich direkt unter der Erde, direkt unter dem Gletscher ein riesiges Feuer? Immerhin befand sich auf dem Gipfel das Tor zur Hölle. Selbstverständlich war es dem Teufel und seinen Monstern möglich, hier ihr Unwesen zu treiben.

Überall brach das ewige Gletschereis mit lautem Krachen auseinander. Dampfende Wasserfontänen schnellten fünfzehn, zwanzig, gar dreißig Meter in die Höhe. Zudem entwich diesen aufgebrochenen Eislöchern heiße Luft. In unglaublichem Tempo schmolz das viele Jahrtausende alte Eis zusammen. Gewaltige Eisschollen wurden vom Schmelzwasser mitgerissen und lösten sich in Sekundenschnelle auf. Wehe dem, der diesen Wassermassen zu nahe kam!

Wie in Zeitlupe nahmen Antares und Luziferine diese Katastrophe wahr. Brodelnd erhob sich der See. Das Eis, das ihn umgab, verwandelte sich in wenigen Augenblicken zu heißem dampfenden Wasser! Der See lief einfach über und gewaltige Wassermassen stürzten mit ohrenbetäubenden Rauschen und Getöse ins Tal hinab.

In weinigen Sekunden taute das mehrere Tausendjahre alte Gletschereis, das die Landschaft so lange beherrscht hatte. Überall entwickelten sich reißende Flüsse und Ströme. Nichts und niemand hatte eine Chance, das schier endlose Wasser riss alles mit sich in die Tiefe. Lebewesen fanden dabei den Tod, und Felsbrocken und Gesteine zerstörten dabei den Lebensraum der Tiere, die auf dem Berg und im Tal zu seinen Füßen ihr Zuhause hatten.

Im Nu war unten alles überflutet. Und oben, um Antares und Luziferine herum, blieben nur noch Schlamm, Geröll und reißende Bäche und Flüsse übrig, als hätte es hier nie einen Gletscher gegeben.

Wasgos Eltern erlebten die Hölle auf Erden. Und zwar nicht als Zuschauer, nein, sie waren selbst betroffen, sie waren mitten in diesem Inferno, sie waren in diesem Weltuntergangsszenario nichts weiter als Spielbälle der Naturgewalten.

Luziferine kämpfte verzweifelt gegen das alles mit sich reißende Wasser. Sie wurde von den Wassermassen hin- und hergeschleudert. Das beobachte Antares mit wehem Herzen. Gleich darauf wurde auch er von den herabstürzenden Wassermassen ergriffen. Zum Glück war das Wasser hier unten längst nicht mehr so kochend heiß wie im Gletschersee.

Ein normaler Mensch hätte gegen diese Sturzbäche keine Chance gehabt, er wäre mitgerissen worden und irgendwo bei einem Aufprall gegen einen Fels zu Tode gekommen. Aber ein Zauberer hätte doch diese Situation unter Kontrolle bekommen müssen! Im Grunde ja, aber der hätte ganz schnell reagieren müssen. Antares war damit hoffnungslos überfordert. Er konnte keinen klaren Gedanken fassen! Als er begriffen hatte, was mit dem Berg geschah, befand er sich auch schon in den reißenden Fluten. Rasend schnell wurde er in die Tiefe gerissen. Plötzliche Schmerzen quälten ihn mal am Rücken, mal am Bauch, mal am Kopf und mal an den Beinen, als er gegen Baumstämme und Felsbrocken stieß. Und die Luft blieb ihm mehrmals weg, als er von den Fluten unter die Wasseroberfläche gerissen wurde! Bei all dem wurde ihm schwindlig. Und seine Frau hatte er schon längst aus den Augen verloren. Panik bemächtigte sich seiner.

Gab es denn keinen Zauber, der seine Luziferine und ihn retten konnte? Fieberhaft überlegte Antares, wie ein möglicher Zauber zu seiner und Luziferines Rettung aussehen könnte! Plötzlich hatte er einen Gedanken, wie er darauf kam, hätte er später selbst nicht sagen können. Der Gedanke war eben plötzlich da! Er dachte an den Zauber mit dem er damals, als er Wasgo ausgebildet hatte, Luziferines in den Wind gehängte Wäsche trocknen wollte.

Und natürlich sprach er, schusslig wie er war, den magischen Spruch falsch aus. Plötzlich wurde er vor den Augen seines Jungen in die Luft gewirbelt und zappelte hilflos mit den Armen und Beinen umher.

Tatsächlich rief Antares im selben Augenblick seine damalige Formel. Bewusst belegte er Luziferine und sich selbst mit diesem Zauber. Es war ihm egal, wie dieser wirkte, ob sie Kopfschmerzen bekämen, weil sie ihren Körper nicht mehr unter Kontrolle haben würden. Überhaupt war es ihm vollkommen egal, was passierte, wenn nur seine liebe Frau und auch er gerettet würden. Im nächsten Moment flogen Luziferine und er unkontrolliert in der Luft umher. Hilflos ruderte er auch dieses Mal wieder mit den Armen und Beinen, nur musste Luziferine ihm dabei Gesellschaft leisten. Als wären sie ein Spielball des Windes, verloren sie jede Orientierung, weil sie sich laufend von der einen in die andere Richtung drehten. Mal hing der Kopf zur Erde herunter, mal war er nach oben gereckt, dann wieder lagen sie waagrecht in der Luft. Sie wurden von den Windböen hin und her getragen und dabei vollkommen durcheinander gerüttelt und geschüttelt, dass ihnen Hören und Sehen verging. Antares wurde schlecht. Trotzdem dachte er, dass es besser sei, wenn ihm und seiner Luziferine übel werde, als dass sie in den Fluten hätten sterben müssen.

Aber jetzt fiel ihm der Gegenzauber nicht mehr ein, mit dem er sich und seine Frau auf die Erde retten konnte. Oh, je, sie sollten doch wohl nicht bis ans Ende ihrer Tage so herumgewirbelt werden! ‚Konzentriere dich, Antares‘, schnauzte er sich innerlich immer wieder an, ‚konzentriere dich, Dir muss der Gegenzauber einfallen!‘

Tatsächlich fiel ihm die Formel wieder ein. Schnell rief er die wenigen Wörter des Zaubers in den Wind und gleich darauf plumpsten er und Luziferine auf die Erde herunter, mitten in den Schlamm hinein.

Antares steckte so tief im Matsch, dass er sich erst nach mehreren mühsamen Versuchen befreien und aufrichten konnte. Gleich blickte er sich in alle Richtungen um. Wo war Luziferine? Hörte er sie denn nicht? Aber klar doch, das musste sie sein. Nur seine Luziferine konnte solche undefinierbaren Töne hervorbringen! Überallhin drehte sich Antares, um seine Frau zu finden. Er drehte sich noch einmal um sich selbst, und stockte plötzlich. Da hatte sich doch etwas bewegt! Er schaute zurück. Das musste sie doch sein, denn er hörte sie kreischen. Darin erkannte er ihre Verzweiflung, auch ihre Angst, aber erst recht ihre Wut. Luziferine schrie ihre Gefühle aus sich heraus, den außer Kontrolle geratenen Wassermassen hinterher. Oder galt ihr Kreischen ihm, der sie in diese unmögliche Situation gebracht hatte? Doch die Fluten waren jetzt schon wieder gezähmt. Dort, wo vorhin noch das Tal gewesen war, befand sich jetzt ein See!

Und endlich entdeckte er sie! Während er sich zu ihr hin kämpfte, immer wieder in den Morast einsank und nur langsam vorwärtskam, rief er ihr zu: „Liebling, ich komme zu dir. Gleich bin ich bei dir. Oh, Shit, ich bin schon wieder auf den Schlamm ausgerutscht und sehe wie ein Schwein aus! Ich komme, mein Schatz, warte nur noch einen Augenblick!“

So kämpfte er sich durch den bodenlosen Morast zu seiner Frau durch. Diese steckte im Schlamm fest, bis zu den Hüften war sie darin gefangen. Mit seinen Händen schaufelte er Luziferine frei. „Los, halt dich an mir fest und zieh dich jetzt raus“; rief er. Antares war am Ende, eigentlich wollte er sich nur noch ausruhen. Aber nicht ohne seine Frau!

Trotzdem schafften sie mit gemeinsamen Kräften, Luziferine aus ihrer misslichen Lage zu befreien. Endlich nahm er sie in seine Arme und versuchte, sie zu beruhigen: „Es ist alles vorbei, meine Liebe. Wir leben und können unsere Mission fortsetzen.“

„Was ist geschehen und wo sind wir nur?“, fragte Luziferine.

Sie sahen sich um. Erst jetzt konnte Antares das ganze Ausmaß dieser Katastrophe erahnen. Vorhin wollte er Luziferine finden, seine Umgebung nahm er in diesen Momenten gar nicht wahr. Aber jetzt, was ihre Augen erblickten und der Verstand erfasste, war unglaublich. Schon wieder hatten sie erleben müssen, das ein Berg zerstört worden war. Und wieder sind sie mit dem Leben davongekommen. Welches Glück sie doch hatten!

Einer gegen acht

Als Wasgo erwachte, brummte ihm der Schädel. Mit der Hand befühlte er seinen Hinterkopf. Da war eine dicke Beule. Was war eigentlich passiert? Er blickte auf und erneut packte ihn das blanke Entsetzen. Warum nur hatte er nicht gleich bemerkt, was hier vor sich ging? Während er sein Nachtlager aufgeschlagen hatte, blickte er doch nach allen Seiten und hatte dieses Bild des Grauens nicht gesehen! Nachdem er sich entspannt und müde hingelegt hatte, stand er noch einmal auf und wollte den Abend und die würzige Waldluft genießen. Und dann nahm er das hier wahr, versagten ihm die Beine den Dienst und er schlug mit dem Kopf auf einen Stein auf und verlor das Bewusstsein. Glücklicherweise nur für einige wenige Augenblicke. Vielleicht konnte er noch etwas retten. Er überwand sein Entsetzen und sprang auf. Direkt an seinem Lager befanden sich mehrere Menschen im eisernen Griff von widerwärtigen Vampiren umklammert. Aus den Mäulern dieser Ungeheuer tropfte Blut, das Blut ihrer Opfer. Ja, diese Vampire waren gerade dabei, deren Blut aus den Halsvenen zu saugen. Schmerzverzerrte Gesichter starrten den jungen Mann angstvoll an. Wasgo sah aber auch die stumme Hoffnung in ihren Augen. Konnte er denn nicht helfen? Auch wenn sich ihm beinahe der Magen umdrehte?

Trotzdem musste Wasgo die Situation schnell erfassen, wenn er überhaupt eine Chance haben wollte. Plötzlich war ihm bewusst, wie diese Situation entstanden war.

Als er sich seinen Schlafplatz ausgesucht und hergerichtet hatte, waren die Vampire noch nicht mit ihren Opfern da gewesen, das konnte gar nicht anders sein. Also waren sie lautlos angekommen, als er sich auf seine Nachtruhe vorbereitet hatte. Da es sich unter den Vampiren vielleicht schon herumgesprochen hatte, dass in dieser Gegend ein gefährlicher Zauberer mehrere Vampirkolonien vernichtet hatte, waren sie auf ihrer Jagd besonders leise gewesen. Danach schleppten sie ihre Opfer durch den Wald und wollten ihre Höhle aufsuchen. Das hatten sie jedenfalls vor. Jedoch trafen sie auf Wasgo, der sein Lager gerade aufschlug, als sie hier vorbeikamen. Die Vampire trauten sich nicht, weiterzuziehen, weil sie ihn nicht auf sich aufmerksam machen wollten. Solange er sie nicht direkt zu ihnen herüberblickte, würde er sie in dieser Dunkelheit vielleicht nicht wahrnehmen. Als sie bemerkten, dass Wasgo sein Bewusstsein verloren hatte, waren sie bereits so blutgierig, dass sie gleich hier mit ihren Eckzähnen den Menschen die Halsvenen öffneten und begannen, deren Blut zu trinken, anstatt sich mit ihren Opfern von dannen zu schleichen. Doch nun war Wasgo wieder zu sich gekommen. Und die Menschen blickten ihn stumm an, flehentlich und zugleich voller Todesangst.

Der junge Magier zwang sich zur Ruhe. Soweit er es beurteilen konnte, hatten die Vampire ihre Opfer zwar schon gebissen, aber noch nicht viel Blut aus ihren Halsvenen getrunken. Noch waren die Opfer Menschen, wenn auch jetzt mit vampirischen Fähigkeiten, die sie aber im Laufe der Zeit wieder verlieren sollten. Vorausgesetzt, er ließ keine Sekunde verstreichen und unternahm unverzüglich etwas.

Die Allerhellsten schienen ihm diese Vampire nicht zu sein. So gab er sich betont ängstlich, um sie in Sicherheit zu wiegen. Genau acht Wesen der Finsternis zählte er. Die musste er alle zur gleichen Zeit außer Gefecht setzen. Aber wie? Am ehesten bot sich ein Stillstandszauber an. Leise murmelte der junge Magier die dazu benötigte Formel. Doch nichts passierte. Der Stillstandszauber versagte.

Nun wurde Wasgo doch wieder etwas nervös. Was war nur geschehen, dass diese Blutsauger gegen seine Zauber immun waren? Er dachte schnell nach. Sonst hatte er doch jeden Vampir zur Strecke bringen können, vorausgesetzt, der Zauber war einigermaßen stark und er, Wasgo, handelte schnell genug!

Genau, das war es! An seinem Zauber hatte es nicht gelegen, sondern er hatte die Formel zu langsam ausgesprochen! Die Vampire bewegten sich so schnell, dass selbst Wasgo mit den Augen nicht folgen konnte. Aber bewegt hatten sie sich; das erkannte er daran, dass sie etwas außer Atem waren und ihre Gesichtsfarbe etwas dunkler geworden war als noch vor wenigen Augenblicken. Die Anstrengung war ihnen deutlich anzusehen; immerhin mussten sie ja auch noch die Menschen mitschleppen. Diese Vampire waren doch keine so einfachen Gegner, wie er angenommen hatte.

Diese Erkenntnis beruhigte Wasgo aber trotzdem wieder etwas. Auch er konnte sich wie ein Vampir bewegen. Also musste er versuchen, jeden Gegner einzeln zum Stillstand zu zwingen. Und das in einer so großen Geschwindigkeit, dass die anderen Vampire seine Bewegungen nicht mitverfolgen konnten.

Auf jedes Wesen konnte ein Magier Formeln anwenden, mit denen er es zum Stillstand, aber auch zu bestimmten Bewegungen zwingen konnte. Somit auch auf sich selbst. Also belegte sich Wasgo mit so einem Zauber. Der junge Mann hatte nur einen Versuch, die Vampire zu überlisten. Wehe, wenn sie Verdacht schöpften, die Menschen losließen und ihn angriffen! Einen Kampf gegen acht Vampire gleichzeitig, die zudem genauso schnell waren wie er, hätte er niemals gewinnen können.

Die Vampire hatten ihre Zähne aus ihren Opfern genommen und blickten Wasgo mit ihren Fledermausgesichtern blöde grinsend an. Sie fühlten sich ihm überlegen! Doch Wasgo wusste, dass die Wesen der Finsternis ihn nicht angreifen konnten, ohne Gefahr zu laufen, ihre Opfer zu verlieren. Sie hätten diese aus ihren Armen entlassen müssen, somit wären die frei gewesen und hätten fliehen können, solange sie mit Wasgo im Kampf standen. Doch das wollten sie nicht. Acht Vampire gegen einen Menschen! Das glaubten diese Blutsauger! Und sie waren davon überzeugt, diesen Menschen ohne Probleme besiegen zu können, ja sogar zu müssen! Aber wegen einem einzigen Kerl wollten sie nicht ihre Beute von acht Menschen riskieren. Deshalb zögerten sie noch. Außerdem hatten diese Geschöpfe der Finsternis nicht bemerkt, dass unser junger Held sich selbst mit einem Bewegungszauber belegt hatte, der ihn dazu befähigte, sich noch schneller als ein Vampir zu bewegen.

Blitzschnell tauchte Wasgo vor dem ihm am nächsten stehenden Vampir auf. Deutlich war zu erkennen, wie es in dessen Kopf arbeitete. Das überlegene Grinsen verschwand ganz langsam aus seinem Gesicht. Als Wasgo ihm den Stillstandszauber entgegenschleuderte, verging ihm das überhebliche Feixen vollends. Es machte einer grenzenlosen Verblüffung Platz. Der Kopf des Vampirs hatte sich etwas gedreht, und zwar von seinem Opfer weg. Danach blieb er, der jetzt selbst zum Opfer gewordene Vampir, unbeweglich stehen. Er hielt immer noch das kleine Mädchen fest, welches er zu seinem Untertan machen wollte. Das Kind weinte herzzerreißend. Es konnte nicht begreifen, was hier geschah. Sich selbst befreien, konnte das Kind sich nicht, denn der zum Stillstand gezwungene Vampir hatte nun eben auch unbewegliche Arme und Beine. Diese konnte Wasgo erst dann lösen, wenn er alle Vampire bewegungsunfähig gemacht hatte. So leid es ihm tat, aber das Mädchen musste eben noch ein paar Sekunden in der Gewalt des Vampirs bleiben.

Auch den nächsten Vampir überwand Wasgo mit einem blitzschnellen Angriff. Und in Windeseile überwältigte unser junger Held auch seine Kameraden.

Endlich konnte der junge Zauberer die verletzten Menschen aus den Fängen der Vampire befreien. Die waren überglücklich über ihre Rettung, bedankten sich überschwänglich, wollten Wasgo in ihr Dorf einladen und ihm alles schenken, was sie hatten, er konnte diese Dankbarkeit kaum abwehren, ohne die Leute zu beleidigen, aber er enttäuschte sie doch. Fast war ihm ihre Dankbarkeit schon peinlich, er hatte doch nur ein paar Zauber angewendet, sonst nichts! Jedenfalls glaubte er das in diesem Augenblick.

Das kleine Mädchen nahm ihren jungen Retter in die Arme, sah ihn aus ihren großen Augen an und lächelte, während ihr immer noch die Tränen über das Gesicht liefen. Sie sagte nur das eine Wort „Danke“. Danach schmiegte sie sich an Wasgo an. Abschließend gab unser junger Magier den Menschen Hinweise, wie sie sich auf ihrem Weg verhalten sollten, damit sie sich vor weiteren Schwierigkeiten schützen konnten.

Endlich kümmerte er sich um die Vampire, mit denen er nicht viel Federlesens machte. Kurzerhand tötete er sie, teilte ihre Asche und vergrub diese an verschiedenen Orten, damit sie nicht wieder zurück in ihre Existenz geholt werden konnten.

Es wurde wirklich höchste Zeit, dass er Sinclair fand und mit ihm reden konnte. Was um alles in der Welt war nur in die transsilvanischen Vampire gefahren, dass sie einen regelrechten Krieg gegen die Menschen führten? Und warum waren sie so darauf aus, sich so schnell und so drastisch zu vermehren?

Luzifers Katze

Die Temperatur stieg und stieg. Nach nur wenigen Minuten glaubten Jodaryon und Deneb, ihre Lungen müssten verbrennen. Überall loderten Feuer, es stank bestialisch nach verbranntem Schwefel. Wenig später stießen sie auf einen breiten Lavafluss, der durch die Unterwelt strömte und ihren Weg kreuzte. An eine Überquerung zu Fuß war nicht zu denken. Deneb fragte: „Willst du mithilfe von Magie übersetzen oder lieber einen anderen Weg suchen?"

Jodaryon überlegte kurz und antwortete: „Ich glaube, wir sind schon in der Hölle angekommen. Dieser Lavafluss muss das Fegefeuer sein, allerdings sind wir hier noch außerhalb des Bewachungsbereiches für die schwarzen Seelen, die darin schmoren müssen. Ich glaube schon, dass wir unsere magischen Fähigkeiten hier noch nutzen können."

Nachdenklich ging er an dem Lavafluss entlang. Nach einer kleinen Weile sinnierte er: „Weißt du, unsere magischen Fähigkeiten werden wir hier überall anwenden können, so gut glaube ich, Luzifer zu kennen. Dem wäre es doch langweilig, mich einfach nur zu töten, das hat er uns doch schon die ganze Zeit gezeigt! Der will mit uns spielen, dafür ist er bekannt! Und er wird einen Zweikampf wollen, um mir Angst einzujagen, um sich über meine Hilflosigkeit zu amüsieren ..."

„Du hast recht, Jodaryon. Wenn Luzifer dich nur töten wollte, ohne dass du eine Chance haben solltest, dich dagegen zu wehren, könnte er dir einfach Gevatter Tod schicken. Ich glaube, nein, ich bin davon überzeugt, dass der Teufel für uns noch so einige nette Überraschungen bereithalten wird. Er wird uns schon noch seine Monster schicken!"

„Trotzdem will ich hier nicht zaubern. Wir sehen lieber zu, wie wir den Lavastrom umgehen können. Irgendwie muss das ja möglich sein. Und falls Luzifer uns nicht sowieso schon beobachtet, dann müssen wir ihn ja nicht durch einen Zauber auf uns aufmerksam machen. Vor allem sollten wir jetzt noch nicht alle Karten auf den Tisch legen. Wir haben nämlich auch ein paar nette Überraschungen für ihn.“

Sie folgten vorerst weiter dem Lavastrom. Nach einer Stunde wurde der Strom immer kleiner und spärlicher, einige weitere Minuten später war er überhaupt nicht mehr zu sehen. Jodaryon nahm an, dass er irgendwo im Inneren der Erde verschwunden war. Sofort sanken die Temperaturen auf ein halbwegs erträgliches Maß ab. Diffuses Licht umgab die beiden Magier. Das Gehen fiel ihnen jetzt deutlich leichter.

Etwas später teilte sich ihr Weg, einer führte nach links, der andere nach rechts.

„Wohin jetzt?“, fragte Deneb.

Der eine Weg war eben und einfach zu gehen, da ihn keine nennenswerten Hindernisse versperrten. Es wuchsen sogar einige Pflanzen am Wegesrand.

Der andere war uneben schmal, eben ein Trampelpfad. Steine von unterschiedlicher Größe lagen auf ihm herum. Ein Felsblock versperrte ihn sogar. Wollte man dieses Hindernis überwinden, so musste man über ihn hinweg klettern. Dornige Sträucher säumten den Weg.

„Was weiß ich“, antwortete Jodaryon. „Wohin mag der nur führen? Meistens sind es doch die schwierigen Wege, auf denen man sein Ziel erreicht!“

„Nach dieser Logik müssten wir hier den einfachsten Weg nehmen.“

„So schlau ist Luzifer auch“, überlegte Jodaryon. „Sicher will er wieder mit uns seine Spielchen treiben.“

Sie folgten dem Trampelpfad, kletterten über mehrere große Felsbrocken, mussten kleine Steilabbrüche umgehen und kleine moorastige Stellen überwinden. Regelmäßig wechselten sie sich beim Vorangehen ab; wer die Führung übernommen hatte, musste den Weg suchen. Der dem Vorausgehenden folgte, hatte es einfacher, auf diese Weise sparrten sie Kräfte.

Nachdem sie etwa eine Stunde auf dem Weg unterwegs waren, versackte Deneb, der vorausging, in einem tiefen Moorloch. Damit hatte Jodaryon nicht gerechnet, beinahe stolperte er über seinen Freund. Kaum konnte er sein Gleichgewicht halten.

„Mist", rief Deneb, „ich kann nicht alleine hier herauskommen, hilf mir, Jodaryon!"

Bis zur Brust stand Deneb schon im Moorloch, das Wasser schwappte mit einem schmatzenden Geräusch gegen seinen Hals. Jodaryon bemerkte das. Schnell warf er Deneb ein Seil, das er an seinem Rucksack mit sich trug, genau in die Arme. Der fing es auf und band es sich um die Brust.

Jodaryon zog an dem Seil. Zur gleichen Zeit zog etwas im Moorloch an Denebs Füße. „Halt", schrie Deneb Jodaryon zu.

Der fragte: „Was ist los?" Nachdem Deneb ihm erklärt hatte, was hier vor sich ging, versuchte Jodaryon noch einmal sein Glück, erneut ohne Erfolg. Plötzlich wurde Deneb mit einem Ruck unter die Wasseroberfläche gezogen, auf der einige Luftblasen zurückblieben.

Jodaryon zog an dem Seil. Alle seine körperlichen Kräfte wendete er auf, um nicht selbst in das Moorloch gezogen zu werden. Blitzschnell formulierte er in seinem Geiste einen Zauberspruch. Das Seil gab nach und nur wenige Augenblicke später erschien Denebs Kopf, danach dessen Brust und Hüfte und schließlich kletterte er mithilfe Jodaryons, der ihm eine Hand reichte, aus dem Moorloch heraus.

„Das war knapp", meinte Jodaryon!

„Danke mein Freund, jetzt hast Du mir schon wieder das Leben gerettet!"

„Immer wieder gerne!", erwiderte der alte Magier mit einem schelmischen Lächeln im Gesicht!"

„Wir sollten schauen, ob wir hier überhaupt weiterkommen!"

Gesagt, getan! Beide prüften sie den Weg. Immer wieder führte er sie zum Moor. Ein Moor hat viele Tücken, ein Moor in der Hölle noch mehr. Überall, wo sie hinzugehen wagten, gab der Boden nach und das blanke Wasser blieb in ihren Fußspuren zurück.

„Wir sollten umkehren", sagte Jodaryon resigniert.

So liefen sie den ganzen Weg wieder zurück. Damit hatten sie weitere zwei Stunden eingebüßt. Es schien ihnen, als sei der Rückweg länger gewesen als der Hinweg. In der Hölle war alles möglich. Aber Deneb tröstete sich damit, dass es besser sei, zwei Stunden als das Leben zu verlieren!

Als sie nach fast drei Stunden am Ausgangspunkt ihres Weges angekommen waren, gingen sie nach einer kurzen Rast weiter, nun aber den leichteren Weg. Wieder umfing sie dieses diffuse Licht, das sie schon vorhin bemerkt hatten.

„Schau mal, da hinten!“, rief Jodaryon plötzlich.

Deneb erkannte sofort, was sein Freund meinte. In der Ferne, wo es wieder völlig dunkel war, leuchtete ein Lichtpunkt auf. Nur einer? Nein, es waren zwei und die wurden schnell größer. Jetzt war auch ein tiefes Schnurren zu hören, nicht sanft wie bei einem Hauskätzchen, sondern raubtierhaft und bedrohlich.

„Luzifers Katze“, sagte Deneb. „Die kommt sicher nicht, um sich bei uns Streicheleinheiten abzuholen“, knurrte Jodaryon.

In diesem Augenblick verstummte das Schnurren, dafür ertönte ein lautes Fauchen. Und gleich darauf kam das Tier ins Licht. Jetzt ging es um Leben oder Tod. Luzifer schickte seine Vasallen, bevor er selbst auf den Plan trat, um seinen Opfern den Rest zu geben.

Luzifers Katze war ein ganz besonderes Exemplar. Sie war mindestens dreimal so groß wie eine normale Hauskatze. Auf den ersten Blick erkannte Jodaryon, das Luzifers Haustier extrem scharfe Krallen hatte. Er warnte Deneb: „Pass auf ihre Krallen auf, mit denen kann sie einem ausgewachsenen Mann den Arm abtrennen.“

„Nur keine Sorge“, hörte Jodaryon die Antwort.

In diesem Moment griff das Untier die beiden Magier an.

In einem unglaublichen Tempo raste das Höllentier auf Jodaryon zu. Das Maul mit seinen dolchartigen Zähnen war weit aufgerissen. Die mächtigen Krallen waren voll ausgefahren. Kein Zweifel, diese Katze wollte töten. Oder wenigstens verletzen. Mit einem gewaltigen Satz sprang sie den Herrscher der Welt an; dieser konnte gerade noch ausweichen, sodass sie nur seinen Umhang erhaschte und ihn halb zerriss.

Mit dem nächsten Sprung attackierte sie Deneb. Das ging so schnell, dass sie gegen seine Brust prallte, ehe er einen Gedanken fassen konnte. Mit den Krallen ihrer rechten Pfote riss sie in seinen linken Oberarm eine klaffende Wunde. Sofort strömte das Blut aus der Verletzung. Deneb verlor das Gleichgewicht und stürzte; dabei prallte er sehr schmerzhaft mit dem Rücken gegen einen großen Felsbrocken. Augenblicklich rappelte er sich wieder auf, aber da stellte er fest, dass er seinen linken Arm nicht mehr gebrauchen konnte. Der hing ihm wie leblos an der Seite herab.

Das Monster machte kehrt und stürmte zurück in die Dunkelheit. Wütend schickte Jodaryon der Katze einen Zauber hinterher, der ihr jedoch nichts mehr anhaben konnte. Sie verschwand so schnell, wie sie gekommen war. Aber sie hatte Deneb gefährlich verletzt.

Der zerstörte Berg

Luziferine schluchzte hemmungslos. Wie sah der vormals so schöne Berg aus!

Noch vor wenigen Augenblicken hatte sich da, wo sie und Antares gerade standen, ein gewaltiger Gletscher befunden. Der See unterhalb des Gipfels existierte nicht mehr. Die Almwiesen waren unter Schlamm und Gesteinsmassen begraben. Nur ganz wenige kleine Grasflächen waren verschont geblieben. Der Talkessel, den vorher ein prächtiger Bergwald bedeckt hatte, stand unter Wasser. Hohe Wellen tobten jetzt dort, die durch den Wind noch größer wurden. Überall trieben umgestürzte Bäume auf dem Wasser und immer neue kamen hinzu, denn mit einer ungeheuerlichen Kraft prallten die Wogen gegen die Bäume am neu entstandenen Ufer. Und immer wieder brachen welche ab, heute würde man sagen, sie knickten wie Streichhölzer um.

In kürzester Zeit war der majestätische Berg zu einem riesigen Schutt- und Schlammhaufen geworden. Antares und Luziferine bemerkten erst jetzt, wie winzig klein und unbedeutend sie doch im Spiel der Naturgewalten waren. Nur durch Zufall hatte Antares seiner Frau bereits das zweite Mal das Leben gerettet. Gut, dass er damals, als er Wasgo zum Zauberer ausgebildet hatte, auch selbst dazugelernt hatte! Sonst hätten er und Luziferine in dieser Hölle auf Erden nicht die kleinste Überlebenschance gehabt.

Gut, Antares war immer noch ein höchst mittelmäßiger Zauberer. Und natürlich hatte er auch dieses Mal die Zauberformel nicht richtig ausgesprochen. Aber das war egal. Sie lebten! Und da nahm er auch seinen brummenden und dröhnenden Schädel in Kauf, den er dem Sturm zu verdanken hatte und der Tatsache, dass er wie ein welkes Blatt durch die Luft gewirbelt worden war. Und dass Luziferine und er aussahen wie die schmutzigsten Kinder, die je im Schlamm auf dem Dorfplatz Hüttenbauen gespielt hatten, war geschenkt!

Liebevoll nahm er seine Luziferine in seine Arme und drückte sie zärtlich an sich. Danach setzten sie ihren Weg zügig fort, sie durften nicht noch mehr Zeit verlieren. Ohne Schwierigkeiten fanden auch sie das Tor zur Hölle. Luzifer hätte sich die Verwüstung des Berges ebenso gut sparen können.

Mutig und ohne zu zögern traten Luziferine und Antares die Wanderung in das Innere des Berges an und folgten dem Weg, den auch schon vor ihnen Jodaryon und sein Freund Deneb gegangen waren.

Unermüdlich drangen sie in die Unterwelt vor, passierten den Lavastrom und hielten sich bei der Wegverzweigung erst gar nicht lange auf.

Auch sie untersuchten die ersten Meter der sich ihnen bietenden Möglichkeiten, um einen Weg in die Hölle zu finden. Sie entschieden sich zu ihrem Glück sofort für den leichteren Weg.

Doch wussten sie nicht, dass Jodaryon einen Gefährten gefunden hatte und auch nicht, dass dieser verletzt war.

Träume

Auch wenn Wasgo schon alles für sein Nachtlager bereitet hatte, kramte er lieber in der Dunkelheit wieder sein Gepäck zusammen, verstaute es in seinem Rucksack und zog weiter. Nichts wie weg von diesem unheimlichen Ort!

Viel konnte er nicht sehen, es war stockfinster. Er überlegte kurz, wie er das ändern konnte, und da fielen ihm die kleinen Insekten ein, die sich beim Fliegen etwas Licht spendeten. An den Namen dieser seltsamen Tierchen erinnerte er sich auch und so zauberte er sich eine große Anzahl von Glühwürmchen herbei. Nun ging es besser.

Aber irrten nicht auch die Menschen, die er vor den Vampiren gerettet hatte, jetzt hilflos durch den finsteren Wald? Womöglich voller Angst, auf andere Vampire zu stoßen! Schnell schickte er ihnen ebenfalls solche Insekten zu, damit sie sicher in ihr Dorf zurückkehren konnten.

Schon eine halbe Stunde suchte Wasgo einen neuen geeigneten Schlafplatz für sich. Gemächlich war sein Schritt. Allmählich verringerte sich die Anzahl seiner Glühwürmchen, teilweise hörten sie auch nur auf, zu leuchten, so verdunkelte sich der Wald für unseren jungen Helden erneut. Deshalb war Wasgo froh, als er einen Rastplatz gefunden hatte.

Mehrere Granitblöcke bildeten gemeinsam mit den Bäumen des Waldes einen überdachten Platz. Das auch noch direkt an einer Quelle. Wasgo war am Ende seiner Kräfte. Der lange Tag, an dem er Kilometer um Kilometer zurückgelegt hatte, und mehrere Kämpfe mit Vampiren bestehen musste, erforderte seinen Tribut. Vor allem der Letzte Kampf mit den acht Vampiren, war sehr nervenaufreibend und die Müdigkeit rang den jungen Mann nieder. Er stärkte sich noch mit etwas Brot und Wasser, danach legte er sich auf die von ihm gebaute Schlafstatt. Schnell tauchte er in das Land der Träume ein. Die Nachtgespenster wachten über seinen Schlaf und beschützen ihn vor den bösen Geistern der Vampire und den schwarzen Seelen aus der Hölle, die vom Hüter des Fegefeuers die Erlaubnis bekommen hatten, den Menschen auf der Erde das Fürchten zu lehren.

Friedlich lag Wasgo an einem kleinen wärmenden Feuer und gab sich seinen Träumen hin. Wenn es nach den Nachtgespenstern gegangen wäre, die nach der Musik der kleinen Elfen um das Feuer tanzten und auf den jungen Magier aufpassten, sollten ihn nur angenehme Träume erreichen. Doch die Nachtgespenster und Elfen hatten Gegenspieler, die ab und zu deren Macht durchbrachen und unserem jungen Helden wirre Träume bescherten.

So träumte Wasgo zunächst von seinen Eltern. Sie wanderten einem schönen Berg entgegen. Plötzlich befanden sie sich in einem fürchterlichen Sturm, der sie vom Erdboden hob und mit ihnen wie mit einem fliegenden Luftballon spielte. Danach sah er nur noch Wasser und nichts als Wasser.

Anschließend gewannen die Nachtgespenster wieder die Oberhand über die bösen Geister und schwarzen Seelen und schickten den jungen Zauberer zurück in angenehme Träume. Er lief über eine blühende Almwiese und erfreute sich an einen einzelnen grünen Grashalm. Jodaryon stand lächelnd vor ihm.

Doch das Böse gab nicht auf. Aus dem lächelnden Jodaryon wurde ein Fremder, dessen Gesicht schmerzverzerrt war. Nein, es war doch kein Fremder, Wasgo kannte ihn, das war Jodaryons Freund Deneb. Aber was war mit dessen linkem Arm? Schlaff hing der von der Schulter herab. Und er veränderte sich seltsam, er wurde länger und länger, bis er auf den Erdboden herunterreichte. Im nächsten Augenblick, Wasgo hatte es fast schon erwartet, fiel der Arm vom Körper ab und auf den Boden herunter. Der nun einarmige Deneb lachte und lachte in einem fort, völlig hysterisch, er konnte sich gar nicht mehr beruhigen.

Der abgefallene Arm bekam plötzlich ein Eigenleben. Eines, das geradezu beängstigend war. Er kroch über die Wiese und wurde zusehends dicker und länger. Und verformte sich die Hand nicht zu einem Schlangenkopf? Aber nein, der Arm hatte plötzlich einen Schwanz wie ein Vampir und konnte sich dadurch abstützen und aufrichten. Und richtig, Wasgo hatte es genauso erwartet, gleich nahm der Schlangenkopf wieder eine andere Form an. Er verwandelte sich in den Kopf einer höhnisch lachenden Fledermaus. Auch der Rest des Armes wurde zum Körper eines Vampirs. War das Sinclair? Das musste doch Sinclair sein! Und warum erschien der Wasgo nur so boshaft? Das sollte sein früherer Freund Sinclair sein, den er als Kind immer Onkel genannt hatte?

Der Traum verblasste und Wasgo erwachte. Er fühlte sich wie gerädert. Als ob er überhaupt nicht geschlafen hätte. Die schwarzen Seelen und die bösen Geister der Vampire waren in der letzten Nacht doch mächtiger gewesen als die friedlichen und liebevollen Nachtgespenster. Der junge Magier hoffte, dass das bald vorbei sein werde und er wieder einen erholsamen Schlaf bekommen konnte.

Nach dem Frühstück machte er sich von Neuem auf die Suche nach Sinclair.

Eine rettende Idee

Jodaryon war von dem überfallartigen Angriff der Katze völlig überrumpelt. Sofort eilte er zu seinem Freund Deneb und sprach einen Heilungszauber.

Dankbar sah Deneb ihn an. Die Wunde schloss sich rasch. Aber wenig später klagte Deneb, er habe immer noch geradezu höllische Schmerzen im Arm.

„Seltsam“, sagte Jodaryon, „einem anderen würde ich das jetzt gar nicht glauben. Ein Heilungszauber lässt eine Wunde doch vollständig heilen! Zeig mal her!“

Deneb legte seinen Rucksack und seinen Umhang ab, zog unter schmerzlichem Stöhnen sein Hemd aus und besah sich mit seinem Freund gemeinsam seinen linken Oberarm. Wirklich merkwürdig, dort hatte sich eine dicke, hässliche Narbe gebildet. Aber wenn ein Heilungszauber angewendet wurde, sollte doch keine zurückbleiben!

„Was sind denn das für Schmerzen? Kannst du die näher beschreiben?“

„Es brennt höllisch, im wahrsten Sinne des Wortes“, erwiderte Deneb mit einem Grinsen im Gesicht.

„Wenigstens hast du deinen Humor noch behalten. Aber diese Narbe gefällt mir überhaupt nicht und noch weniger gefallen mir deine Schmerzen. Welches Gift hat dir dieses Mistvieh denn nur verpasst? Nicht dass du mir hier langsam an diesem Scheißding verendest!“

„Ach, was, mach dir mal nicht zu viele Gedanken! Gehen wir lieber weiter! Und lass solche Ausdrücke nur ja nicht Luziferine hören!“ Deneb bemühte sich, zu lachen. Er zog sich an, schulterte seinen Rucksack und schritt nun besonders forsch aus. Aber Jodaryons Sorgen wuchsen. Es war doch unübersehbar, wie sich Deneb quälte! Das war keine gewöhnliche Verletzung; sie war magisch und da musste man das Schlimmste befürchten. Vermutlich ahnte auch Deneb, dass er schon dem Tode geweiht war. Sicher wollte er seinen Freund Jodaryon nur schonen, solange es irgendwie ging.

Immer mühsamer schleppte er sich Meter um Meter weiter. Die Zeit schien überhaupt nicht zu vergehen. Nach etwa einer Stunde konnte er sich nur noch unter starken Schmerzen aufrecht halten und schien Fieber bekommen zu haben. Die Schmerzen ließen ihn in immer kürzeren Zeitabständen aufstöhnen.

„Wir werden hier eine Rast machen!“, befahl Jodaryon.

Deneb drehte sich zu ihm um und meinte: „Aber wir sind doch noch gar nicht weit gegangen!“

„Nein, das sind wir wirklich nicht“, sagte Jodaryon leise, aber so, dass ihn Deneb gut verstehen konnte.

Der sah ihn aus traurigen Augen an und erwiderte: „Es tut mir leid, ich bin dir wohl keine Hilfe mehr. Das Katzenvieh hat mich mehr erwischt, als ich mir zuerst eingestehen wollte. Ich habe fürchterliche Schmerzen und jetzt fangen auch noch meine Eingeweide an, zu brennen. Ich fürchte, ich komme nicht mehr weit. Ich werde sterben!“

„Nein, niemals!“, rief Jodaryon laut aus. „Ich lasse dich nicht ein zweites Mal sterben. Du musst leben! Ich brauche dich noch! Vielleicht weiß ich auch schon, wie dir geholfen werden kann! Jetzt lege erst mal das Gepäck ab! Nun den Umhang! Und das Hemd, aber vorsichtig, langsam! Und jetzt setze dich hin!“

Deneb wollte wissen, was Jodaryon vorhatte.

„Das ist ganz einfach. Luzifers Katze hat dich mit magischen Krankheitserregern infiziert. Ich rufe einen Vampir zu uns. Wenn der dich beißt und von deinem Blut trinkt, sind vielleicht diese Krankheitserreger aus deinem Körper verschwunden“, sinnierte Jodaryon.

Damit hatte er eine geniale Idee. Er griff mit ihr schon zu seiner Zeit den Gedanken eines Aderlasses auf, der im Mittelalter und noch lange danach von vielen Ärzten angewandt wurde. Ziel eines Aderlasses war es, mit dem Blut Krankheitserreger aus einem erkrankten Körper zu entfernen, sodass die Blutbildung in diesem angeregt wurde und er somit die restlichen Krankheitserreger selbst bekämpfen konnte. Aber Deneb war weitaus weniger von Jodaryons Idee begeistert als dieser selbst. Genauer gesagt: Er blickte geradezu entsetzt seinen Freund ins Gesicht. Energisch wackelte er mit dem ausgestreckten Zeigefinger seiner rechten Hand mehrmals von rechts nach links und wieder zurück. Dabei wirkte sein Gesicht sehr ernst, die Augen waren weit geöffnet, fast schon so, dass sie ihm aus den Augenhöhlen herauszufallen drohten. „Und ich werde ein Vampir!“, rief er schließlich aus.

Jodaryon musste trotz der ernsten Situation lachen. „Dann wärst du aber ein zaubernder Vampir, das wäre doch auch etwas!“ Aber gleich wurde er wieder ernst und sprach weiter: „Nein, das muss nicht sein. Wenn der Vampir nur wenig Blut von dir trinkt, dann kannst du vielleicht tatsächlich das Gift der Katze loswerden und wirst wieder gesund. Einen Versuch ist es auf jeden Fall wert.“

Mit fragendem Gesicht sah Deneb den weisen Magier in die Augen: „Du meinst, dass das funktionieren könnte?“

„Ich weiß es nicht, aber du hast nichts mehr zu verlieren. Ich an deiner Stelle würde es versuchen!“

Deneb hatte Angst davor. Er war doch erst durch Wasgo und Jodaryon wieder ins Leben zurückgeholt worden und wollte nicht gleich wieder sterben! Er konnte den Menschen doch noch so viel Gutes tun! Wenn er Glück hatte, konnte er noch gut und gerne seine dreihundertfünfzig Jahre leben. Dreihundertfünfzig Jahre! Vier oder fünf Menschenleben! Was konnte er da noch alles bewirken? Nein, er wollte leben! Leben und Jodaryon zur Seite stehen, damit auch der noch viele Jahre glücklich auf dieser Welt wandeln konnte.

Jodaryon ließ Deneb Zeit. Auch für einen Zauberer war es nicht leicht, sich einem Vampir zu stellen und sich von ihm sogar beißen zu lassen. Immerhin war es nicht völlig ausgeschlossen, dadurch selbst zum Vampir zu werden. Wer wollte das schon! Das hätte Deneb zwar eine ewige Existenz versprochen, aber nur ein Vampir konnte wissen, ob eine solche Existenz überhaupt erstrebenswert war.

Mit hängendem Kopf saß Deneb auf dem Boden. Ständig ächzte und stöhnte er vor sich hin, die Schmerzen mussten wirklich unerträglich für ihn sein. Endlich hob er seinen Kopf, sah seinem Freund in die Augen und sagte entschlossen: „Ich werde sowieso sterben! Sich von einem Vampir helfen zu lassen, ist mehr Wert, als einfach so aufzugeben. Ich will leben, verdammt noch mal! Also versuche ich es eben! Aber versprich mir, dass du mich tötest, wenn ich ein bösartiger Vampir werden sollte!“

Das versprach ihm Jodaryon voller Erleichterung. Danach versetzte er sich in Trance. Deneb passte auf ihn auf, so gut er das eben konnte. Jodaryon besuchte in seiner Trance die Höhle, in die Wasgo erst vor kurzer Zeit die von ihm mit einem Stillstandszauber belegten Vampire eingeschlossen hatte.

Vampire waren so unterschiedlich wie Menschen. Unterschiede gab es nicht nur in ihrem Aussehen, sondern ebenso im Charakter. Auch ein Vampir konnte ein freundliches und attraktives Gesicht haben, nett und gemütlich sein. Jodaryon wollte keine Hilfe von einem absolut bösartigen Vampir für Denebs Rettung in Anspruch nehmen. Nachdem er, wie er meinte, einen geeigneten Vampir ausgewählt hatte, hob er Wasgos Zauber des ewigen Schlafes für diesen auf und sprach mit ihm über die Rettung seines Freundes.

Der Vampir war bereit, Jodaryon zu helfen. Aber dafür verlangte er eine Gegenleistung.

„Was soll ich für dich tun?“, wollte der weise Magier wissen.

„Das sage ich dir, wenn ich deinem Freund geholfen habe. Aber du musst mir meinen Wunsch erfüllen. Tust du es nicht, so werde ich deinen Freund töten!“

„Wenn ich niemandem das Leben nehmen soll, will ich dir gerne deinen Wunsch erfüllen, vorausgesetzt, dass auch du danach niemand töten willst. Gut, wenn es ein regelrechter Bösewicht ist, der den Tod verdient hat ...“

„Einverstanden“, sagte der Vampir, „ich vertraue dir und will versuchen, deinen Freund zu retten. Bringe mich zu ihm!“

Die magischen Kräfte Luziferines

Mutig und voller Zuversicht drangen Luziferine und Antares immer weiter in der Unterwelt vor. Sie wollten Jodaryon helfen und ahnten nicht, dass sie selbst in Lebensgefahr schwebten.

Antares war ein unsicherer Zauberer. Wenn er sich konzentrierte, vermochte er durchaus, starke magische Kräfte zu entwickeln, das wusste niemand besser als Luzifer. Aber mit dem Konzentrieren war es so eine Sache bei ihm. Nur zu leicht ließ er sich ablenken oder verlor die Nerven und dann unterliefen ihm zuweilen die einfachsten Fehler. Bisher hatten die noch nie schwerwiegende Folgen gehabt, aber hier war er im Reich des Höllenfürsten Luzifer. Da konnte der kleinste Patzer fatale Auswirkungen haben.

Die erste große Herausforderung für die beiden ließ nicht lange auf sich warten. Wie schon vor ihnen Jodaryon und Deneb entdeckten sie einen kleinen Lichtpunkt in der Ferne, der sich gleich darauf in zwei leuchtende Punkte teilte. Kaum hatten sie Zeit, sich darüber zu wundern, dass diese Punkte schnell immer größer wurden, da vernahmen sie auch schon das erste Fauchen von Luzifers Katze. Im nächsten Moment erblickten sie das Untier. Luziferine erkannte es sofort, sie hatte ja genug Zeit in der Hölle verbracht.

Kaum konnten sie zur Seite springen und sich an einen großen Felsbrocken pressen, da griff die Katze bereits an. Ihr Sprung ging ins Leere, aber rasend schnell drehte sie sich um und attackierte das Paar erneut. Antares war starr vor Schreck. Seine Augen weiteten sich, er sah das Tier wie in Zeitlupe auf sich zukommen. Aus ihrem geöffneten Maul tropfte der Speichel und ihre riesigen Eckzähne versetzten ihn vollends in Panik. Ihre gewaltigen Krallen waren weit ausgefahren. Sein Leben flog an seinem inneren Auge vorbei, er war sicher, gleich sterben zu müssen. Gleich mussten ihm die messerscharfen Krallen den Bauch aufschlitzen.

Jetzt schnell einen Zauber anwenden! Aber wieder einmal fiel ihm auf die Schnelle keiner ein. Natürlich, es war immer dasselbe mit ihm. Wenn es darauf ankam, versagte er oder machte sich lächerlich.

Nur noch zwei, höchstens drei Sprünge des Monsters ...

Gut, auf den Tod war Wasgos Vater vorbereitet. Er hatte erreicht, was es zu erreichen gab. Sein Sohn hatte die Welt gemeinsam mit Jodaryon von Bossus' Tyrannei befreit und er, Antares, war dabei über sich hinausgewachsen und hatte einen maßgeblichen Anteil dazu beigetragen.

Jetzt setzte die Katze zu einem gewaltigen Satz an. Antares wusste, dass es vorbei war. Mechanisch hielt er Luziferines Hand umklammert.

Was dann geschah, begriff er erst später. Luziferine riss ihre Hand aus der ihres Mannes, machte einen Katzenbuckel und wandte sich dem Höllentier zu. Ihre Fingernägel wuchsen, sie waren in wenigen Augenblicken so groß wie Schwerter und genauso scharf.

Antares erkannte, dass Luziferine ihn retten wollte. Ohne sie hatte er keine Chance mehr, am Leben zu bleiben. Konnte sie ihm helfen? Auch wusste er, dass er keine Zeit mehr hatte, um sich von Luziferine zu verabschieden. Das Untier flog an ihn heran. Schon spürte er die Krallen der Katze, gleich würde sie ihn damit zerschneiden! Doch jetzt schrie das Monster markerschütternd auf und wurde zurückgeschleudert. Wie in einem Film, der ihn nicht betraf, nahm Antares wahr, dass die Katze aus fünf tiefen Wunden blutete. Er konnte es kaum glauben, an Luziferines scharfen Fingernägeln hing die mörderische riesige Katze, Luziferine hatte sie ganz einfach aufgespießt. Einige Male kreischte das höllische Wesen noch voller Todesangst und machte ein paar hilflose Versuche, sich zu befreien, aber das nutzte dem Unwesen nichts mehr. Einen Augenblick später war sie tot. Ihre Zunge hing schlaff aus ihrem Maul.

Luziferines Fingernägel bildeten sich zurück. Die Katze fiel auf den Boden.

Erst jetzt realisierte Antares, was geschehen war. Ungläubig blickte er seine Frau an, seine panische Angst legte sich nur langsam.

Schließlich brachte er die Energie auf, sie zu fragen: „Wie hast du das eben gemacht?“

„Das weiß ich ja selbst nicht! Aber Hauptsache, die Gefahr ist vorbei“, meinte sie erleichtert.

„Ich bin ja so froh, dass du bei mir bist“, sagte Antares.

„Und du“, sagte Luziferine leichthin, um ihre innere Unruhe zu überspielen, „ziehst dir mal ganz schnell ein anderes Hemd an. Schau mal, wie deines aussieht! Total zerrissen! So läuft man doch nicht in der Hölle herum!“

Erst jetzt bemerkte Antares, dass die Haut auf seinem Oberkörper aus einigen kleinen Einstichen blutete. Doch das fand Luziferine gut, weil so, falls die Krallen der Katze vergiftet waren, das Gift aus seinem Körper wieder herausgespült wurde.

„Ich glaube, ich weiß, wieso das eben so gelaufen ist“, überlegte Luziferine. „Als mich mein Vater seinerzeit aus seiner Hölle rausgeschmissen hat, da hat er mir fast alle magischen Kräfte genommen. Aber eben nur fast alle. Wenn meine Familie in direkter Gefahr sei, sagte er mir damals, dürfe ich sie mit magischen Kräften verteidigen.“

„Das hat dir der Alte erlaubt? Was war denn da in den gefahren?“

„Na, ja, er hat wohl nicht angenommen, dass ich eines Tages einige seiner Monster umbringen würde!“

Der Herr der Vampire

Vor zwei Stunden hatte Wasgo gefrühstückt, danach setzte er seine Suche nach Sinclair fort. Wohin nur mochte dieser Waldweg führen? Wasgo brannte darauf, endlich Sinclair zu finden, um den Krieg der Vampire in Transsilvanien beenden zu können. Alle seine Hoffnungen beruhten darauf, dass deren Herr ihm dabei half. Wenn nicht, das war Wasgo schon längst bewusst, bedeutete das, dass er einen Kampf ausfechten musste. Einen alles entscheidenden Kampf, einen Zweikampf auf Leben und Tod. Und zwar nicht gegen irgendjemanden, auch nicht gegen einen mehr oder weniger dümmlichen Vampir, sondern gegen den erfahrenen, mit allen Wassern gewaschenen Herrn der Vampire, der vermutlich alle magischen und nichtmagischen Kräfte, Raffinessen und gemeine Tricksereien anwenden würde.

Aber noch hoffte Wasgo, diesen Kampf verhindern zu können. Nur musste er dazu endlich Sinclair finden. Doch dann kam ihm ein anderer Gedanke. Wer garantierte ihm denn, dass es wirklich Sinclair war, von dem die Entscheidung über Krieg und Frieden abhing? Gab es nicht genug Vampire, die nicht zu dessen Gefolgschaft zählten? Und wenn der Herr der Vampire tatsächlich sterben sollte, konnten dann nicht diejenigen Vampire, die nicht zu Sinclairs Gefolgschaft gehörten, den Krieg gegen die Menschen weiterführen? Also lag es doch auf der Hand, dass der Frieden nicht nur von Sinclair abhing!

Aber vermutlich konnte ihm Sinclair doch helfen, den Krieg zu beenden. Nur musste Wasgo ihn eben finden und mit ihm reden.

Während der junge Magier seinen Gedanken nachhing, wurde er wieder einmal beobachtet. Und erneut bemerkte er das nicht. Dabei hätte er doch so langsam wissen sollen, dass es schnell lebensgefährlich werden konnte, wenn er so in Gedanken durch einen stockdunklen Wald wanderte! Hatte er denn schon wieder vergessen, dass er sich in Transsilvanien befand und hier schon mehrmals Vampiren begegnet war, ja, sogar schon gegen sie gekämpft hatte! Er war dermaßen mit sich selbst beschäftigt, dass er das Netz vor sich, welches zum Fangen von großen Tieren benutzt wurde, vollkommen übersah. So musste er erfahren, dass damit auch Menschen oder unachtsame Zauberer gefangen werden konnten, und tappte blind in die Falle. Erst als er in dem Netz zwischen mehreren Bäumen in der Luft hing und wie ein Pendel hin und her schwang, realisierte er, dass er gefangen war. Endlich kehrten seine Gedanken in die Realität zurück. Leise fluchte er vor sich hin. Unter sich sah er zwei Vampire mit Schwanz, Flügeln und Fledermausgesicht erscheinen. Seltsam, dass sich Vampire in Transsilvanien kaum als Menschen zeigten!

Sollte er sich jetzt durch einen Zauber befreien? Nein! Die Vampire mussten nicht gleich wissen, dass er ein Zauberer war. So wehrte er sich nicht im Geringsten, als die beiden das Netz mit ihm zur Erde herunterließen. Wohin die ihn wohl brachten? Vielleicht zu Sinclair? Wenn er sich jetzt als Magier zu erkennen gab, musste es zu einem Kampf kommen, der nur mit dem Tod der Vampire enden konnte. Und in diesem Fall wäre er bei der Suche nach Sinclair wieder auf sich alleine gestellt. Sollten sie ihn also ruhig zu ihrem Herrn bringen! Wehren konnte er sich notfalls immer noch, sofern sie auf blutrünstige Gedanken kommen sollten.

Als sich Wasgo endlich frei bewegen konnte, führten ihn die Vampire in eine Höhle. Kaum hatte er auch nur einen Fuß hineingesetzt, schlug ihm schon der typische Geruch von Fledermausexkrementen entgegen. Und wie! Offenbar wurde die Höhle schon seit langer Zeit von diesen Vampiren genutzt. Das verriet der starke und intensive Gestank. Wasgo drehte sich beinahe der Magen um. Diffuses Licht umgab sie.

Einer der beiden Vampire entfernte sich, mit dem anderen musste Wasgo warten.

Nach etwa fünf Minuten kehrte der zweite Vampir mit einem Weiteren zurück.

„Also wirklich du." Wasgo erkannte gleich die Stimme Sinclairs. „Ehrlich gesagt habe ich dich erwartet. Ich habe mir schon gedacht, dass sie keinen anderen hierher schicken, um uns zu hindern, gegen die Menschen Krieg zu führen!"

Wasgo konnte den Gestank kaum noch aushalten. Trotzdem riss er sich zusammen und antwortete: „Und du hättest auch wissen müssen, dass wir uns keinen Krieg gefallen lassen können. Es geht doch nicht, dass ihr ganze Dörfer überfallt und ausraubt. Und dass ihr die Menschen zu Vampiren macht.“

„Das alles, mein lieber Wasgo, war mir bewusst“, erwiderte Sinclair. „Ich begrüße dich. Geht es dir gut?“ Mit diesen Worten nahm Sinclair seine menschliche Gestalt an, die eines etwa zwanzigjährigen gut aussehenden jungen Mannes mit recht sportlicher Figur.

„Danke der Nachfrage, es geht mir gut“, antwortete Wasgo zurückhaltend. Er war irritiert. Irgendetwas stimmte hier nicht. Aber was?

„Gehen wir doch aus der Höhle hinaus und suchen uns ein Plätzchen, wo wir es uns bequem machen können!“, sagte Sinclair in einem sehr freundschaftlichen Ton.

Nur zu gerne stimmte der junge Magier zu, längst schon tränten seine Augen vom Ammoniakgeruch. Wieder zurück im Freien atmete er zunächst mehrmals tief durch, obwohl er sich darüber etwas ärgerte. War es richtig, Sinclair so offen seine Gefühle zu zeigen?

Sie setzten sich auf einen großen Felsbrocken, der Herr der Vampire erschien Wasgo etwas schwerfällig, beinahe schon apathisch. Genau, das war es, was hier nicht stimmte: Die Bewegungen und das Sprechen fielen dem Vampir schwer. Sinclair war doch kein alter Mann. Konnten Vampire denn überhaupt altern? Nein, das war unmöglich! Und doch benahm sich Sinclair so, als sei er alt!

„Eine Frage, lieber Wasgo. Vor Kurzem sind hier zwei Vampirkolonien zerstört worden. Warst du das?“

Wer denn sonst! Wasgo hatte aber auch nicht vor, sich auf lange Spielchen oder gar auf eine Art Verhör einzulassen, und so antwortete er mit einer Gegenfrage: „Sind es deine Vampire, die in Transsilvanien einen Krieg gegen die Menschen führen und ganze Dörfer vernichten und deren Einwohner zu ihrem Gefolge machen?“

Zunächst schwieg Sinclair. Er konnte Wasgos Blick nicht standhalten. Geräuschvoll stieß er die Luft aus seinen Lungen zwischen den Zähnen hervor. Mehrere Male versuchte er, zu antworten, blieb aber immer wieder still. Es schien Wasgo so, als müsse der Herr der Vampire alle seine Kräfte sammeln. Bis er antwortete, verging beinahe eine Minute. Doch dann sagte er endlich: „Mir war von Anfang an klar, dass wir Vampire wieder einmal die Dummen sein würden. Wenn ich nur gewusst hätte, wie ich das hätte verhindern können!"

Vampire strotzten nur so vor Energie, aber Sinclair hatte keine! Wie schleppend er sprach! Wasgo fragte sich, ob Sinclair es ehrlich meinte. Dann sah er sich den Herrn der Vampire genauer an. Der schien ihm traurig, ja, bedrückt. Wasgo wollte ihm helfen, er fragte: „Steckt Luzifer dahinter?"

„Du hast völlig recht: Luzifer hat uns unter Druck gesetzt. Er war plötzlich völlig außer Rand und Band, wollte am liebsten gleich die ganze Welt kurz und klein schlagen und hat uns gezwungen, die Dörfer zu überfallen und die Anzahl der Vampire zu vervielfachen. Luzifer versprach uns, dass wir eines Tages in die Unterwelt zurückkehren dürften, wenn wir uns an seine Anweisungen hielten", fuhr der Vampir endlich schwerfällig fort.

„Und das hast du ihm geglaubt?", rief Wasgo.

Sinclair lachte kurz auf, müde und matt wie ein Greis. „Natürlich nicht, ich bin ja auch nicht erst seit gestern auf der Welt. Aber er hat uns ganz einfach gedroht. Er wusste, dass er am längeren Hebel saß, und das nutzte er aus, ohne zu zögern. Er drohte, uns kurzerhand zu vernichten, falls wir uns weigern sollten, und das meinte er todernst. Was hätten wir tun sollen?"

Immer schwerer fiel es Wasgo, Sinclairs Worten zu folgen, der einen kraftlosen Eindruck hinterließ. Außerdem sprach er undeutlich und teilweise nuschelte er sogar, sodass er kaum zu verstehen war. War Sinclair zu Tode erschöpft?

Und auch Wasgo saß schweigend da. Was hätte er auch antworten sollen! Also war tatsächlich alles so, wie er es sich gedacht hatte! Nach einer endlosen Pause schreckte Sinclair aus seinem dumpfen Brüten hoch und fuhr fort, offenbar mit größter Anstrengung: „Ich habe so gehofft, dass du zu uns kommst und uns hilfst, aus diesem

Dilemma herauszukommen. Es war mir doch von Anfang an klar, dass ihr uns jagen und vernichten werdet, sobald wir den ersten Menschen zu unseresgleichen gemacht haben! Natürlich müssen wir ab und zu Menschen jagen. Aber zu einem regelrechten Krieg hätte es nicht kommen müssen. Ja, du hast vollkommen recht, es ist ein Krieg daraus geworden, mit vielen Opfern. Auf beiden Seiten."

Der früher so stolze Herr der Vampire saß total zusammengesungen und niedergeschlagen auf seinem Stein.

Sinclairs Nachrichten über Luzifer glaubte Wasgo seinem ehemaligen „Onkel" unbesehen. Der Herr der Unterwelt hatte den Menschen den Krieg erklärt, einen gnadenlosen Vernichtungskrieg, und benutzte jeden, der sich dafür anbot, für seine Zwecke. Ja, was hätte Sinclair tun sollen? Er schien tatsächlich zu hoffen, dass ihm Wasgo einen Weg aus diesem Dilemma zeigen konnte.

Schweigend saßen sie da.

Wasgo begann, sich über sich selbst zu ärgern! Wie konnte er nur glauben, er werde Sinclair schon einen Ausweg anbieten können? Dabei hatte er nie einen gehabt! Wasgo war vollkommen ratlos. Konnte er die sich anbahnende Katastrophe noch abwenden? Oder konnte er dieses Problem überhaupt lösen? Wasgo begriff, dass die Vampire in diesem Krieg eigentlich keine Täter, sondern Opfer waren. Entweder sie unterstützten Luzifer und mordeten die Menschen, oder sie verweigerten ihm den Gehorsam und wurden vom Teufel selbst gemordet. Egal, von welcher Seite man diese Geschichte betrachtete, die Vampire blieben auf jeden Fall die Verlierer.

Wasgo fasste den Entschluss, Sinclair reinen Wein einzuschenken.

„Es tut mir leid, mein Freund", sagte er, „du hast uns immer geholfen, wenn du es konntest. Und jetzt brauchst du mich zum ersten Mal und ich habe nicht einmal einen Rat für dich. Entweder du stehst auf Luzifers Seite und wirst deshalb von den Menschen getötet, oder du stehst auf unserer Seite, dann bringt euch der Höllenfürst um. Das ist aber auch alles ein Mist." Wieder saßen sie da und schwiegen sich an.

„Wenn man Luzifer bloß irgendwie hinhalten könnte“, brachte Sinclair mühsam hervor.

Plötzlich hatte Wasgo eine Idee. Sie war so einfach, dass er sie kaum glauben konnte. Warum ist er nicht schon früher darauf gekommen? Er hatte doch oft genug darüber nachgedacht. Nur nicht über das Naheliegende! Warum folgten Sinclairs Vampire ihrem Herrn, obwohl er so hinfällig war? Sinclair war doch in seinem Zustand kein Anführer! Endlich war Wasgo hinter das Geheimnis gekommen!

Sinclair und seine Vampire waren verzaubert!

Und wer konnte das tun und war daran interessiert? Das konnte nur einer sein: Der Höllenfürst Luzifer!

Luzifer wollte, dass Sinclairs ihm untergebene Vampire tun konnten, was sie wollten. Nur sollten sie ihn nicht stürzen. Und schon war der Herr der Vampire machtlos, die Untaten seiner Gefolgschaft zu sühnen, und erst recht konnte er ihnen keinen Einhalt gebieten. Auf so eine perfide Idee konnte nur der Herr der Unterwelt, die Boshaftigkeit in Person selbst, kommen.

Wasgo war fest entschlossen, Luzifer gründlich in die Suppe zu spucken. Diesen Triumph wollte der junge Zauberer seinem Großvater nicht gönnen!

„Pass auf, Sinclair“, sagte er, „als dein Freund werde ich dir helfen!“

Sinclairs müdes Gesicht drückte so etwas wie Hoffnung aus. War doch noch nicht alles verloren?

„Ich habe bemerkt, dass es dir nicht gut geht, und das zerreißt mir das Herz. Ich glaube, ich kann dir helfen. Bitte, vertraue mir und lass mich machen! Dir wird es dann wieder gut gehen und wir können den unsäglichen Krieg zwischen den Menschen und Vampiren beenden! Aber du musst mir vertrauen und mich machen lassen!“

Sinclair zögerte, war müde und resigniert. Aber er dachte über Wasgos Worte nach, und gab ihm schließlich freie Hand zu handeln.

Und der tat, was ihm in diesem Moment richtig erschien, nämlich den Herrn der Vampire unverzüglich mit einem Stillstandszauber zu belegen, damit der am Ende nichts Unüberlegtes tat und Wasgos Bemühungen, den Krieg zwischen den Menschen und Vampiren zu beenden, nicht gefährdete. Danach versuchte Wasgo herauszubekommen, welch bösen Zauber Luzifer an Sinclair verübt hatte. Als ihm das gelungen war, sprach er einige Zauberformeln und rief am Ende: „Sinclair, erwache!"

Im nächsten Moment öffnete der Vampir die Augen.

„Wie geht es dir, mein Freund?", fragte Wasgo.

„Gut, ja …, sehr gut sogar!"

„Das ist gut, dann bist du jetzt ja wieder der Alte und hast deine Vampire unter Kontrolle!"

„Wie kommst du darauf, dass ich nicht der Alte bin?"

Mit wenigen Sätzen erzählte Wasgo dem Freund, was in der Vergangenheit geschehen war. Er endete mit den Worten: „Und eines ist ganz klar: Das war nicht dein Werk, auch nicht das Werk deiner Vampire. Das war das Werk Luzifers."

„Es ist unfassbar", sinnierte der Herr der Vampire. „Dieser hundsgemeine Teufel! Dieser widerwärtige Schurke! Wenn ich den nur mal zwischen die Finger bekäme!"

„Aber im Moment geht es doch darum, wie wir euch vor Luzifer schützen und den Krieg zwischen den Menschen und den Vampiren beenden!", sagte Wasgo.

„Wenn wir Luzifer keine schwarzen Seelen liefern", sagte Sinclair, „wird er uns vernichten. Nichts wird ihn davon abhalten. Wobei eigentlich die Sache doch sehr einfach ist ..."

„Das denke ich auch. Haben wir gerade denselben Gedanken?"

„Gut möglich!" Sieh an, Sinclair konnte sogar wieder etwas lächeln.

„Es gibt immer noch genug von Bossus' Schergen hier in den Wäldern, oder?"

„Die haben auch allen Grund, sich nicht so offen zu zeigen", sagte Sinclair.

„Wenn ihr euch an die haltet? Da müsste Luzifer doch genug schwarze Seelen bekommen? Auch wenn er die früher oder später ohnehin bekäme ...“

„Richtig, die werden wir ihm jetzt präsentieren!“, rief Sinclair freudestrahlend aus. „Und ich muss unbedingt die anderen Vampire wieder unter Kontrolle bekommen. Aber das lass mal meine Sorge sein!“

Wasgo kamen wieder Bedenken. „Nein, das geht doch nicht. Das ist nicht so einfach. So ein Mist! Wenn ihr das macht, wenn ihr euch die bösen Menschen holt …, ich kenne dieses Pack! Die werden dann jammern, was das Zeug hält, sie schreien die Welt voll, stellen sich als unschuldige Opfer dar ...“

Sinclair sah Wasgo triumphierend an. „Doch, das geht so! Ihr braucht ja nur dafür zu sorgen, dass sie kein großes Publikum für ihre Lügengeschichten finden! So machen wir das: Ich halte Luzifer hin, präsentiere ihm ab und zu einmal so eine schwarze Seele, und dann haben wir von euch nichts zu befürchten, weil wir ja nur die bösen Menschen jagen und sie zu den unseren machen. Luzifer wird über diese spärliche Ausbeute nicht glücklich sein, schimpfen, fluchen und drohen und uns die Unterwelt verweigern, aber das ist immer noch besser, als wenn wir vernichtet werden. So können wir in Luzifers Augen den Krieg aufrechterhalten, aber leben mit euch in Frieden. Das ist der einzige Ausweg. Ich sehe keinen anderen. Das wird klappen! Es muss!“

Einen Moment saßen sie schweigend da. Plötzlich sagte Sinclair: „Wasgo, ich danke dir. Was wäre ohne dich aus uns geworden? Du hast uns gerettet. Das vergesse ich dir nie. Freunde sind für einander da. Damals habe ich deinen Eltern Obdach gegeben und bei deiner Ausbildung geholfen, jetzt rettest du uns Vampire!“

„Du sagst es eben selbst: Freunde helfen sich gegenseitig! Nichts anderes versuche ich gerade!“

„Dann sind wir uns ja einig!“, sagte Sinclair schnell. „Ich gebe dir mein Ehrenwort, dass wir uns in Zukunft ausschließlich an die Schurken halten, an die Dreckskerle, die im Dienst von Bossus ihre

Mitmenschen unterdrückt und gequält und tyrannisiert und umgebracht haben und jetzt sagen, sie hätten doch nur auf Befehl gehandelt".

Wasgo freute sich aus vollem Herzen. Sinclair war wieder der Alte! Ausgerechnet jetzt stellte jemand zu Wasgo einen telepathischen Kontakt her. Wer konnte das nur sein? Aber es musste etwas Schlimmes passiert sein, denn er wurde aufgefordert, sofort und auf kürzestem Wege in die Hauptstadt zurückzukehren.

Wer war das nur, der da mit ihm Kontakt aufnahm? Dieser Jemand war viel zu aufgeregt und durcheinander, als dass Wasgo ihn erkennen konnte. Was war denn Wichtiges geschehen, dass er sofort in die Hauptstadt zurückkommen sollte? Wasgo konnte nur einige Namen und das Wort „Tod" oder „tot" verstehen. Dazu nannte der Fremde die Namen Luziferine, Antares, Deneb, Jodaryon und Luzifer, dazu noch einige andere.

Vollkommen verstört und verunsichert erzählte Wasgo dem Herrn der Vampire von den vagen Nachrichten. Der junge Magier machte sich die allergrößten Sorgen. War jemand gestorben? Und wenn ja, wer? Aber im Augenblick konnte er nur spekulieren. Was tatsächlich passiert war, ließ sich nur in der Hauptstadt in Erfahrung bringen. Er musste sofort zurück. Wenn er jetzt bloß nicht zu spät kam! Doch bevor Wasgo aufbrach, ließ er sich noch einmal Sinclairs Ehrenwort geben, sich an die Abmachungen zu halten.

Sinclair meinte, das habe zudem noch einen großen Vorteil. „Am besten hätte die Menschheit erst gar nicht von unserer Existenz erfahren", sinnierte er. „Aber wenn wir jetzt nur noch die Bösewichter jagen, dann besteht immerhin die Chance, dass die von niemandem vermisst werden. Ob die Menschen dann eines Tages die Vampire ganz einfach vergessen oder zumindest für Fabelwesen halten?"

Voller Angst um seine Eltern und Freunde nahm der junge Magier Abschied von Sinclair und brach unverzüglich auf. Wenn er nur endlich erfahren konnte, warum er so plötzlich nach Hause zurückkehren musste! War etwa tatsächlich jemand ums Leben gekommen, der ihm nahe stand? Wasgo ahnte nichts Gutes.

Mit der Anwendung vieler magischer Formeln konnte er sein Ziel in wenigen Stunden erreichen. Doch kein Minister und kein Druide oder Priester war in der Lage, ihm präzise Auskünfte zu geben.

Monster

Der Vampir wusste kaum, wie ihm geschah. Blitzschnell durchbrach er die magische Wand, die die Höhle verriegelte, blitzschnell raste sein Körper durch Raum und Zeit, und ehe er sich versah, befand er sich in der Unterwelt bei den beiden Zauberern. In diesem Augenblick erwachte Jodaryon aus seiner Trance. „Das hat ja gut funktioniert!“, freute er sich und stellte Deneb und den Vampir einander vor.

Der Vampir begrüßte den Verletzten mit einer leichten Verneigung. Das sah etwas komisch aus, weil er mit dem Schwanz, dem Gesicht und den Flügeln einer Fledermaus vor den Magiern stand. Deneb lächelte und grüßte zurück.

Dem Vampir wurde bewusst, warum Deneb lächeln musste. Er entschuldigte sich und verwandelte sich in einen Menschen zurück. Jetzt war er ein Mann, der schon die Lebensmitte überschritten hatte. „Du bist also der verletzte Freund dieses Zauberers?“, fragte er, indem er Deneb ins Gesicht schaute.

Deneb antwortete mit einem Ja. Danach fragte der Vampir weiter: „Es ist dir bekannt, was ich mit dir machen soll?“

Nachdem Deneb auch diese Frage bejaht hatte, wollte der Vampir wissen: „Bist du damit einverstanden, dass ich dich jetzt beiße und von deinem Blut trinke?“

„Ja“, antwortete Deneb zum dritten Mal.

Daraufhin trat der Vampir auf Jodaryons Freund zu, beugte dessen Kopf etwas zur Seite, schlug seine Eckzähne in Denebs Hals und trank einen kräftigen Schluck.

Augenblicklich merkte Deneb, dass sich in ihm etwas veränderte. Ähnlich wie Wasgo, als der sich von einem Vampir hatte beißen lassen, fühlte auch er den Zuwachs an magischen Kräften in sich. Vor allem aber spürte er von einem Moment zum nächsten keine Schmerzen mehr.

Aber Wasgo hatte sich vor dem Biss des Vampirs mit einem Zauber belegt, der verhinderte, dass er sich zu einem Vampir veränderte. So einen Zauber hatte weder Jodaryon an seinem Freund noch Deneb selbst an sich angewandt. Da der Vampir aber von Denebs Blut etwas trinken musste, wurde dieser zwar nicht zu einem Vampir, aber eben zu einem Halbvampir. Das bedeutete, dass Deneb alle Fähigkeiten eines Vampirs besaß, diese aber allmählich wieder verlieren musste. Da Vampire und Halbvampire sich in nur einem Sekundenbruchteil, bei schweren Verletzungen in nur wenigen Sekunden selbst heilen konnten, verschwand das Gift der Katze damit dauerhaft aus seinem Körper.

Als der Vampir von Deneb abließ, fragte Jodaryon, ob dieser sich wohlfühle.

„Ja, sehr gut sogar. Ganz seltsam, so gut wie schon lange nicht mehr. Ich könnte Bäume ausreißen, nur gibt es hier keine. Im Ernst: Die Schmerzen sind weg, ich spüre magische Kräfte in mir, die ich nicht kenne. Ich glaube, dass ich jetzt ein Halbvampir bin."

„Den Göttern sei Dank!", rief Jodaryon voller Freude aus, „dann habe ich ja richtig gedacht und du bist wieder gesund."

Jetzt wandte er sich dem Vampir zu und sagte: „Du hast Deneb das Leben gerettet. Sag, was kann ich jetzt für dich tun?"

Der Vampir verneigte sich vor Jodaryon. Darauf verlangte er in ernstem, fordernden Ton: „Vernichte mich!"

„Du hast mir wohl vorhin nicht richtig zugehört, als ich sagte, dass ich niemand töten werde!", sagte Jodaryon.

Der Vampir entgegnete: „Du tötest mich nicht, denn ich bin ein Untoter! Das heißt, ich lebe nicht, bin aber auch nicht tot."

„Du bist nicht tot, auch wenn du nicht lebst! Deshalb kann ich dich nicht töten", erwiderte Jodaryon.

Der Vampir wurde wütend: „Das ist Wortklauberei! Du hattest mir versprochen zu tun, was ich von dir verlange!"

„Ich sagte auch, dass ich ..." Jodaryon konnte nicht weitersprechen. Wie aus dem Boden gewachsen stand ein Monster aus der Hölle vor ihm. Ein Unhold mit halb verwestem Antlitz, mit einem Dolch in der skelettierten rechten Hand. Hatte es überhaupt einen linken Arm? Alles ging so schnell, dass Jodaryon nicht reagieren konnte. Sofort erhob es den Arm und wollte auf Jodaryon einstechen. Aber der Vampir und Deneb waren noch schneller, vampirisch schnell. Im selben Augenblick standen sie links und rechts neben dem Monster und rissen an allen Körperteilen, die sie zu fassen bekamen. Ein kurzer Aufschrei des Höllenwesens, und schon flog sein Kopf zu Boden, Deneb hatte ihn abgerissen. Und der Vampir hatte seine rechte Hand mit dem Dolch in eisernem Griff. Der Rumpf lag ohne Arme zu Jodaryons Füßen. Sprachlos sahen sich die Drei an.

Doch dann sagte der Vampir zu Jodaryon: „Du hast mir versprochen, dass du tust, was ich von dir verlange!“

„Ist dir klar, was du von uns verlangst?“, fragte Deneb. „Du hast erst mir und jetzt Jodaryon das Leben gerettet und wir sollen ...“

„Ihr wisst ja nichts, gar nichts wisst ihr!“ Und nun sprudelte es nur so aus dem Vampir heraus. „Ich musste mit ansehen, wie meine Familie von Vampiren überfallen und gebissen wurde! Zuerst mein Sohn, dann seine Frau und mein Enkelkind. Ich selbst hatte mich in einem dunklen Schuppen versteckt, das war reflexartig, aber völliger Blödsinn ... Könnt ihr euch vorstellen, wie mir zu Mute war, als sie danach völlig verzweifelt in ihrem Haus saßen und zu Vampiren wurden? Und am nächsten Morgen, ich sehe das vor mir, als wäre es gestern gewesen! Da gingen sie Hand in Hand in die Sonnenstrahlen und ließen sich töten! Nur drei kleine Häufchen Asche blieben von ihnen übrig! Wer da nicht den Verstand verliert … Im nächsten Augenblick hatte mich dann ein Vampir am Kragen. Einer dieser Blutsauger, dieser Mörder, einer von denen, die die ganze Welt terrorisieren und dann auch noch blöde und fies grinsen! Ich Dummkopf, ich Vollidiot habe geglaubt, ich könne die Vampire töten, die uns das angetan hatten! Und in Wirklichkeit musste ich diesen Mördern dann auch noch dienen! Wie ein Sklave! Und ich alter Feigling hatte nicht einmal den Mut, dasselbe zu tun wie meine Familie! Was war ich froh, als ein Zauberer diese blutgierige Bande in eine Höhle verbannt hat! So bekommen diese Ungeheuer wenigstens doch noch ihre gerechte Strafe. Sie sind verdammt zum ewigen Nichtstun. Und zum ewigen Hunger. Das ist für sie das Schlimmste, das ihnen widerfahren kann. Zehn Mal schlimmer als der Tod!“

Jodaryon wollte dem Vampir antworten, doch der unterbrach ihn mit den Worten: „Keine Angst, ich werde deinen Freund nicht töten. Du brauchst ihn noch!“

So schnell, dass man kaum mit den Augen mitkam, entriss der Vampir dem Arm des Höllenmonsters den Dolch und rammte ihn sich in seine Brust, dorthin, wo sich sein Herz befand. Eine Rauchwolke stieg auf. Nichts als ein kleines Häufchen Asche blieb von ihm übrig.

Jodaryon und Deneb hatten keine Zeit, das Gesehene zu verarbeiten. Schlagartig wurde es heiß und sie hörten hinter sich Geräusche. Ein weiteres Monster erschien, das dritte, das Luzifer ihnen entgegengeschickt hatte. Ohne Vorwarnung griff es die Zauberer an. Richtiger: Es näherte sich ihnen quälend langsam, wie in extremer Zeitlupe. Aber unaufhaltsam.

Und dieses Monster hätte den Mutigsten in Panik versetzen können. Es stank wie die Pest. Schleim tropfte von seinen Armen und Beinen, ja, sogar vom Kopf. Das Wesen schien überhaupt nur aus Schleim zu bestehen. Je näher es Jodaryon und Deneb kam, desto größer wurde es.

Und es warf mit heißen Schleimbatzen. Ein erster verfehlte die Zauberer nur knapp und klatschte weit hinter ihnen auf den felsigen Boden.

Mit vereinten Kräften versuchten der Herrscher der Welt und sein Freund, das Höllenwesen zu bekämpfen. Doch kein Zauber, kein Trick wirkte. Gerade, dass sie die Schleimbatzen, mit denen sie das Ungeheuer bombardierte, mit Zauberformeln zur Seite abwehren konnten. Aber wie lange noch?

Zu allem Unglück stieg die Temperatur noch einmal an, beinahe ins Unerträgliche. Gleich darauf erkannten die Zauberer, warum: Im Hintergrund standen, wie aus dem Boden gewachsen, der Hüter des Fegefeuers und der Höllenfürst persönlich. Luzifer wollte sich den großen Augenblick seines Triumphes nicht nur in seinem magischen See anschauen, er wollte selbst dabei sein!

Verzweifelt sandten die Magier die Strahlen der Liebe und des Lebens aus. Tatsächlich drangen diese in das Monster ein. Aber anstatt das Monster auf die eine oder andere Weise von den Strahlen der Liebe und des Lebens vernichtet wurde, wuchs das Schleimmonster nur noch mehr und wurde stetig dicker. Die Bedrohung, die von ihm für die beiden Magier ausging wuchs immer weiter an. Je mehr Strahlen Jodaryon und Deneb auf das Monster abgaben, desto größer wurde es. So etwas hatten die beiden Zauberer noch nie erlebt.

Jodaryon und Deneb liefen Gefahr, in diesem Kampf dem Monster zu unterliegen, das den beiden Zauberern Schritt um Schritt langsam immer näher kam. Der Abstand zu ihnen verkürzte sich von Sekunde zu Sekunde. Dabei veränderte sich ständig das Aussehen des Monsters, mal war es dicker und mal auch etwas breiter. Und der Schleim schwabbelte um seinen Körper herum. Mit seinem komischen, schleimigen Gesicht glotzte es Jodaryon und Deneb blöde an. Die Zauberer glaubten, dass es sie sogar frech angrinste. Immer wieder verschleuderte Luzifers Mordgeselle seine Schleimbatzen, die siedend heiß zu sein schienen und es fiel den Zauberern immer schwerer, sie zu vernichten.

Ein Felsbrocken so groß wie ein Mann versperrte dem Monster den Weg. Aber das interessierte diesem Höllenwesen nicht. Es ging auf den Fels zu, umschloss ihn mit seinem Körper und schon war er verschwunden. Es war so, als wenn nie dort ein Felsbrocken gelegen hätte.

Das war es, begriff Deneb! Nicht von den fliegenden Schleimbatzen alleine ging eine große Gefahr für die Magier aus, nein, das Monster konnte sie auch einfach so in seinen Körper aufnehmen, auch wenn es in so einem Fall ganz dicht an sie herankommen musste. Doch das sollte dem Monster wohl tatsächlich gelingen können.

Es wurde den beiden Freunden bewusst, dass Luzifer sie beobachtete. Und er ergötzte sich an dem Schauspiel, das ihm das Monster mit diesem Kampf bot. Wieder einmal spielte der Höllenfürst mit seinen vermeintlichen Opfern. Luzifer wollte seinen Spaß haben, sie vielleicht auch einschüchtern, oder auch ablenken und sie ermüden. Am Ende sollte ihnen das selbe Schicksal, wie dem Felsbrocken drohen.

Nun, da Deneb das erkannt hatte, wollte er Jodaryon vor diesem Schicksal bewahren. Als ihm bewusst wurde, dass er das nur mit seinem Körper konnte, stellte er sich umgehend vor seinen Freund. Auf keinen Fall durfte dieses widerlich stinkende Schleimmonster dem Herrscher der Welt zu nahe kommen! Dafür nahm Deneb in Kauf, dass er sich selbst in große Gefahr brachte. Jodaryon musste in diesem Kampf siegreich sein, das Monster, dieser Helfershelfer Luzifers, musste beseitigt werden, koste es, was es wolle, auch wenn der Preis dafür Denebs Leben sein sollte. Jodaryon jedenfalls musste sich Luzifer stellen, nur das war wichtig.

Verzweifelt schickte Deneb dem Ungeheuer seine Strahlen der Liebe und des Lebens konsequent entgegen. Irgendwann mussten die das Schleimmonster doch vernichten!

Plötzlich hatte Deneb eine Idee. Er wollte mit telepathischen Kräften zusätzlich gegen Luzifers Ungeheuer vorgehen, es verunsichern und auch ablenken. Sofort versuchte er, zu dem Monster Verbindung aufzunehmen. Und es funktionierte!

„Ich werde dich Ausgeburt der Hölle vernichten! Du kannst uns nichts anhaben! Du kommst an mir nicht vorbei! Meine Strahlen der Liebe und des Lebens werden dich töten!“ Tatsächlich blieb es einen Augenblick stehen. Das war der Moment, den Deneb brauchte, um das Monster töten zu können!

„Jetzt wirst du sterben!“, rief Deneb ihm zu.

Und das Höllenwesen hatte Angst! Es fürchtete um sein Leben!

Noch einmal nahm Deneb all seine Energie zusammen, um das Schleimmonster mit den Strahlen der Liebe und des Lebens zu besiegen. Es gelang ihm, es genau dort zu treffen, wo es so etwas wie ein Herz haben musste. Das Ungeheuer erstarrte.

Im nächsten Augenblick zerriss eine ohrenbetäubende Explosion den beiden Zauberern beinahe das Trommelfell. Eine riesige Wolke aus dichtem schwarzen Rauch stieg auf. Nun endlich hatten die Strahlen der Liebe und des Lebens den gewünschten Erfolg. Luzifers Monster zerplatze förmlich wie eine Seifenblase, nur dass große, heiße Schleimklumpen in alle Richtungen flogen.

Jedoch viel zu spät bemerkten Jodaryon und Deneb die für sie daraus entstehende, große Gefahr, die nun auf sie zukam.

Direkt vor Jodaryon klatschte ein überdimensionaler Batzen Schleim auf den Boden der Hölle und verspritzte große Mengen seiner ekligen Masse nach allen Seiten hin. Jodaryon blieb bis auf ein paar unbedeutende Spritzer verschont, aber Deneb, der immer noch wie ein lebender Schutzschild vor dem Herrscher der Welt stand, wurde von einem großen Schleimbatzen getroffen und unter ihm begraben.

Wie hätten sie vorhersehen sollen, dass ihr Abwehrzauber das Monster in solche Stücke riss! Deneb hatte keine Chance, dem schon vernichteten Ungeheuer Luzifers zu entkommen, nicht einmal seine neu erworbenen vampirischen Fähigkeiten konnten ihm noch helfen. Alles ging viel zu schnell. So gab Deneb sein Leben, um das Jodaryons zu retten.

David gegen Goliath

Unbehelligt wanderten Antares und Luziferine durch die Hölle. Niemand erwartete sie, niemand wollte sie aufhalten. Es war beinahe so, als wenn das Paar einen Spaziergang machte.

Doch dann hörten sie Kampfeslärm und aufgeregte Stimmen. Sie erkannten Jodaryons und Denebs Rufe und fremdartige Geräusche, die sich anhörten, als wenn jemand abwechselnd Stöhnen und unartikulierte Laute von sich gab.

Trotz ihrer Sorgen um die beiden waren sie auch erleichtert. Erstens hatten sie jetzt Gewissheit, dass Jodaryon noch lebte. Und zweitens erfuhren sie, dass er nicht wie angenommen alleine war. Deneb war, wie sie wussten, ein idealer Begleiter für Jodaryon, der außerdem stets mutig und ehrlich war. Der sollte schon gut auf Jodaryon aufpassen.

Trotzdem waren sie in Sorge und beschleunigten sofort ihre Schritte. Vorerst war ihre Sicht durch eine natürliche hohe Granitmauer versperrt. Erst mussten sie noch um eine Wegkurve eilen, dann endlich sahen sie die Freunde gegen ein riesiges schleimiges Monster kämpfen. Das Monster warf mit widerlichen Schleimbatzen um sich und bewegte sich auf die kämpfenden Magier zu, die sich gemeinsam mit den Strahlen der Liebe und des Lebens verteidigten.

Das Monster nahm die Strahlen in sich auf und wurde immer größer. Antares und Luziferine wussten nicht so recht, wie sie eingreifen konnten. Aber da bemerkten sie, dass Luzifer und der Herr des Fegefeuers hinter dem Schleimmonster den Kampfplatz betraten. Noch hielten sie sich im Hintergrund.

Deneb musste die beiden wohl auch gesehen haben, denn er postierte sich nun vor Jodaryon, als wenn er ihn mit seinem eigenen Körper schützen wollte. Plötzlich wurde die Luft erschüttert. Es gab einen ohrenbetäubenden Knall, der von grollenden Nebengeräuschen begleitet wurde.

Mit einem unglaublich riesigen Schrecken mussten Luziferine und Antares mit ansehen, dass das Schleimmonster förmlich explodierte. Die Strahlen der Liebe und des Lebens taten ihre Wirkung gegen das monströse Böse und gegen den Tod. Doch dabei geschah, was nicht geschehen sollte. Gewaltige Schleimbatzen flogen durch die Luft und verteilten sich nach allen Seiten hin.

Ein riesiger Klumpen landete direkt auf Deneb und begrub ihn unter sich. Das alles ging so schnell, dass Deneb nicht den Hauch einer Chance hatte, sich zu retten. Aus dem zähen, klebrigen Schleimbatzen konnte er sich nicht mehr befreien.

Luziferine stieß einen langen, gellenden, verzweifelten und wütenden Schrei aus.

Die Fassungslosigkeit stand Jodaryon im Gesicht wie eingemeißelt! Er stand hinter dem Schleimbatzen, der Deneb unter sich begraben hatte. Tränen der Wut und Trauer liefen ihm übers Gesicht. Aber für beides war jetzt nicht die Zeit. Vielleicht konnte er Deneb doch noch wieder ins Leben zurückholen? Aber alle seine Versuche, das zu tun, wurden von Luzifer, der mit dem Herrn des Fegefeuers auf dem Kampfplatz erschienen war, vereitelt.

Luzifer hob seinen rechten Arm und mit einem Blitz, den er auf den Schleimbatzen abgab, löste der sich mit dem eingeschlossenen Deneb in Rauch auf.

Schmerzhaft traf Jodaryon die Erkenntnis, dass er seinen Freund Deneb nie wieder sehen werde. Dieses Mal war dessen Tod unwiderruflich, kein Zauber konnte daran noch etwas ändern. Trotzdem musste der Herrscher der Welt besonnen bleiben! Denn ihm stand jetzt der schlimmste Kampf seines Lebens bevor! Gegen einen übermächtigen Gegner ist er angetreten, und dem wollte er den Kampf so schwer wie möglich machen. Außerdem sollte der Herr der Unterwelt büßen! Der sollte büßen für seine Untaten, zu denen sich jetzt auch noch der Mord an Deneb dazugesellte! Jodaryon beherrschte Hass, einen ohnmächtigen und unversöhnlichen Hass, wie er ihn noch nie in seinem Leben verspürt hatte. Fast wahnsinnig vor

Wut brüllte er Luzifer an: „Du Ausgeburt der Hölle sollst endlich verschwinden! Du hast schon genug Leid über die Welt gebracht!“

Antares und Luziferine wollten zu Jodaryon stürmen, um ihm beizustehen, doch mit einem Blitz machte Luzifer sie völlig bewegungslos. „Ihr bleibt, wo ihr seid!“, donnerte der Teufel ihnen entgegen. In seiner Bosheit ließ er dem Paar jedoch sämtliche Sinne. Alles, was jetzt geschah, konnten Antares und Luziferine sehen, hören und sogar riechen, ohne im Mindesten eingreifen zu können.

„Nun zu dir“, brüllte Luzifer Jodaryon an. „Was glaubst du eigentlich, wer du bist? Du bist ein Nichts, das sich einbildet, die Welt verändern zu können! Du meinst, dass du dich mit mir anlegen kannst?! Ich, Luzifer, der Höllenfürst, kann dich vernichten und die Welt dazu! Die ganze Welt, die ganze mickrige Dreckswelt! Ich bin der Herr der Unterwelt und hier kommt kein Sterblicher ohne meine Erlaubnis herein! Du bist in mein Reich eingedrungen, du hinderst mich auf der Erde, meine Vorhaben in die Tat umzusetzen. Du hast meinen Zorn auf dich geladen und wirst dafür bezahlen!“

Luzifer machte eine kleine Pause, um seine Worte auf Jodaryon wirken zu lassen. Außerdem wollte er Luziferine und Antares eine Kostprobe seiner Macht demonstrieren. „So, und was machst du jetzt ohne deinen Hampelmann?“, fragte er böse.

Jodaryon trauerte um seinen Freund. Das Monster, das Deneb getötet hatte, war selbst vernichtet worden. Doch was interessierte ihn das Monster! Luzifer, der für den Tod des Freundes verantwortlich war, stand leibhaftig vor ihm, böse, feixend, triumphierend. Sollte der für diesen feigen Mord an einen guten und weisen Magier so einfach davonkommen, nur weil er der Teufel war? Und auch Jodaryon selbst sollte nach dem Willen des Höllenfürsten sterben. Mühsam beherrscht antwortete er: „Du bist nicht nur der leibhaftige Teufel, sondern auch ein ganz hundsgemeiner, ordinärer Mörder! Du sollst dafür büßen!“

Luzifer lachte: „Da bin ich aber gespannt, Was glaubst du, wer mich bestrafen soll!?“

„Hast du schon vergessen, wer ich bin?“ Von einer auf die andere Sekunde war Jodaryon verschwunden. Mit einem Tarnzauber hatte er sich unsichtbar gemacht. Nicht einmal Luzifer konnte ihn sehen. Jodaryon wusste, dass er in diesem Kampf unterliegen musste, aber er war auch fest entschlossen, sich so teuer wie möglich zu verkaufen.

Unvermittelt vernahm Luzifer die Stimme seines Gegners hinter sich: „Ich werde dich bestrafen!“

Er fuhr herum und brüllte auf. Jodaryon belegte ihn mit einem Schmerz bringenden Zauber. Der Teufel krümmte sich vor Schmerzen, wie er sie noch nie zuvor erlebt hatte, sie waren nicht auszuhalten. Krampfhaft drückte er die Hände auf seinen Bauch und sein röhrendes Geschrei gellte durch die gesamte Unterwelt, dass es sämtlichen schwarzen Seelen der Hölle durch Mark und Bein ging.

Aber so leicht gab sich der Höllenfürst nicht geschlagen. Als Hüter der Schwarzen Magie war er fähig, jedem Zauber Jodaryons mit einem wirksamen Gegenzauber zu begegnen und so dessen magische Formeln unwirksam werden zu lassen.

Ein Wettkampf zwischen Schwarzer und Weißer Magie war entbrannt. Allerdings ein sehr ungleicher Wettkampf, schon deshalb, weil der Teufel dem Zauberer gegenüber noch einen zweiten entscheidenden Vorteil hatte. Ein Zauberer konnte den Teufel nicht vernichten, der Teufel den Zauberer dagegen sehr wohl.

Aber zumindest einen gehörigen Denkzettel wollte Jodaryon Luzifer verpassen, sterben musste er ja doch auf jeden Fall und so kämpfte er mit dem Mut der Verzweiflung. Luzifer sollte für den Mord an Deneb bezahlen. Und das nicht zu knapp.

Der Höllenfürst erlitt wahrhaft höllische Qualen, solange er Jodaryons Zauber nicht aufheben konnte. Er führte sich auf, als brate er in seinem eigenen Fegefeuer. Oder simulierte er zuletzt nur noch? Denn mit einem Ruck drehte er sich um und schleuderte einen Blitz des Todes hinter sich, wo er Jodaryon vermutete.

Doch dieser Blitz ging ins Leere und zerschmetterte lediglich einen Felsblock. Jodaryon hatte in weiser Voraussicht seinen Standort längst erneut gewechselt. Lauthals lachte er Luzifer aus und rief ihm zu: „Glaubst du etwa, ich bin dumm oder ein Anfänger?“ Schnell belegte er den Herrn der Unterwelt mit einem weiteren Zauber. Der bewirkte, dass sich unter dem Teufel ein Loch auftat. Mit lautem Platschen stürzte der Höllenfürst hinein. Jodaryon hatte in das Loch eine gelbliche Flüssigkeit gezaubert, eine stark konzentrierte Säure, und sofort setzte Luzifer die ätzende Flüssigkeit zu.

Der Teufel wurde fast wahnsinnig vor Schmerz und Wut. Er begriff, dass er diesen verdammten Gnom, der sich Herrscher der Welt nannte, wohl doch gewaltig unterschätzt hatte. Der war ja sehr viel mächtiger als vermutet! Jetzt war für ihn endgültig Schluss mit irgendwelchen Spielchen, er musste zum Äußersten greifen oder es ging noch unendlich lange so weiter. Also zum Angriff! Mit einem gewaltigen Ruck katapultierte sich Luzifer aus dem Loch mit der Schwefelsäure heraus. Gleichzeitig hob er mit einem Gegenzauber Jodaryons Tarnung auf. Der wurde nun wieder für alle Höllenwesen sichtbar. Jetzt musste Luzifer dem alten Zauberer doch den entscheidenden Schlag verabreichen können!

Doch schon wieder brüllte Luzifer schmerzgeplagt auf. Erneut war es Jodaryon gelungen, ihm weitere körperliche Leiden zuzufügen. Natürlich musste sich der Herr der Unterwelt selbst befreien. Das war nicht anders zu erwarten gewesen. Luzifers Befreiungsversuch endete an einer harten Wand, die Jodaryon blitzschnell direkt über dem Loch platziert hatte. Mit großer Geschwindigkeit, mit der Luzifer sich aus dem Loch hat befreien wollen, knallte der Höllenfürst jetzt mit aller Kraft mit seinem Kopf dagegen. Kopfschmerzen waren das geringste Übel, mit dem Luzifer zu kämpfen hatte. Beim Aufprall gegen die Wand brach sein Schädel an mehreren Stellen und nun war sein Kopf vollkommen deformiert.

Unerträgliche Schmerzen hatten Luzifer befallen, die auch nicht nachlassen wollten. Das bekam der Hüter des Fegefeuers, der die ganze Zeit über blöde glotzend dabeistand, zu spüren. Ihn traf ein Blitz aus dem Dreizack seines Herrn.

Doch dann sollte der Kampf weitergehen, oder noch besser, beendet werden. Luzifer hatte keinen Spaß an ihm. Wie sollte er den auch haben, wo Jodaryon ihn vorführte? Es wurde Zeit, dass der Höllenfürst endlich die Initiative übernahm und den frechen Zauberer zerschmetterte. Und so schleuderte er dem Magier einen fürchterlichen Todesblitz entgegen.

Der Herrscher der Welt konnte dem Blitz nicht mehr ausweichen, aber er konnte mit einem schnellen Sprung zur Seite verhindern, dass er getötet wurde. Dabei prallte er jedoch mit dem Rücken schmerzhaft gegen eine Felswand.

Jodaryon achtete nicht auf den Schmerz. Noch ehe Luzifer den entscheidenden Schlag anbringen konnte, sah dieser sich plötzlich an einen Felsblock genagelt. Mit langen Nägeln, die seine Hände durchbohrten! Rasend vor Schmerz versuchte er, sich mit einem Gegenzauber freizukämpfen, mit großer Willensanstrengung verstärkte Jodaryon seinen Zauber und hielt Luzifer weiterhin am Felsen fest. Endlich, nach unsäglichen Qualen, vermochte sich der Höllenfürst zu befreien, mit letzter Kraft.

Heulend saß er nun wie ein Häufchen Elend zusammengesunken da, jammerte und brüllte zum Herzerweichen. Jodaryon ließ ihn nicht eine Sekunde aus den Augen. Jederzeit war er bereit, Luzifer mit einem neuen Zauber zu belegen. Der Teufel schien besiegt.

Schließlich hatte sich Luzifer etwas erholt. Kläglich sah er von unten zu Jodaryon hoch. Der fragte sich, was wohl jetzt kommen mochte. Sollte Luzifer etwa kapitulieren? Das konnte der weise Zauberer gar nicht glauben. Und doch sah es danach aus.

Völlig am Ende mit seinen Kräften brachte Luzifer mühsam die Worte hervor: „Du bist wirklich gut, Jodaryon, sehr, sehr gut. Ich habe dich unterschätzt. Ich beglückwünsche dich."

Jodaryon selbst und auch Antares und Luziferine hielten den Atem an.

„Du bist gut, alter Mann", stammelte Luzifer erneut.

Im nächsten Augenblick schnellte der Herr der Unterwelt und des Bösen empor und schoss aus seiner rechten Hand einen schwarzen

Strahl auf den Magier. Ehe sich Jodaryon versah, wurde er in die Luft geschleudert. Dort schwebte er, zu keiner Bewegung mehr fähig. Und nun lachte Luzifer los, lachte laut, lange und böse, so dröhnend, dass auch dieses Lachen allen Höllenbewohnern durch Mark und Bein ging, am meisten jedoch dem hilflosen Jodaryon. Da hatte dieser sich mit so einer blöden List von Luzifer wie ein Anfänger übertölpeln lassen. Fast konnte Luzifer sich nicht mehr beruhigen. Endlich rief er, immer noch lachend, Jodaryon zu: „Aber gut genug für mich bist du noch lange nicht!“

Hilflos schwebte Jodaryon vor dem Höllenfürsten.

„Ich bin ein ehrenvoller Sieger“, sagte dieser, „Du hast tapfer und aufopferungsvoll gekämpft. Das verdient alle Ehren! Und ich bin auch noch hilfsbereit und nett. Ich glaube, ich sollte dich zurück auf den Boden holen. Du hast die Realität unter deinen Füßen verloren und deshalb ist es notwendig, dich auf den Boden der Tatsachen zurückzuholen, aber erst hole ich dich zurück auf den Erdboden!“ Dabei lachte er wieder laut los. Klar, denn jetzt hatte er wieder seinen Spaß. Jodaryon war geschlagen, jedoch hatte der ihm es nicht leicht gemacht. Wenn Luzifer an all die Schmerzen und seinen deformierten Schädel dachte, wurde ihm jetzt noch schlecht!

Tatsächlich sank Jodaryon langsam auf die Erde herab. Als er endlich wieder festen Boden unter den Füßen hatte, öffnete er den Mund, um dem Teufel zu antworten.

Aber dazu kam er nicht mehr, denn unvermittelt brüllte dieser ihn an: „Du bist nur ein Zauberer, ein jämmerlicher mieser Zauberer! Hast du denn allen Ernstes geglaubt, dass du jemals so mächtig sein wirst wie ich? Und jetzt ist Schluss! Stirb endlich!“

Darauf gab er dem Hüter des Fegefeuers einen Wink. Der tappte ganz gemächlich auf den Herrscher der Welt zu, blieb vor diesem stehen, hob ihn dann auf und drückte ihn fest an sich. Nur war das keine Geste der Liebe, sondern eine Geste des Todes. Jodaryon hing in den Armen des todbringenden Monsters und wurde von dem auf diese Weise am gesamten Körper verbrannt. Danach ließ der Herr des Fegefeuers Jodaryon einfach auf den Boden fallen.

Luzifer rief zufrieden aus: „Und jetzt soll er schön langsam und qualvoll krepieren wie ein räudiger, dreckiger Straßenköter!"

Dann wandte er sich Luziferine und Antares zu, die immer noch von seinem Zauber bewegungslos an ihrem Platz standen.

Voller Hohn sagte er: „Ihr habt ja gesehen, dass ich noch etwas zu tun hatte. Danke für Eure Geduld!"

Luziferine erschauerte, wusste doch niemand besser als sie, dass Luzifers gute Laune noch gefährlicher als sein Zorn sein konnte.

Im freundlichsten Ton, zu dem der Höllenfürst fähig war, sagte er: „Und ihr glaubt, dass ihr in meinem Reich ein- und ausgehen könnt, wie es euch gefällt?" Danach schrie er zornesrot im Gesicht die beiden an: „Was glaubt ihr denn, wen ihr vor euch habt, ihr erbärmliches Gesindel?! Ich bin doch keine Witzfigur, über die jeder Mensch lachen kann! Denkt ihr, ihr könnt mir auf der Nase herumtrampeln?"

Dann suchte Luzifer nach alten Kamellen, die er einmal als Beleidigung empfunden hatte: „Du, Antares, besaßest die Frechheit, mir ins Gesicht zu sagen, ich sei dumm! Glaube ja nicht, dass ich das vergessen habe? Dabei bist du selbst nur dumm und ein lausiger Zauberer, der schlechteste, der mir je unter die Augen gekommen ist! Bei jeder kleinen Herausforderung versagst du, und du willst dich mit mir anlegen? Dafür bekommst du jetzt die Rechnung, du blöder Esel!"

Dann schaute er Luziferine direkt in die Augen. „Und du, meine kleine Tochter", zürnte Luzifer, „mit dir habe ich noch ein Hühnchen zu rupfen. Du missratenes dreckiges Stück mit einem großen Maul! Nur steckt da nichts dahinter, kriegst dein Maul ja gar nicht auf! Aber deinen Vater konntest du blamieren. Jawohl, hast deinen Vater vor der ganzen Welt blamiert! Die ganze Hölle hat darüber gelacht! Was glaubst du wohl, macht ein Vater mit einem missratenen Kind, das nicht einsehen will, das es im Unrecht ist? Kinder haben ihren Eltern zu gehorchen!"

Der Herr der Unterwelt genoss die Situation so richtig. In seinem immer noch grimmigen Gesicht blitzten die Augen verräterisch auf.

Das kannte Luziferine nur zu gut von ihrem Vater und ihr lief es eiskalt über ihren Rücken. Luzifer spielte mit ihnen. Wie sein Spiel aber ausgehen mochte, war unbestimmt!

„Also sagt mir, was soll ich mit euch beiden tun?“ Er machte eine Pause und sah Luziferine und Antares abwechselnd an. Dann schrie er: „Ab mit euch ins Fegefeuer! Ob das wohl eine gute Idee ist? Was meint ihr dazu?“ Und wieder machte er eine Pause und lief vor Luziferine und Antares Auf und Ab. Endlich sagte er: „Aber so eilig haben wir es nicht! Ihr lauft mir ja nicht davon, keiner läuft mir davon! Ich habe nämlich noch etwas viel Besseres für euch!“

Während Luzifer schon wieder schwieg und sie beide anstarrte wie eine Schlange ein Kaninchen, wuchs Luziferines Hass auf ihren Vater ins Unermessliche. Zugleich verlor sie vor Angst beinahe den Verstand! Sie fühlte sich so endlos hilflos, was sie ja auch war, standen sie und ihr Mann doch immer noch unter Luzifers Zauber. Antares erging es ebenso wie seiner Frau. Die Bosheit Luzifers kannte keine Grenzen, selbst wenn es um seine Familie ging!

„Wißt ihr was, meine Kinder, ich bin doch ein großzügiger Vater und weil heute so ein schöner Tag ist, lasse ich euch laufen!“, sagte Luzifer feixend, wobei er von den letzten vier Wörtern jede einzelne Silbe besonders betonte.

Antares und Luziferine hatten mit jeder Gemeinheit gerechnet, aber nicht damit. Konnten sie ihren Ohren trauen? Was hier geschah, war so total unglaublich!

„Und euren Jodaryon dürft ihr auch mitnehmen, der Kerl krepiert sowieso!“, grinste der Höllenfürst.

Im nächsten Augenblick schrie er Luziferine und Antares ins Gesicht: „Verschwindet endlich aus meinen Augen, dreckiges Pack, das ihr seid!“ Mit diesen Worten schleuderte Luzifer einen weiteren Blitz auf die beiden und verschwand mitsamt seinem Monster.

Nur ein penetranter Geruch nach Rauch und Schwefel blieb zurück. Und ein entsetzlicher Gestank nach verbrannter Haut.

Heimweg

Antares und seine Frau dankten den Göttern. Sie konnten sich wieder bewegen! Sofort eilten sie zu dem hilflos am Boden liegenden Jodaryon.

Wie hatte Luzifers Monster ihn nur zugerichtet?! Riesige, grässliche Brandverletzungen entstellten Jodaryons Gesicht und ebenso den gesamten Körper. So etwas Furchtbares hatten sie noch nie gesehen. Von Jodaryons Kleidern war so gut wie nichts mehr übrig. Alle Energie war aus seinem Körper gewichen, das Bewusstsein hatte er verloren. Als sie ihn wie tot auf dem Boden liegen sahen, schwach und hilflos, trauten sie sich nicht, ihn zu berühren, denn sie wollten ihm keine weiteren Schmerzen zufügen. Aber so einfach ihren Freund in der Hölle zurücklassen, wollten sie erst recht nicht, das kam für sie überhaupt nicht in Frage.

Das Paar sah sich stumm und voller Trauer an. Sie verstanden sich ohne Worte: Solche schlimmen Verbrennungen konnte niemand überleben, kein Mensch und kein Zauberer.

Wieder einmal verfluchte sich Antares dafür, dass er ein so schlechter Zauberer war. Er versuchte, einen Heilungszauber anzuwenden, doch nur mit mäßigem Erfolg. Einige Brandwunden waren verschwunden, aber bei Weitem nicht alle. Auch blieb Jodaryon bewusstlos. Die vielen zurückgebliebenen Brandwunden schwelten und wollten einfach nicht heilen, obwohl Antares alle Heilungszauber anwendete, die er kannte. „Wasser!“, rief Antares aus. „Er braucht Wasser! Zur Kühlung!“

Ohne zu zögern, begossen er und seine Frau den Schwerverletzten mit ihrem Trinkwasser. Auf sich nahmen sie dabei keine Rücksicht. Irgendwo sollten sie schon wieder Wasser auftreiben! Jodaryon brauchte Linderung, das war jetzt das Wichtigste.

Wenn er nur wieder das Bewusstsein erlangen könnte! Jodaryon war ein erfahrener Zauberer, der sich vielleicht hätte selbst helfen können. Aber er lag wie tot da, als solle er nie mehr aus seiner Bewusstlosigkeit erwachen. Heilungszauber um Heilungszauber versuchte Antares, anzuwenden, alle die er kannte. Ohne wirklichen Erfolg, bis auf das Jodaryon vorläufig größere Schmerzen erspart blieben.

Außerdem mussten sie überlegen, wie sie die Hölle verlassen konnten. Sie mussten Jodaryon tragen, ohne ihn dabei zusätzlich zu quälen! Das musste ihnen gelingen, genau wie Jodaryons Rückkehr in die Hauptstadt.

Doch zunächst musste Wasgo informiert werden. Mehrmals versuchte Antares, mit seinem Sohn in telepathische Verbindung zu treten. Aber warum kam sie nicht zustande? Ausgerechnet jetzt war es so verdammt wichtig! Aber dann fiel Antares ein, dass sie ja in der Unterwelt waren. Von der Erde aus, wenn sie die Hölle verlassen haben werden, sollte es klappen. Bis dahin mussten sie eben warten.

Antares sagte: „Wir müssen hier weg. So schnell es geht."

„Dann geh Du voraus und hole Hilfe", antwortete Luziferine.

Sie mit dem todgeweihten Jodaryon alleine hier unten lassen? Auf gar keinen Fall!

Da blieb nur eines: Sie mussten eine Art Gestell bauen, auf das sie Jodaryon betten konnten. Auf diese Weise konnten sie ihn wohl an die Erdoberfläche bringen.

„Das wird aber schwierig", sagte Luziferine. „Nur wir beide sollen ihn tragen? Wir beide alleine? Und wie willst du denn hier unten überhaupt so ein Gestell bauen? Wie soll das aussehen? Geh doch erst mal alleine nach oben und versuche, Hilfe zu rufen!"

„Und wenn Luzifer es sich anders überlegt und zurückkommt? Womöglich mit seinem Brandvieh? Glaubst du, er tut dir nie etwas an, weil du seine Tochter bist? Wasgo will der Kerl ja auch töten, da nimmt er doch auf dich erst recht keine Rücksicht mehr! Nein, du kommst mit und hilfst mir, Jodaryon hier herauszutragen!"

„Und wie bauen wir das Gestell?"

„Ganz einfach, wir binden unsere Rucksäcke an den Seiten aneinander. Die Rucksäcke von Jodaryon und Deneb sind ja auch noch da, die werden uns weiterhelfen."

„Das ist eine gute Idee!“ Sofort machte sich Luziferine daran, aus den Rucksäcken eine Tragevorrichtung für Jodaryon zu konstruieren. Antares half fleißig mit.

Endlich waren sie damit fertig. Antares meinte: „Jetzt können wir ihn vorsichtig darauf legen.“

„Wie wollen wir das tun, ohne ihm wehzutun?“, fragte Luziferine.

„Es ist egal, was wir tun, wir werden ihm Schmerzen zufügen. Aber das Beste ist es, wenn ich Jodaryon von oben unter die Achselhöhlen fasse und dabei versuche, ihn am Rücken zu packen und du nimmst die Füße. Wir müssen aufpassen, dass sein Becken nicht zu sehr nachgibt, sodass sein Hintern nicht über dem Boden schleift. Aber das sollten wir hinbekommen“, antwortete Antares.

Tatsächlich schafften sie es auf diese Weise, Jodaryon auf das Tragegestell aus Rucksäcken zu legen, wobei dieser einmal kurz aufstöhnte, aber sonst ruhig blieb. Endlich konnten sie ihren Freund langsam in Richtung Höllentor tragen. Das erwies sich als gar nicht so leicht, immerhin hatte Jodaryon sein Gewicht. Aber dann hatte Antares die Idee, Jodaryons Gewicht mit einem Zauber zu reduzieren. Danach konnten sie ihren schwer verletzten Freund besser tragen. Immerhin erreichten sie schließlich das Tor zur Hölle und kehrten auf die Erde zurück.

Luziferine kümmerte sich jetzt um Jodaryon. Glücklicherweise schien er keine allzu starken Schmerzen zu haben, auch war er immer noch bewusstlos. Antares wiederholte vorsichtshalber noch einmal einen Heilungszauber. Anschließend versuchte er, Wasgo telepathisch zu erreichen. Tatsächlich schaffte er das, nur war die Verbindung zu ihm so schlecht, dass sie sich kaum verständigen konnten. So gab Antares seinem Sohn nur die allerwichtigsten Informationen. Hatte Wasgo seinen Vater erkannt? Konnte er ihn verstehen? Auf jeden Fall versprach er sofort zurück in die Hauptstadt zu kommen.

Danach stand Antares ratlos vor dem Tragegestell, auf dem der bewusstlose Jodaryon lag. Wie bei allen Göttern im Himmel sollten sie jetzt mit ihm in die Hauptstadt zurückkehren? Sie hatten Jodaryon doch nicht aus der Unterwelt herausgebracht, um ihn jetzt zurückzulassen! Auf diesem einstmals so schönen und nun von Luzifer verwüsteten Berg, der scheinbar nur noch ein gigantischer Haufen aus Schlamm und Geröll war.

Aber Luziferine wusste Rat. Es gelang ihr, einige Greife herbeizurufen und dazu zu bringen, Jodaryon schnell in die Hauptstadt zu fliegen. Vier dieser majestätischen Vögel packten auf jeder Seite die Rucksäcke mit ihren Krallen und erhoben sich so mit dem auf der notdürftigen Trage festgeschnallten Jodaryon in die Lüfte. Jeweils vier weitere Greife ergriffen Antares und Luziferine an den Kleidern und hoben gleichfalls ab. Zwei oder drei Dutzend weitere Vögel schirmten den Konvoi gegen etwaige Überraschungsangriffe anderer Vögel wie Adler oder Bussarde ab. Jederzeit waren sie bereit, einen ihrer Kameraden abzulösen und deren Last zu übernehmen, wenn diese ermüdeten. Langsam und vorsichtig setzte sich die seltsame Prozession in Bewegung.

Tränen

Den Wachen an den Toren der Hauptstadt bot sich ein höchst merkwürdiges Bild.

Ungewöhnlich viele Greife flogen wie in Formation auf die Hauptstadt zu. Einige der Vögel hielten irgendetwas mit ihren mächtigen Krallen fest, als ob sie es transportierten. Nur konnte niemand erkennen, was das war. Zielstrebig näherte sich die Vogelschar der Stadt. Erst als sie direkt über die Tore hinwegflogen, erkannten die Wachen, dass Jodaryon auf Rucksäcken liegend durch die Lüfte getragen wurde. Je weitere vier Greife hatten Antares und Luziferine an den Kleidern gepackt und flogen mit ihnen den anderen hinterher. Bequem reiste das Paar auf diese Weise bestimmt nicht. Aber besser und schneller waren sie auf diese Art und Weise bestimmt vorangekommen, als wären sie zu Fuß unterwegs gewesen.

In Windeseile verbreitete sich die Nachricht, dass mit Jodaryon etwas Schreckliches passiert sein musste. Nur wusste niemand, was das war? Schnell entstanden die wildesten und kühnsten Gerüchte, die sich ebenso schnell in der Bevölkerung der Stadt verbreiteten.

Direkt im Hof des Palastes wurden Jodaryon und seine Freunde abgesetzt. Luziferine dankte den Vögeln für ihre gute Tat und sagte, sie wolle sie belohnen, doch im selben Augenblick flogen sie schon davon.

Gleich darauf knallte eine große, schwere Tür in ihr Schloss und Wasgo stürzte förmlich die Treppe herunter. Er war auf schnellstem Wege aus Transsilvanien zurückgekehrt und hatte die ganze Zeit keine Ruhe gefunden, ständig grübelte er darüber nach, was denn um aller Götter willen nur passiert sein konnte. Und niemand konnte ihm eine Auskunft geben! Seine Eltern waren wie vom Erdboden verschluckt und Jodaryon war unterwegs zu Luzifer. Nicht einmal Deneb hatte er erreichen können, dabei hatte der zurzeit eigentlich gar keine konkreten Aufgaben. Und die Minister und Berater Jodaryons waren völlig ahnungslos, sie konnten Wasgo nur mitteilen, dass der Herrscher der Welt die Hauptstadt verlassen hatte. Entweder sie wussten tatsächlich nicht mehr oder sie wollten Wasgo nicht beunruhigen.

Der junge Mann lief zu seiner Mutter und riss sie direkt in seine Arme. Er drückte sie an sich und sagte leise, aber maßlos erleichtert: „Oh, Mutter, ich hatte so große Angst um euch! Niemand konnte mir sagen, was passiert war. Den Göttern sei Dank, dass es euch gut geht! Irgendjemand hat mit mir telepathische Verbindung aufgenommen und irgendwas Konfuses von Tod erzählt und nannte alle eure Namen. Was sollte ich da denken? Aber jetzt seid ihr ja hier!“

„Ich war das“, sagte Antares, der unbemerkt hinzugetreten war. „Ich habe dich angerufen. Aber irgendwie war die Verbindung schlecht. Und ich bin nun einmal kein guter Zauberer.“

Wasgo öffnete seine Arme und nahm den Vater ebenfalls darin auf.

„Aber jetzt seid ihr ja wieder hier! Und wo habt ihr denn Jodaryon gelassen?“, fragte er hoffnungsfroh und lächelnd.

Luziferine brachte kein Wort heraus. Sie löste sich von ihrem Jungen und gab ihm den Blick auf den immer noch auf den Rucksäcken liegenden alten Mann frei. Als Wasgo seinen alten Meister erblickte, erstarrte sein Lächeln zu einer Grimasse. Mit einem Blick erkannte er, dass Jodaryon mit solchen Verbrennungen nicht lange überleben konnte, wenn kein Wunder geschah.

Wenn überhaupt noch jemand helfen konnte, dann war das er, dessen war sich Wasgo augenblicklich bewusst. Jede Sekunde konnte über Tod und Leben entscheiden. So gab Wasgo präzise Anweisungen, die er sofort befolgt haben wollte. Aus dem manchmal noch etwas kindlichen Wasgo wurde plötzlich ein befehlsgewohnter Vorgesetzter, der genau wusste, was er wollte. Die große Tür, durch die er noch vor wenigen Augenblicken ins Freie gestürzt war, ließ er öffnen und wandte danach einen Bewegungszauber an, mit dessen Hilfe er Jodaryon in seine Gemächer brachte.

Wie von unsichtbarer Hand wurde der Herrscher der Welt sanft die Treppe heraufgetragen und verschwand im Inneren des Palastes. Wasgo rannte aufgeregt hinterher, gefolgt von seinen Eltern. In Jodaryons Schlafzimmer angekommen, fragte Antares: „Brauchst du Hilfe, mein Sohn? Sag es und wir werden tun, was du von uns verlangst!“

Traurig sah Wasgo seine Eltern an und schüttelte den Kopf: „Nein, leider könnt ihr nichts mehr für ihn tun. Ich will versuchen, einen Heilungszauber zu finden, der ihm wenigstens Linderung bringen kann. Der Ärmste muss ja furchtbare Schmerzen haben. Ich habe Angst um ihn, er wird sterben.“ Mit dem rechten Handrücken wischte sich der Jüngling eine Träne aus den Augenwinkeln.

Danach konzentrierte er sich auf die ihm bekannten Heilungszauber. Er murmelte und murmelte eine magische Formel nach der anderen. Von Mal zu Mal wurde er mutloser. Auch ihm gingen allmählich die Möglichkeiten aus, seinem Freund zu helfen. Der lag bewusstlos vor ihm und stöhnte in unregelmäßigen Zeitabständen qualvoll auf. Was konnte Wasgo überhaupt noch tun? Verzweifelt wenig. Mit äußerster Vorsicht entkleidete er Jodaryon und ließ ständig kalte, feuchte Tücher herbeibringen, mit denen er das verbrannte Gewebe seines Lehrers kühlte. Vielleicht konnte er damit Jodaryons unerträgliche Schmerzen etwas lindern.

So ging es über mehrere Stunden. Unermüdlich hasteten Bedienstete durch den Palast und brachten frische Tücher. Immer wieder sprach der junge Mann mit seinem älteren Freund. Ob Jodaryon ihn verstehen konnte? Wasgo glaubte es, denn wenn er seine Worte beendet hatte, stöhnte der Alte manchmal auf, so, als wenn er Wasgo zustimmen wollte.

Irgendwann merkten Antares und Luziferine, dass sie im Grunde nur im Wege standen und nichts tun konnten, und ließen die beiden alleine. Je mehr Zeit verstrich, desto klarer wusste Wasgo, dass er Jodaryon nicht mehr helfen konnte. Ganz vorsichtig ergriff er die rechte Hand seines Freundes und streichelte sie zärtlich. Dass Tränen in seinen Augen standen, nahm er gar nicht wahr. Langsam bahnten sie sich über seine Wangen einen Weg und hinterließen kleine feuchte Spuren.

Erinnerungen an die gemeinsam bestandenen Abenteuer kamen in ihm hoch, daran, dass Jodaryon ihm mehrfach das Leben gerettet und ihn nach seinem Vater weiter in der Kunst der Magie ausgebildet hatte. Leise sagte er mit tränenerstickter Stimme: „Du hast so viel für mich getan und ich war zickig und eingeschnappt, weil ich dich nicht in die Hölle begleiten durfte. Jetzt habe ich begriffen, warum du mir das nicht erlaubt hast. Du wolltest mich damit schützen. Bitte verzeihe mir, dass ich so schlecht von dir gedacht habe! Ich schäme mich so!“

Nun konnte sich der junge Mann nicht mehr beherrschen, er begann, hemmungslos zu weinen. Sein Körper bebte, seine Worte wurden immer wieder durch laute Schluchzer unterbrochen, die Tränen rannen ungehindert über sein Gesicht und tropften von dort auf sein Gewand. Einige seiner Tränen fielen auf Jodaryons Hand. Weil Wasgo von immer heftigeren Weinanfällen geschüttelt wurde, gelangten seine Tränen auch auf Jodaryons Körper und ebenso auf dessen Gesicht. Immer verzweifelter ließ der Jüngling seinen Schmerz aus sich heraus: „Du darfst doch jetzt noch nicht gehen! Du darfst mich nicht alleine lassen! Was soll ich denn ohne dich tun?! Du bist für mich nicht nur ein Freund! Du bist doch mein zweiter Vater!“

Zuletzt war er so erschöpft, dass er nur noch leise schluchzen konnte: „Bitte, lasse mich nicht alleine, mein Vater! Bitte, ich brauche dich doch!“ Unaufhörlich tropften seine Tränen auf den alten Mann. Längst verschleierten sie seinen Blick, Wasgo sah nicht mehr, was um ihn herum vorging.

Und so sah er auch nicht, dass Jodaryons Haut zu heilen begann. Die Liebe des jungen Mannes, seine Dankbarkeit für alles, was der Ältere für ihn getan hatte, die Tatsache, dass er Jodaryon nicht nur als seinen väterlichen Freund, sondern sogar als seinen zweiten Vater ansah, alles das sorgte dafür, dass jetzt die Heilungszauber wenigstens teilweise wirken konnten. Wie durch ein Wunder heilte die verbrannte Haut des Herrschers der Welt. Nur an einigen besonders schwer verbrannten Hautpartien bildeten sich Narben. Doch Jodaryon schlug seine Augen auf, erblickte den jungen weinenden Mann und drückte ihm sanft die Hand. „Na, na, wer wird denn so sehr um einen alten Mann weinen?“, fragte er leise und gutmütig lächelnd mit seiner tiefen Bassstimme, die Wasgo wieder einmal aus einem tiefen Fass zu kommen schien.

Mit tränennassem Gesicht sah der Jüngling seinem Meister, an dessen Bettrand er saß und dessen Hand er immer noch hielt, in die Augen. Seine Miene verriet völlige Fassungslosigkeit, dieser folgte ein Ausdruck der Überraschung, schließlich liefen noch einmal Tränen, diesmal aber vor Freude. Als der Tränenstrom versiegte, entzog Wasgo Jodaryon seine Hand, um sich das Gesicht trocken zu wischen. Danach löste sich alle Anspannung in ihm, er sprang auf, rannte zur Tür, riss sie auf, dass sie gegen die Wand krachte, und schrie, nein, brüllte, so laut er nur konnte: „Er ist aufgewacht, er lebt! Jodaryon lebt!“

So schnell Wasgo an der Tür war, so schnell war er wieder zu Jodaryon zurückgeeilt, warf sich übermütig auf ihn und begann ihn zu kitzeln. Dass allmählich nach und nach seine Eltern und fast sämtliche Minister und Dienstboten sich um sie herumgesellten, die ebenso glücklich wie er waren, störte ihn nicht im Geringsten. Ausgelassen wie ein Kind tollte er umher, und Jodaryon, von seinem Übermut angesteckt, rief: „Hör auf! Willst du mich umbringen! Du bist ja rabiater als sämtliche Monster Luzifers zusammen!“ Dabei lachte er mit Wasgo gemeinsam.

Aber mit einem Schlag wurde Wasgo wieder sehr ernst. Er sah seinen väterlichen Freund in die Augen und sagte leise: „Aber noch einmal darfst du mir nicht solche Angst um dich einjagen!“

Danach erhob er sich und schaute Jodaryon liebevoll ins Gesicht. Schließlich sagte er: „Werde schnell wieder gesund, alter Mann! Ich habe große Fortschritte gemacht. Ich bin kein Vampir, auch kein Halbvampir. Und doch besitze ich alle vampirischen Fähigkeiten. Und weißt du, ich glaube ...“ Aber er sprach nicht weiter.

Dafür ergriff Jodaryon das Wort. „Jetzt sage ich dir mal, was ich glaube. Ich glaube nämlich, es wird allerhöchste Zeit, dass wir beide gemeinsam Luzifer so richtig und ausgiebig das Fürchten lehren!“

Teil 3
Angriff aus dem Himmel

Für Normen,
meinen lieben Sohn
und Nicole,
meine liebe Schwiegertochter

Prolog

„Sind alle Schleusen geschlossen?“, fragte der Kommandant der Xylosia aufgeregt.

„Alle bis auf die Hauptschleuse!“, antwortete der technische Offizier.

„Dann schließen Sie auch diese Schleuse endlich!“, forderte der Kommandant, „wir haben keine Zeit mehr! Hier fliegt bald alles in die Luft! Wollen Sie denn warten, bis auch wir drauf gehen?“

Der Kommandant war nervös und hatte Angst. Kaum konnte er sich beherrschen, doch hatte er sich noch unter Kontrolle. Auf seine Besatzungsmitglieder, die jetzt auf der Brücke mit ihm zusammenarbeiteten, machte er einen relativ gefassten Eindruck. Nur wenn er Ruhe, Stärke und Sicherheit ausstrahlte, konnte er die Führung auf diesem riesigen Raumschiff in dieser prekären und gefährlichen Situation behaupten. Der Starke wird überleben, der Schwache untergehen. Das musste er sich nur immer wieder ins Bewusstsein rufen.

„Ja, aber …, aber der Präsident! Der Präsident! Bei allem, was uns heilig ist! Der Präsident ist doch noch nicht hier! Der Befehl, den wir erhielten, besagt ausdrücklich, dass wir auf ihn warten sollen! Wir sollen ihn doch mitnehmen!“, sprudelte es aus dem technischen Offizier heraus.

„Wo bleibt dieser eingebildete lahme Fatzke denn bloß wieder, verflucht noch mal?“, knurrte der Kommandant so, dass ihn niemand hören konnte.

Natürlich wollte er rechtzeitig starten, aber solange das Oberhaupt aller Xyloten nicht an Bord war, durfte er unter keinen Umständen den Befehl zum Start geben. Das wäre offener Aufruhr gewesen. Immerhin war der Präsident dafür verantwortlich, dass die Xyloten ein neues Zuhause bekamen.

Nach außen hin zumindest war er dafür verantwortlich, vermutlich bildete er sich das auch ein. In Wahrheit war es allerdings eher so, dass der Kommandant einen xylotähnlichen Planeten hatte ausfindig machen müssen. Ab und zu erkundigte sich der Präsident bei ihm nach den Fortschritten. Endlich wollte der Staatsmann einen Erfolg sehen, um den Xyloten einen neuen Planeten präsentieren zu können, auf dem sie leben konnten. Ein solcher Erfolg musste ihm für alle Zeiten einen Platz in den Geschichtsbüchern sichern.

Weil die Zeit knapp und immer knapper wurde, wurden die Nachfragen des Präsidenten jedes Mal ungeduldiger und aggressiver. Er steckte letztendlich für die Entdeckung des Blauen Planeten die Lorbeeren ein, obwohl der Kommandant die ganze Arbeit machen musste. Argumente, überhaupt irgendwelche Details interessierten den Präsidenten dabei nicht im geringsten. Diese verdammten Politiker, ließen andere ihre Arbeit machen, aber steckten den Ruhm nur für sich selbst ein!

Nein, Gerechtigkeit gab es bei den Xyloten schon lange nicht mehr.

Der Kommandant schaute auf den Lageplan des Weltraumhafens. Alle Raumschiffe waren schon gestartet und warteten in gesicherter Entfernung auf die Xylosia, deren Kommandant das Kommando über alle Raumschiffe dieses Konvois hatte, aber noch an einem der Stationen für Großraumschiffe angedockt war.

Was machte der Präsident überhaupt noch so lange in seinem Hauptquartier? Der hätte doch längst schon an Bord sein sollen. Es herrschte der Ausnahmezustand und der Präsident hatte über die Raumschiffflotte der Xyloten die Befehlsgewalt. Der Kommandant der Xylosia sollte in dem Fall, dass der Präsident einmal verhindert sein sollte, ihn ersetzen. Und jetzt trank der vermutlich in aller Seelenruhe Sekt mit den Interessenvertretern der einfachen Xyloten, um sie in Sicherheit zu wiegen.

Sie wollten einen Planeten suchen und ansteuern, der so ähnlich wie ihr eigener Planet Xylot beschaffen war. Der Präsident musste jetzt endlich kommen, sonst war vielleicht alles zu spät!

Viele Jahrtausende hatte sie der Planet Xylot beherbergt. Schlimm genug war es schon, dass dieser Planet aufhören musste zu existieren. Noch schlimmer aber war, dass die Xyloten selbst für dieses

Unglück verantwortlich waren. Aufgrund dessen, was allgemein als technischer Fortschritt bezeichnet wurde.

Dieser Fortschritt, an den alle glaubten wie an einen Gott, hatte den Xyloten viele, viele Jahre ein schönes Leben beschert, aber leider wurden in den letzten hundert Jahren zu viele Fehler gemacht. Manchmal aus Leichtsinn, manchmal aus Unwissenheit, aber manchmal auch aus purer Profitgier.

Was ging es die Chefs der riesigen Konzerne an, wenn einmal etwas schiefging? Wen kümmerte es schon, wenn es einmal ein Atomleck gab oder ein Chemiewerk in die Luft flog? Hauptsache war doch, dass am Ende der Profit stimmte. Einige wenige Xyloten wurden immer reicher und sehr viele parallel dazu immer ärmer. Die Schere zwischen Arm und Reich wurde immer größer und Milliarden von Xyloten lebten am Existenzminimum, in völliger Armut. Die es auf Xylot doch eigentlich gar nicht gab, wenn man dem Präsidenten und seinen Freunden aus den großen Konzernen glaubte. Ins Arbeitsleben neu einzusteigen, war für so einen armen Xyloten so gut wie unmöglich.

Und jetzt? Jetzt war alles in die Wege geleitet, dass die Verantwortlichen für die bevorstehende Katastrophe sich noch rechtzeitig retteten und die armen und arbeitenden Xyloten auf dem Planeten verbleiben mussten, dem sicheren Untergang geweiht. Als wenn die Reichen auch noch den nächsten Planeten zerstören wollten.

Wie konnte es nur soweit kommen, dass der einst so wunderschöne Planet vergiftet und verseucht wurde? Eigentlich, das war dem Kommandanten der Xylot vollkommen klar, konnte das jeder wissen, der die Augen offen hielt. Der sich nicht von Sonntagsreden irgendwelcher Politiker, Shows und den ständigen Feierlichkeiten blenden ließ. Immer mehr Gase wurden entwickelt und produziert, die in Xylots Atmosphäre gelangten und diese nach und nach zerstörten. Es entstand ein Ozonloch und allmählich wurde die Ozonschicht so stark beschädigt, dass aus dem Weltall ungehindert die ultraviolette Strahlung eindringen konnte.

Atomkraftwerke wurden gebaut, in denen es Unfälle mit katastrophalen Folgen gab. Radioaktive Strahlung verseuchte große Teile des Planeten. Sehr viele Tote waren zu beklagen und Xylot wurde Hunderte von Kilometern um diese Unfallgebiete unbewohnbar.

Die Sonntagsreden, Shows und Feierlichkeiten wurden unbeeindruckt fortgesetzt. Wer warnen wollte, wurde ausgelacht.

Ein weiteres Problem entstand, als die Energiequellen des Planeten zu versiegen begannen. Energieexperten und Wissenschaftler wurden beauftragt, nach neuen Energiequellen zu suchen. Ihr Einfallsreichtum kannte keine Grenzen. Die Forschung schlug verschiedene Richtungen ein. Die beiden wichtigsten dabei waren die Nutzung der natürlichen und erneuerbaren Energieressourcen und die Entwicklung des Frackings. Fracking bedeutete, dass in das Innere des Planeten Xylot chemische Stoffe über Bohrungen mit hohem Druck in die Tiefe gepumpt wurden. So entstanden je nach Beschaffenheit der Gebiete entweder Gase oder Öl. Der gesamte Energiebedarf der xylotischen Wirtschaft war auf die Gase und das Öl des Planeten sowie auf die Atomkraft ausgerichtet.

Beim Fracking entstanden aber giftige Nebenprodukte, die das Grundwasser verseuchten. Als selbst die Wirtschaft und auch die Politiker, die daran ja verdienten, das nicht mehr ignorieren konnten, war es längst zu spät.

So wurde ein gigantisches Rettungsprogramm entwickelt. Konsequent verfolgten alle Verantwortliche das Ziel, die besorgniserregende Entwicklung um jeden Preis zu vertuschen. Kein Uneingeweihter durfte etwas davon erfahren, das Leben hatte so weiterzugehen wie bisher. Vorsichtshalber ging man härter gegen alle vor, die der Regierung nicht glauben wollten; die wurden nun nicht mehr ausgelacht, sondern eingesperrt und manche kamen auf mysteriöse Weise ums Leben. Gleichzeitig jedoch rief die Regierung Xylots ein umfangreiches Weltraumprogramm zur Erforschung anderer Planeten ins Leben; finanziert wurde das unter anderem dadurch, dass man die Sozialhilfen weiter kürzte und allen, die arbeiteten, eine hohe Umweltsteuer auferlegte.

Das Fernsehen brachte Sendungen, in denen den Xyloten Urlaubsreisen bis in die hintersten Ecken des Weltraums schmackhaft gemacht wurden, um das eigentliche Ziel des Weltraumprogramms zu verschleiern. In aller Stille suchte man nach einem Planeten, auf dem die Xyloten leben konnten. Außerdem mussten riesige Raumschiffe entwickelt und gebaut werden, die die Bevölkerung des Planeten zu einem xylotähnlichen Planeten bringen sollten. Wenn nur die Zeit nicht so knapp geworden wäre …

Als sich das Klima auf Xylot veränderte, als die Temperaturen stetig anstiegen, fanden viele Xyloten das gut, denn dadurch sparten sie im Winter Heizkosten. Die waren doch in den letzten Jahren so sehr gestiegen, dass sie kaum noch bezahlbar waren! Die Vegetation veränderte sich. Der Planet wurde zunächst fruchtbarer, reiche Ernten wurden eingebracht. Pflanzen, die nur am Äquator beheimatet waren, wuchsen allmählich auch in den Regionen, in denen die Temperaturen vor der Erwärmung des Planeten sehr viel niedriger lagen.

Aber dann setzten immer mehr und immer verheerendere Stürme ein. Die Polkappen schmolzen, viele Inseln des Planeten wurden dabei überschwemmt, und nach und nach verschwanden sie ganz in den Meeren und Ozeanen. Die Kontinente wurden kleiner, weil die Küsten wie auch viele Inseln im Wasser versanken, weil der Meeresspiegel stetig anstieg. Unzählige Opfer waren dabei zu beklagen gewesen.

Die nie gekannten Orkane und Taifune waren so stark, dass sie großen Schaden anrichteten, Tausende Xyloten mussten bei jedem Sturm ihr Leben lassen, Gebäude wurden zerstört und Wälder verwüstet. Die Ozeane fraßen das Land förmlich auf. Die Regierung rief große Spendenaktionen ins Leben, um den Ärmsten der Armen Hilfe zukommen und Aufstände erst gar nicht entstehen zu lassen, organisierte zugleich Protestaktionen gegen sogenannte Wirtschaftsflüchtlinge, die angeblich die Überflutungen nur als Vorwand für ihr Sozialschmarotzertum sahen, und betrieb ihr Rettungsprogramm mit Hochdruck weiter.

Der letzte starke Sturm verursachte den schlimmsten Schaden. In zwei Atomkraftwerken kam es zu einer Havarie. In dem einen gab es eine gewaltige Explosion, bei der mehr radioaktive Strahlung freigesetzt wurde als je zuvor.

Meerwasser hatte das Werk überflutet, es kam zu einem Kurzschluss in der Stromversorgung des Atommeilers und dadurch zur Explosion, weil die Temperatur im Meiler um ein Vielfaches anstieg und die zulässige Höchsttemperatur bei Weitem überschritt.

Ähnlich war die Situation im zweiten Kraftwerk. Zunächst konnte die Explosion mit knapper Not verhindert werden, aber die Kühlung des Meilers war auch hier ausgefallen und die Temperatur stieg stetig an.

Es war nur noch eine Frage der Zeit, wann auch dieses Kraftwerk explodierte. Wenn das geschah, musste Xylot unweigerlich zerstört werden, denn in der Nähe des Kraftwerks lagerten noch aus früheren Zeiten etliche Atombomben.

Diese sollten schon längst entschärft und fortgebracht worden sein, aber niemand von den verantwortlichen Managern hatte sich darum gekümmert, denn diese Maßnahmen hätten viel Geld gekostet. So wendete man wieder das gewohnte Rezept an: Vertuschen! Vertuschen, koste es, was es wolle! Und diesmal befolgte man diese Taktik so konsequent, dass selbst der Präsident aus allen Wolken fiel, als er von den Atombomben hörte.

Doch jetzt war es zu spät, sie unschädlich zu machen, alle helfenden Hände wurden am Atommeiler benötigt, um die Temperatur nicht steigen zu lassen.

Außerdem rechneten die Wirtschaftsexperten dem Präsidenten vor, was die Entsorgung der Atombomben unter diesem großen Zeitdruck kosten würde, und als der Politiker von den astronomisch hohen Zahlen hörte, wurde ihm beinahe schwindlig.

Plötzlich heulten überall im Raumschiff, aber auch auf Xylot die Alarmsirenen los. Ein nervtötender Lärm entstand. Das war das Zeichen dafür, dass der Planet in wenigen Minuten sein Ende finden sollte. Der Planet, der den Xyloten viele Jahre ein zu Hause gewesen war, musste sterben! Unglaublich!

Für über zweitausend Xyloten hatte der Kommandant der Xylosia die Verantwortung, sie musste er retten. Auf den Präsidenten konnte er jetzt keine Rücksicht mehr nehmen. Immerhin hätte der rechtzeitig auf dem Raumschiff eintreffen können.

„Hauptschleuse schließen!", befahl er.

„Aber der Präsident ...", weiter kam der technische Offizier nicht.

Der Kommandant unterbrach ihn schroff: „Wollen Sie, dass uns alle der Teufel holt?"

„Aber das ist doch Aufruhr! Meuterei! Da landen wir alle vor dem Kriegsgericht ..."

„Tun Sie in drei Teufels Namen gefälligst, was ich ihnen befehle!"

Kurz darauf meldete der technische Offizier, dass alle Schleusen, einschließlich der Hauptschleuse, geschlossen waren.

„Sofort starten!", befahl der Kommandant.

Seufzend gab der technische Offizier die zum Start notwendigen Befehle. Schon nach drei Minuten entfernte sich das Raumschiff vom Weltraumhafen und somit vom Planeten Xylot, der schnell kleiner wurde, bis er nur noch eine winzige Scheibe war.

„Wie friedlich unser Planet aussieht. Eigentlich war er doch ein Paradies ...", ging es dem Kommandanten durch den Kopf.

Plötzlich schossen aus Xylot grelle Lichtblitze heraus, die sogar das Innere des riesigen Raumschiffes erhellten. Der als kleine Scheibe wirkende Planet verwandelte sich in nur wenigen Augenblicken in eine glühende Feuersbrunst. Der Planet explodierte! Die Xyloten, die ihn nicht mehr rechtzeitig hatten verlassen können, hatten soeben den Tod gefunden. Es waren mehrere Milliarden. Glühende Fragmente des Planeten wurden durch das Weltall geschleudert, und wo sich noch vor wenigen Sekunden der Planet Xylot befunden hatte, gab es nur noch gähnende, schwarze Leere. In der Kommandozentrale des Raumschiffes herrschte zunächst Totenstille.

„Der Präsident ...", stammelte der technische Offizier. Der Kommandant weinte leise vor sich hin. Aber auf die Bemerkung seines technischen Offiziers dachte er, dass er jetzt die Stelle des Präsidenten einnahm. Jemand anderes schluchzte laut auf.

Ein paar Augenblicke später herrschte auf der Brücke wie im gesamten Raumschiff erneut eine eisige Stille.

Erst nach einigen Minuten verscheuchte der Steuermann die bedrückende Stimmung, indem er sagte: „Dank der Götter und Dank unseres Kommandanten sind wir gerettet.“

Der technische Offizier war immer noch fassungslos. „Aber der Präsident ist tot, er hat es nicht mehr geschafft! Und wenn das Kriegsgericht…“, seine nackte Angst ließ den technischen Offizier diese Sätze aussprechen.

Nun übernahm der Kommandant das Wort: „Das ist sehr bedauerlich, aber wir müssen jetzt nach vorne sehen! Keine Sorge, TO, ein Kriegsgericht wird es nicht geben!“ Nach einer kurzen Pause sprach er weiter: „Wir haben einen Planeten entdeckt, auf dem wir wahrscheinlich siedeln können. Wir nehmen Kurs auf die Galaxis Dorsa. Dort gibt es einen xylotähnlichen Planeten mit einer Atmosphäre, die der unseren fast bis auf das kleinste Gasteilchen gleicht. Das Gleiche trifft auf seine Gravitation zu. Dort werden wir sicherlich leben können, wenn dieser Planet noch nicht von anderen Bewohnern in Anspruch genommen wird!“

Großer Jubel brach auf der Brücke des Raumschiffes aus. Plötzlich hatte jeder eine Menge Fragen, die er dem Kommandanten stellen wollte. Doch der verschaffte sich mit nur einer Handbewegung Ruhe.

„Ich werde den zuständigen Wissenschaftlern Anweisungen geben, alle auf dem Raumschiff befindliche Xyloten über den Blauen Planeten, den wir gefunden haben, Informationen zukommen zu lassen. Das Beste wird sein, wir organisieren eine Vortragsreihe für die nächsten Tage, an denen jeder, der will, teilnehmen kann.“

Nach einer kleinen Pause befahl der Kommandant: „Also auf zum Blauen Planeten. Steuermann, hier sind die Zielkoordinaten!“

Luzifer und Jodaryon

Luzifer wollte es nicht glauben. Das konnte einfach nicht wahr sein, das gab es nicht, das widersprach doch sämtlichen Regeln und Gesetzen der Hölle!

Hatte er den alten, aufgeblasenen Zauberer Jodaryon nicht vernichtend besiegt? Tödlich verwundet? Hatte er ihn nicht vom Hüter des Fegefeuers, in dessen feurigen Arme nehmen lassen? Nach einer solchen Umarmung musste jeder ganz einfach an seinen schweren Verbrennungen sterben. Musste! So etwas konnte doch kein Mensch überleben! Wobei Luzifer einen entscheidenden Punkt vergaß. Jodaryon war kein Mensch, sondern ein Zauberer.

Gut, Luzifer hatte den tödlich verwundeten Jodaryon seinem Schicksal überlassen. Sollte das alte Scheusal, das ihm, dem unbesiegbaren Höllenfürsten selbst, so übel mitgespielt hatte, doch an seinen Wunden verrecken! Krepieren wie der mieseste, verlauseste, räudigste Straßenköter! Was brauchte er sich da noch davon zu überzeugen, dass der Alte auch wirklich starb! Zumal ihm selbst alles wehtat. Dieser verfluchte Alte! Nie, nie mehr würde Luzifer wie früher sein, als er noch frisch, fromm, fröhlich und frei die Welt heimgesucht hatte, wie es ihm gerade in den Sinn gekommen war, stets zu allerlei Schabernack aufgelegt, über den er sich königlich oder vielmehr teuflisch amüsieren konnte. Und jetzt? Ein altes Wrack war er, ein altes krankes Wrack, dem jede Bewegung wehtat! Und das bis in alle Ewigkeit! Das konnte doch kein höllisches Wesen aushalten!

Nicht genug damit. Als ihm zwei seiner Spione, einstige Soldaten des bösen Bossus, die neuesten Neuigkeiten berichteten, glaubte er, nicht recht zu hören.

„Was erzählt ihr mir da?“, brüllte er, außer sich vor Wut, die beiden Soldaten an. „Ich hätte große Lust, euch gleich dem Hüter des Fegefeuers zur weiteren Behandlung zu übergeben! Wollt ihr jämmerlichen Wichte euch über mich lustig machen?“ Und für so einen Mumpitz hatte er seine gut geheizte Hölle verlassen und war sogar das erste Mal nach dem Kampf mit Jodaryon wieder auf die Erde gekommen. Mitten im grimmigsten Winter und in 3000 Metern Höhe! Brr!

„Es stimmt aber“, stotterte der Mutigere der beiden, während sein Begleiter nur bibberte, vor Angst noch mehr als vor Kälte, und kein Wort herausbekam.

„Jodaryon lebt??“, tobte Luzifer und schleuderte einen fürchterlichen Blitz auf das nächstbeste Felsmassiv, das in tausend Teile zerbarst.

„Edler Luzifer ...“

„Reiß dich zusammen und nuschele nicht so in deinen Bart!“ Dass Luzifer seit dem Kampf mit Jodaryon nicht mehr so gut hörte wie früher, brauchten diese miesen Ratten ja nicht zu wissen.

„Edler Luzifer, wir haben ihn selbst gesehen. Er war ...“

„Kerl, red‘ doch, das Fegefeuer wartet sonst auf dich! Was war er, he …“

„Er war …, er wirkte kerngesund. Er war ...“

„Kerngesund? Kerngesund, sagst du?“ Selbst Luzifer fröstelte nun. Nichts war mehr wie früher, nichts! Die ganze Hölle ging aus den Fugen!

„Er war putzmunter, und er ...“

„Was denn sonst noch? Reicht das denn immer noch nicht?“

„Er will in die Hölle!“

„Er will was…??“

„Ganz recht, edler Luzifer, er will in die Hölle.“

„Da gehört er auch hin, dieser verdammte ...“

„Er will mit dir kämpfen ...“

„Mit mir ...“

„Kaum war er gesund, da hat er gesagt: Mit den, verzeih, edler Luzifer, das waren seine Worte ...“

„Ja, was denn nun? So rede doch endlich! Wieso hast du denn Angst vor mir?“

„Mit dem verfluchten Teufel, verzeihe, edler Luzifer, mit dem Ausbund an Bosheit, verzeihe, edler Luzifer, bin ich noch nicht fertig! Der soll mich noch kennenlernen! Verzeihe, edler Luzifer ...“

„Seht zu, dass ihr mir aus den Augen kommt, sonst brate ich euch bei lebendigem Leib im Fegefeuer ...!“

*****

Luzifer wollte toben, ausrasten, alles kurz und klein schlagen, aber jede Bewegung tat ihm weh.

Und dabei wusste er das Wichtigste noch gar nicht! Es war nämlich keineswegs Jodaryon, sondern vielmehr Wasgos Idee gewesen, ihm einen Besuch in der Hölle abzustatten, um mit ihm abzurechnen! So radikal abzurechnen, dass es Luzifer danach nie mehr in den Sinn kam, sich noch einmal in die Angelegenheiten der Menschen einzumischen. Der Teufel sollte seinen schwarzen Seelen einheizen, die hatten das schließlich nicht anders verdient. Aber die Welt droben sollte er für alle Zeiten in Frieden lassen.

Der Höllenfürst Luzifer sollte die beiden Zauberer schon kennenlernen! Glaubte er in seiner Arroganz und Überheblichkeit nicht fest daran, völlig unbesiegbar zu sein? Umso besser! Und diesmal sollte er es nicht nur mit dem alten Zauberermeister Jodaryon zu tun bekommen, sondern auch mit Wasgo! Mit Wasgo, dessen magische Fähigkeiten mittlerweile selbst die seines Lehrers Jodaryon übertrafen und der, das konnte Luzifer erst recht nicht wissen, sich zudem vampirische Fähigkeiten angeeignet hatte, ohne selbst ein Vampir zu sein. Vor allem waren die beiden Zauberer dem Höllenfürsten in puncto Intelligenz haushoch überlegen.

Wasgo war klar, dass er und Jodaryon einen Kampf gegen den Höllenfürsten nicht gewinnen konnten. Aber sie wollten ihn so lange und so heftig attackieren, wie es irgendwie ging, ohne dass der Höllenfürst einen von ihnen beiden töten konnte. Das wollte er damit erreichen, dass Jodaryon seine Flugzauber anwendete und er selbst mit maßloser Geschwindigkeit Luzifer immer wieder daran hinderte, Jodaryon ernsthaften Schaden zuzufügen. Er wollte den Teufel auf diese Art verwirren, ihn schwächen, ihm bisher ungekannte Schmerzen zufügen, so lange, bis der es nicht mehr aushalten konnte und klein beigab. Luzifer sollte erkennen, dass Jodaryon und Wasgo als eine Einheit für ihn starke und ernst zunehmende Gegner waren. Sie wollten den Höllenfürsten schon zwingen, sich und seine Monster von der Bergwelt und überhaupt von der ganzen Menschheit fernzuhalten.

Und so brachen sie im nächsten Sommer auf, um Luzifer einen Überraschungsbesuch abzustatten.

Allerdings war Luzifer gewarnt, wenigstens teilweise. Er wusste, dass Jodaryon noch einmal zum Kampf gegen ihn antreten wollte. Das hatten ihm ja die beiden einstigen Schergen von Bossus erzählt. Oder vielmehr: Er hätte es wissen können, aber er redete sich ein, dass Jodaryon letztlich doch nicht so lebensmüde sein werde, ihn ein weiteres Mal herauszufordern. Zumal Luzifer eigentlich nicht kämpfen wollte. Wo ihm doch alles wehtat!

Vor Wut wollte er rasen und toben, fuhr aber mit einem lauten Aufschrei zurück. Was waren das für Schmerzen! Und jetzt schien auch noch der dumme Hüter des Fegefeuers zu grinsen! Aber nur kurz. Als er Luzifers wutverzerrtes Gesicht sah, erschrak er zutiefst und verzog sich schnellstens, um mit besonderem Eifer das Feuer für die schwarzen Seelen zu schüren. Vor nichts hatte dieses Monster so viel Angst wie davor, bei seinem Herrn und Gebieter in Ungnade zu fallen.

Als Luzifer endlich alleine war, wurde er rasch wieder ruhig. Eigentlich war doch alles ganz einfach! Wozu die Aufregung?

Niemand war unsterblich. Niemand auf der Welt. Alle träumten davon, unsterblich zu sein, aber selbst ein Zauberer musste nach 800, 1000 oder 1300 Jahren die Welt verlassen. Wenn er danach überhaupt noch existierte, dann als schwarze Seele im Fegefeuer. Nur einer war unsterblich, nur einer: Luzifer selbst! Ja, wusste das denn dieser dumme Jodaryon nicht? Glaubte der etwa, den Teufel vernichten zu können?

Aber den alten, senilen Jodaryon wollte Luzifer schon gebührend empfangen. Wieder einmal. Nur begannen da schon die Schwierigkeiten. Welches seiner Monster sollte er dem Alten dieses Mal entgegenschicken, sozusagen als Empfangskomitee? Wenn er nur seine geliebte Katze noch gehabt hätte! Die hatte er Jodaryon und dessen Freund Deneb entgegengeschickt. Damals waren auch noch seine missratene Tochter und ihr dummer Mann in der Unterwelt aufgetaucht, sie wollten dem alten Magier zu Hilfe kommen. Ja, und irgendeiner der vier hatte sein zahmes Kätzchen, das nie einem Höllenwesen etwas zuleide getan hatte, einfach ermordet. Brutal ermordet. Ohne mit der Wimper zu zucken.

Ach, wie sie ihm doch fehlte! Seitdem hatte er niemanden mehr, der mit ihm kuscheln wollte. Zugegeben, die Katze hatte auch ihren eigenen Willen gehabt, aber manchmal schmiegte sie sich eben doch an ihn und schnurrte dabei wohlig. Und ihre Furze stanken so herrlich nach Schwefel. Na, ja, zum Kuscheln war sie eher selten aufgelegt gewesen, aber immerhin …

Und sein putziges Schleimmonster musste auch dran glauben. Es wurde damals nur so von den todbringenden Strahlen der bösen Magier vollgepumpt, bis es explodierte. So eine Frechheit! Aber wenigstens musste Deneb dafür mit seinem Leben bezahlen. Und Jodaryon auch. Aber nun wohl eben doch nicht! Wie war das nur möglich? Hatte der etwa wie eine Katze sieben Leben?

Man musste sich das mal vorstellen: Seine arme Katze war tot, sein niedliches Schleimmonster war vernichtet, nur dieser Jodaryon lebte immer noch! Das war eine Frechheit, die weder in der Hölle noch auf der Erde jemals wieder gutgemacht werden konnte!

Na, aber dieses Mal sollte sich der Kerl wundern. Dieses Mal sollte er einen Brocken vorgesetzt bekommen, den er wirklich nicht mehr überleben konnte. Dafür wollte er, der große Luzifer, schon sorgen! Diesmal sollte der dreiste, freche Jodaryon sterben. Dafür wollte der Höllenfürst schon sorgen! Der Tod war dem alten Zauberer sicher, nicht noch einmal sollte er dem entkommen!

Elias

Im Alten Land glaubten die Menschen ebenso an verschiedene Götter wie überall auf der Welt. Von einer Bergwelt wussten die meisten Menschen nichts, aber die Wüste kannte jeder. Der Herrscher des Alten Landes war ein strenger Mann, der mit eiserner Hand über seinen Machtbereich herrschte. Wer hier einer Straftat überführt wurde oder dem Herrscher auf andere Weise negativ auffiel, wurde hart bestraft. Er kam an das Kreuz, das für den Delinquenten den Tod bedeutete.

Die Sonne stand hoch am Himmel und brannte erbarmungslos auf die Erde herab. Mehrmals im Jahr fanden die Hinrichtungen aller zum Tode verurteilten Straftäter statt. In einer Prozession zogen sie mit einem großen Kreuz durch die Stadt. Wer sein Kreuz nicht tragen konnte, weil es einfach zu groß und zu schwer für ihn war, oder der Prozession nicht schnell genug folgen konnte, wurde von den Aufsehern gnadenlos ausgepeitscht. Beinahe nackt, nur mit einem Lendenschurz am Körper wurden die armen Menschen durch die Stadt getrieben.

Heute schleppte sich auch Elias mit gebeugtem Rücken unter seiner Last, wie auch einige andere seiner Leidensgenossen, durch die Stadt bis hin zum Richtplatz. Das große Holzkreuz drückte schwer auf seinen Körper, sodass er sich kaum auf den Beinen halten konnte. Mehrmals schon hatte die Peitsche eines Aufsehers schmerzhaft seinen Rücken getroffen und dicke, blutige Striemen darauf hinterlassen. Auch wenn Elias wusste, dass er an das Kreuz genagelt werden sollte, sobald die Prozession den weiten Platz vor den Toren der Stadt erreichte, sehnte er sich danach, endlich das Ziel zu erreichen. Er war am Ende seiner Kräfte. Das einzige, was Elias noch wollte, war, dass die Quälerei endlich ein Ende hatte. Auch wenn die Sonne seinen Körper noch zusätzlich verbrennen sollte, bevor er endlich sterben konnte, so brauchte er dann wenigstens nicht mehr dieses verdammte Kreuz weiterzuschleppen und die Aufseher, die die Verurteilten mehr verachteten als den letzten, verkommensten Straßenköter, prügelten nicht mehr auf ihn ein.

Und doch, auch das wusste Elias, würde sein letzter Kampf in diesem Leben für ihn qualvoll genug werden. Schon wieder traf die Peitsche seinen Rücken. Sofort quollen ein paar Blutstropfen hervor. Mit letzter Kraft schulterte er wieder das große Holzkreuz, an dem er bald sterben sollte. Das Stadttor hatten sie erreicht. Vor der Stadtmauer befand sich der Richtplatz. Noch einhundert Meter musste der Mann, der seinen Mitmenschen einen Messias angekündigt hatte, sein überdimensionales Kreuz schleppen. Endlich durfte auch er stehen bleiben und sein Kreuz in den Sand legen.

Hier an diesem Ort sollte er also sterben, nur weil er zu einem Gott gebetet und den Menschen erklärt hatte, dass auch sie diesen Gott anbeten sollten. Es war ein Gott der Liebe. Und der Messias sollte dafür sorgen, dass alle Menschen diesen einen Gott verehren sollten.

Kranke sollte der Messias wieder gesund machen. Die Menschen sollten sich gegenseitig respektieren und achten. Das alles und noch viel mehr hatte Elias den Menschen immer wieder gepredigt. Dafür sollte er langsam und qualvoll sterben.

Mehrere Tage musste er gleich in der sengenden Wüstensonne am aufgerichteten Kreuz hängen, bis er endlich seinen letzten Atemzug machte. Wenn er Glück hatte, verkürzte ein Aufseher seinen Todeskampf, indem er ihm die Beine brach oder ihn mit einem Schwert verletzte.

Und trotzdem versuchte Elias, seinen Leidensgenossen auch jetzt noch Mut zu machen. Er sagte ihnen, dass der Messias komme und sie erlösen werde, dass der ihre Leiden auf sich nehmen werde. Doch niemand verstand, wovon sie erlöst werden sollten oder warum jemand freiwillig für sie leiden wollte. Mutig legte Elias sich auf sein Kreuz, als er dazu aufgefordert wurde.

„Wo ist denn nun dein Gott, der dich erlöst?“, wurde er verhöhnt. Die Schmerzen, die er erlitt, als ihn der Henker mit großen dicken Nägeln an das Holzkreuz nagelte, konnte er gut ertragen. Nachdem sein Kreuz aufgerichtet worden war, konnte er nur noch auf den Tod warten. Drei Tage sollten vergehen, die er der Sonne ausgesetzt war, die ihm seine Haut verbrannte. Er litt Hunger und Durst, bis er in das Jenseits eintrat.

Genau zu diesem Zeitpunkt sah er den Messias deutlich vor sich, einen alten Mann mit einem langen Bart, der ihm bis zu den Knöcheln reichte. Seine Haare fielen ihm bis über die Schultern herab, sie waren weiß, wie sein Bart auch. Der Messias, das sah Elias, war auf einer Wanderung und vollbrachte wahre Wunder. Er machte aus Wasser Wein und konnte kranke Menschen heilen.

Elias ging mit frohen Herzen in den Tod, denn er hatte den Messias gesehen.

Luzifers Empfangskomitee

Wasgo und Jodaryon hatten einen bestimmten Plan. Sie wollten Luzifer fortgesetzt verunsichern. Keinen Augenblick sollte der wissen, woran er war. Und die erste Verunsicherung des Teufels war ihnen auch schon bestens gelungen. Sollte der doch ruhig erfahren, dass sein totgeglaubter Feind Jodaryon in die Unterwelt zurückkehren wollte! Alleine das musste ihn schon schocken. Und wenn er dann auch noch Wasgo bemerkte, seinen verhassten Enkel Wasgo, den Sohn seiner gänzlich missratenen, aus der Hölle verbannten Tochter Luziferine ...

Aber das hatte Zeit. Erst einmal wollte Wasgo Luzifer verborgen bleiben. Als sich Jodaryon auf den Weg zur Unterwelt machte, sorgten sie dafür, dass der alte Holterdiepolter ihn nicht wahrnehmen konnte. Sollte sich doch Luzifer nach der ersten Überraschung, dass es Jodaryon tatsächlich wagte, ihn noch einmal in der Hölle zu einem Kampf auf Leben und Tod herauszufordern, ruhig ein klein wenig in Sicherheit wiegen! Umso größer musste dann sein Schrecken sein, wenn er bemerkte, dass auch sein Enkelsohn den Kampf gegen ihn aufnehmen wollte.

So jedenfalls stellten sich die beiden Zauberer das vor, wenn ihr Plan gelingen sollte. Denn im Grunde glaubten sie selber nicht daran, dass sie unbemerkt bis zu Luzifer vordringen konnten. Doch zunächst einmal mussten sie allen Gefahren trotzen, die ihnen auf dem Weg zum Höllenfürsten drohten.

*****

Luzifer war zufrieden. Fast stellte sich seine gute Laune, ja, sein Übermut aus früheren, besseren Tagen wieder ein, aber eben nur fast, weil ihm nun einmal jede Bewegung wehtat. Immerhin wuchs seine Zuversicht. Lange genug hatte er sich den schmerzenden Kopf zerbrochen, wie er Jodaryon empfangen konnte. Und oh, er wollte es schlau anfangen! Ganz schlau! Zunächst, ja, zunächst wollte er den

Alten in Sicherheit wiegen. Sollte der ruhig ungehindert durch die Unterwelt spazieren, als sei die ein harmloser Stadtpark! Vermutlich bildete sich der senile Jodaryon allen Ernstes ein, Luzifer sei kampfesmüde oder geschwächt vom letzten Aufeinandertreffen, oh, Luzifer war tatsächlich geschwächt, aber immer noch mächtig, allemal stark genug, um mit Jodaryon fertig zu werden! Der Alte sollte sein blaues Wunder erleben.

Nur nicht gleich. Vorfreude war auch für Luzifer die schönste Freude. Mit teuflischem Grinsen verfolgte er, wie der Alte immer tiefer in die Unterwelt eindrang, und dachte nicht im Traum daran, bereits jetzt etwas gegen den Eindringling in sein Reich zu unternehmen. Aber er wollte ihm schon noch seine teuflischen Helfer schicken, die dem alten Zauberer gehörig einheizten. Nein, die ihn gleich zur Strecke brachten! Die kurzen Prozess mit ihm machten! Schlimm genug, dass Jodaryon mit der größten Dreistigkeit wieder in die Hölle eingedrungen war und sich Luzifer zum alles entscheidenden Kampf stellen wollte!

Diesmal sollte es kein langes Hokuspokus mehr geben. Diesmal wollte ihm Luzifer augenblicklich das Lebenslicht ausblasen. Oder, noch besser, ausblasen lassen. Von seinen Monstern. Ja, das war es, das war die einfachste Lösung: Jodaryon sollte den großen Höllenfürsten gar nicht mehr zu Gesicht bekommen! Was bildete der sich denn ein? Seit wann bekamen denn diese mickrigen Erdenbewohner beim Fürsten der Hölle Audienzen? Nein, Luzifers Monster sollten für ihn die Drecksarbeit machen, dafür waren sie ja schließlich da! Und dann, dann musste der Hüter des Fegefeuers, dieser dumme, feiste Kerl, Sonderschichten einlegen, sein Feuer doppelt und dreifach schüren, um Jodaryons Seele gebührend zu empfangen!

In seinem Audienzsaal, der jedermann Angst einflößte, der vor Luzifer erscheinen sollte, weil er nur so von monströsen Dekorationen strotzte, saß Luzifer in seinem Thron und beobachtete Jodaryon in seinem von ihm selbst geschaffenen magischen See. Es war so weit! Der große Augenblick war gekommen! Lange genug hatte der weise Magier seinen Weg durch die Hölle ungehindert fortsetzen können.

Es war Zeit, ihm eine erste Abordnung zu schicken. Ein kleines, nettes Empfangskomitee. Und der Alte sollte sich wundern, ha, diesmal wollte sich der Höllenfürst selbst übertreffen! Musste das gleich ein Spektakel geben! Der Alte sollte Bauklötze staunen! Und wenn er das, was Luzifer für ihn vorsah, unbeschadet überstand … Aber nein, das war völlig ausgeschlossen. Das konnte niemand unbeschadet überstehen! Und Jodaryon, der dumme, aufgeblasene Jodaryon erst recht nicht!

Nur machte der Teufel die Rechnung ohne Wasgo, der durch einen Tarnzauber den Blicken aller höllischen Wesen entzogen war.

*****

Schlagartig erfüllte ein ohrenbetäubendes Poltern und Dröhnen die Unterwelt, dazu ein schrilles Pfeifen. Der Lärm war kaum zu ertragen.

Jodaryon brüllte Wasgo etwas zu, aber Wasgo konnte nur erkennen, dass Jodaryons Lippen irgendwelche Worte formten. Dazwischen verzogen sie sich immer wieder schmerzlich. Wasgo erging es nicht anders. Wie lange würde es dauern, bis ihnen das Trommelfell platzte?

Was nun? Früher wäre Wasgo verzweifelt. Aber wie oft hatte ihm sein alter Lehrmeister Jodaryon eingeschärft, für jedes Problem gebe es eine Lösung, er, Wasgo, dürfe nur nie vergessen, dass er ein Zauberer sei. Und auch hier gab es eine Lösung. Eine lächerlich einfache sogar.

Wasgo versuchte, durch Telepathie mit Jodaryon Verbindung aufzunehmen. Es klappte.

Aber was sollten sie tun? Das entsetzliche Dröhnen, Poltern und Pfeifen wurde immer lauter. Lange konnten die beiden Zauberer den Lärm nicht mehr aushalten, das stand fest.

So versuchte Jodaryon, mit einem Gegenzauber diesen Lärm zum Verstummen zu bringen. Ohne Erfolg. Hatte er einen Fehler beim Aufsagen der magischen Formel gemacht? Verwunderlich wäre dies bei dem ohrenbetäubenden Getöse nicht gewesen. Ein zweites Mal sagte, nein, brüllte er seine Zauberformel. Wieder ohne Erfolg.

Dafür erzitterte jetzt auch noch der Boden. Steine aus Granit stürzten von der Decke herab. Erst einzelne, dann immer mehr, große, kleine, aber auch die kleinsten hätten die beiden Freunde empfindlich verletzen können. Und wenn sie von einem der größeren Steine getroffen würden, würden sie das nicht überleben.

Was war da nur los, was ging vor sich? Die Ursache dieses krankmachenden Lärms konnten weder Wasgo noch Jodaryon finden.

Schritt für Schritt kämpften sich Jodaryon und der nach wie vor unsichtbare Wasgo voran. Mithilfe ihrer telepathischen Kräfte konnten sie in Verbindung bleiben. Kurze Zeit waren sie getrennt, dann gingen sie gemeinsam weiter, immer bemüht, den herabstürzenden Steinen auszuweichen. Wie lange würde das noch gut gehen?

Sie bogen um eine Felsecke und blieben erschrocken stehen.

Da hatte sich Luzifer wieder etwas Schönes für sie ausgedacht! Ihnen war klar, dass sie diesen Weg weiterverfolgen mussten, um zum Fürsten der Hölle zu gelangen. Aber wie sollte das gehen? Weder Wasgo noch Jodaryon wusste, was sie tun sollten. In seinem langen Leben hatte Jodaryon schon sehr viel gesehen und erlebt. Er hatte die verschiedensten magischen Wesen kennengelernt. Er hatte gegen böse Zauberer kämpfen müssen, gegen Luzifer selbst, gegen Monster, Vampire, Hexen und Geister und viele andere Geschöpfe.

Auch Wasgo hatte in seinem noch relativ jungen Leben schon ungezählte unnatürliche Existenzformen kennengelernt und gegen sie kämpfen müssen.

Aber all das war nicht mit dem zu vergleichen, das sie hier erwartete. Und alle Erfahrungen der beiden Zauberer waren in diesem Augenblick nichts wert.

Denn: Wie um alles in der Welt sollte man gegen Steine und Felsen kämpfen?

Der Steinstaub, der die Luft erfüllte, brannte Jodaryon und Wasgo in den Augen, es war kaum auszuhalten. Aber was sie sahen, war entsetzlich. Überall befanden sich Steinmonster von unterschiedlicher Größe. Einige waren zweimal so groß wie ein Mensch, andere so klein wie ein zehnjähriges Kind. Und es wurden immer mehr. Ständig brachen aus den Felswänden und Granitblöcken, die den Weg begrenzten, immer noch mehr Steinmonster hervor. Das ergab ein Dröhnen und Poltern, wie es die beiden Zauberer noch nie erlebt hatten. Mit jedem Schritt, den die großen und schweren Monster machten, erzitterte die Erde. Sehr schnell bewegten sich diese Ausgeburten der Hölle nicht, aber bei ihrer großen Anzahl gab es kaum noch ein Durchkommen!

Und das laute Pfeifen entstand dadurch, dass die Steinmonster Speere und Schwerter mit großer Kraft durch die Luft schleuderten. Dadurch erreichten die tödlichen Waffen hohe Geschwindigkeiten und fauchten und pfiffen durch die Hölle hindurch. Einige dieser Waffen prallten auf andere Monster, doch die reagierten darauf überhaupt nicht. Aber wehe, ein Speer oder Schwert hätte einen Magier getroffen!

Kaum hatte Wasgo die tödliche Gefahr realisiert, da zuckte Jodaryon zusammen. War er verletzt? Nein, zum Glück richtete er sich gleich wieder auf. Ein Schwert hatte ihn mit dem Griff an der Schulter gestreift, teilte er Wasgo telepathisch mit. Noch einmal Glück gehabt! Aber lange konnte das nicht mehr gut gehen.

Es war deutlich: Die Steinmonster kämpften nicht gerade effektiv und ziemlich blindwütig, aber das spielte keine Rolle. Ständig mussten die Zauberer den gefährlichen Geschossen ausweichen. Einige Male gelang ihnen das nur knapp und mit viel Glück.

Wasgo versuchte es mit einem Stillstandszauber. Keine Chance! Die Steinmonster zeigten sich völlig unbeeindruckt. Und jetzt wurde Wasgo vom Griff eines Schwertes getroffen.

Vielleicht half ein Bewegungszauber? Konnten dadurch die Waffen, die die Steinmonster offenbar endlos herbeizauberten, vielleicht von den beiden Magiern ferngehalten werden? Jodaryon versuchte es. Wieder ohne Erfolg.

Einen kurzen Augenblick dachte Wasgo daran, mit seiner vampirischen Schnelligkeit, die er durch den Biss eines Vampirs in Transsilvanien gewonnen hatte, durch den Hagel der Waffen hindurch zu rennen. Aber nein, das war auch viel zu gefährlich, auch die größte Geschwindigkeit bot keine Sicherheit vor einem Treffer.

Wie um alles in der Welt waren diese Monster nur auszuschalten? Kein Zauber schien zu helfen.

Nein, lange konnte das nicht mehr gut gehen.

*****

Luzifer beobachtete Jodaryon. Wie unbeholfen der alte Kerl nur agierte! Aber seltsam: Der Teufel wurde den Verdacht nicht los, dass Jodaryon von jemandem begleitet wurde. Der Alte verhielt sich so seltsam! Aber Unsinn, da war nichts. Niemand war zu sehen, niemand hatte ihm geholfen. Nein, da war niemand. Ausgeschlossen. Vermutlich war der Alte tatsächlich nicht mehr ganz richtig im Kopf, das war es, das war die ganze Erklärung. Umso besser. Bald, ja, in wenigen Augenblicken musste der alte Magier sterben. Kein Zauber konnte etwas gegen die Steinmonster ausrichten. Keiner. Absolut keiner.

Tja, alter Mann, diesmal hast du dich verrechnet, dachte Luzifer voller Schadenfreude. Jetzt ist es aus mit dir! Gleich bist du mausetot! Mausetot!

*****

Wasgo überlegte fieberhaft. Einen Bewegungszauber nach dem anderen hatte er angewendet, um die Monster oder deren Waffen oder auch beide gleichzeitig in eine andere Richtung zu lenken. Nichts zeigte Wirkung, da konnte er versuchen, was er wollte. Unbeeindruckt schleuderten die Monster ihre mörderischen Waffen kreuz und quer durch die Unterwelt. Früher oder später musste ein Schwert oder eine Lanze sie treffen und verwunden, vielleicht sogar tödlich.

Wie lange sollte das noch so weitergehen?

'Das ist es!', fuhr es Wasgo durch den Kopf. 'Das könnte die Lösung sein. Die Zeit!‘ Die konnte er doch beeinflussen! Oder, noch besser, Jodaryon. Damit Luzifer durch die magischen Wellen nicht doch noch vorzeitig bemerkte, dass ein zweiter Zauberer, eben Wasgo, in sein Reich eingedrungen war! Ja, wenn die Zeit schneller verging, dann sollte der Spuk doch auch schneller ein Ende finden. Doch die Zeit sollte nur für die Monster schneller vergehen. Rasend schnell. So schnell, dass sie in wenigen Augenblicken zu Staub zerfielen. Ja, das war es! Das musste die Lösung sein, um diesen scheußlichen Steinmonstern zu entkommen. Sofort machte Wasgo Jodaryon mithilfe seiner telepathischen Fähigkeiten klar, was er vorhatte.

Der alte Mann hatte keine bessere Idee und meinte, Wasgo solle sein Vorhaben in die Tat umsetzen.

„Nein", antwortete Wasgo, „mache du das! Damit Luzifer nicht meine Anwesenheit bemerkt."

„Du hast recht", sagte Jodaryon. Unverzüglich begann er mit einem überaus aufwendigen Zauber.

Zunächst belegte er sich und seinen Freund mit einem Zauber, der um sie herum eine Schutzhülle aufbaute. Diese Schutzhülle sollte dafür sorgen, dass die folgenden magischen Formeln nicht auch auf die beiden Magier wirkten.

Danach ließ der alte Mann die Zeit mit einem Zauberspruch sehr schnell weiterlaufen. Als Wasgo sah, was geschah, brüllte er geradezu vor Lachen, und Jodaryon konnte nicht anders, als einzustimmen. Es war aber auch zu grotesk. Die Speere und Schwerter flogen nun so schnell durch die Hölle, dass sie kaum zu sehen waren. Die Steinmonster bewegten sich hektisch und waren gleichfalls kaum zu erkennen.

Alles lief vor den Augen der Zauberer in einer so irrsinnigen Geschwindigkeit ab, dass sie gar nicht verfolgen konnten, was hier eigentlich vorging. Es war nur alles sehr lustig anzusehen. Einige Minuten ging das so, dann erhob sich urplötzlich eine gewaltige Staubwolke, so dicht, dass die beiden Magier kurze Zeit fast nichts mehr sehen konnten. Ebenso schnell verschwand der Staub wieder und die Hölle sah doch mächtig verändert aus.

„Das wird aber Opa Luzifer überhaupt nicht gefallen“, kicherte Wasgo.

„Das, was noch kommt, wird Opa Luzifer erst recht nicht gefallen“, lachte der sonst so ernste Jodaryon mit.

Irgendwie schien die Unterwelt viel geräumiger geworden zu sein. Und überall lag grauer Staub. Wie es schien, knietief. Jodaryon hielt die Zeit außerhalb der Schutzhülle an und die beiden blickten sich vorsichtig um. Tatsächlich: Kein einziges Steinmonster war mehr zu sehen. Es war, als seien sie nie da gewesen.

Nachdem Jodaryon auch den Schutzschild um sich und Wasgo beseitigt hatte, folgten sie ihrem Weg weiter. Immer wieder versanken sie bis zu den Knöcheln im Staub. Tausende von Jahren mussten hier soeben vergangen sein, in denen kein Lebewesen diesen Weg benutzt hatte.

Zum Glück nahm der Staub bald ab und sie kamen wieder zügig voran.

„Ich kann es immer noch nicht fassen“, kicherte Wasgo erneut los. „Dieser alte Dummkopf, dieser Tölpel! Der mit seinen lächerlichen Steinmonstern! Der ist auch nicht mehr das, was er einmal war!“

„Sei lieber vorsichtig!“, mahnte Jodaryon.

Mit Recht. Denn außer sich vor Zorn hatte Luzifer in seinem Audienzsaal alles mitverfolgt. Besser: Fast alles, denn Wasgo konnte er immer noch nicht wahrnehmen. Aber was er hatte sehen müssen, reichte, um ihn in die schlimmste Laune zu versetzen. Luzifer brüllte seine verbliebenen Monster an. Im nächsten Augenblick krümmte er sich vor Schmerzen. Mehrere Blitze schleuderte er auf den blöde glotzenden Hüter des Fegefeuers, der ihn ausgerechnet jetzt zu fragen wagte, ob er denn schon einmal für Jodaryon das Feuer anfachen solle.

Und seltsam: Was hatte der alte Jodaryon so idiotisch zu lachen? Als ob er mit jemandem herumalberte! Ja, da war doch keiner! Hatte Jodaryon seinen Verstand verloren? Aber dass er trotz seines Schwachsinns die Steinmonster überwunden hatte! Da passte doch wieder einmal hinten und vorne nichts zusammen!

„Mit dir bin ich noch lange nicht fertig, du aufgeblasener Schwachkopf“, grollte der Höllenfürst. „Wenn du glaubst, ich sei mit meinem Latein am Ende, dann hast du dich gehörig getäuscht.“

Noch ein Empfangskomitee

Weiter ging der Fußmarsch durch die Hölle. Nichts war mehr wie seinerzeit, als Jodaryon in Begleitung seines Freundes Deneb in die Unterwelt gekommen war. Damals musste er den Tod seines Freundes erleben, der durch das schon explodierte Schleimmonster getötet wurde. Immer wieder blieb Jodaryon zweifelnd stehen. Waren sie noch auf dem richtigen Weg? Trotzdem kamen die beiden Zauberer zügig und unbehelligt voran. Nach einiger Zeit erreichten sie einen Fluss, den sie überqueren mussten.

„Seltsam“, sinnierte Jodaryon, „letztes Mal gab es diesen Fluss hier noch nicht ...“

Wie sollten sie auf das andere Ufer gelangen? Eine Brücke gab es nicht, und wenn es eine gegeben hätte, dann hätten sie ihr nicht vertraut. Also mussten sie den Fluss auf eine andere Weise überqueren. Aber wie? Hinüberschweben oder schwimmen? Durch den Fluss waten konnte man nirgendwo, das war deutlich zu erkennen.

„Schweben bedeutet den Einsatz von Magie“, überlegte Wasgo. „Aber unsere Zauber können von Luzifer registriert werden. Wenn ich für ihn weiterhin unsichtbar bleiben will, muss ich schwimmen!“

„Also los“, sagte Jodaryon. Wenn etwas Unvorhergesehenes passierte, dann sollte ihnen schon etwas einfallen.

Sie stiegen zum Fluss hinunter und begaben sich in ihn hinein. Das Wasser war angenehm warm und langsam gingen sie vorwärts, bis sie schwimmen mussten.

„Das macht ja richtig Spaß“, rief Wasgo.

„Vorsicht!“, schrie Jodaryon.

So eben hatten sie die Flussmitte erreicht. Mehrere Wasserschlangen schwammen direkt auf sie zu. Wasgo fühlte sich überhaupt nicht wohl in seiner Haut, denn Schlangen mochte er ganz und gar nicht. Aber auf keinen Fall durfte er zaubern!

Die Bestien schienen es tatsächlich auf ihn abgesehen zu haben! Das konnte der junge Mann gar nicht glauben. Was war denn nur mit seinem Tarnzauber los? Warum wirkte der bei den Wasserschlangen nicht? Hatte Luzifer ihn am Ende doch durchschaut und seinen Zauber mit einem Gegenzauber aufgehoben? Schon schlang sich das erste Reptil um sein rechtes Bein. Als habe das Tier das beabsichtigt. Gleich folgten zwei weitere, die eine legte sich um sein linkes Bein, die andere um seinen linken Arm. Das war doch kein Zufall! 'Nicht zaubern!', hämmerte er sich ein, 'nur nicht zaubern!' Mit hektischen Schwimmbewegungen versuchte Wasgo, die Wasserschlangen loszuwerden. Doch die Schlangen gaben ihr Opfer nicht frei. Und jetzt schnellten wie aus dem Nichts weitere Reptilien auf ihn zu. Wie lange konnte Wasgo den Wasserschlangen noch widerstehen? Zum Glück waren sie nicht sehr groß, offenbar auch nicht giftig, sonst hätten sie längst zugebissen. Aus dem Augenwinkel bemerkte er, dass immer noch mehr Schlangen erschienen. Wo kamen die nur alle her? So viele Wasserschlangen auf einem Mal hatte er noch nie in seinem Leben gesehen. Panik stieg in ihm auf.

Auch Jodaryon wurde angegriffen. Trotzdem rief er Wasgo zu: „Bloß nicht zaubern, keine einzige magische Formel anwenden, hörst du, Wasgo?“

Zwar attackierten die langen schlanken Reptilien den jungen Mann mit sicherem Gespür, trotzdem musste Luzifer nicht zwangsweise Wasgos Anwesenheit in der Hölle bemerkt haben. Solange Wasgos Leben nicht in akute Gefahr geriet, sollte er seine Tarnung aufrechterhalten.

„Ich versuche mein Bestes!“, rief Wasgo zurück.

Einen Augenblick später wurde Jodaryon von den Schlangen unter Wasser gezogen. Er konnte nicht mehr atmen. Den Göttern sei Dank, seine rechte Hand war noch frei. Schnell ergriff er mit ihr einen Dolch, den er an der Seite in einem Gürtel stecken hatte. Wild stach er auf die Reptilien ein. Er beobachtete, dass ein Tier durch die scharfe Klinge wie ein Bindfaden in der Mitte geteilt wurde. Ein anderes Reptil verlor seinen Kopf. Rasch färbte sich das Wasser rot von ihrem Blut.

Auch Wasgo kämpfte mit einem langen, sehr scharfen Messer unter Wasser. Mit sehr schnellen Bewegungen verletzte und tötete er mehrere Wasserschlangen. Siehe da, gleich ließ der Druck an seinen Armen und Beinen nach und verschwand wenige Augenblicke ganz. Die noch unverletzten Schlangen suchten das Weite. Tief durchatmend tauchte er aus dem Wasser. Zur gleichen Zeit hatte sich auch Jodaryon freigekämpft. „Jetzt aber nichts wie hinüber ans andere Ufer und heraus aus diesem Fluss, bevor noch mehr passiert!“, bestimmte er.

Als sie wieder festen Boden unter den Füßen hatten, drehten sie sich um. Friedlich lag der Fluss vor ihnen, leise rauschte das Wasser.

Wasgos Tarnung hatte erhalten werden können.

*****

Gespannt beobachtete Luzifer von seinem Thron aus in seinem magischen See den Kampf Jodaryons mit den Wasserschlangen. Zunächst lachte er hämisch, als er sah, wie die Schlangen auf Jodaryon zu schnellten. Aber schon wieder lief etwas anders als geplant. Warum, in drei Teufels Namen, schwammen denn so viele Schlangen auf einen Punkt im Fluss zu, wo nichts, wirklich rein gar nichts zu sehen war? Dort verknäuelten sie sich regelrecht! Seltsame Viecher! Wie sie zappelten und sich wanden! Wenige Augenblicke später verfärbte sich dort das Wasser rot. Blut! Daraufhin lösten sich ihre Körper voneinander und sie schwammen fluchtartig in alle Richtungen auf und davon. Im selben Augenblick hatte sich auch Jodaryon freigekämpft.

'Das verstehe, wer will', stöhnte Luzifer, 'diese dummen Viecher gehen sich gegenseitig an die Gurgel! Ja, wie blöde können Wasserschlangen denn sein?'

Und jetzt war genau das eingetreten, das er eigentlich vermeiden wollte. Jetzt musste er selbst den Kampf mit dem Eindringling suchen. Eine andere Möglichkeit gab es nicht. Der Hüter des Fegefeuers war für eine so heikle Mission schlicht und ergreifend zu dumm und ansonsten wurden ihm so allmählich die Monster knapp. Er konnte gar nicht so schnell neue erschaffen, wie Jodaryon die alten vernichtete. Wenn diese hirnlosen Wesen sich nicht gleich selbst vernichteten.

Also kämpfen! Und dabei tat ihm doch jede Bewegung so hundsgemein weh, dass es kaum auszuhalten war! Aber was sollte er anderes tun? Einen Heilungs- oder Genesungszauber kannte Luzifer nicht.

Immer noch ahnte Luzifer nicht, dass Wasgo Jodaryon begleitete und er sich beiden zum Kampf stellen musste.

Höllenpein

„Hallo, Opa!“

Luzifer fuhr herum. Was war denn jetzt schon wieder los? Da hatte er endlich den alten Jodaryon gefunden, hatte sich breitbeinig vor ihn hingepflanzt, wollte gerade einen fürchterlichen Blitz auf ihn schleudern, um dieser dummen Geschichte ein für allemal ein Ende zu bereiten. Nicht nur, dass ihn der Alte einfach blöde angrinste. Nein, jetzt vernahm er auch noch eine Stimme rechts neben sich. Und in einem geradezu rotzfrechen Ton!

Mehr verwundert als erschrocken fuhr er herum. Aber da; nichts! Niemand befand sich neben ihm!

„Hier bin ich, Opa!“, vernahm er jetzt die Stimme von der anderen Seite.

Wieder schnellte der Teufel herum. Im nächsten Augenblick konnte er sich nicht mehr rühren. Der alte Jodaryon, der es unbedingt noch einmal mit ihm aufnehmen wollte, hatte ihn mit einem Stillstandszauber belegt.

Nun, das war für den Teufel noch nicht das Schlimmste, mit solchen eher schwachen Zaubern wurde er normalerweise schnell fertig. Aber tatsächlich strahlte Luzifer tiefes Unverständnis und die totale Überraschung aus: Direkt vor ihm, nur wenige Meter entfernt, stand Wasgo, sein missratener Enkel Wasgo! Und mit voller Frechheit lachte der ihm übermütig ins Gesicht! Mit dem hatte er nun wirklich nicht gerechnet. Für einen Augenblick setzte Luzifers Verstand aus. Er war tief beeindruckt und hinterließ auf die beiden Zauberer einen ziemlich verunsicherten Eindruck.

Verdammt noch mal, wozu hatte er eigentlich sein Lieblingsmonster mitgenommen? Den Hüter des Fegefeuers? Damit der jetzt im Hintergrund stand und dämlich glotzte? Na, der sollte nachher, wenn sein Herr und Gebieter mit den beiden Zauberern fertig war, etwas erleben!

Mehrere Augenblicke dauerte es, bis der Höllenfürst wieder einigermaßen klar denken konnte. Aber nur einigermaßen, denn angesichts dieser beiden hochgefährlichen und obendrein so selbstsicheren Gegner fühlte er sich überhaupt nicht wohl in seiner Haut. Er verspürte nämlich etwas, das er bisher nur vom Hörensagen oder vielmehr von seinen Opfern kannte: Angst! Es war tatsächlich die pure, nackte Angst!

Wenn es nur um den alten Jodaryon gegangen wäre, mit dem wollte er schon ein zweites Mal fertig werden. Aber nun auch noch Wasgo! Der war für ihn völlig unberechenbar. Wenn der in puncto Zauberkunst nach seinem Großvater geraten war, dann konnte es für den Höllenfürsten wahrlich übel ausgehen.

Natürlich konnten ihn die beiden Zauberer nicht töten, aber ihm unbeschreibliche Schmerzen zufügen, bis er halb wahnsinnig wurde, bis er bereit war, in alles einzuwilligen, was von ihm verlangt wurde, das konnten sie schon.

Aber verdammtes Grübeln! Noch war es nicht so weit! Noch war er, der große Luzifer, nicht besiegt! Und ihn, Luzifer, zu besiegen, das war doch ganz und gar unmöglich! Was stand aber auch der schwachsinnige Hüter des Fegefeuers immer noch so untätig da, als hätte er nie etwas zu tun gehabt?

Mit einem lauten Schrei befreite sich der Teufel von dem Stillstandszauber, schleuderte einen fürchterlichen Blitz auf Jodaryon und brüllte dem Hüter des Fegefeuers zu: „Nun tue doch endlich etwas, du missratene Höllenbrut!“

Im nächsten Augenblick vernahm er Wasgos lautes Lachen. Ja, was lief denn jetzt schon wieder schief? Neben Wasgo stand Jodaryon! Wie hatte der denn dem Blitz ausweichen können? In höchster Wut schleuderte Luzifer einen zweiten Blitz auf die beiden Zauberer. Der fuhr zwischen ihnen hindurch und zertrümmerte einen Felsblock, aber Jodaryon und Wasgo blieben schadlos.

Plötzlich hörte er den Hüter des Fegefeuers laut und entsetzt aufbrüllen! Er fuhr herum und erstarrte, denn schon wieder hatte ihn

Jodaryon mit einem Stillstandszauber belegt. Vor Entsetzen über das, was Luzifer sah, dachte er nicht daran, sich daraus zu lösen.

Vor dem Hüter des Fegefeuers stand ein Monster! Ein nicht von Luzifer gemachtes Monster! Wie war das nur möglich?! Niemand außer dem Herrn der Unterwelt hatte bisher solche Wesen geschaffen! Wo kam dieses nicht aus der Hölle stammende Untier her? Es war riesig und schwerfällig tappte es auf den Hüter des Fegefeuers zu, der im Vergleich zu dem anderen Monster fast wie ein Zwerg erschien. Hinter diesem Riesenvieh stand Wasgo und dirigierte es mit den Armen! Ja, war das denn die Möglichkeit? Wie konnte der Bengel ein solches Unwesen schaffen? Luzifer war schockiert!

Der Hüter des Fegefeuers breitete seine Arme aus und erzeugte um sich herum eine extreme Hitze, aber Wasgos Monster schien vollkommen immun gegen diese hohen Temperaturen zu sein. Ebenso gegen das magische Feuer von Luzifers Kreatur.

Und wie schnell es sich auf einmal bewegen konnte! Bevor Luzifer es realisierte, war es plötzlich vorgeschnellt, hatte den Hüter des Fegefeuers gepackt und ihm einen mächtigen Schlag ins Genick versetzt, der ihn auf die Knie zwang. Mit einem weiteren, noch ungleich kräftigeren Schlag bewirkte es, dass der Kopf des Herrn des Fegefeuers einfach in seinem Rumpf verschwand. Mit einem lauten Poltern fiel der leblose Körper von Luzifers einstigem Lieblingsmonster zu Boden. Die Flammen auf seinem Körper erloschen. Denn mit dem Tod des Herrn des Fegefeuers erlosch auch das magische Feuer, dass in seinem Inneren ständig brannte und nicht einmal dadurch gelöscht werden konnte, wenn das Monster durch einen Fluss lief.

Luzifer stieß einen langen, lauten Schrei aus. War das Wut? Oder gesteigerte Angst? Angst vor dem Kampf mit seinem Enkelsohn, dessen magische Fähigkeiten sich in einer Weise vervollkommnet hatten, wie der Teufel das noch nie bei einem anderen Wesen erlebt hatte? Konnte er überhaupt noch gegen Wasgo bestehen? Immerhin war der junge Magier Luzifers Enkelsohn. Aber hätte dieser auf seiner, des Höllenfürsten Seite stehen sollen, nicht auf die der Erdenbewohner! Auch dafür war seine missratene Tochter verantwortlich. Ihr Balg tötete nun seine geliebten Monster!

Aber nein, Luzifer wollte sich nicht geschlagen geben. Der blöde Stillstandszauber war für ihn kein Problem, den schüttelte er ab wie eine lästige Fliege. Im nächsten Augenblick krümmte er sich, hemmungslos brüllend, vor Schmerzen. Wasgo sandte, nachdem er den Hüter des Fegefeuers vernichtet hatte, die Strahlen der Liebe und des Lebens in den Körper des Teufels, wieder und immer wieder. Der Höllenfürst wurde fast wahnsinnig vor Schmerzen. Verzweifelt versuchte Luzifer, sich mit einem Zauber zu verteidigen. Vergeblich, Wasgo hatte sich längst mit seiner vampirischen Schnelligkeit in Sicherheit gebracht. Prompt trafen den Teufel die Strahlen von einer anderen Seite. Und als er herumfuhr, brannte es auch in seinem Rücken. Jodaryon bedachte ihn gleichfalls mit diesen fürchterlichen Strahlen. Das waren Schmerzen, wie sie Luzifer noch nie erlebt hatte.

Noch einige Male versuchte der Teufel, Wasgo anzugreifen, aber der verschwand immer wieder mit unfassbarer Schnelligkeit aus seinem Blickfeld. Und ständig trafen ihn diese mörderischen Strahlen, die diese verfluchten Zauberer „Strahlen der Liebe und des Lebens“ nannten, während sie doch für Luzifer die pure Hölle darstellten.

Aber es war tatsächlich so, dass die Strahlen Positives bewirkten, wenn sie auf unschuldige Wesen oder Gegenstände auftrafen. Ein von einem Baum vom Sturm abgerissener und durch die Luft getriebener Ast zum Beispiel senkte sich zur Erde, wenn er von den Strahlen der Liebe und des Lebens getroffen wurde, schlug in der Erde Wurzeln und wuchs zu einem starken Baum heran. Doch böse Kreaturen konnten diese Strahlen töten.

Endlich, mit letzter Kraft schaffte es Luzifer, sich den scheinbar von allen Seiten auf ihn niederfahrenden Strahlen zu entziehen. Jetzt ging es anders herum, jetzt wendete sich das Blatt! Gleich wollte er seinem famosen Enkel das Lebenslicht ausblasen. Aber wo steckte der verfluchte Bengel nur schon wieder? Gut, dann zu Jodaryon. Aber kaum hatte er ihn ins Visier genommen, stand Wasgo schützend vor seinem einstigen Lehrmeister und zwang Luzifer mit einem neuen Stillstandszauber auf die Knie. Vor Schmerz, Scham und Wut stöhnend und wimmernd kauerte der Teufel vor ihnen.

„Nie wieder wirst du Jodaryon etwas antun!“, schrie ihn Wasgo an.

Luzifer schien besiegt. Aber in Wahrheit wollte er nur Zeit gewinnen, um neue Kräfte zu sammeln. Denn unvermittelt befreite er sich aus dem Stillstandszauber und schoss Blitze auf Jodaryon und Wasgo ab. Wieder daneben. Und wieder waren die beiden wie vom Erdboden verschluckt. Im nächsten Augenblick brüllte der Teufel von Neuem los, so laut, dass es in der gesamten Hölle widerhallte. Diesmal wurde sein Kopf von unsagbaren Schmerzen erfasst. Wie war denn das jetzt möglich? Kamen diese verdammten Strahlen jetzt auch noch von oben?

Tatsächlich, Jodaryon hatte einen Flugzauber angewendet, er schwebte über Luzifer und beschoss ihn mit seinen Strahlen.

Kaum waren seine Schmerzen vergangen, tippte ihm jemand ganz leicht auf die rechte Schulter. Was war denn das schon wieder? Luzifer fuhr herum und blickte ins Leere. Im selben Augenblick spürte er das gleiche Tippen auf seiner linken Schulter. Wieder schnellte der Höllenfürst herum, wieder blickte er ins Leere und zugleich schlug ihm jemand erneut auf die rechte Schulter. Aber dieses Mal tat das so verdammt weh, dass Luzifer erneut aufbrüllte.

Und was machte Wasgo? Der lachte schallend!

„Du elender Satansbraten“, tobte sein Großvater, „wenn ich dich kriege ...“

Ein wieherndes Lachen Wasgos war die Antwort. „Ja, wenn, Opilein! Du bist ja richtig alt geworden! Das hätte ich jetzt nicht von dir erwartet! Hey, Opilein, wenn du mich kriegen willst, dann musst du aber früher aufstehen! Du bist ja lahm wie eine Ente!“

Dann eben wieder Jodaryon. Wenigstens hatte der für ein paar Augenblicke aufgehört, den Teufel mit den fürchterlichen Strahlen zu beschießen. Und er war alt und vielleicht doch etwas einfacher zu besiegen als der junge Schnösel. Wenn, ja, wenn er Jodaryon töten konnte, so fuhr es Luzifer durch den Kopf, der vor Schmerzen fast zu platzen schien, dann ließ sich Wasgo vielleicht zu einem Fehler verleiten! Und dann …

Aber zuerst Jodaryon! Wieso lebte denn der überhaupt noch? Wo doch sonst niemand die Umarmung des Hüters des Fegefeuers überstehen konnte? Es war wirklich allerhöchste Zeit, dass Jodaryon für seine Untaten zur Rechenschaft gezogen wurde. Und zwar nicht zu knapp!

Nur: Wo steckte der schon wieder? Der fürchterliche Alte konnte sich doch nicht in Luft aufgelöst haben! Sollte er schon wieder –? Tatsächlich, als Luzifer hochblickte, sah er den alten Magier erneut über sich schweben und zur selben Zeit verbrannten ihm dessen Strahlen der Liebe und des Lebens das Gesicht. Er krümmte sich vor Schmerzen wie ein Wurm. „Ich kriege euch noch, ich kriege euch alle beide!“, brüllte er in ohnmächtiger Wut.

Ein lautes Lachen Wasgos war die Antwort.

Luzifer wusste nicht mehr weiter. Das konnte doch einfach nicht sein, das durfte schlichtweg nicht sein, dass der Teufel besiegt wurde! Noch dazu in seiner eigenen Hölle! Und doch, und doch …

Nein, Luzifer wollte kämpfen. Und so schoss er blindwütig unzählige todbringende Blitze um sich. In alle Richtungen, auch nach oben und auf den Boden direkt vor sich, als ob sich dort die Zauberer wie Maulwürfe verkrochen hätten.

Diese letzte verzweifelte Anstrengung des Teufels bedeutete für die beiden Magier allerhöchste Lebensgefahr. So gut er konnte, flog Jodaryon in hoher Geschwindigkeit durch die Blitze hindurch, dabei stets in höchster Aufmerksamkeit. Denn wenn er von einem dieser Blitze auch nur gestreift wurde, bedeutete das seinen sicheren Tod. Auch Wasgo hätte ihn in so einem Fall nicht mehr retten können.

Dieser nutzte erneut seine von Luzifers Vampir erworbenen Fähigkeiten und schnellte auf seinen Füßen zwischen den vom Teufel auf gut Glück abgeschossenen Blitzen hindurch. Mithilfe von Telepathie verständigte er sich mit Jodaryon und abwechselnd belegten sie Luzifer mit immer neuen Stillstandszaubern. Dazwischen feuerten sie wieder ihre Strahlen der Liebe und des Lebens ab. So lange, bis der

Höllenfürst in seiner ohnmächtigen Wut erkennen musste, dass er Wasgos und Jodaryons geballten magischen Kräften nicht gewachsen war. Er hatte keine andere Wahl, als sich ihnen zu unterwerfen. Nicht einmal die Kraft, ihnen neue Blitze entgegenzuschleudern, hatte er noch. Wenn nur diese unbeschreiblichen Schmerzen endlich aufhörten!

Völlig am Ende seiner Kräfte, auf den Boden gekauert, rang er sich schließlich zu der Erkenntnis durch, dass er nun doch zum ersten Mal in seinem langen, langen Dasein besiegt war. Mit einem Rest an Unmut rang er sich zu der Frage durch: „Was wollt ihr überhaupt von mir? Warum habt ihr mich hier unten heimgesucht?“

„Wir verlangen, dass du deinen Krieg gegen uns beendest und dich nie wieder auf der Erde sehen lässt“, sprach Jodaryon.

Wasgo ergänzte: „Und in Zukunft und für alle Zeiten hast du dich aus allen Angelegenheiten der Menschen, wo auch immer sie sich aufhalten mögen, herauszuhalten.“

„Aber ich darf mir wohl noch die schwarzen Seelen der bösen Menschen holen und sie ihrer gerechten Strafe zuführen!“, verlangte Luzifer.

„Das war so von den Göttern eingerichtet“, bemerkte Wasgo.

„Dann soll es so bleiben!“, bestätigte Jodaryon.

„Ich werde tun, was ihr von mir verlangt, und werde mich an die Gesetze der Götter halten“, versprach Luzifer.

„Dann wollen wir unsere Zauber von dir nehmen“, meinte Jodaryon. „Aber erst, wenn wir dein Reich wieder verlassen haben.“

*****

Als sie in die Hauptstadt zurückgekehrt waren, ernannte Jodaryon Wasgo zu seinem ersten Stellvertreter, der alle Vollmachten für den Fall bekam, dass er selbst für einen längeren Zeitraum von der Hauptstadt abwesend sein sollte.

Niemand konnte ahnen, was ihnen bald bevorstehen sollte. Mächtige Kräfte sollten vom Himmel auf die Erde niedersteigen. Auch

Jodaryons und Wasgos Bergwelt sollte mit diesen Kräften in Konflikt geraten.

Der Blaue Planet

Exakt in dem Augenblick, in dem Elias starb, schwebte, für die Menschen und Zauberer unvorstellbar, das Raumschiff der Xyloten an die Erde heran. Kein Mensch, aber auch kein Zauberer konnte sich vorstellen, seinen Planeten zu verlassen. Die Entwicklung der Wissenschaften war noch ganz am Anfang. Die Technik der Menschen auf der Erde hatte einen bescheidenen Stand erreicht. Es gab noch nicht einmal Fenster in den Häusern und Hütten, wie wir sie heute kennen. Sie wurden mit Holzbretter verschlossen, wenn die Menschen schlafen gingen. Die Räume wurden meist mit offenen Feuerstätten beheizt.

Der Kommandant befahl, das Raumschiff der Xyloten zu stoppen. Zuerst wollte er den Planeten, der Xylot so sehr ähnelte, ausgiebig untersuchen. Wie war die Atmosphäre geschaffen, konnten die Xyloten das Wasser des Blauen Planeten, der sich vor ihnen befand, vertragen oder sollten sie davon krank werden? Genug Wasser gab es auf jeden Fall auf diesem Himmelskörper, auf den die Xyloten zu gerne siedeln wollten. Aber gab es dort für sie genug pflanzliche und tierische Nahrung?

Wenn die Bedingungen für eine Besiedlung dieses xylotähnlichen Planeten erfüllt waren, wollte der Kommandant die vor ihm gestarteten Raumschiffe hierher kommen lassen, damit die Xyloten wieder ein gemeinsames Zuhause bekommen konnten. Aber wo waren die alle abgeblieben? Hatten sie die lange Reise überhaupt unbeschadet überstehen können? Bis vor wenigen Tagen hatten sie noch Funkverbindung zueinander gehabt. Im Weltraum konnte schnell einmal etwas Unvorhergesehenes geschehen. Hoffentlich ging es den Xyloten der anderen Raumschiffe gut.

Der Anblick des Blauen Planeten, so wurde er von den Xyloten genannt, weil er aufgrund seiner Atmosphäre dem Raumschiff in strahlendem Hellblau entgegenleuchtete, erfüllte sie alle mit großen Hoffnungen. Der Kommandant saß in seinem Sessel in der Kommandozentrale seines Raumschiffes und gab Befehle an seine Besatzung. Er wollte so schnell wie möglich den Planeten untersuchen und die daraus gewonnenen Erkenntnisse mit den zuständigen Wissenschaftlern auswerten. Es durfte keine Zeit verloren werden! Wenn alle wissenschaftlichen Untersuchungsergebnisse so ausfielen, die den Xyloten eine Besiedlung des Blauen Planeten erlaubten, sollte dieser zu Xylot II werden! Und so drängte er alle zu äußersten Anstrengungen.

„Die Chemiker sollen untersuchen, welche Stoffe sich in der Atmosphäre befinden. Ich will schnellstmöglich wissen, ob wir dort unten ohne Sauerstoffanlagen atmen können. Die Physiker finden bitte heraus, wie die Lichtverhältnisse dort funktionieren, Spektralanalysen und so weiter. Die Geologen haben den Planeten zu vermessen und mir so bald wie möglich zu berichten, aus welchen Stoffen er besteht.

Ich will alles über diesen Planeten wissen, was es über ihn zu wissen gibt. Gibt es Leben dort? Und wenn ja, in welchem Stadium befindet es sich? Welche Bakterien und Pflanzen und Tiere gibt es? Können die uns gefährlich werden? Die Biologen und Mediziner sollen zusammenarbeiten und gegen eventuelle Krankheitserreger geeignete Medikamente entwickeln, wenn wir sie nicht schon in unserem Sortiment haben.

Erster Offizier, schicken Sie Landekapseln auf die verschiedenen Kontinente, ich will wissen, wie die Fauna und Flora auf ihnen beschaffen ist, welche Unterschiede es zwischen ihnen gibt, wie das Wetter dort ist und so weiter. In zwei Megazeiten will ich eure Ergebnisse bekommen. Ihr kennt eure Aufgaben, also dann ran ans Werk! Enttäuscht uns nicht und bringt für uns positive Nachrichten!“

Sofort setzte emsiges Treiben auf dem Raumschiff Xylosia ein. Die Wissenschaftler des zerstörten Planeten Xylot verließen augenblicklich die Kommandobrücke des Raumschiffes und suchten ihren Arbeitsplatz in den ihnen zugewiesenen Laboratorien auf. Dort gaben sie ihre Anfragen in die Computer ein. Diese wurden an den Hauptcomputer des Raumschiffes weitergeleitet, der sie bearbeitete.

Der Hauptcomputer steuerte den gesamten Forschungsprozess wie überhaupt alles, was das Raumschiff betraf. Kleine unbemannte Sonden wurden mit den notwendigen wissenschaftlichen Geräten von Robotern ausgestattet, die ihre Befehle vom Hauptcomputer erhielten. Auf diese Weise wurden fünf Raumfähren auf ihren Einsatz vorbereitet, die jeder für sich arbeiteten, aber ständig mit dem Hauptcomputer in Verbindung standen. Sie sollten die einzelnen Kontinente erforschen. Außerdem gab es drei weitere Sonden, eine biologische, eine planetologische und eine atmosphärische, die bald zum Blauen Planeten aufbrechen sollten. Sie sollten jeweils einige Proben aus den entsprechenden Hemisphären des zu erforschenden Planeten nehmen, die dann der Hauptcomputer auswerten sollte. So hofften die Wissenschaftler der Xyloten, zu ersten schnellen Ergebnissen zu kommen.

Die Raumsonden waren mit Kameras ausgerüstet, deren Fotos direkt an den Hauptcomputer des Mutterschiffes gesendet wurden und von Besatzungsmitgliedern der Xylosia angesehen und ausgewertet werden konnten. Die Xyloten, die dafür verantwortlich waren, waren so voller Spannung und Neugier, dass sie sich schon jetzt an ihrem Arbeitsplatz aufhielten, um ihre Aufgaben erfüllen zu können, sobald das erste Foto eintraf, obwohl die Sonden noch nicht einmal gestartet waren. Die Vorbereitungen erforderten eben auch auf einem hochmodernen Raumschiff, das mit der neuesten Technik ausgerüstet worden war, eine gewisse Zeit.

Ebenso gespannt wie seine ihm untergebenen Mitarbeiter wartete der Kommandant darauf, dass die Sonden endlich starteten. Seine Ungeduld wuchs, er hatte die Luft im Raumschiff satt. Auch wenn diese immer wieder aufbereitet wurde, war sie doch irgendwie verbraucht. Endlich wieder einmal frischen Sauerstoff einatmen wie in seiner Kindheit, als das in manchen Gegenden von Xylot noch möglich war!

Endlich war es soweit. Insgesamt acht Sonden verließen das Raumschiff. Hoffnungsvoll sahen die Xyloten ihnen hinterher.

Bald erschienen die ersten Fotos, die von den Kameras der Sonden an den Bordcomputer des Mutterschiffes übertragen wurden, auf den Monitoren in allen Räumen der Xylosia. Gebannt starrten die Xyloten auf die Bildschirme. Ob sie auf dem Blauen Planeten, der so verheißungsvoll aussah, wirklich ein neues Zuhause finden konnten?

Die Zeit verging nur sehr schleppend. Den Kommandanten auf der Brücke hielt nichts mehr in seinem Sessel, er sprang auf und begann wie wild auf- und abzugehen. So aufgeregt wie jetzt war er noch nie in seinem Leben gewesen. Ständig wurden neue Bilder von den Sonden übertragen, aber die waren noch nicht ausgewertet. Die Zeit wollte nicht vergehen. Wo blieben nur die fertigen Bilder, die man sich ansehen konnte? Außerdem mussten nun doch bald die ersten Messergebnisse über die Beschaffenheit des Blauen Planeten eintreffen! Wo blieben die denn nur wieder? Der Kommandant konnte sich nur noch sehr schwer beherrschen.

Endlich! Endlich war es soweit! Die ersten Bilder wurden vom Bordcomputer auf die Bildschirme projiziert. Der Kommandant beendete seine nervöse Wanderung durch die Kommandozentrale, mit weichen Knien nahm er wieder in seinem Sessel Platz und starrte wie gebannt auf den Bildschirm seines Arbeitsplatzes.

Mit zitternden Händen bewegte er den Cursor, um sich die von den Raumsonden übertragenen Bilder nacheinander ansehen zu können. Sein Atem ging dabei stoßweise. Die Fotos, die er sich nun ansah, übertrafen alle seine Erwartungen. Vermutlich gab es auf dem Blauen Planeten alles im Überfluss, was die Xyloten zum Leben brauchten.

Doch was hatte er eben auf einem der Bilder gesehen? Er traute seinen Augen nicht. Was war das? Waren das etwa Xyloten? Nein, das konnte unmöglich der Fall sein. Dieser Planet durfte noch nicht besiedelt sein. Der Treibstoff der Xylosia war fast aufgebraucht. Sie mussten diesen fremden Planeten in ihren Besitz nehmen. Koste es, was es wolle! Dieser Planet sollte, nein, musste den Xyloten gehören! Ach, was, dieser Planet gehörte schon jetzt den modernen Xyloten! Wenn es sein musste, wollte der Kommandant die Ureinwohner dieses Planeten auf einen seiner fünf Kontinente zwangsweise umsiedeln. Dorthin, wo sie niemanden mehr störten.

„TO, sofort einige Bilder zurückgehen!“, befahl er dem technischen Offizier.

Als das Bild erschien, das der Kommandant vor nur einigen Augenblicken flüchtig gesehen hatte, wuchsen seine Sorgen wieder an. Ja, dieser Planet war bewohnt. Die Wesen, die auf dem Blauen Planeten hausten, sahen einerseits aus wie die Xyloten, andererseits aber doch ganz anders.

Die Blauen, so nannte der Kommandant diese Wesen heimlich bei sich, waren sehr klein. Sie hatten mitten im Kopf auch nur ein Organ, dass dem Riechorgan der Xyloten ähnlich war. Über dem Riechorgan hatten sie zwei Sehlöcher. Die Blauen hatten sogar eine Art Fell auf dem Kopf. Bei einigen hatte sich das Fell zusätzlich um die Sehlöcher und das Riechorgan ausgebreitet. Der eine hatte ein kurzes Fell, ein anderer ein sehr langes, mehrere Xylotstriche lang. Bekleidet waren sie mit ganz seltsamen, wehenden Stofffetzen, die sie sich um ihren Körper geschlungen hatten. Die Beine steckten in flexiblen Röhren, damit sie sich darin bewegen konnten.

Die Behausungen dieser Blauen waren auch sehr unterschiedlich. Sie waren aus Holz oder Gestein. Mitten darin waren viereckige Löcher vorhanden. Aus einigen dieser Löcher bewegte sich blaugrauer Rauch.

Wie primitiv diese Blauen doch nur lebten! Der Kommandant sah sich die Bilder nun mit Gelassenheit an. Mit diesem primitiven Haufen sollten sie leichtes Spiel haben.

Endlich waren alle Messdaten der Raumsonden an den Hauptcomputer der Xylosia gesendet und ausgewertet worden. Die Wissenschaftler trafen nach und nach in der Kommandozentrale ein. Die Aufregung wuchs, da niemand ihre Ergebnisse kannte. Mit großer Neugier hörte sich der Kommandant die von ihm in Auftrag gegebenen Berichte nacheinander an.

Zuerst berichtete der Planetologe über die Beschaffenheit des Blauen Planeten. Dieser bestand in seinem Inneren aus einem Lavakern. Dort, wo sich die Lava abgekühlt hatte, waren verschiedene Gesteine entstanden.

Sehr viel Wasser gab es auf dem Blauen Planeten. Zwar war fast alles Wasser salzig und ungenießbar, doch gab es einige fließende Gewässer von unterschiedlicher Breite und Länge, die Trinkwasser spenden konnten. Auch einige stehende Gewässer existierten, die verschieden viel Trinkwasser in sich verbargen.

Es gab riesige sehr heiße Sandflächen, auch vereiste Gebiete, die zum Besiedeln nicht geeignet waren. Aber es waren auch sehr große Flächen vorhanden, die mit lebenden Gehölzen und anderen überwiegend grünen Pflanzen versehen waren. Dazu konnten viele kleine Flächen mit Klötzen aus Steinen und Hölzern ausfindig gemacht werden. Darin hielten sich Wesen auf, die ganz seltsam, schon grotesk anzusehen waren, aber irgendwie doch den Xyloten ähnelten.

Aus Sicht des Planetologen konnten auf ausgewählten Flächen des Blauen Planeten Xyloten leben, vorausgesetzt, dass auch die Ergebnisse der Biologen und Atmosphärologen dies erlaubten.

Der Biologe berichtete von Pflanzen, die ausnahmslos allen bekannten xylotischen Pflanzen ähnlich waren. Aber es gab auf dem Blauen Planeten Mikroorganismen und Einzeller, die die Xyloten todkrank machen konnten. Und zwar so viele, dass eine Bekämpfung dieser todbringenden Mikroorganismen nicht möglich war. Aber die Biologen konnten in einiger Zeit diese Krankmacher einfangen und isolieren und daraus eine Substanz gewinnen, die die Xyloten trinken konnten. Damit wären sie gegen diese winzigen Wesen immun.

Der Atmosphärologe sagte nur wenige Worte, die von allen Xyloten bejubelt wurden. Die Gase des Blauen Planeten, die seine Atmosphäre bildeten, konnten den Xyloten nicht schaden, sie waren für sie gut verträglich. Hier konnten die Xyloten leben.

Doch wurde die Freude der Xyloten in diesem Moment durch den Biologen gedämpft. Er sagte: „Aber dort leben primitive Formen xylotenähnlicher Wesen. Entweder wir vernichten sie, oder wir setzen sie fest und siedeln sie in einem Gebiet an, das sie nicht verlassen können. Dann müssen wir sie aber ständig beobachten und bewachen, damit wir ungestört den Planeten in unseren Besitz nehmen können."

Der Kommandant antwortete: „Ich habe schon einige Bilder dieser komischen Wesen gesehen. In der Tat müssen die sehr primitiv sein. Sie sind fast nicht lebensfähig. Ich glaube, wir fangen sie ein und isolieren sie auf den kleinsten Kontinent, der vollständig mit diesem ungenießbaren vielen Wasser umgeben ist. So sollten wir vor ihnen unsere Ruhe haben. Sollen sie doch sehen, wie sie dort zurechtkommen!"

Jodaryon

Schon mehrere Jahre regierte Jodaryon die Welt. Die Verhältnisse änderten sich rapide, immer mehr Menschen bildeten sich ein, zu einem bestimmten Volk oder zu einer besonderen Menschenrasse zu gehören, und wollten nicht einem großen Reich angehören, sondern in ihren eigenen Ländern und Ländchen leben. So entstanden in weit entfernten Gegenden eigene Staatsgebilde, die ihre eigenen Staatsoberhäupter eingesetzt hatten. Jodaryon war mit seiner Regierung nicht gewillt, diesen Ländern ihren eigenen Weg vorzuenthalten. So wurde er im Laufe der Zeit vom Herrscher der Welt zu einem Herrscher der Bergwelt. Trotzdem gelang es ihm, auf der ganzen Welt den Frieden zu erhalten.

Jodaryon hatte sich damals bereit erklärt, die Welt für fünf Jahre zu regieren. Wasgo hatte er zu seinem engsten und ersten Berater eingesetzt. Neben ihm gab es einen Ersten Minister und einen Ministerrat sowie einen großen Stab an weiteren Beratern. In den Städten und Dörfern hatte der weise Magier Oberhäupter eingesetzt, die ihm helfen sollten, des Volkes Wille zu vertreten. Kurzerhand nannte er diese Volksvertreter. Doch in großen Städten wie in der Hauptstadt reichte es oft nicht aus, dass es nur einen Volksvertreter gab. So wurden dort mehrere Volksvertreter eingesetzt.

Allerdings war es unmöglich, alle diese vielen, vielen Volksvertreter mitregieren zu lassen. Jodaryon setzte fest, dass das nur ein gewählter Vertreter einer Stadt oder eines Dorfes tun sollte. Da diese die Interessen der Bürger ihrer Gemeinde vertraten, nannte sie Jodaryon zuerst Bürgervertreter, doch kam es durch diesen Begriff immer wieder zu Verwechslungen mit den Volksvertretern. Deshalb beschloss Jodaryon, diese Bürgervertreter Bürgermeister zu nennen. In jeder Angelegenheit, die die Städte und Dörfer in ihrer Entwicklung beeinflussen konnten, standen diese Bürgermeister ihrem Staatsoberhaupt mit Rat und Tat zur Seite, sodass es kaum Entscheidungen gab, die dem Volk nicht gefallen konnten.

Nachdem Jodaryon die Welt fünf Jahre regiert hatte, wollte er einem anderen Mann sein Amt übertragen. Doch waren sich die Volksvertreter und die Bürgermeister darin einig, dass er die Welt gerecht regiert hatte. Hatte er nicht gemeinsam mit Wasgo sogar Luzifer gezwungen, in seiner Unterwelt zu bleiben? Nicht einmal einen Fuß durfte der Teufel auf die Erdoberfläche setzen. Somit lebten die Menschen in Frieden und Eintracht zusammen.

Jodaryon bestand darauf, dass der neue Herrscher nicht von ihm eingesetzt, sondern von den Volksvertretern gewählt werden sollte. Er schlug aber vor, dass Wasgo, Regulus, der Anführer der Elfen, oder der Erste Minister statt seiner die Welt regieren sollte.

Doch Wasgo glaubte, dass er das noch nicht konnte, und lehnte den Vorschlag seines Meisters ab. Auch Regulus und der Erste Minister wollten nicht Jodaryons Nachfolger werden.

So kam es, dass die Volksvertreter lange Zeit jemanden suchten, der willens und fähig war, dieses wichtige Amt zu übernehmen. Endlich sagte ein Vertreter, dass man einen Mann wählen solle, den das Volk als Herrscher akzeptieren wollte. Jeder erwachsene Mensch sollte jemanden als Herrscher benennen und derjenige, der die meisten Stimmen auf sich verbuchen konnte, sollte zum neuen Herrscher der Welt ausgerufen werden.

Auch wenn Jodaryon dieses Amt abgeben wollte, so war doch er es, der nach dem Willen des Volkes der Herrscher der Welt sein sollte. Nach ihm erhielt Wasgo die meisten Stimmen. So kam es, dass Jodaryon noch eine zweite Amtszeit bekam. Während dieser Zeit bildeten sich aber in den Tiefebenen und auf anderen Kontinenten weitere Staatsgebilde. Jodaryon und seine Regierungsmitglieder erlaubten die Abspaltung aus seinem Weltreich, weil es sinnvoll war, die dort lebenden Menschen nicht aus der Bergwelt heraus zu regieren, da sie ganz andere Interessen hatten als die Bergbewohner.

Viele Nationen entstanden und Jodaryons einstiges Weltreich schrumpfte zu einer Bergwelt zusammen, die die heutigen Alpen und die anschließenden Mittelgebirge umfasste. Schließlich musste der alte Magier sogar noch eine dritte Amtszeit antreten, da er wieder vom Bergvolk gewählt wurde, doch nun nannte er sich Herrscher der Bergwelt. Allerdings kündigte er schon mit Antritt seiner dritten Amtszeit an, dass er für eine vierte Legislaturperiode nicht zur Verfügung stehen werde. Wasgo, der ihn lange sehr gut beraten hatte, war nun alt genug, um an seiner statt zum Staatsoberhaupt gewählt zu werden.

Müde saß der alte Mann auf seinem einfachen Stuhl am zum Abendessen gedeckten Tisch. Wasgo, Luziferine und Antares leisteten ihm Gesellschaft.

„Fünfzehn Jahre habe ich jetzt regiert. Das ist doch eigentlich für einen Zauberer überhaupt keine lange Zeit! Aber ich glaube, ich bin in letzter Zeit alt geworden und müde. Meine Kräfte sind verbraucht. Ich muss mich etwas erholen“, sagte Jodaryon. Luziferine und Antares fiel in diesem Augenblick auf, wie stark er gealtert war. Sein Bart war zwar immer noch so stattlich wie damals, als Wasgo ihn kennengelernt hatte, aber zur damaligen Zeit war er grau gewesen, heute dagegen schlohweiß. Luziferine blickte Jodaryon ins Gesicht. Sie war besorgt.

„Was willst du uns damit sagen?“, fragte sie. Ihre weiblichen Alarmglocken schrillten ganz laut.

„Ich mag nicht mehr und ich will auch nicht mehr regieren. Ihr stellt euch gar nicht vor, wie müde ich bin. Ich werde mich nicht wieder zum Herrscher der Bergwelt wählen lassen. Es wird Zeit, dass das Zepter des Handelns jemand anderes übernimmt. Ich will nur noch meinen Lebensabend etwas genießen“, antwortete Jodaryon.

„Du willst uns alleine lassen?“, fragte ein überraschter Wasgo.

„Nein, das will ich nicht. Aber ich bin alt. Luzifer hat mir mit seinem Feuerteufel damals doch mehr angetan, als ich wahrhaben wollte. Ich werde nicht tausend Jahre alt. Wenn ich das Siebenhundertste erlebe, kann ich dankbar sein.“

Wasgo wurde blass, Luziferine hielt sich vor Schreck eine Hand vor den Mund und Antares rief aus: „Aber das kann doch nicht wahr sein! Du bist ein Zauberer, der beste, den die Welt je gesehen hat. Du wirst noch nicht sterben!“

„Nein, das werde ich tatsächlich nicht. Ich bin ja auch erst etwa sechshundertfünfzig Jahre alt. Also habe ich noch fast ein Menschenleben vor mir. Das ist doch gut. Ich kann euch also immer noch helfen, wenn etwas Schlimmes geschehen sollte“, sprach Jodaryon bestimmt, aber sehr ruhig und gelassen, „Angst vor dem Tode muss ich nun wahrlich nicht haben, ich stand ihm schon oft genug Auge um Auge gegenüber. Ich hätte schon längst tot sein können. Also seien wir doch bitte schön dankbar für jeden Tag, den ich noch auf dieser Welt wandeln darf! Selbst wenn ich eines Tages tot bin, bleibt genug von mir in dieser Welt bestehen.

Ja, und ob ich nun der beste Zauberer bin, den die Welt je gesehen hat, wage ich stark, zu bezweifeln. Ich kenne einen, der mir in der Zauberkunst weit überlegen ist,“ Jodaryon sah nun zu Wasgo herüber, der bescheiden seinen Kopf senkte.

„Aber erst durch dich habe ich meine besten Fähigkeiten erlangt. Du sollst mich nicht immer größer machen, als ich wirklich bin“, erwiderte der junge Mann verlegen.

„Vergiss deinen Vater nicht“, mahnte Jodaryon.

„Ich konnte ihm doch nur die Grundregeln des Zauberns beibringen, mehr kann ich ja selbst heute kaum!“ rief Antares auf Jodaryons Worte aus.

„Wie dem auch sei, wir müssen das jetzt nicht ausdiskutieren. Mein Entschluss steht fest. Ich setze mich zur Ruhe. Ich habe mir auch meine Gedanken gemacht, wer mein Nachfolger werden kann. Mir sind in der Tat drei geeignete Kandidaten für dieses Amt eingefallen“, Jodaryon machte eine kleine Pause, um seine Worte auf die Freunde wirken zu lassen, und auch, um die Spannung zu erhöhen.

Luziferine war es schließlich, die sagte: „Nun sage schon, an wen du denkst, und spanne uns nicht so auf die Folter!“

„Also gut“, meinte der Herrscher der Bergwelt, „Mein Nachfolger kann der Erste Minister werden. Er hat lange genug in meinem Schatten gestanden und sehr viel gelernt. Zudem ist er ein Mensch, was natürlich gut ist. Er soll ja auch über die Menschen regieren. Und natürlich auch über die Zauberer, Elfen und Vampire.

Der zweite Kandidat ist Regulus, der Meister der Elfen. Er hat mir stets und ständig mit seinen Elfen geholfen, gerechte Gerichtsurteile zu fällen und bei allem, was ich tat, egal, ob als Richter, Staatsmann oder Zauberer, fair zu bleiben. Ich bin mir sicher, dass er für mich ein würdiger Nachfolger ist!“

Schon wieder schwieg der alte Mann. Schließlich war es erneut Luziferine, die ungeduldig fragte: „Und wer ist der Dritte? Kennen wir den auch? Komm, sag schon: Wer ist der Dritte? Zu Wasgo sagst du immer, er soll sich nicht jedes Wort einzeln aus der Nase ziehen lassen. Also los, sage uns endlich, wer dein dritter Kandidat ist.“

„Du bist aber neugierig. Frauen sind das wohl immer“, grinste Jodaryon Luziferine an, die mit einem Lachen herausstieß: „Ach, du, musst uns wohl immer necken!“

„Nein, das muss ich nicht. Wer soll schon der dritte Kandidat sein? Wasgo natürlich!“

Weltbewegende Ereignisse

Als Jodaryon am nächsten Morgen aufwachte, hatte er fürchterliche Kopfschmerzen. Noch nie zuvor hatte er Schmerzen verspürt, es sei denn, dass sie ihm während eines Zweikampfes zugefügt worden waren. Jodaryon fühlte sich total antriebslos. Wenn in diesem Moment der Weltuntergang stattgefunden hätte, wäre ihm das egal gewesen.

Ein junger Kammerdiener wollte Jodaryon zur vereinbarten Zeit beim Ankleiden helfen, damit dieser das Frühstück wie gewohnt gemeinsam mit Wasgo und einigen Freunden in einem extra hierfür eingedeckten Saal einnehmen konnte. Jedoch bat Jodaryon den Diener, ihm etwas Obst zu bringen. Auf ein reichhaltiges Frühstück hatte er keinen Appetit. Später musste der junge Mann feststellen, dass Jodaryon das Obst nicht angerührt hatte.

Nach dem Frühstück stellte sich zu allem Überfluss auch noch Übelkeit bei ihm ein, ebenso begann er, zu schwitzen. Jodaryon fühlte sich zum ersten Mal in seinem Leben so richtig schwach und krank.

Als Wasgo ihn zu einer Sitzung des Ministerrates abholen wollte, fand er den alten Mann kraftlos zusammengesunken auf einem Stuhl kauern.

Es dauerte eine kleine Weile, bis Wasgo verstand, dass Jodaryon nicht die Kraft hatte aufzustehen. Noch nie zuvor hatte der junge Mann seinen Meister und väterlichen Freund in solch einem schlechten Zustand angetroffen. Erschrocken und voller Sorge überzeugte er Jodaryon davon, sofort einen Genesungszauber anzuwenden. Der stimmte zu, aber leider mussten sie feststellen, dass kein Genesungszauber dem alten Mann helfen konnte. Deshalb rief Wasgo einen von Jodaryons Bediensteten herbei.

Ein Kammerherr erschien und sah seinem Herrn schon beim Eintreten an, dass dieser krank war. Sogleich schickte der einen Diener zu einem Arzt, der sofort Jodaryon auf- und untersuchen sollte.

Währenddessen suchte Wasgo die Minister auf, informierte sie über den Gesundheitszustand des Staatsoberhauptes und verschob die Sitzung auf den Nachmittag. Vielleicht ging es Jodaryon ja bis dahin wieder besser.

Als der junge Mann, der nun schon vierunddreißig Jahre alt war, aber immer noch wie ein Zwanzigjähriger aussah, zu dem kranken Jodaryon zurückkehrte, nahm er wahr, dass der Arzt dem Kammerdiener Medikamente übergab, die dieser Jodaryon verabreichen sollte. Der Doktor erklärte dabei, wie die Arzneien eingenommen werden mussten. Außerdem verordnete der Heiler dem Staatsmann absolute Bettruhe, damit sich Jodaryon von der Krankheit erholen konnte. Je eher der weise Magier die Regierungsgeschäfte wieder übernehmen konnte, desto besser war es, denn wichtige Entscheidungen mussten getroffen werden.

Wasgo schickte den Kammerherrn hinaus. Er wollte Jodaryon unter vier Augen sprechen. Als sie alleine waren, kämpfte er kurz mit sich selbst und rang sich dann dazu durch, den Verdacht, der ihm gekommen war, direkt auszusprechen. Ängstlich und traurig begann er: „Bitte sage mir die Wahrheit, mein lieber Meister und Freund: Warum wirkt bei dir kein Genesungszauber? Warum schaffe ich es nicht, dich gesund zu machen? Ich bin mir sicher, dass du die Antwort auf meine Frage kennst."

„Ja, ich kenne die Antwort!"

„Bitte, sage sie mir!"

„Früher oder später wirst du es ja doch erfahren, also warum nicht jetzt?"

„Also dann sag es doch endlich!", rief Wasgo in wachsender Angst aus.

„Ich meine, ich hätte dir das schon einmal gesagt, aber das muss einige Zeit her sein. Weißt du, Wasgo, ein alter Zauberer kann irgendwann durch Genesungszauber nicht mehr gesund werden, weil sie einfach nicht mehr wirken. Genauso verhält es sich mit Heilungszauber, die Wunden verschließen. Das ist ein untrügliches Zeichen, dass er nicht mehr lange zu leben hat, höchstens noch ein paar Jahrzehnte. He, Wasgo, ganz so weit ist es noch nicht mit mir, da müssen dir jetzt nicht die Tränen kommen! Ich bleibe euch schon noch erhalten. Ein zum Sterben verurteilter Zauberer muss noch nicht sofort sterben, aber er muss sich der Wirkung von Medikamenten anvertrauen“, erklärte Jodaryon.

Wasgo wollte seinem Meister eine Frage stellen, doch der wehrte das mit einer Handbewegung ab und sprach weiter: „Aber das ist noch nicht alles. Nach und nach werde ich auch meine magischen Fähigkeiten verlieren.“

Wasgo erschrak heftig, und Jodaryon beruhigte ihn etwas mit den Worten: „Das ist ein ganz normaler Vorgang. Wenn der beginnt, geschieht aber noch etwas Positives. Kein anderer Zauberer kann mich mehr verzaubern. Du kannst mir mit Zauberei nicht helfen, aber ein böser Zauber kann mir auch nicht mehr schaden. Du musst dir also keine Sorgen um mich machen.“ Nach einer kurzen Pause, in der er sah, dass Wasgo schon wieder mit den Tränen kämpfte, fügte er leicht lächelnd hinzu: „Ich habe schon noch ein bisschen Zeit übrig!“

Doch Wasgo machte sich trotzdem Sorgen. Bevor er Jodaryon alleine ließ, vereinbarten sie, dass der alte Mann sein ehrenwertes, aber anstrengendes Amt als Herrscher der Bergwelt aufgeben sollte.

Am Nachmittag informierte der junge Mann die Minister über Jodaryons Rücktritt. Da die Wahl eines neues Herrschers schon vorbereitet war, konnte sie in den nächsten Tagen stattfinden.

*****

Endlich waren alle Messergebnisse ausgewertet, alle Proben, die dem Blauen Planeten entnommen worden waren, waren untersucht worden. Stolz stand der Kommandant des xylotischen Raumschiffes in seiner Kommandozentrale vor seinen engsten Mitarbeitern. Auch die leitenden Wissenschaftler waren anwesend.

Sie alle spürten diesen geschichtsträchtigen Augenblick und warteten darauf, dass der Kommandant endlich den Befehl gab, der das Leben der Xyloten grundlegend zum Positiven verändern sollte. Mit diesem Befehl, den die Xyloten so sehnlichst erwarteten, sollte der Kommandant zum Präsidenten aufsteigen, zum Präsidenten von Xylot II, wie der Blaue Planet künftig genannt werden sollte.

Mit stolzgeschwellter Brust und vor Aufregung etwas zittriger Stimme begann der Kommandant, seinen Befehl an die Xyloten zu formulieren:

„Ich, der Kommandant der Xylosia, befehle: Erstens: Es wird ein großer Raumtransporter auf den Flug zum Blauen Planeten vorbereitet. In ihm soll alles Material verstaut werden, das zum Bau von Wohnhäusern, einem Regierungsgebäude und Laboratorien für alle Wissenschaften benötigt wird. Ein zweiter Großraumtranporter, der zweihundert Mann Besatzung aufnehmen kann, wird ebenfalls für den Flug zum Blauen Planeten bereitgestellt. Waffen zur Verteidigung unserer Raumfahrzeuge und eine Gruppe Sicherheitskräfte werden auf die Transporter verteilt. Der Vollzug dieser Maßnahme ist in drei Minizeiten zu melden!

Zweitens: Es werden von den dafür Verantwortlichen für alle Bauabteilungen und Wissenschaften Besatzungsmitglieder bestimmt, die die erforderlichen und für den Notfall zu erwartenden Aufgaben auf dem Blauen Planeten auszuführen haben. Dazu gehören die weiteren wissenschaftlichen Untersuchungen des Planeten sowie die baulichen Maßnahmen zur Errichtung einer Stadt, damit wir den Blauen Planeten dauerhaft besiedeln können. Fünfzig Besatzungsmitglieder werden diese Maßnahmen kampftechnisch absichern. Als Notfälle werden ein eventueller Angriff der Wesen des Blauen Planeten betrachtet oder natürliche Katastrophen wie Stürme, Fluten, Beben und so weiter.

Drittens: Es werden die anderen xylotischen Raumschiffe gesucht, und nach deren Auffinden über den Blauen Planeten informiert. Es soll ihnen mein Befehl zugestellt werden, den Blauen Planeten anzufliegen, um uns bei dessen Besiedelung zu helfen. Ab sofort wird der Blaue Planet Xylot II genannt.

Viertens: Der Start der Raumtransporter zum Xylot II erfolgt in 70 xylotischen Zeiteinheiten, zu der Zeit, wenn auf dem kleinen zentralen Kontinent der zentrale Stern aufgeht. Die Raumtransporter haben in den Bergen in der Nähe der größten Siedlung der einheimischen Wesen zu landen und ihre Arbeit unverzüglich aufzunehmen.“

Erregt standen nun auch die vor dem Kommandanten versammelten Chefs der verschiedenen Arbeitsbereiche der Xyloten. Endlich war es soweit. Die Besiedlung des Xylot II konnte beginnen! Die Xyloten waren gerettet!

*****

Während die Xyloten ihre Landung auf die Erde vorbereiteten, fand in der Bergwelt die Wahl des Staatsoberhauptes statt. Immer noch wollte Wasgo nicht Herrscher der Bergwelt werden. Als feststand, dass er wie erwartet in dieses hohe und ehrenvolle Amt gewählt worden war, lehnte er die Wahl ab. Er war doch noch viel zu jung, um die Bergwelt zu regieren! War sein väterlicher Freund diesmal nicht doch etwas vorschnell gewesen?

Selbstverständlich erfuhr Jodaryon auf seinem Krankenlager von der Ablehnung Wasgos und rief ihn gleich zu sich. Als dieser endlich zu ihm kam, registrierte Wasgo, dass es dem alten Zauberer gut ging. Er eilte auf ihn zu, umarmte ihn kurz, aber herzlich und sprach: „Ich freue mich, dass es dir wieder besser geht, mein lieber Jodaryon!“

„In der Tat, ich fühle mich wohl wie schon lange nicht mehr, die Tropfen, Tinkturen und Kräuter meines alten Wunderdoktors wirken wie ein Genesungszauber!“

„Alter Wunderdoktor, der ist doch höchstens sechzig …! Aber sage mir bitte, warum ich zu dir kommen sollte.“

„Kannst du dir das nicht denken, mein junger Freund?“

Statt eine Antwort zu geben, ließ Wasgo niedergeschlagen den Kopf hängen. Jodaryon fragte dann auch ohne Umschweife: „Du willst nicht regieren? Das sagte mir mein Kammerdiener. Die Menschen sind von dir enttäuscht.“

„Ach, Jodaryon, ich bin doch noch viel zu jung zum Regieren, bin doch erst 34 Jahre alt. Außerdem sehe ich immer noch aus wie ein Junge!“

„Dein Aussehen und dein Alter sind für so ein Amt zweitrangig. Deine Lebenserfahrung und dein Weitblick sind das Entscheidende, und keiner in deinem Alter kann davon so viel aufweisen wie du. Ach, was sage ich: Kein Mensch hat auch nur annähernd das erlebt, was du erlebt hast! Und kein Mensch lernt in seinem Leben ein Viertel dessen, was du in wenigen Jahren gelernt hast! Nein, nein, du hast genug erlebt und bist sehr gut ausgebildet. Du bist der am besten ausgebildete Magier aller Zeiten, nicht einmal Bossus besaß auch nur annähernd deine magischen Fähigkeiten. Also komme mir nicht damit, dass du zum Regieren zu jung und unerfahren seist!“

Wasgo schwieg und sah verschämt zum Boden. Natürlich hatte Jodaryon recht! Aber trotzdem …

Nach einer Pause sagte dieser fast zärtlich: „Wasgo, mein Junge, du bist mir wie ein Sohn geworden. Erinnere dich bitte einmal daran, was wir alles gemeinsam erlebt haben, an deine Ausbildung, an unseren gemeinsamen Kampf gegen Bossus! Ohne dich hätte ich ihn nie besiegen können. Gemeinsam mit deinen Eltern ist es uns aber gelungen.

Was hast du in Transsilvanien erlebt! Du hast mit deinem Einsatz dort vielen Menschen das Leben und genauso die Existenz der Vampire gerettet. Ohne dich wäre es zu einem schrecklichen Krieg zwischen uns und den Vampiren gekommen, zu einem Krieg, in dem es nur Verlierer gegeben hätte. Sinclair kann sich glücklich schätzen, dass du damals den Auftrag in Transsilvanien übernommen hast.

Und du warst es auch, der den entscheidenden Anteil daran hatte, dass wir beide gemeinsam deinen Großvater in die Hölle verbannen konnten. Deinen Opa Luzifer!“, lächelte Jodaryon. „Solange einer von uns beiden lebt, kann er nicht wieder auf die Erde zurückkehren. Und bis du sterben musst, vergehen noch gut und gerne 1000 Jahre. Bis dahin wird Luzifer aus den Köpfen der Menschen verschwunden sein und somit wird er alle seine Macht verlieren.

Du bist der Bezwinger des Teufels und der Hölle mitsamt aller teuflischen Monster. Hast du dir das alles eigentlich einmal klargemacht? Nochmals: Was du alles schon erreicht hast, davon können andere junge Männer in deinem Alter nur träumen. Sage doch selbst: Wer soll die Bergwelt regieren, wenn nicht du?“

Unsicher sah Wasgo seinen alten Lehrmeister an und fragte: „Du meinst, ich soll mich zum Herrscher der Bergwelt ausrufen lassen? Jodaryon, ich habe Angst, Angst davor, dass ich falsche Entscheidungen treffen werde, die den Frieden gefährden können!“

„Es gibt dafür keinen besseren und geeigneteren Kandidaten als dich!“

„Na, gut, wenn du meinst ...“

„Ich meine, Wasgo, ich meine!“

Nach dem Gespräch mit Jodaryon suchte Wasgo den ersten Minister auf. Er informierte ihn darüber, dass er seine Wahl zum Herrscher der Bergwelt nun doch annehmen wollte. Zwei Tage später wurde Wasgo in sein neues Amt eingeführt. Ihm zu Ehren gab es ein Fest, das aber aufgrund mangelnder Zeit nicht so berauschend geriet wie die Feierlichkeiten damals, als Jodaryon das hohe Amt angenommen hatte. Aber Wasgo war das ganz recht. All dieser Aufwand, dieses Aufheben um ihn ...

*****

Die Menschen in der Hauptstadt, aber auch in allen anderen Teilen des Reichs feierten Wasgos Ausrufung zum Herrscher der Bergwelt. Überall herrschte eine ausgelassene und fröhliche Stimmung. Wasgo wurde gefeiert, nachdem auch er in einer Gerichtssitzung hatte beweisen müssen, dass er ein gerechter Herrscher war. Wie nervös er davor gewesen war, wie ihm das Herz bis zum Hals geklopft hatte! Und doch hatte er, als es darauf ankam, alles richtig gemacht. Jodaryons Augen leuchteten vor Stolz.

Zur gleichen Zeit starteten die Xyloten die Raumtransporter, die aufgrund des Befehls des Kommandanten zu einem Flug zum Blauen Planeten vorbereitet worden waren. Lautlos lösten sich die Transporter vom Mutterschiff und nahmen Kurs auf die Erde.

An Bord der Raumschiffe befanden sich 200 Mann an Besatzung, die die vom Kommandanten befohlenen Aufgaben zu bewältigen hatten. Ausgerüstet waren sie nicht nur mit technischen Instrumenten, die zur wissenschaftlichen Forschung dienten, sondern auch mit für xylotische Verhältnisse schwerem Gerät zum Bau von modernen Gebäuden aller Art. Aber sie führten auch Kriegsmaterial mit sich, falls die Menschen sie angreifen sollten.

Dass zu dieser Zeit die Erde außerdem von Zauberern, Vampiren und Elfen bewohnt wurde, ahnten die Xyloten nicht. Sie sollten noch die eine oder andere Überraschung erleben.

*****

Das Fest ging seinem Ende entgegen. Wasgo stand in der Hauptstadt müde neben Jodaryon auf dem Festplatz des Palastes. Bei ihnen befanden sich Antares und Luziferine sowie einige Minister und Freunde.

Die Nacht war bereits vor einigen Stunden angebrochen. Die Dunkelheit wurde nur durch einige Fackeln durchdrungen, die an den Wänden der Gebäude der Stadt befestigt waren. So beleuchteten sie nur schwach die Straßen, die anlässlich des Festes zu Wasgos Ehren überall mit Blumen und bunten Fahnen festlich geschmückt worden waren.

Auf einigen Plätzen hatten die Menschen zudem große Holzhaufen angezündet und somit für schöne Feuer gesorgt. Ähnlich wie es bei Jodaryons Feier anlässlich seiner Ausrufung zum Herrscher der Welt war, befanden sich überall in der Stadt Stände, an denen die Menschen kostenlos mit allen möglichen Leckereien versorgt wurden. So gab es reichlich Fleisch von verschiedenen Tieren, das gebraten oder gekocht zubereitet worden war. Ebenso wurden viele Süßspeisen ausgeteilt.

„Ich mag nicht mehr, am liebsten möchte ich schlafen gehen“, sagte Wasgo gähnend.

„Du hast auch einen anstrengenden Tag hinter dir“, meinte Luziferine mitleidig.

„Ich glaube, du wirst in Zukunft noch viele anstrengende Tage erleben“, sagte Antares. „Du bist jetzt Herrscher der Bergwelt und du musst das Reich regieren. Sehr viel Freizeit wird dir nicht bleiben, mein Junge."

„So schlimm wird es nun auch wieder nicht werden", antwortete Jodaryon, „es gibt solche und solche Tage. Nur in Zeiten von großen Unruhen wie zum Beispiel in Kriegszeiten wird es hart. Aber ich hoffe für dich, mein lieber Wasgo, dass es keinen Krieg mehr geben wird."

„Seht nur", sagte der Erste Minister, „die Dämmerung bricht schon an, bald geht die Sonne auf."

Kaum hatte er seine Worte ausgesprochen, wurde es plötzlich taghell. Ein Feuerschweif erhellte den Himmel und beleuchtete die Erde wie die Sonne am Tag. Dabei wurde er ständig länger und das Licht immer greller. War das einer jener gelegentlich auftauchenden Kometen, den die Menschen als Vorboten kommenden Unheils ansahen? Doch dann erlosch das Himmelsfeuer allmählich und es wurde wieder dunkel. Nein, ein Komet war das nicht. Der hätte länger geleuchtet. Nur: Was war das dann?

Noch ehe die erschrockene Luziferine ihren Sohn danach fragen konnte, brach ein ohrenbetäubender Knall durch die Nacht. Ein scheinbar nicht enden wollendes Donnergrollen zerriss die Stille. Doch endlich brach auch das ab. Es dauerte aber nur einige wenige Sekunden, in denen sich die bei Wasgo befindlichen Personen ängstlich um die beiden Zauberer scharten. Denn im nächsten Augenblick erzitterte die Erde. Erneut erfüllte ein tiefes Grollen die Luft. Nur war es dieses Mal nicht ganz so laut wie das Donnergrollen vor wenigen Augenblicken. Endlich ging die Sonne auf und der Spuck war vorbei.

Niemand konnte sich erklären, was das zu bedeuten hatte. Auch Wasgo und Jodaryon waren völlig ratlos.

*****

Exposia war der verantwortliche Offizier für Expeditionen des xylotischen Raumschiffes Xylosia, das eigens für Fernreisen zu fremden Planeten in weitentfernten Galaxien entwickelt und produziert worden war. Er war ein erfahrener Offizier seiner Weltraumflotte und aufgrund seiner anerkannten Kompetenz der stellvertretende Kommandant der Xylosia. Jetzt war er auf Xylot II der Befehlshaber und Kommandant aller auf dem Planeten befindlichen Xyloten. Erst wenn der Kommandant des Mutterschiffes seinen Fuß auf Xylot II setzte, wurde Exposia zu dessen untergeordnetem Offizier, denn dann würde der Kommandant nach den Gesetzen der Xyloten zum Präsidenten auf Xylot II werden.

Zwar war Exposia auch jetzt dem Kommandanten unterstellt, doch solange dieser sich nicht in seinen Aufgabenbereich auf dem Planeten einmischte, war hier nur er der Chef, und so wurde er auch von seinen untergebenen Mitarbeitern genannt.

Als die Raumfähren mit lautem Donnergetöse auf Xylot II aufsetzten, bemerkte der Chef, dass der Erdboden instabil wurde, und ließ sie wieder abheben. Nur wenige Hundert Meter weiter landeten die Transporter erneut. Hier war der Boden fest, Gefahren für die Raumfahrzeuge gab es keine. Sicherheitshalber ließ der Chef aber doch einen Schutzschild um die wertvollen Raumtransporter errichten. Ohne diese Flugobjekte konnte die Expedition nicht zum Mutterschiff zurückkehren.

Er saß an seinem Befehlspult vor seinem Computer, der mit dem Bordcomputer der Xylosia verbunden war. Voller Energie hämmerte der Chef Befehl um Befehl in seine Tastatur. Er wollte wissen, warum am ursprünglichen Landeort der Erdboden seine Stabilität verloren hatte. Schnell bekam er das Ergebnis. Unter dem Hochplateau befand sich ein weitverzweigtes Höhlensystem. Dessen Decke drohte einzustürzen. Sie war den Belastungen, denen sie durch den Landeanflug der beiden Raumtransporter ausgesetzt war, nicht gewachsen. Gerade noch rechtzeitig konnten die Xyloten von diesem gefährlichen Platz abheben, denn gleich darauf stürzte die Höhlendecke an vielen Stellen mit lautem Gepolter ein, das bis in die nahe Hauptstadt zu hören war.

*****

Die Sonne ging auf. Es wurde schnell warm, insbesondere staute sich die Wärme in der eingestürzten Höhle, die sich wie ein Kessel in der Erde befand.

In der Höhle befand sich an der Wand ein riesiges Ei, welches wie durch ein Wunder nicht durch die herabfallenden Steine und Felsbrocken zerstört wurde. Im Gegenteil sorgte die aufgegangene Sonne dafür, dass sich dieser Kessel, der einmal eine Höhle war, schnell aufheizte. So wurde auch das gewaltige Ei erwärmt, was wiederum dazu führte, dass darin neues Leben entstand.

Die Sonne sollte das Ei in nur wenigen Tagen ausbrüten, schneller, als jedes Muttertier das vermocht hätte. Welches Lebewesen dann das Licht der Welt erblicken sollte, konnten die Bewohner der Erde bald erfahren.

Der Herrscher der Bergwelt und der Chef

Lieber wollte der Chef sichergehen. So ließ er noch einmal sorgfältig die nähere Umgebung der Raumsonden untersuchen. Aber es blieb dabei: Die Xyloten konnten ohne Schutzanzüge auf diesem Planeten leben.

Exposia wollte mit einer Abordnung von drei Männern die große Ansammlung an Hütten und anderer Behausungen der Ureinwohner dieses Planeten aufsuchen. ‚Das könnte vielleicht deren Stadt sein', dachte Exposia. Er wählte einen der Sicherheitsleute aus, der sich mit einer großen Strahlenpistole bewaffnen sollte. Diese Waffe sollte gegen die lächerlichen Schwerter der Ureinwohner ja wohl ausreichen.

Opfer auf der Seite der Xyloten waren, so glaubte er, bei einem eventuellen Angriff der zurückgebliebenen Wesen dieses Planeten nicht zu befürchten. Einen Sprachübersetzer wollte der Chef ebenso mitnehmen und seinen Begleitern befahl er, das Gleiche zu tun. Dieses hochmoderne Gerät sollte eine problemlose Verständigung mit den Einheimischen ermöglichen. Irgendwie musste er denen doch seine Befehle übermitteln.

Der Sprachübersetzer sollte alle Laute, die die Bewohner des Blauen Planeten von sich gaben, aufnehmen. Anschließend versuchte er, anhand ihrer Taten und Bewegungen diese Laute mit der Sprache der Xyloten zu vergleichen. Somit konnte er ohne größere Probleme die Sprache der Ureinwohner erlernen und übersetzen. ‚Oder das', dachte Exposia, ‚was die Ureinwohner eben Sprache nannten.'

Der Chef ließ die Schutzhülle um seine Raumtransporter entfernen und begab sich mit seinen Begleitern ins Freie. Als sie den ersten Atemzug nahmen, hob sich ihre Stimmung um ein Vielfaches. Die Luft schmeckte nach nichts, sie war absolut sauber. Im Gegensatz zu Xylot verunreinigten hier keinerlei Verschmutzungen die Atmosphäre. Die Luft hatte zudem einen wunderbaren Geruch nach Pflanzen. Die drei Xyloten waren von dem Blauen Planeten, der nun Xylot II hieß, hellauf begeistert.

Keine Frage, hier ließ es sich leben. Wenn nur die anderen Xyloten aus den Fehlern der Vergangenheit gelernt hatten. Sie hatten nicht das Recht, noch einen Planeten zu zerstören. Kein Tier auf Xylot hatte seine Umwelt zerstört, aber die Xyloten hatten das getan und damit hatten sie letztlich ihre eigene Existenzgrundlage, nämlich ihren Planeten, vernichtet.

Etwas wehmütig dachte Exposia zurück. Nur einige wenige Xyloten hatten sich retten können, weil sie das Glück hatten, einen Platz auf einen der Raumschiffe ihrer Weltraumflotte zu bekommen, egal, wie sie dazu gekommen sein mochten. Beziehungen schadeten nur dem, der sie nicht hatte, und bei der Vergabe der Plätze auf den Raumschiffen waren sie besonders gefragt. Davon war Exposia überzeugt. Außerdem hatten viele Xyloten genug Geld, um sich einen solchen Platz kaufen zu können. Auch davon war Exposia überzeugt.

Doch letztendlich sollte es ihm egal sein. Die meisten Xyloten waren arm und hatten nie eine Chance, ihr Leben mit einem Raumschiff zu retten. Sie mussten sterben, weil sie nicht zu den oberen Zehntausend gehörten, wie man so schön sagte. Wer arm war, starb früher, so war es nun einmal im Leben. Das mussten die meisten Xyloten schmerzlich erfahren. Nichts lag den führenden Xyloten ferner als falsche Sentimentalität.

Die Xyloten hatten sogar aus purer Lust und aus Sensationsneugier getötet. Was sie sich alles einfallen ließen, um andere Xyloten quälen und foltern zu können, konnte der Chef noch nie akzeptieren oder gar verstehen. Nicht einmal der Yenitau, das größte Raubtier auf Xylot, hatte aus Lust getötet, sondern stets nur aus Hunger. Dagegen sie, die Herrscher Xylots …

Wenn sie nur ein bisschen aus ihren Fehlern gelernt hatten, damit so etwas wie auf Xylot nicht noch einmal passierte!

Die Sonne schien, ein strahlend blauer Himmel breitete sich über die Xyloten aus. Es herrschten angenehme warme Temperaturen. Der Chef überlegte, ob er mit seinen beiden Gefolgsleuten einfach zu Fuß losgehen oder besser mit einem Exkursionswagen fahren sollte. Aus

Sicherheitsgründen war es vielleicht doch besser, mit dem Fahrzeug zu den Ureinwohnern zu fahren.

Nicht nur die saubere, atembare Atmosphäre und die Nahrung liefernde Pflanzenwelt von Xylot II machten diesen Planeten für die Xyloten bewohnbar. Neben den vielen verschiedenen Pflanzensorten, die zur Ernährung der Xyloten hervorragend geeignet waren, gab es auch überall genügend Trinkwasservorkommen in Form von Flüssen und Seen. Doch niemand wusste, welche Tiere hier lebten. Noch hatte niemand ein Tier von Angesicht zu Angesicht gesehen. Außer kleine Flugfedertiere. Ob es hier wohl auch Yenitaue gab? Wenn ja, dann konnten diese riesigen Tiere schon ein ernsthaftes Problem darstellen.

Einige Tierarten waren mithilfe der modernen Technik schon entdeckt worden. Kleine und große Flugfedertiere gab es genug. Diese hatten verschiedene Farben und Formen. Besonders die kleinen, grauen, sehr flinken fliegenden Tiere mit einem spitzen Schnabel waren freche Gesellen.

Es war schon unglaublich, wie sie sich den Xyloten näherten, dass diese sie fast mit den Händen hätten ergreifen können. Schnell pickten die Federtiere Krumen vom Boden auf, die die Xyloten von ihren knusprigen aufgeheizten Hefeaufgehern verloren hatten, und ebenso schnell hüpften sie woanders hin oder flatterten weg, um ihre Beute zu verzehren.

Auch viele verschiedene Insekten oder Wirbeltiere gab es. Die meisten Tiere waren sehr scheu. Bisher war es noch keinem Xyloten gelungen, diese Tiere zu sehen oder gar zu fangen. Aber Spuren von einem Yenitau hatte bis zu diesem Zeitpunkt, den Göttern sei Dank, auch noch niemand gefunden.

Der Chef war zu der Überzeugung gelangt, dass es auf Xylot II keine Tiere gab, die den Xyloten gefährlich werden konnten. Deshalb beschloss er nun, die Ureinwohner doch zu Fuß aufzusuchen.

Sie machten sich auf den Weg. Was sie da nicht alles zu sehen bekamen! Xylot II war wirklich ein wunderschöner Planet. Überall grünte und blühte es. In der Umgebung waren viele Bergketten zu sehen. Grüne Wiesen erstreckten sich allerorts in das weite Land hinein.

Riesige Holzlinge gab es, die Blätter an ihren starken hölzernen Armen und Ärmchen waren von Holzling zu Holzling von verschiedener Form und sogar in der Farbe unterschieden sie sich. Sie waren grün, aber einige waren dunkel, andere hell und wieder andere waren heller als die Dunklen, aber auch dunkler als die Hellen. Es gab sogar Holzlinge, die hatten statt der Blätter kleine spitze Nadeln an ihren Holzarmen.

Die Natur war hier so vielfältig, wie sie es auf Xylot niemals gewesen war. Auch viele kleine, unregelmäßig gewachsene holzlingähnliche Gewächse fielen den Xyloten auf. Wo es, warum auch immer, keine großen Holzlingansammlungen gab, erstreckten sich grüne Flächen über den Planeten. Diese grünen Flächen waren von Blühlingen in allen Farben befleckt. Und je höher die Berge in den Himmel hineinragten, desto mehr steinfelsige Klumpen standen auf ihnen in unregelmäßigen Abständen herum. Auch diese waren von unterschiedlicher Form und Größe. Zahllose kleine fliegende Tierchen summten und brummten mit ihren gelbschwarzen oder pelzigen Körperchen um die Blühlinge herum und setzten sich für kurze Zeit auf so ein Pflänzchen. Die sahen so possierlich aus, dass einer der Begleiter des Chefs gleich einige Exemplare einfangen wollte. Im nächsten Augenblick schrie er auf. Diese kleinen Lebewesen konnten ja hundsgemein stechen!

Die Route, die der Chef wählte, war wahrscheinlich die, die den xylotischen Körpern die wenigsten Anstrengungen abverlangte. Trotzdem war es ein sehr beschwerlicher Weg. Ständig ging es bergauf und bergab. Das kostete nicht nur sehr viel Zeit, sondern auch eine Menge Kraft. Die drei Xyloten durchquerten große Wälder, in denen sie viele Höhenmeter gewannen, um sie später wieder zu verlieren. Das Wasser trat ihnen aus ihren Körpern heraus. Sie bemerkten, dass die Kräfte sie verließen. Der Chef war nun in großer Sorge darüber, ob sie es mit dieser Art der Fortbewegung überhaupt bis zu den Ureinwohnern schafften. Es wäre besser gewesen, doch mit dem Exkursionswagen zu fahren.

Doch hatte er nicht vermutet, dass ihr Weg so weit und so beschwerlich sein sollte. Sie hatten nichts zu essen und nichts zu trinken dabei. Sie gingen nicht mehr, sondern sie schleppten sich unter einer vom Himmel brennenden Sonne durch die Gegend, als sie endlich die Tore der Hauptstadt erblickten. Zusehends verließen sie ihre Kräfte. Mit Mühe und Not erreichten sie die Tore, beinahe einer Ohnmacht nahe.

Zur gleichen Zeit wurde das Innere der eingestürzten Höhle durch die Sonne erwärmt. In dem riesigen Ei, dass sich darin befand, bewegte sich ein Tier. Es kratzte von innen an der Eischale, doch noch konnte es nicht die Freiheit erlangen. Es war erst kräftig genug dafür und somit lebensfähig, wenn es das restliche Eiweiß, das sich noch im Ei befand, aufgefressen hatte.

*****

Die Torwachen sahen in der Ferne drei seltsame Gestalten auf die Hauptstadt zukommen. Je näher sie kamen, desto unheimlicher erschienen sie ihnen. Als sie nur noch etwa 300 Meter von den Toren entfernt waren, konnten die Wachen die Gestalten etwas besser erkennen. Sie waren sehr groß und sehr schlank. Doch schienen sie gut durchtrainierte Körper zu besitzen.

Menschen konnten diese Wesen auf keinen Fall sein, dafür waren sie entschieden zu groß. So riesenhafte Menschen gab es nicht. Bekleidet waren sie mit silberfarbenen, in der Sonne glänzenden Beinlingen, an denen sich eng am Körper anliegende Hemden von derselben Farbe anschlossen. Diese Bekleidung bedeckte die Körper vollständig, nur die Köpfe schauten hervor. Keiner der Torwächter hatte jemals solche Bekleidung gesehen.

Wie es schien, waren die Riesen vollkommen haarlos. Die Haut war glatt und von hellbrauner Farbe. Die Stirn war sehr hoch und der Kopf fast kreisrund. Augen waren an diesen Wesen nicht erkennbar.

Aber offenbar konnten sie sich bestens in ihrer Umgebung zurechtfinden.

An den Seiten des Kopfes befanden sich große Hautlappen. Sie mussten so etwas wie die Ohren dieser Wesen sein. Als sie näher an die Stadttore herankamen, machte ein Mann der Wachen seinen Kameraden auf vier kleine Löcher in der Stirn aufmerksam. Der andere meinte, dass die beiden größeren Öffnungen die Augen sein mussten. Die beiden Kleineren waren etwas nach unten versetzt. Bei genauerem Hinsehen erkannten die beiden Männer, dass sich die unteren Löcher auf einer leichten kreisrunden Erhöhung befanden. Das musste die Nase der Riesen sein.

Schön anzusehen waren sie wahrlich nicht, vertrauenerweckend erst recht nicht. Wer waren diese fremden Wesen, die ihre Stadt besuchen wollten? Sie sollten wohl besser den Hauptmann von deren Ankunft informieren. Sollte der doch entscheiden, was zu tun war.

Als der Hauptmann die entkräfteten Riesen in ihrer undefinierbaren Bekleidung sah, schickte er einen Boten zu Wasgo. Außerdem befahl er, sie nicht aus den Augen zu lassen. Doch waren diese Riesen von ihrem Fußmarsch viel zu erschöpft, um zu bemerken, dass sie den Toren der Stadt näher kamen und beobachtet wurden. Als sie nur noch wenige Meter von der Stadt entfernt waren, entdeckten die Männer der Torwache eigenartige kleine Kästen, die diese Fremden sich umgehängt hatten. An ihrer Körpermitte hing zudem etwas, das genauso silbrig glänzte wie ihre Kleidung. Dass es gefährliche Waffen waren, konnten die Menschen nicht ahnen.

Direkt vor dem Stadttor ließen die Riesen sich kraftlos niedersinken und versuchten, sich etwas zu erholen.

Wenige Minuten später erschien Wasgo gemeinsam mit Jodaryon. Der alte Magier sagte, nachdem ihn Wasgo fragend angesehen hatte: „Das sind keine Menschen von dieser Welt. Die sind für das helle Leuchten und den Donner der letzten Nacht verantwortlich. Das fühle ich. Aber wie sie das gemacht haben und wie sie hierher gekommen sind, weiß ich nicht. Das alles ist sehr rätselhaft. Was die für silbrige Dinger tragen, kann ich auch nicht sagen, aber ich glaube, dass die Dinger gefährlich sind. Das könnten Waffen sein. Nehmt sie den Riesen vorsichtig ab. Passt aber auf, dass ihr an ihnen keinen Knopf oder Hebel berührt, wenn sie so etwas haben sollten. Nicht das jemand plötzlich tot umfällt und niemand weiß, warum das so ist!"

„Glaubst du, dass uns von den Riesen Gefahr droht?", fragte Wasgo.

„Ich habe noch nie solche Wesen gesehen. Ich kann es also nicht mit Sicherheit sagen. Aber weil sie mir fremd sind, rate ich zu äußerster Vorsicht! Sollten sie für uns keine Bedrohung darstellen, ist es um so besser. Aber ich glaube, dass wir lieber erst einmal vorsichtig sein sollten."

*****

Eindringlich ermahnte Wasgo die Wachen auf Jodaryons Rat hin zur Wachsamkeit und Vorsicht. Gemeinsam mit dem Hauptmann und einem älteren Wachmann, der für seine guten Leistungen und seiner Umsicht bekannt war, traten sie vor die Tore den Riesen entgegen, die zusammengesunken auf dem Boden kauerten. Schnell waren sie bei ihnen und stellten fest, dass die Riesen heftig schwitzten. Deren fremdartige Gesichter übten auf die Menschen einen starken Zwang aus, sodass sie sie immer wieder ansehen mussten.

Auch Wasgo war nun davon überzeugt, dass die fremden Wesen nicht irdischen Ursprungs waren. Doch bevor sie den Riesen Wasser zum Trinken gaben, nahmen sie ihnen unbemerkt die Waffen ab. Jodaryon untersuchte sie neugierig.

Als die Riesen genug getrunken hatten, erholten sie sich relativ schnell. Nach und nach erhoben sie sich vom Boden und strafften sich. Es schien den Menschen und Magiern beinahe so, als wenn die fremdartigen Wesen weiter in den Himmel wachsen wollten.

Wasgo redete sie an: „Ich bin der Herrscher der Bergwelt. Wer seid ihr und woher kommt ihr? Bitte antwortet mir!"

Erst jetzt bemerkten sie den ebenfalls silbrigen kleinen Kasten an ihrer Seite, weil der schnarrte, als Wasgo sprach.

Einer der Riesen sagte etwas in einer fremden Sprache, die die Erdenbewohner nicht verstehen konnten. Aber der Kasten schnarrte noch einmal. So ging es hin und her, Wasgo fragte etwas, der Kasten schnarrte, einer der Riesen gab Laute von sich und der Kasten schnarrte erneut. Irgendwann konnten Wasgo und seine Begleiter ein Wort aus dem sonderbaren Gerät verstehen. Je mehr sie versuchten, sich miteinander zu verständigen, desto mehr verständliche Wörter kamen aus dem Kasten heraus.

Jetzt verstand Wasgo, was das für ein Kasten war.

Als einer der Riesen sich unbewusst an die Seite fasste, wo sie die von Jodaryon als Waffen enttarnten silbernen Dinger gefunden hatten, erstarrte er. Er bemerkte, dass seine Waffe nicht an ihrem Platz war. Sofort wurde er unruhig und sagte: „Meine Strahlenpistole ist weg!"

Der Kasten übersetzte die Worte des Riesen. Auch die beiden anderen suchten und fanden ihre Waffen nicht und waren ebenso aufgeregt wie der erste Riese.

„Wo sind unsere Waffen?!", fragte der erste Riese aufgeregt. Diese Frage hörten Wasgo und seine Gefährten aus dem silbernen Kasten in verständlicher Sprache kommen, den die fremden Wesen sich umgehängt hatten.

Statt einer Antwort fragte Wasgo erneut: „Wer seid ihr und woher kommt ihr?"

„Ich bin der Chef, mein Name ist Exposia. Die beiden sind meine Mitarbeiter. Wir kommen vom Planeten Xylot. Diesen Planeten gibt es aber nicht mehr, deshalb suchen wir ein neues Zuhause für uns. Euer Planet bietet uns die besten Lebensbedingungen. Deshalb bitten wir euch, uns zu erlauben, eine Siedlung auf dem Hochplateau zu errichten."

„Wie viele Menschen seid ihr?" Wasgos Frage wurde vom sprechenden Kasten übersetzt.

„Wir sind keine Menschen, sondern Xyloten! Aber wir sind uns ähnlich. Nur seid ihr noch nicht auf unserer Evolutionsstufe angekommen. Aber mit unserer Hilfe könnt ihr euch sehr schnell weiterentwickeln, sodass es sich für euch lohnt, mit uns zusammenzuleben. Ihr werdet einige Entwicklungsstufen überspringen, in dem ihr von uns viel lernt und bald über die gleiche Technik verfügen wie wir.“ Gleichbleibend monoton schnarrte der Kasten Exposias Antwort.

Wasgo wollte wissen: „Wie viele von euch wollen sich auf der Erde siedeln?“

Exposia sagte: „Ich habe zweihundert Leute bei mir.“ Wie viele Xyloten in Zukunft den Blauen Planeten bewohnen sollten, verschwieg er, denn genau wusste er nicht, wie viele Xyloten insgesamt durch die Weltraumflotte gerettet werden konnten. Außerdem hing das von der weiteren Entwicklung der Ereignisse ab. Insbesondere davon, ob die Umsiedlung der Ureinwohner dieses Planeten sich schnell realisieren ließ. Nur musste das dieser Hinterwäldler erst recht nicht wissen.

„Zunächst dürft ihr auf dem Hochplateau wohnen. Doch muss ich meine Regierung befragen, ob das so bleiben kann. Eure Waffen werden wir behalten, bis es mir richtig erscheint, sie euch wieder auszuhändigen“, erwiderte Wasgo.

Exposia dankte dem Herrscher der Bergwelt wort- und gestenreich. Er verneigte sich vor Wasgo und fragte: „Willst Du einmal sehen, wie die Zukunft dieses Planeten aussieht. Ich kann dich in die Zukunft schicken, damit du sehen kannst, dass die Menschen und Xyloten in ferner Zukunft gleichberechtigt zusammenleben werden.“ Aber dabei dachte er, dass der Herrscher der Bergwelt aus der Zukunft garantiert nicht zurückkehren würde.

Fragend blickte der junge Zauberer zu seinem Meister. Der nickte und so erklärte sich Wasgo bereit, sich in die Zukunft schicken zu lassen. Schließlich konnte er, wenn es notwendig sein sollte, jederzeit einen seiner Zeitzauber anwenden, um schnell zurückzukehren.

*****

Währenddessen versuchte in der eingestürzten Höhle das Tier, das sich in dem riesigen Ei entwickelte, die Eischale aufzubrechen. Aber dafür war es immer noch zu schwach. Doch fraß es das restliche Eiweiß und wuchs sehr schnell. Bald sollte es aus dem Ei schlüpfen und die Ereignisse in der Bergwelt entscheidend beeinflussen.

Die Zukunft

In die Zukunft reisen? Ja, warum denn nicht? Das konnte nur von Vorteil sein, dachte sich Wasgo. Zumal für ihn als neuen Herrscher der Bergwelt.

Überhaupt jetzt. Diese seltsamen Wesen! Waren die wirklich so friedfertig, wie sie sich gaben? Hatten die tatsächlich nichts anderes im Sinn, als mit den Menschen friedlich zusammenzuleben?

Aber was hatte deren Anführer angeboten? Er selbst wolle Wasgo mittels irgendeiner, wie hatte er sich ausgedrückt ..., Technik, ja, Technik, in die Zukunft reisen lassen? Wenn das jetzt eine Falle war!

Zumal Wasgo doch gar nicht auf das angewiesen war, was diese Fremden als Technik bezeichneten! Mittels eines Zeitzaubers konnte er jederzeit in die Zukunft reisen, da brauchte er keine silbrig gekleideten Riesen, die immer stärker sein Misstrauen erregten, je länger er über sie nachdachte!

Er überlegte hin und her, bis er zum Schluss kam: Nein, diesen Fremden war tatsächlich nicht zu trauen. Höchstwahrscheinlich hatten sie äußerst gefährliche Waffen mitgebracht. Waffen, mit denen sie aus sicherer Entfernung andere Lebewesen töten konnten. Mit ihren Schwertern und Äxten und all den anderen Waffen waren die Menschen den Wesen aus dem Himmel nicht gewachsen. Wenn sie nur friedliche Absichten hegten, warum brachten sie dann diese vermutlich schrecklichen Waffen mit?

Und diesen Wesen sollte er sich für eine Reise in die Zukunft anvertrauen? Wo sie doch auch so schon sein Misstrauen erregten?

Er überlegte noch etwas hin und her und kam zu dem Ergebnis: ‚Ja, gerade weil sie mein Misstrauen erregen, werde ich mich ihnen anvertrauen!'

Vor allem sollten die Fremden erst so spät wie möglich erfahren, dass Jodaryon und Wasgo Zauberer waren. Dieser Umstand war nämlich im Notfall die wichtigste Waffe der Erdbewohner gegen die Fremden. Genauer gesagt: vermutlich die Einzige. Um wieder in seine Zeit zurückzukehren, konnte er immer noch einen seiner Zeitzauber anwenden.

*****

Wasgo hatte mit Exposia vereinbart, dass er am nächsten Tag zum Hochplateau kommen sollte, um sich in die Zukunft schicken zu lassen. Das wollte er gerne tun, aber er wollte Jodaryon mitnehmen.

Als sie sich am frühen Morgen auf den Weg machten, sagte Wasgo: „Ich bin gespannt, was das wird. Hoffentlich komme ich heil und gesund in der Zukunft an. Kann ich mich wirklich diesen Xyloten anvertrauen?“

„Selbst wenn sie unlautere Absichten hegen, werden sie nicht sofort offen zeigen, was sie wirklich vorhaben. Sie wissen nicht, dass wir Magier sind und ihnen ihre Ziele vereiteln können. Sie werden dich in die Zukunft schicken und glauben, dass sie dich losgeworden sind. Das Volk hat keinen Herrscher mehr und sie haben nun leichtes Spiel mit uns. Das werden sie denken. Und mich alten Mann nehmen sie doch nicht ernst.“

Wenn Jodaryon nur geahnt hätte, wie recht er am Ende behalten sollte.

„Auf jeden Fall komme ich, wenn ich genug in der Zukunft gesehen habe, zurück, und zwar so, dass ich nur einige Minuten weg war. Wir treffen uns dann im Palast.“

„Das ist gut so, dann werde ich dort auf dich warten.“

*****

Exposia wartete bereits voller Ungeduld auf Wasgo und Jodaryon. Als sie endlich eintrafen, ging er ihnen freundlich lächelnd entgegen. „Schön, dass ihr gekommen seid!“, übersetzte der Kasten, der an seiner linken Seite an der Hüfte befestigt war, seine Worte.

Nach der Begrüßung unterhielten sie sich ungezwungen über Wasgos Reise in die Zukunft. Jodaryon machte den Xyloten klar, dass er wieder zu seinen Leuten zurückkehren wollte, sobald Wasgo in die Zukunft aufgebrochen sei. Exposia ging mit seinen Gästen in den

Raumtransporter, um ihnen ihre technischen Errungenschaften zu zeigen und um schließlich den Herrscher der Bergwelt vom Blauen Planeten zu entfernen. Mit dem alten Mann wollten sie danach schon fertig werden.

Exposia hatte dem Kommandanten über die Ereignisse auf Xylot II Bericht erstattet und sich mit ihm abgestimmt.

Als Wasgo und Jodaryon das Raumschiff Exposias betraten, staunten sie über die vielen ihnen unbekannten Geräte und Maschinen. Sie waren vollkommen verwirrt von den unterschiedlichen fremden Geräuschen, die aus den verschiedenen Geräten ertönten. Heimlich grinsend verfolgten die Xyloten, wie der alte Magier vor Ehrfurcht auf die Knie sank. Wasgo sprang sofort zu ihm, als er sah, was mit seinem Freund und Meister geschah. Er legte Jodaryon seine Arme um dessen Körper und half ihm wieder auf die Beine. „Was ist los mit Dir, mein Lieber?“, fragte Wasgo besorgt.

„Es ist nichts weiter, nur das alles hier ist so fremd und erstaunlich, ja geradezu furchteinflößend. Mach Dir um mich keine Sorgen, mein Junge“, antwortete Jodaryon. Er fühlte, wie seine Beine ihre alte Kraft zurückerlangten. Er nickte Wasgo aufmunternd zu.

Aber auch der junge Herrscher der Bergwelt war total verunsichert, er spürte Angst in sich aufsteigen. An einer Wand konnte er etwas sehen, das ihn und seinen väterlichen Freund zunächst aus der Fassung brachten. Ratlos sahen sich Wasgo und Jodaryon an.

Was sie erblickten, ließ ihnen ihr Blut in den Adern gefrieren. Sie sahen sich selbst. Ihr zweites Ich auf der Wand bewegte sich genauso, wie sie es taten. Exposia erkannte an der Reaktion seiner Gäste, dass er sein Ziel erreicht hatte. Er wollte sie verunsichern, ihnen Angst machen, sodass sie alles taten, was er von ihnen verlangte.

Wichtig war ihm, dass er Wasgo endlich dauerhaft loswerden konnte, dann sollte der Alte schon sehen, was er, Exposia, mit ihm geplant hatte!

Aber noch war es nicht so weit. Noch musste er freundlich und respektvoll mit diesen Steinzeitwesen reden.

„Gerne erkläre ich euch diese vielen Maschinen und Geräte, wenn ihr es wünscht. Aber ich fürchte, dass ihr nicht sehr viel verstehen werdet. Euer technischer Verstand muss erst geschult werden, damit ihr die Wirkungsweise unserer Maschinen und Roboter versteht. Das alles ist sicherlich nicht einfach für euch.“ Lieber übertrieb er es mit der Freundlichkeit! Das merkten diese primitiven Ureinwohner sowieso nicht. Wenn er dagegen seine Verachtung zu früh offen zeigte ...

Wasgo rief aus: „Nein, ich will das alles nicht hören, es macht mir Angst. Wie geht das, dass ihr uns einfach auf dieser Wand sehen könnt?“

„Das ist keine gewöhnliche Wand, sondern ein technisches Gerät, mit dem man viele Dinge berechnen, aber auch sichtbar machen kann. Man nennt das Computer, vielmehr ist das aber nur ein Bildschirm unseres Hauptcomputers“, erklärte Exposia scheinheilig freundlich. Dass sich der Hauptcomputer aber nicht auf der Erde befand, sondern auf einem noch größeren Raumschiff, behielt er für sich.

Wasgo und Jodaryon waren nun vollends verunsichert. Sie verstanden kein Wort. Alles, was ihnen Exposia erzählte, verwirrte sie. Wasgo wollte jetzt nur noch in die Zukunft reisen. Alles andere war ihm egal. Vielleicht erhielt er dort auf seine Fragen eine Antwort.

„Bi-, bitte“, stotterte er, „lasst-, lasst mich ein..., einfach in, in die Zukunft rei…, reisen. Aber ihr müsst mich wieder zurückholen!“ Es konnte nicht schaden, ein bisschen Angst zu heucheln, dachte er. Allerdings hatte er die tatsächlich. 'Ruhig bleiben! Ruhig bleiben!', hämmerte er sich in Gedanken immer wieder ein.

„Darüber mache dir nur keine Sorgen. Du wirst heil und gesund zu uns zurückkommen“, erwiderte der Chef mit seinem freundlichsten Lächeln. 'Den habe ich aber schnell eingeschüchtert!', ging es ihm durch den Kopf.

Wasgo wurde auf seine Reise vorbereitet. Er musste sich in eine Schale setzen, die aber nach einer Seite offen war. Diese Öffnung war für die Beine bestimmt. Exposia nannte diese halbe Schale Sessel. Dann wurden steife Bänder an seinen Körper angebracht.

'Ach, ihr Götter', dachte Wasgo aufgeregt, 'was ist das alles nur? Was sagt dieser Exposia? Er spricht von Kabel und Strom! Ich weiß doch gar nicht, was das alles ist. Was ist Strom? Ich habe Angst wie noch nie in meinem Leben. Hoffentlich geht alles gut! Aber ich darf jetzt nicht zaubern! Worauf habe ich mich nur eingelassen?'

Jodaryon erging es ähnlich wie seinem Schützling. Er hatte Angst um seinen jungen Freund. Als Exposia die Reise Wasgos in die Zukunft startete, beobachtete er, dass Wasgo allmählich durchsichtig wurde und sich danach ganz auflöste.

Instinktiv machte er sich durch einen Zauber unsichtbar. Was ihm sogleich zu Ohren kommen sollte, bestätigte ihm seine bösen Vorahnungen über die fremden Wesen. Mit allen seinen Kräften wollte Jodaryon sie bekämpfen.

Er ahnte nicht, dass er Wasgo soeben das letzte Mal in seinem Leben gesehen hatte.

*****

Exposia sah zu Jodaryon herüber. Aber wo steckte der Alte denn auf einmal? Der war spurlos verschwunden, einfach nur spurlos verschwunden. Der Chef ordnete an, dass Jodaryon überall im Raumtransporter gesucht werden sollte. Doch niemand konnte ihn finden, nicht einmal die Roboter. Nachdem die ganze Raumfähre auf den Kopf gestellt und Jodaryon von jedermann mehrere Stunden gesucht worden war, glaubte der Chef, dass der alte Mann den jungen Herrscher der Welt wohl unfreiwillig in die Zukunft begleitet hatte.

„Ich verstehe nicht, wie das möglich sein kann, aber eine andere Erklärung habe ich nicht“, meinte er.

Einer seiner Besatzungsmitglieder vermutete: „In Luft wird sich der Kerl nicht aufgelöst haben. Also muss der mit dem anderen in die Zukunft gefahren sein. Ist doch gut, dann sind wir beide los!“

„Stimmt, von dort kommen sie nicht zurück. Die werden sich wundern. Dann können wir also bald mit der Umsiedlung der sogenannten Menschen beginnen. Wir werden sie auf den kleinen Kontinent dieses Planeten bringen. Von da können sie nicht entkommen, sie sind noch am Beginn ihrer Evolution. Schiffe kennen sie vermutlich noch nicht. Die werden das Meer nicht überwinden, dafür sorgen wir schon, die wissen doch gar nicht, was ein Meer ist. Und sie sollen allmählich auf dem kleinen Kontinent verrotten. Der Blaue Planet wird jetzt endgültig zu Xylot II."

Als der unsichtbare Jodaryon die Worte Exposias vernommen hatte, brachte er sich mit einem Bewegungszauber in die Hauptstadt zurück.

*****

Aufgeregt suchte der weise Magier seinen jungen Freund. Nirgends im Palast konnte er ihn finden. Wo war Wasgo nur hin? Er hatte doch versprochen, sofort in seine Zeit, in den Palast zurückzukehren! War ihm etwa irgendetwas geschehen? Hatten ihn vielleicht die Xyloten in der Zukunft getötet? Das war eine denkbare Erklärung. Jodaryon erschrak.

Eine denkbare Erklärung, aber doch nicht die einzige! Es gab auch noch viele andere Erklärungen für Wasgos Fernbleiben. Zum Beispiel könnte er in einer Zeitschleife gefangen sein, oder sein Zauber hatte in der Zukunft versagt. Der weise Magier mochte daran gar nicht denken.

Große Sorgen machte sich Jodaryon um seinen Lieblingsschüler. Ja, das war Wasgo. Jodaryons Gedanken schweiften ab zu den vielen Abenteuern, die er mit seinem jungen Freund erlebt hatte, dass sie sich gegenseitig mehrmals das Leben gerettet hatten. Unter anderem musste er an Luzifers Krieg denken. Der Höllenfürst wollte Wasgo und Jodaryon töten. Beinahe wäre ihm das tatsächlich gelungen. In Jodaryons Fall hatte der Höllenfürst letztendlich sogar noch Erfolg gehabt. Jodaryons Leben neigte sich dem Ende entgegen, das spürte der alte Magier in diesem Augenblick ganz deutlich. Doch war das nicht vergebens gewesen, denn Luzifer war dafür zukünftig an die Unterwelt gebunden.

Weil Jodaryon Wasgo nirgends finden konnte, suchte er den ersten Minister auf und erzählte ihm, was geschehen war. Unverzüglich riefen sie den Ministerrat zusammen, der über die Ereignisse, die die Welt verändern konnten, informiert wurde. Währenddessen beschloss Jodaryon, erneut auf Wanderschaft zu gehen. Er wollte die Menschen vor den Xyloten warnen. Immerhin hatte er mit seinen eigenen Ohren gehört, was dieser Exposia und seine Leute vorhatten.

Von einem fremden Kontinent hatte der Kerl, der aus dem Himmel gekommen war, gesprochen. Da wollten sie alle Menschen hinschaffen!

Dass die Welt sehr groß war, das hatte der weise Magier gewusst, dass es ein Meer gab, wusste er genauso. Doch war es sehr, sehr weit von seinen geliebten Bergen entfernt.

Jodaryon hatte schon einmal in sehr frühen Jahren, noch vor seiner Gefangenschaft, das Meer gesehen. Aber dass es darin noch einen weiteren Kontinent geben sollte, war für den alten Zauberer unvorstellbar. Und dorthin sollten die Menschen nach dem Willen der Xyloten gebracht werden? Das musste unter allen Umständen verhindert werden.

Niemand hatte das Recht, die Menschen zu knechten, nicht einmal die Menschen selbst.

Wenn Wasgo nur bald wieder da wäre! Jodaryon ahnte, dass er seinen jungen Freund nicht mehr wiedersehen sollte. Darüber wurde er sehr traurig.

*****

Wasgo bemerkte den Beginn seiner Zeitreise in die Zukunft. Was erwartete ihn dort? Angst hatte er nicht mehr, aber ein bisschen aufgeregt war er schon. Wie würde die Zukunft aussehen? Lebten die Menschen mit den Xyloten in gemeinsamen Städten? Doch dann konnte er sich nicht mehr auf seine Fragen konzentrieren. Eine Zeitreise mit den Geräten der Xyloten war etwas vollkommen anderes als ein Zeitzauber, mit dem er selbst in die Zukunft reisen könnte.

Bei einer Reise mit einem Zeitzauber wurde es um ihn herum schwarz, alles begann sich rasend schnell zu drehen und er vernahm ein Gebrumme, das nicht sehr leise, aber auch nicht laut war. Wind strich dabei über seinen Körper.

Doch durch die xylotische Zeitreise wurde er hin und her geschüttelt, es gab unregelmäßige laute Geräusche, etwas stieß ihn hart an. In der Brust verspürte er starke Schmerzen. Der Lärm betäubte ihm beinahe die Ohren. Diese Reise war für ihn im höchsten Grade unangenehm, äußerst anstrengend und sogar schmerzhaft.

Mit einem Zeitzauber konnte Wasgo sehr schnell in die Zukunft, aber auch in die Vergangenheit reisen. Jetzt wollte die Fahrt kein Ende nehmen. Der junge Mann hatte das Gefühl, dass er mehrere Stunden in dieser seltsamen Sitzschale gefangen war. Aber dann kam sie doch noch zum Stehen. Allmählich erkannte er die Umgebung, in der er sich nun befand. In welches Jahr war er gereist? Das hatte ihm Exposia gar nicht gesagt! Und er selbst hatte nicht daran gedacht, den Xyloten danach zu fragen.

Wasgo befand sich mitten auf einer Lichtung in einem Wald. Doch war der Wald bei weitem nicht so gewachsen, wie er das aus seiner Zeit kannte. In seiner Nase kribbelte es, aber es war kein Kribbeln, welches ihm ankündigte, dass er niesen musste.

Die Bäume standen relativ weit auseinander, Buschwerk gab es nur sehr wenig und auf dem Boden wuchsen kaum Gräser, Farne oder Moose. Es herrschte ein ziemlich diffuses Licht. War es Abend oder vielleicht auch Nacht? Obwohl Wasgo keine Lichtquellen finden konnte, war es trotzdem ziemlich hell. Auf jeden Fall schien hier die Sonne nicht! Wenn der junge Magier in seinen Bergen in den Wald ging, vermochte er nach dem Sonnenuntergang kaum, die Hand vor den Augen zu sehen. Hier aber konnte er sich gut orientieren, in der Ferne erkannte er einen großen erleuchteten Halbkreis. Wasgo konnte nicht wissen, dass das die künstlichen Lichtquellen einer großen Stadt waren. Offenbar musste diese Stadt viel, viel größer als die Hauptstadt seines Reiches in den Bergen sein. Graue, beinahe schwarze Wolken hingen bedrohlich tief am Himmel. Obwohl die

Wolkendecke aufgerissen war, konnte Wasgo nicht einen Stern erkennen. Dabei waren seine Augen doch ausgezeichnet!

Er befreite sich aus seiner Sitzschale, die brauchte er nun nicht mehr. Wo sollte er hingehen? Vielleicht in die nächste Ortschaft? Ob das wohl seine Hauptstadt war, die in der Ferne so hell leuchtete? Fragen über Fragen drängten sich dem Magier auf.

Bald kam er aus dem spärlichen Wald heraus. Es wurde diesig, und sein Weg führte ihn einen Berg herauf. Er machte sich daran, die vielen Höhenmeter bis zum Bergkamm zu bezwingen. Danach verlief der Pfad, auf dem er sich befand, direkt auf einen weiteren Bergkamm zu, bevor er die nächste Stadt, die Wasgo erreichen wollte, am Rande berührte. Die Lichtverhältnisse, die hier herrschten, waren beinahe mit denen der Ewigen Nacht, als damals Tag war, zu vergleichen. Es gab keine völlige Dunkelheit, eher schien ein schwaches Dämmerlicht. Schnell kam Wasgo außer Atem. Er bemerkte auch, warum das so war.

Die Luft war nicht sauber, aber wovon sie verschmutzt war, konnte er sich nicht erklären. In der Ferne sah er mehrere riesige dunkle Fahnen in den Himmel aufsteigen, so etwas hatte er noch nie in seinem Leben gesehen. Dafür hatte er keine Erklärung. Ob diese Fahnen, die sich in den Himmel emporhoben Rauch von einem riesigen Feuer waren? Aber welcher Mensch brauchte so ein großes Feuer? War das der Grund für die schmutzige Luft in dieser Gegend?

Weiter ging es, er musste den Weg bezwingen und versuchte sich zu orientieren. An den Bergen konnte er erkennen, wo er war. Wenn er den nächsten Bergkamm erreicht hatte, musste er in das Tal sehen können, in dem die Hauptstadt lag. Wie viele Jahre mochte er in die Zukunft gereist sein. Zehn Jahre? Oder waren es einhundert? Oder gar tausend?

Es musste schon eine größere Anzahl an Jahren sein, denn in zehn Jahren veränderte sich die Erde nicht so grundlegend. Etwas fiel ihm besonders auf, nämlich, dass die Erde krank aussah.

Die Luft hatte einen unangenehmen Geruch. Endlich hatte der junge Zauberer den Kamm erreicht und blickte in das Tal hinunter. Vor

Schreck blieb er wie angewurzelt stehen. Er traute seinen Augen kaum. Das Bild, dass sich ihm bot, ließ ihn einen eiskalten Schauer am Rücken entlanglaufen. Seine Haare an den Armen stellten sich auf, Wasgo bekam eine Gänsehaut.

Im Tal befand sich tatsächlich eine riesige Stadt. So eine Stadt hatte er noch nie gesehen. Hell erleuchtet war sie. Überall erhoben sich gewaltige runde und eckige Türme, aus denen dicke Rauchschwaden hervorquollen. Jetzt war es Wasgo bewusst, was hier die Luft so schlecht gemacht hatte, dass man sie kaum atmen konnte. Das erklärte auch, warum es in seiner Nase beim Luftholen kribbelte! Plötzlich musste Wasgo husten. Es gab also gar kein so riesiges Feuer, diese komischen Türme waren es, die soviel Rauch ausstießen, dass einem ganz schlecht davon werden konnte.

Um diese rauchausstoßenden Türme waren viele hohe quadratische und rechteckige Bauten errichtet. ‚Das müssen die modernen Hütten der Menschen und Xyloten sein‘, dachte Wasgo.

Vorne am Stadtrand erkannte er sogar seinen Palast. Aber die Stadtmauer fehlte. Sie war einfach nicht mehr da. Auch die Bäume und Sträucher, die so zahlreich in seiner Hauptstadt wuchsen, konnte er nicht entdecken. Alles war so verändert, er konnte sich fast nicht mehr zurechtfinden. Nur der Palast erinnerte an früher. Allerdings sah er ganz verfallen aus.

Enttäuscht über den schlechten Zustand der Erde in der Zukunft machte sich der junge Mann auf den Weg in die nicht wiederzuerkennende Hauptstadt. Als er den Bergpfad herunterging, kam ihm jemand entgegen. Es war ein sehr großes Wesen. Zweifellos ein Xylot.

Der Xylot sprach ihn an. Tatsächlich konnte er den verstehen. Erst jetzt bemerkte Wasgo, dass er immer noch den Kasten bei sich trug, der die Sprache der Xyloten übersetzte. Exposia hatte ihm den gegeben, bevor er ihn in die Zukunft geschickt hatte.

„Was bist du denn für ein komisches Tier?“, fragte der Xylot. Im gleichen Moment erschrak er, als er den Kasten hörte, der seine Worte übersetzte.

Entrüstet antwortete der Magier: „Ich bin kein Tier, du Tölpel! Ich bin Wasgo, der Herrscher der Bergwelt! Sage mir bitte, wo finde ich hier die Menschen!“

Der Xylot glotzte blöde. „Menschen? Was denn für Menschen?“

War denn dieser Xylot verrückt? Der musste doch Menschen kennen! Wusste der denn überhaupt, wo er sich befand? Gab es etwa gar keine Menschen mehr? Böses ahnend sagte Wasgo: „Vor vielen Jahren seid ihr aus dem Himmel zu uns auf die Erde gekommen. Ich glaube, ihr nanntet sie den Blauen Planeten. Euer Planet Xylot war zerstört und ihr suchtet einen neuen, auf dem ihr leben konntet. Ihr wolltet mit uns Menschen friedlich zusammen leben.“

„Oh, je, wer bist du denn? Wo kommst du nur her? Menschen gibt es schon mindestens 1000 Jahre nicht mehr! Die wurden doch alle auf den Kontinent hinter den großen Wassern gebracht. Dort sind sie samt und sonders eingegangen. Krepiert. An einer Seuche, wie es heißt. Klar, da haben wir ein bisschen nachgeholfen, aber das hängen wir nicht an die große Glocke. Und es heißt auch, sollten wir doch noch auf Menschen stoßen, dass wir sie töten sollen, damit sich ihre Seuche nicht auf uns überträgt!“ Der Xylot nestelte an seinen Kleidern herum.

Doch Wasgo war schneller als er. Er murmelte einen Stillstandszauber. Mitten in der Bewegung hielt der Xylot inne. Er war bewegungslos, aber er verstand, was ihm Wasgo sagte, und konnte ihm auch antworten.

„Ich bin Wasgo, der Herrscher der Bergwelt, das habe ich dir bereits gesagt. Ich bin kein Mensch, sondern ein Zauberer. Du wirst mir jetzt meine Fragen beantworten. Tust du das nicht, werde ich dich töten. Hast du mich verstanden.?“

Total verängstigt wollte der Xylot mit dem Kopf nicken, aber er musste feststellen, dass er das nicht konnte. Mit zittriger Stimme sagte er: „Ja, ich habe alles verstanden.“

„Dann sage mir, wie lange lebt ihr schon auf der Erde?“

„Schon seit 1500 Jahren, Herr!“

„Und was ist mit den Menschen damals geschehen?“

„Das weiß ich nicht genau. Ich kann dir nur das erzählen, was ich in der Schule gelernt habe.“

„Dann tu das bitte, aber schnell!“ Wasgo wollte nicht, dass weitere Xyloten dazukamen. So schnell wie möglich und vor allem unbemerkt wollte er in seine Zeit zurückkehren.

Er hatte genug von der Zukunft gesehen. Wenn er sie verändern wollte, musste er handeln. Es galt, die Menschheit zu retten. Doch bevor er einen Zeitzauber anwendete, wollte er wissen, was die Xyloten mit den Menschen getan hatten, so war er in seiner Zeit den Eindringlingen einen Schritt voraus.

Der Xylot begann, zu berichten: „Nachdem Exposia dich in die Zukunft geschickt hatte, baute er schnell sein Lager auf dem Hochplateau auf. Niemand wusste, in welches Jahr er dich geschickt hatte. Die Xyloten wurden aber stets davor gewarnt, dass du plötzlich auftauchen kannst. Bis heute warst du ja nicht zu uns gekommen, also bestand kein Anlass zur Sorge. Ich hatte nicht damit gerechnet, dir so plötzlich zu begegnen. Jetzt habe ich wahrscheinlich alles versaut!“

Der Xylot schwieg. Selbstverständlich wollte der junge Zauberer alles dafür tun, dass sich die Zukunft der Xyloten auf der Erde veränderte, ja, jetzt wollte er dafür sorgen, dass sie erst gar keine Zukunft auf seinem Heimatplaneten hatten. Er nahm sich vor, alle seine Kräfte einzusetzen, damit die Xyloten seine Welt verlassen mussten.

„Erzähle weiter! Was geschah dann?“, forderte Wasgo.

„Nachdem Exposia mit seinem Auftrag fertig wurde, ließ der Kommandant die Besatzung der Xylosia mit allen ihm zur Verfügung stehenden Raumfähren auf Xylot II bringen. An Bord des Mutterschiffes blieb nur eine Notbesatzung. Ein Untier, das Feuer spucken konnte, wurde in der Nähe des Hochplateaus, auf dem sich Exposias Lager befand, gefunden und getötet.

Die Menschen wurden zusammengetrieben, und man brachte sie auf den Kontinent hinter den Großen Wassern. Dort sollen sie an einer Seuche gestorben sein. Die Menschen, die sich weigerten oder sich den Xyloten zur Wehr setzten, wurden getötet. Mehr weiß ich nicht, Herr!“

„Wie lange dauerte es, bis Exposia sein Lager aufgebaut hatte?“, fragte Wasgo. Schließlich musste er wissen, wie viel Zeit er hatte, um die Xyloten an ihrem Vorhaben hindern zu können.

„Das müssen etwa zwei Monate gewesen sein“, antwortete der Xylot.

„Und das ist die ganze Wahrheit?“

„Ja, Herr, ich schwöre es bei meinem Leben!“

„Gut, dann werde ich dich jetzt mit einem Zauber belegen, der es dir möglich macht, deinen Weg fortzusetzen, ohne dass du dich an mich erinnern kannst.“

In Gedanken belegte er den Xyloten mit einem entsprechenden Zauber. Danach wandte er einen Zeitzauber an, der ihn in seine Zeit zurückbringen sollte.

Reisen und wandern

Die Zeit drängte. Mit seinem gepackten Rucksack auf dem Rücken ging Jodaryon zum Ersten Minister, um sich von ihm zu verabschieden. Da er Wasgo nicht erreichen konnte, weil auch er nicht wusste, wo er ihn in der Zukunft suchen sollte, wollte er die Menschen vor den Xyloten warnen.

Wo aber mochte der junge Herrscher der Bergwelt hingeraten sein? In welchem Jahr der Zukunft, überhaupt, an welchem genauen Zeitpunkt und welchem Ort mochte Wasgo sich befinden? Aber jetzt musste der sich alleine helfen, Jodaryon konnte nichts mehr für ihn tun. Als der alte Mann sich das klar machte, gab es ihm einen Stich ins Herz.

Zielstrebig wandte er sich nach Süden. Dort erwartete er die größeren menschlichen Siedlungen. Im Süden waren ebenso wie in den Bergen eigenständige Staaten entstanden.

Gerade jetzt, zu einem Zeitpunkt, zu dem sich die Menschheit weiterentwickelte, mussten die Xyloten auf der Erde aufkreuzen und die Evolution beeinflussen, ja, sie wollten sie sogar aufhalten und vernichten! Das war für den weisen Zauberer absolut nicht zu ertragen und dagegen musste er unbedingt etwas unternehmen.

Wenigstens hielt Sinclair sein Wort, das er Wasgo in Transsilvanien gegeben hatte. Die Vampire jagten nur noch die bösen Schergen des Bossus, um so ihre Existenz zu sichern. Sie blieben für die guten Menschen verborgen und gerieten nach und nach in Vergessenheit.

Und Luzifer brach seine Zusage ebenfalls nicht. Noch nicht, musste man wohl sagen. Denn wenn der Höllenfürst erfuhr, dass sich fremde Wesen auf der Erde befanden und die Menschen zwangsweise umsiedeln und sogar töten wollten, dann wollte er sicherlich mitmischen. Dumm genug hierfür, überlegte Jodaryon, war der Teufel allemal. Der dachte sicher nicht einmal daran, dass er sich damit sein eigenes Grab schaufelte. Denn die Xyloten glaubten garantiert nicht an einen irdischen Teufel und sobald niemand mehr an ihn glaubte, war es mit Luzifers Herrlichkeit endgültig vorbei.

Hoffentlich kam Wasgo bald wieder in die Gegenwart zurück, denn Jodaryon ahnte, dass er nicht mehr sehr lange zu leben hatte. Immer mehr verließen ihn seine magischen Kräfte. Komplizierte Zauber wie den Zeitzauber, mit dem er damals Wasgo aus dem Verließ des bösen Bossus gerettet hatte, konnte er schon jetzt nicht mehr ausüben. Aber noch fühlte er sich in der Lage, seinen Anteil zum Weiterbestand der Menschheit zu leisten. Wenn Wasgo doch nur bald zurückkäme!

Eine sehr schwere Wanderung lag vor dem alten Mann. Er musste über seine geliebten Berge in das Land, das den Italern gehörte, gehen. Das war ein äußerst beschwerlicher Weg. Aber damit bei Weitem nicht genug! Er musste die Halbinsel, die, das wussten nur sehr wenige Menschen, die Form eines Stiefels aufwies, durchqueren. Danach musste er rechts am Stiefel vorbei zu den Galliern und weiter nach Süden zu den Iberern. Da wollte er mit einem kleinen, unsicheren Schiff, wie ihm schien, über das Meer fahren, um nach Ägypten zu kommen. Überall wollte er die Menschen vor Exposia und dessen gefährlichen Raumschiffen warnen, in denen so viele Xyloten wohnten.

Ständig führte ihn sein Weg bergauf. Jodaryon war erschöpft. Nur noch sehr schwer konnte er atmen und oft musste er stehen bleiben, um sich etwas zu erholen, die Luft schien ihm viel dünner zu sein als früher. Er wusste aber, dass das nicht so war. Seine Kräfte ließen rapide nach. Am liebsten wollte er umkehren, aber das verbot er sich. Wasgo brauchte seine Unterstützung nicht mehr und viel hätte er mit seinen schwindenden Zauberkräften doch nicht mehr für ihn tun können. Aber wenn er die Welt vor den Außerirdischen warnen konnte, sodass sich die Menschen auf eine Auseinandersetzung mit den Fremden vorbereiten konnten, hatte er schon sehr viel erreicht.

*****

Nach den Feierlichkeiten anlässlich Wasgos Ausrufung zum Herrscher der Bergwelt waren Luziferine und Antares in ihr kleines Dorf zurückgekehrt. Schon einen Tag nachdem sie zu Hause angekommen waren, erfuhr auch Luziferine davon, dass fremde Wesen vom Himmel zur Erde hinabgekommen seien sollten. Beim Einkaufen auf dem Markt hatte sie davon erfahren. Jetzt erzählte sie das Antares.

„Fremde Wesen, meinst du, die beinahe so aussehen wie wir?“, fragte er.

„Nein, die sehen doch nicht so aus wie wir. Die sind viel größer und haben ganz andere Sachen an. Ihre Sachen sind durchgängig vom Kopf bis zu den Füßen, sagt man. Und sie glänzen silbern. Und die Köpfe von denen sollen total hässlich aussehen.“

„Aber Luziferine, du redest wie ein Kind. Die kommen eben von woanders her, warum sollten sie aussehen wie wir?“

„Das weiß ich doch auch nicht!“

„Hm, fremde Wesen, sagst du?“, fragte Antares nachdenklich.

„Ja, und die sollen vom Himmel gekommen sein.“

„Wie sollen die denn das geschafft haben?“

„Mit solchen komischen Dingern!“

„Ach Luziferine, du redest dummes Zeug. Wenn die vom Himmel gekommen sind, dann müssen die doch geflogen sein!“

„Nein, fliegen können die nicht, die haben ja keine Flügel, nur Arme und Beine wie wir, nur eben größere als wir.“

„Und wie sollen die dann zu uns auf die Erde gekommen sein?“

„Na, eben mit diesen komischen Dingern. Du weißt doch noch, als Wasgo nach der Feier zur Ausrufung zum Herrscher der Bergwelt schlafen gehen wollte, da donnerte es und es wurde hell, als ob plötzlich die Sonne schien, obwohl es Nacht war. Das sollen diese Dinger gewesen sein. Darin saßen die aus dem Himmel und sind damit auf die Erde gefallen.“

„Ich erinnere mich“, meinte Antares.

Plötzlich war Luziferine total aufgeregt. Die Worte sprudelten nur so aus ihr heraus. Ihre Stimme war hektisch und ihr Gesichtsausdruck war von Entsetzen gezeichnet: „Und stell Dir vor, das ist ja längst noch nicht alles. Wasgo, dein Sohn Wasgo, dieser dumme Kerl! Der ist ja wohl von allen guten Geistern verlassen! Benimmt sich, als wenn er nichts gelernt hätte! Der muss total verrückt geworden sein!“

Antares wollte sie beruhigen, aber das gelang ihm nicht. Mit weitaufgerissenen Augen und stoßweisen Atem brachte Luziferine mit gepresster Stimme hervor: „Das Kind will sich in die Zukunft schicken lassen. Mit einer, …, wie hieß das Ding doch noch gleich? Naja, eben nicht mit einem Zauber. Die haben irgendetwas, damit kann man in die Zukunft reisen. Stell dir das einmal vor, die sollen das selbst gebaut haben! Wasgo muss doch nicht ganz bei Sinnen sein, sich solch einem unsicheren Ding anzuvertrauen! Unser Kind begibt sich doch nur unnötig in Gefahr!“

Antares war ratlos. Was seine Frau ihm aber auch alles erzählte! „Nun bleib mal wieder ruhig! Wasgo ist kein Kind mehr, er wird schon wissen, was er tut! Aber du hast recht, mir gefällt das auch nicht. Wie kann der Junge nur so leichtsinnig sein?“

Wasgos Eltern waren in großer Sorge. Luziferine war es, die sagte: „Wir sollten alles notwendige Gepäck für eine mehrere Tage oder Wochen andauernde Reise in unsere Rucksäcke packen und in die Hauptstadt aufbrechen. Dort werden wir wohl Aufklärung über diese ganzen mysteriösen Ereignisse erhalten. Ich möchte gerne mal wissen, was Wasgo sich dabei gedacht hat, sich von den fremden Wesen in die Zukunft schicken zu lassen! Dieser dumme Kerl. Als wenn er nicht dein Sohn wäre!"

Bisher hatten sie ja nur Gerüchte gehört, aber wie sie wussten, war an fast jedem Gerücht ein Körnchen Wahrheit, so sicherlich auch an diesem, zumal sie ihren Sohn kannten. Antares war mit Luziferines Vorschlag einverstanden.

*****

Es war ein heißer Tag. Der Himmel war strahlend blau, die Sonne stand hoch am Himmel, kein Lüftchen bewegte sich. Unbeholfen versuchte ein riesiges, unförmiges Tier aus der Höhle herauszuklettern. Das Dach war eingestürzt und so konnte die Sonne das darin befindliche Ei des letzten Drachenweibchens erwärmen und ausbrüten. Das Drachenjunge hatte von innen die Schale aufgebrochen und versuchte nun mit knurrendem Magen den steilen Weg aus der Höhle zu überwinden. Tollpatschig lief und hüpfte es umher, verlor das Gleichgewicht und plumpste wieder in die aufgebrochene Höhle hinein.

Sofort versuchte das Tier, erneut die Höhle zu verlassen. Immer sicherer wurde sein Gang und nach vielen vergeblichen Versuchen kam der erst wenige Stunden alte Drachen zu seinen wohlverdienten Erfolg. Immer noch knurrte sein Magen. Trotzdem lief er langsam über die Almwiese. Am Ende der Wiese befand sich ein Feld. Jemand hatte hier Weißkohl angebaut. Der Geruch, der von dem Kohl ausging, stieg dem Tier in die Nase. Sein Gang wurde zusehends schneller. Mit sabberndem Maul machte es sich schließlich über den Kohl her.

*****

Die Luft wurde unruhig. Sie begann, zu vibrieren, so, als wenn sie von einem Lagerfeuer erwärmt wurde. Rasch wurden die Umrisse eines Menschen sichtbar, und als er deutlich auf der Erde stand, beruhigten sich die Luftmassen wieder. Wasgo machte einen Schritt und drehte sich um. Er erblickte das fressende Tierkind und staunte. Ja, was war denn mit seinem Zeitzauber? Hatte der ihn in eine viel frühere Zeit zurückversetzt? Ausgerechnet jetzt? Das hätte ihm gerade noch gefehlt. Kein Zweifel: Was da vor ihm genüsslich den Weißkohl mampfte, war ein Drachen, ein junger Drachen, vermutlich gerade erst aus dem Ei geschlüpft! Aber, es gab doch schon lange keine Drachen mehr!

Doch dann sah er die eingestürzte Höhle. Dass deren Dach nachgegeben hatte, als die Raumtransporter der Xyloten gelandet waren, wusste er. Und richtig, am Grund der Höhle lagen die Schalen eines riesigen Eis. Eines zerbrochenen Dracheneis. Was sonst sollte denn das sein? Auch wenn er noch nie in seinem Leben einen leibhaftigen Drachen gesehen hatte, war er sich völlig sicher, jetzt vor einem jungen Exemplar dieser Spezies zu stehen.

Besser gesagt: hinter ihm. Das Tier war offenbar so hungrig, dass es das Nahen eines anderen Lebewesens gar nicht bemerkt hatte. Und was für ein Koloss dieser junge Drachen schon war! Deutlich größer als Wasgo. Ob dieses Exemplar auch Feuer spucken konnte? Oder gar fliegen?

Wasgo räusperte sich laut, worauf sich das große, aber putzige Tierchen erhob und umdrehte. Nun konnte er sehen, was es soeben gefressen hatte. Mindestens ein Dutzend Kohlköpfe! Wasgo ahnte Schlimmes. Er lief um den Drachen herum, sodass er vor ihm stand, hielt aber vorsichtigen Abstand und rief: „He, was tust du denn da? Du kannst doch nicht den ganzen Weißkohl fressen, da bekommst du doch Blähungen!“

Der Drachen hob seinen Kopf und drehte sich zu dem jungen Mann um. Mit seinen großen Augen sah er den Herrscher der Bergwelt an. Es schien Wasgo beinahe so, als wenn der Drachen ihn anlächelte. Ein sanftes Schnurren erreichte ihn. Die Augen des großen Wesens blickten ihn tatsächlich verträumt an! Das gab es doch nicht!

„Du suchst wohl jemand, der sich um dich kümmert?“, fragte Wasgo.

„Kümmert?“, kam vom Tierkind fragend zurück.

Überrascht blickte der Magier den Drachen an und sagte: „Du kannst sogar sprechen!“

Unbeholfen tapste das Tierbaby auf Wasgo zu. Mit säuselnder Stimme sagte er: „Kümmert …, sprechen …, Kohl ….“

„Ja, du lernst noch, zu sprechen, mein Guter!“ Wasgo wollte noch etwas sagen, aber dazu kam er nicht mehr.

Plötzlich zerriss ein lauter, lang gezogener Donner die Luft. Ehe Wasgo begriff, dass dieser Donner vom Drachen ausging, begann es, fürchterlich zu stinken. Es dauerte ein paar Augenblicke, bis Wasgo realisierte, dass der Drachen gerade mächtig gepupst hatte.

„Siehst du, da hast du's! Jetzt hast du Blähungen und wirst noch mehr durch die Gegend furzen. Oh, Mann, wie das stinkt! Du bist ein Ferkel!“, schimpfte der junge Mann.

Der Drachen ließ daraufhin seinen Kopf hängen und klagte leise: „Stinkt …. Oh, ah, weh …“

„Tut dir jetzt dein Bauch weh?“

„Jaaaaa …“

„Du kannst doch auch nicht so viel Kohl auf einmal essen!“

„Kohl essen, nein …!“ Das Tier hob den Kopf und sah Wasgo an. Was er bemerkte, überraschte ihn erneut. Der Drachen schämte sich.

„Ist ja gut, du kommst jetzt erst einmal mit mir mit. Doch vorher werde ich dir deine Blähungen wegzaubern.“

Schon belegte er den Drachen mit einem Genesungszauber. Gleich bemerkte dieser Besserung. Zumal der Kohl so gut geschmeckt hatte und sein Aua gleich wieder verschwunden war! Und er verstand, dass Wasgo ihn mit sich nehmen wollte. Gemächlich trabte er auf ihn zu. Der hatte seine anfängliche Furcht vor dem unbeholfenen Wesen schnell überwunden.

Der Drachen war froh, nicht mehr alleine zu sein, er würde seinem Heiler nichts Böses antun. Im Gegenteil ahnte der Herrscher der Bergwelt, dass er einen zuverlässigen Gefährten gefunden hatte. Nur musste er vorsichtig bei dessen Erziehung sein, denn als erwachsenes Tier würde der Drachen eines Tages auch noch fliegen und Feuer spucken können. Aber er konnte sich doch nicht nur tagaus, tagein um ein Drachenkind kümmern! Ausgerechnet jetzt? Ob seine Eltern ihm dabei helfen konnten?

Der Stützpunkt

Exposia war höchst zufrieden mit sich. Diesen sogenannten Herrscher der Bergwelt, diesen Grünschnabel, hatte er fein abserviert! Der sollte ihm nicht mehr in die Quere kommen. Der sollte in irgendeiner fernen Zukunft noch ein bisschen dahinvegetieren, bis er von irgendeinem Xyloten erledigt wurde wie ein Ungeziefer, das er ja auch war. Alles, was dem technischen Fortschritt im Wege stand, war nicht viel mehr wert als Ungeziefer, das wusste jedes Xylotenkind. Exposia hatte sich nicht einmal die Mühe gemacht zu überprüfen, in welches Jahr der Zukunft er den Anführer der Menschen geschickt hatte. Wozu auch? Und der senile Alte war bei dieser Gelegenheit auch gleich mitverschwunden. Wie, das war Exposia zwar immer noch schleierhaft, aber Hauptsache, der war weg.

Nun hatte Exposia diesen primitiven und dummen Eingeborenenstamm also führerlos gemacht. Mit dem Rest dieser Ureinwohner wollte er schon schnell fertig werden. Doch zunächst musste er dafür seinen Stützpunkt erbauen, damit die restliche Besatzung der Xylosia zum Blauen Planeten, oder besser, zu Xylot II, nachkommen konnte. Der Kommandant sollte keine Gelegenheit bekommen, ihn, Exposia, zu kritisieren.

Im Gegenteil träumte der Chef davon, der alleinige Stellvertreter und somit Nachfolger des Kommandanten zu werden, sollte der, aus welchen Gründen auch immer, die Führung über das Mutterschiff und dem Planeten nicht mehr ausüben können.

War er denn nicht schon jetzt der uneingeschränkte Herrscher auf Xylot II? Im Hochgefühl seines vermeintlichen Erfolges über Wasgo befahl er, mit dem Bau des Stützpunktes zu beginnen.

*****

Seit Jodaryon die Hauptstadt durch das südliche Tor verlassen hatte, waren noch nicht einmal zwei Stunden vergangen. Da erblickten die Wachen am nördlichen Stadttor in der Ferne einen Mann mit einem riesigen, ihnen unbekannten Tier, das zudem auch noch frei herumlief. Genauer: übermütig herumtollte. Wie ein Jungtier. Dabei war es größer als ein Pferd oder eine Kuh.

Je näher der Mann der Hauptstadt kam, desto gewaltiger erschien den Wachen das von ihm mitgeführte Tier. Endlich erkannten sie in dem Fremden ihren obersten Staatsmann. Aber was hatte er denn da für ein Vieh dabei? Das hatte noch niemand von den Wachsoldaten gesehen. Als Wasgo vor dem Stadttor stehen blieb und um Einlass bat, fragte der Hauptmann der Wache: „Was ist das für ein komisches Tier, Herr, dass du da mitgebracht hast?“

Wasgo erklärte dem Mann, dass er einen Drachen gefunden habe und er diesen nun in seine Pflege nehmen wolle.

„Aber ein Drachen kann doch fliegen und Feuer spucken! Drachen sind doch gefährlich!“, rief der Hauptmann überrascht aus.

„Na, dieser hier ist noch jung, das muss er erst noch lernen. Und sprechen wird er auch können.“

„Sprechen?“, rief der Hauptmann ganz erstaunt aus. Jedem anderen, der ihm von einem sprechenden Drachen erzählt hätte, hätte er ins Gesicht gelacht, aber Wasgo wusste bestimmt, was er sagte und tat. So zwang er sich hinzuzufügen: „Das ist ja interessant. Dann können wir ihn in einem möglichen kriegerischen Kampf einsetzen. Er könnte uns helfen, unsere Gegner zu besiegen!“

„Das ist richtig, aber erst soll er einmal erwachsen werden“, antwortete Wasgo und zog mit seinem tierischen Begleiter zum Palast weiter.

Dort traf er seine Eltern an, die eben erst von ihrer langen Reise eingetroffen waren. Luziferine und Antares erkannten sofort, dass Wasgo einen Drachen mitgebracht hatte, und aufgeregt fragten sie ihn, wie er zu diesem prächtigen Tier gekommen sei und was es mit seiner Reise in die Zukunft auf sich habe.

Dieser erklärte seinen Eltern alle ihre Fragen, und nachdem er sie über seine Reise in die Zukunft aufgeklärt hatte, bat er seinen Vater darum, sich des Drachens anzunehmen und ihm das Sprechen beizubringen. Außerdem sollte er ihn dazu ermuntern, das Fliegen zu üben. Nur sollte er darauf achten, dass der Drachen in der Nähe von brennbaren Dingen kein Feuer spuckte. Antares versprach, Wasgos Wunsch zu erfüllen, und wurde somit Hüter des Drachens.

*****

Schnell verwandelte sich das Hochplateau, auf dem die Xyloten mit ihren Raumschiffen gelandet waren, in eine riesige hochmoderne Baustelle. Unter den mächtigen Hieben einer Ramme, die Stahlpfeiler in den felsigen Boden hineintrieb, erzitterte die Erde kilometerweit.

Vorsichtshalber war das Hochplateau mit hohen Metallzäunen abgeschirmt worden, um die Menschen vom Stützpunkt fernzuhalten. Diese Ureinwohner würden sowieso bald aus dem Antlitz der Xyloten verschwinden, wenn der Stützpunkt erst einmal fertig war. Dann nämlich konnte die gesamte Besatzung der Xylosia auf den Planeten Xylot II gebracht werden. In nur einigen Tagen wollten die Xyloten mit ihren technisch hoch entwickelten Waffen und Flugmaschinen die Menschen durch militärische Handlungen niederkämpfen und sie zwangsweise zum kleinen Kontinent hinter den großen Wassern bringen.

Dieser Kontinent sollte dann bewacht werden und alle Menschen, die versuchen wollten, ihn auf irgendeine Weise zu verlassen, sollten zur Abschreckung der anderen einfach getötet werden. Das war der Plan, den Exposia mit dem Kommandanten ausgeheckt hatte. Sie waren davon überzeugt, dass sie ihr Vorhaben ohne große Probleme umsetzen konnten, denn was wollten überhaupt diese steinzeitlichen Wesen gegen die hochmodernen Waffen der Xyloten ausrichten! Nicht einmal fliegen konnten diese Menschen, so unvorstellbar primitiv waren sie! Und zu allem Überfluss waren sie auch noch führungslos. Selbst der dümmste Xylot wäre mit ihnen im Handumdrehen fertig geworden, dachte Exposia.

*****

Während die Xyloten fleißig ihre Maschinen zum Einsatz brachten und dadurch die Erde erzittern ließen, übertrugen sich die Erdbewegungen bis hin zur Hauptstadt. Auch der Lärm, der durch das Eintreiben der Stahlpfeiler in das felsige Hochplateau entstand, war in der gesamten Stadt zu hören.

Wasgo war sehr ungehalten. Der Lärm und das ständige Erzittern der Erde ängstigten die Menschen. Immer wieder wurde er von den Bewohnern der Stadt aufgesucht. Sie baten ihn, dafür zu sorgen, dass endlich wieder Ruhe in die Bergwelt einzog. Auch die Tiere in der Umgebung waren in heller Aufregung. Vögel flogen in panischer Angst hin und her, die Kühe brüllten unaufhörlich, Katzen schrien, anstatt zu miauen.

Auch der Drachen wurde immer unruhiger. Er scharrte nervös mit seinen Füßen auf dem Boden und plärrte vor sich hin. Antares versuchte, ihn zu beruhigen. Als er auf ihn zuging, bemerkte er das Feuer in seinem Maul. Er beschwor den Drachen, ruhig zu bleiben.

„Du bist doch ein braver Drachen, darfst dich jetzt nicht so sehr aufregen!“, versuchte Antares, Ruhe auszustrahlen. Tatsächlich wurde das riesige Tierkind etwas ruhiger. „Hast du überhaupt schon einen Namen?“

Wasgos Vater glaubte, zu erkennen, dass der Drachen seinen Kopf schüttelte. Daraufhin sprach er: „Du bekommst einen schönen Namen, mein Lieber. Du sollst den Namen Inflamma Bilis bekommen. Das bedeutet, dass du ein Feuergefährlicher bist. Ich glaube, wir nennen dich einfach Inflamma. Was hältst du davon?“

Nun schaute der Drachen Antares interessiert an und nickte mit seinem Kopf. Dazu sagte er: „Ja, wenn du meinst!“

So konnte Antares den Drachen beruhigen, aber auch alle anderen, ob Mensch oder Tier, waren am Ende ihrer nervlichen Belastbarkeit angekommen.

Wasgo holte sich die Schale der Weisheit und der Erkenntnis. Die hatte er damals von seinen Eltern bekommen, als er sich als achtzehnjähriger junger Mann auf die Suche nach Jodaryon begab. Mit ihr konnte er in die Zukunft sehen, aber auch in die Gegenwart. Jetzt war er froh, sie zu haben. Was mochten diese unheimlichen Fremden bloß anstellen?

Er füllte Wasser in die Schale und blickte zunehmend ungläubig hinein, bis er genug gesehen hatte. Schließlich war er wütend, aber auch gefasst. Er überlegte, was er tun konnte, um die Außerirdischen zu zwingen, ihre Tätigkeiten einzustellen.

Sollte er ihnen einen Besuch abstatten und sie bitten, mit den begonnenen Arbeiten aufzuhören? Aber dann musste er ihnen verraten, dass er aus der Zukunft zurückgekehrt war. Das wollte er auf keinen Fall. Sollten die Fremden nur in dem Glauben bleiben, er sei nicht am gleichen Ort und in der gleichen Zeit wie sie.

Wasgo entschloss sich, einen Zauber anzuwenden. Er beschwor den Himmel und die Erde.

*****

Exposia schlenderte von einer Maschine zur anderen und inspizierte die Bauarbeiten. Was hier gerade geschah, war doch nicht mehr als eine kleine Routinearbeit für einen hoch entwickelten Xyloten! Zufrieden summte er ein fröhliches Liedchen vor sich hin. Bald sollten die Pfeiler im Boden fest genug verankert sein, sodass sie ein großes Haus tragen konnten. Schnell und gut gingen die Arbeiten voran. Die Menschen sollten bald erfahren, dass ihre Tage auf diesem Kontinent gezählt waren. Und wer sich weigern sollte, die Anweisungen der rechtmäßigen Herren auf Xylot II zu befolgen, mit denen wollte er kurzen Prozess machen.

Plötzlich kam wie aus dem Nichts ein Sturm auf. Er wurde stärker und stärker, und er trieb große Gewitterwolken am Himmel zusammen. Sofort begann es, zu regnen. Es entwickelte sich ein richtiger Starkregen, es schüttete wie aus Kübeln. Der Sturm peitschte den Xyloten den Regen schmerzhaft ins Antlitz. Sie konnten nicht weiterarbeiten. Entsetzt stellten sie ihre Maschinen ab und flüchteten in die Raumtransporter. Immer verheerender wurde der Orkan, der Regen verwandelte das Hochplateau in ein Schlamm- und Wassermeer.

Wenn nur nicht die teuren Geräte und, noch viel katastrophaler, die Raumfähren vom Hochplateau hinabgespült wurden! Nun setzten auch noch Donner und Blitze ein. Nein, so ein Unwetter hatte Exposia noch nicht einmal auf dem Planeten Xylot erlebt. Wie sollte man dagegen bloß ankommen? Gegen all die entfesselten Naturgewalten?

Hilflos saß er in seiner Kommandozentrale. Was sollte er auch sonst tun? Unablässig starrte er auf den Bildschirm seines Bordcomputers. Ob dieser Planet tatsächlich die richtige Zufluchtsstätte für die Xyloten war?

Es flackerte auf dem Bildschirm wie verrückt. Das hätte noch gefehlt, dass auch noch die Technik zusammenbrach! Was sollte ein Xylot ohne Technik bloß anfangen? Und eines verstand Exposia nun vollends nicht: Das katastrophale Unwetter tobte nur auf dem Hochplateau! Sonst herrschte überall das schönste Sommerwetter!

Das konnte doch nicht normal sein! Plötzlich ruckelte es in seiner Raumfähre, ein fast ohrenbetäubendes Krachen ging durch alle Räume und Flure des Raumfahrzeuges. Der Erdboden zitterte. Was Exposia jetzt erleben musste, war für ihn wie für einen Menschen die Hölle auf Erden. Was waren hier nur für enorm verheerende Kräfte am Wirken?! Es blitzte und donnerte ohne Unterlass! Der Regen kam wie aus einem Guss über das Hochplateau. Alles stand mittlerweile unter Wasser.

Die Stahlpfeiler und die Rammen neigten sich in dem aufgeweichten Boden zur Seite, ein metallisches Ächzen dröhnte an die akustischen Aufnahmeorgane der Xyloten. Und immer weiter neigten sich die schweren und schon fest in die Erde gerammten stählernen Riesen und rissen tiefe Spalten und Löcher in die aufgewühlte Erde hinein. Langsam, ganz langsam sanken sie weiter zum Boden hin und kippten dann plötzlich mit rasender Geschwindigkeit um. Dabei rissen sie die Rammen mit und begruben sie unter sich. Durch ihr großes Gewicht beschädigten die stählernen Kolosse die Rammen so sehr, dass diese nicht mehr zu reparieren waren. Die kostbaren Geräte waren Schrott.

Der starke Regen verursachte auf dem Hochplateau beinahe eine Flut. Das Wasser stieg an und umspülte die Raumsonden. Exposia bekam Angst. Was konnte geschehen, wenn die Verankerung der Raumsonden nicht hielt?

Kaum hatte er diesen Gedanken zu Ende gebracht, als er sah, dass die Stahlseile, mit denen die Raumsonden gesichert waren, entzweirissen. Die zweite Raumfähre neigte sich gefährlich auf eine Seite und wurde von ihrem Standort vom vielen Wasser weggespült. Dabei schlingerte sie hin und her, bis sie schließlich Exposias Blicken entschwand.

Wo war sie nur geblieben? Sie war doch nicht etwa verloren. Die armen Xyloten, die in ihr Zuflucht gesucht hatten! Hoffentlich hatten sie nicht eben auf diesem unwirtlichen Planeten ihr Leben lassen müssen. Der Blaue Planet hatte doch zunächst einen so friedlichen Eindruck auf sie gemacht. Und nun diese unvorstellbare Katastrophe!

Zu der Angst um ihr eigenes Leben gesellte sich nun bei den Xyloten auch noch das Entsetzen über die entfesselten Naturgewalten. Was für ein nicht wieder gut zumachender Schaden war soeben entstanden! Exposia war verzweifelt! Wie sollte er jetzt noch einen Stützpunkt an diesem Ort bauen?

*****

Wasgo war zufrieden. In der Stadt war wieder Ruhe eingekehrt. Die Xyloten hatten jetzt wohl erst einmal genug damit zu tun, ihre Baustelle aufzuräumen.

Am Abend erzählte ihm sein Vater, wie schnell sich Inflamma an diesem Tag entwickelt hatte. „Er wächst sehr schnell und kann schon Feuer spucken. Er versucht sogar, schon zu fliegen. Ich glaube, er ist ein schnell wachsender Drachen, denn was er an einem Tag für Fortschritte macht, dafür sollte er eigentlich ein Jahr benötigen. Du hast dir wahrscheinlich eine gefährliche, lebende Waffe gegen unsere Feinde von deiner Reise in die Zukunft mitgebracht!“

„Nein, Vater, ich habe ihn in der Nähe des Hochplateaus gefunden!“

„Das ist doch egal, mein Junge.“

Jodaryon und das Wunder

Schon seit einigen Tagen war Jodaryon auf Wanderschaft. Der alte Magier hatte einen beschwerlichen Aufstieg auf einen hohen Berg hinter sich bringen müssen, aber jetzt konnte er den Abstieg beginnen. Der fiel ihm leicht, stützte er sich doch mit einem kräftigen Stock vom Erdboden ab, den er von einem Baum abgeschnitten und zu einem Wanderstab geschnitzt hatte. Nun kam er sehr viel schneller voran, fast mühelos. Das Wandern machte ihm wieder Freude, er genoss die Schönheit der Landschaft.

Vor ihm befand sich ein riesiger, sich über den gesamten Berg erstreckender Wald aus Eichen, Buchen und anderen Laubbäumen. Fichten, Tannen und andere Nadelbäume gab es hier nicht. Unter dem Wald lag ein großer See, dessen Oberfläche weithin leuchtete. An seinen Ufern befanden sich grüne Almen, die von Enzian, Vergissmeinnicht, Glockenblumen, Orchideen und anderen Blumen bunt geschmückt waren. Die Natur wirkte auf Jodaryons Sinne wie Balsam.

In der Ferne sah er ein kleines Städtchen, das am Ufer eines Flusses lag. Bis dorthin sollte er vielleicht noch zwei Stündchen unterwegs sein, schätzte er. Schritt für Schritt näherte er sich seinem Ziel. Doch dann bemerkte er, dass jemand zu ihm Kontakt aufnahm. Mit telepathischen Kräften drang Wasgo in Jodaryons Gedanken ein.

„Hallo, mein weiser Lehrer und Meister, ich hatte gehofft, dich bei meiner Ankunft in der Hauptstadt anzutreffen. Ich hatte eine Unterredung mit dem Ministerrat. Der erste Minister hatte mich davon unterrichtet, dass die Xyloten uns zwangsumsiedeln und alle, die sich dagegen wehren, töten wollen. Das passt mit meinen Erlebnissen zusammen, die ich in der Zukunft hatte. In der Zukunft, in der ich war, gab es keine Menschen mehr. Ich hatte Glück, dass ich einem einfältigen Xyloten begegnet bin, ein anderer hätte mich ohne Vorwarnung sofort umgebracht. Dafür haben wir jetzt aber die Möglichkeit, die Zukunft unserer Erde in unserem Interesse zu verändern!“

„Ich bin froh, dass du gesund und munter zurückgekehrt bist. Guten Tag, mein junger Freund, wie geht es dir?“, fragte Jodaryon.

„Danke, mir geht es gut, aber wie geht es dir? Ich mache mir Sorgen um dich! Warum bist du einfach davongegangen? Ich brauche dich doch hier!“

„Sorge dich nicht um mich, bei mir ist alles in bester Ordnung. Du brauchst mich nicht mehr, du hast jetzt mehr magische Fähigkeiten, als ich je hatte. Du wirst die Menschheit retten.“

„Aber du könntest mir doch dabei helfen!“

„Nein, mein lieber, lieber Junge, du schaffst das alleine. Mich brauchst du nicht mehr. Ich warne die Menschen der anderen Länder vor den Xyloten, auch wenn es vielleicht nicht unbedingt notwendig sein wird, aber lieber tue ich es, bevor es zu spät ist. Dafür wirst du den Xyloten lehren, was es heißt, sich mit den Menschen anzulegen. Wir sehen uns in der Hauptstadt wieder. Grüße bitte deine Eltern von mir. Mach es gut und ich wünsche dir viel Erfolg dabei, die Xyloten zu vertreiben.“

Damit beendete Jodaryon die Verbindung zu seinem Schüler, der nicht verstehen konnte, warum sein alter Meister so handelte. Aber Wasgo glaubte, dass der alte Zauberer genug Gründe dafür hatte.

Jodaryon setzte seinen Weg fort. Zweifel nagten an ihm. Konnte Wasgo tatsächlich mit den Xyloten alleine fertig werden? Reichte es aus, auf die Magie eines einzelnen Zauberers zu setzen? Reichten Wasgos Zauber aus, um die Fremden zu hindern, ihre gefährlichen Waffen gegen die Menschen einzusetzen? Was sollte werden, wenn der junge Herrscher der Bergwelt versagen sollte? Wäre es in diesem Falle nicht besser, wenn er, Jodaryon, die Menschen der fernen Länder vor den Wesen warnte, die vom Himmel auf die Erde herabgekommen waren und die Menschen mit Gefangenschaft und Vernichtung bedrohten? So wären sie wenigstens nicht überrascht und chancenlos, sollte es zu einem Krieg mit den fremden Wesen kommen.

Konnte Jodaryon überhaupt helfen, die Xyloten zu vertreiben? Seine Kräfte, sowohl die magischen als auch die körperlichen, ließen rapide nach, es war nur noch eine Frage der Zeit, bis sie vollständig versiegten. Er war eben ein alter Mann geworden. Und schließlich hatte ihm Wasgo schon einmal entscheidend unterstützt, damals, als die Vampire in Transsilvanien gegen die Menschen Krieg führten. Währenddessen hatte sich Jodaryon Luzifer gestellt. Beide Aufgaben hätte er auch damals, auf dem Höhepunkt seiner magischen Kräfte, nicht übernehmen können.

War es jetzt nicht seine Pflicht, Wasgo dort zu helfen, wo er mit seinen noch verbliebenen Kräften den größtmöglichen Nutzen erreichen konnte? Nein, er musste seine Wanderung fortsetzen und darauf vertrauen, dass Wasgo sein Ziel alleine erreichte. Lieber wollte er die Mühen eines langen Marsches vergebens auf sich nehmen, als das Risiko einzugehen, dass die Menschen der Erde am Ende unvorbereitet eventuellen Gefahren ausgesetzt waren. Auch wenn die Menschheit nur eine geringe Chance gegen die Xyloten hatte, sollte es tatsächlich zum Krieg gegen diese fremden Wesen kommen.

Nein, Jodaryon hatte nicht das Recht, in der sicheren Hauptstadt seine Hände in den Schoß zu legen.

Nach etwas mehr als zwei Stunden erreichte der alte Magier die kleine Stadt, die er schon so lange aus der Ferne gesehen hatte. Am Stadttor wurde er von zwei Wachmännern aufgehalten und gefragt, was er hier wolle und wohin sein Weg ihn führe.

Bereitwillig gab er Auskunft: „Ich will die Stadt vor Eindringlingen warnen! Fremde Wesen sind zu uns gekommen. Sie sind uns weit überlegen, was ihre Entwicklung angeht. Sie wollen uns Menschen in Gefangenschaft nehmen und töten. Je mehr Menschen ich erreichen und warnen kann, desto besser ist es. Wir müssen uns den fremden Wesen zum Kampf stellen!“

Die Wachmänner sahen sich fragend an. Einer der beiden fragte: „He, Alter, du willst uns wohl veralbern. Wo sollen hier fremde Wesen herkommen, die uns töten wollen?“

Der alte Magier erkannte, dass er mit seinen soeben gesprochenen Worten nichts erreichen konnte. Niemand würde ihm glauben, wenn er seine Botschaft weiterhin so hervorbrachte wie eben bei den Stadtwachen. Einen Angriff aus dem Himmel, durch Außerirdische, das konnte sich kein Mensch vorstellen. Er musste sich eine andere Erklärung einfallen lassen, eine, die die Menschen aufnehmen und verstehen konnten, wenn der richtige Zeitpunkt dafür gekommen war, nämlich dann, wenn die Xyloten zu ihnen kamen, um sie zusammenzutreiben und zu verhaften. Er musste seine Nachricht, die er den Menschen zu überbringen hatte, so verschlüsseln, dass sie ihn nicht für verrückt hielten oder glaubten, dass er sie veralbern wollte. Doch jetzt kam ihm der Zufall in Gestalt des zweiten Wachmannes zu Hilfe.

Der sah seinen Gefährten fragend an und sagte: „Kannst du dich an das erinnern, was uns Antonius der Gerber erzählt hat?“

„Was meinst du?“, fragte der andere zurück.

„Na, ja, er hat von dem Ägypter erzählt, den, den sie hingerichtet hatten. Von diesem Elias. Der hat vorausgesagt, dass ein neuer Messias kommen soll, und hat den genau beschrieben. Er hat auch etwas davon erzählt, dass der Erde Gefahr drohe, die aus dem Himmel kommen solle. Ich glaube, dieser alte Mann könnte der sein, den Elias gemeint hatte.“

„Du meinst, der hier ist der neue Messias?“, dabei blickte er zu Jodaryon herüber.

„Möglich ist es doch, oder?“

„Ich weiß nicht, aber er sieht mir auch nicht so aus, als könnte er Ärger machen. Er ist ja nur ein alter Mann. Lassen wir ihn eben in die Stadt hinein!“

Der zweite Wachmann nickte und sagte zu Jodaryon: „Aber wehe, du stiftest Unruhe, dann kennt unser Stadtvater keine Gnade!“

„Danke, ihr ehrenwerten Herren, ich will doch nur den Menschen die Liebe nahebringen. Sie sollen sich gegenseitig achten und helfen. Ihr seid beide gute Menschen, möge der Gott der guten Menschen immer mit euch sein!“, sprach Jodaryon und ging durch das Tor in die Stadt hinein.

„Komischer Kauz“, sagte einer der Wachtposten, ließ Jodaryon aber gehen.

Dieser hatte sich schnell überlegt, wie er seine Botschaft an die Menschen bringen konnte. Das war es, das war die Gelegenheit, er wollte wie ein Priester predigen. Und zwar von Liebe und Gerechtigkeit.

Die Menschen sollten zusammenstehen und sich gegenseitig helfen, wenn Gefahr drohe. Welcher Art diese Gefahr war, ob irdischen Ursprungs oder ausgehend von fremden Wesen, die aus dem Himmel kamen, war dabei vollkommen egal. Wichtig war nur, dass die Menschen zusammenhielten und gemeinsam gegen einen Störenfried kämpften.

Auf dem Marktplatz herrschte ein reges Treiben. Viele Verkaufsstände waren hier aufgebaut, deren Händler ihre Waren zum Verkauf anboten. Am Markttag wurden nicht nur Lebensmittel wie Käse und Milch, verschiedene Wurstsorten, Wein und Bier angeboten, auch Felle, Leder und Tunikas sollten an den Mann gebracht werden, sowie Porzellanwaren und allerlei andere Dinge. Es schien dem alten Magier beinahe so, als seien fast alle Bewohner der kleinen Stadt heute auf dem Marktplatz versammelt. Dazu kamen auch noch die Menschen der umliegenden Dörfer, die hier an diesem Tage ihre Einkäufe tätigen wollten. Jodaryon glaubte, hier einen geeigneten Platz gefunden zu haben, um den Menschen seine Botschaft zu überbringen. Diese Möglichkeit wollte er nicht ungenutzt verstreichen lassen. Außerdem konnte er prüfen, wie seine Worte beim allgemeinen Volk ankamen. Ob sie ihm glaubten und ihm folgen konnten?

Jodaryon suchte etwas, auf das er sich stellen konnte, um so alle anderen Menschen in seiner Umgebung zu überragen. So musste er die Aufmerksamkeit der Menschen auf dem Marktplatz bekommen.

Tatsächlich fand er eine hölzerne Kiste, die ihm stabil genug erschien, sein Gewicht tragen zu können. Er stellte sie sich so zurecht, dass er sie mühelos besteigen konnte. Endlich stand er sicher darauf und konnte über die Menschenmenge hinwegsehen.

Er begann, zu sprechen: „Ihr lieben Leute, bitte leiht mir eure Ohren und eure Aufmerksamkeit!“

Die Menschen in seiner nächsten Nähe blieben neugierig stehen, um ihm zuzuhören. Was hatte dieser alte Mann ihnen denn zu berichten?

„Ich bin Jodaryon und bin gekommen, um euch eine Botschaft zu überbringen."

„Hört, hört!", vernahm Jodaryon aus der Menschenmenge. Immer mehr Leute wandten sich ihm zu.

„Ich bitte euch nur um eine Kleinigkeit. Ich will, dass ihr euch gegenseitig respektiert, achtet und helft. Das Leben ist nicht immer einfach, aber wenn ihr zueinander steht, füreinander da seid, auch wenn Gefahren uns bedrohen, dann wird das Leben für alle Menschen erträglicher werden. Liebet euch, liebet den Nächsten so wie euch selbst. Ihr werdet sehen, dass ihr dann den Gefahren, die bald über uns kommen werden, trotzen könnt!"

„He, Alter, was redest du denn da?", kicherte ein junger Mann, „wir sollen uns alle lieben?"

„Ja, liebet euch, aber nicht so, wie ihr eure Frauen liebt, sondern helft anderen Menschen, wo ihr nur könnt."

„Wir sollen den Menschen helfen?", rief ein Mann wütend aus der Menschenmenge. „Neben mir steht mein Vater, er hat die Liebe der Menschen kennengelernt.

Weil er uns Kinder damals etwas zu essen besorgen wollte, hatte man ihn festgehalten und geblendet. Es hieß, dass er nie wieder das sehen sollte, was er im Begriff war zu stehlen. Schon seit über 20 Jahren ist er blind. So sieht die Liebe unter den Menschen aus! Niemand kann ihm helfen! Er wird nie mehr etwas sehen können! Und du redest hier von Hilfe und Liebe! Dass ich nicht lache!"

Die ganze Verbitterung des Mannes konnte Jodaryon aus dessen Worten heraushören. Er sagte: „Dein Vater wollte für euch sorgen. Seine Liebe zu euch hatte ihn dazu getrieben, ein kleines Unrecht zu begehen." Die Menschenmassen raunten und wurden unruhig.

Doch Jodaryon ließ sich dadurch nicht beeindrucken und sprach weiter: „Bitte, ihr lieben Leute, ich kann euren Unmut verstehen, aber lasst mich ausreden. Hört mir doch nur noch einige Augenblicke zu!"

Allmählich kehrte wieder Ruhe ein.

„Liebe Leute, ich will sagen, dass es noch mehr Unrecht ist, einen liebenden Vater, der aus Sorge um seine Kinder handelt, so hart zu bestrafen. Hilfe hätte er damals benötigt, und Hilfe soll ihm heute zuteilwerden!"

Der aufgebrachte Mann aus der Menschenmenge rief: „Wer soll ihm denn helfen? Seine Augen haben sie ihm damals kaputt gemacht! Damit kann er nie mehr etwas sehen!"

„Ich werde ihm helfen!", rief Jodaryon zurück, aber dass er ein Zauberer war, verriet er nicht.

„Wie willst du ihm schon helfen, du alter Narr!"

„Ein Narr ist der, der die Liebe und Hilfe nicht erkennt, wenn sie sich ihm anbieten!", sagte Jodaryon ruhig. Er machte eine kleine Pause, damit der Mann seine Worte verstehen konnte. Danach sagte er: „Bringe deinen Vater zu mir!"

Mit einem Mal herrschte auf dem Marktplatz völlige Stille. Niemand sprach ein Wort, die Menschenmenge war gespannt auf das, was nun geschehen sollte. Eine Gasse bildete sich, durch die angesammelten Menschen, durch die der aufgebrachte Mann seinen Vater zu Jodaryon führte. Einen Schritt vor ihm blieben die beiden stehen.

Der Vater fragte: „Wie willst du mir helfen können? Viele Heiler hatten das versucht! Aber niemand von ihnen hatte Erfolg! Auch du wirst mir mein Augenlicht nicht wiedergeben!"

„Doch, mein Freund, ich werde machen, dass du wieder sehen kannst!", antwortete Jodaryon ruhig, als sei das die einfachste Sache der Welt.

„Das kannst du?", fragte der Sohn des Mannes ungläubig.

„Wenn ihr beide, du und auch dein Vater, an die Liebe unter den Menschen glaubt und bereit seit, in Notsituationen anderen Menschen zu helfen. Denn es droht den Menschen Gefahr. Dieser Gefahr können wir nur trotzen, wenn wir zueinander stehen, uns lieben und achten und uns in unserer Not gegenseitig helfen!"

„Ich will alles tun, was du sagst, Herr, wenn ich nur wieder sehen könnte!“, sagte der geblendete Mann.

„Dann knie nieder und schaue mich an!“, erwiderte Jodaryon.

Der Mann kniete vor Jodaryon nieder. Dieser legte ihm eine Hand auf die Augen, die von der damaligen Blendung weiß und blind geworden waren, und blickte zum Himmel. Er wollte Worte sprechen, die die Menschen erreichten, ohne dass sie das Gefühl hatten, ihm folgen zu müssen. Folgen sollten sie ihm freiwillig.

Also sprach er: „Herr im Himmel, du bist mein Gott, dir folge ich. Ich folge der Liebe und Dankbarkeit, der Demut und der Achtung vor den Menschen. Diesem Mann vor mir wurde vor vielen Jahren großes Unrecht angetan. Bitte hilf ihm und sorge dafür, dass dieses Unrecht beseitigt wird. Dafür will auch er die Menschen lieben und achten und ihnen bei Gefahren helfen. Somit hilft er nicht nur den Menschen, nein, somit dient er auch dir. Ob er dir aber aus Überzeugung dienen will, muss er alleine entscheiden. Du bist der Herr und mein Gott. Dir will ich dienen. Bitte hilf diesem armen Mann, und so will ich überall deine Gerechtigkeit und Güte preisen.“

Jodaryons Worte hallten laut über den Marktplatz, aber leise formulierte er in seinen Gedanken einen Heilungszauber. Gespannt hörten die Menschen ihm zu. Gespannt warteten sie auf das Ergebnis des Gebetes des fremden eigenartigen Alten. Niemand konnte so recht daran glauben, dass der Vater des aufgebrachten Mannes, der nun ebenso neugierig und ruhig geworden war wie die gesamte Menschenmenge, wieder mit seinen eigenen Augen sehen konnte.

Der große Augenblick war gekommen. Jodaryon blieb stumm. Seine Worte verhallten im Wind. Langsam nahm er seine Hand von den Augen des vor ihm knieenden Mannes, dessen Sohn neben ihm stand. Die Augäpfel des Alten hatten sich verändert. Blaue Augen strahlten Jodaryon aus groß geöffneten Pupillen fassungslos an. Vor Freude und Glück begann der Mann zu weinen. „Danke, Herr, danke …“

Voller Dankbarkeit blickte er Jodaryon an. Danach wandte er sich seinem Sohn zu und erhob sich von seinen Knien. Er nahm den Kopf seines Sohnes in beide Hände und gab ihm einen Kuss auf die Wange. „Junge, ich kann wieder sehen, ich kann dich sehen und alles hier um mich herum kann ich sehen! Junge, bist du groß und erwachsen geworden ...“

Ein Mann, der mitten auf dem Marktplatz stand, rief plötzlich: „Ein Wunder, ein Wunder ist geschehen!“

Ein anderer rief: „Folget dem Mann, denn er ist der von Elias angekündigte neue Messias! Preiset seinen Gott! Der wird euch stets helfen!“

Jodaryon dachte: 'Nun, das bin ich bestimmt nicht, aber die Menschen haben sich schon so oft geirrt. Aber wenn es ihnen mit dem Glauben an mich besser geht, ist das ja auch in Ordnung. Hauptsache, sie helfen sich gegenseitig, wenn die Xyloten kommen sollten!'

Während dessen wartete im Fegefeuer die Seele eines gewissen Bossus, der einmal der böse Herrscher der Welt gewesen war auf eine sich ihm bietende Chance, um aus dem Reich des Höllenfürsten Luzifer zu entkommen. Er war grimmig entschlossen, sie mit allen Kräften wahrzunehmen, auch wenn sie noch so winzig war.

Der Drachen Inflamma und sein Hüter

Antares und Luziferine kümmerten sich ab sofort um den Drachen. Einen Namen hatte er schon, nun musste er nur noch eine feste Bleibe, also ein Dach über den Kopf bekommen. Wo sollte Inflamma nur untergebracht werden? Er musste einen Stall bekommen. Aber er wuchs so schnell, dass er schon jetzt doppelt so groß wie ein ausgewachsener Elefant war. Ausgewachsen musste er mindestens noch einmal so groß wie jetzt sein.

Ein Pferdestall reichte für ihn wirklich nicht aus. Erschwerend dazu kam, dass er seine ersten Flugversuche unternahm. Er benötigte also eine Behausung, die seiner Größe angemessen war und seinen Flugkünsten entsprach.

Luziferine war es, die die rettende Idee hatte. Es musste nichts Neues gebaut werden, das Dach des Palastes war nicht ausgebaut, konnte also zu einer Drachenbehausung hergerichtet werden, sodass Inflamma ein trockenes Dach mit genügend Freiraum zum Bewegen zur Verfügung stand.

Antares sollte sich mit Wasgo besprechen und mithilfe von Zauberei Inflamma ein schönes Zuhause geben. Wasgo war mit allem einverstanden, doch verlangte er von seinem Vater ausdrücklich, nur die Zauber anzuwenden, die er tatsächlich beherrschte. Antares versprach das.

Als Allererstes wollte er dem Drachen einen Eingang von außen in das Dach schaffen, den er im Flug erreichen konnte. Danach sollte für Inflamma von dem riesigen unausgebauten Dachboden ein genügend großer Raum abgetrennt werden.

Antares stand mit dem jungen Drachen vor dem Palast. Inflamma hatte Sprachunterricht bekommen und konnte sich schon sehr gut ausdrücken. Sein Verständnis für Sprachen war perfekt und er lernte sehr schnell. Dabei war er erst wenige Wochen alt.

„Zuerst einmal brauchen wir einen Eingang für dich“, sagte Antares, „den du anfliegen kannst.“

„Ich muss aber das Fliegen noch üben. So richtig kann ich das noch nicht! Ich bin doch noch ein kleiner Drachen!“, meinte Inflamma.

„Klein ...“, lachte Antares. Für ihn war es sehr gewöhnungsbedürftig, sich mit einem Tier unterhalten zu können. Er stand neben dem Drachen und war von dessen Antwort überrascht.

Eigentlich hatte er mehr zu sich selbst gesprochen, aber Inflamma hatte sich von Antares in das Gespräch einbezogen gefühlt.

„Wie groß muss der Eingang denn sein, wenn du da durchfliegen willst?“

„Fünfzehn Meter breit und zehn Meter hoch!“, antwortete der Drachen.

„Oh, ihr Götter, dann helft mir bitte, den richtigen Zauberspruch anzuwenden!“, klagte Antares.

Wasgo hatte seinem Vater angeboten, beim Zaubern zu helfen. Aber Antares wollte als Hüter des Drachens seine Aufgabe alleine erfüllen! Warum sonst war er für Inflamma verantwortlich? Also überlegte er sich einen Spruch, der das Dach des Palastes an der Giebelseite zu einem Eingang für Inflamma machen sollte.

Voller Inbrunst sprach Antares die magische Formel aus. Er achtete darauf, sich nicht zu versprechen. Erleichtert stellte er dann auch fest, dass er, ohne zu stocken, die magischen Wörter ausgesprochen hatte.

Trotzdem geschah nichts. Voller böser Ahnung und vor Überraschung sah er den Drachen an. Antares hatte das Gefühl, als wenn ihn das Fabelwesen spöttisch angrinste. Der Hüter des Drachens wurde eher verlegen als wütend, doch ermahnte er Inflamma: „Wehe dir, du Ungetüm, wenn du lachst!“

Inflamma schüttelte nur mit dem Kopf und deutlich war zu sehen, dass er sich eins feixte.

Antares verlor die Geduld und rief: „Ich will auf der Stelle im Regen stehen, wenn mein Spruch falsch war!“

Plötzlich musste Inflamma laut lachen. Er stand im Trockenen, aber nur einen halben Meter neben ihm prasselte ein wahrer Platzregen auf Antares nieder und durchnässte diesen von einer auf die andere Sekunde bis auf die Haut.

„Lach du nur“, herrschte er, jetzt doch wütend geworden, den Drachen an, „ich gehe mir etwas Trockenes anziehen.“

Kaum hatte er das gesagt, ging er fort. Aber der Regen begleitete ihn.

Inflamma blieb dort stehen, wo er war. Nach einigen Minuten kehrte Antares zurück, immer noch stand er im Regen. „Wasgo kommt gleich und hilft mir!“, sagte er, sich vor den Drachen schämend.

„Kein Problem, mein Herr, ich denke nichts Böses. Du kannst zaubern und ich nicht. Bitte sei mir nicht böse, ich wollte dir nicht wehtun, schon gar nicht wollte ich dich beleidigen!“, versuchte Inflamma, Antares zu trösten.

„Ich kann zaubern? Spotte du nur, du Riesenvieh! Dieses verfluchte Wasser ist nicht nur nass, sondern auch noch sehr kalt! Ich friere!“

In diesem Moment kam Wasgo um die Ecke. Ohne seinem Vater einen Vorwurf zu machen, sprach er eine Zauberformel. Der Regen, den Antares unbeabsichtigt über sich gezaubert hatte, war verschwunden, er selbst war wieder vollkommen trocken.

Danach sprach Wasgo einen weiteren Zauber, der bewirkte, dass Inflamma sein Heim mit allem Drum und Dran, also auch mit einem schönen Eingang, auf dem Dachboden des Palastes bekam. „Nun musst du nur noch da hinauffliegen können. Also versuche es, mein kleiner Drachen“, sagte der junge Mann zu Inflamma.

Der streckte seine Flügel aus, schlug zweimal mit ihnen und schon erhob er sich von der Erde. Sicher flog der junge Drachen in sein Domizil.

Die erste Auseinandersetzung

Exposia tobte! Er war im wahrsten Sinne des Wortes stinksauer. Sämtliche Materialien, die zum Bau des Stützpunktes eingesetzt waren, konnten nach dem verheerenden Unwetter nicht mehr verwendet werden. Alles musste in aufwendiger Arbeit wieder aufbereitet und die Ramme repariert werden. Ebenso wie auch der Raumtransporter, der sich durch den Regen und den Sturm aus seiner Verankerung gerissen hatte und etwa 30 Meter weit von seinem ursprünglichen Standort fortgespült worden war. Das war die Raumsonde, die Exposia aus seinem Blickfeld verschwinden sah, als er Schutz in seiner Kabine der anderen Raumsonde gesucht hatte.

Wasser drang in die Antriebsturbinen ein, es gab unzählige elektrische Kurzschlüsse, die gesamte Elektrik musste erneuert beziehungsweise repariert werden. Die Außenhaut des Raumschiffes war völlig ramponiert, auch sie war dringend reparaturbedürftig, da das Fahrzeug in diesem Zustand nicht startbereit war. Wie leicht konnte im Weltall kosmische Strahlung durch die beschädigten Abschnitte der Raumfähre eintreten und somit die gesamte Besatzung töten!

Dieses verdammte Unwetter hatte Exposia und seine Mannschaft mehrere Tage zurückgeworfen. An einem schnellen Aufbau des Stützpunktes war zurzeit nicht mehr zu denken. Zu viele Reparaturen mussten von dem technischen Personal organisiert und durchgeführt werden! Die Ersatzteile dafür waren nicht mit Gold aufzuwiegen! Selbst auf dem Mutterschiff gab es diese nur in einem beschränkten Maße. Waren sie verbraucht, standen sie für zukünftige Reparaturen nicht mehr zur Verfügung! Es war nur eine Frage der Zeit, bis Maschinen oder Geräte nicht mehr repariert werden konnten, was ein Einschnitt in das Leben der Xyloten bedeuten konnte, vielleicht sogar musste. Viele Technologien zur Herstellung von Werkzeugen und Ersatzteilen waren zwar bekannt, aber die technischen Voraussetzungen mussten erst geschaffen werden, um das Leben der Xyloten zu sichern, wie sie es bisher kannten.

Aber Aufgeben kam für Exposia nicht in Frage. Für jemanden wie ihn doch nicht! Wütend brüllte er seine Leute an, doch, verdammt noch mal, nicht faul herumzulungern, sondern endlich an die Arbeit zu gehen. Da sollten diese Nichtsnutze eben mal ein paar Stunden länger arbeiten, von Sonnenaufgang bis Sonnenuntergang malochen. Dazu waren sie doch da! Der Kommandant wurde sicherlich bald ungeduldig und es war nicht gut, einen Vorgesetzten nicht zufriedenzustellen.

Die Xyloten, die am Bau des Stützpunktes arbeiteten, wurden mit Aufputschmitteln versorgt. Notgedrungen gaben sich die Arbeiter alle Mühe, verzichteten auf ihren Schlaf, schluckten statt dessen die verschiedensten Pillen und Pülverchen. Nach der Einnahme solcher Mittel fühlte sich ein Xylot tatsächlich so, als habe er 13 Stunden geschlafen, aber er konnte eben seinen Energiebedarf, den er sonst im natürlichen Schlaf-Wach-Rhythmus aufbaute, nur bedingt auffüllen. Irgendwann brauchte auch der fleißigste Xylot einmal Ruhe. Die Medikamente konnten den Schlaf nur für eine bestimmte Zeit ersetzen, danach musste der Xylot unbedingt schlafen, weil er sonst sterben konnte.

Exposia war das egal. Sterben? Einer mehr oder weniger? Der Stützpunkt musste pünktlich fertig sein! Und so schluckte er selbst eine Aufputschpille und schleppte sich, gegen immer stärkere Erschöpfung ankämpfend, unablässig durch das Lager, ständig seine Xyloten antreibend und anschnauzend, dass es doch nicht um sie, sondern um das große Ganze gehe und dass sie gefälligst ihre faulen Hintern bewegen sollten! Dabei hätte er selbst am liebsten alle Viere von sich gestreckt und geschlafen.

Aber der Stützpunkt musste fertig werden, davon hing vielleicht sogar die Existenz der von der Katastrophe verschonten Xyloten ab. Außerdem musste er, Exposia, seinen Leuten mit gutem Beispiel vorangehen. Obwohl seine Xyloten fleißig wie die Bienen waren, konnte der angestrebte Termin, an dem die Bauarbeiten am Stützpunkt abgeschlossen sein sollten, nicht mehr eingehalten werden. Wohl oder übel musste der Chef den Kommandanten von den widrigen Umständen in Kenntnis setzen. Und es kam, wie es kommen musste: Der Kommandant tobte, brüllte, stellte Exposia ein Ultimatum, das unmöglich einzuhalten war. Exposia war verzweifelt, zumal er vor Müdigkeit fast umfiel.

Aber natürlich, der Kommandant hatte recht! Der Kommandant hatte immer recht! Zumal in dieser Situation, in der es um Leben und Tod ging. Draußen, im Weltall, harrten über 2000 Xyloten im Mutterschiff aus und hofften und bangten, dass auf diesem Blauen Planeten, der aus der Ferne so paradiesisch aussah, alles seinen geplanten Gang nahm. Und diese Xyloten mussten immerhin essen und trinken. Gut, man hätte notfalls ihre Rationen halbieren oder vierteln können, das war ja nicht das Problem. Aber viel wichtiger war, dass auch der Treibstoff und der Strom knapp wurden.

Nach dem Gespräch mit dem Kommandanten ließ Exposia seine auf Xylot II befindliche Besatzung antreten und brüllte sie an, wie er noch nie im Leben gebrüllt hatte. Die Dosis der aufputschenden Pillen und Pülverchen wurde verdoppelt, damit auch bei Nacht gearbeitet werden konnte. Und er befahl, man solle doch endlich einmal die technischen Geräte, die zum Bau des Stützpunkts gebraucht wurden, wieder instandsetzen. Brachten denn diese faulen Trottel gar nichts mehr auf die Reihe? Und die Zeit, die verloren ging, die wertvolle Zeit! Zeit war doch das Wertvollste, das ein Xylot hatte! Aber nein, Aufgeben kam nicht in Frage.

*****

Wasgo hatte Inflamma schon einige Tage nicht gesehen. Er hatte die Xyloten beobachtet und war davon überzeugt, dass diese ihr Vorhaben, sich auf der Erde anzusiedeln, nicht aufgeben wollten. Allmählich wurde es Zeit, zu handeln. Zunächst einmal wollte er ihnen ganz einfach einen Besuch abstatten. Aber die mussten Augen machen, wenn sie ihn sahen! Glaubten sie doch, er sei in der Zukunft getötet worden!

Also machte er sich mit zweien seiner Minister auf den Weg zu ihnen. Auch den Drachen nahm er mit, es konnte nicht schaden, das respekteinflößende Riesentier dabei zu haben. Unterwegs überlegte er, wie er das Überraschungsmoment am besten ausnutzen konnte und was er diesem arroganten Exposia sagen sollte.

Plötzlich vernahm er neben sich ein lautes Rupfen und Mampfen.

Wasgo ahnte Böses. Und seine Ahnung trügte ihn nicht!

„Inflamma!“, rief er. „Inflamma, hierher!“ Doch es war schon zu spät. Der ewig hungrige Drachen hatte nicht widerstehen können, als sie an einem Feld, auf dem Weißkohl angepflanzt worden war, vorbeikamen.

„Inflamma, schäme dich!“, schimpfte Wasgo. „Du bist ein böser Drachen! Jawohl, du bist böse! Frisst den Menschen den Kohl einfach so weg, als würdest du nie etwas zu Essen bekommen. Du weißt doch, dass du davon so schreckliche Blähungen bekommst!“

Voller Scham blickte der Drachen unter sich! Aber was Inflamma angerichtet hatte, war nun nicht mehr zu ändern, es sei, Wasgo setzte einen entsprechenden Zauber ein. Aber das wollte er nicht. Auch Inflamma musste die Konsequenzen aus seinem Handeln selbst tragen.

Nur wenige Minuten später stand Wasgo mit seinen Ministern und Inflamma, der einen verzweifelten Kampf gegen seine allmählich aufkommenden Blähungen führte, vor den Xyloten. Was er sah, verschlug ihm beinahe die Sprache. Mit allem hatte er gerechnet, nur nicht damit!

Wasgo hatte eine so hochmoderne und komplizierte Technik, mit der die Xyloten ihre Bauvorhaben realisierten, noch nie gesehen.

Die vielen Maschinen und Geräte, das scheinbar heillose Durcheinander um ihre Raumtransporter, all das verunsicherte ihn, machte ihn aber auch wütend.

Was hatten diese hochnäsigen Eindringlinge bloß aus seinem schönen Planeten gemacht! Sämtliche Bäume waren niedergewalzt, fast kein Grün war mehr zu sehen, das Erdreich war aufgerissen, überall lagen Gesteinsbrocken und Baumaterialien umher, Sand war an mehreren Stellen aufgeschüttet worden, kurz, alles war verwüstet und zerstört. Es tat ihm einfach nur in der Seele weh. Dieser Exposia konnte sich auf etwas gefasst machen!

Doch der dachte gar nicht daran, zu Wasgo zu eilen. Bewusst ließ er den Herrscher der Bergwelt und dessen Begleiter warten. Sollte doch dieser dahergelaufene Hinterwäldler sehen, wer hier von beiden der wahre Herrscher war!

„Du wirst schon noch merken, was du von dem ganzen Theater hast!“, knurrte Wasgo, ohne im Traum daran zu denken, welche Folgen Exposias Hinhaltetaktik für beide Seiten bedeutete.

Aber der ließ Wasgo nicht nur aus Arroganz warten, sondern auch deshalb, weil er zunächst seine Fassung bewahren wollte. Als ihm nämlich ein Xylot meldete, der Herrscher der Bergwelt wolle ihn unverzüglich sprechen, glaubte er zuerst, der Bursche mache einen schlechten Witz, und rastete vollständig aus. War denn der Kerl am helllichten Tag besoffen? Oder stand er unter Drogen? Wenn ja, wo hatte er diese her? Die waren doch unter Verschluss! Und er, Exposia, war der Einzige, der die Drogen verwalten durfte und musste.

Aber nein, der eingeschüchterte Xylot ließ keinen Zweifel daran, dass dieser Wasskopf oder Nasskopf, oder wie auch immer dieser schwachsinnige Eingeborenenhäuptling hieß, höchstpersönlich und leibhaftig auf die Baustelle gekommen war.

Wie um alles in der Welt hatte der es hinbekommen, in die jetzige Zeit zurückzukehren? Was war bloß falsch gelaufen, als er ihn in die Zukunft geschickt hatte? Er kramte in seinem Gedächtnis nach möglichen Fehlern, kam jedoch zunächst nicht weiter. Aber doch, das war es! Er war sich seiner Sache gar zu sicher gewesen und hatte nicht darauf geachtet, in welche Zeit er diesen hirnverbrannten Potztausendherrscher katapultiert hatte. Vielleicht nur ein paar Tage in die Zukunft? So ein Anfängerfehler! Und ganz nebenbei: Wie konnte sich dieser Wasgo bei den Xyloten überhaupt verständlich machen? Hatte er sich etwa heimlich eine der sündhaft teuren Übersetzungsmaschinen unter den Nagel gerissen? Wo er doch nicht einmal wissen konnte, wie und wo man den Akku auflud! Oder hatte der gar in kürzester Zeit die Sprache der Xyloten gelernt? Aber nein, Unsinn, das war ganz und gar unmöglich.

Wie dem auch sei, überlegte Exposia, wenn dem Kommandanten sein Versagen, sein jämmerliches, erbärmliches Versagen zu Ohren kam, dann konnte er sich seine ehrgeizigen Pläne abschminken. Dann endete er als Bauarbeiter! Gerade gut genug, die großen Körbe mit den Aufputschmitteln herumzuschleppen.

Nun, was sollte es? Es war, wie es war. Die Zeit verging unaufhaltsam, er musste sich endlich dem Herrscher der Bergwelt stellen. Sonst wurde alles nur noch schlimmer. Also hinaus zu diesem Häuptling! Dem wollte er es schon zeigen! Mit diesem Grünschnabel wollte er doch allemal fertig werden.

Er verließ seine Raumfähre und begab sich zu Wasgo. Dort wartete die nächste Überraschung auf ihn.

Wasgo war nicht alleine gekommen. Er hatte zwei weitere unterbelichtete Einheimische dabei, die er Minister nannte. Und dann noch so ein Riesentier! Was das nur wieder zu bedeuten hatte? Exposia hatte alle Mühe, sein Entsetzen zu verbergen, so ein Riesentier hatte er noch nie gesehen. Größer noch als die einstigen Yenitaue, die schlimmsten Raubtiere aller Zeiten auf Xylot. Und wie scheinheilig dümmlich es blickte! Keinen Augenblick konnte es stillstehen, unaufhörlich trippelte und trampelte es herum, als wolle es die ganze Baustelle mit samt allen Geräten und Material in den Xylotboden treten.

Ja, wollte dieser Wasgo ihn denn von diesem überdimensionalen Vieh mit seinen qualmenden Nasenlöchern in Stücke reißen lassen? Und wo, verflixt und zugenäht, waren nur wieder diese nichtsnutzigen Sicherheitsleute? Ach, ja, richtig, er selbst hatte sie nicht mitgenommen, um Wasgo in Sicherheit zu wiegen. Heute lief aber auch wirklich alles schief.

Hoffentlich konnte er mit dem seltsamen Vieh auch alleine fertig werden. Wie viele Yenitaue hatte er auf den herrschaftlichen Großwildjagden auf Xylot erlegt? Fünfzig? Hundert? Er konnte seine Jagdtrophäen kaum noch zählen. Seine Jagdtrophäen! Alles verloren und in die Luft geflogen! Aber nein, er durfte jetzt nicht träumen. Er musste sich der Realität stellen.

Und die sah, genau betrachtet, doch gar nicht so übel aus.

Das wäre doch gelacht!, fuhr es ihm durch den Kopf. Und nach wenigen Sekunden zwang er sich zu seiner gewohnten Arroganz und Überheblichkeit. Wer war denn dieser Eingeborenenhäuptling schon und was bildete der sich bloß ein?

„Nein“, zischte Wasgo unterdrückt.

Exposia vernahm ein dumpfes Grummeln und Grollen, das er nicht zuordnen konnte.

„Nein, Inflamma, nein! Pfui! Stelle dich nicht auf eine Stufe mit solchen Leuten! Pfui!“, sprach Wasgo zu dem Riesenvieh.

Exposia war kurz davor zu explodieren. Was hatte dieses Jüngelchen da gerade gesagt? Oder gab jetzt zu allem Überfluss auch noch sein Übersetzungsgerät den Geist auf? Mühsam zwang er sich dazu, wenigstens äußerlich die Ruhe zu bewahren.

„Was verschafft mir die Ehre deines Besuches?“, blaffte er kurz angebunden.

„Ich will wissen, was ihr hier treibt!“, kam es im selben Ton zurück.

„Ach“, brüllte Exposia los, „du willst wissen, was wir hier treiben? Das verstehst du doch nicht, du ...“ Nein, das ging nicht! Schon wieder hätte er beinahe die Selbstkontrolle verloren. Ruhig bleiben!

„Das siehst du doch!“, fuhr er, sich mühsam beherrschend, fort. „Ich habe dir bei unserer Ankunft erklärt, dass wir hier siedeln wollen. Ob es euch passt oder nicht! Wir brauchen einen Platz zum Leben. Die Xyloten werden in Zukunft diesen Planeten beherrschen! Wir werden hier unseren ersten Stützpunkt bauen! Weitere werden folgen!“

Jetzt war es an Wasgo, beinahe die Fassung zu verlieren. Diese Dreistigkeit! Das war ja eben eine unverblümte Kriegserklärung!

Und sie werden weitere Stützpunkte bauen? Glaubt der Kerl tatsächlich, dass er hier der Herrscher der Bergwelt ist? Der Bursche sollte schon merken, wer hier das Sagen hatte! Zornig fuhr er auf:

„Nein, ihr werdet diesen Planeten nicht beherrschen! Im Gegenteil werdet ihr alles sofort wieder so herrichten, wie es war, und von hier verschwinden!

Ihr hättet unsere Gäste sein können, aber ihr spielt euch hier auf, als seiet ihr die Herren! Doch das seid ihr nicht! Ich fordere dich auf, bis spätestens morgen Abend von hier mit allen deinen Leuten und allem Gerät abzuziehen! Sonst sehe ich mich gezwungen, nachzuhelfen! Glaube mir, das ist keine Drohung, sondern ein Versprechen!“

Dieses dreimal verfluchte Übersetzungsgerät! Oder konnte es sein, dass Exposia eben richtig gehört hatte? Und wie dieser Urwaldpatriarch ihn anblickte! Wenn Blicke töten könnten … Ja, wollte der ihm, Exposia, dem Chef der Xyloten auf diesem Planeten, etwa mit seinem Schwert oder seiner Spielzeugaxt Angst einjagen? Ruhig bleiben!

„Du siehst wohl die Dinge nicht so ganz richtig?“, flötete er mit aller Arroganz, derer er fähig war. „Schau dich doch hier mal um! Schau mal, was wir hier alles haben! Verstehst du jetzt? Ja? Ich gebe dir einen guten Rat: Du kannst deine sogenannten Waffen ruhig wegwerfen. Das wäre wahrlich das Schlaueste, das du tun könntest. Oder glaubst du, du hast auch nur die kleinste Chance gegen uns? Jeder Widerstand führt nur zur vollkommenen Vernichtung deines rückständigen Stammes! Das verspreche ich dir! Und nun verschwinde aus meinen Augen, bevor ich dich entfernen oder einfach in Ketten legen lasse! Ketten sollten dir besser stehen als deine steinzeitlichen Waffen!“

Wasgo sah, dass Inflamma immer unruhiger wurde. Das brachte ihn auf eine Idee. Hier brauchte er nicht einmal zu zaubern! Es war ja alles ganz einfach.

„Ich hatte dir ein Ultimatum gestellt“, entgegnete er mit der größten Ruhe. „Lässt du es verstreichen, wirst du sehen, dass du mich ernst zu nehmen hast. Du wirst schon noch begreifen, dass du dich hier mit dem Falschen anlegst!“

Höhnisches Gelächter schallte Wasgo entgegen. Er achtete nicht darauf, sondern gab seinen Ministern und Inflamma zu verstehen, sich zurückzuziehen. Nachdem sie sich umgedreht und die ersten Schritte getan hatten, sagte Wasgo leise zu seinem Drachen: „Jetzt, mein Freund! Keine Hemmungen! Lass alles raus! Alles!“

„Darf ich wirklich?“, fragte der Drachen leicht verschämt.

„Ja, jetzt darfst du!“

Es war ein fast verschmitzter Blick, den Inflamma Wasgo zuwarf. Verstand er etwa? Sein gesamtes Hinterteil begann, zu wackeln, geradezu zu beben, den Schwanz hob er steil in die Höhe, seinen Oberkörper neigte er der Erde entgegen.

Und im nächsten Augenblick grollte ein lautes Donnern über das Hochplateau. Mit einem Mal wurden die Xyloten von dichtem Nebel eingehüllt. Und wie der stank! Nach total vergammelten Eiern! Exposia wollte nach Atemgeräten brüllen, wütend, dass seine Untergebenen nicht einmal an die einfachsten Dinge dachten, aber es ging nicht, ihm wurde schwindelig, ebenso wie seinen Besatzungmitgliedern.

Viele von denen mussten sich übergeben. Mit letzter Kraft stolperten sie in ihre Raumtransporter hinein und verriegelten sämtliche Öffnungen. Verzweifelt fragten sie sich, über was für schreckliche chemische Waffen diese primitiven Ureinwohner um Himmels Willen verfügten. Das musste ein böser Traum sein, das gab es doch nicht, dass ein Tier solch einen grässlichen Nebel ausstoßen konnte!

Wasgo und seine Minister konnten sich auf dem Rückweg vor Lachen kaum halten. Auch sie hatten ein kleines Problem mit den Dünsten, die der Drachen ausgestoßen hatte, aber der bestialische Gestank verteilte sich hinter ihnen über die Baustelle und sie selbst konnten nach wenigen Schritten wieder frische Luft atmen.

„Braver Drache“, lobte Wasgo. Inflamma schaute wieder etwas verständnislos. Wie konnte es sein, dass er einmal für eine Sache gelobt und dann wieder getadelt wurde?

„Mache einfach, was ich dir sage“, beruhigte ihn Wasgo, „dann machst du alles richtig! Und weißt du was? Gleich darfst du ganz, ganz viele Weißkohlköpfe fressen!“

Inflamma schaute ungläubig. Hatte er eben recht gehört?

„Ja, du darfst! Ich zaubere sie dem Bauern dann wieder aufs Feld. Aber wenn du satt bist, hörst du? Dann kommst du erst nach Hause, wenn ...“

Er musste schon zugeben, dass Drachenfurze höchst wirksame Waffen gegen außerirdische Wesen waren.

Wasgo sprach einen starken Zauber, damit sich der stinkende Nebel noch einige Zeit über der Baustelle hielt.

Der Waldgnom

Nachdem Jodaryon einen Tag in der kleinen Stadt geblieben war, um sich gründlich auszuruhen und sich auf seine weitere Wanderung nach Süden in das Land der Ägypter vorzubereiten, setzte er seinen Weg fort. Seine Vorräte hatte er, soweit das möglich war, aufgefüllt, frisches Wasser führte er ebenfalls mit sich.

Er wanderte den ganzen Tag in einem gleichmäßigen Tempo, nur von einigen wenigen Pausen unterbrochen, in denen er meist etwas Wasser trank, aber auch ein wenig Brot und Speck oder harte Dauerwurst aß.

Allmählich ließ er die hohen Berge hinter sich, doch wenn er glaubte, dass seine Tagesmärsche nun erträglicher wurden, hatte er sich geirrt. Die Berge waren zwar allesamt kleiner, er befand sich in einem Mittelgebirge, aber die An- und Abstiege hatten es trotzdem noch in sich. Sie waren nicht so lang gezogen wie in den großen Bergen, dafür aber teilweise sehr steil. So musste der alte Magier sich immer wieder überwinden, um weiterzugehen. Oft erreichte er seine Grenzen.

So auch heute. Er hatte schon einen langen Weg hinter sich, musste steile Hänge erklimmen, um auf der Rückseite des Berges über ebenso steile Hänge wieder abzusteigen. So ging das heute schon drei Mal.

Der alte Mann war am Ende seiner Kräfte. Aber die Sonne stand immer noch hoch am Himmel. Am liebsten hätte er sich ausgeruht, eine lange Rast bis zum nächsten Morgen eingelegt. Aber noch war zu viel vom Tag übrig. Noch gönnte er sich keine lange Rast. Er befand sich am Fuße eines steilen Abhanges und so legte er seinen Rucksack ab, setzte sich auf einen Baumstumpf und stärkte sich bei einer kleinen Mahlzeit.

Dabei orientierte er sich. Sein Weg sollte vorerst ziemlich eben bleiben. Vor Jodaryon erstreckte sich ein wunderschöner Wald. Der alte Mann wollte noch ein gutes Stück Weg in diesem Wald vorwärtskommen. Er beendete seine Rast, schulterte den Rucksack und zog weiter.

Viel Sonnenlicht drang in diesen Wald ein, er wirkte hell und freundlich. Überall standen Laubbäume, bis auf wenige Ausnahmen nur Birken und Buchen. Die Blätter der Bäume hatten eine hellgrüne, freundliche Farbe, ebenso die vielen Farne. Wohin das Auge blickte, nahm es ein friedliches Bild in sich auf.

Nach etwa zwei Stunden erreichte Jodaryon einen besonders schönen Platz. Der Weg verlief ziemlich gerade durch den Wald. Die Bäume standen nicht sehr dicht aneinander, sodass die Sonne fast ungehindert diesen Ort mit ihren Strahlen erwärmen konnte.

Überall lagen braune und schwarze Gesteinsbrocken. Zwischen diesen wuchsen Moose, Gräser und kleinere Sträucher auf einem sehr weichen und aufgelockerten Waldboden, aber so, dass man überall gut vorankam.

Links und rechts vom Weg befanden sich riesige Gesteinsbrocken aus Granit, teilweise von Moos bewachsen. Ein besonders großer Granitbrocken, fast schon ein kleiner Fels, war sehr lang gezogen und sah an einem Ende beinahe so aus, als wenn dort eine riesige Echse auf zwei etwas kleineren, aber immer noch recht großen Gesteinsblöcken lag. Gut und gerne zwei oder drei Meter weit ragte der Fels in die Luft, ein idealer Schlafplatz für Jodaryon. Zwar wäre dem alten Magier eine Höhle lieber gewesen, aber immerhin hatte er hier ein Dach über dem Kopf.

Er richtete sich unter dem Granitblock seine Schlafstatt ein, nahm noch eine kleine Mahlzeit zu sich und beobachtete den Sonnenuntergang.

Der allmählich verschwindende rote Feuerball faszinierte den alten Mann auch nach über sechshundert Lebensjahren immer noch genauso, wie ihn ein Sonnenuntergang als Kind gefesselt hatte. Endlich, als es fast völlig dunkel war, legte sich der alte Zauberer hin und schlief schnell ein.

Am nächsten Morgen setzte er mit frischen Kräften seinen Weg fort. Er wanderte den ganzen Tag, ohne einen Menschen anzutreffen.

Der Wald veränderte sich allmählich. Er wurde dunkler, und zwischen den Laubbäumen mit ihren hellgrünen Blättern gesellten sich nach und nach Tannen und Fichten mit ihrem dunklen Nadelkleid.

Es war schon fast dunkel und ein feiner Regen begann, das Land mit seinem Wasser zu benetzen. Jodaryon beeilte sich, einen geeigneten Schlafplatz für die Nacht zu finden. Plötzlich stand er vor einem Baum oder, vor dem, was von dem Baum noch übrig war.

Mitten im grünen und blühenden Mischwald stand dieser tote Baum. Er hatte keine Rinde mehr, aber sein Stamm war noch sehr kräftig, obwohl das Holz schon an einigen Stellen beschädigt war. Es wirkte so, als habe jemand mit einem Schabeisen das Holz aufgerieben und so die einzelnen Fasern sichtbar gemacht. Der Stamm teilte sich in zwei dicke Äste, an denen sich nicht ein Zweiglein oder Blättchen befand. Selbstverständlich war das Holz des Baumes schon völlig ausgetrocknet.

Interessiert betrachtete Jodaryon die seltsame Baumleiche von allen Seiten. Er hätte später selbst nicht sagen können, was ihn daran so faszinierte. Auf der Rückseite entdeckte er in der Höhe seines Kopfes ein etwas größeres Loch, das in eine Art Höhle im Inneren dieses toten Baumes zu führen schien. Eigentlich ein guter Platz zum Übernachten, überlegte der Magier. Es regnete immer noch, dazu wurde es rasch dunkler, einen Verkleinerungszauber, der ihm den Zugang in dieses regengeschützte Quartier ermöglichte, sollte er schon noch hinbekommen.

Kurz entschlossen sprach er seinen Zauber, und schon begann er, zu schrumpfen. Als er nur noch ungefähr 30 Zentimeter groß war, ließ er einen zweiten Zauberspruch folgen und schwebte an dem toten Baum empor, der ihm jetzt geradezu riesig erschien, und verschwand in seiner Höhle. Sofort erkundete er das Innere des Baums.

Kein Zweifel, hier wohnte niemand. Nichts deutete darauf hin, dass irgendein Wesen schon einmal in dieser Baumhöhle gewesen war. Wohlig ließ sich Jodaryon nieder und streckte die Beine aus. Auch wenn er den Tag über gut vorangekommen war, so spürte er jetzt doch die Müdigkeit. Aber jetzt konnte er sich bis zum nächsten Morgen erholen.

Plötzlich schreckte ihn ein lautes Geschrei und Gezeter hoch. Außer sich vor Wut raste ein Waldgnom in den Baum herein und auf den Zauberer zu. Jodaryon war so überrascht, dass er für einen kleinen Augenblick nicht reagieren konnte. Im allerletzten Moment wich er einem heftigen Stockhieb des Gnoms aus. Was hatte dieser kleine Wicht für eine große Kraft! An der Stelle, auf die der Stock geprallt war, entstand eine große Vertiefung im Holz des toten Baumes.

„Landstreicher! Tagedieb! Eindringling!“, schrie der Gnom, der jetzt genauso groß wie Jodaryon war. Er holte zu einem erneuten Hieb aus und quäkte dabei schrill: „Dieb, Bandit, dir werde ich helfen, mir meine schöne Villa zu rauben!“

Dieses Mal hinterließ der Stock an einer anderen Stelle des ausgehöhlten Baumes eine Delle. Geschickt wich Jodaryon einem weiteren Schlag des Gnoms aus, dann noch einmal und noch einmal. Mit lautem Gezeter, die von vielen Stockhieben begleitet wurden, verfolgte der Gnom den alten Mann. Dabei schlug er jedes Mal, wenn er die Wand traf, einige Holzfasern aus ihr heraus. Allmählich lief Jodaryon Gefahr, dass der böse Waldgnom ein Loch nach außen in den Baum schlug und das Baumhaus unbrauchbar machte.

Jodaryon musste handeln, wenn er den tobenden Gnom beruhigen und die Baumhöhle retten wollte. Schnell belegte er den Wüterich mit einem Stillstandszauber. Eine weitere magische Formel sorgte dafür, dass der nun erstarrte Gnom sanft auf den Boden schwebte. Aus ängstlichen Augen blickte er Jodaryon an. Der fand jetzt endlich die Zeit, sich seinen Widersacher zu betrachten.

Große graue Augen mit buschigen Brauen sahen zu ihm herüber, so groß, dass sie fast die gesamte obere Hälfte seines Gesichtes einnahmen. Lange, zottige und drahtige Haare standen wirr vom Kopf des kleinen Wesens ab. Die Jochbeine traten übergroß hervor, der Mund hatte dicke, wulstige Lippen, die Wangen waren fast rot und eingefallen. Seine Nase war so lang wie seine Arme, doch hatte der

Gnom eine Hakennase, die nach unten gebogen war. Sein Rücken war rund und bucklig und seine Beine waren dick und sehr kurz.

„Nun höre mir mal gut zu!“, sagte Jodaryon schließlich zu ihm. „Ich bin kein Bandit, und dieser Baum schien mir nicht bewohnt zu sein. Warum sollte ich hier nicht die Nacht verbringen? Es regnet und draußen werde ich nur nass. Morgen früh werde ich weiterziehen! Dann gehört der Baum dir alleine. Doch für die Nacht werden wir uns diese Baumhöhle teilen. Hast du das verstanden?“

Nun schaute der immer noch unbewegliche Waldgnom Jodaryon aus ängstlichen Augen an.

„Ach, ja, wie sollst du mir antworten? Du kannst deine Augenlider bewegen. Schließe deine Augen kurz, wenn du mich verstanden hast!“

Der Gnom tat, was Jodaryon verlangte.

„Du wirst mich nicht wieder angreifen?“

Der Gnom schloss abermals für einen kurzen Moment seine Augen. Daraufhin hob Jodaryon seinen Zauber auf, sodass sich der Gnom wieder bewegen konnte.

Tatsächlich legte der kleine Kerl seinen Stock aus den Händen, dabei fragte er mit einer kratzigen, heiser klingenden Stimme: „Bist du ein Zauberer?“

Jodaryon nickte, wollte etwas antworten, doch der Gnom kam ihm zuvor: „Ich bin Tolpedius Tollrasius, der Waldgnom, aber alle, die mich kennen, sagen nur Tolpedius zu mir. Und wer bist du?“

„Ich bin Jodaryon, der Meister der Gilde der Zauberer!“

„Wenn du der Meister der Zauberer bist, warum kenne ich dich dann nicht?“

„Weil du wahrscheinlich ein Waldgnom bist, der nicht aus dem Wald herauskommt.“

Nachdenklich erwiderte der Gnom: „Da magst du vielleicht recht haben. Ich kenne nur diesen Wald, bin noch nie aus ihm herausgekommen. Was machst du hier?“

„Ich will bis nach Ägypten wandern, die Menschen vor Eindringlingen warnen.“

„Was für Eindringlinge?“

Jodaryon erzählte Tolpedius von den Xyloten und was die vorhatten. Der Gnom antwortete: „Das glaubt dir nie jemand. Du wirst dafür in Ägypten sterben!“

„Das muss ich sowieso bald, aber ich muss die Menschheit retten.“

„Niemand weiß, wann er stirbt! Auch du nicht!“

„Da hast du recht, aber ich gebe mein Leben gerne, wenn ich dadurch die Menschheit retten kann.“

„Das ist dumm, sein Leben wirft man nicht weg.“

Jodaryon wechselte das Thema. Er fragte: „Wer bist du, was machst du hier?“

„Wer ich bin, sagte ich dir bereits. Was ich hier mache? Ich wohne hier und du bist in meine Villa eingedrungen. Du hast mich nicht gefragt, ob du hineindarfst!“

„Aber nichts deutet darauf hin, dass dieser Baum hier, denn das ist er, bewohnt wird. Es gibt kein Mobiliar, einfach nichts, was auf einen bewohnten Zustand dieses Baumes hinweist.“

„Weil du blind bist, alter Magier!“, schrie der Gnom plötzlich. Er schnippte einmal mit dem Daumen und dem Mittelfinger seiner rechten Hand, und schon änderte sich das Innere des Baumes. Aus dem runden Raum aus zersplittertem Holz wurde ein großes Zimmer mit wertvollen Gemälden an den Wänden. Auf dem Boden lagen dicke, kostbare Teppiche und an den Wänden standen hochwertige Möbel, die in die Behausung eines Staatsoberhauptes gepasst hätten. Liegen, aus edelstem Holz geschnitzt, standen in dem Raum an ebensolchen Tischen. Alles war aus dem feinsten und edelsten Material gefertigt. Wie hatte der Gnom das nur gemacht?

„Du fragst dich, wie ich das gemacht habe? Ganz einfach, ich kann zaubern! Aber ein Zauberer bin ich nicht“, sagte der Gnom.

Jodaryon war nun neugierig. „Wer oder was bist du dann, wenn du kein Zauberer bist, aber doch zaubern kannst?“, wollte er wissen.

„Nie in deinem Leben kommst du darauf!“, sagte der Gnom und stampfte einmal mit seinem rechten, zu großen Fuß auf dem Boden auf. Funken sprühten, Rauch stieg auf, sodass Jodaryon husten musste. Doch der Rauch verzog sich und mit ihm verschwanden auch der Gnom und sein vornehmer Raum.

Als der alte Magier wieder sehen konnte und bemerkte, dass der Waldgnom verschwunden war, hörte er noch einmal dessen Stimme: „Ich bin von Bossus' Seele geschaffen und ich werde wiederkommen. Und du wirst mir dabei helfen, Jodaryon, denn Bossus wird sich deinen Körper holen, wenn er aus der Hölle endgültig fliehen kann! Aber wenn es soweit ist, wirst du schon nicht mehr unter uns weilen! Ha, ha, ha, ha …"

Das böse Lachen des Gnoms verebbte langsam. Jodaryon war zunächst etwas verwirrt und unsicher.

Doch dann erinnerte er sich an einen Satz, den er früher des Öfteren zu Wasgo gesagt hatte, als der ihn bei einem Problem ratlos anblickte: „Du vergisst immer noch, dass du ein Zauberer bist. Für jedes Problem gibt es eine Lösung."

Jodaryon hatte zwar nicht vergessen, dass er ein Magier war, aber er wusste, dass er das Problem Bossus lösen musste. Das wollte er gerne tun. Doch glaubte er, dass er Wasgo über diesen Vorfall informieren sollte.

Er nahm zu seinem jungen Freund Kontakt mithilfe seiner telepathischen Fähigkeiten auf. Schnell meldete sich Wasgo und Jodaryon informierte ihn über den soeben erlebten Vorfall mit dem Waldgnom, der von Bossus' Seele geschaffen worden war.

„Das hört sich aber nicht gut an", meinte Wasgo.

„Mache dir keine Sorgen, mein Freund, kümmere dich um die Xyloten! Mit Bossus werde ich schon fertig", beruhigte Jodaryon den Herrscher der Bergwelt. Das war sein fester Wille. Nie mehr sollte Bossus die Hölle verlassen und sein Schreckensregiment über die Erde ausüben!

Biologische Erklärungen

„Türen zu! Luken dicht! Alles dicht machen, verdammt noch mal! Wird's bald, ihr Schwachköpfe?"

Die Xyloten beeilten sich, ihrem Chef zu gehorchen. Doch aufgrund des Gestankes, den der Nebel des riesigen Tieres verursachte, waren Exposias beleidigende Worte gar nicht notwendig. Viele der Xyloten konnten sich vor Übelkeit kaum auf den Beinen halten. Was sie da gerade erlebt hatten, war für sie einfach nicht zu begreifen. Schnell verschlossen sie alle Öffnungen, die vom Inneren der Raumfähren nach außen führten.

„Sind denn immer noch nicht alle Luken dicht?", wollte Exposia brüllen. Aber er brachte nur ein Krächzen zustande.

In den Raumtransportern stank es genauso fürchterlich wie draußen auf dem Hochplateau. Mit letzter Kraft ordnete Exposia an, die verbrauchte Luft durch ein Ventil nach draußen zu leiten und frische Luft aus der Aufbereitungsanlage in die Raumfähren zu pumpen.

„Chef", ächzte ein Xylot, „ich glaube, seit dem Unwetter funktioniert die Aufbereitungsanlage nicht mehr!"

Nicht einmal mehr zum Brüllen hatte Exposia die Kraft. Er fluchte und schimpfte halblaut vor sich hin. Schließlich ließ er den Chefbiologen kommen. Auch dessen Gesicht hatte die Farbe eines Leichentuchs angenommen. Aber so erging es auf Xylot II wohl jedem Besatzungsmitglied der beiden Raumfähren.

„Haben Sie beobachten können, was eben geschehen war, als diese Ureinwohner hier waren?", wollte er von dem Wissenschaftler wissen.

Der bejahte die Frage des Chefs.

„Was ist das für ein Tier und was war das für ein Gas, das dieses Viech erzeugt hat?"

„Chef, so ein Tier kenne ich nicht."

„Sie kennen ..." Nein, es ging nicht. Toben war ihm viel zu anstrengend.

„Chef, dieses Tier hat sogar in seinem Maul Feuer, das stellte ich fest, als ich es beobachten konnte. Was es damit machen kann, weiß ich aber nicht. Ich vermute, dass es, wenn es sich in Gefahr wähnt, Feuer spucken kann. Bei uns, also, auf Xylot, gab es keine vergleichbaren Tiere. Der Yenitau war das größte und gefährlichste Raubtier. Doch war der sehr scheu, erst recht, wenn er Feuer witterte“, erklärte der Biologe.

„Meinen Sie, ich weiß das nicht?“, brauste Exposia auf. Ganz allmählich kehrte seine Energie zurück. Dass sich aber auch dieser stinkende Nebel so lange über dem Hochplateau hielt!

„Natürlich, Chef, selbstverständlich, Chef, sicher wissen Sie das! Wer kennt nicht Ihre unvergleichlichen Verdienste bei der Großwildjagd?

Aber zu Ihrer Frage, Chef: Was das für ein Nebel war, kann ich nicht mit Sicherheit sagen, ich kann nur eine Hypothese aufstellen. Ich glaube, dass die Nahrungsverarbeitung bei den Tieren und auch bei den Ureinwohnern dieses Planeten etwas anders verläuft, als wir das von Xylot her kennen. Ich spreche hier von den Tieren, die einen ähnlichen Körperaufbau haben wie die Ureinwohner. Also ich habe so ein Tier gefangen und wissenschaftlich untersucht, als es gerade eines unserer Kabel anknabbern wollte, was ich, beiläufig erwähnt, auf Xylot bei keinem Tier erlebt habe.“

„Nicht einmal die Tiere sind normal auf diesem schrecklichen Planeten“, stöhnte Exposia.

„Die Nahrung“, fuhr der Biologe ungerührt fort, „wird in einem Verdauungssystem, so nenne ich das einmal, verarbeitet. Das ist total interessant, was dabei passiert. Aber ich fasse das einmal zusammen, sodass Sie verstehen, was ich herausgefunden habe.

Die Nahrung wird in mehreren Stufen durch Enzyme aufgespalten, bis nur noch einzelne Moleküle dieser Nahrung übrig bleiben. Diese werden dann in Energie umgewandelt und zu den einzelnen Zellen des Körpers geführt.“

„So, so …“, meinte Exposia.

„Bei diesem hoch komplizierten Vorgang entstehen Abfallprodukte, die vom Verdauungssystem abtransportiert werden, bis sie den Körper durch eine Öffnung verlassen. Dabei bilden sich auch Gase. Biologische Gase, die den Körper verlassen. Das sind in der Regel Methan, Kohlenstoffdioxid und Schwefelwasserstoff, also Faulgase. Sie haben einen extrem unangenehmen Geruch."

„Was Sie nicht sagen …"

„Warum sie bei dem Untier so einen Nebel erzeugt hatten, weiß ich nicht. Um diese Frage beantworten zu können, muss ich dieses Tier untersuchen."

„Das werden wir wohl erst können, wenn wir die Ureinwohner hinter die großen Wasser gebracht haben. Aber das können wir erst tun, wenn wir unseren Stützpunkt aufgebaut haben und die Besatzung des Mutterschiffes mit uns gemeinsam hier unten wohnt. So lange müssen wir die Ureinwohner und dieses große Untier wohl oder übel unter Kontrolle halten. Nur fürchte ich, dass wir sie unterschätzt haben… Ja, was wollen Sie denn noch hier? Haben Sie nichts zu tun?"

Der Biologe entfernte sich mit einer tiefen Verbeugung.

Als Exposia wieder alleine war, grübelte er, wie er den Stützpunkt ohne weitere Zwischenfälle aufbauen sollte. Da blieb wohl nur eines: Er musste die Ureinwohner mit seinen Sicherheitskräften angreifen.

Doch zuerst befahl er seinem Sicherheitsdienst, um die Raumfähren herum einen Schutzschild anzulegen. Dieser sollte die Xyloten vor unliebsamen Besuchern schützen. Und um alles in der Welt verhindern, dass diese schrecklichen Giftgase, die das Riesentier ausstieß, in die Fahrzeuge eindringen konnten.

Das Böse

Bossus' Seele war in der Hölle und konnte diese somit nicht verlassen. Aber durch ihren Gnom war sie in der Lage, sich über die Entwicklung auf der Erde Informationen zu beschaffen, ohne dass der dumme Luzifer etwas davon bemerkte.

Doch jetzt musste sie ihr durch schwarze Magie geschaffenes Wesen wieder zurück in die Hölle holen. Das war aber auch höchst ärgerlich, denn gerade in dem Augenblick, als Bossus Jodaryon begegnet war, musste er den Besuch seines Gnoms auf der Erde abbrechen. Hätte er doch nur ein ganz klein wenig mehr Zeit gehabt! Da wäre es ihm ein Leichtes gewesen, dem einfältigen alten Jodaryon das Lebenslicht auszublasen und dessen Körper für sich zu reservieren, bis er endlich Luzifers Erlaubnis zum Verlassen der Hölle bekam. Irgendwann sollte er den schon herumkriegen! Und dann kam endlich der große Augenblick, in dem der große Bossus als Zauberer seine Wiederauferstehung feiern konnte.

Aber jetzt wurde Bossus' Seele gestört. Bossus musste vorsichtig sein und dafür sorgen, dass der Herr der Unterwelt nichts von der Existenz des Waldgnoms erfuhr. Ein Monster Luzifers war auf ihn aufmerksam geworden und beobachtete ihn. Es war besser, sich nicht mit Tolpedius Tollrasius zu beschäftigen. Wenn Luzifers blödes Ungeheuer davon erfuhr, womit Bossus'sich beschäftigte, wusste davon auch der Höllenfürst. Und das sollte für Bossus Ärger bedeuten. Vielleicht riskierte er damit sogar seine Rückkehr auf die Erde. Das konnte man ja verhindern, außerdem musste er den Teufel nicht auf seine Vorbereitungen, die Hölle verlassen zu wollen, aufmerksam machen.

Wenn er erst einmal wieder einen Körper sein Eigen nennen konnte, dann, das wusste Bossus, konnte ihn nicht einmal mehr Luzifer zwingen, in die Hölle zurückzukehren. Doch Jodaryon sollte ihm jetzt, nachdem er ihn gefunden hatte, nicht mehr entgehen. Mithilfe des Waldgnoms wollte er den altersschwachen Magier nicht mehr aus den Augen verlieren.

Bossus hatte es nicht eilig. Vielmehr hatte er jetzt, da er Jodaryon ausfindig gemacht hatte, alle Zeit der Welt. Jodaryon dagegen nicht. Der sollte nur noch maximal bis zu 50 Jahre leben, danach würde er sterben müssen, ob er das wollte oder nicht. Mit dem eingebildeten Alten, dem Bossus seinen Platz im Fegefeuer verdankte, ging es zu Ende. Gnadenlos zu Ende! Sehr gut war das, sehr gut. Und wenn es ihm möglich war, wollte er Jodaryons Ende beschleunigen. Doch gab es eine Schwierigkeit bei dieser ganzen Angelegenheit.

Noch war Jodaryon nahezu im Vollbesitz seiner Kräfte. Zwar konnte Bossus mithilfe des Waldgnoms seinen alten Widersacher bekämpfen und töten, um danach dessen Körper in Besitz zu nehmen. Nur durfte er ihn unter keinen Umständen wieder aus den Augen verlieren. Sonst wurde es nichts mit der angestrebten großen Abrechnung für alles, was ihm dieser Jodaryon angetan hatte.

Dass ein Zauberer in der letzten Phase seines Lebens seine magischen Fähigkeiten verlor, wusste auch Bossus. Ebenso wusste er, dass er einen Magier, wenn der erst einmal seine Zauberkräfte verloren hatte, nicht mehr bekämpfen und töten konnte. Somit wäre für ihn, den großen Bossus, Jodaryons Körper bis zu dessen Tod verloren. Erst danach konnte er ihn in Besitz nehmen.

Bossus musste nun wieder unter dem höhnischen Gelächter Luzifers in das ewige Fegefeuer eintauchen.

Nachdem der Hüter des Fegefeuers von Wasgo vernichtet worden war, hütete der Höllenfürst selbst die schwarzen Seelen. Wozu brauchte er auch einen neuen Hüter des Fegefeuers, wo er doch selbst nach seiner Niederlage gegen Wasgo und Jodaryon die Hölle nicht mehr verlassen durfte! Welch eine Schande das war! Er, Luzifer, der Höllenfürst hatte sich dem Willen von Zauberern beugen müssen. Welch ein Verlust an Ansehen das bei den Wesen der Unterwelt nach sich zog! Nur durch seine absolut konsequenten Bestrafungen für ihren Ungehorsam, ja, sogar für ihre offenen Auflehnungen und Aufstände konnte sich Luzifer wieder Respekt in seinem Reich verschaffen. Dabei hatte er sehr vielen Wesen und Monstern der Unterwelt den Garaus machen müssen. Wesen und Monster, die er in einem Krieg gegen Wasgo und Jodaryon gut hätte einsetzen können.

Sonst wurde Bossus wütend, wenn er nach einer Pause zurück ins Fegefeuer musste und sich die dummen und bösartigen Bemerkungen des wie üblich schlecht gelaunten Teufels anhören musste. Heute war das anders.

Er war in bester Stimmung, denn es war ihm heute das erste Mal gelungen, seinen Waldgnom auf die Erde gehen zu lassen. Und der hatte sogar Jodaryon gefunden. Den alten Magier wollte er auf keinen Fall mehr aus den Augen verlieren!

Bossus spürte das Fegefeuer an sich nagen. Es war sehr heiß. Normalerweise war dieses Fegefeuer nicht zu ertragen. Aber jetzt dachte der ehemalige böse Herrscher der Welt intensiv an Jodaryon und malte sich aus, wie er den wohl töten sollte, und schon wich der Verbrennungsschmerz einem angenehmen Gefühl.

Luzifer bemerkte, dass Bossus heute bester Laune war und ihm seine heiße Umgebung nichts anhaben konnte. Während es der Teufel vor Schmerzen, die ihm seine Blessuren verursachten, wieder einmal kaum aushielt, saß dieser Bossus mitten im Fegefeuer und grinste sich eins. Was hatte der Kerl nur wieder ausgeheckt? Das musste er herausbekommen. Also fragte er in seinem freundlichsten Ton: „Was ist denn mit dir los, Bossus?“

Der Angesprochene erwiderte: „Mir ist eine Möglichkeit eingefallen, um dir, edler und großer Luzifer, einen großen Dienst zu erweisen.“ Diese Schleimerei war ihm zuwider, aber wenn er den dummen Teufel auf diese Art überlisten konnte, war das für ihn in Ordnung.

„Aha, das ist ja wieder mal interessant. Oh, mein Kopf … Grins nicht, du erbärmlicher Wicht! Und was glaubst du, für mich tun zu können?“, war Luzifer neugierig geworden.

Jetzt hatte Bossus den Teufel am Hacken. „Lasse mich zu dir kommen und schon will ich dir alles erzählen.“

„Du willst schon wieder raus aus dem Fegefeuer? Na, dann komm, aber wehe, wenn du wieder nur heiße Luft zu bieten hast! Also, was für einen Gefallen willst du mir tun?“

„Oh, den Wertvollsten, den du dir vorstellen kannst, edler Luzifer!“

„Edler Luzifer, edler Luzifer …! So geht das von Ewigkeit zu Ewigkeit …! Dann mal los, komm her zu mir und erzähle mir, was du diesmal ausgetüftelt hast. Aber wehe, es ist für mich nicht interessant genug, dann werde ich dich persönlich bestrafen!“ Gerade noch konnte der Höllenfürst ein erneutes schmerzliches Stöhnen unterdrücken. Dieser Bossus sollte nicht über ihn lachen! Und was hatte der nur wieder für eine Idee? Verschlagen war er ja, das musste ihm Luzifer lassen.

Nur zu bereitwillig gehorchte Bossus' schwarze Seele. Im nächsten Augenblick schwebte sie vor dem Herrn der Unterwelt.

„Es ist ganz einfach, edler Luzifer. Ich werde persönlich Wasgo und Jodaryon töten, danach kannst du wieder auf die Erde zurückkehren.“

„Du glaubst wohl, dass du mich für dumm verkaufen kannst!“, brüllte Luzifer Bossus‘ Seele an, „ich lasse dich nicht auf die Erde zurück. Du hattest deine Chance, eine zweite bekommst du nicht. Marsch ins Fegefeuer mit dir! Verdammt noch mal, du gibst wohl nie auf, du frecher Kerl! Rate mal, warum von dir nur noch deine schwarze Seele übrig ist. Du kannst von Glück sagen, dass du sie noch hast, sonst wäre es mit dir ganz aus und vorbei!“

Dieser dreiste Bossus! Am liebsten hätte der Höllenfürst das Fegefeuer noch zusätzlich geschürt. Wenn ihm nur nicht alles wehgetan hätte! Ob es nicht einen Zauber gab, der ihm die Schmerzen nehmen konnte? Aber so ein Zauber war Luzifer nicht bekannt. Ob Bossus ihm in diesem Punkt helfen konnte? Aber nein, das konnte er nicht glauben, dass ein Zauberer sich selbst die Schmerzen nehmen konnte!

Bossus wusste, dass es besser war, Luzifer in solchen Momenten zu gehorchen. Er nahm seinen ihm angestammten höllischen Platz ein. Die Schmerzen, die ihm das Fegefeuer bereitete, steckte er leicht weg. Es konnte nicht mehr lange dauern! Nur noch ein paar lächerliche Jährchen! Was wogen die schon in der Unterwelt! Und ja, bald, sehr bald musste es soweit sein! Da konnte er im Triumph auf die Erde zurückkehren! Im Triumph, den niemand sehen sollte. Denn unverzüglich wollte er die Ewige Nacht wieder errichten.

Nur war es doch nicht ganz so einfach. Der alte Luzifer war ein Wrack, nur noch ein Schatten früherer Tage, aber im Augenblick saß er immer noch am längeren Hebel. Deshalb galt es für Bossus, die erstbeste Gelegenheit für eine List zu ergreifen. Bis es soweit war, konnte er ja wieder seinen Waldgnom auf die Erde schicken. Da konnte er dann alles, was diese Kreatur erlebte, zeitgleich miterleben. Und wenn, ja, wenn er selbst wieder oben war, dann wollte er dem alten Jodaryon schon den Garaus machen!

Kriegerische Handlungen

Es wurde Zeit, dass sich Wasgo mit seinen Ministern beriet. Zuviel war in letzter Zeit passiert, und was ihm Jodaryon über Bossus mitgeteilt hatte, gefiel ihm ganz und gar nicht. Was war zu tun?

Als sich der Kriegsminister zu Wort meldete, befürchtete Wasgo ein neues wortreiches Plädoyer für eine totale Mobilmachung. Den Feinden des Reichs in den Bergen, so hatte er früher immer wieder lauthals verkündet, müsse man unmissverständlich klarmachen, dass Wasgo nicht mit sich spaßen lasse. Aber nein, diesmal schlug der Kriegsminister ganz ungewohnte Töne an. „Man sollte“, meinte er, „Jodaryon nur vertrauen und es ihm überlassen, wie er Bossus daran hindern will, aus der Unterwelt auszubrechen. Wie wir alle wissen, wird die immer noch von Luzifer beherrscht. Und der lässt niemand aus der Hölle weggehen! Niemand zweifelt daran, dass Jodaryon Erfolg haben wird! Am Ende wird er schon nicht versagen, jeden falls nicht aus Gründen, die er nicht zu verantworten hat“.

Der oberste Druidenpriester gab dem Kriegsminister recht: „Jodaryon hat stets besser als alle anderen gewusst, was zu tun ist. Bossus ist zur Zeit das kleinere Übel. Was kann der denn schon anrichten? Im schlimmsten Fall wird er versuchen, wieder die Macht an sich zu reißen, und dann müssen wir ihn eben bekämpfen und wieder stürzen. Wasgo und Jodaryon sollten schon mit ihm fertig werden. Aber jetzt geht es um die Xyloten. Die sind viel gefährlicher als Bossus, schon deshalb, weil sie den Menschen durch ihren Entwicklungsstand, vor allem durch ihre modernen Waffen weit überlegen sind.“ Er machte eine kleine Pause, in der er allen Anwesenden mit ernster Mine in deren Gesichter schaute. Danach fuhr er fort: „ Den Menschen sind sie überlegen, nicht Wasgo, der obendrein auch noch den Drachen Inflamma gefunden hat. Beide sind eine unschätzbare Hilfe in einem eventuellen Kampf gegen die Außerirdischen und machen die Erdenbewohner somit nahezu unbesiegbar“.

Wasgo rutschte immer unruhiger auf seinem Sitz hin und her. Solche Lobreden mochte er ganz und gar nicht. Auch wenn er sich sicher war, dass der Druidenpriester seine Worte ernst meinte.

„Das ist sehr freundlich von dir“, antwortete er schließlich, „dass du mich und Inflamma so hoch einschätzt. Aber wir haben auch noch Jodaryon und meine Eltern auf unserer Seite. Auch die Vampire und Elfen könnten wir um Hilfe bitten. Chancenlos gegen die Xyloten sind wir tatsächlich nicht!“

Genau in diesem Moment erschien Regulus, der Oberste der Elfen. Aufgeregt fragte er: „Warum habt ihr mich und meine Elfen nicht über die letzten Ereignisse informiert? Mir scheint, hier kommt mit den Fremden ein ernsthaftes Problem auf uns alle zu. Auch die Elfen sollten ihren Beitrag leisten, um die Fremden wieder dahin zu schicken, wo sie hergekommen sind!“

„Bitte, mein lieber Regulus, sei uns willkommen und nimm in unserer Mitte Platz. Nach dieser Sitzung des Ministerrates hätte ich dich auf jeden Fall über alles informiert. Aber zuerst wollte ich meine Pflicht den Menschen gegenüber erfüllen. Immerhin bin ich ihr oberster Staatsmann“, antwortete Wasgo.

„Das kann ich verstehen!“, erwiderte Regulus.

„Wollen wir denn Sinclair und seine Vampire auch informieren?“, fragte der Finanzminister. Der fürchtete wohl um seinen Staatsschatz, den er mit niemandem teilen wollte.

Als ob die Vampire Wert auf Gold gelegt hätten!

„Das weiß ich noch nicht. Sind sie denn für uns so wichtig, dass wir sie brauchen, um gegen die Xyloten bestehen zu können?“, fragte Wasgo zurück.

„Wer soll das denn wissen, wenn nicht du?“, entgegnete der Finanzminister etwas gereizt.

„Wir werden sie bitten, in den Kampf einzugreifen, wenn wir die Xyloten nicht daran hindern können, weitere Gebiete zu besetzen!“, entschied Wasgo, „außerdem bitte ich dich, Regulus, dich mit deinen Elfen in Reserve zu halten, damit ihr das Aufgebot der Menschen verstärken könnt, wenn das erforderlich sein sollte!“

Endlich konnte er die Ministerratssitzung beenden. Dass sich solche Sitzungen immer so in die Länge zogen! Nun jedoch wollte er zu seinen Eltern gehen. Und auch das Drachenkind Inflamma brauchte sicher etwas Zuwendung.

In diesem Augenblick zerriss ein ohrenbetäubender Donner förmlich die Luft. Es polterte, als stürze der ganze Palast zusammen, Steine fielen herab. Staub wurde aufgewirbelt. Einige Sekunden später sahen alle, dass in die Palastmauer ein großes Loch gerissen worden war. Ein Wunder, dass niemand von ihnen zu Schaden gekommen war!

Wasgo fasste sich als Erster. Zwischen den umgestürzten Tischen und Stühlen und den Steinen hindurch arbeitete er sich zu dem Loch durch und blickte hinaus. Nichts war zu erkennen. Nichts war zu sehen. Er blickte angestrengt in die Ferne. Alles sah aus wie immer. Aber von nichts konnte doch diese Zerstörung nicht gekommen sein! Sozusagen aus heiterem Himmel!

Endlich schaute er sich die Gesteinstrümmer an, die aus der Wand herausgerissen worden waren. Sie waren teilweise etwas verbrannt und fast bröselig.

Wenige Augenblicke später betrat ein Wachmann den Raum und bat Wasgo um ein Gespräch unter vier Augen. So ein Wunsch war ungewöhnlich, daher stimmte Wasgo sofort zu. Als er zu seinen Ministern zurückkehrte, wirkte er sehr ernst. Alle blickten ihn an.

„Eine Abordnung der Xyloten steht am Stadttor und will mich sprechen. Ich lehnte deren Ansinnen ab, da ich nicht mit Verbrechern verhandeln will.

Doch sie ließen mir ausrichten, dass ich ihre Befehle zu befolgen habe, oder sie würden uns weiterhin mit ihrem Kriegsgerät angreifen und die Hauptstadt besetzen. Anschließend wollten sie die Einwohner zusammentreiben und in Gefangenschaft nehmen!“

Nun hielt es der Kriegsminister nicht mehr aus. Zornig schlug er mit der Faust auf den Tisch, dass der Steinstaub aufgewirbelt wurde, und polterte los: „Auch meine Geduld hat Grenzen! Wenn diese Aggressoren Krieg wollen, dann sollen sie ihn bekommen! Wir sollten sie angreifen und zum Teufel jagen! Ich werde die Truppen in den Kriegszustand versetzen!“

„Nein, das tust du nicht“, befahl der Herrscher der Bergwelt, „ich sagte, der Wachmann solle Exposia ausrichten, dass er in drei Stunden von mir die Antwort bekommt.“

Der Kriegsminister blickte mürrisch.

„Was willst du ihm sagen?“, fragte der oberste Druide.

„Nichts!“, lachte Wasgo vergnügt.

Alle blickten verwundert.

„Ich werde ihnen kein Wort sagen! Aber ich werde ihnen unseren Inflamma schicken! Und dazu noch einen netten kleinen Zauber!“

*****

Jodaryon machte sich große Sorgen. Am liebsten wäre er auf dem schnellsten Wege in die Hauptstadt zurückgekehrt. Was dort zwischen den Xyloten auf der einen Seite und den Menschen und Wasgo auf der anderen Seite geschah, waren eindeutig kriegerische Handlungen. Musste er, der alte, erfahrene Magier, seinem jungen Freund in solch einer schweren Zeit nicht beistehen? War es nicht seine Pflicht, Wasgo alle seine magischen Fähigkeiten und alle seine militärischen Erfahrungen zur Verfügung zu stellen?

Aber andererseits musste er doch auch die Menschen in den weit entfernten Ländern vor der drohenden Gefahr warnen!

Und Bossus gewann auch schon wieder an Macht. Wie hatte der es bloß geschafft, einen Waldgnom auf die Erde zuschicken? Sicherlich war das dem bösen Magier nur zeitweise möglich. Freiwillig ließ Luzifer Bossus auf Dauer schon gar keine Chance, sich mit magischen Fähigkeiten auf der Erde nach den neuesten Ereignissen zu erkundigen.

Andererseits war Luzifer dumm und überheblich und Bossus schlau und gerissen. Wie Jodaryon es auch drehte und wendete, die ganze Geschichte gefiel ihm überhaupt nicht.

Um etwas gegen Bossus unternehmen zu können, musste er erst einmal wissen, welches Schlupfloch dieser böse Zauberer nutzte, um einen Waldgnom auf die Erde zu senden. Gab es in dieser Gegend einen Zugang zur Unterwelt? Jodaryon hatte keine Ahnung. Was war nur in der Unterwelt und mit Luzifer los? Das musste er unbedingt in Erfahrung bringen. Wenn er nur gewusst hätte, wie!

Der alte Meister der Zaubergilde hatte am Tage seinen Weg fortgesetzt und nun am Abend wieder einen Schlafplatz gefunden. Er war müde und seine Beine schmerzten.

Als er heute in einem See baden wollte, hatte er auf dessen spiegelglatter Oberfläche sein Gesicht gesehen. Überrascht war er nicht, doch hatte er sich trotzdem vor sich selbst erschrocken.

Alt war er geworden. Seine Haare auf dem Kopf waren nur noch dünn, sein Gesicht war eingefallen, sein Körper abgemagert. Kein Wunder, dass er oft im Rücken und den Beinen Schmerzen hatte und ihm beim Wandern die Kräfte immer häufiger verließen. Er war gezwungen, heute die eine oder andere Pause mehr einzulegen, um sich zu erholen, als das früher der Fall gewesen war.

Was ihn aber besonders sorgte, war der Umstand, dass ein eigentlich ganz leichter Zauber heute nicht wirkte. Den hatte er schon so oft angewandt, um ein kleines Feuer zu machen, weil er zum Holz und Reisig sammeln absolut keine Lust hatte.

Sollte er Wasgo mit seinen magischen Fähigkeiten unterstützen? Da gab es nicht mehr sehr viel, womit er ihn hätte unterstützen können! Somit stand seine Entscheidung endgültig fest. Er wollte nicht in die Hauptstadt zurückkehren, er hatte Wichtigeres zu tun. Wasgo sollte die Eindringlinge aus dem Weltall alleine bezwingen und fortjagen können, er war ja längst kein Kind mehr und hatte in der Zauberkunst ihn, Jodaryon, längst übertroffen. Zu allem Überfluss standen Wasgo auch noch die magischen Fähigkeiten eines Vampirs zur Verfügung.

Nein, es war in jedem Fall besser, wenn Jodaryon seine Wanderung fortsetzte. Im günstigsten Fall konnte Wasgo den Angriff der Xyloten abwehren, gelang ihm das nicht, wurde er besiegt, was Jodaryon in dem Fall auch durch seine Anwesenheit in der Hauptstadt nicht verhindern könnte. So aber konnte er die anderen Menschen wenigstens vor der Gefahr warnen. Und er musste sich Bossus stellen. Auch wenn seine magischen Fähigkeiten ihn mehr und mehr im Stich ließen.

Jodaryon war so in seine Gedanken vertieft, dass er nicht bemerkte, wer da, wohlverborgen durch das üppige Unterholz, hinter einem Baum kauerte und ihn keine Sekunde aus den Augen ließ. Der Waldgnom Tolpedius Tollrasius stand ständig mit seinem Herrn in telepathischer Verbindung, der auf diese Weise stets über alles, was Jodaryon betraf, bestens informiert war.

Und was der Waldgnom Bossus oft vor Aufregung atemlos berichtete, ließ den bösen Magier immer wieder schadenfroh grinsen. Das lief ja noch viel besser, als er jemals zu hoffen gewagt hatte! Der alte Jodaryon verlor schon jetzt rapide seine magischen Kräfte! Der war für ihn kein ernst zu nehmender Gegner mehr.

Nun konnte es nicht mehr lange dauern, bis er sich rächen konnte, so gnadenlos rächen, dass allen Jodaryons und Wasgos der Zukunft die Lust genommen wurde, sich mit ihm, dem großen Bossus, anzulegen! Und ja, Jodaryon sollte schon bald sein erstes Opfer werden! Und ohne seinen Jodaryon war auch dieses schmächtige Jüngelchen, dieser Wasgo, ein leichtes Opfer für ihn. Bald, ja, bald wollte Bossus der Hölle und damit Luzifer entkommen.

*****

Schon von Weitem sahen Wasgo und sein Vater, dass sich auf dem Hochplateau, das den Xyloten als Stützpunkt diente, einiges verändert hatte.

Die Raumfahrzeuge waren zwar zu sehen, aber nur noch verschwommen. Auf der Baustelle wurde wieder fieberhaft gearbeitet. Die Ramme begann gerade in diesem Moment ihre Arbeit und trieb riesige Stahlpfeiler in den Boden hinein. Der Lärm war ohrenbetäubend, die Erde erzitterte. Der Drachen Inflamma wurde unruhig, beinahe ängstlich.

„Ruhig, Inflamma, ruhig!“, sagte Wasgo und sein Vater tätschelte das monströse Hinterteil des Tieres. Scheinbar wuchs Inflamma immer noch von einem auf den anderen Tag so sehr, dass man ihm beim Wachsen zusehen konnte.

Das Maß war voll. Die Xyloten drangen in ihre Welt ein, sie stellten unverschämte Forderungen, begannen die Menschen anzugreifen und wollten sie sogar töten. Der Palast hatte auch immer noch ein großes Loch in seiner Mauer, verursacht durch ein Kriegsgerät der Fremden. Was sollte denn noch alles kommen?

Eines war Wasgo völlig klar: Dass die Sache längst nicht ausgestanden war, wenn die Xyloten erst einmal ihren Stützpunkt auf dem Hochplateau fertig gebaut hatten. Ganz im Gegenteil, dann ging der Ärger erst richtig los!

Diese Fremden waren hochintelligent, in ihrer Entwicklung den Erdenbewohnern haushoch überlegen und hatten selbstredend ihren Angriff mit aller Gründlichkeit geplant und vorbereitet.

Sicher warteten noch viele andere Xyloten nur darauf, gleichfalls auf die Erde zu kommen und die Menschen immer weiter zurückzudrängen, bis … Wasgo wagte kaum, den Gedanken zu Ende zu denken.

„Vater, wie gut kann Inflamma fliegen?“

„Frag ihn doch selbst, mein Junge, er kann sprechen!“

Also wendete sich der Herrscher der Bergwelt an den Drachen: „Inflamma, wie gut kannst du fliegen?“

„So gut ein Drache eben fliegen kann“, antwortete dieser.

„Und kannst du auch schon Feuer spucken?“, fragte Wasgo weiter.

„Oh, so viel du willst! Darf ich denn jetzt wirklich Feuer spucken? Ganz viel Feuer?“

Antares kam Wasgo zuvor: „Nein, Inflamma, das darfst du nicht. Ich hatte dir doch erklärt, was du damit anrichtest.“

Enttäuscht blickte der Drachen von einem zum anderen. Er war doch schon ein großer Drachen! Und ein großer Drachen flog nun einmal durch die Lüfte und spuckte Feuer, bis alles in seiner Umgebung lustig brannte! Und jetzt nahmen ihm die Zweibeiner wieder sämtliche Freude. Nicht einmal ein winzig kleines bisschen spielen durfte er!

Amüsiert betrachtete sich Wasgo den enttäuschten Drachen. „Inflamma, wenn ich sage: Inflamma, jetzt! Dann darfst du in die Luft steigen und die Xyloten mit Feuer eindecken, bis ich dich zu mir zurückrufe. Hast du mich verstanden?“

Die Augen des Drachens begannen, zu leuchten, sein Gesicht erstrahlte voller Freude. Deshalb ermahnte ihn der junge Magier: „Aber du kommst sofort zu mir zurück, wenn ich es dir befehle!“

„Ja, ja …“, erwiderte Inflamma nun etwas genervt. Und er dachte dabei: 'Immer dann, wenn es am schönsten ist ...'

„Das ist aber eine kriegerische Handlung, Wasgo!“, mahnte Antares.

„Vater, dass die Xyloten unseren Palast angegriffen und beschädigt haben, war das etwa keine kriegerische Handlung? Überhaupt führen sie sich auf, als seien sie hier die Herren und wir nur dummes Gesindel, das sie verjagen können, wie es ihnen gerade passt! Nein, Vater, das können wir uns nicht gefallen lassen. Wir werden denen jetzt eine Kostprobe unserer Fähigkeiten geben, damit sie uns ernst nehmen.“

„Hast du dir genau überlegt, was du vorhast?“

„Ja, Vater, den Xyloten zeigen, dass sie mit uns nicht tun können, was sie wollen. Wir haben sie nicht eingeladen, unsere Gäste zu sein. Aber wir waren bereit, sie aufzunehmen. Und wir lassen uns nicht von denen unterdrücken!“

Während des Gespräches kamen sie den Xyloten immer näher. „Vater, bist du bereit, einige Zauber anzuwenden, um den Xyloten deine Macht zu präsentieren?“

„Aber Wasgo, du weißt doch, dass ich in solchen Situationen …“

„Ist schon gut, verlass dich einfach auf mich“, Wasgo lächelte seinen Vater verständnisvoll an. Nicht jeder Zauberer musste die Magie perfekt beherrschen. Aber Wasgo nahm sich vor, seinem Vater, sobald er die Zeit dafür aufbringen konnte, Nachhilfeunterricht in der Kunst der Zauberei zu geben. Er war sich sicher, dass das nicht schaden konnte.

„Was habt ihr hier zu suchen?“, schnauzte sie plötzlich ein Sicherheitsmann der Xyloten an.

Wasgo antwortete: „Melde uns deinem Chef, wir wollen ihn sprechen!“

Frech antwortete der Xylot: „Du hast hier gar nichts zu befehlen! Du hast zu tun, was wir dir sagen! Und nun verschwinde wieder!“

Wasgo glaubte, nicht richtig zu hören. Zorn stieg in ihm auf. „Was glaubst du, wer du bist? Melde uns sofort deinem Chef!“

Lässig bedrohte der Xylot den Herrscher der Bergwelt mit seiner Waffe, indem er sie auf ihn richtete. „Noch ein falsches Wort und du kannst dir gleich dein Grab schaufeln!“

Das war für Wasgo zuviel des Guten. Mit vampirischer Geschwindigkeit eilte er zu dem Aggressor. Ehe der sich versah, stand der junge Mann schon hinter ihm und entriss ihm seine Waffe. Genauso schnell stand er wieder vor dem überraschten Xyloten, der nun ganz kleinlaut geworden war. Mühelos, als handele es sich hier um ein dünnes Hölzchen, zerbrach Wasgo vor den Augen des entsetzten Wachmannes das todbringende Instrument. Gleichzeitig verspürte der Xylot unsichtbare Kräfte, die ihn zwangen, vor Wasgo niederzuknien.

Warnend, mit schneidender Stimme sprach der junge Zauberer zu ihm: „Wenn dir dein Leben lieb ist, wirst du jetzt tun, was ich dir gesagt habe. Ich bin hier der Herrscher, nicht du und auch nicht irgendeiner deiner Leute, auch Exposia nicht oder wer sonst noch über dem stehen mag. Sofort bringst du Exposia zu mir!“

„Sehr wohl, Herr!“, antwortete der Sicherheitsmann. Wasgo hob seinen Zauber über den Xyloten auf und dieser rannte davon, was er konnte, um Exposia zu alarmieren.

Nur wenige Augenblicke später kam er mit seinem Chef zu Wasgo, Antares und Inflamma zurück. Ein sichtlich nervöser Exposia betrachtete neugierig den Herrscher der Ureinwohner des Blauen Planeten, der eine göttliche Ruhe auszustrahlen schien. Auch Antares stand seelenruhig neben seinem Sohn. Aber der Drachen fletschte beinahe wie ein Hund die Zähne. Exposia konnte die Flammen in dessen Maul deutlich sehen.

Selbstsicherheit demonstrierend fragte der Chef: „Wollt ihr uns endlich auf unsere bescheidene Machtdemonstration eure ergebene Antwort bringen? Wollt ihr uns Gefolgschaft leisten?“

„Ihr hättet unsere Gäste sein können. Aber das geht nun nicht mehr. Ich fordere dich auf, binnen einer Woche dieses Hochplateau wieder so herzurichten, wie es vor eurer Ankunft war. Danach geht ihr dahin zurück, woher ihr gekommen seid! Auf der Erde ist für euch kein Platz mehr!“, forderte Wasgo.

Exposia konnte oder wollte nicht einlenken. Er lachte Wasgo aus und rief: „Das könnte dir so passen, du zurückgebliebener Einfaltspinsel. Wir sind die zukünftigen Beherrscher dieses Planeten, der ab sofort Xylot II heißt! Für euch wird hier bald kein Platz mehr sein! Ihr werdet nämlich vom Antlitz dieses Planeten getilgt!“

Darauf sagte Wasgo: „Inflamma, jetzt!“

Sofort erhob sich der Drachen in die Lüfte. Exposia war schon wieder überrascht. Dass dieses riesige Tier fliegen konnte, war überhaupt nicht zu verstehen.

Inflamma erfreute sich seines Lebens. Er war rundum glücklich. Er durfte fliegen und sogar Feuer spucken. In Windeseile sauste er über den Stützpunkt der Xyloten hinweg. Schnell und geschmeidig waren seine Bewegungen. Als er genau über den Raumfähren war, stieß sein langer Hals mit dem Kopf nach unten. Im gleichen Augenblick öffnete er sein Maul und ein gewaltiger Feuerstoß kam daraus hervor.

Der Schutzschild der Raumtransporter ließ jedoch das vom Drachen ausgestoßene Feuer wirkungslos abprallen. Exposia lachte und fragte im gleichen Atemzug voller Arroganz und Überheblichkeit: „Ist das etwa alles, was dieses Monstrum kann?“

Doch schon im nächsten Augenblick erstarb sein Lachen. Wasgo konnte keine Antwort auf Exposias freche Frage geben, denn diese bekam der von Inflamma selbst, obwohl der gute Drachen dessen Frage gar nicht hören konnte. Inflamma war überaus intelligent. Er bemerkte, dass sein Feuerstoß keinen Schaden angerichtet hatte. Sofort suchte und fand er ein neues Ziel für seinen Angriff. Die Ramme der Xyloten! Der zweite Feuerstoß des Drachens traf diese. Sie fing Feuer. Inflamma setzte der Maschine weiterhin zu. Nach seinem fünften Feuerstoß verformte sich die Maschine, die Stahlpfeiler begannen, zu glühen, und knickten nur wenige Augenblicke später über den Erdboden ab. Ihr lärmendes Geräusch erstarb.

Exposia verlor die Sprache. Mit blassem Gesicht stand er vor Wasgo. Was er gerade gesehen hatte, war für ihn so unglaublich, dass er das soeben Erlebte nicht verstehen konnte.

Doch jetzt zeigte auch Wasgo eine Kostprobe seines Könnens. Er hatte gesehen, dass Inflammas Feuerstoß den Raumfähren nichts anhaben konnte. In diesem Augenblick verstand er auch, warum das so war. Er richtete seine rechte Hand auf die Schutzschilde der Raumtransporter und schon schickte er die Strahlen der Liebe und des Lebens den Raumfähren entgegen. Die Schutzschilde nahmen Wasgos Strahlen auf und in nur wenigen Sekunden lösten sie sich unter einem lauten explosionsartigen Geräusch auf.

Sofort stürzte sich der in der Luft fliegende Inflamma mit mehreren Feuerstößen erneut auf die Raumfähren. Unter dem Angriff des Drachens begannen diese zu knistern und plötzlich brach aus einer der beiden Raumsonden eine gewaltige Stichflamme hervor. Bläulich leckte das Feuer dem Himmel entgegen. Inflamma musste schnell seine Flugrichtung ändern, sonst wäre er ein Opfer seiner eigenen Flammen geworden.

Nun wollte er sich wieder der Baustelle zuwenden, doch Wasgo sprach das vereinbarte Wort zum Rückzug. Sofort änderte Inflamma nochmals seine Flugrichtung und landete neben Wasgo wieder auf der Erde.

Jetzt verlor Exposia seine Fassung vollends. Ohne Unterlass brüllte er seine Untergebenen an. Dass niemand diese Schmach habe verhindern können, dass sie sich hier zum Gespött aller zivilisierten Xyloten machten, dass dieses dekadente Xylotenvolk ohnehin nur

Fressen, Saufen und Schlafen im Kopf habe und dass er gegen sie alle ein gnadenloses Disziplinarverfahren einleiten werde.

Außerdem war er wütend auf sich selbst. Was hatte er diesen Wasgo und dessen Bestie doch unterschätzt! Wenn der Kommandant davon Wind bekam, war nicht auszudenken, was dann geschehen konnte.

*****

Am späten Abend, die Sonne war schon untergegangen, war es Wasgo, der wie vom Blitz getroffen in seinem Gemach des Palastes wütend auf sich selbst und zornig auf die Xyloten war. Aber er sah seinen Fehler ein und ließ nicht wie Exposia, seine Wut an seinen ihm untergebenen Bediensteten aus, die ebenso Leidtragende der Ereignisse waren wie er selbst.

Zunächst vernahm er ein merkwürdiges Sirren. Im nächsten Augenblick wurde es beinahe taghell. Flackerndes Licht erhellte von außen die Wände seines Gemaches. Sofort stürzte der junge Zauberer zum Fenster und blickte in lodernde Flammen vor sich. Die Gebäude gegenüber des Palastes brannten lichterloh. Dann bemerkte Wasgo wieder das eigenartige Sirren, dass die Luft erfüllte. Sein Blick ging in die Richtung, aus der er diese Geräusche vermutete. Auch sein Zorn auf die Xyloten wuchs ins Unermessliche.

Bläuliche Strahlen fuhren vom Himmel direkt auf die Häuser und Hütten der Hauptstadt nieder. Wo sie auftrafen, entstanden verheerende Brände mit himmelhoch lodernden Flammen. In wenige Stunden, wenn nicht sogar Minuten musste die Hauptstadt zu einem Ruinenfeld werden. Schon jetzt stürzten überall Häuser ein.

Schreie waren nicht zu vernehmen, dazu war das Prasseln der Flammen, die sich in rasendem Tempo ausbreiteten, einfach viel zu laut. Aber in jeder Minute, ja sogar in jeder Sekunde mussten Menschen ihr Leben lassen, das stand mit Sicherheit außer Frage.

Schnell entschlossen sprach Wasgo eine Formel und im nächsten Augenblick prasselte ein extrem starker Regen auf die Flammen nieder, die nun heftig qualmten und zischten. Konnte das niederstürzende Regenwasser ihnen beikommen? Wenigstens schien sich das verheerende Feuer nicht weiter auszubreiten. Und langsam, nach quälendem Warten, gewann Wasgo die Gewissheit, dass sein Zauber gerade noch einmal das Schlimmste hatte verhindern können. Die Flammen erloschen, auch wenn ständig neue kleine Feuer aufflackern wollten. So sorgte der junge Zauberer dafür, dass der Regen nicht nachließ, bis auch der allerletzte Rest des Flammeninfernos besiegt war.

Allmählich konnte der Herrscher der Bergwelt wieder klare Gedanken fassen. Jetzt galt es, sich um die Opfer dieser Katastrophe zu kümmern. Wasgo musste sich dem ganzen Elend, der tiefen Verzweiflung der Hauptstadtbewohner stellen. Er musste durch die Stadt gehen, sich die Verwüstungen aus der Nähe betrachten und dabei fürchterlich entstellte, verkohlte Leichen ansehen. Den weinenden Angehörigen spendete er Trost, wobei er selbst mindestens ebenso viel Trost benötigte. Zum Glück waren der Erste Minister und der oberste Druide in seiner Nähe und konnten ihn begleiten. Auf die Dienste des Kriegsministers verzichtete er in diesem Augenblick lieber freiwillig.

Während des Rundgangs durch die verwüstete Stadt kamen Wasgo bei all dem Elend und der Verzweiflung der hilflosen Menschen immer wieder die Tränen, aber er musste sie unterdrücken. Alle blickten zu ihm auf und erwarteten seine Hilfe. Hätte er wenigstens Jodaryon an seiner Seite gehabt! Aber nein, jetzt musste er mit der Situation ganz alleine fertig werden. So sprach er den Stadtbewohnern Mut zu, so gut er konnte.

Ständig zerbrach er sich den Kopf, was das eigentlich für Strahlen gewesen waren, die direkt aus dem Himmel auf die Hauptstadt niedergefahren waren. Dann kam ihm endlich die Erkenntnis. Es musste, für die Menschen unsichtbar, noch so ein großes fliegendes Ding da oben im Himmel vorhanden sein, in dem sich Xyloten befanden. Dieses Ding musste noch viel größer sein als die beiden Transporter, die sich zurzeit auf dem Hochplateau befanden. Das stand für den

Herrscher der Bergwelt fest, denn sonst hätten die Xyloten nicht so einen großen Schaden anrichten können.

Wer sonst sollte tödliche Stahlen auf die Hauptstadt senden? Und das geschah auch noch unmittelbar nach den Auseinandersetzungen vom Nachmittag.

Während sich Wasgo für einen kurzen Augenblick in eine stille Ecke zurückgezogen hatte, um seinen Gedanken nachzuhängen, versuchte der Druide, die Angehörigen der Toten zu trösten, so gut es ihm möglich war.

Später beriet sich Wasgo mit seinem Ministerrat darüber, welche Maßnahmen sie jetzt ergreifen wollten und konnten.

„Was können wir denn überhaupt tun, damit diese schrecklichen Xyloten wieder verschwinden?“, fragte der Druide.

„Nichts, rein gar nichts“, antwortete der Erste Minister resigniert, „die sind viel zu mächtig für uns! Wenn die uns sogar aus dem Himmel angreifen und solche Verwüstungen anrichten können, wie sollen wir sie dann bekämpfen mit unseren Äxten und Schwertern? Zu allem Überfluss können wir sie da oben nicht einmal sehen! Und sie können uns beschießen, wie sie wollen. Nein ...“

„Wir müssen sie auf der Erde bekämpfen. Hier haben wir eine Chance, wie wir gestern gesehen haben!“, meinte Wasgo. Nach einer kleinen Pause fügte er hinzu: „Ich werde mich morgen früh mit Jodaryon in Verbindung setzen. Er wird bestimmt einen Rat für uns haben.“

*****

An Schlaf war nicht zu denken. Die ganze Nacht überlegte Wasgo, wie er den Xyloten beikommen konnte. Mit welchen Mitteln konnte er sie zwingen, die Erde wieder zu verlassen? Mit Pfeil und Bogen, mit Hieb- und Stichwaffen doch nicht! Sollte Wasgo die Vampire und Elfen um ihre Hilfe bitten? Aber was sollten die schon gegen die Xyloten ausrichten?

Wieder registrierte er, wie sehr ihm Jodaryon fehlte. Der weise Magier hätte bestimmt einen Rat für ihn gehabt und ihn tatkräftig im

Kampf gegen die Xyloten unterstützt. Jetzt konnten ihm nur noch seine Eltern und Inflamma helfen. Aber sein Vater war doch so unsicher, wenn er aufgeregt war! Und dass Antares im Kampf gegen die Xyloten aufgeregt sein würde, stand außer Frage. Nein, gegen die Xyloten war Wasgo auf sich alleine gestellt. Nur Inflamma konnte ihm beistehen.

Endlich graute der Tag. Seine Unruhe ließ Wasgo nicht mehr schlafen. Er wusste, dass auch Jodaryon immer schon sehr früh aufstand, und wollte versuchen, den alten Mann mittels Telepathie zu erreichen. Tatsächlich gelang es ihm, schon beim ersten Versuch in die Gedanken Jodaryons einzudringen. Er berichtete seinem väterlichen Freund über die gestrigen Vorfälle.

Jodaryon konnte nicht anders, als Wasgo erst einmal zu kritisieren: „Da hast du dich aber gehörig von Exposia provozieren lassen, mein lieber Wasgo! Ich glaube, du hast gestern etwas unbesonnen gehandelt. Den Drachen gegen die Xyloten einzusetzen war falsch. Exposia wird sich mit seinem Herrn beraten und ihm von den Vorfällen berichtet haben. Aber du hast recht, da oben im Himmel müssen noch viel mehr Xyloten sein. Du musst eine List anwenden, wenn du sie loswerden willst!"

„Aber was für eine List ist das, die ich anwenden kann?"

„Denke nach, mein junger Freund. Du bist ein Zauberer. Die Lösung ist ganz einfach!"

Bossus und der Teufel

Bossus war bester Laune, daran konnten auch die Flammen dieses lächerlichen Fegefeuers, mit denen Luzifer die schwarzen Seelen zu quälen versuchte, nichts ändern. Er hatte es doch tatsächlich geschafft, unter den Augen Luzifers so gut wie aus der Hölle zu verschwinden. Und es war fast schon amüsant: Was hatte er sich den Kopf zerbrochen, wie er den Höllenfürsten überlisten konnte und dann war es so kinderleicht gewesen! Gut, völlig war er der Hölle nicht entkommen. Noch nicht. Nur zeitweise, auf Probe sozusagen. Wozu war er denn ein Zauberer, ein nicht einmal von Luzifer zu übertreffender Meister der schwarzen Magie?

Gut, es stimmte tatsächlich: Luzifer setzte seinem Freiheitsdrang Grenzen. Er war nur noch eine schwarze Seele und die unterlag bis auf Weiteres den Gesetzen der Unterwelt. Was bedeutete, dass sie sich nicht frei bewegen durfte, sondern auf dem ihr von Luzifer zugewiesenen Platz verweilen musste. Das war leider die einfache und ganze Wahrheit: Eine schwarze Seele, auch die des größten Zauberers aller Zeiten, konnte nicht einfach zurück auf die Erde spazieren oder vielmehr schweben.

Aber war das etwa ein Grund zu resignieren? Für einen Magier wie ihn? Da schuf er sich eben den putzigen kleinen Waldgnom Tolpedius Tollrasius. Mit dem hatte er sich gewissermaßen ein zweites Ich geschaffen. Und das konnte er immerhin zeitweise auf die Erde schicken. Das war die verblüffend einfache Lösung! Nun konnte er für Luzifer zu jeder Zeit zur Verfügung stehen und sich trotzdem durch den Gnom darüber informieren, was auf der Erde geschah.

Und was für ein Glück er hatte! Es war unfassbar: Schon nach kurzer Zeit hatte er oder vielmehr sein Waldgnom den alten Jodaryon, seinen unversöhnlichen Widersacher, aufgestöbert. Widersacher, ha, ha! Was waren das für herrlich schlechte Nachrichten, die sein Tolpedius Tollrasius in die Hölle brachte! Für Jodaryon waren sie schlecht, aber für ihn selbst sehr gut!

Jodaryon, sein einstiger Bezwinger Jodaryon, befand sich in einem fast schon erbärmlichen Zustand! Alt war er geworden, alt und schwach! Nicht einmal ein einfaches Lagerfeuerchen hatte er mehr anzünden können; Bossus glaubte nicht recht zuhören, fragte seinen Gnom mehrere Male, drohte ihm die schlimmsten Dinge an, aber kein Zweifel, der Kleine sagte die Wahrheit! Na, wenn das kein Grund zum Feiern war! Jodaryon war nur noch ein Schatten seiner selbst, gealtert, abgemagert bis fast auf die Knochen! Wie lange mochte er es noch treiben? Jedenfalls nicht mehr lange. Nein, von diesem Jodaryon ging keine Gefahr mehr aus. Der konnte niemandem mehr Angst einjagen. Mit dem war es so gut wie aus. Es sollte nun wirklich die leichteste Übung des großen Bossus sein, seinen Lebensfeind Nummer eins endgültig zu erledigen.

Nur noch das Problem Luzifer war zu bewältigen. Der war zwar auch nur noch ein Schatten seiner selbst, allerdings nach wie vor der unumschränkte Herrscher der Unterwelt, der Beherrscher der schwarzen Seelen im Fegefeuer, und ohne dessen Einwilligung kam Bossus hier nicht heraus. Aber Bossus wäre doch nicht Bossus gewesen, wenn er nicht schon längst gewusst hätte, wie der alte Holterdiepolter, den er sowieso nicht ernst nehmen konnte, zu überlisten war! Ausgerechnet Jodaryon, dieser dumme und einfältige, alte, senile Kerl, hatte ihm oder vielmehr seinem Waldgnom den entscheidenden Tipp gegeben! Jetzt lag die Lösung des Problems quasi auf dem Silbertablett vor ihm, er brauchte nur noch zuzugreifen.

Nur nicht zu vorschnell.

Immer noch vermochte der kleinste Fehler, alles zu zerstören. Erst einmal abwarten, ein paar Tage abwarten, damit der verblödete Teufel nach ihrem letzten Gespräch nur keinen Verdacht schöpfte. Auf das bisschen Zeit kam es jetzt wirklich nicht mehr an. Dieses Mal würde er Luzifer, diesem invaliden dummen Schreihals, für immer entkommen. Bald sollte er, der große Bossus, wieder einen Körper besitzen, damit wäre er dem Höllenfürsten für viele, viele Jahre entzogen.

Wie schwerfällig sich der Teufel durch seine Hölle schleppte! Eigentlich, das musste Bossus sogar zugeben, hatten Jodaryon und Wasgo ausnahmsweise sogar einmal etwas Gutes bewirkt, indem sie dem alten Höllenfürsten so zugesetzt hatten. Nur halbherzig widmete sich dieser seinem Fegefeuer, immer wieder stöhnte er laut auf, offenbar zwickte und zwackte es ihn bei jeder kleinen Bewegung. Bossus hätte sich kringeln können vor Lachen. Heilungs- und Genesungszauber waren so einfach anzuwenden. Nur Luzifer beherrschte keinen dieser magischen Formeln. Dabei war er doch derjenige, der der uneingeschränkte Beherrscher der schwarzen Magie war, oder wenigstens sein sollte. Luzifer, dieser total verblödete Krüppel! Bossus mahnte sich zur Vorsicht, er wollte nichts überstürzen!

Und siehe da, jetzt rief ihn der Teufel wieder einmal zu sich. In letzter Zeit geschah das immer häufiger, meist wohl dann, wenn es ihm hier unten gar zu langweilig wurde.

Bossus war auf alles vorbereitet. Jetzt also sollte es so weit sein, der Augenblick der Entscheidung nahte! Nur ruhig bleiben musste er, bevor der Herr der Unterwelt bemerkte, was Bossus im Schilde führte! Wenn alles gut ging, konnte er sehr bald die alten Rechnungen mit Jodaryon begleichen! Und danach wollte er sich diesen jungen Schnösel vornehmen, diesen Wasgo, Luzifers Enkelsohn! Gut, der war wohl nicht zu unterschätzen und sicher gefährlicher als Jodaryon in seinem jetzigen Zustand. Aber, er war der große Bossus und ließ sich deswegen nicht nervös machen! Wasgos Eltern, ja, mit denen hatte er auch noch eine Rechnung offen. Na, ja, das sollte das kleinste Problem sein, da würde er erst einmal diesen unfähigen Zauberer Antares aus dem Verkehr ziehen, während seine einfältige Frau, diese Zicke Luziferine, zusehen durfte. Schließlich sollte sie danach selbst dran sein.

Ach, war es doch schön, wenn alles so gut vorbereitet war! Nichts hatte Bossus außer Acht gelassen. Nicht die kleinste Kleinigkeit wollte er dem Zufall überlassen. In nur wenigen Augenblicken konnte er, der große Bossus, den ersten Schritt tun, um sein Weltreich wieder zu errichten. Die Ewige Nacht stand kurz davor zurückzukehren. Überall auf der Erde sollte wieder die ewige Dunkelheit entstehen. Die Menschen sollten in Angst und Schrecken dahinvegetieren, wie es ihnen zustand in einer Welt der Starken, keine einzige Sekunde sollten sie zur Ruhe kommen. Angst, Terror und Willkür sollten die Welt wieder beherrschen. Bossus Gefolgschaft stand in den Wäldern schon für ihn bereit. Seine alten Schergen hatte sein Waldgnom schon mobilisiert. Auch wenn sie durch diese verdammten Vampire merklich dezimiert worden waren. Diese elenden Geschöpfe der Nacht! Mit denen hatte er auch noch eine Rechnung offen, aber mit ihnen wollte er kurzen Prozess machen. Kein langes Hin und Her, das lohnte sich bei diesen Nachtgespenstern doch gar nicht!

Nur noch wenige Meter hatte Bossus' schwarze Seele bis zu Luzifer zu schweben. Nur noch wenige Zeit musste er in Luzifers „Obhut“ verbringen. Den wollte er jetzt überlisten, endlich wollte Bossus in Freiheit sein, mit einem neuen Körper, am besten mit dem von Jodaryon. Nur noch wenige Meter trennten ihn bis zur vollkommnen Macht. Nur noch etwas Schleim musste er an den blöden Teufel verspritzen, auch wenn es ihm große Überwindung kostete.

„Edler Luzifer, du willst mich sprechen und schon komme ich zu dir geeilt. Was kann ich für dich tun, mein edler Gebieter?“ Bossus verneigte sich vor Luzifer und dachte bei sich: 'Was man alles auf sich nehmen muss, um diesen Hohlkopf einzuwickeln!'

„Warum denn heute so freundlich?“, fragte der Höllenfürst. War er etwa misstrauisch? Vorsicht, Vorsicht!

„Bin ich das nicht immer, edler Luzifer?“

„Du führst doch etwas im Schilde!“, stellte Luzifer fest, „ich kenne dich lange genug!“

„Aber wer wird denn gleich an etwas Böses denken? Das hast du doch gar nicht nötig, du, der große und edle Luzifer, der mächtigste Mann im Universum!“

Wenn Luzifer auch nur einen Funken Verstand gehabt hätte, so ging es Bossus durch den Kopf, dann hätte er spätestens jetzt aufbrausen und Bossus zurück ins Fegefeuer jagen sollen. Aber Bossus wusste: Dazu war der Teufel einfach zu dumm. Und damit lag er vollkommen richtig.

Denn Luzifer fühlte sich tatsächlich geschmeichelt. Mehr noch: Er glaubte, Bossus in der Hand zu haben. So antwortete er leichthin: „Ich ließ dich zu mir kommen, weil ich mich mit dir unterhalten will. Wie du weißt, gehe ich ja nicht mehr auf die Erde, was soll ich auch da! Ich mag mich nicht mehr mit den Problemen der Menschen beschäftigen. Sollen die doch zusehen, wie sie klarkommen. Aber mit dir kann man sich so toll unterhalten. Du bist so herrlich böse, du zerstreust mich auf eine angenehme Weise!“

Bossus verneigte sich vor Luzifer, fast bis zum Boden. Dabei säuselte er: „Ich bin dir immer wieder gerne zu Diensten, edler Gebieter. Wenn ich etwas für dich tun kann, lasse es mich nur wissen, ich bin dein allzeit, gehorsamer, untertäniger Diener.“

Dass Luzifer immer noch nichts merkte! So viel Schleim! Bossus hatte die größte Mühe, nicht fies zu grinsen.

Vor allem wollte er niemals ein Diener sein, und schon gar nicht der Diener eines so grenzenlos dummen und einfältigen Teufels! Gut, er war immer noch Luzifers Gefangener. Aber ein Gefangener war noch lange kein Diener. Und bald wollte er in die Freiheit entschweben.

Gut, hier war eine gewaltige Speichelleckerei angezeigt. Eine Kleinigkeit für Bossus!

Der hätte noch ungleich größere Unannehmlichkeiten auf sich genommen, wenn er endlich Jodaryon und Wasgo mitsamt ihren Freunden und Eltern töten und wieder die Macht auf und über die Erde ergreifen konnte.

„Du weißt doch immer über alle Dinge so gut Bescheid“, begann der Höllenfürst.

Wieder wurde es Bossus unwohl: Was ahnte der Höllenfürst, war der doch nicht so ahnungslos? Nun, vorläufig fuhr Luzifer aber in normalem Ton fort: „Weißt du auch, wie es zur Zeit auf der Erde aussieht? Was machen eigentlich Jodaryon und Wasgo?“

Jetzt habe ich dich! Das waren Bossus' erste Gedanken. Er hätte jubeln können.

Der „edle“ und „große“ Luzifer war doch letzten Endes nichts weiter als eine Marionette! Von wegen edel und groß! Nein, dumm und unwissend war der Teufel.

Mit Bedacht wählte Bossus seine Worte: „Ach, edler Luzifer! Du weißt, ich bin …, ähm, ich war ein Zauberer, bis ich vom Leben verraten worden bin. Aber jetzt ist alles ganz anders. Ich lebe nicht mehr, du darfst nicht mehr auf die Erde gehen, weil …“

„Das nennst du mich unterhalten?! Du stocherst in meinen Wunden und nennst das Unterhaltung? Folter ist das, sage ich dir!“, knurrte der Herr der Unterwelt.

'Jetzt habe ich doch einen Fehler gemacht!', fuhr es Bossus durch den Kopf. 'Aufpassen, aufpassen, sonst verderbe ich mir im allerletzten Augenblick noch alles!' So lenkte er sofort ein: „Du hast recht, edler Luzifer, damit kann ich dich nicht unterhalten. Aber ich betrachte es als meine Pflicht, dich, meinen Herrn, über bestimmte Dinge zu informieren, die ich erfahren habe!“

„So, so, du hast also bestimmte Dinge erfahren?“

„Oh, ja, mein Höllenfürst!“

„Und was für Dinge sind das, wenn ich ganz bescheiden fragen darf?“

„Die Welt wird bedroht. Und leider nicht nur die Welt!“

„Du redest in Rätseln! Ich will endlich wissen, was du meinst!“, herrschte Luzifer die Seele des bösen Zauberers an.

Den Göttern sei Dank! Alles lief, wie Bossus sich das vorgestellt hatte. Der Teufel war ihm in die Falle gegangen! 'Nur noch schnell die richtigen Worte finden. Und dann, Luzifer, du alter Narr …'

Theatralisch zog er seine Stirn in bekümmerte Falten.

„Schlimme Dinge geschehen auf der Welt“, begann er. Und in einem langen Vortrag erzählte er dem Teufel, was er von den Xyloten und den Menschen wusste.

„Woher weißt du das eigentlich alles?“, wollte der Höllenfürst wissen.

„Du weißt, ich bin ein Zauberer. Ich habe da so meine Mittel“, antwortete Bossus. Alles musste er Luzifer nun auch wieder nicht auf die Nase binden.

„So, so, du hast also deine Mittel. Gut und schön. Aber was geht uns das an, dass die Menschen von den Fremden kontrolliert und ausgerottet werden?“

Einen Augenblick staunte Bossus. Dieser Teufel war ja noch viel dümmer, als er gedacht hatte! Und so musste sich der einstige Herr der Welt mächtig zusammennehmen, um Luzifer nicht zu offensichtlich seine Verachtung spüren zu lassen. Aber er fühlte: Jetzt war der entscheidende Moment gekommen, jetzt konnte er seinen größten Trumpf ausspielen.

„Wenn die Menschen alle sterben, wird es niemanden geben, der an dich und die Hölle glaubt. Deshalb ist der Untergang der Menschen auch der Untergang der Hölle. Und ohne Hölle kein Luzifer! Verzeihe, edler Luzifer, aber...“

„Schon gut, schon gut“, murmelte der Höllenfürst erschrocken und brütete finster vor sich hin.

Jetzt war es heraus! An Luzifers Reaktion erkannte Bossus, dass er alles richtig gemacht hatte.

Je länger der Herr der Unterwelt dasaß und vor sich hin stierte, desto deutlicher war ihm etwas anzusehen, das kaum ein Wesen zuvor bei ihm erlebt hatte: Angst. Geradezu panische Angst.

Endlich raffte er sich dazu auf, Bossus anzublicken und zu fragen: „Bist du dir sicher, dass die Lage so ernst ist?“

Der einstige Herr der Welt hielt es vor Spannung oder vielmehr vor Siegesgewissheit fast nicht mehr aus, aber er zwang sich mit äußerster Kraft, beherrscht zu bleiben. So brachte er es fertig, bekümmert dreinzuschauen und in ebenso bekümmertem Ton zu sagen: „Leider völlig sicher, verzeih mir, edler Luzifer, aber ...“

Luzifer winkte ärgerlich ab. „Schon gut, schon gut ...“

Wieder schwiegen beide. Dabei jagten in Bossus‘ Gehirn, wenn eine Seele überhaupt ein Gehirn hat, ein Gedanke den anderen. Immer noch musste er auf der Hut sein. Selbstverständlich wollte er Luzifer auf eine falsche Fährte locken, aber veralbern, nein, veralbern durfte er ihn nicht. Um keinen Preis. Luzifer war nun einmal hier unten der Boss. Und immer noch konnte er Bossus einen dicken Strich durch seine Rechnung machen.

Endlich ergriff Luzifer wieder das Wort: „Du weißt wirklich ganz genau, dass da diese Wesen aus dem Universum gekommen sind? Dass die der Menschheit in der Kriegstechnik himmelhoch überlegen sind? Dass die Menschen keine Chance gegen diese Fremden haben? Dass sie die Menschen ausrotten wollen?“

„Leider ja, mein Gebieter.“

Luzifers Panik wuchs immer mehr. „Aber…, aber was kann ich denn dagegen tun?“, stotterte er. „Diese Schwachköpfe Jodaryon und Wasgo haben mich in die Hölle verbannt und jetzt ...“

„Was du tun kannst, edler Luzifer?“, erwiderte Bossus in seinem bedrücktesten Ton. „Ich fürchte, gar nichts.“

„Nichts“, stöhnte der Teufel. Bossus konnte förmlich erkennen, wie es in Luzifers Gehirn arbeitete.

„Nun, ja, es gibt vielleicht eine kleine Chance, aber die wird dir überhaupt nicht recht sein ...“

„Und die wäre?“, knurrte der Teufel.

„Edler Luzifer, wie ich die Dinge sehe, bin ich der Einzige, der dir noch helfen kann. Lass mich auf die Erde zurück und ich sorge dafür, dass die Menschen die fremden Wesen aus dem All besiegen und fortjagen können.“

Die Religion

Allmählich ließ Jodaryon die hohen Berge hinter sich, in der Ferne erkannte er, dass das Land immer flacher wurde. Einerseits fürchtete sich der alte Mann vor der weiten Ebene, die nun vor ihm lag und die er durchqueren musste. Noch nie war er hier gewesen. Der Weg war ihm unbekannt, die Menschen sprachen hier eine andere Sprache, er konnte sie kaum verstehen. Hinzu kam, dass ihm schon wieder ein Zauber nicht gelungen war. Ja, seine magischen Kräfte ließen wirklich zusehens nach. Mit seinen körperlichen Kräften stand es nicht viel besser. Angst vor dem Sterben oder gar vor den Tod hatte Jodaryon nicht. Aber er befürchtete, dass er versagen konnte. Die Menschen mussten vor den Xyloten gewarnt werden. Egal, was es ihn kosten sollte. Und wenn er das mit seinem Leben bezahlen sollte.

Bisher, so überlegte er, hatte er eigentlich alles richtig gemacht. Die Menschen hörten ihm zu, wenn er auf den Marktplätzen ihrer Städte und Dörfer von der Liebe predigte. Sein Ruf eilte ihm inzwischen voraus, und wenn er eine Stadt erreichte, bemerkte er, dass er bereits erwartet worden war, sehnsüchtig erwartet. Die Menschen wollten seine Worte hören. Viele versuchten, ihn zu berühren, und behandelten ihn wie ein überirdisches Wesen. In solchen Augenblicken war er nahe daran, aus der Haut zu fahren, die Menschen scharf zurechtzuweisen, dass er doch kein Gott sei. Aber was hätte das gebracht? So spielte er seine Rolle, die ihm mehr oder weniger aufgezwungen worden war, weiter. Er mahnte, die Menschen sollten zusammenhalten, sich gegenseitig Achtung und Respekt entgegenbringen und sich helfen. Nur wenn sie andere Menschen lieben könnten wie sich selbst, könnten sie in Zeiten der Gefahr zueinanderstehen und den Gefahren widerstehen. Nur: Welchen Gefahren sie denn widerstehen sollten, das konnte er ihnen beim besten Willen nicht erklären.

Andauernd musste er an Bossus denken. Ja, gab der nicht einmal in der Hölle Ruhe? Wie um alles in der Welt hatte dieser Zauberer, dessen Bosheit kein bisschen hinter der Luzifers zurückstand, einen

Waldgnom auf die Erde schicken können? Für Jodaryon stand fest, dass Bossus mithilfe dieses Gnoms die Welt ausspionierte.

Und welche Rolle spielte eigentlich Luzifer? Normalerweise hätte sich doch keine schwarze Seele getraut, ein magisches Wesen zu schaffen, mit dem es die Welt erkunden konnte! Wozu auch? Sie hatte ja doch keine Chance, die Erde zu besuchen.

Dass Bossus aber mit einem Gnom die Welt beobachtete und das auch noch einfach so Jodaryon gegenüber zugab, konnte nur bedeuten, dass der einstige Herrscher der Welt sich vollkommen sicher fühlte. Dafür konnte es nur einen Grund geben: Er musste glauben, kurz vor der Erreichung seines Zieles zu stehen.

Diese Erkenntnis machte Jodaryon zwar keine Angst, aber sie bereitete ihm große Sorgen. Er hatte keine Ahnung und erst recht keinen Plan, wie er Bossus hätte stoppen können. Er ärgerte sich auch über sich selbst, denn er hatte Bossus unterschätzt. Er, der alte Jodaryon, hätte Bossus aufmerksamer beobachten müssen und sollen.

Doch jetzt war es zu spät dafür. Nun musste er zusehen, wie der alte Widersacher auf die Erde zurückkehrte und begann, seine Ziele zu verwirklichen. Denn das stand für Jodaryon fest: Bossus wollte wieder die Macht ergreifen, die Erde und die Menschen sollten wieder unter der Ewigen Nacht leiden.

Fast pausenlos wanderte Jodaryon weiter. Er fühlte sich schlecht und so bemerkte er nicht, dass er von Bossus' Waldgnom erneut beobachtet wurde. Die Gedanken an Bossus ließen Jodaryon nicht mehr zur Ruhe kommen. Außerdem war er auch heute wieder am Ende seiner körperlichen Kräfte angelangt. Vor ihm befand sich ein kleines Dorf. Von einer Anhöhe aus hatte er es schon gesehen. Es war nur noch etwas über eine Stunde entfernt. Bis dahin musste er es schaffen! In diesem Dorf konnte er sich bestimmt ausruhen. Aber vor allem musste er die dortigen Bewohner vor den fremden Wesen aus dem Himmel warnen. Das gab dem alten Wanderer die Kraft, die er benötigte, um sein Ziel zu erreichen.

So predigte er etwas über eine Stunde später in einem kleinen Dorf, das nur aus wenigen Häusern bestand, auf dem mehr als kleinen Marktplatz.

Die wenigen Bewohner, die dort zusammengekommen waren, hörten ihm aufmerksam zu. Natürlich verstand niemand, welche Gefahren Jodaryon meinte, als er in verschlüsselter Form von den Xyloten sprach. Er konnte ihnen doch nichts von den fremden Wesen, die vom Himmel zur Erde hinabgekommen waren, erzählen. Die Menschen hätten ihm kein Wort geglaubt, im Gegenteil hätten sie ihn in Gefangenschaft genommen, vielleicht sogar getötet.

Denkbar war das in der Zeit, in der Jodaryon und Wasgo lebten, auf jeden Fall. Aber die Dorfbewohner verstanden, dass ihnen schwere Zeiten bevorstanden und sie diese nur dann überstehen konnten, wenn sie auch den Nachbarn wie den eigenen Sohn oder die eigene Tochter liebten. Dann sollten sie die Gefahr erkennen und gemeinsam bekämpfen können.

Vor Jodaryon stand ein alter Mann. Seine Haut sah sehr vertrocknet aus. Dass er zu wenig trank, sah ihm der weise Magier sofort an.

Der Alte hatte einen Becher in der Hand, in dem sich Wasser befand. Ein großer Eimer, ebenfalls mit Wasser gefüllt, stand neben dem Alten. Der Eimer mit dem köstlichen Nass war bestimmt zum Trinken für seine Familie gedacht. Angewidert blickte er immer wieder zu seinem Becher. Einige Male setzte er zum Trinken an, verzog dann aber jedes Mal das Gesicht und ließ die Hand mit dem Becher wieder sinken.

„Warum trinkst du nicht, Vater?“, fragte ihn Jodaryon respektvoll.

„Ich kann das Wasser einfach nicht mehr sehen, tagein, tagaus trinkt man Wasser. Tag um Tag, Woche um Woche, Monat um Monat. Das geht so das ganze Leben lang. Und ehe du dich versiehst, bist du ein alter Mann. Immer nur Wasser bekommt man zu trinken, weil man nichts hat, mit dem man vielleicht etwas Wein bezahlen könnte. Das Wasser schmeckt widerlich. Ich komme dagegen nicht mehr an!“, klagte der Alte.

„Ich verstehe dich“, erwiderte der Zauberer. „Auch wenn das Wasser für dich lebenswichtig ist, so kannst du es nicht trinken, weil es nicht schmeckt. Ich weiß nicht, ob ich dir helfen kann, aber ich will es versuchen.“

Jodaryon faltete die Hände zusammen, richtete seine Augen zum Himmel hinauf und begann zu sprechen: „Herr im Himmel, du bist mein Gott! Bitte hilf mir und somit hilfst du auch diesem alten Mann vor mir!“

Jodaryon ließ seinen Blick über die Menschen schweifen. Was er sah, belustigte ihn einerseits, andererseits aber nahm er seine Zuhörer sehr ernst. Auch hier sahen sie ihn als einen neuen Priester an. Er, Jodaryon, predigte ihnen, er „betete“ für sie und die Menschen spürten seine Liebe. Dass Jodaryon ein ganz besonderer Mensch sein musste, daran glaubten die Bewohner dieses Dorfes sehr. Ein Mensch? Nur ein Mensch? Nein! Kein Zweifel: Er musste der neue Messias sein, von dem Elias einst erzählt hatte und für den Elias sogar in den Tod gegangen war. Das fühlten die Menschen. Oder wollten sie das fühlen?

Auf jeden Fall nahm Jodaryon wahr, dass viele der vor ihm Versammelten ebenso wie er ihre Hände zusammengefügt hatten. Einige standen und sahen zum Himmel empor, wie es auch der weise Magier tat. Andere gingen auf die Knie und senkten ihren Kopf demütig. Aber alle wiederholten in ihrem Geist Jodaryons Worte und merkten sie sich.

Jodaryon sprach etwas theatralisch weiter: „Er ist nicht nur alt, sondern auch sehr arm. Er hat es verdient, auch wenn es nur einmal sein sollte, etwas Schmackhafteres als Wasser zu trinken. Bitte, Herr im Himmel, schenke ihm Wein! Bitte hilf diesem armen, alten Mann und ich will deine Güte überall preisen. Herr im Himmel, du bist mein Gott.“

Mit den letzten Worten schickte er einen Zauber zu allen Wasserbehältern in diesem Dorf und nahm wieder eine bequeme Haltung an. Inbrünstig hoffte er, dass ihn seine magischen Kräfte dieses Mal nicht im Stich ließen. Er wollte die Menschen einen, damit sie gegen die Xyloten, wenn diese überhaupt bis in diesen Winkel der Erde vordringen sollten, gemeinsam und miteinander den Kampf aufnehmen konnten. Nur so hatten die Menschen überhaupt eine kleine Chance gegen den übermächtigen Gegner, der schon die Hauptstadt der Bergwelt angegriffen hatte. Die Wesen aus dem Himmel durften die Erde nicht in ihren Besitz nehmen, die gehörte den Menschen!

Der Alte sah in seinen Becher, anschließend in den vor ihm stehenden Wassereimer. Danach hob er den Becher bis an seine Nase und roch an dem Inhalt. Ungläubig sah er zuerst zu Jodaryon, danach zu seinem Trinkgefäß zurück. Seine Augen wurden größer, als er nochmals an seinem Becher roch. Anschließend nippte er an dessen Inhalt. Nun breitete sich über sein ganzes Gesicht ein breites Grinsen aus.

„Es ist Wein!“, sagte er glückselig und wiederholte: „In der Tat, es ist Wein!“

Die neben ihm stehende Frau sank plötzlich auf ihre Knie nieder und rief, so laut sie konnte: „Ein Wunder! Ein Wunder ist geschehen. Der Mann hat ein Wunder vollbracht.“

Das ging Jodaryon zu weit, er wollte die Frau unterbrechen, aber dazu kam er nicht mehr. Durch ihre Worte hatte sie weitere Menschen angelockt und sie mit ihrer Lobpreisung für Jodaryon angesteckt. Niemand wusste, wo plötzlich diese vielen Leute herkamen. Sie alle eilten auf den alten, weisen Magier zu, der froh war, dass sein Zauber gewirkt hatte. Gegen diese Menschenmasse kam Jodaryon nicht mehr an. Er wurde von allen Seiten, von vorn und von hinten bedrängt, viele Hände erfassten ihn. Einige ließen ihn wieder los, andere fassten fester zu und der alte Mann spürte, dass er in die Höhe gehoben wurde. Die Menschen, die ihm eben noch zugehört hatten, hoben ihn einfach über ihre Köpfe hinweg und begannen, ihn zu feiern, als wenn er der Sohn eines Gottes sei.

Dabei wollte Jodaryon die Menschen doch nur vor eine Gefahr warnen, die von den Xyloten ausging. Er wollte, dass sie im Ernstfall gegen diese fremde Macht gemeinsam den Kampf aufnahmen. Somit sollten sie wenigstens eine kleine Chance gegen die hoch technisierten Außerirdischen haben.

Aber nun entwickelten sich die Ereignisse ohne sein Zutun in eine ganz andere Richtung, die er nicht beabsichtigt hatte. Die Menschen feierten ihn, sie beteten ihn an. Jodaryon hatte das Gefühl, dass er eine Religion geschaffen hatte. Aber so etwas hatte er doch nie im Sinn gehabt! Was sollte er dagegen tun? Was konnte er überhaupt dagegen unternehmen? Er erkannte, dass er das, was jetzt in diesem Dorf geschah, hinnehmen musste. Denn im Augenblick kam es nur darauf an, dass die Menschen vereint gegen die Xyloten antraten, wenn das erforderlich sein sollte.

*****

Hinter der Ecke einer Hütte beim Marktplatz lauerte wieder einmal der Waldgnom Tolpedius Tollrasius, der Jodaryon unbemerkt beobachtete. Nicht das kleinste Detail ließ er sich entgehen und erstattete umgehend seinem Herrn in der Hölle Bericht. Der wurde sehr wütend, behielt aber mit äußerster Anstrengung die Kontrolle über sich. Auf keinen Fall durfte er auffallen, auch durfte Luzifer nichts von Bossus‘ Plan bemerken. Sonst kam Luzifer womöglich doch noch auf dumme oder vielmehr richtige Gedanken.

Hatte Bossus den alten Jodaryon etwa doch unterschätzt? Wie dieser fürchterliche Magier, dem er seinen Platz im Fegefeuer zu verdanken hatte, hier gefeiert wurde! 'Na, warte nur', dachte Bossus, 'warte nur auf die letzte Feier, alter Mann! Die letzte Feier, die hier auf der Erde stattfinden soll, bevor es nie, nie wieder einen Grund zum Feiern geben wird! Das wird meine Siegesfeier sein!‘

Angst

Exposia tobte. Wie war das nur möglich gewesen? Was war dieser Herrscher der Bergwelt für ein Wesen?

Dieser Eingeborene, der aussah, als sei er noch nicht einmal richtig ausgewachsen, trug keine Waffe, nicht eine einzige Waffe! Und ja, Exposia hatte sich darüber gleich Sicherheit verschafft, es stimmte: Auch die Überwachungssysteme zeigten eindeutig an, dass der Kerl unbewaffnet war. Kein Zweifel war möglich!

Ja, aber wie konnte er dann die Schutzschilde der Raumtransporter zerstören? Was waren das für Strahlen, mit denen er diese aus seinen Händen beschoss? Das waren doch eindeutig Laserstrahlen gewesen! Das hätte ihm einmal ein anderer sagen sollen: Dass aus den Fingern eines Eingeborenen auf Xylot II Laserstrahlen kommen konnten, Laserstrahlen, deren zerstörerische Gewalt nichts widerstehen konnte!

Er hatte doch selbst alles gesehen. Mit eigenen Augen! Überdies hatten ihm mehrere seiner Leute erzählt, dass der Kerl in der Lage sei, in Gedankenschnelle seinen Standort zu wechseln. Erst sei er vor einen Sicherheitsbeamten gewesen und im nächsten Augenblick hinter einem anderen. Ohne dass jemand gesehen habe, dass sich dieser Wasgo bewegt habe! Ja, was hatte der sonst noch für Fähigkeiten?

Das Mutterschiff! Wenn dem Mutterschiff etwas geschah, dann …, der Chef wagte gar nicht, daran zu denken. Aber nein, vom Mutterschiff konnte dieser Eingeborenenhäuptling doch nichts wissen. Dazu hätte er hellseherische Fähigkeiten haben müssen. Die Fähigkeiten, die er hatte, waren sowieso schon schlimm genug.

Die Ramme, die ein Vermögen gekostet hatte, war nur noch Schrott. Da gab es nichts mehr zu reparieren. Dieses riesige feuerspeiende Tier hatte ganz einfach die Ramme zum Schmelzen gebracht! Einige Male hatte es heftig gefaucht und Flammen gespuckt und das Gerät, technisch auf dem allerneuesten Stand, war in der Mitte verbogen und eingeknickt. Einfach so!

Was hier geschah, war zu viel für ein gewöhnliches Xylotengehirn. Auch zuviel für das Exposias, obwohl der sich für den intelligentesten Xyloten überhaupt hielt. Seine Zeit würde noch kommen, die Zeit, in der andere das zu würdigen wussten, was er alles für die Xyloten getan hatte und noch tun würde.

Seine Zeit! Hier auf diesem Blauen Planeten, den sie in ihrer Euphorie Xylot II genannt hatten? Hier konnte er auf seine große Zeit warten, bis er schwarz wurde. Oder bis er von den Laserstrahlen des seltsamen Herrschers vernichtet oder vom Pesthauch des feuerspeienden Ungetüms vergiftet wurde. Das Vieh war ja noch viel, viel gefährlicher als der gefährlichste Yenitau des Planeten Xylot!

Und wenn es nur die Ramme gewesen wäre! Alles, alles hatte das Riesentier unbrauchbar gemacht. Sämtliches Metall in den Baustoffen, Geräten und Maschinen der Xyloten war jämmerlich geschmolzen wie das billigste Kerzenwachs. Nicht mehr zu gebrauchen.

Nicht zu gebrauchen! Und nicht zu gebrauchen waren erst recht seine Sicherheitskräfte. Diese Vollidioten! Warum hatte bloß keiner von diesen Versagern versucht, dieses feuerspuckende Tier zu töten? Die hätten ihm doch nur eine Ladung Laserstrahlen verpassen müssen, es war ja so riesig, dass man beim besten Willen nicht danebenschießen konnte, erledigt, Problem gelöst!

Aber nein, zu nichts war diese Bande zu gebrauchen. Aber nein, die Herren Xyloten-Idioten sahen lieber zu, wie das Monstrum in wenigen Augenblicken alles vernichtete, wofür sie mühevoll gearbeitet hatten. Na, die konnten sich jetzt auf etwas gefasst machen!

Sofort rief Exposia die Sicherheitsleute zusammen. Eine nicht enden wollende Schimpfkanonade und die übelsten Beleidigungen prasselten auf die Xyloten nieder. Sie schwiegen und blickten sich vielsagend an. Ja, wusste denn dieser arrogante Chef, dieser größenwahnsinnige Emporkömmling nicht, dass sie ohne seinen Befehl gar nicht zu einer Waffe greifen durften? Das stand doch klipp und klar in den Vorschriften! Ja, und wenn er diesen Befehl eben nicht gab ...

Endlich hatte sich der Chef etwas abreagiert, sodass ihm einer der Xyloten erklären konnte, warum niemand geschossen hatte. Exposia blickte, als wolle er den Sprecher mit seinen Augen erdolchen. Aber im Gesicht war er blass geworden. Leichenblass. Kein Zweifel: Er hatte seinen Fehler erkannt. Und nun hatte er ein Problem: Wie sage ich's dem Kommandanten?

Über dieses Wie brauchte er sich nicht lange den Kopf zu zerbrechen, denn der Kommandant meldete sich von seinem Raumschiff aus und fragte, was da unten auf dem Blauen Planeten los sei. Nun gab es kein Zurück mehr, Exposia musste alles detailliert berichten, und als der entsetzte Kommandant wieder Worte fand, waren die nicht viel freundlicher als die, die vorhin Exposia an seine Untergebenen gerichtet hatte.

Und am Schluss seiner Strafpredigt brüllte der Kommandant Exposia an, dieser sei mit sofortiger Wirkung seines Amtes enthoben und solle auf der Stelle zum Raumschiff zurückkehren.

„Aber wie denn?“, entgegnete Exposia im kläglichsten Ton. „Dieses Riesentier hat doch auch unsere Raumtransporter zerstört! Keine Ahnung, ob wir sie noch einmal reparieren können, aber ...“

„Schon gut“, knurrte der Kommandant. „Dann bleiben Sie bis auf Weiteres unten und sehen zu, wie Sie mit den Ureinwohnern fertig werden.“

„Aber ich ...“, begann Exposia, aber die Verbindung zum Kommandanten war bereits unterbrochen.

Der Kommandant war jedoch nicht nur wütend auf Exposia, sondern auch auf die Eingeborenen. Denen musste dringend eine Lektion erteilt werden, die sie nie mehr vergaßen! Und so beschloss er, einen Vergeltungsschlag zu führen, der ihre Hauptstadt und alles, was darin lebte, ausradieren sollte. Das tat er noch am selben Abend. Dass es ihm doch nicht gelang, die Stadt völlig zu vernichten, bemerkte er nicht, Exposia dagegen sehr wohl. Aber immerhin sollten die Eingeborenen jetzt erst einmal Ruhe geben. Die hatten genug mit sich selber zu tun. Das gab den Xyloten in ihrem Stützpunkt eine Verschnaufpause, die sie nutzen sollten, um die beiden Raumfähren zu reparieren. Vielleicht war der Schaden an ihnen doch nicht ganz so groß.

Aber wie entsetzt waren sie, als Wasgo am nächsten Morgen ihnen einen Besuch abstattete! Und das grässliche feuerspeiende Monster hatte er auch wieder mitgebracht! Die ganze Nacht hatte Exposia kein Auge zugetan, nicht nur, weil die Bauarbeiten der Xyloten einen Höllenlärm verursachten, sondern auch, weil er sich ständig den Kopf zerbrach, wie er diesen Wasgo ausschalten konnte. Ohne Erfolg! Er fand keine Lösung.

Oder doch, eine Lösung konnte es vielleicht geben: Er musste mit Wasgo reden. Wenn er den ein wenig hinhalten konnte, dann gab es vielleicht noch Hoffnung. Aber Hoffnung worauf? Realistisch betrachtet doch nur darauf, dass die auf der Erde eingedrungenen Xyloten ihr nacktes Leben retten konnten!

*****

Schon seit dem telepathischen Gespräch mit Jodaryon fragte sich Wasgo, wie sein väterlicher Freund es meinte, als er sagte, die Lösung, die Xyloten wieder loszuwerden, sei ganz einfach, er solle nur etwas nachdenken. Seitdem dachte Wasgo in der Tat in jeder freien Minute darüber nach, aber er konnte keine einfache Lösung finden. Auch jetzt auf dem Weg zum Hochplateau zermarterte er sich seinen Kopf und fragte sich, warum ihm Jodaryon die Lösung nicht verraten hatte, wenn sie doch so einfach war.

Endlich war der junge Magier, hinter dem der Drache Inflamma wie ein riesiger Hund hertrottete, an seinem Ziel angekommen. Kühl begrüßte Wasgo den Chef der Xyloten. Dann stellte er fest: „Das war gestern Abend aber nicht in Ordnung. Euer Angriff auf unsere Hauptstadt hat auf unserer Seite Tote gefordert. Was ich dir jetzt zu sagen habe, werde ich nur ein einziges Mal sagen, ein zweites wird es nicht geben.“

Exposia wollte aufbrausen, wie redete dieser Hinterwäldler eigentlich mit ihm? Aber Wasgo ließ den Xyloten nicht zu Wort kommen. „Jetzt rede ich, und zu verhandeln gibt es nichts“, erklärte er in einem Ton, der keinen Widerspruch zuließ. „Eure Aktion gestern Abend betrachte ich als eine Kriegserklärung. Ich warne euch, solltet ihr noch einmal die Dreistigkeit besitzen, eine Stadt oder ein Dorf innerhalb der Landesgrenzen der Bergwelt zu überfallen, werde ich euren großen Stützpunkt im Himmel vernichten. Also haltet Frieden, solange ihr hier seid. Ihr werdet Eure Fahrzeuge reparieren und danach sofort die Erde verlassen. Dafür gebe ich euch eine Woche Zeit. Solltet ihr danach nicht von hier verschwunden sein, werde ich euch vernichten."

Schlagartig fiel Wasgo ein, was Jodaryon gemeint hatte. In der Tat, die Lösung des Problems mit den Xyloten war so einfach! Wasgo sprach weiter: „Solltet ihr aber Probleme mit der Reparatur haben, dann dürft ihr gerne meine Hilfe anfordern, ich werde in diesem Fall eure fliegenden Dinger, mit denen ihr zu uns gekommen seid, in einem einwandfreien Zustand versetzen."

„Ja ..., ja ..., also, willst du, ..., du sie etwa reparieren", fragte ein ungläubiger Exposia.

„Nein, aber ich werde sie in einen brauchbaren Zustand versetzen!"

Exposia fand keine Worte mehr, seine Angst wuchs ins Unermessliche. Dieser Wasgo war ja noch viel gefährlicher, als er glauben konnte! Er wusste vom Raumschiff der Xyloten! Wie hatte er das schon wieder herausgefunden? Und das vollkommen Unglaubliche war, dass er behauptete, die Raumfähren benutzbar machen zu können! Oder war das nur eine Falle? Da half nur eines, er verfluchte sich, dass er nicht gleich darauf gekommen war. Plötzlich zog Exposia seine Waffe und richtete sie auf den Herrscher der Bergwelt.

Aber der hatte damit gerechnet. Mit vampirischer Geschwindigkeit stand er plötzlich hinter dem Angreifer und entwand ihm seine Waffe. Auf gleiche Weise entwaffnete er Exposias Sicherheitsleute, die überhaupt nicht wussten, wie ihnen geschah. Sie registrierten erst, was geschehen war, als Wasgo ihre Waffen auf einen Haufen auf den Boden warf. Damit nicht genug: Um die Wirkung seiner Handlungen auf die Xyloten zu erhöhen, stieß er seine Arme den Waffen entgegen. Feuer und Blitze entstanden, gleich danach Rauch, der sofort so dicht wurde, dass er keinen Blick mehr auf die Waffen freigab. Nach wenigen Augenblicken verzog sich der Rauch wieder und die Xyloten stellten entsetzt fest, dass ihre Waffen spurlos verschwunden waren.

Wie einen toten Xyloten, der wieder zum Leben erwacht war, starrten Exposia und seine Leute Wasgo an. Diese toten Xyloten, die zu neuem Leben erwachten, gab es tatsächlich. Sie waren die gefährlichsten Wesen, die es je auf Xylot gab. Gefährlicher noch als ein Yenitau. Denn sie töteten jeden Xyloten, der ihnen begegnete, mit nur einem Blick, bis sie 100 Xyloten getötet hatten. Dann aber starben sie endgültig.

Aber dieser brutale Herrscher der Ureinwohner, der soviel Schaden auf ihrem Stützpunkt angerichtet hatte, war ja noch viel gefährlicher als diese toten und zum Leben wiedererwachten Xyloten. Dabei hatten sie bisher erst diesen Wasgo kennengelernt! Aber wenn alle diese Ureinwohner ähnliche Fähigkeiten besaßen, dann hatte es doch keinen Sinn, auf diesem Planeten zu bleiben! Das wäre purer Wahnsinn, schlichter Selbstmord! Nichts wie weg von hier, solange sie dazu noch die Möglichkeit hatten!

„Wie hast du das eben gemacht?“, stotterte Exposia, wobei er Wasgo in einer Mischung aus Panik und Bewunderung anstarrte.

Wasgo lachte dem einstigen „Chef“ ins Gesicht. „Das willst du gerne wissen, was?“ Danach wurde seine Miene wieder ernst. „Ich hoffe, dass du endlich begriffen hast, wer hier das Sagen hat und wer auf diesem Planeten leben darf und wer nicht! Hier gibt es keine dummen Hinterwäldler, sondern Wesen, die dir weit überlegen sind! Sei froh, wenn ich dich einfach so laufen lasse!“

Nach einer Pause setzte er hinzu: „Ich erwarte, dass ihr mein Ultimatum einhaltet, verschwindet schnell von hier! Glaube mir, ich kann und werde euch vernichten mitsamt eurem Stützpunkt im Himmel, wenn ihr in der Nähe unseres Planeten bleibt.“ Wasgo wandte sich um. Er wollte das Hochplateau in Richtung Hauptstadt verlassen, damit die Xyloten das von ihnen besetzte Land wieder in seinen ursprünglichen Zustand versetzen konnten. Im Gehen forderte der Herrscher der Bergwelt seinen Drachen auf: „Komm, Inflamma, wir gehen! Komm! Mein braver Drachen!“

Inflamma war die ganze Zeit Wasgo nicht von der Seite gewichen, obwohl ihm das zunehmend schwerer fiel. Als sie sich von den Xyloten abwendeten, um zurück in die Hauptstadt zu gehen, wackelte er bedenklich mit seinem mächtigen Hinterteil. Gleich darauf grollte ein lauter Donner über das Hochplateau. Stinkender Nebel hüllte die fremden Eindringlinge ein. Schreiend und fluchend rannten die Xyloten, was sie konnten, in ihre Raumfähren.

„War das jetzt nötig“, fragte Wasgo halb belustigt, halb streng.

Inflamma ließ seinen Kopf sinken und antwortete verschämt: „Entschuldigung, Herr, das wollte ich wirklich nicht! Ehrlich! Aber ...“

„Ich weiß“, grinste Wasgo, „der Weißkohl …“

Der Lahme

Jodaryon setzte seinen Weg fort. Er war schon fast in Ägypten angekommen. Immer häufiger versagten seine magischen Kräfte. Nachdem er in dem kleinen Dorf den Menschen ihr Wasser zu Wein verwandelt hatte, wollte er am nächsten Tag Wasgo davon berichten. Außerdem wollte er sich erkundigen, was es Neues von ihm und den Xyloten gebe.

Aber als er seine telepathischen Kräfte mobilisieren wollte, erreichte er Wasgo nicht. Im Grunde überraschte ihn das nicht, mit so etwas hatte er seit längerer Zeit gerechnet. Was blieb ihm anderes übrig, als zu akzeptieren, dass er alt war und sein Tod nicht mehr in allzuweiter Ferne lag?

Aber halt, noch war es nicht so weit. Noch war er da und lebte. Noch konnte er Wasgo und der Menschheit von Nutzen sein, auch wenn er seinen jungen Freund zur Zeit nicht erreichen konnte. Zur Zeit? Nur zur Zeit? Oder nie wieder? Würde er Wasgo nie wieder sehen, nicht einmal mehr mit ihm sprechen können?

Nein, es konnte nur ein zeitweiliges Nachlassen seiner Kräfte sein, was ihm da gerade widerfuhr. Da war er ganz sicher. Jedenfalls redete er sich das ein.

So musste er eben für sich behalten, dass die Bauern des kleinen Dorfes ihn baten, ihnen eine Predigt zu halten, ehe er weiterzog. Er und predigen! Aber was sollte er tun? Ihre Bitte abschlagen? Oder gar ihnen reinen Wein einschenken, ihnen sagen, wer er wirklich war?

Aber er war doch nicht verrückt und lebensmüde ebenso wenig! Hätte er ihnen gesagt, dass er kein Priester war, dann stünde er vor ihnen als Scharlatan da. Als Schwindler! Als Betrüger! Und was war dann mit seiner Warnung vor den Xyloten? Vor der tödlichen Gefahr für alle Menschen? Kein Wort mehr würden sie ihm glauben, kein einziges Wort! Da hätte er ebenso gut zu Hause bleiben und sich hinter dem warmen Feuer an seiner Feuerstätte verkriechen können!

Mehr noch: Bestand nicht sogar die Gefahr, dass sie ihn gefangen nahmen und an ihren Herrn auslieferten? Was der dann mit ihm anstellen konnte, das wollte der alte Magier sich lieber erst gar nicht ausmalen. Im schlimmsten Fall konnte er sein Leben, zumindest aber seine Freiheit verlieren.

Früher, ja, früher wäre ihm das alles gleichgültig gewesen. Da hätte er sich ganz souverän mit einem Zauber befreit. Aber jetzt? Konnte er überhaupt noch zaubern? Oder war es mit seinen magischen Fähigkeiten endgültig vorbei? Wer wusste das schon im Voraus!

Ob Wasgo die Lösung des Problems mit den Fremden gefunden hatte? So einfach fortzaubern konnte er sie nicht. Aber in der Magie steckte trotzdem die Antwort. Hatte er sie entdeckt?

Hatte er verstanden, dass er, Jodaryon, deshalb nicht zurück in die Hauptstadt kommen musste, um ihm zu helfen? Nein, Wasgo schaffte das alleine. Ohne seine Hilfe.

Trotzdem ...

Jodaryon bekam Sehnsucht nach seinem Zuhause, nach der Hauptstadt. Längst war sie ihm schon während der Jahre seiner Regierungszeit zur Heimat geworden. Er hatte dort Freunde gefunden. Sie fehlten ihm, besonders fehlte ihm sein toter Freund Deneb, der sein Leben gegeben hatte, um das Jodaryons zu retten. Bei den Göttern, wie lange war das schon wieder her! Wie die Zeit doch dahinraste!

War es denn wirklich das einzig Richtige, die Menschen in die Irre zu führen, um sie im Notfall gegen die Xyloten geeint zu wissen? Immer wieder zerbrach er sich den Kopf, überlegte hin und her, aber das Ergebnis, zu dem er kam, war jedes Mal dasselbe. Nein, besser sollten die Menschen an einen neuen Gott glauben, als unterzugehen. Ja, hätte er denn diesen einfachen, abergläubischen Menschen auf dem Land und den Tagelöhnern in der Stadt etwa von Außerirdischen erzählen sollen?

Je weiter der alte Mann nach Süden vordrang, desto wärmer wurde es. Die Sonne stand hoch am Himmel und brannte erbarmungslos auf die Erde nieder. Die Menschen suchten in ihren Hütten Schutz vor den heißen Temperaturen und dem gleißenden Sonnenlicht.

*****

Die Tiere, die keinen Unterstand hatten, lagen lethargisch in der Sonne herum. Aber die anderen fühlten sich in ihren Ställen nicht viel wohler. Der Sommer war in diesem Jahr besonders heiß.

Nicht einmal Insekten flogen am Tage durch die Gegend. Es schien, als wenn es sie nicht gab. Und doch waren sie da. Sie warteten nur darauf, dass es Abend wurde und die Luft sich abkühlte. Wenn das geschah, wurden sie aktiv und konnten schlimme Krankheiten über die Menschen bringen.

Josef konnte darüber eine lange Geschichte erzählen. Als junger Mann ging er kerngesund in die Wüste. Über eine Handelsstraße erreichte er eine Oase, in der gute Freunde von ihm wohnten. Diese wollte er besuchen. Schon am ersten Abend, als er sich zum Schlafen auf sein Nachtlager gelegt hatte, stach ihn ein Skorpion.

Die meisten Skorpione sind ungefährlich. Ihr Gift, das sie bei einem Stich abgeben, verursacht bei einem gesunden Menschen eine allergische Reaktion auf der Haut, direkt an der Einstichstelle. Nicht viel anders als bei Mückenstichen.

Doch Josef wurde durch einen Skorpion der Gattung Tityus gestochen. Diese Skorpione sind in der Lage, einen Menschen zu töten.

Nachdem der Skorpion Josef gestochen hatte, schwoll die Haut an der Einstichstelle etwas an und begann zu jucken. Später bekam er Schmerzen in den Armen und Beinen sowie Atemprobleme. Er suchte seine Bekannten auf, die sofort einen Medikus holten. Dieser untersuchte ihn und gab ihm danach einige Heilkräuter, die er mit kochendem Wasser übergießen und den Sud davon trinken sollte.

Seine Atemprobleme ließen tatsächlich nach, auch der Schmerz, der Josef plagte, verschwand allmählich. Doch seine Beine wollten ihm nicht mehr gehorchen. Sein ganzes restliches Leben konnte er nicht mehr gehen.

Eines Tages hatte ihn sein Sohn vor seine Hütte auf eine Decke ins Gras gesetzt. Die Sonne schien den ganzen Tag, die Temperaturen waren zwar hoch, aber immerhin noch gut zu ertragen. Dort, wo ihn sein Sohn hingesetzt hatte, saß Josef den ganzen Tag. Doch allmählich rutschte sein Körper nach unten, sodass er schließlich eine fast liegende Position einnahm. So lag er bis zum späten Nachmittag vor seiner kleinen Hütte, als ein alter Mann mit einem sehr langen weißen Bart an ihm vorbeiging. Die Haare des Alten waren schon sehr dünn geworden.

Mit einer sehr tiefen Bassstimme, die aus einem großen Fass zu kommen schien, sprach ihn der fremde Alte an: „Ich wünsche dir einen guten Tag, aber ist es nicht ein bisschen zu früh, sich vor seine Hütte zu legen?“

Darauf erzählte Josef dem alten Mann seine Geschichte. Als er am Ende angekommen war, sagte er: „Und weil das Wetter heute so schön war, hat mich mein Sohn heute Morgen vor die Hütte gesetzt. Ich sitze gerne hier, aber heute bin ich weggerutscht und nun liege ich schon fast den halben Tag herum. Na, es ist trotzdem schön, hier zu liegen.“

Der Alte stellte sich vor. Er sei Jodaryon und wolle Josef helfen, damit dieser wieder eine sitzende Position einnehmen konnte. Gerne erlaubte Josef das dem Alten.

Schon während Jodaryon versuchte, Josef ordentlich auf seine Decke zu setzen, kam dessen Sohn mit seinen drei erwachsenen Kindern nach Hause. Josefs Sohn bedankte sich für Jodaryons Fürsorge, die dieser seinem Vater zukommen ließ, und bot ihm etwas zu trinken an. Jodaryon nahm das Angebot dankend an.

Josef war es, der den weisen Magier fragte, was er in dieser Gegend zu tun hatte. Dieser erklärte ihm sein Anliegen.

Darauf rief Josefs Sohn voller Freude aus: „Dann bist du der Herr, der den Menschen von Achtung und Liebe predigt und der die Wunder vollbringt!“

„Nein, ich vollbringe doch keine Wunder“, wehrte Jodaryon bescheiden ab.

Für Jodaryon war in diesem Augenblick vielmehr ein Wunder, dass sich immer mehr Menschen einfanden. Wie sie alle von seinem Aufenthalt vor Josefs Hütte erfahren hatten, war ihm ein Rätsel. Und es kamen immer mehr Menschen und sie forderten Jodaryon auf, zu ihnen zu sprechen.

Was sollte der alte Mann tun? Selbstverständlich „predigte“ er von Achtung und Liebe, die ein Mensch einem anderen entgegenbringen sollte, um so in Gefahrensituationen besser zusammenstehen zu können und gegen das Böse zu kämpfen. Er sprach von den kommenden Gefahren, die sich schon jetzt am Himmel abzeichneten.

Die Menschenmenge hörte ihm interessiert zu und befand, dass seine „Predigt“ nicht nur einen sehr hohen Wahrheitsgehalt hatte, sondern dass auch die Erkenntnisse, die sie aus ihr gewannen, durchaus im täglichen Leben gut umsetzbar waren und ein jeder Mensch danach leben sollte und konnte.

Am Ende seiner Ansprache richtete Jodaryon das Wort an Josef: „Du, Josef, hast mir vorhin deine Geschichte erzählt. Du hast wahrlich kein schönes Leben hinter dir. Aber trotzdem spüre ich die Liebe in deinem Herzen. Die gleiche Liebe und Achtung habe ich von deiner Familie erfahren. Ich will jetzt versuchen, dir deine vorbildliche Gastfreundschaft zu vergelten. Ob wir dabei das Ergebnis bekommen, das wir ersehnen, kann ich aber nicht versprechen.“

Josef ahnte, was Jodaryon vorhatte. Auch seine Kinder waren sich dessen sicher. Gemeinsam mit ihrem Vater strahlten sie Jodaryon dankbar an. Dieser faltete wieder seine Hände zusammen, hielt jetzt den Blick demütig zum Erdboden gesenkt und begann sein „Gebet“: „Herr im Himmel, du bist mein Gott. Vor mir liegt ein armer kranker Mann, der durch einen Biss eines Skorpions seine Beine nicht mehr bewegen kann. Er lebte bisher in Armut, Demut und in Liebe und Achtung zu dir und den Menschen. Du bist der allmächtige Gott. Ich bitte dich, lasse diesen aufrichtigen Menschen wieder seine Beine benutzen können! Bitte lasse ihn wieder gehen können! Er wird es dir vergelten!“

Während Jodaryon sprach, herrschte absolute Stille vor der Hütte. Heimlich schickte er dem kranken Mann einen Genesungszauber. Doch als Jodaryon Josef aufforderte, aufzustehen, tat der das nicht.

Er bemühte sich, aber es gelang ihm nicht. Seine Beine wollten einfach nicht tun, was Josefs Wille von ihnen forderte.

Jodaryon erschrak. Das war das erste Mal, dass er erleben musste, dass seine magischen Kräfte ihn verlassen hatten, als er sie so notwendig benötigte.

*****

Ganz unbemerkt, heimlich, still und leise hatte sich der Waldgnom Tolpedius Tollrasius zu Josefs Hütte geschlichen und sich hinter ihr versteckt. Was er da sah, war unglaublich. Jodaryon, der alte, einfältige Jodaryon, versuchte, einen Lahmen gesund zu zaubern, und es funktionierte nicht! Der Zauber wollte nicht wirken! Das war so unfassbar, das musste er gleich seinem Herrn und Meister mitteilen!

Bossus saß mitten im Fegefeuer und lachte laut los vor Schadenfreude.

„Was hast du denn da so blöde zu lachen?“, grummelte Luzifer. „Du hast wohl immer noch nicht genug Feuer unter dem Hintern?“ Aber er unterließ es, sein Fegefeuer stärker anzufachen. Als er das das letzte Mal versucht hatte, hatte er sich im Rücken einen Nerv eingeklemmt und konnte sich danach lange Zeit kaum bewegen. Alles tat ihm hundsgemein weh.

Bossus bemerkte all das natürlich und gab sich in seiner Siegesgewissheit nicht einmal mehr Mühe, Mitleid mit dem „edlen Luzifer“ zu heucheln.

*****

Josef war den Tränen nahe, er klagte: „Dein Gott scheint doch nicht auch meiner zu sein. Er will nicht, dass ich wieder gehen kann!“

Josefs Kinder sahen betroffen und traurig zu ihrem Vater hinüber. Sie hatten so gehofft, dass der Gott der Liebe ihrem Vater helfen konnte. Sollte der Vater denn tatsächlich solange er lebte auf Hilfe angewiesen sein?

Auch die Menschenmenge wurde unruhig. Ein Mann, den Jodaryon in der Menge nicht ausfindig machen konnte, rief: „Was ist denn nun mit deinem Gott? So bezeugt er uns seine Liebe? Bist du am Ende doch nur ein Scharlatan und nicht der von Elias angekündigte Messias?“

„Ich habe nie behauptet, der Messias zu sein. Und mein Gott ist tatsächlich ein Gott der Liebe. Warum er Josefs Leiden nicht beendet hat, weiß ich leider nicht. Vielleicht will er uns prüfen! Aber es hilft uns jetzt nicht, wenn wir an ihm zweifeln. Und ich sagte auch von Beginn an, dass ich nicht wissen kann, ob Josef wieder werde gehen können“, antwortete Jodaryon und machte eine kleine Pause, um seine Worte auf die Menschenmenge wirken zu lassen.

Jodaryon selbst war in zweifacher Hinsicht betroffen. Seine magischen Fähigkeiten verließen ihn immer öfter, zumal dann, wenn er auf sie besonders angewiesen war. Gerade jetzt und hier vor so einer Menschenmenge sollte doch wenigstens so ein einfacher Genesungszauber an dem armen Josef wirken. Jodaryon war verzweifelt. Er musste einen Weg finden, die versammelten Menschen zu beruhigen, sonst bestand die Gefahr, dass sie sich gegen ihn auflehnten, ja, sogar Hand an ihn legten. Eine aufgebrachte Menschenmenge, die in Aufruhr war, ließ sich nur sehr schwer beruhigen.

Wie sollte Jodaryon ohne seine Zauberkräfte die Menschenmassen unter Kontrolle halten? Er spürte Angst in sich aufkommen.

„Haltet bitte Ruhe, liebe Freunde!“, rief er der aufgeregt gestikulierenden und geifernden Menschenmenge entgegen. Er musste Worte hinnehmen, die ihn als Spinner oder Betrüger beleidigten. Andere forderten, dass man Verbrecher wie ihn einfach kreuzigen sollte.

Die Menschenmassen schienen außer Kontrolle zu geraten. Sie kamen in Bewegung. Einige wildentschlossene Bauern eilten auf Jodaryon zu. Es war offensichtlich, was sie vorhatten. Fliehen konnte Jodaryon nicht mehr. Dafür war es zu spät. Außerdem war das auch nicht seine Art, sich durch Flucht seiner Verantwortung zu entziehen.

*****

Zitternd und bebend vor Schadenfreude berichtete der Gnom seinem Herrn von den stattfindenden Ereignissen. Dabei bemerkte er nicht, dass auch ihm einige Beine von Menschen zu nahe kamen. Als er Bossus eine Nachricht übermittelte, wurde er von einem großen, kräftigen Bauern getreten. Der winzige Gnom stürze und blieb vor Schreck auf seinem buckligen Rücken liegen. Ein weiterer großer Fuß kam auf ihn zu, der größer war als Tolpedius Tollrasius selbst. Der Waldgnom lief Gefahr, von dem Fuß eines Bauern zertreten zu werden. Im allerletzten Moment schaffte er es, sich zur Seite zu rollen. Doch wurde sein Gewand von dem Fuß auf den Erdboden festgehalten, sodass er nicht entkommen konnte. Voller Angst lag er wie festgenagelt neben dem Fuß des Bauern auf dem von der Sonne erhitzten Sand. Der Schweiß rann dem bösen Gnom aus allen Poren. Wenn er nur nicht entdeckt wurde!

*****

Nach wenigen Augenblicken hörte er Josefs Stimme.

„Haltet ein, liebe Leute“, rief dieser nun, „der Herr Jodaryon kann doch nichts dafür, wenn mich sein Gott nicht heilen will. Wollt ihr etwa zum Mörder werden? Alles, was er sagte, bevor er seinen Gott bat, mich wieder gehen zu lassen, hat uns doch tief bewegt! Seine Worte entsprachen doch dem, was wir fühlen und was wir alle wollen! Das könnt ihr in diesem Moment nicht vergessen haben!“

Tatsächlich beruhigten sich die Leute wieder. Der Fuß des Bauern, der das Gewand des Gnoms auf den Boden presste, hob sich für einen kurzen Moment. Schnell huschte Tolpedius Tollrasius beiseite. Zunächst brachte sich der nun aufgeregte und ängstliche Gnom in Sicherheit, danach beruhigte er sich etwas, bevor er seinem im Fegefeuer sitzenden Herrn weiter von den Ereignissen um den alten Magier berichtete.

Jemand rief dem vermeintlichen Prediger Jodaryon zu: „Dann versuche das doch noch einmal! Vielleicht erhört dich dein Gott dieses Mal.“

„Gute Idee“, meinte Josefs Sohn.

Jodaryon erkannte, dass er sein „Gebet“ noch einmal sprechen musste. Und inständig hoffte er, dass sein Heilungszauber doch noch wirkte. Ob sich die Menschen an diesem Ort noch ein zweites Mal beruhigen lassen würden, konnte niemand wissen, schon gar nicht Jodaryon. Jedoch war er Josef dankbar, der letztendlich mit seinen Worten dafür gesorgt hatte, dass die Situation im Augenblick nicht eskalierte und er eine zweite Chance bekam, Josefs Leiden mit einem Zauber zu heilen und damit sich selbst zu retten.

Der Meister der Zauberergilde begann, erneut sein „Gebet“ zu sprechen. Wieder schickte er heimlich Josef einen Genesungszauber. Absolute Stille herrschte vor dessen Hütte. Niemand traute sich, auch nur ein Wort zu sagen, weil niemand wollte, dass Jodaryons Gott deshalb zwei Menschen zuhören musste und gerade dadurch nicht verstand, worum ihn der fremde Prediger bat. Niemand wollte daran schuld sein, wenn Josef nicht wieder gehen konnte.

Jodaryon verstummte und blickte zu Joseph hinüber. Seine Nerven waren zum Zerreißen gespannt. Er traute sich nicht, Josef aufzufordern, sich hinzustellen und hoffte doch, dass seine Bemühungen dieses Mal den ersehnten Erfolg gebracht hatten. Sollte der Zauber auch diesmal versagt haben, dann, das wusste er, konnte ihm keine Macht der Erde mehr helfen.

Auch Josef sah zu Jodaryon hin. Ihre Blicke kreuzten sich. Jeder erkannte die unmissverständliche Botschaft darin, die der andere ihm geben wollte.

Beide wussten sie, dass es keinen dritten Versuch an diesem Tag geben werde, damit Josef wieder selbstständig seine Beine benutzen konnte. Beide wussten sie, dass sie nicht noch einmal die Menschenmassen zur Ruhe bringen konnten. Beide wussten sie, dass es nie wieder für Josef eine dritte Chance gab. Beide wussten sie, dass Jodaryon wahrscheinlich sterben musste und Josef nie wieder gehen konnte, wenn es Josef jetzt nicht gelang, sich auf seine Beine zu stellen.

Josef war überrascht, wie schnell es möglich war, dass ein Mann wie Jodaryon vom Helfer in die Situation der akuten Lebensgefahr geraten konnte.

Doch Jodaryon war es bewusst gewesen, dass er einmal in solch eine ausweglose Lage hineinschlittern konnte, wenn seine magischen Kräfte versagten, so wie das eben geschehen war.

Aber wenn er den Menschen helfen wollte, musste er dieses Risiko auf sich nehmen.

Immer noch herrschte völlige Stille. Niemand traute sich, etwas zu sagen oder zu tun. Nach einigen Augenblicken wurden die Menschen dann doch wieder unruhig.

Warum forderte der Prediger Josef nicht auf, sich hinzustellen? Hatte der etwa Angst?

Wusste er etwa, dass sein Gebet nicht helfen konnte, weil er eben doch nur ein Betrüger war? Oder suchte er nur nach einer Möglichkeit, schnell von hier zu verschwinden? Das sollte ihm nicht gelingen!

Jodaryon erkannte, dass er keine Zeit mehr hatte. Jetzt war der Zeitpunkt gekommen, der darüber entschied, ob er seine Mission fortsetzen konnte oder ob in diesem Dorf für ihn die Endstation gekommen war. Er musste Josef in diesem Augenblick aufstehen lassen. Hoffentlich hatte jetzt sein Genesungszauber gewirkt.

Mit brüchiger Stimme presste Jodaryon die Worte hervor: „Josef, steh bitte auf!"

Gespannt sah Jodaryon Josef bei seinen Bemühungen, aufzustehen, zu. Dieser richtete seinen Oberkörper auf und wollte die Beine ansetzen. Als ihm das nicht gelang, wurden die um ihn stehenden Menschen wieder unruhig. Jodaryon verlor die Hoffnung, seine Mission fortsetzen zu können.

Mit den Händen erfasste Josef seine Kniekehlen und stellte die Beine an. Danach drehte er sich langsam um, sodass er mit den Knien und den Schienbeinen den Boden berührte. Seinen Oberkörper hielt er mit den Händen im Gleichgewicht.

Jodaryon sah Josef zu und innerlich rief er: ‚Na, los, weiter, Josef, du schaffst es!‘

Aber was Josef tat, sah so unbeholfen aus, dass niemand mehr daran glaubte, dass er sich jetzt noch vom Erdboden erheben konnte.

Die Menschen wurden noch unruhiger. Josef bemerkte das und laut sagte er: „Langsam, liebe Leute! Ich habe zwanzig Jahre nur gesessen und gelegen. Ihr müsst mir Zeit geben, wie soll ich denn so schnell aufstehen können wie ihr, wenn ich es doch erst lernen muss!“

Jetzt schob er seine Hände ganz langsam und mit größter Anstrengung immer weiter zu seinen Knien heran und richtete so seinen Oberkörper langsam auf. Endlich hockte er auf seinen Unterschenkeln aufrecht auf seiner Decke. Unter Aufbietung aller Kräfte brachte er sein rechtes Bein nach vorne und stellte es auf. Das sah wieder sehr unbeholfen aus, aber er schaffte es. Nun stützte sich Josef ab und erhob sich langsam und zitternd. Zunächst stand er unsicher und drohte zu stürzen. Doch lächelte er unaufhörlich und sein Sohn sprang schnell zu ihm, um ihn zu stützen. Aber Josef stand auf seinen eigenen Beinen.

Jetzt löste sich die riesengroße Spannung in den Zuschauern. Zunächst hörte man sie förmlich aufatmen. Dann hörte man erste Stimmen. „Er steht!“ rief ein Mann volle Überraschung. „Er kann stehen“, jubelte ein anderer.

Eine Frau rief: „Ein Wunder ist geschehen, Josef ist aufgestanden, und zwar ohne fremde Hilfe!“

Selbstverständlich war Jodaryon erleichtert, als er begriffen hatte, dass Josef wieder stehen und gehen werde können. Aber er musste auch daran denken, wie schnell sich die Stimmung der einfachen Menschen verändern konnte. Er ermahnte sich, in Zukunft vorsichtiger zu sein.

Bossus aber musste machtlos mit ansehen, das sein ärgster Feind einmal mehr mit seinem Leben davon kam.

Ein neuer Anfang

Etwas wehmütig fühlte sich Jodaryon schon. Er war am frühen Morgen aufgebrochen und seine Gedanken verweilten bei Josef, der ihm gegenüber so dankbar war, dass er ihn spontan zum Bleiben eingeladen hatte. Was Jodaryon für ihn getan hatte, war für ihn so unverständlich, aber doch auch sehr schön und wertvoll, weil seine ganze Familie Nutzen daraus zog, dass Josef wieder gesund war.

Josef war ein armer Mann, doch was er hatte, teilte er mit Jodaryon gerne. Immerhin war dieser es gewesen, dem er zu verdanken hatte, dass er nach über zwanzig Jahren endlich wieder gehen konnte.

Nun wollte Josef seinem Sohn bei der Feldarbeit helfen. Für ihn gab es keinen Grund mehr, zu Hause zu bleiben, während seine Familie den Unterhalt mühevoll erarbeitete. Besonders seine beiden Töchter waren immer sehr fleißig, das jedenfalls erzählte ihm der Sohn immer wieder.

Jodaryon zu Ehren gab Josef am Abend nach seiner wundersamen Genesung ein Fest. Auch hier musste der alte Magier auf dem Fest den Menschen von dem Gott der Liebe und der Achtung erzählen, der in seiner Güte und seiner Weisheit dafür gesorgt hatte, dass Josef wieder ein gleichwertiges Mitglied seiner Familie geworden war.

Lange Zeit musste Jodaryon überlegen, was er den Leuten erzählen sollte. Doch dann fiel ihm eine Geschichte ein, die er mit Wasgo erlebt hatte. Wenn er diese im Inhalt etwas anders erzählte, als sie in Wahrheit geschehen war, die Personen und die Zeit veränderte, dann sollte niemand erkennen, dass es eine wahre Geschichte aus einem anderen Land war.

So wurde Wasgo für die Zuhörer zu einem Gott, und schon passte alles zusammen.

Während Jodaryon seine Geschichte erzählte, ging es auf die Abendmahlzeit zu. Es schien ihm, dass der dankbare, plötzlich wieder genesene Vater von drei Kindern seine gesamten eingelagerten Speisen und Getränke aus seinem Vorratsraum herausholte. Jodaryon sollte es an nichts fehlen. Überhaupt sollte es diesem Mann, der den Menschen so sehr half, immer gut ergehen.

Was hatte Josef gestern Abend nur alles aufgetischt! Sie hatten getafelt wie die Fürsten, gepökeltes Schweinefleisch, gebratener Fisch, Fladenbrot, verschiedene Obst- und Gemüsesorten, und viele andere Leckereien kamen auf den Tisch. Zu Trinken gab es die edelsten Säfte aus Orangen, Feigen, verschiedenen Beeren, Kirschen und auch Wein und Bier. Jodaryon hatte selten so gut gegessen und getrunken wie an diesem Abend.

Er befürchtete, dass Josef und seine Familie in den nächsten Tagen nur karge Mahlzeiten zu sich nehmen konnten. Josef war seinem Heiler und seinem neuen Gott dafür, dass er wieder gehen konnte, so dankbar, dass er dem Prediger und Verantwortlichen für das Wunder, das ihm sein Leben wieder lebenswert gemacht hatte, all sein Hab und Gut schenken wollte. Doch das hätte Jodaryon nie annehmen können.

Wenn Jodaryon daran dachte, was hätte geschehen können, wenn der Zauber, den die Menschen als Wunder ansahen, misslungen wäre!

Dann hätte der gestrige Tag auch ganz anders ausgehen können. Jodaryon musste vorsichtiger sein. Gut, dass Josef gestern aus eigener Kraft aufgestanden war und auf seinen eigenen Beinen vor seinen Mitmenschen stand! An die Unzufriedenheit und Gewaltbereitschaft der Bauern wollte Jodaryon gar nicht denken. Die hätten ihn doch bestimmt umgebracht, einfach totgeschlagen.

Jodaryon nahm sich vor, in Zukunft den Menschen nur noch seine Botschaft zu überbringen. Weitere „Wunder“ wollte er lieber nicht mehr versuchen. Das war vorbei, das ging einfach nicht mehr. Und wenn er in Ägypten seine Mission beendet hatte, wollte er in die Hauptstadt seiner geliebten Bergwelt zurückkehren.

Den Gedanken, es sollte keine Wunder mehr geben, die Gefahr, als Betrüger vor den Leuten dazustehen, war einfach zu groß, bekräftigte er innerlich noch einmal. Betrüger hatten wahrlich nichts zu lachen, wenn sie aufflogen. Oft mussten sie ihre Taten mit dem Leben bezahlen. Und wenn Jodaryon ehrlich zu sich selbst war, so musste er zugeben, dass er sich am vergangenen Tag dem Tod so nahe gefühlt hatte wie noch nie in seinem Leben.

So setzte also der alte Magier seine Mission fort. Er kam in mehrere Städte und Dörfer, in denen er vor kommenden Gefahren warnte und die Menschen aufforderte, sich gegenseitig zu lieben und zu achten. Sein Ruf eilte ihm voraus. Jodaryon hatte eine Berühmtheit erlangt, wie er sie noch nicht einmal als Herrscher der Welt erreicht hatte. Überall, wo er hinkam, musste er den Menschen von seiner Botschaft erzählen oder, wie es seine Zuhörer nannten, predigen.

Damit machte er sich nicht nur Freunde. Es gab Neider, die eifersüchtig auf ihn waren. Sie versuchten, ihn bei den Statthaltern in Misskredit zu bringen. Seine Lehre über die Liebe und Achtung musste dafür herhalten. Absichtlich wurden seine Worte falsch wiedergegeben. Das ging sogar so weit, dass man erzählte, Jodaryon rufe die einfachen Menschen zum Widerstand gegen die Machthabenden auf. Angeblich wolle er einen Aufstand anzetteln.

*****

Bossus ging es gut. Er frohlockte und fühlte sich prächtig. Das heißt, nicht Bossus persönlich, sondern seine Seele fühlte sich gut. Das hatte auch seinen Grund: Sie musste nicht mehr im Fegefeuer verweilen. Endlich hatte sie Luzifer überlisten können. Und dazu war es gekommen, weil sie die Wahrheit für ihre Zwecke geschickt ausgenutzt hatte.

Der Aufenthalt der Xyloten und deren Absicht, die Menschheit zu unterjochen, versetzte Bossus in die Lage, den dummen Höllenfürsten Luzifer zu überlisten. Die Angst des Teufels um sich und seine Unterwelt war so groß, dass er nichts unversucht lassen wollte, um den Fortbestand der Menschheit zu sichern. Ohne Menschen keine Hölle! Wer hätte denn noch an ihn glauben sollen, wenn die Menschen ausgerottet worden wären?

Er, Luzifer, hatte sich in einem Kampf auf Leben und Tod seinen Widersachern Wasgo und Jodaryon geschlagen geben müssen. Das heißt: Eigentlich war es ein Kampf auf Leben und Tod für die beiden Zauberer. Sie wollte Luzifer töten. Nur kam es eben leider anders, als man dachte. Selbst Luzifer war davor nicht gefeit.

Sicherlich konnten die Magier den Teufel nicht töten. Der Höllenfürst konnte nicht sterben. Seine Existenz wurzelte im Aberglauben der Menschen. Solange sie an Luzifer und seine Unterwelt glaubten, solange gab es ihn und die Hölle tatsächlich, so einfach war das.

Aber der Höllenfürst hatte den beiden Magiern versprechen müssen, die Erde nicht mehr aufzusuchen und sich nicht mehr in die Belange der Menschen und Zauberer einzumischen, solange Wasgo und Jodaryon lebten. Somit war er an die Hölle gebunden.

Selbst er musste sich an dieses Gebot halten. Wenn er es gewagt hätte, sein Reich zu verlassen, dann setzte sofort ein Zauber ein, der ihn in die tiefsten Tiefen seiner Hölle zurückschickte. Was das für ihn bedeutete, hatte er ursprünglich nicht glauben wollen und so hatte er sich mit seinen zwei Spionen einmal auf einem hohen Berg treffen wollen.

Doch sobald er einen Fuß auf die kalte Erde gestellt hatte, wurde er von Schmerzen heimgesucht, die denen, die ihm Wasgo und Jodaryon im Kampf zugefügt hatten, in nichts nachstanden. Kein Ende hatten sie nehmen wollen! Nein, ein solches Risiko wollte er nicht mehr eingehen. Er hatte seine Lektion gelernt. Und Zauberer konnten so verdammt lange leben!

Jetzt, da die Menschheit davon bedroht war, von fremden Wesen ausgerottet zu werden, war Luzifer dankbar, dass er wenigstens noch Bossus als Verbündeten hatte. Wenn sonst nichts mehr half, dann konnte zumindest der auf der Erde eingreifen und das Ärgste verhindern. Dabei ärgerte sich der Höllenfürst maßlos, dass es so weit gekommen war.

Was jetzt geschehen musste, lag doch ganz klar auf der Hand: Wenn Bossus erst einmal auf der Erde war, hatte er es sicher nicht besonders eilig, in die Hölle zurückzukehren. Der war ja nicht dumm! Natürlich hätte er da oben nichts Eiligeres zu tun, als sich einen neuen Körper zu suchen! Es war zum Verzweifeln!

Und dabei zwickte und zwackte es Luzifer überall und das wollte einfach nicht besser werden. Zum Heulen! Aber was sollte er machen! Wie er es drehte und wendete, Bossus lachte sich kaputt, er hielt Luzifer für einen dummen Hanswurst, und der Teufel konnte nicht einmal dazwischenhauen! Was waren das für Zeiten!

Nein, es gab keinen Ausweg aus dem Dilemma. Entweder Luzifer ließ Bossus laufen, dann konnte dieser die Menschheit vor den Xyloten retten, war aber für die Hölle und das Fegefeuer auf Jahrhunderte verloren. Oder aber Luzifer bestand darauf, dass Bossus bei ihm blieb, dann lief er Gefahr, selbst mitsamt seiner Unterwelt vernichtet zu werden. Was sollte er nur tun? Das kleinere Übel war allemal, Bossus laufen zu lassen.

So erlaubte Luzifer dem ehemaligen bösen Herrscher der Welt zähneknirschend, die Hölle zu verlassen, aber eben mit der Auflage, sich um die Xyloten zu kümmern. Wobei Luzifer natürlich genau wusste, dass Bossus sich über eine solche „Auflage" nur amüsierte. Wie hätte Luzifer ihn dazu zwingen sollen, sich an die Vereinbarung zu halten?

Und natürlich dachte Bossus nicht einen Augenblick daran! Natürlich wurde Wasgo auch ohne ihn mit den Xyloten fertig, der brauchte dafür keinen Bossus. Falls aber doch, dann wollte Bossus dem Herrscher der Bergwelt tatsächlich seine Hilfe zukommen lassen, bis die Gefahr für die Menschheit gebannt war.

Danach sollte sich Wasgo zunächst in Sicherheit wiegen, bevor der Moment kommen konnte, in dem er den jungen Mann vernichten wollte. Dann, wenn dieser aufgeblasene Schnösel, dieser Halbstarke von nicht einmal vierzig Jahren, am wenigsten damit rechnete! Den konnte er ja zu Luzifer in die Hölle schicken.

Verlierer zu Verlierer. Sollte doch der sogenannte Herrscher der Bergwelt für alle Zeiten in der Hölle schmoren!

Er, Bossus, war der größte und mächtigste Zauberer aller Zeiten und nur er konnte auf Dauer die Macht auf der Welt übernehmen. Die Ewige Nacht sollte wieder über die Erde herrschen.

Da Bossus jetzt mit der Erlaubnis Luzifers die Hölle verlassen hatte, durfte er sich auch wieder ganz offiziell und legal auf der Erde bewegen. Doch dafür brauchte er einen Körper. Und er wollte es geschickt anfangen, so schlau, wie es sonst niemand auf der Welt fertiggebracht hätte!

Ja, er wollte sich einen Körper suchen, oder vielmehr, er hatte ihn schon gefunden, vielmehr ausgesucht. Keinen x-beliebigen Körper, sondern den Körper, jawohl, den Körper seines ärgsten und verhasstesten Widersachers! Den Körper Jodaryons! In den wollte er schlüpfen, sobald der Alte endlich krepierte.

Aber noch lebte Jodaryon, noch musste sich Bossus gedulden und so lange war er auf seinen Waldgnom angewiesen. Aber es konnte nicht mehr lange dauern, bis irgendwer dem alten Jodaryon vollends den Garaus machte! Und dann, ja dann war die Täuschung seiner Gegner vollkommen! Dann hielt ihn alle Welt für Jodaryon, dabei war er doch Bossus, der größte Zauberer aller Zeiten! Und dann sollte ihn niemand mehr daran hindern können, sein großes Ziel zu erreichen.

Überlegungen

Düster vor sich hinbrütend hockte der Kommandant der Xyloten vor dem Bordcomputer und rief noch einmal die Messergebnisse über den Blauen Planeten ab, als er das Signal erhielt, das ihm ankündigte, dass ihn jemand dringend zu sprechen wünschte. Zunächst ärgerte er sich darüber, weil er ständig in seiner Arbeit gestört wurde, seitdem sie zum Blauen Planeten unterwegs waren.

Konnte man ihn denn nicht ein einziges Mal in Frieden lassen? Musste er sich wieder mit den Problemen der Expedition beschäftigen? Täglich kamen von Xylot II alarmierende Nachrichten. Der Chef war da unten total überfordert. Seltsam, dabei war er nach ihm, dem Kommandanten, der erfahrenste Weltraumfahrer, der auf der Xylosia zu finden war.

Wie war es nur möglich, fragte sich der Kommandant, dass so ein erfahrener Mann wie Exposia auf dem Blauen Planeten versagte und mit den dortigen Ureinwohnern nicht fertig wurde?

Exposia hatte selbst schon Raumschiffe geführt, andere Planeten hatte er ebenso schon angeflogen.

Die Labors, Wohnhäuser und Sicherheitsanlagen hätte er mit seinen Männern schon längst aufgebaut haben müssen. Stattdessen erreichten immer weitere besorgniserregende Informationen aus dem Stützpunkt das Mutterschiff.

Der Kommandant betätigte einen Knopf, mit dem er die Kommunikation mit seinen Leuten steuern konnte. Auf dem Bildschirm seines Bordcomputers erschien die Meldung, dass Exposia ihn dringend sprechen wollte. Was der wohl schon wieder wollte? War der nicht einmal mehr in der Lage, selbstständig seine Arbeit zu erledigen? 'Zu dumm', dachte der Kommandant, 'dass ich den Kerl nicht rechtzeitig rausgeschmissen habe!'

Das wäre doch ganz einfach gewesen! Er hätte nur eben schnell eine Raumsonde hinunter auf Xylot II schicken und den überforderten Gernegroß zum Mutterschiff zurückholen müssen. Ersatz für Exposia gab es genug. Junge, ehrgeizige, bestens geschulte, absolut ergebene Fachleute.

Mit einem weiteren Knopfdruck nahm er das Gespräch an. Der Computer zeigte einen äußerst erregten und total verängstigten Mann. Der hatte zwar noch äußerlich sehr viel Ähnlichkeit mit Exposia, aber von dessen wichtigen Charaktereigenschaften, die zur Führung der Besatzung eines Raumschiffes notwendig waren, war nicht mehr viel übrig geblieben. Wer sollte so einem Nervenbündel wie Exposia, der sich dem Kommandanten in diesem Augenblick so darstellte, noch folgen oder dessen Befehle ausführen? Das blanke Entsetzen, die pure Angst, starrten den Kommandanten an.

Der Kommandant versuchte es auf die freundliche Tour: „Nun beruhigen Sie sich doch erst einmal, mein geschätzter Kamerad."

„Ich will es ja versuchen, aber so einfach ist das nicht!", hörte der Kommandant den Chef vom Xylot II jammern. Wie erbärmlich!

„Was ist denn nun wieder geschehen?"

Exposia berichtete dem Kommandanten von Wasgos und Inflammas Besuch. Bis in allen Einzelheiten erklärte er die vergangenen Ereignisse und übermittelte ihm das vom Herrscher der Bergwelt gestellte Ultimatum. Danach berichtete er vom Drachennebel: „Dieser Drachennebel ist einfach nur ein Abgas, das aus dem riesigen Tier herauskommt und fürchterlich stinkt und uns krank macht. Mehrere meiner Leute liegen mit einer Gasvergiftung im Krankenlager. Es ist fraglich, ob sie überleben werden."

Der Kommandant fragte sich, ob Exposia noch bei Sinnen war. In zu hoher Dosierung besaßen die Aufputschmittel der Xyloten gewisse Nebenwirkungen.

Exposia machte eine kleine Pause, um sich zu beruhigen, dann erzählte er weiter: „Und dieser Herrscher der Bergwelt, wie er sich nennt, den haben wir absolut unterschätzt. Der Kerl trägt keine Waffen und doch kann er uns mit Laserstahlen angreifen. Mit Laserstrahlen! Und in einem möglichen Handgemenge hat man gegen den nicht die kleinste Chance. Er kann sich so schnell bewegen, dass man ihm nicht mit den Augen folgen kann. Plötzlich ist er an einem anderen

Ort. Auf diese Weise hat er uns entwaffnet und unsere Waffen vernichtet. Unsere teuren, kostbaren Waffen! Ich glaube ihm, dass er fähig dazu ist, uns alle zu vernichten, auch das Mutterschiff."

„Sie meinen also, dass wir aufgeben und uns einen anderen Planeten suchen sollten?"

„Ich glaube, nein, ich bin der festen Überzeugung, dass es so das Beste ist."

„Aber wenn wir von hier weggehen, werden viele Xyloten den neuen Planeten nicht mehr sehen. Der nächste xylotähnliche Planet ist einige Megazeiten von hier entfernt, um genau zu sein, sind es etwa 93 Megazeiten."

„Das ist immer noch besser, als wenn wir alle vernichtet werden!"

Jetzt war der Kommandant von Exposias Bericht doch tief beeindruckt. Fieberhaft dachte er nach und konnte in der Kürze der Zeit zu keinem befriedigenden Ergebnis kommen. Schließlich sagte er nachdenklich: „Ich werde es mir überlegen!"

Die letzte Stadt

Allmählich erlangte Jodaryon in der Welt eine Berühmtheit, die einigen Menschen ein Dorn im Auge war. Das waren nämlich die damaligen Machthaber, zum Beispiel die Statthalter, und noch mächtigere Menschen, denen man besser nicht in die Quere kam.

Diesen Leuten gefiel es absolut nicht, dass durch Jodaryons Wirken eine neue Religion geboren und entwickelt worden war.

Es gab genug Götter, warum sollte noch ein weiterer Gott dazukommen, den man nicht einmal kontrollieren konnte!

Längst hatten sich Jodaryon weitere Männer angeschlossen. Sie halfen ihm, seine Lehren weiter zu verbreiten. Mit ihnen hatte er lange und ausführliche Gespräche geführt, um ihnen zu erklären, wie seine Botschaft zu verstehen war. Selbstverständlich konnte er aber auch diesen Männern nichts von den Xyloten erzählen. Sie hätten ihm nicht geglaubt und ihm vielleicht die Gefolgschaft verweigert.

Aber Jodaryon wollte den Bewohnern in den Städten und Dörfern seine Botschaft von der gegenseitigen Liebe und Achtung der Menschen und vom Zusammenstehen in Gefahrenmomenten schnell und umfassend nahe bringen. Außerdem sollte das auch noch überall auf der Welt geschehen. Da konnte er jede Hilfe gebrauchen. Insgesamt waren es zwölf Männer, die Jodaryon bei der Verbreitung seiner Botschaft halfen. In späteren Jahren wurden sie überall auf der Welt nur noch die Jünger oder Jodaryons Jünger genannt.

An alles hatte Jodaryon gedacht, aber nicht daran, dass er unbewusst eine neue Religion geschaffen hatte. Und damit hatte er sich gefährliche Feinde gemacht. Bossus war nicht sein einziger Gegner, der ihn lieber tot als lebendig sah.

*****

Jodaryon wurde von den Wachen an den Stadttoren ohne Kontrolle durchgewinkt. Die schienen sich kein bisschen für ihn zu interessieren. Umso besser. Dass es eine Falle sein könnte, glaubte Jodaryon nicht.

Diese Stadt war wohl die größte in diesem Land und sollte seine letzte Station sein. Er hatte sich, bevor er sich auf den Weg hierher gemacht hatte, noch einmal mit den Männern getroffen, die ihm einige Wege abgenommen hatten, um die Menschen vor den Xyloten in verschlüsselter Form zu warnen. Sie hatten am Abend alle gemeinsam gegessen und sich über viele allgemeine Dinge ausgetauscht.

Mit Magie wollte Jodaryon etwas demonstrieren, aber diese Demonstration musste ausfallen, weil ihn seine magischen Kräfte im Stich ließen. Seither versuchte er immer wieder, einen Zauber anzuwenden, aber jedes Mal ohne Erfolg. Offenbar war es wohl doch so weit, er musste sich notgedrungen damit abfinden, dass ihn seine Zauberkräfte für alle Zeiten verlassen hatten.

Zunächst war er darüber etwas traurig und auch erschüttert. Doch gewöhnte er sich an den Gedanken, dass er ab sofort wie ein ganz normaler Mensch leben musste. Das fand er nicht weiter schlimm, im Gegenteil lebten die Menschen auch ohne magische Kräfte gut. Nur schmerzte es ihn, dass er seine Wunder an den Menschen nicht mehr vollbringen konnte.

Niemand mehr sollte von einer schlimmen Krankheit geheilt werden, auch Wasser sollte nun für immer Wasser bleiben und nicht zu Wein werden.

Jodaryon suchte sich ein geeignetes Plätzchen, auf dem er zu den Menschen sprechen konnte. Alles verlief ohne Zwischenfälle und niemand störte ihn während seines Vortrages. Als seine letzten Worte verklungen waren, fragte ihn jemand, der zu einer Gruppe von mehreren Männern gehörte, ob er der Prediger sei, der in jeder Stadt den Menschen von der gegenseitigen Liebe und Achtung predigte.

Jodaryon antwortete: „Ich bin kein Prediger, meine Freunde, ich überbringe nur eine Botschaft und möchte, dass die Menschen sich vor den kommenden Gefahren gemeinsam schützen."

„Ja, aber du redest doch auch davon, dass die Menschen sich lieben und achten sollen!", fragte ein anderer Mann derselben Gruppe. Kaum registrierte Jodaryon, dass sich seine Zuhörer eilig entfernten.

Schon war er mit den vier Männern, die zu dieser Gruppe gehörten, alleine.

„Weil man, wenn man seine Nächsten liebt und achtet, sie viel besser verstehen kann. Nehmen wir einmal an, es stößt jemandem ein Unglück zu. Wer wird ihm helfen? Ein Mensch, dem der Verunglückte egal ist, oder ein Mensch, der ihn achtet und verehrt?", fragte Jodaryon.

„Du hast recht, Alter!", sagte jetzt der erste Mann, „Wir werden uns an einem anderen Ort darüber mit dir weiter unterhalten. Du kommst jetzt mit uns! Und kein Aufsehen, Freundchen!"

Die vier Männer nahmen Jodaryon in ihre Mitte, sodass er ihnen nicht entkommen konnte. Sie brachten ihn direkt ins Gefängnis der Stadt. Als sie ihn in eine Zelle gesperrt hatten, hörte er, wie der eine zum anderen sagte: „Na, so ein Zufall, da redet der Kerl doch vor unseren Augen und will die Leute von seiner Religion überzeugen. Der wird schon sehen, was er davon hat!"

Ein anderer antwortete: „Es hätte nur noch gefehlt, dass er eines seiner Wunder gezeigt hätte. Von wegen, einen Lahmen wieder gehend machen oder einen Blinden sehend!"

„Das ist doch alles nur Betrug!", meinte der erste wieder. Dann entfernten sie sich, sodass Jodaryon sie nicht weiter verstehen konnte.

Er ärgerte sich, dass er den Männern in die Hände gefallen war, und fragte sich, wie es weitergehen sollte. Mehrere Zauber versuchte er zur Flucht zu nutzen, aber enttäuscht musste er feststellen, dass ihn seine magischen Kräfte nun tatsächlich endgültig verlassen hatten.

Ein anderer fühlte sich dagegen von seinen magischen Kräften keineswegs verlassen. Ganz im Gegenteil, er war sicher, dass sie nie größer waren als jetzt gerade. Und durch seinen Spion wurde er über Jodaryons Schicksal bis ins kleinste Detail unterrichtet.

Ein Körper

Bossus' Seele wusste ganz genau, wo sie hinschweben musste, um in einen neuen Körper hineinschlüpfen zu können. In diesem Körper durfte kein Leben mehr vorhanden sein. Am besten sollte seine Seele ihn schon verlassen haben.

Die Seele des bösen Zauberers begab sich in die Totenkammer eines kleinen Dorfes. Darin lag ein Mann mittleren Alters aufgebahrt. Als Bossus' Seele in diesen Raum hinein schwebte, spürte sie, dass die Seele des Verstorbenen immer noch anwesend war.

Die Seele des schwarzen Magiers näherte sich dem Toten. Woran mochte der nur gestorben sein? Bossus wollte ihn untersuchen, um die Todesursache herauszufinden. Denn immerhin musste er sofort einen Heilungszauber anwenden, wenn er diesen Körper auf längere Zeit zu seinem eigenen machen wollte.

Doch das war nicht gerade Bossus' Stärke. Eine Leiche untersuchen, das war doch ekelhaft! Was man dabei alles zu sehen bekam! Einfach nur schrecklich. Und dann erst der Schock, wenn er ein krankes Organ betrachten musste, das womöglich sogar für den Tod des Körpers verantwortlich war!

Das Organ eines Menschen sehen zu müssen, war für Bossus schon eine schlimme Tortur, aber ein krankes Organ, womöglich sogar völlig zerfressen, sah ja viel schlimmer und ekelerregender aus. Ein Glück, dass eine Seele sich nicht übergeben konnte! Bossus schwebte an den toten Körper heran.

Plötzlich wurde er aufgehalten. Es war die Seele, die den Körper, den Bossus begehrte, noch nicht verlassen hatte. Sie gebot dem ehemaligen bösen Herrscher der Welt Einhalt.

Das war nun wirklich die Höhe. Musste ein Bossus sich das bieten lassen? Außer sich vor Zorn über so viel Frechheit und Dummheit befahl er der anderen Seele in herrischen Ton: „Hinweg mit dir, du leichtsinniger Narr! Dieser Körper gehört ab sofort mir!“

„Noch aber bin ich in diesem Körper zu Hause!“, begehrte die fremde Seele auf.

„Ich werde dir helfen, du dummes Stück, du! Verschwinde endlich!“

„Wie redest du überhaupt mit mir! Ich bin ein angesehener Kaufmann, dem man Ehre, Achtung und Respekt entgegenzubringen hat!“

„Jetzt reicht es mir aber!“, schrie Bossus wütend seinen Gegenspieler an, „ich befehle dir, verlasse sofort diesen Körper oder ich werde dafür sorgen, dass du überhaupt nie wieder einen Körper bewohnen wirst!“

Die Seele des toten Kaufmannes war beeindruckt, aber noch nicht bereit aufzugeben. „Das könnte dir so passen!“, gab sie schon etwas verunsichert, aber doch noch kämpferisch zurück. Wer war überhaupt dieser Eindringling, der ihr ihren Körper wegnehmen wollte?

Bossus war genervt von so viel Eigensinn und wandte einen Zauber an, der der Seele des Kaufmannes so starke Schmerzen zufügte, dass sie es nicht mehr aushalten konnte. Laut schreiend schnellte sie aus ihrem Körper heraus und suchte das Weite.

Bossus machte sich sofort daran, den toten Körper zu untersuchen. Was er sich aber auch alles ansehen musste! Fast alle Organe waren zerfressen.

Es waren nicht nur die Nieren, die diesen Körper hatten sterben lassen, nein, auch die Leber existierte nur noch zur Hälfte, die Milz war gerissen, der Magen voller Geschwüre, ebenso der Darm. Aber das Herz und das Gehirn waren noch nicht geschädigt.

Bossus ekelte sich. Seelischer Schweiß überfiel ihn und machte ihn ganz krank. Wenn er sich hätte übergeben können, hätte er das auf der Stelle getan.

Was sollte er mit einem so übel zugerichteten Körper? Erst einmal musste er sich wieder beruhigen. Nur ganz langsam gelang ihm das.

Als er wieder in der Lage war, einen klaren Gedanken zu fassen, dachte er über einen Heilungszauber nach, der alle toten Organe des Körpers wiederbeleben und in einen ordnungsgemäßen Zustand versetzen sollte.

Es war ein komplizierter Zauber, aber doch nicht für einen Bossus! Für den sollte es ein Kinderspiel sein, die richtige magische Formel zu finden und sie anzuwenden. Immerhin war er seinerzeit sogar einem Jodaryon weit überlegen gewesen. Ja, das musste er sich erst einmal klarmachen: Diesen Jodaryon hatte er volle 500 Jahre in Gefangenschaft gehalten! Er, der große Bossus! Bis dieser verdammte Wasgo, Luzifers Enkelsohn, auf der Bildfläche erschienen war und ihn befreit hatte. Das war der Beginn seines Niedergangs und der Beginn des Endes der Ewigen Nacht. Aber bald wollte Bossus sich dafür rächen und die alten Verhältnisse wieder aufleben lassen.

Endlich war der Moment gekommen. Bossus' Seele schlüpfte in den Körper. Sofort sprach sie die erforderliche magische Formel aus.

Es dauerte nur einen kleinen Augenblick, bis der Körper seine Organe wieder arbeiten ließ. Schnell heilten sie aus, und so hatte Bossus einen Körper in seinen Besitz genommen, der ihm viele Jahre dienen konnte.

Doch das sollte gar nicht nötig sein. Was sollte er, der gewaltige Bossus, in dem Körper dieses unbedeutenden Provinzkrämers? Nein, der böse Zauberer hatte einen ganz anderen Plan. Einen genialen Plan, den sich nur er ausdenken konnte, er alleine! Nur noch ein bisschen Geduld, dann sollte Jodaryon das Zeitliche segnen und sein Körper eine willkommene Beute für Bossus werden! Und dann, ja dann, dann sollte es ihm gelingen, alle Welt zu täuschen, selbst den aufgeblasenen Wasgo! Ja, es konnte nur noch eine Frage der Zeit sein, bis der unumschränkte Herrscher der Welt wieder Bossus hieß!

Ein weltbewegendes Ereignis

Wasgo war gespannt wie ein Flitzbogen. Hatte er die Xyloten genügend eingeschüchtert? Hatte er sie jetzt davon überzeugt, dass er sie jederzeit vernichten konnte? Wenn ihm das gelungen sein sollte, mussten die Fremden doch sein Ultimatum erfüllen und das Hochplateau verlassen und damit den ganzen Planeten.

Wenn nur die Warterei nicht gewesen wäre! Voller Ungeduld kramte er die Schale des Lebens und der Weisheit hervor, um sie nach der Zukunft zu befragen. Wo war sie denn nur? Er musste doch dringend einmal sein Gemach aufräumen, dafür gab es keinen Zauber. Als er sie nach langem Suchen endlich fand, füllte er sie mit Wasser, stellte sie auf einen Tisch und blickte hinein. Er erwartete, Bilder zu sehen, die ihm verrieten, wie die Xyloten sein Ultimatum erfüllten.

Aber was ihm die Schale des Lebens und der Weisheit zeigte, war ihm teilweise ein Rätsel. Was hatten diese seltsamen Dinge bloß zu bedeuten? Zunächst erkannte er die Umrisse eines alten Mannes, der ein Kreuz schleppte. Später konnte er diesen Mann ans Kreuz genagelt sehen. Aber wer war dieser bemitleidenswerte Mann und wo befand er sich? Wie sollte Wasgo ihm helfen, wenn er nichts über ihn wusste?

Danach, ah, ja, damit konnte er jetzt wieder etwas anfangen. Kein Zweifel: Was er da erblickte, das waren mehrere Xyloten. Aber was war denn das schon wieder? Die Xyloten befanden sich in einem seltsamen Raum, wie er ihn noch nie gesehen hatte. Dieser Raum war riesig und vollgestopft mit ihm unbekannten Kisten und Seilen. Dann erkannte er einen Kasten, der so ähnlich wie die Wand in dem einen fliegenden Ding war, in dem die Fremden zur Erde gekommen waren. An der Wand hatte er sich und Jodaryon gesehen. Jetzt erinnerte er sich auch daran, wie Exposia diese Wand genannt hatte: Bordcomputer. Darauf erkannte Wasgo eine runde Scheibe. Sie war etwas verschwommen. Die Xyloten starrten gebannt auf diese Scheibe.

Und dann sah er noch ein Bild. Jodaryon kehrte heim, aber er fand sein Gemach im Palast nicht!

Das sollte nun einer verstehen! Wenn er sonst die Schale des Lebens und der Weisheit befragt hatte, bekam er Informationen, die er verwerten konnte. Aber diesmal? Er grübelte hin und her und konnte das Rätsel, das ihm die Schale des Lebens und der Weisheit aufgegeben hatte, nicht entschlüsseln. Aber eines konnte er immerhin tun: Inflamma auf das Hochplateau schicken. Der sollte die Xyloten beobachten und ihn sofort benachrichtigen, wenn es neue Aktivitäten bei denen gab.

Danach versuchte Wasgo mithilfe seiner telepathischen Fähigkeiten mit Jodaryon in Verbindung zu treten. Aber das gelang ihm nicht. Er versuchte es zu einem späteren Zeitpunkt erneut, wieder ohne Erfolg. Wasgo machte sich große Sorgen um seinen väterlichen Freund. Wo war der nur? Wie konnte der junge Magier den alten Zauberer finden? Schlagartig fiel Wasgo etwas Schreckliches ein! Hatte Jodaryon am Ende schon seine magischen Kräfte verloren? Dann konnte er ihn überall auf der Welt suchen, aber finden konnte er ihn nur zufällig. Wasgo war ratlos.

*****

Ein Schlüssel klapperte metallisch im Schloss. Zwei junge Wachmänner betraten das Verließ, in dem Jodaryon eingesperrt war. Sie richteten das Wort an ihn: „Wir sollen dich zum Statthalter bringen!“

Mühsam erhob sich der alte Mann von einem Strohballen und ging den Wachen entgegen. Er wurde von ihnen in Ketten gelegt und über einige lange Flure und Treppen in einen hell erleuchteten Raum gebracht. Mehrere Liegen standen um ein Feuer herum. Auf ihnen lagen einige Jodaryon unbekannte Männer.

Der Magier wurde an den Rand der im Halbkreis stehenden Liegen geschubst. Ihm wurde bedeutet, dort stehen zu bleiben. Ein Mann richtete das Wort an ihn: „Du also bist der neue Messias, von dem die Leute alle erzählen!“

Der alte Zauberer verneigte sich vor dem Mann, der ihn angesprochen hatte, und sagte: „Mit Verlaub, ehrenwerter Herr, das habe ich nie von mir behauptet. Überall, wo das allgemeine Volk so etwas über mich gesagt hatte, habe ich widersprochen. Ich habe nie behauptet, der neue Messias zu sein. Das Volk irrt sich, ehrenwerter Herr."

„Aber du predigst den Menschen von Liebe und Achtung und von kommenden Gefahren!"

„Ehrenwerter Herr, ich habe auch nie behauptet, dass ich ein Prediger bin. Ich habe dem Volk einfach nur eine Botschaft überbringen wollen."

„Und wie lautet deine Botschaft?"

„Es werden Gefahren auf die Menschen zukommen. Diesen Gefahren werden sie besser widerstehen können, wenn sie gemeinsam gegen fremde Mächte antreten und diese bekämpfen. Das können sie aber nur, wenn sie sich gegenseitig achten und respektieren. Sie sollen in Liebe zu den Menschen stehen, so wie sie in Liebe zu ihren Familien stehen."

„Und welche fremden Mächte werden das sein?"

„Das kann ich dir, edler Herr, nicht sagen!"

„Heißt das, du willst es mir nicht sagen?!"

„Nein, Herr, ich würde es dir sagen, wenn ich es könnte. Aber ich kann es leider nicht."

„Warum kannst du das nicht, wenn du den Menschen davon erzählst!"

„Weil du mir nicht glauben würdest, wenn ich dir sage, wer die Menschheit bedroht."

„Weißt du eigentlich, wer ich bin?"

„Ich glaube, du bist der Statthalter dieser schönen Stadt."

„Und weißt du auch, dass ich dich für deine Lügen hinrichten lassen kann?!"

„Edler Herr, ich lüge nicht, du musst mir glauben."

„Muss ich dir glauben oder kann ich das auch sein lassen?"

„Das kannst nur du alleine entscheiden."

„Und wenn ich dir nicht glaube, was wird dann passieren?“

„Das kann ich nicht wissen, edler Herr, es kann, aber es muss nichts geschehen.“

„Lassen wir das Geschwätz! Ich glaube dir kein Wort. Ich will dir sagen, was ich glaube. Du bist ein Lügner. Du hältst sonderbare Predigten und rufst vor den versammelten Menschen deinen Gott an. Angeblich vollbringst du Wunder. Du sollst einen Lahmen wieder gehend gemacht haben, einen Blinden sehend und hast Wasser zu Wein verwandelt!“

„Nein, edler Herr, das war nicht ich, sondern mein Gott!“

„Aber es ist geschehen!“

„Ich sagte bereits, es war mein Gott.“

„Wachen!“, brüllte der Statthalter die beiden jungen Männer herbei, die Jodaryon bereits aus dem Verließ abgeholt hatten. Diese erschienen sofort.

„Bringt den Kerl zurück ins Verließ und lasst ihn dort in Ketten. Die befestigt ihr an den Wänden. Er soll nur ganz wenig Platz bekommen, damit er sich fast nicht mehr bewegen kann. Er wird gemeinsam mit den beiden Banditen, die ihm im Verließ Gesellschaft leisten und auf ihren Tod warten, übermorgen hingerichtet!“

*****

Bossus hatte also wieder einen Körper. Fürs Erste, solange Jodaryon noch lebte, tat der ihm seinen Dienst.

Ganz vorsichtig öffnete er die Tür der Totenkammer einen Spalt, steckte seinen Kopf hindurch und spähte in das Dorf hinein. Unbedingt musste er unbeobachtet wegkommen. So wenig Aufsehen erregen wie möglich! Der böse Zauberer konnte nichts entdecken, das ihn hätte aufhalten können. Also verließ er die Totenkammer und trat ins Freie. Bis zum Dorfausgang waren es etwa drei Minuten Fußweg. Jetzt am späten Abend, als die Dämmerung einsetzte, sollte er doch dieses Dorf verlassen können, ohne einer Menschenseele zu begegnen! Kaum hatte er diese Worte gedacht, sah er eine Frau auf sich zu kommen. Sie war mittleren Alters und noch recht attraktiv. Er versuchte, unauffällig weiterzugehen.

Doch plötzlich vernahm er ihre überraschte Stimme: „Karl, du?“

Im nächsten Augenblick wurde die Frau blass und hektisch, dann brach sie zusammen. Bossus war deshalb sehr überrascht. Er konnte nicht ahnen, dass er soeben der Witwe des Mannes begegnet war, dessen Körper er vor wenigen Minuten übernommen hatte.

Die Frau erlitt einen Schock, als sie ihren Mann, von dessen Tod sie überzeugt war, durch das Dorf laufen sah. Sie hatte ihn doch selbst sterben sehen! War er denn als Geist zurückgekehrt! Was hatte das zu bedeuten? Nach wenigen Augenblicken wurde sie ohnmächtig.

Bossus sah sie stürzen und konnte sich nicht erklären, warum das so war. Aber er wollte unerkannt das Dorf verlassen und ging zu der Frau herüber, um sicherzustellen, dass sie ihn nicht kannte. Als sie in seinen Armen wieder zu sich kam, sah sie ihn nochmals überrascht an, war nun aber etwas gefasster.

„Karl, du? Ja, lebst du denn jetzt wieder?“, fragte sie.

„Wie du siehst, ich lebe und bin gesund!“

„Aber Karl, das ist ja wunderbar, dann können wir ja beide nach Hause gehen!“

Bossus befürchtete, dass die Frau ihm Schwierigkeiten bereiten könnte. Das konnte er auf keinen Fall riskieren. Deshalb blieb ihm nur eine einzige Lösung. Leise sagte er zu ihr: „Du gehst nirgends mehr hin, meine Liebe!“

Noch ehe sie sich von ihrer Überraschung erholen konnte, versetzte er ihr mit aller Kraft einen Schlag auf den Kehlkopf, sodass sie gleich darauf starb. Bossus überzeugte sich von ihrem Tod und ließ sie danach einfach liegen wie ein Stück Müll.

*****

Der Kommandant saß vor seinem Bildschirm des Bordcomputers. Was ihm Exposia mitgeteilt hatte, ließ ihm keine Ruhe. Der Chef war doch, das wusste jeder, ein Mann, der in den vielen Jahren seiner

Tätigkeit in den verschiedensten Raumschiffen die vielfältigsten Erfahrungen gesammelt hatte! So schnell brachte den nichts aus dem Gleichgewicht. Ein Profi durch und durch. Aber Exposia hatte tatsächlich Angst gehabt. Unbeschreibliche Angst.

Sollten sie bleiben und Xylot II weiter ausbauen?

Was konnte geschehen, wenn sie sich diesen Planeten weiterhin untertan machen wollten? Aber wo gäbe es eine Alternative für den Blauen Planeten, wenn sie diesen verlassen mussten?

Wenn sie blieben und das Ultimatum dieses Ureinwohners ignorierten, konnte dieser junge Steinzeithäuptling sie dann tatsächlich vernichten? Oder bluffte der nur? Sollte man es wirklich darauf ankommen lassen?

Wenn sie weiterfliegen wollten, um den nächsten Planeten aufzusuchen, auf dem sie wahrscheinlich leben könnten, würden viele der noch jetzt lebenden Xyloten die Ankunft am neuen Planeten nicht mehr erleben. Sie müssten ihren Lebensabend als Besatzungsmitglieder der Xylosia beschließen, bei ständiger Arbeit, solange sie eben arbeiten konnten. Und wer garantierte überhaupt, dass die Xyloten auf dem anderen Planeten leben konnten?

War es das wert, das Risiko auf sich zu nehmen und zu bleiben? Als Kommandant hatte er die Aufgabe, alles Für und Wider genau abzuwägen und dann eine Entscheidung zu treffen, um die Interessen der Xyloten durchzusetzen. Diese wollten leben und nicht sterben. Leben auf einem Planeten.

Entschlossen stellte er die Verbindung zu Exposias Raumtransporter her. Ein Sicherheitsmann meldete sich. Diesen fragte er ohne Begrüßung in barschen Ton: „Wo ist Exposia?“

„Der ist im Freien und überwacht die Aufräumungsarbeiten.“

„Dann holen Sie ihn gefälligst, ich habe mit ihm zu sprechen!“

Der Mann verschwand und schon nach wenigen Minuten erschien das graue, erschöpfte Gesicht Exposias auf dem Bildschirm. Ja, der „Chef“, wie er sich so gerne nannte, war nur noch ein Nervenbündel. Ohne Umschweife fragte der Kommandant: „Gibt es Überwachungsaufnahmen, die Sie dort unten gemacht haben?“

„Selbstverständlich! Schon vom ersten Augenblick an“, antwortete Exposia.

„Das ist gut. Dann muss es auch Aufnahmen von dem Herrn der Ureinwohner geben. Suchen Sie die heraus und senden Sie mir diese zu.“

Exposias Gesicht erhellte sich etwas und er versprach, die angeforderten Bilder und Filme dem Kommandanten sofort zu schicken. Schon nach wenigen Minuten konnte sich dieser auf dem Bildschirm Wasgos und Inflammas Besuche auf dem Hochplateau ansehen. Er überzeugte sich davon, wie die beiden mit ihren Aktionen den Stützpunkt zerstört hatten. Auch der Kommandant war von der Schnelligkeit Wasgos sehr beeindruckt. Und wie der Kerl nur die schönen Waffen vernichtet hatte! Zuweilen musste man seinen persönlichen Stolz zurückstellen. Und hier lag so ein Fall vor. Der Kommandant machte sich klar, dass er nicht das Recht hatte, sein Raumschiff und das Leben der ihm anvertrauten Xyloten aufs Spiel zu setzen. Genau das täte er aber, wenn er sich weiterhin mit diesen unheimlichen Ureinwohnern anlegen würde. Es gab eben Fälle, in denen selbst die modernste Technik, selbst die fortschrittlichste Zivilisation nichts half.

So ließ er sich nochmals mit Exposia verbinden. Als der Kontakt hergestellt war, sagte er nur: „Wir werden den nächsten xylotähnlichen Planeten aufsuchen. Brechen Sie da unten alles ab und sorgen Sie dafür, dass alles Material und alle Maschinen und Geräte zum Mutterschiff zurückkehren. Wir haben genug Zeit, alles zu reparieren beziehungsweise zu regenerieren! Kommen Sie, so schnell es geht, zum Mutterschiff zurück!“

Jodaryon

‚Auf diese Weise nun soll ich morgen sterben', dachte Jodaryon. Stundenlang hatte er sich das Hirn zermartert, wie er dem Tod vielleicht doch noch entfliehen konnte, aber ohne Erfolg. Er musste sich in das Unvermeidliche fügen.

Vor dem Tod hatte er keine Angst, aber er wusste, dass ihm noch einige sehr schmerzhafte Stunden, vielleicht sogar Tage bevorstanden, bevor er alles hinter sich hatte. Er sollte gekreuzigt werden.

Das bedeutete für ihn, dass er zunächst ein überdimensionales Holzkreuz vom Gefängnis bis zur Hinrichtungsstätte tragen musste. Dieses Kreuz war nicht gerade leicht und für einen alten Mann schon gar nicht.

Auf dem Weg dahin würden ihm bestimmt die Kräfte verlassen, man kannte solche Prozessionen doch. Das nahmen die Wachleute dann gerne zum Anlass, mit ihren Peitschen auf die Verurteilten einzuprügeln. Als wenn ihm dadurch erneute Kräfte wachsen würden! Rücksicht auf sein hohes Alter hatte er von diesen Schergen ganz sicher nicht zu erwarten.

Viele Menschen würden an den Rändern der Straßen stehen und dem Todesmarsch zusehen, ein solches Spektakel ließ man sich nur ungern entgehen.

Wenn er dann endlich den Ort der Hinrichtung unter all den Hohn- und Spottrufen erreichte, dann hatte er es noch längst nicht überstanden. Denn dann wartete ja erst der Tod auf ihn. Der qualvolle, langwierige Todeskampf, bei dem sich die Sekunden zu Ewigkeiten dehnten und man vor Schmerzen fast wahnsinnig werden musste. Ans Kreuz genagelt, in der heißen Mittagssonne, die fast senkrecht auf die Wüste niederbrannte.

Wenn er Glück hatte, dann hatte der Henker etwas Mitleid mit ihm und zerschmetterte ihm mit einer Keule oder etwas Ähnlichem die Knie, das sollte den Todeskampf ein wenig verkürzen. Oder der Henker fügte ihm mit einem Schwert zwei oder drei Wunden zu. Wie viele Stunden früher trat dann der Tod ein? Und alles war mit den fürchterlichsten Schmerzen verbunden. Gut, Stiche mit dem Schwert taten vielleicht doch nicht ganz so weh, als wenn ihm die Knie mit einer Keule zu Brei geschlagen wurden.

Jodaryon war dankbar, dass er so viele Jahre auf dieser Erde hatte leben dürfen und so viel gesehen und erlebt hatte. Nicht alle seine Erlebnisse waren positiv, aber er hatte die Welt doch ein kleines Bisschen verbessern können. Wie viele Menschen hatte er kennengelernt und ihnen in der Not geholfen!

Wenn er doch noch einmal seinen Freund und Schüler, seinen Nachfolger, hätte sehen können! So viel wollte er ihm noch sagen! Aber seine telepathischen Fähigkeiten waren vollständig versiegt, er hatte keinerlei Möglichkeit, Wasgo zu erreichen. Sicher machte der sich die allergrößten Sorgen um ihn! Und mit Recht, aber nein, dachte der Alte, es war ja alles nicht so schlimm. Ihm konnte niemand mehr helfen, seine Zeit war abgelaufen. Wenn nur Wasgo die riesigen Schwierigkeiten, die sich vor ihm auftürmten, lösen konnte!

Seine letzte Wanderung hatte er begonnen, um die Menschen vor der Gefahr, von den Xyloten ausgerottet zu werden, zu warnen. Aufgerufen hatte er zur Liebe und Achtung der Menschen zueinander, damit sie sich gegenseitig helfen konnten und sollten, wenn jemand in Schwierigkeiten steckte. Niemand sollte, bevor er einem anderen Menschen in seiner Not half, danach fragen, was er für seine Hilfe zu erwarten hatte. Freiwillig sollte der eine für einen anderen einstehen.

Und dafür sollte er jetzt sterben ...

Dass er sein Ziel wenigstens teilweise erreicht hatte, erfuhr er am Tage seiner Hinrichtung. Zahllose Menschen waren gekommen, um sich von ihrem „Messias“ zu verabschieden. Sie trugen sein Kreuz für einige wenige Meter, bis die Schergen sie mit Schlägen zurücktrieben.

Von vielen Menschen bekam er Wasser zum Trinken angeboten. Dankbar nahm Jodaryon die Hilfe der Menschen an. Mit einem freundlichen Blick zeigte er ihnen seine Verbundenheit und Dankbarkeit.

Immer wieder falteten Zuschauer ihre Hände, knieten nieder und senkten ihren Blick demütig zum Erdboden, als sie den Prozessionszug sahen. Laut begannen sie ein Gebet an den Gott im Himmel, der auch ihr Gott geworden war. Sie priesen seinen Namen und seinen heiligen Geist. Sie baten ihn, Jodaryon doch nicht so sehr leiden zu lassen. Er solle doch den alten Mann retten. Er solle doch seinen Sohn retten.

Wie kamen die Menschen nur darauf, dass Jodaryon der Sohn des Gottes im Himmel sein sollte? Nie hatte er auch nur im Entferntesten solch eine Andeutung gemacht!

Jodaryon selbst konnte nichts tun, er musste still seine Leiden ertragen. Viele Menschen wollten ein letztes Mal von ihm einen Segen erhalten. Was blieb ihm anderes übrig, als ihnen den zu erteilen? Auch wenn die Aufseher dann wieder auf ihn einschlugen.

Unter all den Gläubigen stand ein reicher Kaufmann und verfolgte das Schauspiel mit undurchdringlicher Miene. Zuweilen konnte er sich ein böses Grinsen nicht verkneifen, besonders dann, wenn eine Peitsche auf den gekrümmten Rücken des alten Mannes niederfuhr.

Dieser Kaufmann war natürlich kein wirklicher Kaufmann, sondern in diesem Körper steckte Bossus. Wie hatte er auf diesen Tag gewartet! Wie hatte er leiden müssen, wie war er gedemütigt worden! Aber was er jetzt zu sehen bekam, das entschädigte ihn für alles. Er hätte laut jubeln wollen; dieses hysterische Volk, das den vertrottelten Alten vergötterte, hätte er doch leicht mit ein paar Zaubern in die Schranken weisen können. Und was für Augen hätte erst Jodaryon gemacht, wenn er … Aber nein, noch war es nicht soweit. Noch durfte sich Bossus nicht zu erkennen geben. Erst musste er sich Jodaryons Körper aneignen. Aber noch lebte der Alte. Noch, ja, doch nicht mehr lange!

Jodaryon erkannte, dass hier eine neue Religion geboren worden war. Und ausgerechnet er war es, der diese Religion ins Leben gerufen hatte, wenn auch unbewusst und ungewollt! Dabei hatte er die Menschen doch nur vor den Xyloten warnen wollen!

Als er schon gekreuzigt war, kamen immer noch viele Menschen zu ihm, um ihm beizustehen oder auch noch einen letzten Segen von ihm zu erhalten.

Einige boten ihm sogar etwas zu Essen und Trinken an. Jedoch lehnte Jodaryon alle diese Angebote ab, hätten sie doch nur seinen Todeskampf verlängert. Als er endlich von seinen Leiden erlöst war, führten sich viele Menschen auf, als hätten sie völlig den Verstand verloren. Sie schrien, weinten, zerrissen ihre Kleider, kurz, sie wussten nicht, wie sie ihrer Trauer Ausdruck geben wollten.

Jodaryon konnte nicht im Entferntesten ahnen, wie sich die Zukunft der Menschheit weiterentwickeln sollte. Dass es neben dem Jodaryanertum, wie die von ihm unbeabsichtigt geschaffene Religion später genannt wurde, kaum noch andere Religionen geben sollte. Das Jodaryanertum sollte im Verlaufe der Jahrhunderte den gesamten Planeten erreichen. Die einstigen Götter verloren ihre Bedeutung und verschwanden letztendlich ganz aus den Köpfen der Menschen.

Jodaryon hatte mit dieser Religion den armen Menschen geholfen, schwere Zeiten besser zu ertragen. Ihr Glaube half ihnen dabei. Das war ein positiver Aspekt, den das Jodaryanertum hervorgebracht hatte.

Jedoch entartete einige Jahrhunderte später seine nichtgewollte, aber von ihm geschaffene Religion. Es wurden Gotteshäuser gebaut, was Jodaryon nie gewollt hatte. Man nannte sie Kirchen. Sein Bildnis, wie er am Kreuz hing, wurde zu einem Symbol dieser Kirchen.

Doch entfernten sich die Priester dieser Kirchen von seinen Lehren. Sie predigten dem Volk Armut, Demut und Wasser. Selbst lebten sie in Saus und Braus, in Völlerei und tranken Wein statt Wasser. Menschen wurden verfolgt, weil sie einem anderen Glauben anhingen oder die heilende Wirkung von Kräutern kannten und Kranken damit halfen, wieder gesund zu werden. Kriege gegen andere Völker wurden geführt, nur weil diese das Jodaryanertum nicht annehmen wollten. Im Namen dieser Religion und ihrer Kirchen wurden ganze Völker ausgerottet. Und im Namen Jodaryons. Gut, dass er das nicht mehr erfahren musste!

*****

Jodaryons Seele verließ seinen Körper. Traurig drehte sie sich noch einmal zu ihm um. Was war nur aus diesem schönen Körper geworden! Er strotzte in jüngeren Jahren nur so vor Kraft. Aber jetzt war er nicht nur alt und gebrechlich geworden. Durch die Kreuzigung war er nicht mehr lebensfähig und in einem erbärmlichen Zustand. Hätte Jodaryon seine magischen Kräfte nicht verloren, dann, ja, dann würde dieser Körper hier nicht am Kreuz hängen.

Für einen Moment bedauerte Jodaryons Seele, dass sie sich keinen neuen Körper besorgen durfte. Jedem Magier war das verboten. Die Zauberer, die die Weiße Magie angewandt hatten, hielten sich an diese Regel. Und das war richtig so. Ein Magier, der gegen diese Regel verstieß, änderte den normalen Lauf der Dinge. Und das konnte keinem Magier erlaubt werden.

Doch böse Zauberer, also die, die der schwarzen Magie nachgingen, kümmerte dieses Gesetz oft nicht. Dagegen hatte Bossus verstoßen, als er den Körper des Mannes aus der Totenkammer des kleinen Dorfes in seinen Besitz nahm. Und der ehemalige böse Herrscher der Welt sollte den normalen Lauf der Dinge weiterhin durcheinanderbringen.

*****

„Tolpedius Tollrasius, komm doch einmal her!“

Unbemerkt von seinem Waldgnom, der sich hinter ein paar Steinen verborgen hatte und sich nicht das kleinste Detail entgehen ließ, war Bossus an der Richtstätte eingetroffen.

Respektvoll gehorchte der Gnom.

Im nächsten Augenblick war nichts mehr von ihm übrig. Er hatte seine Schuldigkeit getan und so schickte ihm Bossus die Strahlen des Todes entgegen.

Danach blickte er sich um.

Drei frische Leichen hingen an ihren Kreuzen. An einer machten sich, einige Menschen zu schaffen. Schnell begriff Bossus, was dort geschah. Diese Menschen nahmen den Toten von seinem Kreuz herunter. Sie betteten ihn auf eine Decke und knieten vor ihn nieder. Mit gefalteten Händen und zum Boden gesenkten Blick kauerten sie stumm vor ihm. Einige bewegten die Lippen.

Für den schwarzen Magier bestand kein Zweifel, was diese Menschen taten, und vor wem sie knieten. Diese dummen Menschen beteten Jodaryons Gott im Himmel an und die Leiche des weisen Magiers lag vor ihnen auf der Decke.

Bossus überlegte, ob er sich auf der Stelle von dem Körper des Mannes aus der Totenkammer trennen und in Jodaryons Körper schlüpfen sollte. Danach konnte er die Menschen erschrecken, in dem er schnell und für jedermann überraschend aufstand.

Ob sich dabei vielleicht jemand zu Tode erschrecken konnte? Wenn ja, sollte dieses Luzifer nur freuen. Doch dann entschied er sich dagegen. Bossus war neugierig, er wollte wissen, was weiter geschah.

Doch seine Geduld wurde strapaziert. Das Beten dieser dummen Menschen schien kein Ende zu nehmen.

Aber schließlich erhoben sie sich doch. Jeder fasste irgendwo an der Decke an, vier Mann nahmen dabei die Ecken in die Hand und so trugen sie ihn fort. Dabei waren sie so mit sich selbst beschäftigt, dass sich der böse Zauberer gar keine große Mühe zu geben brauchte, unbemerkt zu bleiben. Aber er nahm sich trotzdem in Acht. Diese Verrückten sollten ihm nun, wo er sich kurz vor seinem Ziel glaubte, nicht noch auf den letzten Metern seinen Plan zunichtemachen.

Nahe eines kleinen Wäldchens legten die Träger Jodaryons Leichnam in eine Art Erdhöhle ab. Alle drängten und quetschten sich in die düstere Höhle, die nur notdürftig durch einige Fackeln mit flackerndem Licht erhellt wurde. Dort erst legten sie Jodaryons Leichnam ab und barten ihn auf. Danach beteten die Menschen wieder knieend mit gefalteten Händen und zum Boden gesenkten Blick zu dem neuen Gott. Nahm das denn überhaupt kein Ende?

Bossus musste warten. Irgendwann musste er doch mit dem toten Jodaryon alleine sein, und in dessen Körper hineinschlüpfen können!

Aber immer neue Leute kamen hinzu und beteten Jodaryons Gott an. Womöglich sogar Jodaryon selbst. Lächerlich! Tag und Nacht ging das so, volle drei Tage lang.

Endlich riss Bossus der Geduldsfaden.

Als sich die dritte Nacht dem Ende entgegen neigte und nur noch wenige Menschen anwesend waren, entschloss er sich, zu handeln. Er schlich beiseite, wo ihn niemand beachtete. Schnell verließ die Seele des Zauberers den Körper des Kaufmanns, schwebte, für alle unsichtbar, zurück in die Höhle und untersuchte Jodaryons Körper ausgiebig.

Wie erwartet hatte dessen Seele den Körper bereits verlassen und Bossus konnte sich in ihm häuslich niederlassen. Den Leichnam mit einem Heilungszauber wieder zum Leben zu erwecken war eine seiner leichtesten Übungen.

In diesem Augenblick blickte einer der Gläubigen, die in der Nähe der Höhle lagerten, zu Jodaryons Leichnam hinüber und traute seinen Augen nicht. Unfähig, auch nur ein Wort hervorzubringen oder überhaupt einen klaren Gedanken zu fassen, veranlasste er die anderen, gleichfalls zu Jodaryon hinüberzublicken.

Lange glaubten sie, nicht recht zu sehen. Jodaryon, der tote Jodaryon saß auf seinem Lager! Er saß! Und jetzt erhob er sich, er stand da! Er stand nicht nur, er setzte sich in Bewegung! Langsam, vorsichtig, beinahe unbeholfen schritt er zum Ausgang der Höhle, ging weiter, wobei seine Schritte immer sicherer wurden, und verschwand in die Nacht.

Die Menschen waren starr vor Erstaunen und wie vom Donner gerührt.

Erst nach und nach löste sich die Erstarrung. Zunächst begannen die Menschen, leise miteinander zu flüstern. Als hätten sie Angst, durch zu lautes Sprechen das Wunder wieder zunichtezumachen, das sie eben hatten verfolgen können. Aber dann wurden sie immer lauter und nach ein paar Augenblicken redeten sie wild durcheinander. Allerlei Rufe schallten in die Nacht hinaus.

„Der Herr ist auferstanden!“

„Er ist wahrhaftig auferstanden!“

„Er ist niedergefahren zur Hölle und am dritten Tag auferstanden von den Toten!“

„‚Ich werde dein Tod sein, o Tod', spricht der Herr!“

„Kündet es allerorten! Kündet es den Heiden auf der ganzen Welt! Die frohe Kunde!“

„Tod, wo ist dein Stachel? Hölle, wo ist dein Sieg?“

Heimkehr

Wasgo saß mit seinem Vater vor der Tür eines etwas abgelegenen Nebeneingangs des Palastes. Sie unterhielten sich darüber, wieso Jodaryon die ganze Zeit nicht mit Hilfe telepathischer Kräfte zu erreichen war und sich auch selbst nicht meldete. Auf die einfachsten Antworten kamen sie beide nicht: Dass der alte Zauberer seine magischen Kräfte verloren hatte, dass er schon gar nicht mehr am Leben war.

Seltsame Nachrichten kursierten seit einiger Zeit in der Hauptstadt. Eine neue Religion sei aufgekommen und verbreite sich in Windeseile. Sie sei von einem alten Mann verkündet worden, der vor dem einfachen Volk von Liebe und Achtung gepredigt habe. Dieser alte Mann, den viele einen Messias nannten, habe die unglaublichsten Wunder vollbracht, er habe Kranke geheilt, Tote zum Leben erweckt, mehrere Tausend Menschen mit einigen wenigen Broten und Fischen satt gemacht, mit einer Handbewegung einen sturmgepeitschten großen See beruhigt, sodass das Wasser glatt wie ein Spiegel gewesen sei, und vieles mehr. Zuletzt sei der Alte in Ägypten gekreuzigt worden, weil die herrschenden Statthalter Angst vor seinem Gott und um ihre Macht hätten. Selbst die Hinrichtung habe dem sogenannten Messias nichts anhaben können; drei Tage später habe er sich von seiner Totenbahre erhoben und sei einfach davonspaziert.

„Glaubst du, dass der alte Mann, von denen die Gerüchte erzählen, Jodaryon sein könnte?“, fragte Antares seinen Sohn.

„Na, diese ganzen Wunder würde ich ihm ja zutrauen ...“, antwortete Wasgo nachdenklich. „Aber nein“, fuhr er dann entschlossen fort, „Jodaryon ist doch ein Zauberer und kein Priester! Einfach eine neue Religion aus dem Boden stampfen? Die Leute an der Nase herumführen? Ausgeschlossen, ganz ausgeschlossen, das passt doch nicht im Mindesten zu ihm!“

In diesem Moment erfüllte ein Rauschen die Luft. Gleichzeitig wurde es windig. Inflamma kam mit kräftigen Flügelschlägen angeflogen. Er landete direkt neben Antares und Wasgo.

„Musst du immer so viel Wind aufwirbeln“, lachte Antares den Drachen an.

„Ich habe gute Neuigkeiten zu vermelden“, stieß Inflamma hervor, noch ganz außer Atem. Gefährlich flackerte in seinem Maul ein Feuer auf.

„Und passe mir ja auf, dass du hier nicht mit deinem Feuer spuckst!“, mahnte Wasgo.

„Ich bin doch schon vorsichtig!“, maulte Inflamma zurück.

„Na, nun sei mal nicht beleidigt, mein Lieber“, lenkte Wasgo ein. „Wir machen uns eben nur Sorgen, schließlich sind wir es noch nicht gewöhnt, mit einem sprechenden Drachen zusammenzuleben. Und nun erzähle mal!“

„Die Fremden sind weg!“, legte der Drachen los. Schon wieder zuckten Flämmchen aus seinem Maul.

„Inflamma!“, rief Wasgo streng.

„Ja, ja, ich kann doch nichts dafür, dass ich immer Feuer spucke …“, antwortete ein sehr aufgeregter Inflamma. „Also die Fremden sind zurück in den Himmel geflogen! Alles haben sie mitgenommen, sogar die kaputten krachmachenden Dinger. Es sieht auf dem Hochplateau aus, als wenn sie nie da gewesen wären.“

*****

Ein paar Tage später kehrte Jodaryon in die Hauptstadt zurück. Als wäre er nur ein paar Stunden weg gewesen, schritt er durch das südliche Stadttor. Aber die Wachen sahen sich verwundert an. Was hatte der Alte bloß? Sonst hatte er sich doch immer kurz mit ihnen unterhalten! Für jeden hatte er ein freundliches Wort übrig! Aber heute war er ganz anders! Verständnislos blickten sich die Wachen an.

„Sagt mal“, sagte einer der Wächter, „versteht ihr das? Erst stapft Jodaryon an uns vorbei, als seien wir Luft für ihn, und jetzt steht er da, geht dann doch weiter, aber als sei er sich nicht schlüssig darüber, wo er hingehen soll. Und jetzt bleibt er schon wieder stehen. Wenn ich es nicht besser wüsste, würde ich sagen, er sucht den Weg zum Palast!“

Endlich setzte der falsche Jodaryon seinen Weg fort und ging entschlossen auf den Palast zu. Dort zögerte er erneut und betrat ihn durch eine Seitentür. So gelangte er in den Hof, in dem auch Wasgo und Antares mit Inflamma saßen.

Als Wasgo sah, wer da plötzlich aufgetaucht war, sprang er spontan auf und rannte mit einem strahlenden Lächeln quer über den weiten Hof auf den vermeintlichen Jodaryon zu. Seine Freude, seinen alten Meister endlich wiederzusehen, konnte man ihm deutlich ansehen.

Schon von Weitem sprudelten ihm die Worte aus dem Mund: „He, Jodaryon, endlich bist du wieder da. Wo hast du nur so lange gesteckt? Inflamma kann sprechen und er hat uns eben erzählt, dass die Xyloten uns verlassen haben!“ Als Wasgo endlich Jodaryons Körper erreicht hatte, nahm er ihn so heftig in die Arme, dass er beinahe den alten Mann umriss. Doch hielt Wasgo ihn fest, sodass sie beide sofort ihr Gleichgewicht wieder fanden.

Bossus war von Wasgos Gefühlsausbruch völlig überrumpelt. Was hatte das schon wieder zu bedeuten? Aber da fiel ihm ein, dass die beiden miteinander umgingen, wie es auch die Menschen taten. Nun legte er auch Wasgo reichlich unbeholfen die Arme um den Körper.

Wasgo bemerkte das ungewöhnliche Verhalten des alten Zauberers und fragte: „He, mein Freund, was ist mit dir los? Fühlst du dich nicht wohl? Kann ich irgendetwas für dich tun?“

Bossus überlief es in Jodaryons Körper heiß und kalt. Wenn er jetzt einen dummen Fehler machte, war alles verloren. Und er musste schnell antworten!

„Nein, nein, ich …, äh …, ach, weißt du, ich bin einfach etwas müde von der langen Wanderung. Immerhin bin ich ja nicht mehr der Jüngste!“

„Entschuldige bitte, Jodaryon, vielleicht möchtest du dich zu uns setzen?“

Das fehlte noch! Wenn Bossus sich darauf einließ, bedeutete es Dauerstress! Außerdem war die Gefahr zu groß, sich in dem Gespräch, das sich garantiert mit Wasgo und Antares entwickeln würde, zu verplappern.

„Nein, nein, ich glaube, es ist besser, wenn ich mich erst ein bisschen ausruhe. Wo ist eigentlich mein Gemach?"

„Aber Jodaryon, du wirst doch wohl noch wissen, wo dein Gemach ist!", lachte Wasgo.

„Ach, Unsinn, natürlich weiß ich das", grummelte der alte Mann missmutig, „aber es hätte ja sein können, dass ihr während meiner Abwesenheit mein Gemach jemand anderem gegeben habt!"

Mit diesen Worten stapfte der falsche Jodaryon in den Palast und schloss hinter sich die Tür.

„Was war denn das jetzt?", fragte Wasgo seinen Vater verwundert.

„Das weiß ich auch nicht, Jodaryon hatte früher doch nie so reagiert. Er hatte sich immer gefreut, wenn er dich oder einen anderen Freund gesehen hatte. Aber wir müssen daran denken, dass Jodaryon alt ist. Die Reise muss ihn wahnsinnig angestrengt haben! Hast du gesehen, wie durchgeschwitzt er eben war?"

Wasgo überlegte und fragte: „Du meinst, Jodaryon ist einfach müde?"

„Wundern sollte mich das nicht."

„Na, gut, dann lassen wir ihn am besten erst mal in Ruhe. Er soll sich ausschlafen. In ein paar Tagen ist er dann schon wieder der Alte!"

Danksagung

Das vorliegende Buch „Die Legende von Wasgo“ ist zwar eine Erstausgabe, aber tatsächlich erscheinen die Geschichten, die ich hier erzähle schon zum zweiten Male. Die einzelnen Bände hatte ich bereits vor einigen Jahren mit dem AAVAA Verlag veröffentlicht, dessen Geschäftsführer bis zur Mitte des Jahres 2018 Herr Mario Lenz war. Danach wurde der Verlag an Herrn Tobias Eisermann verkauft. Aus Gründen, die ich hier nicht nennen möchte, kündigte ich meine Autorenverträge mit diesem Verlag im Sommer des Jahres 2019.

Außerdem brach im Sommer 2019 meine Freundschaft mit Herrn Thomas Striebig. Das ist der Grund für die Beendigung unserer literarischen Zusammenarbeit. Eine Co-Autorenschaft des Herrn Striebig im 2. Band „Luzifers Krieg“ ist für mich damit nicht mehr möglich.

Aus o. g. Gründen habe ich mich zu einer Überarbeitung „Der Legende von Wasgo“ entschlossen. Besonderes Augenmerk legte ich dabei auf den 2. Band „Luzifers Krieg, dessen Geschichte ich geschrieben habe. Herr Striebig ergänzte sie ein wenig und lektorierte sie. Seine Ergänzungen habe ich aus dem Text entfernt und teilweise den Text neugeschrieben.

Trotz des Bruches unserer Freundschaft danke ich an dieser Stelle Herrn Striebig für seine Hilfe und Unterstützung, die er mir beim Schreiben meines Werkes gewährte.

Mein besonderer Dank gilt meinem Freund Klaus Spies, der die Idee hatte, den Drachen Inflamma im 3. Teil einzuführen. Leider ist er im Juni des Jahres 2015 für alle, die ihn kannten, überraschend im Alter von 54 Jahren verstorben. Ihm werde ich, solange ich lebe, ein ehrendes Andenken bewahren.

Auch mein Freund und Testleser Erhard Rose starb nach langer, schwerer Krankheit nur einen Monat nach meinem Freund Klaus. Jedoch erreichte er das stolze Alter von 87 Jahren. Auch ihm danke ich für seine unschätzbaren Ratschläge und Hinweise.

Ebenso wertvolle Hinweise und Tipps verdanke ich meinen Testlesern Milena Müller, Christel Müller, Florian Stenger, Tanja Meinke, Jessica Rehbein, Otilia Kurtz, Kristina Arnold, Sandra Zachert und Sabine Ernst.

Schließlich möchte ich mich bei allen anderen freiwilligen und unfreiwilligen Helfern bedanken, die mich mit ihren Verhaltensweisen auf Ideen bringen, die ich in meinen Manuskripten immer wieder mit einarbeiten kann. Meinen vielen Erlebnisse aus dem realen Leben verdanke ich meine ausgefallenen Ideen, die mich in die Lage versetzten, „Die Legende von Wasgo“ zu schreiben.

Lutterbek, Dezember 2019 Michael Rusch